聊城文学年选（2022卷）

◆主编　薛兆立

中国海洋大学出版社

·青岛·

图书在版编目（CIP）数据

聊城文学年选．2022卷／薛兆立主编．—青岛：
中国海洋大学出版社，2024.1

ISBN 978-7-5670-3749-6

Ⅰ．①聊… Ⅱ．①薛… Ⅲ．①中国文学－当代文学－
作品综合集 Ⅳ．① I217.1

中国国家版本馆 CIP 数据核字（2024）第 009801 号

LIAOCHENG WENXUE NIANXUAN（2022 JUAN）

聊城文学年选（2022 卷）

出版发行	中国海洋大学出版社
社　　址	青岛市香港东路 23 号　　　　邮政编码　266071
出 版 人	刘文菁
网　　址	http://pub.ouc.edu.cn
电子信箱	1193406329@qq.com
订购电话	0532-82032573（传真）
责任编辑	孙宇菲　　　　　　　　　　　电　　话　0532-85902349
印　　制	青岛海蓝印刷有限责任公司
版　　次	2024 年 1 月第 1 版
印　　次	2024 年 1 月第 1 次印刷
成品尺寸	170 mm × 240 mm
印　　张	30.75
字　　数	552 千
印　　数	1～1400
定　　价	129.00 元

发现印装质量问题，请致电 0532-88786633，由印刷厂负责调换。

前言 / Preface

　　聊城是国家级历史文化名城,历史悠久,文化灿烂,黄河和大运河在此交汇,有"江北水城·两河明珠"的美誉。近年来,聊城市文联(市作协)以习近平新时代中国特色社会主义思想为指导,深入学习贯彻党的二十大精神和习近平总书记关于文艺工作的系列重要讲话精神,坚持与人民同心,与时代同行,开展了系列"深入生活、扎根人民"主题实践活动,推出了一大批思想性、艺术性俱佳的文学精品。这些作品洋溢着时代气息,凝铸着时代精神,讲好了新时代聊城故事,以浓郁的鲁西特色、聊城气派,展现了"六个新聊城"建设的崭新成就。为集中展示聊城作家的创作成果,积极引导文艺精品创作生产,我们决定编辑出版《聊城文学年选(2022卷)》,为人民群众提供丰富的精神食粮的同时,为文学评论工作者研究聊城文学和山东作家作品提供系统翔实的资料。

　　为保证本书的权威性、经典性,我们在广泛征集的基础上,组成专家委员会进行认真、严谨的编选,力求将2022年度的精品力作收录其中。本书按体裁分为三部分,即"小说""诗歌""散文"。"小说"包括中、短篇小说,小小说(微型小说),儿童文学;"诗歌"按国家、省选本体例,只选编新诗(自由诗);"散文"包括文学散文、纪实散文。所选作品,除在国家级、省级文学期刊上发表过的外,还包括在市级以上文学内刊,日报、晚报文学副刊上所发表的佳作,以及获市级以上文学奖的部分获奖作品。原则上每位作家每个体裁选取一部中篇或一部短篇,小小说三篇内,诗歌五首内,散文一篇或多篇(五千字内);在编排顺序上,按照作者姓名拼音首字母顺序排列,以便于读者查找、阅读。

　　由于我们力量有限,水平不高,纰漏在所难免,请广大读者指正。

编　者

2023年6月

目 录/Contents

小 说

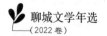
诗　歌

散　文

小　说

陈广印

老马（外一篇）

20 世纪 60 年代的一个清晨，我和东林到粮所门前寻食吃。

我说："东天边拱出个大烧饼，红红的，抹的糖稀可不少。"

东林像猫头鹰似的，嘎嘎嘎一阵怪笑："大头，饿疯了吧？你咋不上去啃两口呢？"

我两顿没正经吃饭啦，饿得前胸贴后背。都喊我大头，脖子却挺细，腿和胳膊像麻秆似的。

东林一声大喊："运粮的车队来啦！"

我一看，几十辆地排车一字儿排开，到了羊角河大桥。二人顿时来了精神，撒开丫子，朝着运粮队跑去。

粮所建在村东小土山上，拉车的人，伸着长脖子，哈着腰、弓着背，车袢搭在双肩上，两只脚拼尽全力往后蹬。拉不动了，就几个人合伙往上赶。

他们拉的地瓜干，用秫秸箔围着满满的一车。一过坑洼路，就会颠得掉几片。用的麻袋有烂窟窿的，也会掉出几片来。

我和东林，一有空就去粮所门口捡地瓜干吃。地瓜干又甜又面，比吃野菜强多啦。

放了假，放了学，我和东林就在粮所门口混，越混越大胆。

以前是车上掉了捡几片，不掉干瞪眼。慢慢地有了办法，不掉我们就从箔缝里、麻袋窟窿里往外抠。拉车的看见了，咋呼两句，咋呼得轻了不听，咋呼得重了，抠一把起来就跑。

好景不长，主任老马住院回来了。

他是个伤残军人，腿一瘸一拐的，一脸麻子，左脸上还有块吓人的刀疤。他一家就住在张家胡同里，我俩和他的大女儿马玲还是同学哩。

小的时候，我最怕老马。一哭，妈就吓唬我，别哭啦，老马来了哈，再哭就让

他把你抱走！吓得我就不敢哭啦。

现在看见老马我还有些怕，他看见我俩就一瘸一拐地撵，还大声地吵。东林说："别怕，反正他追不上我们，兔子都没咱俩跑得快。"

老马穿一身军装，手里拿一个破茶缸，拖着条伤腿不停地转悠。看到地上有掉的地瓜干、玉米粒，他都会艰难地弯下身子，捡到那个缸子里。

有一回，拉车的丢了几粒玉米，他想弯下身子，可伤腿就是蹲不下，竟咕咚一声跌在那里，茶缸也摔在地上。一见他摔倒了，我像个老鼠似的，悄悄地溜到他身后。我看见，茶缸上还有几个小红字：赠给最可爱的人。

我撇了撇嘴，就他这样，还最可爱的人？

有老马在门口盯着，再也捡不到地瓜干了，我俩恨死他了。

放学了，一看马玲快到胡同，东林上前拦住了去路。

马玲瞪着一对惊恐的小马眼，问我们："你们想干吗？"

"干吗？揍你！你爸爸不让我们在粮所门口捡地瓜干吃。"东林气呼呼地说。

"那，你们也不能赖我呀。"马玲晃动着两条豆角辫，委屈地说。

"就赖你！谁叫他是你爸呢。"东林啪地给了马玲一巴掌。

马玲哇的一声哭了。顷刻间，小马眼变成珍珠泉。一边哭一边嘟囔："我要告老师，告老师，呜呜呜……"

看到马玲哭得那么伤心，我不忍心再揍她了。

马玲真的告了老师。我们在操场上被洪老师罚了站。然后就是老一套，打手心，拧耳朵。东林的耳朵被拧破了，鲜血染红了半个耳朵。马玲流泪我们流血，这下算是扯平了。

一天上午放了学，我和东林刚出校门，看见马玲她妈在门口站着。我俩以为她在等马玲，不料，她上来就抓住我俩的手说："孩子，上我家吃饭去，和你们家大人都说好了。"

我和东林心里想：刚欺负了马玲，哪有这样好的事。就打着坠儿挣扎："俺不去，俺要回家。"

谁知马玲从校内走出来，见到她妈和我们拉扯，就跑上来帮她妈推我们。

我俩身不由己，被推着拉着进了胡同。

大门一开，老马从里边走了出来。

我俩大惊失色，一家人前后夹攻，看来，这顿胖揍是逃不掉了。

却见老马笑容满面地说："孩子们，快跟我家去，你大娘早就做好饭等着你们。"

我俩半信半疑地进了屋。只见，当门小方桌上，放着盆热腾腾香喷喷的瓜干饭。马大娘给我们一人盛了一碗,笑着说:"孩子们,快吃吧。"

老马说:"这是我用自己的粮本买的,我的粮食我当家,你们敞开肚子尽管吃。可比不得在粮所门前,那些粮食都是国家的,我要负责任,保护好。"

我和东林好久没吃到这样的饭啦,如同两只饿虎,端起碗就往嘴里扒。大概我们的吃相十分难看,老马笑着说:"孩子们,不要慌,慢慢吃。"

东林吃得满头大汗,汗珠子顺着脸滴滴答答掉到饭桌上。我一连吃了两大碗,肚子撑得像面鼓,嘴里还想吃。

我忽然注意到,老马一家光看着我们吃饭,他们却没吃。我说:"老马大爷,你们一家怎么不吃呀?"

老马笑了笑说:"孩子,我们吃过了。"

马玲和我们一块回来的,她并没有吃饭呀,我纳闷地看着他们一家。

马玲哇地一声哭了,我和东林都愣了。

马玲说:"这盆瓜干是我爸让妈专门给你们做的。他把俺家粮本上的粮食都送给挨饿的人了。"

她飞快地跑到里间,端出来一个盖有笼布的瓦盆。放到桌子上,把笼布一掀说:"瞧,这就是我们家的午饭。"

我俩定睛一看:哇!一股酸臭味扑面而来,原来是一盆比我们家的饭还难吃的野菜。

原载《三门峡日报》2022 年 5 月 11 日

黑牛和白驴

黑牛养了一头驴,是头白叫驴。黑牛名副其实,人长得奇黑。白驴浑身雪白,没有一根杂毛。黑牛套上白驴拉着个地排车,农闲的时候跑运输,拉砖运瓦,装粮载煤,啥活儿都干。

阳谷县火葬场要盖一排房屋,黑牛跟着伙计们拉了五六天砖,还没运完,孩儿他娘突然病了,头晕脑涨,四肢疼痛。黑牛知道,她是坐月子落下的病,这几年没少跟医院打交道,可就是看不好。

黑牛听说,寿张镇赵凤金是阳谷县四大名医之首,专看月子病。

寿张镇离定水镇四五十里,路途遥远,走到还得排号。于是,黑牛第二天起五更把驴喂好,匆匆地吃了早饭,带上干粮、料草,套上白驴,扶孩儿他娘坐上车。时至深秋,天有些冷,黑牛又给孩儿他娘围上了一床棉被,顺着聊阳大道直奔寿张。

白驴一看是拉砖的老道儿,可车上比头几天轻快多了,一路上"呜哇呜哇"

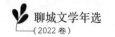
唱着歌儿，四蹄腾空一溜儿小跑。

黑牛高兴得龇牙咧嘴，心想：白驴今天表现不错，没用我动鞭子，就要到火葬场了。过了火葬场就剩下一半的路程，黑牛看了看表，正好九点，心想，十一点前准到寿张。

火葬场就在路西边，离大道不到二十米。白驴认为又到了站，拉着黑牛夫妻一溜烟儿飞奔进了火葬场。

黑牛一见白驴下了道，急忙跳下车来，使劲儿拽住缰绳，冲着白驴大骂起来："你个挨千刀的混账东西，谁让你拐弯儿下道的？我让你拉着你主母去看病的，你把她送进火葬场来了，你个黑心烂肺的家伙！"

火葬场看门的老孙头儿一看是拉砖的黑牛，也不由得打起哈哈来："黑牛，你不是给俺拉砖吗？怎么把个大活人送来了？活的俺场里可不敢收。"

黑牛说："老孙，不用你老家伙哑二话，等我收拾了驴再收拾你！"

黑牛抓住驴笼头，照着白驴腔上揍了几鞭把。白驴疼得嗷嗷大叫："以前都是拉到这儿卸了货就回家的，你为啥揍我？"

黑牛也听懂了白驴的话："你个龟孙！以前那是拉砖，现在拉的是大活人，能一样吗？"

黑牛给驴重新戴好嚼子，又往里紧了两扣，自言自语："这回不怕你龟孙犟，再不听话，我勒死你！"

黑牛拉着驴笼头就往火葬场门外拽，白驴梗着脖子认死不回头。黑牛拼命地勒紧嚼子，白驴嘴里被勒得鲜血淋漓，人和驴较上了劲。

不一会儿，黑牛大汗淋漓，早晨刚换上的新衬衣和中山服也溻透了。黑牛败下阵来，一屁股坐在场门边石头上，擦着汗点着一支烟，对着白驴又骂起来："你个龟孙真不是东西，今天你算是跟我较上劲了。你等着，有朝一日我一刀宰了你，扒了你的皮，抽了你的筋，吃了你的肉，喝了你的血！"

白驴昂叽昂叽大叫起来："你的下场也好不到哪里去，到时候会有千万条火蛇缠绕你吞噬你，末了只剩一把灰！"

黑牛歇足攒够了劲儿，拿起顶棍（修车时顶车用的木棍）照着白驴身上又是一通猛揍。白驴被揍得怒火三千丈，套在车辕里的后腿往后跳起来一阵猛踢，把地排车踢得山响。

黑牛的老婆在车上吓得脸焦黄，骂起黑牛来："你个老东西，和它置什么气！它是个牲口你也是个牲口？它不懂人事你也不懂人事？"

黑牛跟没听见一样，继续打白驴，打累了，又坐在石头上骂起来："你个挨千刀的龟孙，活活的白眼狼！你主母一天三顿喂你，让你吃草嚼料，还专门给你割最爱吃的鲜草，你竟然想踢你主母，谋害主人，真是个白脸大奸臣！就像那戏台上的曹操、严嵩、秦……"黑牛想不起那个奸臣的名字，就狠狠地骂了一句："反正都不是好东西！"

老孙头儿笑眯眯地端着茶走了过来："伙计，渴了吧？累了吧？喝一杯吧。"

黑牛接过茶来一饮而尽。老孙说："你今天穿得跟干部样，去哪里会亲家、走亲戚？"

黑牛说："我走的什么亲戚！我是给孩儿他娘去寿张看病的。"

老孙头儿说："你的驴往这儿跑顺腿了，别说它不去，就是换成你，也不会拐弯儿。"说完，哈哈大笑。

黑牛的老婆不知什么时候已经下车站在黑牛面前，说："干脆回家吧，不看了！让你这一折腾，我头也不晕了，身上也不疼了。"

黑牛把白驴踢散的驴套重新拾掇好，给驴挂上。

蓦地，他惊得睁大了眼睛张大了嘴，半天没有说出话来，只见白驴的屁股上裂开一道四五指长的血口子，如同小孩张开的嘴巴，暗红色的血液正一滴一滴地往外渗。

"哎呀，我的驴！我的驴！我的白驴兄弟，全怪我呀！"黑牛扑上前抱着白驴的脖子，号啕大哭起来。

"我的白驴兄弟呀，我不是人啊！你跟了我二十多年，出了一辈子力，给我拉粮运粪、拉犁扯耙、拉脚挣钱，我不该打你呀！我没有良心，我才是个白眼狼，我才是个白脸大奸臣啊……"

白驴依偎在黑牛的怀里，呜咽着，眼睛里充满了泪水。

老孙头儿纳闷地又过来唖话："怎么了这是，跟死了老子似的，鼻涕一把泪一把的？"

黑牛抄起顶棍就追老孙头儿："我揍你个老龟孙，唖话也不看看时候。"

老孙头儿吓得抱着头一溜烟儿地跑了。

聊阳大道上，出现了非常滑稽的一幕：黑牛扒了中山服，光着膀子，拉着地排车，车尾拴着白驴。白驴优哉游哉地在后面跟着，还时不时地抻着老长的脖子，昂叽昂叽地大叫两声。

原载《百花园》2022 年第 4 期

冯彩霞

去县城

一

姑姑下了火车扶着腰还没找到个能坐的地儿，羊水就顺着裤腿淌了一地。接站的奶奶在出站口一直没接到姑姑，她可想不到她最小的宝贝闺女就在刚才那个"哎哟"乱叫的 120 上，等医院联系上奶奶时，姑姑的小妞妞已经洗好包好了。

就是这个小妞妞，让八年没离开过我半日的奶奶扔下我不管了。一想到这里，我心里就怨恨姑姑和那个还没见过面的小妞妞。

我坐在门槛上，大黄晃过来蹭我的腿，我肚子里"咕咕"叫了几声，吓得大黄后退了好几步。我冲大黄招招手，大黄犹豫了一下还是过来了。它卧在我两腿间，我也听到它肚子里的"咕咕"声了。

几只鸡快把鸡食盆啄出洞来了，它们探着头这里啄啄，那里刨刨。看着看着，它们的毛没有了，在那里刨食的是一只只肥嫩的白条鸡；我揉揉眼，它们已经变成油汪汪的炸鸡了。大黄抬起头，很懂事地接住了我的哈喇子。

这时，后院的三奶奶来叫我去她家里吃饭。三奶奶从仓屋里挖了一碗玉米倒在鸡食盆里，几只鸡把头一下子聚在一起，像是忘了刚才为了争一条虫子打过架。

我起身叫上大黄，大黄冲我摇摇尾巴，干脆把头贴在地上闭上了眼。三奶奶说，甭管它，一只狗还这么记仇。

以前大黄经常去三奶奶家串门，三奶奶家的小黑长得俊，且温顺，尤其是见着大黄，尾巴摇得都像打拍子。

有一回，三奶奶刚买回来一块肉放在案板上，转身去屋外磨刀的时候，小黑闪身进屋就将肉偷了出来。小黑将肉叼到窝里和大黄一块儿分享，吃得正欢的时候，突然一声怒吼，紧接着一根棍子砸了下来。小黑吓得缩在角落里不敢动，大黄瘸着一条腿逃回我家。

这些都是我想象的。三奶奶不是这么说的,三奶奶说是大黄偷的肉,我不信,我说我家大黄从来不偷吃,准是小黑偷的,你舍不得打小黑才打我们家大黄。我搂着大黄跺着脚跟三奶奶吵,气得三奶奶直骂我小王八羔子。

三奶奶不跟我一般见识,以后见了我就算我不理她,她也喊我,但大黄再也不去三奶奶家了。

三奶奶做的饭不好吃,我吃第一口菜就被齁了嗓子,一口气喝了大半碗汤才好受点儿。三奶奶抠门是出了名的,她一准是想让我少吃点儿。我才不管呢,想让我少吃菜,那我就多吃包子,结果包子也咸,我只好就着馒头吃。

三奶奶白我一眼,小样儿,嘴怪刁哩!给你说,你姑姑家那小孩住保温箱了,你奶奶得些日子才能回来哩,这些日子你就跟着我,我做的饭就这味儿,爱吃吃,不吃拉倒。然后掐掐我背上的肋骨,真是馋狗不肥。

早上起来我找不着奶奶时,就是三奶奶来告诉了我姑姑生小妞妞的事。

正吃着饭,三奶奶的老年机唱大戏样地响了起来。

"不用挂着,正吃着哩,吃得不少,吃了三包子了。"

我大喊:"不是,我才吃了俩!"

"你手里不是还拿着一个吗?小没良心的。"

"没事,没事,放心吧,饿不着他。"

"你啥时候回来?啥,你想找找……哦哦……"三奶奶站起来拿着电话去了隔壁屋。

"也该找找,不是有句俗话嘛,说宁要要饭的娘,不要当官的爹……我可不是说咱三儿……"

吃完饭我抱了三个馒头就跑了。三奶奶喊,别一下子都给大黄,撑着它!

大黄一看到我怀里的馒头就扑了上来。我才不听抠门三奶奶的话,我把三个馒头都喂给了大黄。

二

长这么大我还没去过县城。听说县城的一块冰激淋十八块钱,奶奶在村里的超市给我买得最贵的才三块钱。三块钱的冰激淋都能甜掉牙,那想拔牙的吃一块十八块钱的冰淇淋,是不是就不用拔牙的医生了?

县城准跟电视里一样净是高楼,坐在屋子里就能解手,不跟村子里一样,夏天去趟茅房要不拿把扇子,出来时一准跟三奶奶扭秧歌的样,左掐右挠跳着脚地挠痒痒。

县城里保准还有老大老大的游乐场,听说坐一回过山车,能把喝的第一口娘奶都吐出来。

奶奶也没去过县城，这是第一次去。栓叔一大早进城卖菜，奶奶就坐上了栓叔的三马车去了。

奶奶在医院里不会迷路吧？听说医院里跟迷宫一样，七拐八绕的，还净是牌牌，牌牌上的字奶奶一个也不认得，想上个茅房也得打听吧。医院里上上下下的净是电梯，奶奶不会坐，准又犯难。

奶奶保准也在担心我。有一回，我和子杰、天昊一块儿偷着去赶集，集上好吃的东西太多了，我们从东头一直吃到西头，把肚子吃歪才回来。快进村时，看到村外河边坐着奶奶。奶奶像个雕像一样直直地坐在河边，头发在风里乱飞。我跑过去，将手里的糖葫芦递给奶奶，奶奶，我给您买来糖葫芦了，挖核的。奶奶张了张嘴，却没发出音来，奶奶的两个眼珠子通红通红的。我吓坏了，又小声喊了一声奶奶。奶奶突然爬起来，还顺手抄起一根棍子。我嗷嗷叫着逃进村子，村子里的狗都惊了，一片狂吠。

后来奶奶扔了棍子搂着我哭了，还给我买了鸡腿和猪脸肉塞给我吃。我不吃，我实在太撑了，可是我不吃，奶奶就哭，我就吃了，吃到一半，一张嘴都吐出来了。奶奶想喊人，喊不出来，急得原地打转。超市的老板旺叔看见了，跑过来背着我去诊所。

到了诊所，大夫上来就摸我的肚子。我说，不是我病了，是奶奶哑巴了！我哭了起来。大夫说，啥哑巴了，就是喊你喊得把嗓子喊破了，过几天就好了。

奶奶最爱喊我小祖宗。我说，我才不要当您祖宗，我就愿意当您孙子。奶奶说，好好好，你是我的孙子小祖宗。

村子里人不多，好像越来越少。像我这么大的孩子更不多，我和子杰、天昊被叫作没妈的娃。

我其实有妈，妈在手机里，我是见过的。后来奶奶就不让我见了。有人说我妈在南方改嫁了，也有人说我妈从南方回来了，就在县城，但奶奶从没跟我提过。

村里人都知道奶奶疼我，比亲妈还疼。亲妈都能这么长时间不来看我，可奶奶舍不得离开我半步。就像这夏天，奶奶怕风扇扇坏了我的关节，整夜整夜地用蒲扇为我扇风。

有一天我在梦里哭醒了，奶奶搂着我，乖宝儿，梦见啥了？

我可不敢说，我要说梦见妈妈用普通话给我讲故事了，奶奶还不得拧烂我的屁股啊！

暑假前的阅读课上，一直是芷兰用她洋气的普通话领读课文，然后让我们一个个读给她听。我读的时候，她总是掩着嘴笑，最后翻着白眼仁说，没妈的孩子真是可怜！

她整天骄傲地跟三奶奶家养的大白鹅一样，挺着脖子"嘎嘎"叫。但她比大白鹅叫得好听。有一回，她终于不叫了，而是在我耳边小声小气地说，你妈在县城，我妈看见了。她的热气哈得我的耳根子直痒痒，我赶快跑得远远的。

如果我妈在，我妈也会用普通话给我讲故事吧，那我是不是也能像芷兰一样站在讲台上像骄傲的大白鹅一样领读？

三

这一会儿，我吃饱喝足了，想找点儿事干。

去县城！这个念头只一闪我便立马决定了。

大黄，走！大黄正伸着脖子干呕，听到我一声令下，还是乖乖地跟着我出了家门。

去县城的路我是知道的，出了村子往西一直走到大公路上，沿着公路一直走就能到县城。

我的腿像是刚充满电的玩具车，刹都刹不住。大黄跑在前面，它比我还兴奋。

我唱着，蹦着，像是县城的大游乐场就在眼前等着我。大黄边跑边朝路旁河里的水鸭子吠叫。刚才吃饱了撑的那个难受劲过去了，这一会儿它放开了撒欢儿，根本不听我指挥了，它一会儿闻闻花，一会儿抬腿撒泡尿。

太阳晒得我的背像抹了辣椒一样火辣辣地疼，我的嗓子也像刚喝了红高粱酒，火烧火燎的。汗水顺着我的脸和脖子往下淌，背心湿透了，我干脆脱下来，我想让太阳把我背上的汗晒干，谁知道越晒汗越多了。

走了还不到八里地（因为还没到镇上呢），我就双腿打战，两眼直冒金星了。大黄也老实了，耷拉着舌头呼哧带喘的。这会儿再回去就太冤了，唉！只能硬着头皮走下去了。

我得先想法子弄点儿水喝，可不能没到县城人先渴死了。

这会儿再后悔刚才没喝点儿河水也晚了，河早在我们身后拐弯不见了。

我决定去找块菜地。如果有菜地，说不准就会有水灵灵的西红柿，也可能会有脆生生的黄瓜。

公路两旁都是玉米地，兴许玉米地深处就有一块菜地呢，就是没有菜地，折两根甜棒子（玉米）当甘蔗嚼嚼也不坏。

我下了公路，和大黄钻进玉米地。在玉米地里走路真不是好滋味，玉米叶子像钝锯一样一下下地刺我的脸，我用两条胳膊阻挡，胳膊上被刺得一道道的，再被汗水一浸，杀得生疼。大黄就很轻松，根本不受玉米叶子的欺负。我只好猫下腰，弓着背向前。大黄停下来，歪着头看我。

终于走到地头，好凉快啊！奶奶每次用大地锅给我炖了大骨头后，就站在灶屋门口用毛巾擦着汗问我，三伏天哪里最凉快呀？我就答，灶屋门口棒子地

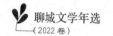
头。这是奶奶教我的。奶奶还爱喊我，宝宝宝宝贝儿，我就是睡得迷迷糊糊也会马上应答，哎哎哎哎哎！这也是奶奶发明的，几个字音一样，调不一样，曲里拐弯的，有点儿像唱歌。每听到我的应答，奶奶脸上就漾满笑意。

放眼望去，前、后、左、右还是玉米地。我颓然地坐在田埂上。玉米们齐刷刷地看着我，没有一丁点儿同情我的意思。我气恨恨地站起来，决定先折一根甜棒子吃，甜不甜不要紧，只要有汁水就行。我挑了一棵瘦弱的玉米棵子折断，将叶子掰掉，再用尖利的牙齿撕掉玉米棵子的硬皮，斯哈！我焦干的嘴唇总算碰到了水分。我大口大口地嚼着，甜棒不算甜，甚至有点儿酸有点儿涩，可是咽下去跟喝了冰镇汽水一样舒服。

身上有了点儿力气，我决定再往里走一走。

又穿过一块玉米地，仍没有菜地，再穿过一块玉米地，还是没有，我只好又折了两根甜棒。大黄伸着长长的舌头看着我，我咬下一口扔给它，它咔嚓咔嚓嚼得起劲。

我和大黄吃了两根甜棒，心里安生了点儿，可腿又不听话了，我让它迈，它死活不愿意动弹。干脆歇会儿吧！我躺下来，大黄也在我旁边卧下。

除了和天昊、子杰一块儿玩时去过地里外，我可从没进地干过农活。我是农村孩子，一样分不清麦苗和韭菜。

要说这田里也挺好的，静得能听见小青虫啃玉米叶子的声音。我看着一条小青虫沿着玉米叶子边沿蠕动，一直蠕动到叶尖，它的头探来探去好像找不到路了，只好扭身返回。

我突然害怕起来，离开公路很远了，我还能找到县城吗？就算找到县城，县城那么大，我能找到妈妈吗？要是妈妈真的在县城，就算碰上她，我还能认出她来吗？妈妈能认出我来吗？

妈妈给我寄过一个很大的奥特曼。我拿着那个奥特曼到处炫耀，见人就演示给人家看。"这是最厉害的迪迦奥特曼，你看着，我让它变身……"大人们根本不看奥特曼，他们总是摸摸我的头说，这孩子，还是想妈啊！

天昊和子杰在我跟他们炫耀了无数遍时终于烦了，他们身体里像是藏了发了酵的邪火，他们一只脚还不解气，两只脚跳到我的奥特曼上又踹又踩。我又哭又嚎也没保住我的奥特曼。

那是唯一与妈妈有关的东西。

四

是不是下雨了？我脸上痒痒的。有人小声喊，小儿，小儿……我的头正被一只手抚摸。是妈妈？是妈妈吗？

我使劲睁开眼,一眼就看见疯女人正咧着缺牙的嘴冲着我笑。这个疯女人十里八乡的人都知道,她整天找孩子,看见小男孩就喊"小儿"。这会儿,她正摸着我的头喊我"小儿"。

我刚才被汗水淹趴下的汗毛一根根竖了起来。大黄,快跑!我一下子坐了起来,因为起得猛,我的头咚地撞在疯女人的头上,疯女人不摸自己的头,倒用脏手来摸我的头,嘴里还一直唤着"小儿,小儿哎……"

我挣开疯女人站起来就跑,大黄不白比我多两条腿,比我跑得快多了。疯女人"啊啊"叫着追了上来。她一年四季在外面游荡,被人撵被狗追的,练得腿脚极快,我没跑多远就被她追上了,她张开双臂拦住我,我只好扭头往回跑。大黄这怂货已跑远了,它还不知道它的主人被截了回来。

我拼命地跑着,觉着光都追不上我。疯女人在后面焦急地叫喊着"小儿,小儿哎",就像一个妈妈在追犯了错怕挨打的孩子。一想到妈妈这个词,我的委屈像合上电闸的抽水机的水流,呼呼地涌了出来。

我一头扎进一块地里,想停下歇歇。气还没喘匀,却发现双脚陷进泥里。这是一片刚刚浇过水的黄瓜地,地头儿的水管还滴着水滴。我走过去,跳着脚合上电闸,水流汩汩地涌出来。终于喝了个饱,我满足地拍拍肚皮。

疯女人早就赶到了,她坐在地头啃着黄瓜斜着眼看我。这时,大黄也回来了,它装模作样地冲着疯女人吠了几声,最后一声还没收住,头就伸到畦子里了。畦子里的水很清亮,一点儿也不脏,大黄喝足了水,耷拉着耳朵朝我挪过来,我一伸手,它立马紧跑两步卧在我身边。

我和大黄还有疯女人,坐在地头的荫凉里互相看着。疯女人冲我笑笑,啃几口黄瓜,啃几口黄瓜再冲我笑笑。大黄看看我,看看疯女人,看看疯女人再看看我。

歇了一会儿,我的力气回来了。我拍拍大黄的头,走哩!大黄站了起来,我也站了起来,疯女人"啊啊啊"着也站了起来。

我对疯女人说,我要去找妈妈了!

疯女人拼命地点着头,回身摘了七八根黄瓜堆到我怀里。我抱着黄瓜要走,疯女人又拽住我,她脱下她脏得不成样子的鞋子,又蹲下身去扒我脚上已经湿透了满是泥巴的鞋。我听话地抬起脚,任她将我的鞋子脱了,又套上她的鞋子。

真静啊!四周一点儿声音也没有,玉米叶子蔫蔫地耷拉着,太阳还是白花花地照着,没有风,也没有云,没有鸟叫,也没有虫鸣。

我趿拉着大了好多的鞋子走出了好远,一回头,疯女人还在原地站着。

我大喊:妈妈……

疯女人拼命地冲我摇动着她的衣衫。

原载《聊城文艺》2022 年夏季号

冯秀丽

小小说二篇

一斤九两麦粒

母亲坚持要在公路上轧轧麦秸。

其实，麦秸已经在地头的打麦场里轧了几次，麦头已经很干净，几乎看不到麦粒了。但母亲拿着几个麦头让我看，说，你看看，这麦头上还有麦粒呢。

我接过麦头，翻看了两下，说这不干净了吗？没有麦粒儿了。

母亲"哼"了一声，从我手里夺过麦头，用粗糙的双手从麦头尖端剥出两颗很秕的麦粒，放在手心让我看，说看看，看看，这是不是麦粒？

我笑了，说是麦粒，是麦粒，那咱就再轧一遍。

母亲说，得在公路上轧，要不轧不干净。

我说，我不是跟您说了吗，镇里不让在公路上轧麦子，那样不安全，容易引起安全事故，再说我二哥在镇里就抓这个事，您不得做个榜样？

什么榜样不榜样的，我今儿个就要在公路上轧麦子！打麦场的地太暄，石磙一轧，麦粒就钻到地里去了。你再看看人家，不都在公路上轧麦子？母亲一脸不高兴。

打麦场的地虽然用石磙轧过，但每年收麦以后，总有一些麦粒被轧进地里，不久以后打麦场里就会长出很多很多细嫩的麦苗。母亲看到就感到心疼，难受好几天，说那么多的麦子都浪费了，太可惜了。所以，每次轧完麦子，把麦秸垛起来、麦子收起来后，母亲就拉着我们兄妹几个蹲在打麦场里，一颗一颗地捡麦粒。

再看看公路上几台叫得正欢的拖拉机，我没有再反驳母亲。

我拗不过母亲，就给二哥打电话，说二哥，咱娘非要在公路上轧麦子，我拦不住。

二哥说，上午不是轧完了吗？怎么还轧呀？

我说，麦头上有些很秕的麦粒没有轧下来，咱娘看见了，想再轧轧。我给她说公路上轧麦秸不安全，你还管着这个事，咱娘不听。要不你跟咱娘说说？

二哥沉默了一会儿，说别让老人家生气，那你就找小强、小龙、小生他们帮着轧轧吧。一定要注意安全！

我对母亲说，二哥让您在公路上轧麦子了，我叫小强他们来帮忙。

母亲的脸上露出笑容，说，叫小强带个大点儿的石磙。

村里收麦秸的大牛开着拖拉机，拉着满满一车麦秸从我们身边经过。他看了看我家打麦场上的麦秸垛，停住拖拉机，问道，三华，你这麦秸卖不？我给你一百块钱。

我想，这些麦秸再轧几遍，也收不了几颗麦粒，还不如卖给大牛呢。刚想答应，母亲朝他摆了摆手，一口回绝：不卖！我还得轧轧，里面还有麦粒儿呢。

大牛刚走，小强开着拖拉机，拖着个大石磙，轰隆隆地过来了。我们把打麦场上的麦秸垛拆开，把麦秸用木叉一点一点地摊放到公路上，像在公路上烙大饼一样。摊好后，小强就开着拖拉机，拉着大石磙，在麦秸上转起圈来。轧了一会儿，我们又把麦秸翻个个，再接着轧。这次，一直到母亲叫停，小强才把拖拉机开到一边去了。

我们哥几个又把麦秸一叉一叉拖到打麦场里垛起来，然后把公路上留下的麦糠麦粒扫成一堆，趁着有风，赶紧扬场。时间不长，麦糠扬净，麦粒丰收。母亲高兴地把麦粒小心翼翼地收进方便袋，对我说，你看，你不是说没麦粒了吗？看看收了这么多！

这时一个卖豆腐的正好经过，小强叫住他，借他的称把刚刚收起的麦粒称了称，一共一斤九两。小强笑着说，大娘啊，您这麦子还不够油钱呢。

母亲瞪了他一眼，骂道，臭小子，柴油能当饭吃啊！小强朝我们伸了伸舌头，我们都笑了。

大牛开着拖拉机又回来了。母亲叫住了他，说大牛，俺这麦秸卖给你了，一百块钱，不赊账。

大牛看了看比刚才矮了半截的麦秸垛，摇摇头说，大娘啊，我只能给您四十块钱。您看这麦秸垛，比刚才小多了。经过讨价还价，最终四十五块钱成交。我心里一个劲儿地后悔。

为了感谢小强、小龙、小生他们帮忙，晚上我请他们在饭店吃了一顿。吃完饭，结了账，我给二哥打电话，说二哥，给你报报账，麦子收了一斤九两，麦秸卖了四十五块，吃饭花了一百九。

二哥说，咱娘高兴不？

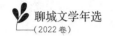
嘿，咱娘那高兴劲儿就别提了，她掂着那一斤九两麦子给好几个人显摆呢！我说。

二哥长长地出了口气，说老人家高兴就好。

挂　念

老何早晨起床后，心里乱乱的，没着没落，总感觉要有什么不好的事情发生。

老伴看他那失魂落魄的样子，很奇怪，问道："老头子，你这是咋了？"

老何看看老伴苍白的脸庞，摇摇头，说道："没啥事，就是心里发慌，感觉要出啥事。"

老伴的脸白了，也心惊肉跳起来，说："老头子，你别吓我啊！你赶紧给孩子们打电话，看看他们是不是都好好的。"她想起来前几天和老何看的一场电影，里面的主人公在家本来好好的，突然就觉得心里发慌，不久，公安局打来电话告诉他，他儿子在执行任务时牺牲了。她的大儿子和儿媳都在公安部门工作，难不成……她不敢再往下想，就催老何："先给老大打电话！"

老何赶忙拿起手机，哆嗦着双手，拨出了老大的号码。老大的手机"嘟嘟"了几声，没有人接听，老何又拨了一次，还是无人接听，老伴的眼睛里浸出了泪花，说："给儿媳妇打！"

老何说："对！对！"他找到儿媳妇的手机号码拨了出去，"嘟嘟"几声，也是无人接听。

老伴哭了起来："老头子，老大会不会出啥事啊？"老何瞪了她一眼，往地上啐了一口痰，说："别瞎想！我再打！"

老何又一次拨出了老大的号码，这次只响了一声，老大就接了电话："爸，这么早打电话，有什么事吗？是不是……"

没等老大说完，老何就打断了他："怎么这么久才接电话？你知道我和你妈多担心你们吗？"

老大说道："今天是星期天，我和小芹正好都歇班，孩子也不用上学，就把手机设成了静音，想多睡会儿。爸，我妈她身体咋样？"

老何说："你妈好着呢，有我照顾，你们就放心吧。我就看看你们在干啥。你们好几个月没有回来了，不忙的时候带孩子回家来玩。你妈挺想孩子的。家里没事，有事我再给你打电话。"

老伴擦了擦眼睛，出了口气，老大一家没事，她的心放下了一半。"再给老二打电话！"二儿子是货车司机，天天跑长途。

老何找到老二的手机号码拨了出去，只"嘟嘟"了两声，老二就接了："爸啊,妈是不是出什么事了?"

老何骂道:"混账东西,大清早不说好话,你妈就在我身边,好着呢。让你妈给你说话。"他把手机递给老伴。

老伴问道:"孩儿啊,你现在在哪里啊?你们都好吧?开车一定要注意安全啊!"

老二说:"今天我歇班,没有出车。我们都在孩子姥娘家玩呢,都挺好。妈,过几天我们就回去看望你和爸。你们要照顾好自己。"

老伴说:"没事,你爸把我照顾得可好了。你们放心好了。"

挂了老二的电话,老何又给闺女打电话,得知闺女一家也都好好的,他和老伴的心才彻底放下。

老伴笑笑,说:"孩子们都挺好,我们就放心了。今天天气不错,你带我到河边转转去,我想看看风景。"

老何扑哧乐了:"哎呀,老婆子,'风景'这俩字能从你嘴里说出来,我可是真没想到啊,你居然还会说这么文雅的词儿。"

老伴嗔怪道:"笑啥,我为啥不能说啊!你到底带不带我去啊?"

老何说:"你的话,就是最高命令,我坚决服从命令。你等一会儿啊。"

老何走出屋子,从车棚里推出电动三轮车,推到屋门口,拉好手刹,又把系在车把上的一块旧毛巾解下来,擦了擦后车座,然后转身进屋,从卧室里拿了一条毛毯和一个倒满了温水的保温杯。他把毛毯铺在后车座上,把保温杯放进车篮里,忙完这些,他才转身进屋来到老伴身边,一手托住老伴的双腿,一手揽住老伴的后背,让老伴的头枕着自己的胳膊,轻轻把老伴抱了起来。

老伴笑道:"老头子,你这样天天照顾我,嫌累不?"

老何把老伴轻轻放进三轮车后车座上,一边拉过毛毯盖住老伴的双腿,一边说:"你照顾了我大半辈子,也该我照顾你了。如果下辈子我们还是两口子,我还照顾你。"说完,趁老伴不注意,在她脸上亲了一口。

老伴的脸红了,像是抹了胭脂,说:"死老头子,也不知道害羞!"

老何哈哈笑着,把三轮车推出院子后发动起来,慢慢地开往河边。

老伴身体好的时候,老何常和她一块来河边散步。老伴得病以后,老何就买了一辆电动三轮车,时不时带着老伴到河边散心。今天他心里乱,正不知道怎么好,老伴提出要看风景,那就去河边看风景,他也好好散散心。

老何慢慢地开着三轮车,一边看着河边的风景,一边和老伴闲聊,老伴时不时被老何的话逗得哈哈笑。走了半个多小时后,老伴说有点累了,想回家。老何就让老伴眯会儿眼睛,调转车头,往家慢慢开去。

到了家门口,老何看老伴睡着了,慢慢地把三轮车推进院子里。他打开屋

门，来到三轮车旁，轻轻喊道："老婆子，我们到家了，我把你抱到屋里去。"老伴没有醒，他又轻轻喊了两遍，老伴还是没有醒。

老何摇了摇老伴的肩膀，老伴的头慢慢垂了下去。

老何瞬间热泪满面，悲声高起："老婆子，老婆子啊……"

原载《聊城文艺》2022年夏季号

高 杉

小小说二篇

变甜的苦瓜

我和憨瓜、顶花带刺是一个村里从小长大的同学。

我和憨瓜都在心里偷偷爱着顶花带刺。我们两个人都不是那种一般的喜欢喜欢就拉倒、见了别的姑娘爱爱也行的那种爱,而是下决心把她永远搂在怀里,疼在心里,当一辈子媳妇的那种爱。顶花带刺也喜欢我们俩,不过随着年龄慢慢长大,我发现她脚踩我和憨瓜这两只船,越来越偏向憨瓜。憨瓜已经发展成为我的情敌了。

顶花带刺的名字叫黄朝晖。她爹黄老师是村小学里我们几个的启蒙老师。因为顶花带刺出生在早晨,已经有了两个儿子、心花怒放的黄老师,饭不吃觉不睡,翻遍毛泽东诗词,根据"芙蓉国里尽朝晖"那句诗,为女儿起了这样的名字。

小时候,顶花带刺经常穿一身绿褂子、绿裤子。她吃得好,发育早,皮肤嫩,长得又高又细,加上性格泼辣外向、待人处事锋芒毕露,我就给她起了这么个"外号"。当然,不光她,全班同学我都起过外号,不过,都没这个外号起得好。

好多人看看她的长相个头,再想想绿秧秧上挂着露珠的嫩黄瓜,都觉得这个名字起得妙,形象贴切,生动传神。这个名字,一直跟着我们上了高中。

黄老师知道这事后,还专门找我证实。我好汉做事好汉当,立马承认了。黄老师用一只手捂着我的肩膀,说,高瑞山,你把这点儿聪明用到学习上该多好啊,清华北大上不了,考个一本没问题。我多希望你们都考出塞罕坝去,做个对社会有大用的人啊!他的手好热乎,我隔着衣服都能感觉到他的温度。那是20世纪的80年代,他的民办老师总也转不了正,便辞职在塑料大棚种黄瓜了。我们那里是全国有名的黄瓜小镇,生产的黄瓜直销北京大钟寺,出了很多万元户。

顶花带刺也很喜欢她这个外号。哪个女人不是喜欢娇嫩水灵,担心衰老变

丑，虚荣心强嘛，现在她的微信号仍然用着这个名字。

憨瓜考上省城的大学，我和顶花带刺都落榜了。我觉得我和顶花带刺终于可以柳暗花明了。谁知道，憨瓜却在上学前和顶花带刺订婚了。憨瓜邀请我参加他们的订婚宴，说，我有了国家干部的身份，和黄朝晖订了婚，她和黄老师一家也就放心了。其实，这小子也叫我彻底死心了。我和顶花带刺今生今世只能停留在好同学这一步了。本来能喝一斤酒的我，那天喝了三杯塞罕坝酒就醉了，很丢人地被送回家中。

从此，我就开始在村里种黄瓜，也在心田里种下对他们的怨恨。

憨瓜大学毕业分配到兴隆县农业农村局，不久就和顶花带刺结了婚。我这位新郎新娘最好的同学朋友，受不了那种喜庆气氛的刺激，借故联系黄瓜销路，在县城一个小旅馆躲了三天，没参加他们的婚礼。

由于和憨瓜家是地邻，"低头不见抬头见"。看到他们小两口恩恩爱爱，心里那个气呀，但碍于情面，只得强装欢笑和他们打声招呼、开句玩笑。虽然告诉自己，要接受这个事实，不能心底狭隘，但总有一种报复的念头，在胸中涌动着，让我寝食难安。

机会终于到了，我做出了一个决定。这个决定，让憨瓜两口子坐不住了。

憨瓜和顶花带刺请我到他们新房里喝酒。酒过三巡，憨瓜就直截了当地请我放弃我的种植计划，说，一旦我的计划实施，今年他家和周围这一片十几户的黄瓜就全完蛋了。我开始是光喝酒不表态，后来借着酒劲儿，拒绝了他的请求。我红脖子涨脸地嚷着，你不能仗着自己是国家干部，想娶谁就娶谁，想怎么着就怎么着！我想种啥就种啥，你还要当我的家，你管不着！我使劲一顿酒瓶，整个瓶底掉了下来。憨瓜知道我气不打一处来，恼羞成怒得面色如同紫茄子。

我不记得那个酒场是怎么散的，我喝得太爽了。我终于和憨瓜打胜了一仗。那年，我靠近他们家黄瓜种的全是苦瓜，勤劳的蜜蜂把我家苦瓜的花粉，慷慨无私地传送到憨瓜以及相邻的几家大棚的黄瓜花上，让他们的黄瓜全都变成了"苦瓜"。

但没想到，憨瓜和顶花带刺，还有那些沾了我苦瓜光的黄瓜种植户，通过网上营销和现场采摘，卖苦黄瓜全发了大财，价格比正常黄瓜贵了一倍。

他们的广告词是："养生苦黄瓜：苦瓜的口感，黄瓜的功效！"顶花带刺还被表彰为兴隆县乡村振兴十佳带头人。

我，在顶花带刺面前又一次"癞蛤蟆过门槛——顿腚栽脸"了！

获塞罕坝酒杯首届全国微型小说征文二等奖

红薯头的鞋

红薯头从小没穿过鞋。

娘生他时，连碗棒子粥也喝不上。看他是个带把的，才没扔家后河坝上喂狗。满月后起名，爹想了半天也没想出来，还是娘看到碗里的熟红薯头，来了灵感，说，叫红薯头吧，有这不至于饿死人。爹一听，马上同意：行，贱名好养活。

那年月的穷人，吃饱肚子就不错了，穿不上鞋的，村上大有人在。红薯头就是一个，成年累月不穿鞋，没约束的两个脚丫子又大又肥，长期在地上摩擦，脚掌结了一层厚厚的茧子。十多岁时，人们就逗他，让我看看你脚丫子的厉害吧。他就弯腰捡起一棵蒺藜秧子，扔到那人面前，用脚使劲搓几下，那些长着尖刺的干蒺藜就搓碎了，然后把脚抬起来让大家看，脸上满是得意。

土改时，分完土地，就分浮财。地主大院的东西，按先大后小，分成一件一件，让贫雇农挨号去挑，挑完为止。上面的干部说，完全自愿，谁也不能强迫谁，穷人可高兴了。有人挑头牛，有人挑辆车，有人挑布袋粮食。那时他爹娘都没了，有了当家的权力。轮到他挑的时候，他迈过成堆的绫罗绸缎、古董玩器，直接向一双大皮棉靴下手。那是老地主在高唐城里，专门花大价钱从一个日本大佐手里买的，一直舍不得穿。旁边的人看他笑话，连讽带刺。这个说：还是人家孩子有眼光！那个说：小儿咪，留着相媳妇穿，一相一个准！红薯头不听闲言碎语，坚持自个儿的选择。穿上洋靴的红薯头可神气了，睡觉都舍不得脱。原来，穿上鞋的感觉这么好啊！

可惜好景不长，红薯头去腰站赶集看热闹，回来在北大洼遇上两个老缺断道（当地话：土匪拦路抢劫），掏遍他全身半个子没有，只得放人。正在他要走的时候，老缺才发现他脚上的棉皮靴，用枪逼着他当场脱下来，让他光着脚丫子回了村。他连跑带颠向村干部报告，正在开会的王队长领着两名带枪工作队员赶到北大洼，结果连个人毛也没看到。王队长是来村里动员支前的，号召青壮劳力参加运输队、担架队，往前方运物资。王队长搂着红薯头的肩膀，两个人站在会场的中间。他感觉到王队长的那只手，那么热乎，那么软乎，那么有力量，让他忍不住听那只手指挥。王队长高声说，大家都看到这个大兄弟了吧，不消灭国民党，咱分到手的地，也会要回去，穿到脚上的鞋，也会给扒走！听着王队长说得有道理，村里十四个青壮年都报名参加了小车队。

王队长是个女的，不到三十岁，听说是县委委员，男人在部队里当团长。到区里集合前，王队长把一双千层底布鞋交给红薯头。小伙子，送你这双新鞋，祝贺你参加革命！红薯头很感动，憋了半天说出自己的愿望：王……王队长，我认你……个姐姐……行吧！王队长很痛快：好，弟弟，咱们革命战友本来就是兄弟

姐妹！说完，主动和红薯头握了手。这是红薯头第一次和女人拉手，那脸羞得像大红布。

跟着部队往南走，原本说半月二十天完成任务，谁知越走越远，过了黄河了。二老顺的鞋穿烂了，只得扔掉，可大冬天光着脚怎么行，红薯头犹豫了两天，还是把王队长送他的新鞋给了二老顺。二老顺死活不要，说这是人家王队长送你的纪念，你都舍不得穿……那你还要脚丫子吧，你还完成任务吧，就这腊月天，雪天冻地的，你还跟我比！二老顺只得听了他的话。看到二老顺穿上了新鞋，红薯头比自己穿上还高兴。他忘不了那年三十，二老顺她娘给的二斤棒子面，也忘不了王队长说的，互相关心，互相爱护。

淮海战役开始了，大小车辆呼呼地往南涌。大路走不开，独轮小推车只得走旁边的田间小道。红薯头推车走在前头，没想到踩上了敌人埋的地雷。等后边的人听到爆炸声赶到，只见红薯头两腿是血趴在雪地上，旁边是翻倒的小推车，车上的麻包也被炸开了：里面是一双双崭新的棉鞋。

仨月后，红薯头坐着轮椅出现在山东某后方医院，双腿变成两个空空的裤管。

面对前来看望的小车队员，他嘿嘿笑着，说：我这辈子可省鞋了。身旁忙乎着伺候的，是个穿素花棉袄的乡下姑娘。

原载《金山》2022年第9期

李立泰

年　关

一

困难的日子里,我们大都怕过年,年关年关,过年如过关!

令我意想不到的是在"过关"期间遇上两位漂亮女性,兽医芦卫东和评剧演员寒梅。

年,原本是最隆重、最欢乐、最重要、最渴望,吃得最好、穿得最好、玩得最好……有若干个"最好"的节日,怎么跟"关"字组合在一起了呢?

"年关"是古人概括出的用来表达"过年难"感受的词。"年关"顾名思义,是时间上的一个关隘,跟空间上的关隘(山海关、函谷关、嘉峪关、虎牢关)差不多,古人认为都是比较难以逾越的。

"年关将至",古人说进入腊月就算年关的开始,持续到除夕夜,都算年关。甚至一直到元宵节,都在年关的范围。

有几个朋友跟我聊过关于"年关"的故事,下面用第一人称来写,便于叙述。

二

我那些年,生活困难,从不盼过年。

小时候热切地盼过年,甚至掰着手指算还有几天年来到。过年能穿件新衣服,女孩子能戴朵花儿,虽然是纸花儿,戴头发上也很漂亮。男孩能放几只鞭炮,炫耀炫耀,差的也能点几把"滴答金"(滴答金一把十根儿,长约15厘米,粗细如香一般),点燃抓在手里随走随滴答金光闪闪的小颗粒,不时爆出几粒小火花儿,燃料是木炭碎末末,用软的毛头纸卷成。"滴答金"价格便宜,一分钱能买一把儿。母亲只允许一次点一根儿,我拿一把"滴答金",分若干次点燃,可以

跟小朋友们多玩几晚。

过年嘛，能吃顿饺子，吃点肉，吃炸丸子、藕夹子，好年景还能收入个三五毛给长辈的磕头钱。钱虽是不多，不过当年的钱挺值钱。给长辈磕头，就给压岁钱，有的给五分，有的给三分，还有给二分一分的，少，总比一分不给强吧。不过三分钱就能买只带橡皮的铅笔。压岁钱多数是母亲给别人孩子钱交换来的，纯利润很少。

虽然不盼过年，但是年到来的时候还是来了，它是不以你的意愿为转移的。

咱过年要买斤肉吧，吃顿饺子。可是我连一分钱都没有哇，拿什么买肉啊！当年猪肉价格每斤七毛四分，买二斤肉需一块四毛八。这是公社食品站的价格，据说是全国统一零售价。哪怕就是社员自家喂的猪，猪肉上市也不能抬价。公社工商管理所、公社税务所两所人员工作认真负责，特别是到了公社驻地，每逢集日，便沿街巡查，发现抬价、漏税偷税者严惩不贷。逢集日常见被工商所、税务所罚站示众的小生意人。

我们虽然买不起猪肉吃，猪肉片子白花花的，往哪儿去了，据说大部分让有钱人享用了，我当年只有劳动的权利，因为劳动最光荣啊！现在想想很对，领导是人民的勤务员，属脑力劳动范畴，脑力劳动也是劳动呀！没钱买猪肉，但是，不影响我去公社食品站看宰猪的热闹场面，欣赏白条猪被拉开肚子，大白猪肉片子被铁钩子挂在架子上。

公社食品站在聊临公路北侧，几间门市，里边是几亩大的院子，围墙不高浑砖垒的。进了腊月门号称年底的日子，食品站的大门对我们众社员是敞开的，欢迎大家参观指导工作。食品站里传出猪挨刀子声嘶力竭的嚎叫声。外围几头拴在老枣树上、木桩子上，只管低头拉犁、拉耙、不抬头看路，现已瘦骨嶙峋，病态泱泱，被来自山东农业大学畜牧兽医系的芦卫东大夫检查确诊：此耕牛已丧失劳动能力。分管农村工作的公社副主任签字：同意宰杀。

漂亮的芦卫东，大学毕业，浑身充盈着文化感，散发着"雪花膏"的青春气息，长得洋气！跟她供职的兽医站氛围不大协调。

有个大队的饲养员来给头母牛看病，母牛流鼻涕不止，滴滴答答，饲养员对芦大夫说："它不吃草，无精打采，看样子浑身没劲。"芦大夫拿出温度计，把温度计插进牛的外生殖器里，温度计拴着根绳子，连着书夹子，书夹子夹住上面的牛毛，防止温度计脱落。芦大夫拿听诊器检查了牛的心肺，她根据牛体温等判断："此牛患了感冒。"饲养员一脸疑惑，问："芦大夫，牛还感冒啊？"芦大夫回答："对，牛也感冒。"从此他跟社员们笑谈芦大夫给牛看病的经过，给她起了个外号"牛感冒"。人的外号有的可以公开有的不能公开，芦卫东的"牛感冒"就不适宜公开。

　　咱说,就凭芦卫东漂亮的模样,芭蕾舞演员的身段,分配到地区人民医院内科、儿科也满当。甚至转行到地区歌舞团也没问题。

　　我曾自告奋勇,帮助饲养员三叔,牵着我队被对立面枪击了驴后腿的伤残病驴,去公社兽医站找芦大夫审批病驴丧失劳动能力的鉴定。队长五叔用怪怪的眼神看我,虽然我是回乡知青,思想进步,觉悟不低,但感到我不太正常,咋赶先进学英模,赶到牛棚来了?到兽医站三叔跟芦兽医对话,我只站在病驴的一侧目不转睛地看芦大夫。可惜三叔张嘴满满的黄板牙,对照芦大夫洁白的牙齿一个天上一个地下。我寻找她的黑葡萄似的眼睛,眼睛这东西可骗不了人,她的眼睛一点也不黯淡,发射出来的光芒具有穿透力,眼神里充满对此刻和未来的热情。

　　一段时间俺公社有些大队的生产队饲养员,听说兽医站分来位漂亮的"牛感冒"兽医,争先恐后牵着牲口来看病,公社的病牲畜形成了规模。公社兽医站的业务收入大幅度增长,站长观察芦大夫看的生病的牲畜,他发现了问题所在,主动接诊来看病的所谓生病的牲畜,撵回去一些无病呻吟的牲口。

　　乍看起来"食品站"这仨字,名字挺香甜也颇有诱惑,说白了就是屠宰场,或者说牲口的刑场,不太有人情味,挺残忍的地方。

　　苏联画家夏加尔一生的美术作品与牛羊有关。他出生在白俄罗斯的一个叫维特普斯克的小镇上,从小就爱好美术、写字,给乡亲写牌匾、画招牌啥的。他爷爷、父亲和乡亲一样靠打鱼烤鱼片,宰杀牛羊为生。一次他爷爷要杀一头老牛,老牛乖乖地抻出脚来让爷爷捆。夏加尔掉泪了,他搂着老牛的脖子,说:"我没办法,救不了你,但是我保证绝不吃你的肉!"

　　杀猪还可以,它就是供人们享用的。杀耕牛我就不敢看宰把子对牛下刀子!可怜的牛们可是披挂着枣木梭子皮套股,拉犁拉耙出了一辈子力的呀!吃的是草,出的是力,流的是血汗,挨的是鞭抽,听的是骂声,到头来被人残杀,再吃它的肉和血……可惜我不是夏加尔,是夏加尔又能怎样?还不是一样救不了牛的命。

　　食品站大院的味道一般化以下,臭烘烘的,这还是腊月底时节,天寒地冻,公路冻得裂缝,水缸保护不好冻烂,臭分子尚不活跃,若是五黄六月高温天的蒸煮,苍蝇在空中盘旋,嗡嗡乱飞,臭气熏天,简直站不住人。

　　食品站大院里热气腾腾,天井的上空烟气、热气、臭气团结在一起,拧着劲儿飞向天空,向周边流窜。大灶膛里烧着劈柴,大火熊熊,大铁锅里的开水汩汩冒泡。小灶的锅里熬着松香,已熬成了液体状稠稠的黑色糊糊,这是专门用来粘猪头毛的。

　　我进去的时候,宰猪的大案子周边已围满了穿黑棉鞋、免裆黑棉裤、黑棉袄，戴棉帽子的社员。有的社员冻得流鼻涕，还懒得擤鼻涕，就用力"抽抽"地往鼻子里回收，鼻孔像两只黄豆虫抻出来，又缩回去。有的社员用废报纸裁的纸条卷黄豆叶加棉花叶的烟卷，燃烧出的烟辣乎乎的。多数社员揣着手，看宰猪师傅嘴里颔着带血的刀子，冻得通红的手摆弄案子上的猪。只见师傅的刀子对准猪脖子气嗓处猛捅下去，一拧，然后拔出刀子，鲜红的猪血喷出来，流在地上的大血盆里。刀口处汩汩冒血、喷沫，放完血，师傅在猪脚上边切开个孔，用长铁条捅透猪的全身，然后嘴对着孔用力吹气，猪慢慢膨胀得如气猪般，然后用绳子扎紧开的孔，再下锅热水烫气猪，烫过再用刮子刮猪毛，刮完猪毛先把猪头拉下来，再开膛破肚取出下货。猪头被师傅扣在手里，在汩汩冒泡的松香锅里滚一遍，然后提出来放到凉水盆里冷却，剥去黑黑的松香皮，猪头上的毛全被粘下来，鼻孔、耳孔、眼窝、皱褶里等都干净雪白。

围观的社员鼻孔都喷出两道白色气体，也有围着围脖的，嘴呼出的热气在围脖上冷却成了白白的霜花儿。早晨还有从周边大队赶来看宰猪的社员，寒冷的早晨，雾气遇上包头的毛巾，胡子、眉毛也都结了霜花儿，像油画白胡子老头儿。

三

我们众社员来采风，观看了宰猪的热闹场面，不当吃不当饿，还得空着肚子（杀猪师傅去改善生活了）回家。今天是年前的倒数第二个逢集日，社员们好说"没天了"。年，再难也隔不过去呀。过年除了买斤猪肉外，还需要买斤棉油，炸丸子，弄几碗供，供香老天爷爷、供香列祖列宗、老奶奶老爷爷，请他们保佑全家平安，保佑来年好收成，祈求我们有好的未来。

我在屋内找钱，其实我早已翻箱倒柜、挖地三尺搜查过了，席底下、抽屉里、柜头里，实在可怜，连一分的小银圆儿都没搜出来。

年咋过？我在思考这个问题，想来想去，解决方案一是卖口粮，二是卖羊！

我掀开囤盖儿看了，囤里粮食不多，来年春荒咋渡？小缸儿里有点能变钱，仅有的几十斤麦子，还有点玉米，还有一大一小母子两寒羊。我摸着小羊儿的脸儿，它瞪眼看我，抻出舌头舔我的手，巴结我，跟我套近乎。我喜欢它这个小家伙儿，长得虎头虎脑，浑身小肉牛儿样，走路一跩一跩的，铰一身毛卖四块多钱，能买一年的盐吃。明年它就能怀孕生小小羊了。我不忍心卖它，它是棵小摇钱树儿。

麦子所剩无几，孩子小，总要吃点白面馍馍。看来只能卖玉米，我弄出半袋玉米过秤，扛着40斤玉米赶集。粮食市在七队牛棚外，已来不少卖粮的社员。把粮袋口一圈圈翻下来，便于买家看成色。赶集的男女社员熙熙攘攘，南北走动、人头攒动，一眼望去看不到尽头。粮食市多是卖麦子的，也有卖其他杂粮的，都是小口袋儿，几斤十几斤地卖。

卖粮的社员脸色都不大好看，灰渣渣，骨瘦面黄。在粮食市转悠的大都是男社员，都穿黑粗布棉袄、黑粗布棉裤、黑棉鞋，领口被人油染得黄不拉几，戴的单帽儿，也一圈油渍麻花，或包的毛巾泛灰。男人脖子、头发、棉衣全脏乎乎的，哩哩啦啦、咯咯巴巴。

这其实是我的非虚构写照。我大概四个月没理发了，头发长得盖住了棉袄领口，棉袄领子被我的人油渍得黑亮，外侧则粘了一层黄土。头发有一寸多长，虽然长一些，但跟当代蓄大辫子的艺术家、梳长发的书法家、烫发的歌唱家、独辫儿的画家比起来还应算短发。只是头发没这些冠以"国"字号的"家们"干净、清爽、靓丽。

我的头发太脏了，不仅毫无光泽，头痒难耐，摁头止痒，白头皮屑如细雪飞出来，而且尘土啥的和头发交织在一起。我曾用草木灰、做饭的锅底灰集中起来，倒上水，用破布过滤，过滤出的灰水洗头发特管用！头发很干净，一周内头皮不瘙痒，摸摸滑溜溜。公社大街上的理发店，理一次发收费一毛钱，真不贵，够便宜的了。可是一毛钱哪里来呀？社员"日不进分文"。我四个月不理发节约了四毛钱的开支，实际换算一番，按当时的口号"增收节支"，就是增加了四毛钱的收入。

"日不进分文"五个字词，不是我的原创，"版权"在生产队长五叔那里。

举例说明：一年我们生产队年终决分，全队 200 多口人，分 1970 块钱。这就是年终决算，把你家一年分的口粮、瓜菜和柴草啥的，折算出来值多少钱，您家一年劳动的工分总数值多少钱，扣除已分的东西价值，剩余部分就是应分的钱数。那年月一个整男劳力一天十分工分，价值六分钱，可买三盒火柴。我家从来没分过钱，总是欠队里的粮食款，五叔就召开队委会研究，给减免了。变通一下，队里给我家补贴 1700 个工分，体现社会主义制度的优越性，才不欠队里的粮食款。不然要拉家带口外出逃荒要饭，给队里抹黑。就是那年有一家有 6 个男女劳力，挣的工分多，分了 300 多块钱！全队人惊呼："这么多钱，怎么花呀！"

是这次去理发店理发，受到理发师的奚落："头发半札长喽，你快半年没理发了吧。"

我说："没钱理发，自己用剪子铰过，豁齿露牙跟狗啃的似的。这不过年哩，怪难看的，找您理理吧。头发长是长了点儿，反正冬天里也暖和。先记账，等集上有了还您。"

理发师眼里发射出鄙夷的蓝光，那是瞧不起人的眼光！是几乎不愿意拿咱

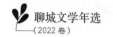
当人的眼光！我受到极大的侮辱！

人，没啥也别没钱。

到了半晌，刮起了大西北风，越刮越大，刮的树梢"拔哨"地怪叫。这种怪风，俺鲁西叫刮黄风，直刮得天昏地暗，刮得人头晕目眩，天旋地转，天地间被尘土包围起来，贼风把枯枝败叶卷到天空。人人都成了黄土人，树成了黄的，草垛、房屋成了黄的，连正午的白太阳也染得像鸡蛋黄儿似的，无精打采地挂在天上。集上闲逛的社员开始散去。

我多么盼着有买主啊！偶尔来位伸手抓把棒子从手指缝里哗哗流下去，落到我口袋里，象征性地瞧瞧，我满脸堆起巴结人的笑，乞求地看着人家主顾脸儿，说："我这棒子好，熬粥、贴饼子、蒸窝窝很香！是自留地套种的，绝对不比春棒子差。"我虽自夸一番自己的优质棒子，可是他问问就走了，不是实买实卖的主儿。

风刮得我不敢睁眼，慢慢瞅个缝儿，看别人就知道自己，浑身上下、头脸、眉毛、鼻子全是黄土。天转晌，快散完集了，我看棒子实在卖不出，就扛着棒子回家。一路沮丧的碰到赶集走的社员，只想求人家买去，我贱卖。但考虑再三，贱卖不合适。还是扛回家吧。

父亲见我把棒子扛回来，说："年底卖棒子不行，过年都用麦子磨白面，蒸馍馍、蒸花糕吃，您俩个商量商量还是卖点麦子吧。"

其实年集上卖什么粮食快，这事我知道，但我不能跟父亲说我知道卖麦子好卖，父亲说什么，当儿子的只能听着。还嘴解释就是不孝！家里麦子太少了，不想卖，也不敢卖。再等五天的逢集日想法卖点东西变钱。

四

我虽然棒子没卖掉，过年的费用还没着落，但是日子还得过呀，太阳天天从东方升起，我也天天起床吃饭。只能等五天以后，下一个逢集日，为筹集可怜的斤把肉钱，再掂兑卖什么。

一天九叔喊我："履生，今儿有事吗？"

我跟九叔曾是小学、初中同学，他身强体壮，保护过我免受街痞学生欺负。我对他怀有感恩之心，在学习上帮助他，考试也给他传过"纸条"，他对我也很感激。九叔喊我的时候，其实我正思考穷的问题。但听到他的喊声，我立马从"穷"中走出来，面带比哭还难看的微笑迎接九叔，问："九叔，您有事啊？"

九叔说："我没事。你若也没事，咱去戏园子看戏吃饭去。"

九叔说的戏园子，就是公社在1959年至1960年生活困难时期建的大剧场。正门是推拉门，漆的绿色，三层楼高的前脸儿，颇壮观。西边有大院子，是演员们的活动场所，有大木门，接剧团的大马车可畅通出入。

舞台用大木板、大门板凑成。可能没测算过舞台的承重,高唐京剧团演《沙家浜》"奔袭"一场戏,临清京剧团演《智取威虎山》,那么多演员在舞台上打仗翻筋斗平安无事,剧院经理还真担心过舞台承重行不行?有一年,地区杂技团演出自行车花样表演节目,其实也不是第一次在俺公社剧场演出。一大力士骑车在舞台转圈,一圈圈分批次窜到自行车上九个人,再说杂技演员手脚灵活,身轻眼快,但九个人再小巧咋说也快够1000多斤吧?节目也到高潮了,自行车如燕子一般飘飞,演员抻开一侧的手臂,即将结束谢幕下台的前几秒,只听咔嚓一声巨响,舞台板子断了!观众大都"呼"地站起来看舞台上的演员,好在演员有水平,没有受伤,不幸之万幸。

剧场池座有联椅八排,中间四排,两侧各两排。头上写排号,背后写座号,对号入座,观众秩序井然,甚至还有所谓的楼上座位四排。

当年社员是不大看戏的,票价虽不贵,但甲级票也需两毛一张,乙级站票一毛一张。最便宜的是剧院经理为剧团组织观众,往各生产队送"红票",就是丙级票,五分一张。看戏多好、多美妙哇,演员大都是漂亮的女演员,甭管是青衣、花旦、老旦,都是优中选优的尖子,在繁重的体力劳动之余放松一下,欣赏高雅的京剧艺术,听听音乐,是绝妙的艺术享受。可是队长把"红票"分发给生产队队委会成员,正副队长、会计、农具保管员、粮食保管员、记工员、各生产组组长、妇女队长、团支部委员、民兵正排长以上的干部,我等纯社员轮不到享受此待遇。

这就引发了或者说逼得没票的人去剧院"跳漫墙"。"跳漫墙"太不文明,虽有好心人动员我参与一下,贵在参与嘛!不去!我等回乡知识青年,虽无钱之人,但架子还要适当端一下。我们最多在剧院门口听戏,或等检票员发慈悲放我们进去"砸戏根",看一两场,甚至邯郸鸡泽豫剧团的检票员后三场也让看过。

我问九叔:"剧院写戏来了?"

九叔说:"戏园子写个'落子'来了,他说过年哩叫社员们欢乐欢乐。"

我听九叔说的话别扭,说:"经理不会说这话,他得唱高调,说春节哩,丰富丰富社员们的群众文化生活。"

九叔说:"履生你别踮了,什么演员呀,就是戏子。你去不去?也不是多高级的剧团,你想想都过年哩,人家都往家赶过团圆年,他们抛家舍业来唱戏,比要饭的强点儿。"

我不好意思驳九叔面子,知道他去的真实目的,是看漂亮女演员,说:"去、去去。"

俺俩走到大街上,看见供销社门市部上方贴上了大红纸标语:"特邀唐山联

合评剧团来我院隆重演出"。两侧是主要演员介绍：大青衣寒梅、小生赵玉山、花脸张建山、花旦刘艺、文武小丑李凯来，等等。阵容满档。此书法略逊一筹，是公社驻地大队会计写的，他写时，自我感觉挺好，墨汁够黑的。

俺从剧院西大门进去，看演员吃饭的社员早已把演员团团围住。我俩只能站外圈看，原来评剧团今天包水饺。在我国北方过年最注重吃饺子，他们提前练练手艺。由炊事员按人分水饺馅子、和好的白面。饺子馅，白菜、葱、姜、花椒面、大茴等材料全，肉不少，香油一放，那股子冲味直串鼻子。

众社员围观的正是大主演寒梅两口子包饺子的现场。

寒梅二十多岁，风华正茂，身段苗条，长腿细腰，面色红润，柳眉大眼，双酒窝尖下巴，长发油光滑亮，穿黑呢子裤，戴白围脖。前边忘了推介寒梅擅演的剧目，我老家戏迷好说她"拿手戏"，连台本戏《丝绒记》《桃花庵》《望江亭》《蒋兴哥重会珍珠衫》《梁山伯与祝英台》《杜十娘》，等等。寒梅的唱腔用什么词形容？婉转悠扬、高亢激昂、柔中带刚。特别是她浑身带戏，最厉害的是她那双眼睛，她眼里藏着钩子，出场扫一眼观众，就把小年轻的魂钩走了。

这个剧团多是演一生一旦的戏，他们大约是民营剧团，多地演员联合演出，寒梅演花旦、青衣，她大伯哥演小生，每晚演出总是她俩，大伯哥跟兄弟媳妇逗戏。男女调情的戏在公社剧场演得有些花哨，有不少二度创作，他们没死板地抠剧本唱词、念白，煽情的戏弄得青年男女观众"嗷嗷"地叫，口哨声此起彼伏，观众与演员热情互动，搅得剧场气氛像开锅水，几乎把剧场房顶拱开。

他俩的戏挑动得观众激情燃烧、群情激昂，以致有小青年从家里偷出鸡蛋来换戏票，去看寒梅。

寒梅包饺子时，头发碍事遮住双眼，她掏出白手绢往脑后一扎，哎吆喂！也就这么一扎，效果出来了。那么普通的手绢，让人家寒梅捆在头发上就把她跟其他演员区别开来，风度翩翩，气质优雅。馋得众社员咂咂嘴、啦啦啦口水，乱"哎呀、哎呀"的，甚至夸出口：真好看啊！大青衣寒梅包的饺子不怎么样，并不漂亮，但是个个肚大腰圆，整齐地排列在笼屉上。原来他们不下锅煮饺子，这叫蒸饺。寒梅的对象剃着小平头，个头不高，长得也将就，是剧团的头弦，拉板胡的。寒梅两口子包完饺子，寒梅跟师傅去伙房，这儿由她对象打扫战场。社员悄悄低语开始评论，有拿寒梅跟兽医站芦卫东开比的，这二位谁好看？不相上下。

日子穷是穷些，但是穷社员苦中自找乐趣。苦日子也不能影响社员们的"文化娱乐"活动。

五

到了年前最后的逢集日，再过三天就是除夕，这是仅剩的机会。我思忖再三，还是悄悄地装了不足二十斤麦子,扛着口袋赶集去。我庆幸已走出胡同口,大半没事了,可是孩子妈还是快步撵上来,喊我:"履生,你站住行不,你扛的什么?"

我说:"咋啦?我扛了点麦子。"

她说:"你卖麦子,也不跟俺说声儿。"她把小口袋儿麦子一把从我肩上抓到手里。

我像做了错事一样,低着头蹲下来,说:"我也是没法的法呀!我能不知道还指望这点麦子给孩子吃吗?"

她非常坚决,不同意卖这点麦子。

她说:"这点麦子喂孩子也不够,你想法卖别的吧。"

我站起来,没看她,也没言语。我注视着蓝蓝的天空,白白的云彩,偶尔飞过的乌鸦,还有喳喳叫的麻雀。心情坏到极点,人还不如小鸟,经常为这张嘴犯愁,愁吃、愁喝。我没好气地发力猛一脚把半块烂砖踢飞到对面墙上,砸个坑复又弹回来。

她看我一眼也没说什么,我俩在胡同口站着僵持。

我低头不说话,她用哀求的样子看我。我们一前一后地回家来,看来只有卖小羊儿了。

小羊儿是父母亲去年给我们的大寒羊生的。小母羊儿生得的确好看,毛质量挺好,密密的毛打着螺丝卷。小羊儿长到明年夏天可以怀孕,到冬天也可以生小小羊儿的。

鲁西那几年流行喂狗尾巴羊,新疆细毛羊。小羊儿的模样可爱,虎势势的。我给它染了三个红点,头顶、腰上、腚上各一块儿拳头般大小的红点。

我往外牵小羊儿,小羊儿聪明得很,好像知道了要卖它,"咩咩"地哭叫,双眼流泪,她母亲也"咩咩"地声嘶力竭地哭喊,老母羊猛劲地冲,缰绳快撞断了。

母子分离的场面叫我们肝肠寸断,我拽缰绳的手战栗,心里哆嗦。孩子妈眼里含着泪,从我手里拽小羊缰绳。她哭腔地说:"不卖了"。

我说:"难道我愿意卖小羊儿啊?它一生下来就喜人,这正长个哩。可是不卖它,咱拿什么过年?!

"不过了!"

我知道她说气话。

最终她没敢看我牵着小羊儿出门,她往屋里,一头攮到炕上"啊啊啊"哭出了声!

我浑身哆哆嗦嗦地牵出小羊儿来。九叔在胡同头儿遇见了,说:"想卖它去啊?"

我扭脸擦一下泪,说:"是,九叔。不卖它,没一分钱,年怎么过呀?"

九叔一审量小羊儿,说:"这些天没见它,蹭蹭长得够快的。高了。"九叔忽然看见小羊儿的四个蹄儿,又说:"黑蹄儿卖不大价钱。你和点泥儿,叫小羊蹄子踩踩,掩盖掩盖。"

我真佩服九叔,它农村工作经验丰富,牲畜行里的事也是行家里手。我按九叔教的如法炮制,小羊儿的四个脚粘上泥,猛看小羊儿蹄儿看不出破绽。小羊儿一到羊市里,便吸引了不少社员围观。它虽个头小,但模样标准,典型的寒羊。

一位临清地儿的社员相中了小羊儿,他左看右看,摸了小羊儿脖子,看褶皮多不多,仔细端详小羊儿身子,又拽拽小羊儿的毛,看螺丝卷多少,相看了好长时间。他终于过来问我了,说:"老弟,这小羊儿想卖多少钱?"

我说:"老哥,先看您相中羊了不?相中了再说价。"

他说:"相中了,你说价吧。"

"噢。相中了。"我朝他抻了手指头儿,表示钱数。

他微笑地摇头,说:"太多,不靠谱。得狠去!"

我曾跟父亲在集上买、卖过羊,学过点基本常识,这时候不能把实底露出来,不然羊价上不去。

我说:"我说了多少钱,看看你给多少?你若有诚意还价靠谱。你出多少?"

买方不言语了,光抽烟。我接着说:"还个价呀!给一分不嫌少。"

父亲其实在旁边看着我们谈价哩。父亲听出我卖羊心切的语气,买方欲还价时,父亲过来了,对他说:"哥们儿,相中羊了吗?"

他对父亲说:"老哥您的羊啊?相中了。"

父亲对他说:"相中了,就还个价呗。"

买方说:"不好还价,小老弟说的天价,不靠谱。"

父亲说:"那个价可不是高价,不是乱来的价。"此时羊市里社员围上来,看父亲跟买方互相砍价。

父亲抓住那人的手,拉到自己的棉袄下摆里。他们在摸码子。父亲露出一脸的不肖,说:"太少。你还得添钱。不过我看啊,是买家,没'胡张老李'。"

那人复又审量小羊儿,父亲发现买方真喜欢上小羊儿了。

他说:"我再添这个数。"他在父亲的棉袄下摆摸码子。他俩互相抻手指,显得挺乱乎。

围观的社员有拉喊的:"行了、行了。"准是买方的同伙在促成交易。

父亲面色缓和地微笑,凑近我耳朵悄悄地说:"瞪得到劲了,再瞪怕断掉。"也就在这关键时刻,我提留的心"砰砰"跳。怕什么来什么!这时他忽然发现小羊的蹄子有猫腻,他把小羊儿脚上的泥剥去,露出黑色。"哎呀,原来是黑蹄子!"

我跟父亲都脸色发紧,怎样应对这突发情况,我没经验。父亲说:"黑蹄就是黑蹄，咱没藏着掖着。小羊儿踩到泥里啦，带的泥。"但父亲语气不那么理直气壮了。

买方要去钱。小羊在羊市里转来转去，蹄儿粘的泥儿一干就掉了，露出原色。他跟父亲要去掉五块钱。父亲仍表现得不情愿，这是技巧。但还要狠狠心卖给他。

"卖给你！咱说明，俺不管报税。"父亲是说俺不负责报税，税费三毛由买方出。

买方说："看看，俺又多花几毛钱。咱往集外边点钱去不行吗？叫俺省几毛。"

父亲瞧瞧四周，说："到集外点钱行是行，就怕败露，被管理所、税务所抓住偷税漏税重罚。你别'闯大咯'，满说就三毛钱，抓住十倍二十倍地罚。"

在羊市办公桌，办完纳税手续回来，买方人的手哆哆嗦嗦地伸进怀里掏出布包，解开布包露出纸包，破开纸包点出二十九块五毛钱。

那人拦住小羊儿，换上他带来的缰绳。牵着走时小羊儿"咩咩"地又哭叫起来，眼泪"哗哗"地淌。小羊儿聪明得很，它母亲没来，在这儿，我是它唯一的亲人。它离开我将是彻底地被卖掉了。它抻着缰绳，哭得撕心裂肺，哭得我心疼。

我蹲下来，再一次摸摸它的脸，小羊儿哭着还抽噎地抻出舌头舔我的手。我再次擦去小羊儿的眼泪。

我直起身，扭脸抹泪，发现芦卫东站在牛市那儿，朝这边注视我，她搞防疫哩。

原载《芒种》2022年8月号

刘　北

绝活儿

一

"你是吃了秤砣，铁了心啊。等你得闲？得猴年马月，爷爷可等不得。我这把老骨头啊，打个喷嚏就散架了。"

我和水生、石榴走到月昇竹器店门口，就听到里面忽低忽高的吵嚷声。我停住脚步，没有走进丰庆号，把前面的水生拉回来。

身后的石榴停下来，心领神会似的点点头。

我弓起身子，两手扶住门框，伸长脖子，探头往里瞧。

一位戴着眼镜、满头白发的爷爷，两只胳膊伏在黑漆漆的桌子上面，正对着手机哇哇喊叫。长条桌子看上去很陈旧，上面零乱地摊放着大大小小的竹器和说不出名儿的工具。

"是不是听说的祝爷爷呢？"我反复揣摩着，眼睛没有离开看上去古古怪怪的他。

他慢条斯理地述说着："人要守本分！好不容易过上安生的日子，你偏偏去什么'北漂'？当年，运河上跑船的，时不时地让'水鬼'带走了。你太爷是死里逃生，上了岸，讨饭糊口。后来，从一家竹器店帮工，到小工、学徒，接了掌柜的。我是生在好年代，在合作社里当上了师傅。"

我从"丰庆号"的门店牌匾和听到的话语，断定他一定是要找的祝爷爷。

他继续没完没了地唠叨着，让我实在沉不住气。

我给水生和石榴递了一个眼色，示意进去。我站在原地不动，伸长胳膊敲敲半开的木门。

他抬头往门口瞭一眼，身子没动。他把我们当成了空气，继续低头有节奏地敲着桌子叫嚷："你是要把我的脸皮掉地下啊！兴隆号今天又开张啦，鞭炮一放，像炸我的心啊。店铺一家挨着一家，挂上了字号和门匾，竹竿巷都活络起来了。咱这丰庆号，就像惊蛰前的虫子——没动静。几百年传下来的老手艺，就绝在我老祝手上了，这老脸寒碜哟。"

水生两只手搭在我肩上，伸长脖子往里张望，像一块大石头压在背上。

我拧着脖子仰起脸，压低声音说，"咱不能白来一趟，说不定明天就关门了呢。"

石榴点点头，两只羊角辫子跟着颤颤悠悠。

水生吸溜一下快流出的鼻涕，右手胡乱在脸上抹了一下。"哎吆——"他惊叫着，从我身上窜出去，趴在店门口。

我也晕头晕脑地跟着倒在地上。

我们从地上爬起来，尴尬地站立着，不知如何收场。

祝爷爷坐正身子，把脸贴近手机说："今儿算你走运，要不是几个淘气鬼捣乱，可真剐你个老料的。"

他缓缓地站起来，挪着脚步，慢悠悠地走近我们。

看上去，他的身材像个南方人，浅灰色的开襟毛衣松松垮垮的，腮部像是吸着一口气。

"谁家的吔？瞅着眼生。真会趁乱乎，不让人安生。"他像是自言自语，停住脚步。

我的心怦怦跳着，眼泪快要流出来了，以为会遭到一顿训斥。

"我可不是故意的，真不是故意的。"水生一脸的歉疚，嘴里嘟囔着。

"说些没用的！"我犟起鼻子，乜斜水生一眼。

石榴站直身体，给爷爷打了一个队礼，彬彬有礼地说："祝爷爷好，我们是考棚街学校的，来请求您帮个忙，不是来捣乱的。"

"嗯，我们还是少先队员呢。"我急忙接上话茬。

祝爷爷上下打量着我们，然后点点头，说："小妮子倒像个'红领巾'，你俩咋看都是淘气鬼。半大小子，正淘呢，就不会让人清静。"

水生确实不是少先队员，就是因为他逃学、淘气、不讲卫生。

我心知肚明，支支吾吾地说："我是暑假前加入的，你问问石榴。"

石榴用批评的口气说："我们是找祝爷爷来修灯笼的，甭说些没用的。"

"我们进了竹竿巷就打听，都说您有一手绝活儿，在运河岸上是响当当的老把式。修好我奶奶的宫灯，只有祝爷爷。要不，奶奶会揪住我的耳朵来个端油灯。"我立刻用手比画着说道。

"宫灯？你奶奶的宫灯？"祝爷爷像是被我说的"宫灯"炙了一下，目光停滞在我的脸上，"毛头小子开什么玩笑？"

石榴把手机伸到爷爷面前,指着照片说:"好漂亮的,被摔得没样子了。"

祝爷爷盯着手机上的图片,看了一阵子,皱起眉头。随后,又摘下眼镜,把眼睛凑上去,仔细辨认着。他沉思了一会儿,惋惜地摇摇头说:"真是糟践了啊!难得一见的宫灯,没谁能有回天之术喽。"

听到祝爷爷的话,我急得哭出声来,乞求着:"爷爷,求求您,奶奶会伤心的。每到过年,奶奶就把它挂在屋门口,嘴里常念叨着'人没了,灯就灭了'。"

祝爷爷突然醒悟了一样,慢悠悠地说:"你是御史巷老史家的?几年前,我还去瞧过呢。这灯啊,也是老伙伴儿,久了,也想。我说要修修了,有些松散了。老史嫂子说,散就散吧,人也说不定多少日子了。也怪我啊,没再坚持,实在扛不住磕磕碰碰了。"

"爷爷,街上都说只有您能修好。您帮帮我们吧,您是好爷爷。"

"唉,这是天意么,不让我把手艺白白带走。最后的一盏灯啦,我啊,拼上老命,也要拿捏好,就算是给孩子们留个念想,给咱运河留个念想!"祝爷爷说着,泪水流到脸上。

我和水生、石榴不约而同地抱住爷爷的胳膊,也是眼泪汪汪的。

接下来,祝爷爷跟我们讲起了竹竿巷的来龙去脉,丰庆号制作宫灯的老掌故,还有自作主张改名的孙子祝新运。

离开丰庆号时,街灯已经亮起来,地上的石板像鱼鳞片一样亮晶晶的。我们追着影子嬉闹着,叽叽喳喳说笑着,像极了三只欢悦的鸟儿。

二

第二天早饭后,我站在院子里,朝向栅栏墙外的石榴树,学着布谷叫几声。石榴树就在石榴家的门前,石榴会听得清清亮亮。布谷叫是我和石榴、水生的暗号,约好一同去见祝爷爷。

石榴匆匆跑出来,正好和我在巷子里碰面。

从宽阔的御史巷走到弯曲狭窄的耳朵眼胡同,我学布谷鸟叫了三声。没走到水生家,就看到他正抱着灰布包站在胡同中央。

"让我看看少了没有。"我急着跑过去,伸手要解开打成结的袋子。

"丁点儿物件也不少,这还是石榴打的死结呢。"水生往怀里抱得更紧一些,用嘴巴抵住袋子的绳结。

石榴看了一眼灰色的布包,点点头说:"别磨蹭了,还是快去找祝爷爷。这结儿,我搭眼就认识。"

走出耳朵眼胡同,下岸上了摆渡到对岸的问津渡口,上岸右转就是竹竿巷口。

竹竿巷并不是竹竿一样顺直,能跑十分钟的街道拧了四五个弯儿,街上的门店百余家,店门口的牌匾各式各样。昨天听祝爷爷讲,竹竿巷像条龙,问津渡口是龙头,龙尾伸进了卫运河。当年,问津渡是个大码头,乾隆皇帝数次在这里登岸,蜿蜒的竹竿巷便被称为龙街,左右伸出去的锅市街、公馆街、琵琶巷成了龙爪。

对于竹竿巷,我充满着许多好奇,不仅仅是祝爷爷的手艺,还有不守本分的大哥哥祝新运。

说起大哥哥祝新运的不守本分,祝爷爷用三天三夜也讲不完。祝爷爷说,鑫运是多吉祥的名儿啊,他愣是改成新运,说啥新时代新思想。常言道,行不更名,坐不改姓。哼,我年过七旬,啥没见过?他大学毕业,不回来承继祖业,偏偏走旁门左道,在网上买些竹器杂耍的小玩意儿。

转两个弯,走过兴隆周记竹器、腾达鞋铺,丰庆号的牌匾映入眼帘。丰庆号牌匾钉在门框之上,右角下沉,油漆斑驳,金色的"丰庆号"三字有些模糊,与清新的墙壁不太协调。店门还是半开,祝爷爷依然伏在桌上。

我们没有敲门,喊一声"祝爷爷好",熟客一样迈过门槛,径直走进去。

"爷爷不想扯扯了,守艺不是手艺,得好好咂摸咂摸哟。"祝爷爷说着,站起身招呼我们,"早啊,带齐了吗?"

"一件不少。"水生把灰色的布包放在桌上。

桌上摊着的竹器不见了,一只盒子里整整齐齐摆着几件精致的工具,桌面擦拭得有了光亮,手机还竖立在木制的底座上。

"乖乖哟,经不住这一股脑折腾了。"祝爷爷盯住宝贝一样,两手抖动着,轻轻解开布包的绳结。等打开布包口,他把脸凑过去,几乎埋了进去,深深地吸着气。

我和水生、石榴不明其中意味,傻子看戏一般,闹得糊糊涂涂。

过了一会儿,祝爷爷抬起头,坐回藤椅上。他沉思着,不时地点点头,自言自语地说:"是这个味,十年不见也记得。"

我们几乎是丈二和尚摸不着头脑了,只是讪讪一笑。

祝爷爷站起来,从布袋里捏出一片镂空的牙板,打开了话匣子:"这牡丹才叫个绝,镂雕挑花功力非凡,镶嵌打磨细致入微,配得上这鸡血紫檀。说起做灯,从备料、开料、出槽、挑花、拼件、配活插件,在绢、玻璃上作画、上色,最后是固定、安装、结穗、挂饰、装灯,哪个环节都松懈不得,没几十年的工夫是不能上手的。单说挑花雕刻,是以铁丝锯穿花板,再用刀刻,然后用铁丝磨其空隙,经过多次打磨修整方可。"

祝爷爷的讲解,让我理解了奶奶拿它当宝贝一点儿不过分的,也更加后悔

私自把它偷带到学校逗能。"祝爷爷,这灯什么时候能修好啊?"我迫不及待让它完好如初。

祝爷爷哈哈笑起来,说:"这可是个耗时的活儿,没个一年半载可不行。"

"那可不成,奶奶过年时要挂灯的。您就赶赶时间吧。"我恳求道。

"赶不得,我那孙子总让我闹心。没个清静,这活儿可干不得。"祝爷爷脸上露出无奈。

我信誓旦旦地说:"您的烦心事,包在我们身上。"

水生和石榴点点头,附和着说:"包我们身上。"

祝爷爷审视着我们,叹了一口气,摇摇头说:"算了算了,不说这闹心的。"

我拍拍胸脯,说:"我们说话算数的。咱们一起拉钩。"

我和水生、石榴伸出小拇指,凑近祝爷爷的手,说:"拉钩上调一百年不许变。"

祝爷爷哈哈大笑起来,喊了一声:"拉钩上调,一百年不许变。"

他伸出了两只手的小拇指,一只递给我,一只递给水生,我和水生的另一小拇指递给了石榴。我们的小拇指相拉相勾,连在一起,上翻相挨,开心地喊起来:"拉钩,上调,一百年,不许变!"

三

竹竿巷里每天少不了我们的身影,一天穿行两三次的时候也不少,丰庆号不再冷冷清清。

好多日子后,灯笼还没见个完整的模样。"是不是祝爷爷在哄我们?他根本就修不好这只灯笼?"我的脑子里像是跑着几只活蹦乱跳的兔子,一个又一个的疑虑跳出来。大脑空间明显不足了,偶尔发生"死机"。

我找到水生,把一大堆疑问倒出来。

水生挠了一阵子脑壳,也没说出个所以然,只好和我一起去找石榴。

石榴连连摇头,说:"你是胡思乱想,我相信祝爷爷的技术。"

我不以为然,反驳说:"你说说,那修灯笼咋像蜗牛走路那么慢?"

水生吞吞吐吐地说:"是不是担心咱付不起工钱呢?"

"祝爷爷不像那样的。"石榴朝我翻一下白眼。

"是不是等我们的行动呢?"我的脑子里突然浮出和祝爷爷拉钩的情景。

"啥行动?"石榴和水生伸长脖子,满脸的惊讶。

"我答应祝爷爷的烦心事包在身上。那天是脑子一热,没管住嘴巴。"我拍了几下脑门,满心后悔。

石榴认真地说:"我们拉过勾的,说话要算数。老师说,每个学生都要诚实守信。"

"吹牛皮要上税的。"水生嬉皮笑脸的,有些幸灾乐祸。

我用脚面踢一下他的屁股,生气地说:"都是你惹的祸,要不是你把灯笼摔地上,哪里会这样。"

水生尴尬地低下头:"对不起。是我太好奇了,喜欢灯笼上的图画,提起灯笼想看个仔细。几个同学都伸脖子探脑的,一窝蜂样挤着,才失手掉到地上。"

"咱后来说好不让水生赔的,也拉钩了。"石榴马上打圆场,"现在是要想个办法,兑现我们的应诺。"

水生举举手,像是有话要讲。

"有话就说,别假装正经。"我没好气地说。

水生瞅一眼石榴,等她点点头后说:"祝爷爷装病,保准他孙子回来。"

"装病?就你能出这馊主意。"我知道他逃学时惯用这一套。

石榴笑呵呵地说:"甭说,这馊主意说不定能派上用场。"

"装啥病?祝爷爷肯吗?"我心里没底儿,不以为然。

"光说不干,嘴把式。不试试咋知行不行?咱们去找祝爷爷。"石榴不容我同意,转身走向耳朵眼胡同。

我嘴上冒出含混不清的话语,不情愿地跟从着。

四

十几分钟后,我们从耳朵眼胡同到了竹竿巷口。从巷口到丰庆号,也就需要五六分钟。我们像觅食的兔子一样,走走停停,争论着祝爷爷装病的话题,花费了好大一会儿。

我们走到丰庆号,像进自己家门一样,径直跳进店里面。

祝爷爷正坐在桌子旁,审视着插起来的灯笼骨架。他抬眼看看我们,随后把目光转回,漫不经心地:"不安心在家学习,跑来跑去的费时间。"

我向前推推石榴,让她搭话。

石榴开门见山,走到桌前,工工整整站直,胸有成竹地说:"祝爷爷好,我们是来兑现承诺的。"

"承诺?"祝爷爷抬起头,捏着眼镜框提提眼镜,端详着石榴。

石榴用力点点头,说:"跟您拉过钩了,俺几个想办法让新运哥哥回来看您。"

"嗯?"祝爷爷愣怔一下,突然笑得像朵菊花,"真是小机灵鬼,钻进爷爷心里喽。"

我拿出在家哄爷爷的把戏,忙上前解释说:"爷爷最疼爱孙子啦,孙子最最

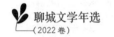
疼爱爷爷,俺仨就是想让您开心。"

"你这娃儿不赖,懂得哄爷爷开心喽。"祝爷爷"呵呵"笑了一声,"爷爷今天就随着你们唱一出戏。"

我和水生、石榴激动地跳起来,连连给祝爷爷竖大拇指。

接下来,石榴像导演一样"说戏",先是祝爷爷如何做,然后是我和水生如何做。说到祝爷爷的"戏",我和水生成了副导演,不时地添枝加叶,夸张示范痛苦的动作和神情。

五

叽叽喳喳半晌后,三个业余导演终于说完戏,祝爷爷也有了入戏的感觉。

祝爷爷打开手机,连线祝新运大哥哥,演出正式开始。

祝爷爷戴着口罩,两手捂着脸,哎哟哎哟叫个不停。

祝新运大哥哥的圆脸渐渐霸了屏,眼睛瞪圆了。他皱起眉头,着急地问:"是不是牙疼?"

祝爷爷点点头,继续哎哟哎哟叫。

我和水生、石榴伸长脖子,头挤在一起,努力贴近镜头,依次说着台词。

"祝爷爷牙疼得厉害!"

"最后一颗牙也要下岗了!"

"会要人命的!"

祝新运大哥哥的圆脸,突然小了好多。他摇摇头,狐疑地说:"演戏?组团骗我?"

我心里咯噔一下,觉得被识破了。为了继续演下去,我用力摇晃着头。

"你叫佳佳,还有水生、石榴,爷爷多次提起你们。撒谎可不是好孩子。"

我们一起用力摇着头,努力让他信以为真。

祝新运大哥哥故意笑出声,不以为然地说:"老招啦,装病是爷爷的拿手戏。"

祝爷爷猛地摘下口罩,随手扔在一旁,把脸靠近手机镜头,吃了火药一般,骂咧咧地说:"装病?哼,我还就不装了。爱回不回,再也不管你!"

祝爷爷出戏了。

祝新运大哥哥的脸像刚吃了苦瓜一样,连忙解释:"这次订单很重要,赶工期,没白没黑地干。"

"比我还重要?"祝爷爷板着脸。

"20万只灯笼,要挂全城。您孙子肯定全国扬名了。"

"还有颜面扬名?沽名钓誉,花拳绣腿的小儿科。"祝爷爷从桌上拿起一套邮票纪念册,贴近手机镜头扬扬,说:"你睁大眼睛看个仔细,这花篮灯、龙球灯、龙凤灯、草花灯、牡丹灯你见过哪个?北京人民大会堂和历史博物馆的十二方、大八方吊灯,你见过几回?"

祝新运大哥哥指着订单上的"冬奥会"图标说:"这次可是大事啊,是为举办冬奥会装点氛围的。"

"为国家做贡献,爷爷不拉后腿,那是咱祝家的本分。抗战时期,日军拆了咱的月径桥,白天只允许一条小摆渡船往来。日军在老城驻扎下来,欺压百姓,恣意妄为。为了攻城,八路军东进支队联络员秘密找到你太爷,提出架一座竹桥的想法。你太爷不顾生命危险,联系竹竿巷里的工匠们连夜在运河上架起竹桥,粮草队和八路军顺利通过。后来,桥头上挂的,都是咱家的灯笼。"祝爷爷的语气缓和下来,轻轻摇摇头,"唉,爷爷也没干出个名堂,难怪孙子也看不上。在合作社里,只是带着大伙做些日常的用品,退休后才来操持起这家传的手艺,眼看着就老了,说啥也不中听喽。"

"爷爷,我已经决定回去搞个丰庆竹艺合作社。市里已经联系我,在咱竹竿巷建个宫灯竹编手艺坊和非物质文化体验馆,您当师傅,我跑堂儿,把您的绝活传出去。"

"咋不早说,让我整天闹心。"

"您那火暴脾气,哪有我插嘴的空儿。"

我和水生、石榴挤上去,雀跃起来,说:"可不能少了我们。"

祝新运大哥哥笑着说:"一个也不少,肯定少不了。我要制作'竹娃'抖音号,你们就是机灵活泼的竹娃。"

我伸出手指说:"拉钩,我们拉钩,一百年不许变。"

祝新运大哥哥伸出手指,我把手指按在手机屏上,水生和石榴的手指按在我的手指上。

祝爷爷也伸出手指,笑呵呵地说:"拉钩可不能少了我。"

我们一起喊起来:"拉钩,上调,一百年,不许变!"

原载《文学少年》2022 年第 8 期

王 涛

谁偷走了我的名字

一

按照客户的意愿，我把和他的第一次见面安排在一家很不起眼的酒吧里。我是按照约定的时间提前一刻钟到达酒吧的。我进到里面，便直朝那两个预订的座位走去。但我却看见其中的一个座位上坐着一个人。我未免感到奇怪，以为是那个人坐错了地方，便用责怪的眼神去看老板。老板是我的一个哥们儿，按说这种事是不应该发生在他这里的。老板似乎没有读出我目光里的意思，只是朝我微笑着点点头，便又忙他的事去了。我这才明白过来，原来坐在那个位子上的人就是我的客户。我没有想到，他竟然先我而到了，也就是说，他要完成这笔生意的愿望比我还强烈呢。

是李先生吗？尽管我心里已经有了数，还是用疑问的口气对这个背对着我坐的人说。

李先生，也就是我的客户，转过了身子。与我的想象不同，他的打扮有些奇特，身穿一件黑色的风衣，并且让领子竖起来，这使他原本粗短的脖子几乎消失了，头戴一顶刚在这个城市里时兴的宽檐礼帽，由于帽檐压得过低，他的半张脸差不多都被罩住了，更让我想不到的是，他竟然还架着一副墨镜，如此一来，我便更看不清他的面目了。我有些发怔，还以为我面对的是镜子中的自己呢，不管怎么说，这样的装束都应该是我这个私家侦探惯常的风格。可不知怎么回事，我今天来见他时却把自己弄成了一个普通人，既没有穿风衣，也没有戴礼帽，更没有架墨镜，与他比起来，我倒显得像是一个客户，而他则像是一个侦探。

李先生朝我打量了一下，似乎有些失望，寡淡地吧嗒着嘴说，你是……王侦探？

我不置可否地点点头，赶紧在他对面的空位子上坐下来说，没想到你来得这么早。

我一向守时,李先生看了一下手腕上的瑞士表,意识到我们约定的时间其实还没有到,便又补充说,我忙得很,希望这件事尽快……

他急切的心情再一次表露无遗。我很快镇定下来,开诚布公地对他说,我需要的材料带来了吗?

李先生从身边拿过一只皮包,从里面取出几页文字材料和几张照片,逐一推到我面前说,这是有关他们的情况和照片,您尽快熟悉一下吧。

我的手指越过了文字材料,先把那几张照片拿到手里,扫视了几个来回。

我希望您马上开始工作,李先生把身子往前探了一下,如果能在最短的时间找到他们,那最好不过了。

最短的时间……我重复着这几个字,有所期待地看着他为墨镜所遮蔽的脸庞。

李先生明白我的意思,伸出戴着黑色手套的手说,每缩短一天,我将加付一笔费用。

好的,我点点头,也直言不讳地对他说,我很想挣您更多的钱,但这件事的难度到底有多大,我只有做起来以后才能知道。

到这里,我们这场谈话或者这次见面就应该结束了。李先生站起来,已经做出了要往外走的架势。我当然不会让他这样走掉,此刻我的职业好奇心正在蠢蠢欲动,便在随他起身的同时,伸过一只手去,装作无意地在他脸边碰了一下。正如我的预料,他架在脸上的墨镜掉了下来。对不起。我急忙向他道歉。

李先生瞪了我一眼,又把接在手里的墨镜架回到脸上,携起皮包,就匆匆地往外走去了。

我望着他的背影,想着刚刚看到的他的模样,其实那是一张再普通不过的脸,只是一双稍加斜视的眼睛有些与众不同,尽管我的记忆力惊人,似乎也对他的长相没有了多少印象,留在脑子里的唯有那双眼白很多的眼睛。我似乎明白了,这样一个没有什么特点的人之所以刻意打扮自己,都是为了掩饰来自他眼睛上的那点缺陷,而那又算得上什么缺陷呢?看来这是一个心细如发的人,神经或许也有些敏感……

二

我曾经是一名警察,五年前,在一次外出执行任务时,我驾驶的车辆莫名其妙地撞倒了一个过路的人。经我的同行和上级反复调查,这次事故的责任完全在我,也就是说,我撞死了一个无辜的人。因为事故的责任太过明显,上级也无法为我的过失开脱,最后的结果便是,我离开了心爱的警察岗位。在此后的几年时间内，我开过饭馆，扛过大包，但每一件事都没有干好。在社会上绕过一个大圈子后，我又回到了与侦查和案件相关的行业里，当然，我的身份已经不再是一个警察，而是一个私家侦探。

李先生提供的那些文字材料我仔细研究过，他委托我寻找的两个人，一个是女性，三十八岁，名叫邹小岚，没有正式工作；一个是男性，八岁，名叫李楚明，正在上小学二年级。材料上自然标明了邹小岚的住处和李楚明所在的学校。但这两个地方都没有什么实际的意义，因为邹小岚如果还住在那个地方或者李楚明还在那所学校上学，李先生就不用委托我来寻找他们了。这两个人早在数天前就从李先生的视野里消失，我的任务就是为他找到他们，从而从他手里拿到一笔可观的费用，照他的话说，每提前一天，我挣到的钱就会多加一笔。

我把注意力更多地放在那几张照片上，企图从直观上获得有关他们更多的信息。但我不能不沮丧地承认，我的这种努力遭到了某些挫折，因为李先生提供给我的这几张照片都是几年前拍摄的，上面的李楚明仅仅是个抱在邹小岚怀里的孩子，想必与现在的李楚明已经不是一个模样了。而邹小岚的情况也好不到哪里去，照片上的那个女人显然喜欢打扮，头发蓬松着，如果她换一个短疏的发型，我是很难在大街上把她认出来的。这几张发旧的照片告诉我，那个李先生大约也很长时间没有见过他们了。那么，这三个人又是一种什么关系呢？看得出，照片上的女人和孩子是一对母子，而那个孩子的眉眼似乎与李先生有些相像，况且他们都是一个姓，这是不是说他们是父子关系呢？也就是说那个女人是李先生的妻子……刚刚想到这里，我便觉得有些不对劲儿，李先生怎么可能不知道自己妻子的行踪呢？

我没有按照和李先生的约定立刻踏上寻找那两个人的路途，而是开始了对李先生本人的侦查，企图先弄清楚他与那两个人的关系，然后再把那母子二人找出来。我知道自己在犯一个错误，却遏制不住这样去做的冲动。半天下来，我便调查清楚了李先生的真实身份。原来我这个客户是一个实力不俗的大老板，光手下正常运转的公司就多达数家。那个叫邹小岚的女人不是他的妻子，看起来与他的关系也不是很大，但如此一个洁身自好的人简直不像是这个世界上的人，我当然不相信这一点，如果他要寻找的那两个人真的与他没有关系的话，他又为什么肯花重金把他们找出来呢？

我决定把注意力从李先生身上移开，对那对母子展开调查，力争在最短的时间内把他们从隐蔽处提拎出来。但很快，我就注意到一个十分有趣的细节，即那位李先生的名字，竟然和那个孩子的名字一样，也叫李楚明……

三

就在这时,我接到了李楚明打给我的电话,说他正在那家酒吧等我。

李楚明依旧坐在他先前坐过的那个位子上,只是与上次不同的是,他没有再穿那件风衣,也没有再戴礼帽,更没有再架那副墨镜,而是以一个普通人的姿态出现在我面前。由于我对他的调查,他的所有装扮和遮蔽都显得没有什么必要,再说天正在热起来,外面有些人已经穿上了单裤单褂,他再刻意包裹自己便显得不那么明智了。我还没有在他对面坐下来,他就使劲拍了一下桌子,恼怒地翻着他斜视的白眼说,你在调查我?

我小心地坐下来,既没有点头,也没有摇头,只是微笑地看着他。我知道我的笑里不可避免地含有谦卑的成分。

为什么?李楚明把身子朝我探过来,你只要给我找到那两个人就行了,为什么非要多此一举?你不想从我手里挣钱了吗?

想,我使劲点着头,尽量如实地告诉他,我还指望着这笔钱养家糊口呢,哪里能让自己的业务黄了呢?

现在就已经快要黄了,李楚明用手指关节敲敲桌面说,如果你再把注意力放在我身上,我就收回我的委托。

您消消气。我朝站在吧台里面的老板招招手,一杯啤酒,一杯咖啡……随即我又纠正自己的话说,一杯咖啡,一杯红酒。服务员把咖啡和红酒送过来了,我把两个杯子都朝他面前推推,意思是让他自己挑选。

见我对他做出了友好的表示,李楚明虽然没有选择咖啡或红酒,却不再朝我瞪眼了。他长喘了几口粗气,再次把身子探过来,两眼直直地看着我,你想从我这里知道些什么?

您不要误会,我没有征得他的同意,便把咖啡留给自己,而把红酒推向了他,我其实对您个人一点儿兴趣也没有,我之所以从您身上入手,目的还是想尽快把那两个人找出来。

这是什么逻辑?李楚明对我的话有些反感。

只有知道了您与他们的关系,我斟酌着字句说,我才能判断出他们大致的去向,也才能在最短的时间内……

莫非,李楚明疑惑地瞟我一眼,莫非你已经知道了他们与我的……他的脸上开始写满了担心。

我心里不禁一动,看来今天的约会我不会白来了。这有什么……我故作坦然地安慰他说。

李楚明欠起身,抬手在我嘴前挥了一下,示意我不要再说下去了。你不知

道，他颓唐地摇一下头说，我现在的太太是个醋罐子，脾气又特别大，其他什么事都不在乎，但偏偏在这件事上，她却不许我有一点儿风吹草动……

我没有接他的话，只是笑笑地看着他，在心里想象着他那个老婆吃醋撒泼的样子。

其实我也不想给我老婆惹麻烦，李楚明打起精神说，她老爸还在官位上，为了不牵连他们一家人，我每走一步都像是踏在冰面上……他意识到自己说得多了，便果断地住了嘴。

原来是这样？我在心里说，随即又想，那么这次对那两个人的寻找，是不是也与这一点有关系呢？但我没有朝他发问。

不要误会，李楚明似乎也知道我在想什么，又用手敲着桌子表明说，我让你找的那两个人与我的生意无关，也与我的家庭无关，我之所以……

我不得不打断他的话说，那个孩子是你的儿子没有错吧？

李楚明不满地看我一眼，又急快地想了一下，才只好点头承认说，是的，那个孩子的确是我的儿子，但很久以来……我并不知道有这样一个儿子。

我有些不明白他的话。

那仅仅是偶然的一次……李楚明吞吞吐吐地说，而且我过后就和她斩断了联系，谁想到她竟然背着我把孩子生下来了，如果不是我太太无意中听到那些闲话，我还不知道我又有了一个……

邹小岚很爱你是吗？我试着朝他指出说。

没错，李楚明不加思索地点点头，两道不太一致的目光越过窗玻璃，深情而哀伤地望着外面的街道，在这个世界上，也许没有比这个女人更在意我的人了……但长期以来，我并不知道她对我的……他端起那杯红酒，一大口就喝干净了。

我默默地看着他，知道此刻他脑子里回荡着的是一个多么令人伤感的爱情故事。她为什么又从你视野里消失了呢？我继续问他，其实这样也正合你的心意呀，你又为什么非要找到她不可呢？莫非你还没有来得及补偿她吗？

补偿？李楚明念叨着我说出的这两个字，似乎觉得有些陌生。

难道你找他们的目的还有别的吗？我更加疑惑起来。

这个你就不要问了吧。李楚明反应过来，态度一下子变得冷淡了许多。我希望你马上开展工作，他用严肃的口吻对我说，其他的你就不要再插手了。

好吧，我也做出离去的架势，但很快又想到了什么。对了，您能告诉我，您和您的儿子，我迟疑着问他说，为什么叫同一个名字？

李楚明怔了一下，随即从我脸上掉开头。那你去问邹小岚好了。他用应付的口气对我说。

我有些明白过来,看来那个邹小岚真的十分在乎这个男人,给孩子起与他相同的名字,应该也是出于对他的怀念吧。

四

接下来,我便马不停蹄地开始了对邹小岚和小李楚明的寻找。我一边安排我的手下人采取行动,尽可能多地收集有关两个人的线索,一边亲自上阵,对那两个人展开了调查和追踪。尽管我知道那两个地址对我来说没有实际的作用,但还是到那两个地方勘察了一番。

我最先来到邹小岚的住处。出乎我意料的是,这竟然是一个别墅区,看来李楚明已经给她们母子提供了实质性的帮助。我注意到门板与门框的缝隙间结着一张小小的蛛网,想必邹小岚带着孩子离开很久了,期间没有回来过一次?我犹豫了一下,还是按响了邻居的门铃。铃声响过好一会儿,门板才敞开了一条缝,一个脸上贴着面膜的女人探出头来。请问,我指着邹小岚的家门说,您见过这家里的人吗?

您也是来找他们的?女人上下打量着我说。

我听出了她话里的意思,如果没有猜错的话,她见过的来找邹小岚的人应该是李楚明。这家的人是什么时候离开的?我微笑着问她。

您和他们,女人用下巴朝邹小岚家翘一下,是什么关系?

看来这是个好打探别人隐私的女人。她是我的债主,我坦然地撒谎说,我是来还钱的,却找不到人。

是吗?女人果然对我产生了兴趣,连半边身子都挤出来了,那您来晚了,她早在三个月前就搬走了。

在他们走之前,我转移话题说,谁到这里来过吗?

当然是那个男人了,女人的兴致提高了一些,那是我头一次见到那个男人……不知怎么回事,他来了以后两个人就吵架,你说他平时又不来,怎么来了就和她过不去呢?

他们争吵什么?

好像与什么名字有关,女人摇摇头说,我也听不大清楚,反正他们一个劲儿地争吵,我还琢磨着是过去拉架好呢,还是躲在一边听热闹……

尽管女人还要给我讲下去,但我却转身离开了。李楚明到这里来和邹小岚争吵什么呢?为什么他们争吵过后,邹小岚就带着孩子匆匆离去而再也不露面了呢?

我随即又来到了小李楚明就读的学校。同样出乎我意料的是,这竟然是一家贵族学校。经过一番打探,我找到了小李楚明的班主任肖老师。

李楚明怎么还不回来？这个鼻窝间长满雀斑的中年女人以为我是小李楚明的家长，一照面就用钩子一样的目光紧紧地攫住我。

我心里有些发虚，知道如果我不澄清自己的身份，就会从她这里惹上难以说清的麻烦。其实，我咽了口唾沫说，我只是李楚明的……舅舅，现在李楚明到底在哪里，我也……不知道。

肖老师脸上透出明显的失望神色。你让李楚明的爸爸妈妈来，她用越发埋怨的口气说，我要好好地跟他们说一说，哪有这样对待自己的孩子的，竟然一去三个月不来，简直让我们当老师的操碎了心。

我不得不在脸上显出愧疚的表情。老师您能不能具体说一说，我继续硬着头皮问，三个月前，李楚明离开学校的情况……我的意思是说，他妈妈带他走时，给老师请了多长时间的假？

请假？肖老师冷笑了一下，你们要是来给我说一声，我就不会那么着急地找他了。

原来邹小岚根本没有来学校知会一声，就把李楚明带走了，看来她走得的确有些慌张，那么是什么导致她如此急切地带李楚明离去呢？难道仅仅是由于一场吵架吗？我又转向肖老师，试探着问她，李楚明被带走之前，有什么异常的事情发生吗？

没有，肖老师摇摇头，突然又意识到什么，对了，李楚明走的前一天，好像问过我改名字的事。

什么？我心里一惊，改名字？

肖老师还要说一些小李楚明的其他事情，但我没有心思听了，便告别她往校外走去。我觉得今天的探访并不是没有收获，邹小岚的邻居说到了李楚明和她争吵时有关名字的内容，现在肖老师又说到小李楚明问过改名字的事情，看来这两件事一定有什么关联，沿着这样的线索追查下去，应该能得到一些有价值的东西。

<h2 style="text-align:center">五</h2>

根据调查，在这个城市里，叫邹小岚的中年女人有三十多人，叫李楚明的男性儿童也有近二十人。要在这么多人中筛选出重点调查目标，的确是件不容易的事。自然，在做这项烦琐工作的同时，我也不想放弃每一条可能出现的捷径。我似乎已经隐约感到，这样直通目的地的道路并不是不存在，比如那次有关名字的争吵和关于改名的探问，或许就是我打开寻找之门的钥匙。所以在做排查工作之余，我拨通了李楚明的电话。

我想知道，我径直向他提出说，三个月前，也就是他们离开这里之前，你们之间发生了什么事？我进一步对他解释说，我只有知道他们为什么离开，才能推测出他们可能去的大致方向和地点……

这个已经超出了我们的约定，李楚明打断我的话说，我委托您的只是帮我把他们找出来，而并不牵扯其他与此没有关系的内容……

而我问您的话题恰恰与他们的离去十分相关，我也打断了他的话说。

李楚明沉默了一下，随即又不甘心地说，您是不是没有找到他们的能力？如果是这样的话，我可能会考虑换一家侦探会所……

尽管隔着遥远的距离，我好像还是看到了他有些愠怒的表情，两只不太一样的眼睛越发倾斜得厉害了。要不这样，我只好用妥协的口气说，您只和我说一件发生在三个月前的事，不管是什么，只要是三个月前发生的事就行。

你真是一个怪人。李楚明无可奈何地说。好吧，他叹了一口气说，让我想一下，三个月前，我除了去参加了一个葬礼之外，并没有发生什么事。

葬礼？能不能告诉我，您参加的是谁的葬礼？

我叔叔。说到这里，李楚明便放下了电话。

尽管听筒里已经没有了任何声音，我依旧没有把电话放下来。这样的线索对我的调查有什么价值？不知为什么，我本能地觉得，我不应该轻易放过这个线索，就算它真的与邹小岚母子的离开无关。于是，我没有放下电话，立即又拨通了我手下员工的手机号。

我的员工们反馈给我的信息是，三个月前，李楚明确实参加了他叔叔的葬礼，只是他的叔叔并不在我们这个城市，而是在临近一个省里的地级市。我其中的一个员工黑子还到那个城市跑了一趟，查了一下他叔叔在那个地方的一些情况。原来他的叔叔是那个城市里一个很有名望的人，三个月前去世了。李楚明不仅自己去参加了葬礼，随同他去的还有他的哥哥妹妹等一大家子人。

我在心里苦笑了一下，这些的确与我的调查没有太大的关系，我可能已经偏离了调查的方向，如果不及时调整过来，就有可能误入歧途，进而砸了自己的招牌。但就在我要放下电话的时候，黑子忽然又在话筒里说，老板，我还注意到这样一件事，那个家伙的叔叔和他的父亲叫同一个名字。

同一个名字？我不由得把弯曲的身子抻直了，你说什么？他……们叫一样的名字？

我呆呆地看着墙壁，任脑子里电光石火般地闪烁成一团。不知过去了多久，我才让纷乱的思绪平缓下来，放下电话，慢慢坐回到沙发里。我真的庆幸自己做了这样一个调查，通过它我似乎已经触摸到一条真正富有价值的线索。在接下来的时间内，我眼睛的余光不时地朝电话机上瞥一下，期待着它突然间响起。

这天夜里，我家的电话终于响起来，正是李楚明打来的。这样吧，他开门见

山地说，我们去那家酒吧里喝一杯，当然，如果你还没有睡觉的话。我看看手表，上面的指针已经指向了二十二点。看来李楚明的心情已经难以平复了。

六

我来到酒吧时，李楚明已经等在那个位子上了，而且在桌子上摆放了两个杯子，靠近我这边的杯子里是咖啡，握在他手中的杯子里则是白色的液体，开始我以为是冰水，直到闻见了酒味才知道是烈性白酒。他的情绪明显不佳，脸色灰暗，眉毛倒竖，两只不太一样的眼睛不时地翻动，在朦胧的灯光下一闪一闪。他一边频频地往嘴里灌酒一边丝丝地吸气，握住杯子的手竟然有些颤抖。

我没有说什么，只是静静地坐在他对面。过了一会儿，我向服务员要了一盒烟。平时我不大吸烟，但不知怎么回事，现在我却忽然有了吸烟的欲望。等我点着了烟后，李楚明也抽出一支，叼在嘴上，等待我为他点上。我们互相吸着烟，忽然便有了推心置腹交流的氛围。

我知道你已经调查得差不多了，李楚明用一只眼乜斜着我，另一只眼似乎望着什么不可知的地方。也许这是我的一个失误，因为我没有想到你会是一个善于刨根问底的人，可你知不知道，他又用指关节敲起了桌面，你这个习惯对你并没有什么好处。

我点点头，不得不承认他说得很有道理。可你也不要忘了，我为自己的行为辩解说，我是一个侦探。

好吧，李楚明扔掉烟蒂，用手在脸上抹了一把，然后又喝了一大口酒，吧嗒吧嗒嘴说，既然你那么想知道，那我就和你说一说我家里的那些事。他把披在身上的外衣裹裹紧，眼睛斜斜地望着窗外时明时暗的街道，慢条斯理地开始了他的讲述。

三个月前的一天夜里，大约也是这个时候吧，我突然接到了堂弟打给我的电话，说我叔叔于傍晚时分去世了。听到这个消息我一点都不吃惊，因为叔叔已经活到了九十岁，在我们家族里算得上高寿了。放下堂弟的电话后，我就通知了我的哥哥妹妹，第二天一早，我们兄妹几个便踏上了为叔叔奔丧的路途。叔叔所在的城市不算近，我开了几乎一整天的车，才在天黑前赶到叔叔家。按照我们老家乌龙镇的风俗，往往是在死者亡故三天后发丧，叔叔虽然在另一个城市里，我们也打算按照老家的风俗来办，把葬礼安排在第三天的上午。我们天亮后来到殡仪馆，配合叔叔的单位为他开追悼会。到这个时候，我还没有发现任何异常，直到来到了追悼会上，我才感觉得哪里不对劲儿。

其实是妹妹最先发现了问题。当时，妹妹的一只手忽然在我衣角上拉了一下，随即又把那只手抬起来朝葬礼条幅上指。我随着她的手指看去，不禁也大吃了一惊。真是没有想到，叔叔葬礼的条幅上竟然写着我父亲的名字，那几个字是"沉痛哀悼李茂成同志"，而李茂成是我父亲的名字，他早在四十多年前就去世了，我叔叔的名字应该叫李茂顺，今天是他的葬礼，怎么条幅上却写着我父亲的名字？我们都惊呆了，以为是操办人因为大意写错了，而这样的错误是不应该出现的。于是，我们赶紧找到堂弟，把这个问题指出来。堂弟一听也愣住了，他愣的不是那个名字，而是我们的疑问。他吞吞吐吐地对我们说，不会有错吧？我爸爸一直就叫这个名字。我们越发糊涂了，这怎么可能？难道兄弟两个竟然叫同一个名字？我们只好又去对婶婶说。但婶婶也信誓旦旦地说，你叔叔一直就叫这个名字。我们心里虽然想不通是怎么回事，却也不好去找主办人更正，便硬着头皮暂时接受了这个错误，但心里却非常不是滋味。悼词中对叔叔生平事迹的回顾，尤其是那些对叔叔肯定兼赞美的话，在我们听来无不是夸大其词，甚至是一种讽刺，因为我们在听悼词的过程中，脑子里想到的并不是叔叔，而是我们的父亲。这使我们既觉得滑稽，又感到悲伤，还体会到一种莫名的愤怒。

好不容易参加完叔叔的葬礼，我们心事重重地踏上了回返的路途。一到家，我就把母亲找来，问她这到底是怎么回事。叔叔去世后，我们家族里最为年长的人便是母亲了，如果她对这件事也说不清楚，那我们可就没有什么办法了。母亲冥思苦想一番，终于想起了是怎么回事，我们才算解开了父亲和叔叔共同使用一个名字的谜团。

最初的时候，我父亲和叔叔当然都有属于自己的名字，后来叔叔放弃了他的名字，而开始使用父亲的名字，缘于新中国成立初期政府在我们那一带举办的一个识字班。在此之前，我父亲和叔叔都在私塾里上过几天学，勉强能把自己的名字写下来，所以政府的识字班一开办，我父亲就参加了学习，叔叔原本也想去，但他的年龄不够，也就没有去成。识字班结束后，父亲还领到了一个红色的结业证。当时没人把那个结业证当回事，父亲也没多么在意，交到爷爷手里就把它忘记了。但几年之后，政府突然在我们那里招收有文化的工作人员，条件之一便是要在识字班受过训，也就是手里要有那张结业证。父亲听了后十分激动，便回家找爷爷讨要，想去政府那里报名。爷爷翻箱倒柜把结业证找出来，要递给父亲时却又改变了主意。你报名走了，爷爷朝院子里划拉着说，这一家子人该怎么办？父亲惊讶地看见，爷爷的身边竟然站着家里所有的人，一个个都睁大着眼睛看他，显然他们是和爷爷站在一起，来阻挡父亲去报名的。也不怨我的家人落后保守，此前他们已经打听清楚了，如果被政府录用了就要服从调遣，即使去不了天南海北，起码也照顾不了家里人了。

阻拦父亲的人中自然有我的母亲。母亲与父亲结婚才三年，就有了我的哥哥和姐姐，被两个年幼的孩子纠缠着，又要担负照料老人的责任，可以想见母亲

该有多么忙碌，该多么离不开父亲了。你就那么心狠，母亲这样阻拦父亲说，你就舍得下这一家子人？母亲找出的理由与爷爷的话如出一辙。没错，作为这个家庭中的长子，父亲发挥的是顶梁柱的作用，如果硬把这根顶梁柱抽掉，我们那个大家庭就算倒塌不了，要在以后的日子里经受住各种风吹雨打恐怕是不太容易的。母亲说，父亲坐在房顶上，对着远处的山野望了整整三天，才在一家人担忧的目光注视下，神色黯然地沿着梯子下来。好吧，父亲像是自言自语又像是对围在他身边的人说，我放弃了。听了他的话，家里人在松了一口气的同时，也都替父亲感到些微的难过。

但这毕竟是一个十分难得的好机会，政府许诺说，如果参加了工作，不仅可以吃到公家粮，每月还可以领到二三十块钱薪资呢。这当然是一个非常诱人的条件，镇上有许多人都跃跃欲试地想去报名，但无奈都没有结业证，只能眼巴巴地干看着。听到父亲不去报名的决定，我院里的一个长辈惋惜地对爷爷说，这可是打着灯笼也找不到的好事，你竟然让你儿子白白瞎在手里了。听他这样一说，我爷爷已死的心思又活泛起来，是呀，大儿子去不了，可以让二儿子顶替呀。但当他把这个想法说给叔叔的时候，没想到被我叔叔一口回绝了。那时候，叔叔刚刚和未婚妻订了婚，三天两头地朝丈人村里跑，想方设法和未婚妻见面，一听说让他到外面的不知什么地方去工作，叔叔马上坚决地拒绝说，我不去，我就待在家里。但架不住爷爷奶奶的逼迫，叔叔在万般无奈的情况下，只好答应到报名点去试一试运气。于是，爷爷便把父亲的结业证交到了叔叔手里。到这时候，叔叔还没有意识到他已经开始了对父亲名字的占用，他之所以把父亲的结业证接到了手里，不过是应付一下爷爷和家人而已，哪里想得到他其实早就没有了回头的余地。叔叔原本寄希望于政府的严格审查，并做好了被驱赶出来的准备，但出乎他意料的是，那两个工作人员只在他手里的结业证上看了一眼，便一边往一张纸上写名字，一边对他说，李茂成，你被录取了。叔叔惊呆了，刚要张嘴申明自己的真实身份，就被陪在他身边的爷爷拨拉到一边去。

叔叔是哭泣着离开乌龙镇老家的。曼儿，叔叔一边哭一边往远处看，曼儿……谁都知道，叔叔念叨的是他未婚妻的名字，眺望的也是未婚妻所在的那个村子。看到叔叔这样没出息，爷爷气得不行，在他屁股上狠狠地踢了一脚。母亲至今还记得，那天我一家人甚至我们那个家族里的人都来为叔叔送行，只有父亲一个人没有去。一大早，父亲就不知到哪里去了，母亲没有在送行的人群里看到他，便悄悄到外面去找他。她几乎找遍了能够到达的每个地方，最后才在一个山头上看见他的影子。父亲站在那个山头上，跷高着脚跟，痴痴地朝着远处瞭望，他看得十分专注，母亲都来到了身后，他还没有察觉。母亲不知道他在看什么，便也顺着他的目光看去。母亲这才知道，站在这个高高的山头上，可以看到一条通往山外的羊肠小道，刚才叔叔就是沿着这条小道从他脚下走过，一步步走出莫邪山的。母亲收回目光，抬头去看父亲。母亲看见父亲脸上横七竖八地流淌着泪水。

也就是从那个时刻起，我的父亲便失掉了自己的名字，不，这样说也许并不准确，在我们这个镇子上，他还是叫原先那个名字，就是在派出所户籍科的登记簿上，他的名字也一直写成"李茂成"三个字。看起来父亲的一切都没有改变，但真正的事实不是这样，父亲身上的什么东西已经发生了变化，只是我们看不出来或者一时感觉不到罢了。而叔叔自从使用了父亲的名字后，一切也都发生了改变，比如叔叔参加工作没多久，便和那个叫曼儿的未婚妻解除了婚约，又在外面组织了新的家庭，也就是另娶了我后来的婶婶。那是一个既有背景又有姿色的女人，在她和她的家庭帮助下，我叔叔的事业风生水起。

我们后来都忘记了这件事，母亲叹着长气说，哪里想到你叔叔在外面一直叫着你父亲的名字。说到这里，母亲还捂了一下胸口，脸上好像透出一丝恐惧的神色。没错，我确信在母亲脸上看到的那丝神色是恐惧。

七

我没有注意到，李楚明已经喝完了杯子里的酒，却还余兴未尽，又抬手朝吧台的方向挥舞，再给我来一杯伏特加。我这才知道，他喝的竟然是高度且烈性的伏特加酒。老板亲自把酒送了过来。怎么回事，我问他，你的服务员呢？老板微笑着说，服务员已经下班了。我不禁看了一下手腕上的表，竟然已经快到子时了，而我们的谈话还没有结束的迹象。李楚明端起酒杯，依旧不紧不慢地喝着。我注意到他的身子不住地发抖，端在手里的酒杯像他的眼睛一样有些倾斜，里面的酒都快要洒出来了。我也把身子仰躺在椅背上，摆开了与他长时间耗下去的架势。

再说一下我姐姐和妹妹的一些事吧。李楚明的嘴巴离开了杯口，对我继续说道。

我不免一怔，他居然要转移话题？还是继续说有关名字的事吧。我提醒他说。

我当然还是说有关名字的事，李楚明用一本正经的口气说，你不知道，我姐姐和妹妹也在共用一个名字。

我吃了一惊，这可真是没有想到，未免也太不可思议了吧。

李楚明推开喝了半拉的酒杯，又抽出一支烟，等我为他点上后，一边大口地吸着一边又一次开始了他的讲述。不知是不是说了太多话的缘故，他的嗓音明显沙哑起来。

要说清这件事，自然应该先说到我的姐姐。我对姐姐的印象不是很深，因为我还没有来到这个世界上，她就被我的父母送到别人家去了，后来虽然又回到了我们家，但与我们在一起的时间非常短暂，便又一次离开了我们，而且这次离开……

这样说是不是太快了？还是容我慢慢从头讲起吧。说起来，姐姐是我父亲和母亲的第二个孩子，只比我的哥哥小一岁，按照我母亲的说法，本来没有打算要这个孩子。但她还没有长大，就赶上了三年严重困难时期，恰在这时，我的另一对龙凤胎哥哥和姐姐也出生了。由于人口急快地增多，生活便遇到了前所未有的困难，先是太爷爷和太奶奶没有熬过这一年的春天，随后爷爷和奶奶也患上了浮肿病，如果再不能像样地吃上顿饱饭，他们怕是也要离我们而去了。就是在这样的情况下，父亲和母亲产生了把孩子中的一个送到别人家去的想法。几乎没有经过太多的思考，父亲和母亲便选中了姐姐。如果认真地想一下，这样的选择也并不是没有道理，那时候，哥哥已经能帮家里干些活了，把他送出去显然是不合适的，二哥和二姐年龄尚小，即便有心把他们送出去别人也不会要，而姐姐便处在能送同时别人也愿意要的境地。

父亲为姐姐找到的那户人家是在三十里之外的山里，也通过别人打听清楚了，这家的人品不错，日子过得也不赖，老两口一个打猎一个种菜，膝下只有一个儿子，姐姐过去了能吃饱肚子。在父亲和母亲想来，姐姐到了这样的人家，即使不算进了天堂也算是入了福窝，所以在很长一段时间里，父亲和母亲从来不觉得对不住姐姐。姐姐自己却并不这样看，她当然不愿意到别人家去生活，哪怕是在自己家里喝凉风度日呢。父亲自然懂得姐姐的心思，所以便以走亲戚的名义把姐姐哄到了那户人家，为了不让她记住回返的路，天不亮就带着她进山了，赶到那户人家时日头正好当顶。姐姐在那户人家吃了一顿很久都没有吃过的饱饭，便跟着老两口的儿子到山沟里玩去了。爹，姐姐回过头来叮嘱父亲说，你可要等我回来呀。父亲故作镇定地朝她摆摆手，但一等她的身影消失在山林里，便告别老两口，背起用姐姐换来的一口袋稻谷，急不可待地踏上了回返的路。但不知怎么回事，父亲却找不到回去的路了。说来奇怪，父亲也算是一个很有经验的老山民，竟然在山里徒劳地转悠了两三天，直到两只脚快要磨烂了，才总算从山里走出来。

把姐姐送走后，父亲有好几年的时间都悄悄到山里去，往往要费上很大的劲儿，来到离那户人家不远的地方，企图再看上姐姐一眼。那户人家似乎也知道父亲会这么做，当父亲再一次来到那个地方时，却意外地看见那户人家的院门锁上了，而且在此后的十几年间，父亲再也没有看见那把渐趋生锈的铁锁打开过。向那个屯子里的人打听，父亲才知道，老两口原来带着姐姐闯关东去了。

他当然明白，人家之所以这样做，是为了彻底打消他把姐姐找回家的可能。父亲流着眼泪对母亲说，我们再也见不到桂青了……对了，我忘记说了，我的姐姐名字叫李桂青。从那以后，我们都以为家里再也没有李桂青这样一个人了，所以许多年后，当妹妹来到这个世界上时，为了表达对姐姐的怀念，父亲和母亲商议后，竟然又给妹妹起了"李桂青"这个名字，也就是说，从此以后我们家又有李桂青这样一个人了。

不知是因为妹妹叫了姐姐的名字，还是因为她最小的缘故，自从来到这个世界上后，妹妹便受到了一家人异乎寻常的宠爱，不管她做什么事，只要不太过分出格，我们都会纵容她，这使妹妹养成了有些骄横的个性。当然，妹妹也是极其聪明的，加之长相出众，受到多数人的欢迎也是再自然不过的事。妹妹十八岁那年，一家亲戚主动与她联系，介绍她到县城里一个很有权势的人家当保姆。由于妹妹努力能干，那家人便帮她解决了城市户口，又给她在城里找了对象。几乎没费吹灰之力，妹妹就正式成为城里人。妹妹找的对象是一家公司的小头目，不仅人长得帅气，而且颇为机灵能干，妹妹嫁给他不久，他就有了属于自己的公司。直到这个时候，我们还没有意识到，妹妹超出常人的好运气与叫了姐姐的名字是否有什么关联。

我们在妹妹身上突然想到了姐姐，还是在妹妹嫁人的那些日子里开始的。人们无论如何想不到，就在妹妹出嫁的前一天，我们以为再也见不到了的姐姐竟然回来了。那天，妹妹坐在家门口的土坡上，面对着县城的方向，想象着第二天夫婿带着车队来接她的热闹场景，心里充满了前所未有的激动和喜悦。就在这时，她看见一个比她年龄大许多的女人从一条山道上走来，在离她不远的地方站住了。女人瞪大着两眼，迷茫却执着的目光从她身上划过，看向她身后的院门和房屋，最后又回到了她身上。妹妹被那个人看了一会儿，突然身上有了一种异常的感觉，那种越来越强烈的感觉让她产生了一种错觉，好像那个看她的人似乎就是她自己，是她许多年后的自己在看着现在的自己。这样想着，妹妹就不自觉地站了起来，尽管她还不知道那个看自己的人到底是谁，却朝着她张开了嘴巴，好像要对她说一句什么话。那个女人同样朝她张开了嘴巴，也像她一样试图朝她说句什么话。但就在这时，母亲从院子里走出来，朝妹妹喊了一声，桂青，都什么时候了，你还站在那里干什么？妹妹还没有来得及回答母亲的话，却看见那个女人在呆呆地看了一眼母亲后，突然回过身，一溜小跑地朝她的来路上奔去。母亲这才注意到了那个急快离去的背影，在呆怔了一下后，突然从妹妹身边越过，迈着一双小脚朝那个女人追去。几乎是凭着本能，母亲便看出来，那个不期然归来的女人就是她已经分离了快要二十个年头的大女儿……

八

李楚明说到这里时，装在他口袋里的手机铃声突然响起来。我太太找我了。他掏出手机看了一眼，便转过身去接听。与他对我讲故事的哀伤语调不同，他接他妻子电话的声音则充满了一定程度的欢快。我呆呆地看着他，想不通他竟然能在这么短的时间内把两种截然不同的情绪转换成功，也的确需要不同一般的本领。不行，他收起电话，又看一眼腕上的手表说，时间太晚了，我不能再和你说下去了。说着他就站起来，迈着大步往外走去。

我呆呆地看着李楚明的背影，直到他消失在门外好一会儿，还依旧坐在自己的座位上，好像他的故事没有讲完，我还有所期待似的。此时已是下半夜了，我一个人走在街道边，看着脚下时长时短的影子，在心里不住地发着感慨，这一家的故事的确有些奇特，其间也真的充满了某些说不清道不明的东西。我想之所以不能让自己的感慨变得明晰起来，确实与他的故事还没有讲完有关，我相信下面还有更加动人的故事情节，也许那才是他要告诉我的真正重要的内容，也只有那些东西才能让他委托我对邹小岚母子的寻找变得理所当然而又刻不容缓。我打定主意，在我对邹小岚母子寻找的间隙里，一定要再次聆听他给我讲述的故事。

第二天上午九点多钟，我还在床上补昨天晚上的觉，黑子就打来了电话。老板，他用喜悦的口吻对我说，我们在城北的菜市场，看到了一个和邹小岚十分相像的人。我心里一惊，怎么回事？不会这么快就找到了吧？为了让我相信他的发现，黑子还给我上传了一张在那家菜市场拍摄的图片。很快，我就在手机屏幕上看到了那个像是邹小岚的女人。

我马上爬起来，从抽屉里找出李楚明给我提供的那几张原始照片，一一与黑子拍摄的图片比对，结果不能不令我倍感欣喜，图片上的那个女人十有八九就是那个叫邹小岚的女人。我把照片和手机放下来，又盯着墙壁发起呆来。不知道为什么，刚刚感觉到的那点欣喜却像水一般急快地流失了，此时弥漫在我心头的竟然是一缕淡淡的惆怅。我拍拍脑袋，极力让自己的心绪平静下来，不禁惊讶地发现，我之所以感觉惆怅，竟然是为在这么短的时间内找到了邹小岚而有些遗憾。

黑子在电话里告诉我，发现邹小岚的行踪其实有很大的偶然性。本来他们最先把目标设定在疑似小李楚明的孩子身上，在他们想来，执意要逃出李楚明眼界的邹小岚肯定不会轻易露面，而小李楚明就不同了，孩子的天性决定了他不会长时间待在一个封闭的环境里，哪怕他只是上街玩耍短暂的一刻钟，就会给我们的寻找提供可能。这样的思路是对的，也是富有成效的。这一天，黑子他们搜索到偏远的城北地带,终于有了一点线索。他的一个下属跑来告诉他,在一条从城边流过的水沟旁,发现有一个像是照片上小李楚明的孩子。在哪里呢?领我去看看。那个手下却说,不用去看了,转眼那个孩子就不见了。事情好像就这样过去了,黑子他们在城北逛荡了两天,打算要放弃了,却又决定再在那一带多留守一天。也就是在这一天里,黑子亲眼看见一个和照片上的邹小岚十分相像的女人出现在菜市场里,而那个菜市场与那条水沟仅隔着一条小街。

我再次盯住图片上的那个女人,虽然她穿着破旧,并且头上包着一条粗布围巾,但眉眼间透出来的机警神情,还是暴露了她。为了进一步确定这个女人的真实身份,我决定赶往城北,亲自看一眼那个已经被我们认定为邹小岚的女人。

城北一带是我们这个城市最为落后的地区。在新时代的大开发热潮中,由于城南、城东、城西都是平原地带,新近崛起的城区便都延伸到那三个方向,城北是隆起的山区,开发起来较为困难,建设者们便放弃了对这个方向的拓展。在整个城市都日新月异改换面貌的时候,老旧的城北便越发显得落后贫穷。别说,这样的地方倒真的适合人们藏匿。

黑子给我介绍情况说,邹小岚和他的儿子小李楚明是租住在一户普通的民房里,一般情况下不出来,只有隔上个三五天,她才会到附近的菜市场买一次菜;尽管这一带有一所学校,小李楚明却没有到那里上学,而是被母亲关在那个院落里,只有憋闷得实在不行的情况下,才被母亲放出来玩上一会儿。那处民房的主人是一对下岗职工,也住在那个院落里的另一处房子里。我决定到那个院落里亲自去看一看,为了避免打草惊蛇,我让黑子给我买了一副拐杖,架在腋窝下。

房东的男主人给我开了院门,我一边打着租房的幌子一边往里走。听到我的动静,女主人也从屋里走出来,像她的男人一样瞪大了眼睛,朝我身边的拐杖和拐杖边一条悬空的腿看。我想租两间房子,我四处打量着说,请问你们还有闲房出租吗?我注意到在旁侧的偏房窗户后,一双警惕的眼睛正贴在窗玻璃上,朝我上下打量。我是一个生意人,我假充大方地介绍自己说,我可以出比其他人高出许多的租金。女主人似乎已经被我的话打动了,便掉过头朝那扇窗户所在的房屋门板说,方妹子,你出来一下。

直到她喊了好多声,那扇门板才不情愿地打开,一个穿着普通或者说简直有些邋遢的女人慢慢走出来,在她后面跟随着一个跳来跳去的孩子。望着那个女人奇怪的走路姿势,我呆怔了一下,原来她是一个腿部有残疾的人。这一刻,我不禁有些迷茫,难道是我们找错了对象?李楚明从来没有说过邹小岚腿部有残疾,是他刻意隐瞒了这一点,还是我们疏忽大意了?

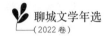
方妹子，女房主对那个女人说，你到底在这里住多长时间？如果日子不多，是不是接下去就转给这位……她朝我指了一下。

但那个女人截住了她的话，我是打算一直在这里住下去的，喏，这是下个月的房租，我提前拿过来了。说着，她就把手里的一沓钱朝她递过去。

女房主还有些迟疑，男房主却接住了那沓钱，转身对女房主说，好了，总要有个先来后到吧。随即他又转向我，这个老弟，我家的房子早就租出去了，你到别处去转一转吧。

好吧。我装模作样地点点头，到这里，我的任务也算是完成了，再待下去，恐怕要引起那个女人的怀疑了。我便适时地转过身来，继续硬着头皮，一颠一颠地往门外走去。我注意到那个孩子跟在后面，也要到街上去。明儿，那个女人及时地拖住了他，不要出去，快跟我回屋去。孩子在她的扯拽下挣扎着，尽管十分不情愿，可还是被她拖进了屋里。

来到街道上，我把手里的拐杖扔给黑子，抹抹脸上的汗水，一个人望着远处发起呆来。一件原本已经确认了的事情却不经意间又充满了疑问，不管是我还是黑子，都不敢再说那两个人就是我们要找的邹小岚母子。最好的办法就是到李楚明那里核实一下，再说事情发展到这个地步，我们也应该去给李楚明通报一声了。

但不知为什么，我却不想这样做，而且真的犹豫了好几天，还没有给李楚明打一个电话。说来奇怪，这些日子李楚明像是突然消失了一样。

九

见我犹豫不决，黑子开始沉不住气了。老板，他一再提醒我说，赶快通知李楚明吧，不然我们的钱就会越挣越少了。我反问他说，你能确定那对母子就是邹小岚和小李楚明吗？黑子跺着脚说，您给他打个电话不就明白了吗？我当然不能把自己的内心隐秘说给他们，我不想让任何人知道我已经对李楚明那些真假莫辨的故事陷入迷恋而不能自拔，即使我把这一切说出来他们也不能理解甚至会指责我又一次误入了歧途。但看到他们愤愤不平的样子，我又担心他们会对我产生误解，以为我在有意坑害他们。于是，在思考了一个白天后，在这天夜里我拿起电话，拨通了李楚明的手机。

我在外地考察，李楚明头一句话就对我说。你是不是又想听那些故事了？他随即问我说，看来他此时的心情不错。

是呀，我顺着他的话说，我正盼着呢。

最近恐怕不行，李楚明说，我恐怕一时半会赶不回去。

那我等着就是了。我也热情地回答他。我们的对话似乎已经完结，如果不再说什么的话,我就应该放下话筒了。但我在急促地犹豫了一下后,还是把话题转到了邹小岚身上。如果你不觉得麻烦,我这样起头说,今天就给我讲一讲邹小岚吧。

怎么?李楚明敏锐地觉察到了什么,你们找到她了?

不不,我赶紧否认说,还早着呢……我小心地斟酌着字句说,您说了您家人那么多的故事,却还没有说到邹小岚呢,应该说,我还是更为关心她一些,您理解我的心情吗?

当然,李楚明迟疑了一下说,好吧,我现在正好没有什么事,那就简单地给你说一说她的情况吧。

我认识邹小岚的时候,李楚明在电话里说,是她到我公司里来参加面试的那一天,其实她并没有被录取,我来到面试现场时,正好和她撞了个满怀。她是哭着跑出来的,看得出她很悲伤,撞到我身上时竟然没有丝毫道歉的意思,就迈着小碎步跑到楼下去了。我不知道是出于什么动机,当即对面试官宣布说,这个人被我录取了。说起来我并不是一个独断的人,许多时候我都会听从下属的意见,但就在这件事上我却一个人做了主,所以当人们听到我的宣布后,都大吃了一惊。

我的判断并没有错,邹小岚的确是个人才,自从进到公司里来,几乎是一年一个台阶,从底层很快便跃升到高层干部队伍中来,终于有一天成为我的文职秘书。我不知道这与我的关照有没有关系,其实连我自己都不知道我是否关照过她,但我能想象得出,由于当初是我要录取她,人们会说她是我的什么人,所以也会在多数情况下照顾她,甚至会在关键时刻为她说话。对于这些误解,我一直是听之任之,从来没有做过任何澄清,越是这样,我们有什么暧昧关系的传言便越是盛行,直到有一天我们真的睡在了一张床上,我才恍然大悟,原来那些传言都是真的,我的确是一开始就看上了她。我不禁感到惊讶万分,想不到事情变成了这种样子。

我记得那天是个休息日,也是个下雨天,公司里只有我一个人。我当然不是在这里加班,而是与我的太太吵了一架,我从家里逃出来,没有地方去,便来到了办公室,打算一个人清静一会儿。但我进到办公室里没多久,邹小岚也来了。她似乎没有想到我在这里,一看到我就想往外走。外面的雨越下越大,她本来是顶着一头雨水进来的,头发和衣服都湿透了,如果再这样出去,那她就真的是一只落汤鸡了。是我留住了她,此时我不光不忍心再让她淋雨,而且也真的需要一个人来和我说说话,我的心情不好,有满肚子的愤懑要往外发泄,邹小岚不期然的到来便为我提供了这样的机会。

其实我和邹小岚平时并没有说过多少话,交谈也仅限于工作,从来没有敞

开过心扉相互诉说。但在那个下雨的日子里，我们却坐在一起，中间仅仅隔着一张办公桌，就像我和你在那家酒吧里坐在一起一样，开始了长达一个白天的心灵倾诉。不知道什么时候，我们的身子已经越过那张桌子的阻隔，慢慢且紧紧地依靠在了一起……

再次听到有关邹小岚的消息是在几年之后。有一天夜里，我的太太突然对我说，你和邹小岚的孩子已经三岁了吧？我以为她是在开玩笑，因为这几年里我都差点忘记了邹小岚是谁。怎么回事？我装作漫不经心的样子说，你听到了什么闲话？全公司的人都在传呢，你怎么会不知道？我这才感到了问题的严重。再次见到邹小岚时，她的身边果然多了个快要三岁的孩子，不管我愿意不愿意，反正邹小岚一口咬定那个孩子就是我的儿子，你说我还有什么办法？这是不是一个精心设置的圈套？似乎到这个时候，我才发现邹小岚绝不像她的外表那样，是一个清纯而又简单的人……

说实话，我并不多么关心李楚明和邹小岚之间的爱情故事，我最感兴趣的还是有关邹小岚身体或者生理上的一些话题，但在李楚明的讲述中，却丝毫没有关于这方面的信息，他好像知道我关心什么，便有意避开了与此相关的内容。我等得实在有些不耐烦了，便斗胆问了他一句，邹小岚是一个正常人吗？

你说什么？李楚明没明白我的意思，或者装作没有明白，你指的是什么？

我不想让他发觉我的真实意图，便又退后一步说，我的意思是说，她到底用什么打动了你？

李楚明没有回答我的话，但显然明白了我这些话中的潜台词。莫非，他吸了一口气说，你已经见到她了？

这只老狐狸。我悲哀地闭了一下眼，随即又睁开来，依旧用很坚定的语气说，没有，我还不知道她在什么地方呢。

是这样。李楚明淡淡地说，随即便放下了电话。

我不知道李楚明是否已经察觉了事情的真相。不管怎么样，我安慰自己说，反正我没有承认这一点。回顾这次的通话，我觉得有些得不偿失，不光没有从他嘴里套出邹小岚的个人情况，反而在一定程度上为他提供了邹小岚母子下落的消息，甚至在某种意义上说为他通风报信也不为过。想到这里，我心里便隐隐不安起来。

我一时睡不着觉，天快亮时才总算闭上眼睛。我做了一个梦，看见李楚明开着他的豪华轿车，从遥远的地方风驰电掣一般疾驶而来。那是一辆红色的轿车，在黎明的照耀下闪闪发光。透过车窗玻璃，我看见李楚明紧闭嘴巴，鼻孔张开，眉头紧蹙，斜斜的眼睛里放射出刀子一般的寒光。望着他非同一般的凶恶模样，我急快地逃出梦来……

十

在接下来的日子里,我没有再给李楚明打过一个电话,也没有再做惊动邹小岚母子的举动,而是按兵不动,只是叮嘱黑子他们看住邹小岚母子,其他什么都不要做。黑子他们尽管对我心存疑虑,却也没有再说什么反对的话,每天都到那个院落附近,一有风吹草动就向我打电话禀报。而我则不断地来到经常光顾的那家酒吧,坐在那个较为隐蔽的座位上,一个人一边喝着咖啡一边打熬时光。在许多个幻觉里,我都看见李楚明从外面走进来,坐到我对面的位子上,我为他要了一杯烈性伏特加,他一边慢慢喝着一边为我讲述接下来的故事⋯⋯我知道我已经不是一个合格的侦探,而堕为了一个庸俗的倾听者,我在用这种颓废消极的方式等待故事的结局,一个与李楚明的家庭故事并行发展却又不尽相同故事的结局。

尽管我做好了面对各种版本故事结局的准备,但当黑子给我打来电话时,我还是大吃了一惊,因为这个正在发生的结局版本已经超出了我的预料之外,甚至也超出了我的承受能力。老板,黑子在电话那端用颇为慌张的语调说,邹小岚和小李楚明都⋯⋯死了。

什么?我霍地站起来,由于动作过大,我手边的杯子打翻了,酱红色的咖啡像血液一般在桌面上流淌。周围的几个人受到了惊吓,也像我一样站了起来。你再说一遍,我对着电话喝道。

他们被一辆车撞死了,黑子带着哭声说,现在他们正躺在街道上,地上都是血⋯⋯

我盯着桌子上的咖啡液体发了一下呆,随即便扔掉电话,冲出酒吧门,飞一般朝大街上跑去。我跑了一会儿才意识到这样奔跑不行,便停下来,站在路中间,拦住一辆出租车。

来到城北时,黑子所在的那条街道已经被封锁了。黑子见我来了,便从一块广告牌后走出来,领我来到现场附近,指给我看那两具躺在地上的尸体。邹小岚和小李楚明的尸体已经用帆布遮挡起来,站在周围的几个警察有的用软尺丈量车胎痕迹,有的用相机拍照。怎么回事?我朝那个地方盯了一会儿,便转向黑子,催他快给我讲述事情的经过。

其实我早就看见那辆车了,黑子朝一边指着说,今天一大早,我就看见那辆车停在那里,上面坐着的人不下来,也不把车开走。我看着有些碍眼,经过它时还在后轮上踢了一下。可我哪里会想到,这辆车会与邹小岚他们有什么关系。说到这里,他大喘了一口气,又把目光转向另一个方向,快到十点的时候,邹小岚从家里走出来,像上次一样到菜市场去买菜。但与上次不同的是,这回她领

着小李楚明。我心里还直犯嘀咕，他们母子两个一起出来，就不怕别人认出来吗？因为一个人不容易辨认，两个人在一起就太扎眼了。他们走到这个地方时，黑子又指了一下前面，那辆车开始发动起来，而且越开越快，直朝着街道中央开过去。我心里还说，这个冒失鬼，要是撞到了人怎么办？我一边嘀咕一边回头看，天哪，它开去的方向正是邹小岚他们走来的地方。我真是难以置信，这辆车原来是在等待邹小岚母子的到来，是故意来撞他们的。我一看车都开过去了，邹小岚母子还没有发觉，他们一边走一边说着话呢。我什么都顾不得了，便忙不迭地站出来，朝他们大喊了一句，快躲开。我相信他们听到了我的喊声，邹小岚还转头看了我一眼。但一切都太晚了，那辆车开得太快了，几乎一眨眼工夫就开到了邹小岚他们身边，只听"嘭"的一声，我知道这回是彻底完了，一切都没有救了。我闭上了眼睛，不敢去看邹小岚他们飞起来的情景。等我睁开眼时，只看到那辆车飞快地朝远处逃去。我还追赶了几步，但于事无补。我来到那个地方，黑子又指指邹小岚和小李楚明的尸体，才看见他们躺在地上，身边全是红彤彤的血迹……

我们的生意完了，黑子也蹲下身，同时沮丧地把头垂下去，我没有看护好他们……

我抬起头，再次环顾事发现场，眼前突然闪过一个红色的影子。我一下子想到了那个梦。是一辆红色轿车对吗？我脱口说道。

对对，黑子接过我的话说，是一辆红色轿车。他随即又看向我，你怎么知道？

我没有说那个梦。其实我又知道什么？我根本没有见过李楚明的车，虽然我和他见过几次面，却不记得他开过车没有。

十一

我打听过了，邹小岚和小李楚明的死亡事故已经过去了一段时间，但那辆肇事的红色轿车还没有找到。你们找不到了。我在心里对他们说。我当然怀疑那是李楚明亲自干的，或者是他让手下人干的。但我却没有证据，自然也不想真正介入这种事。可我还是不断地想到这件事，并为其中难解的部分倍感苦恼，我想不明白，李楚明为什么要这样干？不管他愿意不愿意，小李楚明也是他的儿子呀，还有邹小岚，他不是声称他们相爱吗？怎么就能狠下心来对他们下毒手呢？我这才意识到，李楚明让我替他找到他们，原来就是为了给他们这样一个结局？大概我已经感觉到了这一点，所以一直不肯把邹小岚母子藏身的地方通报给他，但狡猾的李楚明还是掌握了他们的行踪，毫不客气地把一个血淋淋的事故制造出来。

　　几天过后，我最为得力的助手黑子突然间消失了，开始我以为是由于我们的业务泡了汤，黑子出于对我的失望而不辞而别，但当我接到了黑子给我发来的那封信后，才发现事情没有那么简单。黑子在信中告诉我，一些他不认识的人曾经找到他，逼他说出邹小岚母子藏身的地方，他受不住折磨，不得已才把城北的那个院落透露给他们。他用懊悔的口气写道，如果不是我的出卖，邹小岚他们就不会那么悲惨地死去，所以我无法再留在你身边。读着黑子的信，我又一次检讨我在这次事故中所应承担的责任，那天夜里，如果我不给李楚明打那个电话，邹小岚母子又怎么会出事呢？

　　我已经很久没有和李楚明联系了，不知道他现在过得怎么样。我设想过他被抓起来的场景，但随即又排除了这种不切实际的想象，对于像李楚明这样的人物来说，牢狱之灾应该是与他没有什么关系的。在那些寂寞无聊的日子里，我会一次次地产生类似于梦境的幻觉，看见我又一次来到那家酒吧里，坐在久违的李楚明面前，一边喝着咖啡一边听他为我讲述有关他家人的故事。知道了，面对着房间内的黑暗，我对那个并不存在的讲述者说，我终于知道你为什么那样做了。这样的幻境经历得多了，我便毫无来由地相信，终有那么一天，我会在那家酒吧里再一次聆听李楚明那些已经快要结束的故事。

　　于是，在接下来的日子里，我真的来到了那家酒吧。此时，天开始变凉，炎热的夏天就要过完了。记得我和李楚明在这里的第一次见面，还是在有些料峭的春天里。我刚刚走进酒吧的门，老板就朝我迎过来。你怎么才来？他用有些抱怨的口气说。他这样一说，我才记起我已经快要一个月没有到这里来了。他在这里等你很多日子了。老板再次对我说。谁在等我？我明知道他说的那个人是谁，却还随着他的话问道。老板没有回答我，或者说觉得没有回答的必要，只是闪开身子，让我朝那个角落里走去。当我坐在我的座位上，面对那个已经在这里等了我很多日子的人时，老板也把我喜欢喝的咖啡送过来了。我接过咖啡杯子，把目光转向我对面那个人的杯子，意外地发现里面的液体也变成了红色。

　　我已经不喝白酒了，李楚明微笑着向我解释说，我现在喝的是茶水。

　　我没有问他为什么。在喝了一口温热的咖啡后，我的目光转移到他的脸上。与我的想象没有多少差别，他的样子真的发生了不小的变化，头发枯干，脸色灰暗，下巴更尖了，最明显的是额头多了两颗老年斑。更让我感到不可思议的是，那只相对于他斜视的眼睛来说还算正常的眼睛，竟然也开始倾斜起来，这使他看上去陌生了许多，甚至有一霎，我简直怀疑这个坐在我对面的人不是真的李楚明。

　　是我，李楚明看出了我心里的疑惑，大约自己也觉得不好意思，抬起手来在

脸前遮挡了一下，同时安慰我说，是我在这里等你。

我有些奇怪，我在他面前坐正了身子说，在这里等待的应该是我才对。

李楚明耸耸肩膀，不置可否地笑了一下，这说明你还真的不太了解我。说着，他就拿出一张银行卡，从桌面上向我推过来。你的费用。他不动声色地说。

我真的有些吃惊了。无功不受禄，我也用郑重的口气说，我没有找到他们。

好了。李楚明不想和我说下去，把有些别扭的目光转向一边，同时也转移了话题，我一直在这里等你，我知道你会来的。

我来收钱吗？我又把话题转回来。

李楚明拱起两手，对我做了个哀求的手势。我的故事还没有讲完，他把眼睛转向窗外，两道不一致的目光望着外面的什么地方，我知道你想听我把故事讲下去。

他说到了讲故事的事，我便闭住了嘴巴，没有再说那些他不愿意提起的话题。但我也没有说什么，只是用身子前倾的姿势告诉他，我已经做好了聆听的准备。

十二

还是先说我的叔叔吧，因为最先发生变化的就是他，而那些变化实在不能为我的家人所理解和接受。叔叔参加工作后第一次回家，便把他的变化一起带了回来。开始时，人们还以为他的变化仅仅体现在装束和语调上，比如他走时穿的棉布袍被一身整洁的制服所代替，他先前的方言也变成了普通话，让村里人听了思忖半天才明白他说的是什么。其实这些还算不了什么，真正让人们大吃一惊的是，叔叔一回来便宣布与那个叫曼儿的未婚妻解除婚约。这无异于一枚重磅炸弹，简直让人怀疑这个从外面回来的人不是真的李茂顺，而是另外一个与乌龙镇不相干的人。想当初，叔叔可是念叨着曼儿的名字一步三回头走出去的，仅仅过去三个月，他怎么就要与曼儿一刀两断了呢？这当然是一件不太容易得逞的事，首先我爷爷这一关他就过不去，况且还有曼儿的娘家人呢。据说，曼儿的父亲是一个杀猪匠，第二天就带着一把锃亮的杀猪刀来到我家，摆开了大闹一场的架势。幸好我爷爷拍着胸脯给他打了包票，才把这个杀气腾腾的家伙劝走。小兔崽子，爷爷指着叔叔的鼻子骂道，你要是不把曼儿娶进家来，你就别回来了。

但叔叔打定了和曼儿解除婚约的主意，果然在此后的几年时间内没有再回家来。曼儿知道再等下去也没什么意思了，听说在一个寒冷的日子里投了水井，虽然被人发现救上来，但从此后精神却失常了，再也没能找到合适的人家。每每提起叔叔来，乌龙镇的人都会禁不住骂上几句，但真正让他们感到困惑不解的是，叔叔到底为什么会丢下一度相中的女人不要？直到几年后，叔叔带着他新婚的妻子回到乌龙镇来,人们在目睹了婶婶的芳容后,才不禁恍然大悟,怪不得他会如此的狠心,当有了这样一个赛似天仙的城市女人后,就算是换了任何一个人怕是也会做和他同样选择的,况且这个女人还有一个不一般的家庭。正如人们的预料,自从和婶婶结婚以后,叔叔便平步青云。

正像你所知道的那样,叔叔活到了九十岁,成了我们这个家族里最长寿的人。其实叔叔的身体并不好,早年跟爷爷上山打猎时受过一些伤,原本是不大能经受折腾的。但叔叔的生活质量非常高,加之有完备的医疗保健措施,每次患点小病都能化险为夷。

叔叔走时是很安详的。据婶婶和堂弟说,头天晚上,叔叔还喝了一碗燕窝银耳汤,躺在床上又听了半个小时的相声,然后便睡下了。整个夜间,婶婶和堂弟都没有听到叔叔的动静。清晨,婶婶像往日那样喊他起来吃饭时,却发现他的身子已经冰凉了。叔叔的躺姿十分平直,也就是说,他在临死前没有多少不适的感觉,脸上还含着笑容呢。

说完了幸福的叔叔,再说说我不幸的父亲。是的,与叔叔相比,我父亲的确是不幸的。不知道为什么,在我们一家人心目中,总是喜欢把父亲和叔叔相比较,我想不光是因为他们是亲哥俩的缘故,还有一个更重要的原因恐怕是与他们使用了同一个名字有关。在我们看来,叔叔的幸福生活应该是属于父亲的,但因为父亲把自己的名字送给了他,无形中也就把自己的幸福让出去了,从这种意义上说,叔叔应该感谢父亲。大约叔叔也知道这一点,每次回家,他都会给父亲带一些东西,就像孝敬父母一样对待他的哥哥。最明显的一件事是,当父亲去世的时候,叔叔从千里之外赶回来,跪倒在父亲灵柩前失声痛哭。

由于我们兄妹人数众多,父亲在种地之余,还学会了狩猎和捕鱼,以便为我们饥饿的肚皮提供更多一些食物来源。先说狩猎吧,每到冬季,当山野覆满了积雪时,父亲便扛上一支自造的土枪,一脚深一脚浅地到山野里转悠,有时为了追逐一只山兔,他会跑过数个山头和数片丛林。最危险的一回当属与一头野猪的搏斗,那头野猪尽管已经受了多处弹伤,却依旧身强力壮,面对不肯放过它的父亲,越发恼羞成怒,跑着跑着突然掉回头,直朝父亲奋力冲过去。父亲这时如果把身子闪到一边,或许也不至于受到那么大的伤害,但在这紧急时刻,父亲却忘记了逃跑,一心要把它弄回家去,竟然朝着它迎上去。结果可想而知,父亲不但倒在了地下,而且一条腿被愤忾的野猪咬断,差点把命丢在那个荒芜的山沟里。从此后,父亲失掉了一条腿。

在说父亲捕鱼之前,还是先说一件父亲进城的事。纵观父亲的一生,直到活到了快要五十岁,父亲还没有离开过他的老家一带,生活足迹顶多是在莫邪山里游荡,从来没到那个并不算遥远的县城一次。当我妹妹在县城里安顿下来

后，曾多次给父亲捎信，让他带母亲到那里住一些日子，但他从来没有答应过妹妹。母亲倒是去过妹妹家几次，可每次都是和父亲吵过一架后赌气自己去的，而吵架的原因便是父亲的不肯同行，这似乎只是一个起因，但吵来吵去就变成了结果，最后当然只能是母亲一个人去了。但有一次，父亲却背着我们悄悄到县城去了，如果不是他在那里碰到了一个熟人，我们便永远也不知道他这次县城之行了。直到父亲去世以后，我们才从那个熟人口中得知，他是到县城的医院看病的，但他到底要看什么病，我们却一直没有搞清楚，因为不久之后他便离开了这个世界。在我们想来，父亲一定感觉到了身体的严重不适，以至于让他对自己的性命产生了担忧，才有了去县城医院看一下的念头，并马上付诸实施。可正像那个熟人告诉我们的那样，父亲一进县城，看到那么多相似的楼房和车辆，便很快迷失了方向，按照人们的指点，他在那个不算太过复杂的县城街道上转悠了一个白天，也没有找到医院的位置。到这个时候，父亲已经放弃了看病的打算。

好了，现在可以说到父亲捕鱼的事了。和他的狩猎差不多，父亲在捕鱼这方面也是半路出家，比较起狩猎来，似乎捕鱼更讲究技艺，这对父亲来说也便更难。父亲凭着一双善于劳动的粗糙大手，编织了一张可以用"复杂"两个字形容的大网，每到干完活闲了，便来到河汊边，将网撒到河水里去。由于父亲的技艺欠佳，他几乎没有一次捕到过像样的大鱼，每次回家提在手里的都是一些小鱼秧子，所以开始我们还会看他捕鱼的情景，渐渐地就觉得没什么意思，便不再跟着他出去。但每次想起来父亲的结局，我们都会感到后悔。那天，父亲在劳作了一个上午后，中午没有顾得上休息，便一个人背着渔网出去了。但到了天黑父亲都没有回来。于是，在母亲的带领下，我们一起到镇子周围的河汊里去找。但几乎把所有与鱼人河相关的河汊都找遍了，也没有看见父亲的影子，我们站在河汊边大声喊父亲，也没有得到他一点回应。父亲就这样消失不见了。直到第四天，我们才在一个最宽的河汊里看到父亲，此时他正俯卧在河水里，身子的大多部分都被啃掉了。我们推测，父亲是想把渔网撒到深水里去，以便捕到更大些的鱼，但他用的力实在太大，竟然连自己的身子都撒进去了，因为身边没人救他，他凭着自己的力量无论如何也爬不上来……

父亲去世的那一年，还不到五十岁，如果把他和长寿的叔叔做比较，那他还只是处在中年时期呢。

十三

讲到这里，李楚明接听了一个电话。我从那些时隐时现的声音判断，给他打电话的是一个女人，所以当他放下手机时，我随口问他说，你太太又找你了？

李楚明马上摇摇头说，你错了，不是我太太，给我打电话的是我的妹妹。于是，在接下来的时间内，李楚明又给我说起了他的妹妹，说完妹妹又说起了他的姐姐，那两个都叫李桂青的女人。

大概你想不到，我妹妹这个电话是从瑞士打来的，没错，她出国了，更明确一些说，她移民瑞士了。

在我们兄妹数人中，不论性格还是长相，大约可以分为两大类，一类与父亲相像，一类与母亲相像，这说明我们继承父母基因的侧重点不同。妹妹和姐姐应该归于一类，都和父亲有些相像。父母或许正是想到了这一点，才把姐姐的名字送给了妹妹，当他们喊着妹妹的名字时，是否会产生一种错觉，以为应答的这个人就是他们的大女儿？如果真是这样的话，那么父母就会获得一种安慰，觉得这个女儿从来没有从自己身边离开过，他们也从来没有做过对不住她的事。后来我才听说，当初给妹妹起姐姐的名字时，父亲曾经征求过瞎子五巨的意见，噢，瞎子五巨是我们乌龙镇的一个高人，既会占卜，也会解名。父母大约在这件事上拿不定主意，便也跑到了瞎子五巨那里去咨询。据说，听了父母的主意后，瞎子五巨当即就摇起了头，说一个人占用另一个人的名字不妥。但不知为什么，父母最终没有采纳瞎子五巨的建议，依旧在以后的日子里给妹妹起了姐姐的名字。我想这并不是父母执意乱来，而是他们对自己大女儿的强烈思念，不管怎么说，每日喊着"桂青"，他们的心里是温暖的。

没有人预见到妹妹会有那样的好运，她刚来到这个世界上时简直就是一只丑小鸭，在我们兄妹当中是最不起眼的一个。妹妹真正由丑小鸭变成白天鹅，是在她十六岁那一年开始的，当这一年的春天到来时，妹妹把一身臃肿的冬装脱下来，换上单薄可身的夏衣，一个亭亭玉立的美少女突然出现在我们面前，让每一个人都发出了惊讶的赞叹声。你是谁呀？我好像还给她开了一句玩笑。自然，这样不同凡响的人是不可能不引起外边人注意的，没过两年，那个要给妹妹铺就光明前程的亲戚便来到了我家。于是，在接下来一个暖风缭绕的日子里，妹妹提着一只小包袱，跟在那个亲戚身后，慢慢走出乌龙镇，走出莫邪山，走向了山外的县城，走向了她自己的幸福天堂。我不知道，当父母看着他们这个名叫李桂青的女儿越去越远时，是否会又一次产生错觉，以为那个就要淡出视野的身影是他们数年前消失了的大女儿？

妹妹出嫁后，她的丈夫给她在一家工厂里安排了工作。但妹妹只上了几年的班，随着丈夫的生意渐有起色，就辞职回家，在自己的一个门店里当起了老板。但妹妹的老板也只当了几年，便又一次回到家，干脆什么都不再做了，门店交到别人手里打理，她自己只是管管账目就行了。又过了几年，妹妹连账目也懒得管了，因为这个时候，她已经吃穿不愁了。丈夫天生是一块做生意的料，十

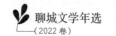
几年的时间，他们竟成了那个小县城里的首富。她全部精力几乎放在了吃喝玩乐上，为了度过一天又一天无所事事的时光，她学会了打牌、跳舞和健身。为了把这一切玩得更有质量，妹妹作为发起人，成立了这个城市里第一家俱乐部。

有一回，妹妹的丈夫给她牵回了一匹马，带她到一个山野里游玩。这时妹妹刚刚学会骑马，丈夫把她扶到马背上，指着远处的山头说，尽情向前跑吧，你能跑多远，我就给你买下多远的山地。妹妹以为他是说着玩的，但也觉得这个游戏很刺激，便策马向前狂奔。妹妹和那匹马最终跑到了一座不算太低的山头上。丈夫果然没有食言，不久便把那个山头买下来，随即在半山腰建起了一幢豪华的别墅。妹妹隔三岔五地打电话邀请她那些朋友前来聚会，打高尔夫球，或者进山狩猎。但很快，妹妹还是在那个山头上待腻了，丈夫也对那个地方失去了兴趣，两个人继续寻找新的能够吸引他们的地方。这一次，他们的目光索性跨越国界，盯上了遥远的阿尔卑斯山。前些日子，他们已经移民国外了。

好了，往下该说到我的姐姐了。说实话，我实在不愿意说到姐姐，但为了给你一个还算完整的故事，我必须硬着头皮把有关姐姐的那一部分讲完。正像你已经知道的那样，我的姐姐叫李桂青，从她叫这个名字的那天起，那三个字就应该专门属于她，但后来父母却又把它转给了妹妹。

姐姐的丈夫是她养父母的儿子，也就是当初父亲把她送去时带她进山沟里玩的那个男孩子。记得姐姐随他出去时，还扭过头来对父亲说了一声，爹，你可要等我回来呀。但等她回来了，她的爹却不见了，直到这个时候，她才明白是狠心的父亲把她遗弃了，随即她又把怨恨记在了那个男孩子身上，以为他是父亲的同谋，或者说简直比同谋还要可恨，正是由于他，自己才失去了和父亲一起返回乌龙镇老家的机会。说起来，那个男孩子对她不错，也长得不算难看，但就是因为有了这件事，在以后的日子里她就本能地不喜欢他，时不时地还要怨恨他一下。就是这样一个让她不喜欢的男人，却注定是她一生的伴侣，就像人们常说的那样，不是冤家不聚头。在姐姐十八岁那一年，养父母带领他们从东北回来，要在老家为他们成婚。姐姐为此大闹了一场，据说还要割腕自杀却没有得逞，无可奈何不得不接受命运的安排，哭哭啼啼地成为那个男人的妻子。

结婚后最初的几年里，丈夫的表现倒还说得过去，虽说没有什么明显的本事，但还肯于吃苦，每天都能从采石场里挣几块工钱回来，姐姐似乎也已经认了命，打算跟他就这样过下去。但不久之后，丈夫在和她打过一架后竟然踏进了赌场，很快便染上了赌博的恶习，不光挣不了那几块工钱，还从家里偷偷拿走几块去做赌资，这样一来，他们的日子便不那么好过了。况且这时他们还有了两个孩子，没有一定的收入便等同无米的炊锅，只能眼睁睁地干熬下去了。姐姐没有做出多少挽救丈夫的努力，一上来便产生了与他离婚的念头。丈夫倒是真的不想让自己的家庭解体,硬着头皮答应改过自新,还一再发誓,表示要走正路,但在下回和姐姐打过架后,还是又来到了赌场。姐姐已经不想再与他耗下去,便决定让离婚的念头付诸实施,为此还专门回了一趟娘家,把她的打算说给我父母听,希望取得他们的同意和支持。但出乎她意料的是,我父母在这件事上却没有成为她的后盾,反而告诫她不要再产生这样的念头。姐姐实在后悔到乌龙镇来这一趟,越发对当初把她送给别人的父母产生了怨恨,回到婆家便在房梁上结了绳套。

如果算上结婚前的那次割腕,姐姐现在是第二次自杀,幸好又被她的婆婆发现了,找来一些人把她从梁上救下来。丈夫也感到了害怕,跪在姐姐脚下再次发誓。这一次看起来似乎管了用,至少有两年时间,不管两口子的日子过得多么不顺心,丈夫也没有再进赌场。但到第三年,姐姐与他打了一回大仗,丈夫便再次旧病复发,而且来势凶猛,一头扎到赌场里,竟然几天几夜没有出来。丈夫这一次的表现可以用破罐子破摔来形容,任凭姐姐对他如何叫闹哭嚎,他照样往赌场里走,姐姐阻挡得厉害了,他甚至毫不客气地对她施以拳脚。其实姐姐已经彻底绝望了,这天夜里,当养父母和孩子们都睡下后,姐姐把自己关在盛放农具的破屋内,从墙角里拿起早就置备妥当的农药瓶子,咕咚咕咚把瓶子里所有的液体都喝到了肚子里,然后躺到地下,流着眼泪慢慢等待死神的降临。

姐姐死去的时候还不满三十岁,正是美好的年华。接到姐姐的死讯,我们一家人都赶去了。我哥哥一照那个男人的面,上去便是好一顿暴打。父亲拦住了哥哥。别打了,父亲用哀求的语气说,这件事并不怨他。望着他极度颓唐的样子,我们都产生了恍惚的感觉,好像父亲的意思是说,如果你们想打,那就打我好了。正在我们愣神的当儿,妹妹忽然跪倒在姐姐的尸体前,遏制不住地号啕大哭起来,姐姐呀,是我对不住你呀……

十四

李楚明的故事讲完了。在喝光那杯早就变凉的茶水后,李楚明站起来,一只手在他那两只奇怪的眼睛上使劲抹了几下,便朝我慢慢伸过来。我愣了一下,才明白他是要和我告别。我该走了,他嘶哑着嗓子说。他的目光抬起来,越过我的头顶,直直地朝门外的远处望着。由于他的眼睛斜视得厉害,我实在看不出他的视线到底落在了什么东西上。

我不想就这样放他走掉。也许,我急快地想了一下,还是用肯定的语气对他说,这仅仅是一个个别现象,并不说明它……

但它一再发生在我身上,李楚明毫不客气地打断我的话,而且抬起一只手,使劲在空中挥舞着说,它对我来说已经没有什么个别不个别了。

　　我再一次思考他的话，还是觉得有必要提出不同意见。那些使用同一个名字的人多着呢，我也朝外指了一下，难道他们也……

　　我不管他们到底怎么样，李楚明干脆把那只手举到我面前，像一把刀一样在我脸前劈了一下，反正我不能让它一再得逞……他气喘吁吁地叫喊着，两只倾斜的眼珠竟然聚拢到一起，像两道亮丽的闪电灼灼地照在我身上。没错，我确凿看见他眼睛的这种变化，但只过了一霎，便又恢复了继续斜视的样子，而且眼神迅速黯淡下来，仅有的一点亮光也呈现出分外涣散的状态。他没有再说什么，便掉转身，一瘸一拐地朝外面走去。

　　望着他奇怪的走姿，我呆怔了一下，突然在脑子里问自己，他怎么变成了瘸子了？我感到茫然不解，是他在过去的日子里本来就是个瘸子，还是在以后的这些日子里变瘸的？看来他的确是病了，我在心里对自己说。但我不知道他的病到底是来自他的身体，还是来自他的精神……

　　一切似乎都已尘埃落定，我知道要给自己接手的这笔业务画上一个句号了。还在当警察时，我就有记笔记的习惯，现在我又拿出那个笔记本，开始往上面添加有关李楚明的案子。当夜晚到来时，我把事情的大体经过写到了本子上。就要合上本子时，我又觉得余兴未尽，再次提起笔，又给这件本来记载完毕的案子增加了一个多余的结尾，看上去虽然有些画蛇添足的嫌疑，却遏制不住这样去写。

　　我增加的这个结尾，真的不是出自李楚明的讲述，而纯粹源于我个人的想象。

　　这一天，也就是李楚明从那个千里之外的城市参加完叔叔的葬礼回来后的第二天，他来到邹小岚居住的那个别墅区，敲响了那扇对他来说并不多么熟悉的门板。这是一个日光明丽的白天，在以前仅有的两次探访中，谨慎的李楚明都是选择在深夜时刻，而这一次他却等不到黑夜的到来，便冒着暴露身份的风险急急地赶来了。出门之前，他才从母亲嘴里知道了叔叔使用父亲名字的经过，联想到妹妹使用姐姐名字的后果，愈发觉到事情的严重，自然便又想到了小李楚明对自己名字的占用，眼前一阵阵发黑，脑子里充满了种种可怕幻象。不行，他一遍遍地告诫自己，无论采取什么措施，都要阻断这件事的发生。

　　邹小岚在猫眼里看到是他，遏制不住地激动起来，没有来得及收拾一下房间和自己，便给他打开了门。她从来没有想到，李楚明有一天会公开到她这里来，莫非他们这种一直处于半地下状态的关系要获得改变了吗？邹小岚闪开身子让他走进来，一时不知道该怎么办，手忙脚乱了好一会儿，才想起给他让座。

　　李楚明没有坐下，只是呆呆地站在她面前。快呀，他好像听见一个声音在对他说，快对她说。李楚明无法再犹豫下去，不禁脱口说道，你把你儿子的名字改过来。随即又跟上一句,现在就去。

你、你说什么?邹小岚惊愕地看着他,似乎没听清他说的是什么,只是恍惚觉到是与儿子有关的话题,便顺着他的话说,儿子还没有放学,你等他一会儿吧。

她还在装模作样。李楚明在心里说。不要再等了,他再次用命令的口气说,带上你们的户口本,马上去派出所户籍科,我已经给他们打过了招呼,今天就把儿子的名字改过来。

邹小岚终于明白是怎么回事了。你……你不是来看儿子的?她还有些不相信自己听到的话。

对于她的明知故问,李楚明已经忍受不下去了。如果今天不把他的名字改过来,他一字一句地对她说,你们就不要再回到这里来了。为了表明自己的态度,他一屁股坐在身后的沙发里,摆出了在这里耗下去的姿态,我在这里等着你改完名回来,听清楚了没有?

这一次,邹小岚是真的听清楚了。为什么?她的神情反倒坦然起来,发生了什么事?

不要问我为什么?李楚明冷下脸说,要问就问你自己好了。见她还要装糊涂,他索性率先问起她来,告诉我,为什么要给他起我的名字?

我不是对你说过了吗?邹小岚摊开两手说,都是因为我爱你,所以才给儿子也……每天喊着他的名字,我会产生错觉,好像你就在我身边一样……

不要再说这些骗人的话了,李楚明恼怒地打断她的话,你这样做的真实目的到底是什么,你以为我不清楚?

你想到什么地方去了?邹小岚莫名其妙地看他,怎么回事?到底发生了什么事?是什么让你变成了这个样子?

你还在……李楚明愤怒地站起来,上前抓住她的身子,接连不断地摇摆着,你这个歹毒的女人,利用儿子的名字打我的主意,给我设置死亡的陷阱。

邹小岚惊呆了。你到底怎么了?她伸出手,抖抖地朝他脸上摸,你为什么说出这样的话?

你想让你的儿子对我取而代之,这个算盘打得可真不错呀,李楚明把她推倒在地下,用一只脚在她身上踩踏,但你没有想到吧,我识破了你的阴谋诡计,你的罪恶目的休想得逞。

…………

十五

我不想再写下去了,因为这个时刻我已经被吓住了。正是深夜时分,街道上曾经有过的喧嚣不知到什么地方去了,世界变得一片静寂,好像所有有生命

的东西都消失不见了，整个世界就剩下了我这样一个还会喘息的生灵。我拖着疲惫的身子爬到床上，在吞服了十几粒安定药片后，才勉强平静下来。在接下来短暂的睡眠中，我做了一个梦，随即便被吓醒了。在那个荒诞而离奇的梦里，我来到了一个黑暗阴森的场所，借着一缕不知从什么地方射来的光线，看见一个可怜兮兮的小怪物在哀哀地哭泣。在此之前，我从来没有看到过这样怪异的小东西，所以我确信我来到的这个地方不应该是人间，而极有可能是地狱。我小心翼翼地问那个朝我哭泣的小怪物，你是谁？小怪物摇着头说，我不知道我是谁？我再次问它，你的名字叫什么？小怪物流淌着眼泪说，我没有自己的名字，我的名字被他们拿走了。我继续朝它追问，是谁拿走了你的名字？小怪物朝一个方向指了一下说，是他们拿走了我的名字。我转过头，想朝它所指的那个方向看一下。但就在这时，我被吓醒了。因为我已经醒来，就无法再诉说我到底看见了什么。

　　我呆呆地躺到天亮，在窗口照进来的第一缕晨光中勉强爬起来，摇摇晃晃地坐到沙发里。我知道我病了，不用摸自己的头，我也知道我的身子在发烧。要不要去看医生？我问自己。但我没有离开沙发，两眼盯着放在茶几上的电话机，盼望着时间快一些过去。约莫到八点，我抓起了电话，手指颤颤地拨通了一个警察的电话。您好，我用客气的语调对他说，五年前，我在执行任务时撞死了一个人，我忘记了他的名字，请您帮我查一查……过了一会儿，那个警察把电话回过来了，我的心脏越发紧急地跳动起来，有一雾快要撞到了嗓子眼上。

　　怎么回事？他说，怎么和您的名字一样？

　　您确定吗？我还抱着最后一丝侥幸心理。

　　没错，他用确凿无疑的声调说，他的名字的确叫王涛。

　　…………

原载《啄木鸟》2022 年第 4 期

王文娟

谁住在你的隔壁

高珂在一个冬夜敲开我的家门。

自我们一起待过的那家杂志社倒闭，我一直没有见过他，只在朋友圈里听闻他的消息，他和很多媒体人一样，转身拥抱融媒体，每天观望并制造各种热闹却离群索居。

这个城市的每个角落里都散落着这样面目模糊的年轻人，如一朵朵无根浮萍，居无定所奔走流离，在异乡兜售灵魂和时光。他们过大同小异的日子，吃饭、睡觉、恋爱、失恋、换住所、换工作、换朋友，兜兜转转，周而复始，如同打一个又一个新游戏般开启一段又一段新人生。

我和高珂都如此。我们每个人拿着越来越高档的手机，却更像手持越来越精致的棺材，存储的那些永不会再接通的电话号码，就像存放着永不再见的一个个死人。

所以，高珂裹挟一身寒气走进我的房间时，我颇为讶异，毕竟我记忆中的高珂只是位不远不近的旧同事。在杂志社时他做栏目的策划，名校毕业，有好文笔，性格温和，长相周正，因此偶有刚进公司的小姑娘一见倾心，但那些明恋暗恋最终都无疾而终。工作之外的他安静如一条默默流淌的暗河，让人无从靠近。

谁愿意花时间去探究一条暗河的底细？

你一直在写剧本？要不要我提供一个 IP ？落座后他问。自进门后，他的面部肌肉一直拼凑着一个完美的微笑，这让他看上去端方有礼。但仔细端详的话就能发现，那笑容如同宁静湖面偶然飘落的雪，转瞬就能消散无形。

是 IPR，我纠正。编辑的职业病让我惯于咬文嚼字。

要钱吗？我早就破产了。我环视仅兜转都窘迫的一居室。看，我恨不得去裸贷。

听到我的戏谑，他的笑终于浸到眼睛里。

下面就是高珂讲的那个故事。

一

第一次见到林帆是在一年前的某个凌晨一点。

房门被敲响时，我无半分吃惊和慌乱，更没有一丝被打扰的烦躁。彼时我衣冠整齐、房屋里流淌着音乐、桌上打开的电脑里尚有未处理完的文案，对习惯向黎明说晚安的人来说，深夜的敲门声更像一个惊喜。

自从半年前一个人搬到城郊的这间公寓，每个午夜，我都准时听到那些声响：电梯沙沙上行，叮的一声打开，哒哒的高跟鞋敲击地面，手袋中窸窸窣窣取钥匙，开门、关门、放音乐、浴室里传来歌声……夜的静寂空旷衬得所有声音如同自带扩音效果，虽从未谋面，我却早就知晓这是位芳邻，甚至早知道她喜欢的音乐和常哼的歌曲。比如她常听的音乐是旧时光里老曲子，从昨日重现到此情可待；但浴室里哼的歌却往往怪异无比，从大河向东流天上的星星参北斗到我的滑板鞋时尚时尚最时尚。

面前的年轻女子妆容精致，眉眼姣好，衣饰得体，一双大眼睛里闪烁着尴尬和焦虑。她表情迟疑，似乎仍在考虑深夜向一位陌生异性求助是否失礼。

"抱歉，这么晚打扰你。"她吞吞吐吐欲言又止。

我的眼睛看到她脚下踩着湿淋淋的鞋子，立刻会意。"稍等。"我回身取出工具箱。

步入她家门是踏进一片汪洋，从卧室到洗手间全泡在水里。

却也无什么大毛病，管道渗漏偏遇到下水道堵塞。

当我终于咬牙拧紧最后一个螺丝，回头看林帆时，她正默默地蹲在我身边，歉疚的表情如同负罪。

"还要把下水道疏通。"我说。

浴室下水道里掏出一团团乱糟糟的头发，我从眼角余光中看到她的脸红成一片，眼神从羞赧到躲闪，最后却一扬头，大声说："做女人累，单身女人更累。"

她从那个愧疚的情绪里跳出来，是一派豁达开朗的敞亮。

"抱歉，没有自我介绍，我叫林帆，在一家电台做夜班DJ。"她的声音像一串响动的银铃，"我知道你是高珂，小区物业管理处登记着你的名字。"

终于，流淌的积水在疏通的下水道口打了最后一个旋儿，发出"呼噜"的一声，如嘹亮的哽咽。

"真是抱歉，这么晚打扰你，"林帆递过一条干毛巾，"谢谢。"

"没关系，举手之劳。"我擦干净双手。"你还需再整理。"我指指满地的潮湿。

"不好意思，你可以换一下鞋子。"她弯腰从柜子里拿出一双男式棉拖鞋，伸手递过来。

"哦"，我迟疑了一下，"好吧。"看到自己早被泡湿的拖鞋，最终决定从善如流。

"我先打扫一下，改日必当重谢。"

"不必客气。"

或许一个人住了太久，长久的寂寞让这种打扰也变得新鲜有趣。在窗前，我抽了一支烟，凌晨4点多的空气照样清冽袭人，冬天的夜晚总是悠长黑暗。

我看了看钟表，正好5点，最后审查一下修订好的文案，一一发布，今天的工作就此结束。

什么是自由职业？在一间杂志社度过了两年，早就厌弃了每天早出晚归按时打卡的无聊和职场各色人等对他人八卦虎视眈眈的渴求，所以当看到这份可以逃开人群独立完成的工作时，我立即接受。

可发现陷入的是另一份枯燥。

工作内容看上去简单，在网上不断跟进、收集、分析各种真假消息，每天晚上将各类素材分门别类地整理、修改、组织，在每天6点之前发布到网上。

无非是一份收集、散播情报的工作，网络社会让每个人都如同拥有了一条条长长的触手，恨不得将整个世界的细枝末节尽收眼底，海量信息汹涌密集，媒体人疲于奔命，用各种推陈出新的方式吸引流量，生怕自己拉下半步，如同人类在瞬间就会毁灭只因自家报道迟了半分。

当然，人类不会因此毁灭，但公司瞬时即会被湮灭。

真是无趣。每个人疲于奔命，不过为了纹银半两。

可又有什么职业更加有趣？

东方天色渐白，已有清洁工扫地的沙沙声自楼下传来，远处街头卖煎饼果子的小摊也亮起了稀疏的几盏灯，城市的夜晚总是过得迅疾。

我关掉电脑，准备休息。

隔壁，也变得安静。

二

再见到林帆是隔天的午夜，在小区门口24小时营业的便利店。

当饥肠辘辘的我发现柜子里的泡面已被吃完，才走进这家便利店。正要付账，转眼看见林帆，倚在门口，笑盈盈看我。她穿长及脚踝的白色羽绒服，正衬得长身玉立，眼波似星，红唇如火，黑发若墨。

好看的人总自带追光灯效果，其他所有景物都被她逼至黑暗里。

我自心底轻吹一声口哨。我和所有男人一样爱看美人。

"你这是宵夜还是晚餐？"她指我手中泡面问。

"都不是。应该是"，我略一踌躇，"午餐。"

"哈！恰好，请等一等。"她冲进便利店。

转眼间，她拎两大包食材出来。"帮下忙"，她不客气地递给我一只沉重的购物袋，一棵硕大的白菜在里面"探头探脑"，"今天请你吃火锅，报答你江湖救急。"

"举手之劳，何须客气。"我对着手中的袋子目瞪口呆，因从未想过在深更半夜和一面之缘的异性一起吃火锅，长久一个人的生活让我不愿将自己牵扯进任何没必要的关系。

"应该而且必须。"她表情夸张，语气坚定。"我刚下班，又累又饿，急需大吃一顿，可半夜一个人吃火锅总觉太过凄惨。"她神情中有不容拒绝的坚持和哀恳。

我意外地听出一丝寥落。

这寥落隐藏在亮丽的外表和兴奋的言语背后，或者只有同样感觉的人才能嗅得到。

看着面前张牙舞爪的林帆，我对异性有了新的认知。也难怪，我很久没有接触过年轻女子了。

她执着地把所有食材拎至我家，并搬来一套锅碗瓢盆甚至折叠桌椅。

"虽然设计相同，但你家看上去要比我那里大很多。"她环顾四周大剌剌地说。

我不置可否，我这里是标准单身汉的房间，时常搬家，早就习惯把所有的生活用品塞进一只皮箱，已经知道哪些不该拥有并舍得随时丢弃。

"而且，你这里实在太干净整洁，简直不像有人住。"她大肆评判。

那是自然，我没有多出来那些瓶瓶罐罐和乱七八糟的衣饰。

"其实，我今天不高兴。"林帆摇了摇手中的啤酒罐。

咦？哪里来的啤酒？看上去如此熟悉？突然想到自己冰箱中还剩了几听。这个女人，似乎全不知客气。

"你知道的，我主持的是一档情感互动节目。"她眼睛黯黯的。

哦，我什么时候知道？但我只能听下去。

"有缺心眼打电话进来说他失恋故事近半小时，我实在听不下去，不想再听他当初吃着锅里看着碗里还要继续编排前女友的各种坏话，直接跟他说：若你前女友宁肯坐在宝马上哭不愿坐在自行车上笑，当年你一穷二白的学生她干吗还跟你在一起？半夜三更哭哭咧咧跟陌生人骂前女友，任何女人跟了你才是大傻逼。"她慷慨激昂。

我瞠目结舌。

"那傻逼估计从未想到会遭受这种暴击,半天没有说出话。"

"然后呢?"我终于好奇地问。

"然后这神经病骂我没人性,女泼妇。姐岂是好惹的吗?随手甩他一首歌",她眼睛亮起来,闪着一丝狡黠,"*love river*,电话立刻被挂断,估计他被吓破了胆。"

我不禁失笑。

"结果,我被主任骂了个狗血喷头。"她一副悻悻的表情,"可我这也算提高了收听率,微博上有人发了话题表示支持。"

我竟无言以对。

"为什么做晚班 DJ?"从没有接触过电台主播,我对她的职业好奇,她这样好看,做直播未尝不可打出一片天地。

"可以有名正言顺的理由不暴露在日光下、众人前。"她抬头笑,露出洁白的牙齿,脖子上的黑色项圈的水晶坠子在灯光下一闪一闪,光芒不时刺进我眼里。"就像你为什么选择做这个时段的网媒编辑。"

我骇然,因自己似被一眼看穿。

"做网媒又遇到什么特别的事?"她抬眼问我。

让人从何说起。

吃瓜人群喜欢热闹,他们对比邻而居的隔壁一无所知,却热衷投入八竿子打不着的狂欢;人们在熟悉的空间里刻板、怯懦、呆板、无趣,在网络中热血沸腾、慷慨激昂、指点江山。

"其实每个工作都没什么新奇,比如我做电台节目,你做网络编辑,看上去新鲜无比,可每天不过重复得枯燥乏味。但谁不如此?甚至还有人在深夜的工厂里拧一辈子螺丝。"她自言自语。

我又被惊吓到,若不是音色迥异,我以为刚才是自己在袒露心迹。

"其实晚上不该吃这么多",林帆一边向门外走一边说,"太撑了,谢谢你的啤酒和款待,改日必当答谢。"

"不必。"我说得发自肺腑、真心实意,她走了,留下满屋狼藉。对于这位芳邻的造访,我敬谢不敏。

三

但自此后,林帆几乎每晚都会敲我家的房门。

她有时带回热乎乎的消夜,说要继续报答我曾经助她一臂之力,接下来的

另一天却又要我谢她前夜带消夜分享之恩陪她聊天,有各种理由套路。

有时只是站在门口简单聊几句,有时会进来坐很久。

我不忍拒绝。我察觉到她的孤独寂寞,她如一面镜子,映出我同样的孤独寂寞。

多少人会在深夜选择倾听电台节目,对着电话彼端的陌生人吐露心事?更多人的灵魂游游荡荡,想说话时却无人肯来倾听。

电台 DJ 或许更能体会这份寂寞吧,他们总是那么努力地制造温暖或热闹,去安抚这些寂寞的灵魂。他们如同一个个树洞,倾听那么多心事,接纳每份失落、悲伤和快乐,因为接纳了太多,所以对各种要表达的情绪早就心知肚明。

就如台下观众,隔岸观火般看台上众人上演的烂熟于心的剧情。

收纳太多心事的树洞,又该有怎样的生活,他们该怎样看待每天在面前上演的一幕幕戏剧?但谁又肯闲下来去观察一个树洞?

直到林帆一点点渗入我的生活。

我没有像了解林帆一样了解任何其他女子。

已许久不听电台节目,印象中的女性 DJ 或温柔或机敏或毒舌,林帆却哪样也不是,她常脱线。

她常讲工作中遇到的事

"今晚,有陷入暗恋的女孩打进电话。"

我挑眉,我已知但凡她说出来的故事均不合常理。

"她问我要不要表白。"她语气平静。

年轻女孩对爱情有一往无前的勇气。

"哈!我当时回答:表白不是好事,因为会衬得手太黑。"林帆表情生动,我不禁失笑。

"我告诉她不用急着表白,表白只能让自己处于尴尬的境地。"她叹喟。

"小女生接着说男神态度扑朔迷离,前几天还在微信聊得热火朝天,转眼间又消失无踪迹,朋友圈不再评论,留言不再回复,搞得她一颗心如同悬在半空里,她很想继续发展,然后问我到底对方对她有没有意思。多白痴?这不废话!男人聊骚如撒网,我简直敢保证要么是对方在撩她同时并没有针对她一人,手头一把女性等待去安抚。"

"你是这样劝解?"

"不!女人何苦为难女人,要关爱不要伤害。"她故意拖着长腔如进行蹩脚的演讲,"何须如此残忍。"

我等她继续,她总这样眉飞色舞语气夸张跌宕,是天才段子手。

"想不到小姑娘竟然着急,说男神如果真不知道自己暗恋他怎么办?然后絮叨男神如何呆萌。再愚蠢的男人也对哪个女人喜欢自己心知肚明。既然他装不知道,那就是不喜欢或者不想有更进一层的关系。多简单的逻辑。"

"当时大家都昏昏欲睡,若不是导播告诉我暂时没有其他电话打入我需要这通电话拖时间,我也实在没心情听小女生将琐事一桩桩掰扯,恋爱中的女人讲话全无丝毫逻辑。"

"最终我告诉她既然如此不甘就直接表白后等待被拒",她眼中又闪出一丝戏谑,"不然就上前推倒,也算不枉这牵肠挂肚的一团相思。"

我无语。

"她既然那么拼命地给明知是错的路途寻找理由,我充满最大善意的说辞在她处不是醍醐灌顶,而是最大的不近人情。"她叹息,眉宇中有丝丝无奈。"我做节目多年,早就知道那么倾诉并非为了正途,而是为了获取支持。"

"不过接下来又有听众打电话来",她嗤地笑一声,眉眼中充满笑意。"骂我教人做错事。我只有盛赞他三观端正、深谙世情并有侠义心肠,这种古道热肠如此罕见让人膜拜,让我等做歹人的只能送他一首歌《好人一生平安》。"

"你这样做节目胡言乱语怎能不被听众骂?"我只觉她自作自受。

"当然,不过以前做节目温柔正直深明大义,以为自己可以做思想灯塔,却发现并没有拯救更多人,而且就算听众按照所指导的那些所谓正确方式去做,也不见得就能收获更好的结局,自己还常被批评节目没特色,现在收听率直线上升。"她语气带着无力。"网络上我作情感博主,工作中我是居委会大妈。"

我们之间谈话大多是这类话题,比如她今日遇到变态纠缠或明日又被哪位听众批评,今天哪位怨妇电话过来她听得近乎睡着,明日又和哪位愤青理论到几欲拍桌子。聊天时,她眉飞色舞,语速轻快如火花噼啪闪耀。

她热烈,炫目,像一场盛大的焰火,绽放时的美丽牵住人的魂魄,绽放后更衬得满天孤寂。

不觉时间悄然流逝,我竟已习惯她不时地造访,我逐渐深谙她如同明白自己。

大多时候我都是一边听她讲一边做手里的事,有时也会陪她坐一会儿,很多时候会一起站在窗前发呆,等群星褪去天色渐白,然后互道晚安。

其实这倒也不坏。

四

"每一天都忙着安抚那些孤独的灵魂,散场后却寂寞如斯,陪伴自己的只有路灯下的影子。"她一边啃着一只苹果一边哀嚎。她现在甚至将采买的水果酸奶等塞入我的冰箱,说我冰箱空空荡荡,她这样做既节能环保,又有福同享。我

现在已对她满脸贴蓝色面膜如阿凡达出场见怪不怪，更不会介意她现在赤足盘腿霸占我家沙发。

"不过幸亏邻居恰好是你，至少作息时间相同还能一起聊个天。"

我也点头赞同，虽然我们都在努力逃避人群，可也难以忍受内心的孤寂。

"我心态极不平衡。"她突然瞪着我，表情凝重。

"嗯？又是为何？"我回答得漫不经心，她总是思维跳跃如电流，防亦无处可防。

"你看，我每天跟你讲自己的事，你却对自己讳莫如深守口如瓶，我对你一无所知。这不公平。"她竟似有天大怨气，气愤愤将细长手指一下下点向我，表情酷似中学政教老师，"打个比方，就如大家都去游泳，别人全都赤膊上阵露出小肚腩，凭什么偏你坚持不肯换泳衣？"她又换了个语气，面带讥讽，"莫非你有难言之隐？"

"我又有什么可说？"我轻笑，"我只关心工钱够不够付下一季房租。"

她眼睛里快要射出小刀子。

"若要想知道这些，那么我的家乡是川蜀青城山下一个小村子，再告诉你一个秘密。"我看她神态觉得好笑，伸了伸懒腰，将语气压低，将头探向她，表情变得神秘："我祖父曾是方圆几十里一个著名的职业道士。"

"真的？"她被我勾起好奇心，眨了眨眼睛。

"当然，我祖父在当地受人推崇，连我家养的大黑狗都称霸一方，没有小伙伴敢对我说半个不字，就算是逃学也不会被老师呵斥。"

"那么道士会做什么？"她忘记了啃苹果，眼睛瞪得溜圆。

"低级的骗人传道辟谷看风水，高级的召神劾鬼符箓禁咒神通天地。如果你有事相求，我可以请他送你一道符咒，保证逢凶化吉。"

她听愣住，过了片刻才返回神来，然后一字一句道："你真是有一本正经胡说八道的本事。"

"为什么不去找个人恋爱？"林帆又转换话题。

我摇摇手中的玻璃杯子，杯子里的绿茶慢慢在杯底舒展开来，像铺就薄薄一层春日绿草，反问："那么你又为什么不去？"

"爱过很多次，总是不合适。"她又恢复往常的那种懒洋洋的语气，"遇见你之前，刚和前任分手。每次恋爱都想过一生一世，可终究结果总是背道而驰。所以会后悔，如果早知道会分开，还不如不曾在一起。吸取教训后，才决定不要再开始。"

我只有缄默。

"现在讨论的是你。"她气愤。

"穷是原罪。"

她撇嘴不屑,"敷衍!"

"这是我最郑重不过的答复。"我态度极其认真。

"那我祝你一辈子和自己的手相依为命。"她横了我一眼,眼波流转,让人心念一动。

每个男人都敏感地知道身边女人是否在喜欢自己,林帆对我或许喜欢,但这份喜欢的分量,我无从衡量。

林帆有让人人都会看见的美,但这美,和我有何干? 我亦不愿去想象和她如恋人一般在一起的情景。

如果和她陷入恋爱会怎样? 回想起生命中那或长或短的爱恋,然后想象自己再陷入那些盲目的冲动、幼稚的占有、怀疑的恐惧、执着的争持、痛苦的哭泣……那些看得到的过程或结局,我不想重陷其中,就如不愿再踏入同一条全是漩涡的河流。

既已习惯这样不远不近地取暖,又何必去打破这份平衡?

其实,我的感情早就如同我的钱包一样,贫瘠到支撑不起任何亲密关系。在城市里挣扎着过活,爱情像商场专柜中闪闪发光的奢侈品,没有任何存在的价值和意义。

难得下午出门,是因被通知去公司开会。开门发现门口被塞了厚厚一叠乱七八糟的广告纸和名片。转眼看见隔壁,也是同样。我只好取出一只垃圾袋把它们全部塞进去。

我敲了敲林帆的房门,无人应答。也是奇怪,在白天,她这边往往没有一点声息。

来到公司,开会内容不过是又被多安排了近三分之一的工作量。"要发展,就要奋斗。"部门经理不仅无半分歉疚,嘴里还说隔壁公司又在裁员,一副施舍面孔,好似等待我们感恩戴德。

走出公司大门,同事冯超从后面赶上打招呼,"嗨,高珂!"

他目光带着热情,"听闻有新书在谈出版?"

"一些小说和随笔,只是刚和出版社接洽。"

"祝顺利!"

"多谢。"

他的话让我心情瞬间变得不错,只觉微风袭面,看街角紫叶李在温软日光下簇一树树粉白花朵,方察觉不觉间已是冬去春来,天空、阳光、风、植物……都能让人身心舒畅,冲去被增加工作量带来的不悦。

如此容易满足,自觉能活着就好。

半路去超市，采买一些生活用品，顺手丢几只橙子在筐子里，记得林帆爱吃。想起林帆，脸上就不由泛起微笑。

回到小区门口，方察觉通知栏贴了新的通知，原是通知住户去领新的门禁卡。

我忙去物业办公室领了新的门卡，物业窗口是一位50多岁的大妈，笑容热忱。

"我可以替对面1327B领出来。"我对那位大妈说。

她竟然吓了一跳，嘴巴张得像可以塞进一只鸡蛋。

五

这天晚上，林帆敲开我房门时比往日晚了一些，她一反常态地沉默，只呆呆地坐在沙发上。

我倒一杯温水给她，想开口问些什么，但看她神思游离，还是闭住嘴，回到电脑前。

"今晚忙不忙？"过了很久，她的声音从背后传来，暗暗的、低低的，声音里透出一丝无助。

"能不能陪我出去走走？"她低着头，面庞大半被落下的长发遮盖在灯光阴影里，只有一小片下巴暴露在灯光下，项圈上悬挂的水晶坠子的反光刺进我眼里。

她整个人，似乎都笼罩在浓重的悲伤里。

我想了想，点头说，"好"。关掉眼前页面，那是一则看了好几遍的旧消息。

回身拿了外套，和她出门。

她的高跟鞋踩在安静的夜色中，哒哒的声响，像一枚尖利的钉子不停敲击空洞的黑夜。

第一次坐林帆的车，这是一台暗紫色小POLO，她竟然也能开得风驰电掣，在车流稀少的大街上，不时闪过其他的车子。

我只有将身子贴紧座椅，紧紧抓住安全扶手。

"我喜欢夜班，有一个原因是可以将车子开得飞快。"林帆语气中充满兴奋，"我喜欢速度。"说话间，她又甩过一辆车子。

我尽力按捺内心渐升的不适。

"今天有同事自杀。"这个话题从我嘴里挤出来，"工作群里都炸了。"

"哦？"她的口气平静，我捕捉到那丝漫不经心，"自杀者太多，不能上当地头条。"

"昨天去公司开会，他还正常和我聊天。"我想起昨天和我打招呼的冯超，恻然之心顿起，"不过三十左右的年纪。"

"一念天堂一念地狱，人总要面对各种无能为力。"还是麻木的语气。

风从打开的车窗里灌进来，呼呼的从耳边流过。路边一排排粗壮茂盛的法国梧桐正欲发芽，枝干粗壮，如一只只手臂指向暗黑天空，如在祈求，又似在探取。

她无意继续开展讨论，我也只能结束话题。因为我突然发现，对于亡者我一无所知，和每个擦肩而过的他人无二，我早就变得盲目且麻木。

她将车停在江边。

白日热闹不堪的江边在凌晨两点一片静寂。

江水潾潾地向前流去，对岸穿入云霄的建筑也变得沉默。点点霓虹灯光的倒影被江水撕扯成碎片，晃动跳跃，随江水永无停息。

林帆伏在江边的栏杆上，她的头发被风吹得有些凌乱，暗红色的风衣在风里荡来荡去，像一只蝴蝶振翅欲飞。我看她背影，她的肩膀微缩，脊背弯弯的，像是背负了太过沉重的东西。

天上有一轮昏黄的月亮，一如既往地将月光洒下来。

它这样照耀了千百年，就如这江水汩汩流淌了千百年。千百年来，或许它们早就看多了这些深夜徘徊的身影，看惯了这些隐藏在人后的孤独悲伤。

这一晚，我看见林帆的孤独和悲伤，如此庞大幽深，像一团巨大的影子。

我们不过是沧海一粟，偶然间遇上，对于彼此过往，我们一无所知。但我知道，我那样喜欢她。

我走过去，轻轻揽住林帆的肩膀，她的泪静静地流下来，沾湿了我的衣服。这是我们之间的第一次身体接触，她倚在我肩头。她真轻呀，像没有重量。

她说，"我给你讲个故事"，她的情绪已经平复，语气轻柔，唇边挤了一点笑意，"小时候，我们被组织去看电影，看完当然要布置作文，我写了那个悲伤的故事，可是被老师批评，因为最后我这样写：那个人的妈妈终于死掉了。"

"终于，是一个好词。"她喟叹。

"我们公寓换了新的门禁。"电梯口分别时，她正在打开自己的房门，我低头踌躇一下，终于鼓足勇气对她的背影说。

她停了一下，没有回头。

六

时间还是这样一天天过去，她每天还会跑来跟我分享琐事，我们还是这样不会远一步，也不会近一步，林帆总笑说我是她的好闺蜜。

我当然也不会否认。面对林帆，我变得宽厚、包容、温和。如果说我是她的闺蜜，不如说我成了她的树洞，倾听她每一分心事。

那个江边的夜晚，像一个梦境。但那个夜晚靠在我肩头的林帆滴在我肩头的泪水，如此冰凉，溅进我的记忆深处。

已经是初夏的夜晚，逐渐被白日一点点挤得短暂。林帆开始心事重重。夜归的她，开始长期地沉默。她不肯说，我也不会问。

终于有一天，她说："高珂，我想我要离开了。"窗外有隆隆的雷声，她湿淋淋地踏进我的家门。

我没做声，只抬眼看她。

她的目光像在飘荡："这里终究不属于我。"咔啦一声雷鸣，似乎就在窗外，那一瞬的电光照得天地如同白昼，但转眼恢复黑暗。

我的心似乎被一只手狠狠地抓了一下，呼吸骤紧。她只是默默地待着。外面的电光不时照得室内忽明忽暗，林帆的面庞也忽明忽暗着。

"你为什么一直戴着这根项圈？"我终于忍不住发问，从不愿捅破的秘密脱口而出，"自缢，多么痛苦。"我伸出手，轻轻抚上她的脖颈，那只水晶坠子像一滴水落在掌心里。

她的面色转瞬间就变得褪去颜色，几乎看得到肌肤下淡青的血管。

"物业管理员告诉我，这个房子已有新的租户，不日就要入驻。"看到她失色的面庞，我还是忍不住心痛，想要伸出手来，去握住她的手。

她退了一步，呆了片刻，突然展颜一笑，面色也逐渐恢复正常。

"你知道很久了吗？"她问。

也不算很久，在去物业领门禁卡的那一天。

"1327B没有人，自从去年夏天，已经整整一年没有人住了。据说那里上一位住户是个年轻姑娘，上吊后七八天才被发现。"大妈满脸恐惧。

"你该去找位大仙帮忙。"她看着发蒙的我，满脸关心。

我从不曾在白日见过林帆，她也从不曾拨通过我的电话，她门口被塞过的小广告总是被我拿下，这些往日的困惑转眼有了答案。

那晚林帆带我去江边时，我手心藏有一道符，我没有骗林帆，我祖父的确是一位道士，送给我的那道符可以送所有飘荡的魂魄奔赴往生，但对林帆，我总有太多不舍。

她走后，谁还会前来敲开我的房门？

这是我最后一次见林帆。几天后，对面搬进来一对小夫妻，每天嘻嘻哈哈打打闹闹，似乎永不知忧愁为何物，他们有属于他们的热闹。

七

临别前，林帆对我说："我选择死去，只因为太累也太寂寞，我用过很多很多的力气去工作、去爱人，可结果总是与初愿背道而驰。从小到大我都在被动接受，去选择被指点的正途，却没有发现永远抵不到正确的目的地。这个城市就像一个巨兽，一点点吞噬人的灵魂和生命。"

"为什么舍不得离去，因为还有想象，想象如果换一种生活方式会怎样，比如敲开陌生邻居的房门，把自己的恐惧、寂寞、无奈袒露给他。"她笑盈盈的，面庞像初见时无二，如一盏盛开的花，"再不像活着时候一样，把自己裹在紧紧的套子里。从小，我就是别人羡慕的邻居家孩子，一直认真刻苦，谨小慎微，对每件事专注，对每段感情投入，可最终怎样，终究也不能换来更多的快乐，只有更多辛苦的经历。"

"所以要谢谢你，第一个给我开门的人！"她语气又变得轻快，"多美妙，我们都拥有同样寂寞、想爱又不敢去爱的灵魂。"

八

我再也没有见过林帆，但我时常想念她。

我想念林帆，想起她有一天，在我家沙发上抱着电脑一遍一遍看同一部老片子，片子里，张曼玉演的青蛇正慢慢地流下一滴泪，凄凉又绝望，美艳不可方物，林帆的泪水也跟着慢慢爬满一脸；我想念林帆，想起她赤脚坐在我家沙发上，用力撕扯一只橙子的皮，她从不肯用刀子切开，总是弄得满手汗水；我想念林帆，她跟我聊遇到的那些层出不穷却早就谜底揭晓的问题，她有时嘲笑有时悲叹，有那么多丰富的情绪。我想念林帆，她带回来的夜宵温热，如同一个小小的问候和安慰般熨帖；我想念林帆，想念那些一去不回的夜晚。

如今的每个夜里，我还会每天整理文稿，会一个人站在窗前看窗外万家灯火一盏盏熄灭，看路上车水马龙渐渐稀疏，看东方天气渐白，听见楼下传来清洁工扫地的沙沙声，周而复始。我常想起林帆曾对我说：哪样工作不枯燥，还有人在午夜的工厂里拧了一辈子螺丝。

每个人都拥有同样枯白的人生。

临别时，林帆对我说："谢谢你，陌生人。"

尾　声

"故事讲完了？"长久的沉默后，我问高珂。

"对。"他伸了一个懒腰，然后伸出双手揉了揉面颊，"怎样，我已经把它写进了我的书里。"

"做剧本不成，人物只有两个，不狗血不撕逼不争执没床戏，怎么能撑起一个戏。"我伸了伸手臂舒展了一下身体。

高珂短促地笑一下，然后很久没说话，视线好像落在虚空里。

"好吧，只是一个故事。"他突然站起来，拿起外套，"我准备离开这座城市回乡定居，欢迎你以后到青城山旅游。"

这时，有电话铃声传来，我转头，眼前的高珂一下消失了，面前只有心理医生那张熟悉的面孔，审视的眼光从玻璃镜片后穿过来。

"一定要坚持吃药"，医生说，"不然后期或许会有暴力倾向……"医生的面孔和声音越来越远，高珂又出现在我的面前。

"高珂，作家，躁郁症，停药后不久自杀……"这是偶然在医生的档案中扫到的一行字。

据说高珂的遗作卖得极好，已经足够他应对房租以及各种贷款，但他从楼顶一跃而下时毫不犹豫。

穿过长且黑的走廊，那具尸体又出现在我面前。理智告诉我一切不过幻觉，但眼前一切又如此真实。

高珂在故事里说林帆的尸体一周后才被邻居发现，那么我的尸体什么时候会被人发现？

谁住在我的隔壁？

原载《聊城文艺》2022年春季号

王西广

老来难

一

　　牛有田六十八，胡月琴六十五，各有一个老娘需要伺候。幸亏双方姊妹兄弟多，不然的话，他们累不死也会愁死。按照轮值顺序，下个月，也就是七月，两个老人都该到他们家来。然而，两个老人一向互相看不顺眼，若是住一个屋檐下你说我秃我说你瞎，这个家就别想平静了。双方老人同时入住确实是个不易解决的难题。夫妻两个商量，只要跟下家倒个班问题就解决了，就看对方答应不答应。先是胡月琴给妹妹胡月红打电话，妹妹一口拒绝了她的要求。然后牛有田又跟大哥大嫂商量倒班的事，结果不但没商量成，还被剋了一顿。气得胡月琴骂这些人没人味儿，连街坊都不如！

　　那天胡月琴挂了妹妹的电话，好大会儿心里不是滋味儿。妹妹比她小三岁，可是她一直觉得自己比她大许多，小时候凡事都让着妹妹，护着妹妹，出嫁前重活累活总是抢着干，娘批评妹妹时还替她辩护。妹妹出嫁的时候，她还瞒着牛有田把自己手里仅有的一百五十块钱全给了妹妹。天啊，那时候一百五十块钱是多大的一笔钱啊，是老师们好几个月的工资！可自己病了这么多年，成了残疾人，妹妹一分钱都没给过，八年来伺候娘早一天也不接走，现在倒个班都不答应，真是忘恩负义！

　　时间不管你愁不愁，它像村北漳卫河里的水该怎么流照样怎么流。转眼到了六月底，三十号早晨，刚撂下饭碗，胡月琴就接到了小妹妹胡月英的电话。小妹妹问，姐，你什么时候来接咱娘？胡月琴说，小涛两口子出门了，得等他们回来。妹妹问：几点回来啊？胡月琴说，八点吧。妹妹又问，咱娘在俺家吃晚饭是吧？胡月琴回答，他们到家就黑天了，怎么也得吃口饭再去。妹妹说，那俺给你送去吧，别等黑灯瞎火的再来接了。胡月琴赌气说，你们愿意送就送。放下手机，

胡月琴心想，真是小气，一顿饭都算计着！娘吃一碗饭能把你家吃穷了！

下午五点，西边天上的太阳贼亮贼亮的，胡月英就把娘送来了。冬天用的被子褥子，穿的毛衣棉裤羽绒服都运过来了。三马车停在门外的大街上，两口子大呼小叫，好像把胡月琴当成了聋子。听到门外的喊叫声，胡月琴赶紧提起裤子，从厕所里往外赶，慌得差点摔了跤。牛有田接孙女去了，家里只有她一个人。等她出了厕所，妹妹两口子，一个扶着娘，一个抱着被褥提着鼓鼓囊囊的蛇皮袋子已经到了东屋门口。胡月琴心里莫名地紧张，心跳开始加快。每次娘一来，她都是这样，就像有什么不幸的事要发生。她停住脚步，稳定一下心神，看着他们上了台阶，进了屋。

胡月琴进了东屋，看着扔在床上的脏乎乎的被褥和装着衣服的蛇皮袋子，忍不住说道：带这么多东西干么，怎么不送洪庄去，大热天的又用不着！妹妹把头一仰，回答：我懒得往他家去！妹妹说的"他"是弟弟。按说，冬天才用的东西该放到弟弟家，弟弟家有爹娘的一间屋子，可是现在竟然跟着娘转起来了。娘坐到白木茬的老圈椅上，问：宪三哪？胡月琴回答：接孩子去啦。娘又问：都不在家？胡月琴嗯了一声。胡月琴转过脸，让妹妹妹夫到北屋里坐坐，妹妹不去，擦把汗，跟妹夫说咱走吧，立刻走人了。胡月琴默默地跟着他们到了街门外，看着他们上了三马车。三马车突突响着，冒着青烟朝村外开去，妹妹在车上大声说：回去吧！胡月琴没有回话，无力地摆了摆枯瘦的手。三马车跑远了，她转过身，慢慢地回到院子，进了南屋。她要坐下来安静一会儿，缓口气，放松一下。婆婆和娘不来的日子里，尽管她身体有病，心里却没有这么重的负担，已经渐渐适应病的折磨，真正让她感到压头的是两个八九十岁的老人。她的孝心这些年已经被磨光了。自己伺候不了她们，全靠牛有田伺候。过来这一年，牛有田不是腰疼腿疼就是肚子疼。伺候娘的日子里，牛有田愁闷，抱怨，有时还发脾气，一天到晚哭丧着脸。唉，这样的日子什么时候是个头啊！

小琴——小琴——，娘的大喊大叫打断了胡月琴的胡思乱想。她应答着，慌忙站起来去了东屋。娘眼珠不转地盯着她，露出责备的目光。娘来了不问问娘好吧，有事吗，反倒躲着我，有你这样的闺女吗？胡月琴苦笑着，俺躲你干么，你又不是老虎！娘问，不是躲我，这一大会儿你干么去了？胡月琴说，你管我干么去干嘛，我都六十多岁的人了，又不是小孩儿。娘说，我的药吃完了，想着给我买。胡月琴心里说，药也吃完了，怎么时间掐得这么准啊？娘又嘱咐道，你别忘了。胡月琴回答：忘不了。娘说，你给我沏碗白糖水去，白糖水败火。胡月琴说，一会儿等有田来了。等他来了我就渴死啦！胡月琴只好慢慢地去了南屋，小心翼翼地捧来了半碗白糖水。

牛有田接回孙女了，一进街门口，看见老伴儿端着空碗从东屋里出来就知道丈母娘来了。对于丈母娘，他既厌恶又无奈。老丈人死了以后，每年要伺候丈母娘三个月。丈母娘脾气大，爱挑剔，不会体谅人。甭说他这个老女婿，连她病残的闺女也不体谅。他心里烦透了，但不敢招惹她，只能默默忍耐着。来啦？牛有田问老伴儿。胡月琴说来啦。胡月琴看着孙女，说：聪聪，你老姥娘来了，看老姥娘去吧。聪聪回答：俺不去，老姥娘脏！胡月琴赶紧拉着她去了南屋。这话让娘听见，非骂孩子不可。

　　进了屋，胡月琴问，明儿接奶奶住哪屋？牛有田说，南屋不住，非要住东屋。胡月琴说，东屋南屋还不一样啊？牛有田说，嫌南屋靠着大街，乱。胡月琴说，这个年纪了，还在乎屋子，唉！牛有田不言语了，心想她就是在乎，我有什么办法呢。进了南屋，聪聪要吃冰激凌。牛有田说，不是刚吃了一块吗？聪聪说，我还吃，还吃！牛有田说，一块冰激凌两个烧饼钱，别吃啦！胡月琴说，给她买去吧，捎带着买盒降压灵，两盒心宝。牛有田皱起眉头，很不情愿地带上小孙女，骑上电动三轮车去了。他们西屯村子小，没有门诊部，也没有药店，要到二里外的东屯去看病买药。

　　屋里剩下了胡月琴一个人，她忽然想起爷爷来。爷爷给队里开菜园，一年有半年睡在菜园里。下了晌，娘做什么爷爷吃什么，黑窝窝，黄窝窝，从不嫌，好像对所有能吃的东西都喜欢，那个长着一颗黑痣的肚子像口袋似的什么都能装。装满了，站起来，用手背抹抹嘴，又去菜园了。爷爷死得也爽快，头一天还下地挣工分，第二天早晨怎么喊也喊不醒了。

　　晚饭吃的包子，韭菜猪肉馅的，昨天牛有田包的。自从胡月琴的双手变形，成了鸡爪状，洗衣做饭牛有田都包了。儿子和儿媳妇还没回来，娘就嚷嚷着饿了。胡月琴说，先让她老人家吃吧，吃了素净。牛有田一手端着包子，一手端着稀饭进了东屋，还没等他放到床头桌子上，丈母娘就发话了：怎么又是包子啊，晌午刚吃了包子！牛有田说：怎么，晌午你也吃包子啦？丈母娘反问道：谁说晌午不能吃包子？牛有田无话可说，憨憨地笑笑，露出了难看的豁牙子。从小牛有田就不大会说话，村里人都喊他“憨三儿”。

　　今儿我不吃包子，吃烧饼！丈母娘口气坚决地说。

　　牛有田说：猪肉韭菜馅的，好吃。

　　龙肉馅的我也不吃！丈母娘提高了声调。

　　牛有田皱着眉头，端起盛包子的碗出来了。南屋里，孙女正拿着包子大口大口地吃。不吃包子，要吃烧饼，牛有田不满地对胡月琴说。包子不比烧饼好吃啊？胡月琴说罢，接过丈夫手里的饭碗去了东屋。娘，你怎么不吃包子啊，猪肉韭菜馅的，香着哩，连聪聪都说好吃。包子我吃够了！娘赌气着说。胡月琴把碗放下，说，你尝尝啊。娘把碗一推，饭碗打着旋落到了地上，当啷一声摔

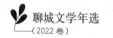
成了两半，两个包子从碗里滚出来，扑到了地上。胡月琴气得肚里一鼓一鼓的。我的娘哎，你咋这么难伺候呢？说着，她弯下腰，捡起包子和摔坏的碗，转身走了。身后传来娘没好气儿的声音：你给我买烧饼去，要加肉的！

回到南屋，胡月琴放下手里的包子，就跟儿子打手机，要儿子给姥娘买两个烧饼来，要夹肉的。儿子很不耐烦地说，咋这么多事啊！

二

第二天，为接娘的事牛有田伤透了脑筋，简直是毫无办法。娘就是不住南屋，非住东屋不可，并且坚决不跟亲家母同居一室。儿子本来就舌拙嘴笨，哪里说服得了她。娘几句话就把他戗得哑口无言，站在那里光是搓手擦汗，唉声叹气。跟她个老妖精住一屋，你想叫我赶快死啊？娘说。你要你娘，还是要丈母娘？娘问。你走，你走，我没你这个不孝顺的儿！娘瞪着眍䁖的眼，摇晃着干瘦的手往外赶他。牛有田边往外退，边在心里说，你也不是个省油的灯！

回到二哥堂屋，二哥问，今儿咱娘还走吗？牛有田很无奈地说，咱娘不去，我有什么办法啊？牛有田觉得责任不在自己身上，不是他不接，是娘死活不让他接。可是，一句话惹恼了二哥两口子。二哥从椅子上站起来，一手指着他说，孝顺丈母娘你有办法，孝顺咱娘没办法，你说的这是人话吗？二嫂帮腔道，憨三儿，俺不管你有办法没办法，你接走叫老人家睡大街上是你的事，谁也笑话不着俺！牛有田从小就怕两个哥哥，说也说不过哥哥，打也打不过哥哥，斗心眼更是斗不过哥哥，结婚前在家里就是个受气包，一天说不了三五句话，只知道闷头干活。虽然哥哥现在老了，不会打他了，可他对哥哥还是犯怵。二哥二嫂的态度让他愁上加愁，紧张不安，头发懵，脸上的汗水直往下淌。要不把丈母娘挪到南屋里去？蓦地他脑子里冒出一个新想法。牛有田抹把脸上的汗，说我回去再商量商量。二哥说，你快点回来！牙少嘴瘪的二嫂不怀好意地朝他笑了笑，那是说：哼，你媳妇能听你的！走到院门口，就听见二嫂嘶哑地喊道：你别磨叽，一会儿俺俩还要出门哩！

在路上，牛有田心里憋屈极了，气得右边肚子又疼起来。他停下来，右手用力摁着那儿，好大会儿没敢动。这边老娘这么难缠，那边二哥两口子又没个好气儿，简直是合起伙来欺负他！……胡月琴听了丈夫的主意，没有表示反对。对于婆婆和娘，在她心里早就没了亲疏之别，两个老人一样令她不满，看见就心烦，感到无法摆脱的压抑。她们在这个家里待一天，就一天没有好日子过。如果两个老的一直这么活下去，把牛有田累趴下了，自己就倒大霉了。

牛有田不敢去劝丈母娘，他憷丈母娘那张刀子嘴。从当新女婿时就胆怯，怵头。丈母娘说话跟炒料豆似的，他跟含着个茄子似的。胡月琴心里也有些忐恋,让娘从东屋挪到南屋,只能抱着试一试的想法。娘的人性,脾气,她再清楚不过了。对于她姊妹几个,娘总是不满意,没有满意的时候,在娘眼里没有一个孝顺的。早饭打的棒子面稀粥,牛有田送饭回来,告诉胡月琴,嫌棒子面的粥不好,说大米汤好喝,愿意喝大米汤。胡月琴赌气着说,庄稼人做么吃么,这个不好,那个不好,嫌好道歹的,在她儿家她敢吧?一到咱家事就多了,真是的!牛有田看着她,没有搭腔。

胡月琴去了东屋。娘正闭着眼在圈椅里坐着。这几年她来大闺女家,吃过饭就在椅子上坐着,坐烦了再到床上歪着躺着,连屋门都不出。偶尔她会自言自语,大部分时间都默默无声。所以,进了屋不仔细看还以为屋里空无一人呢。她的双腿倒是能走,可是她活得极小心,怕摔着,自然,吃喝拉撒都在屋里。闺女自己走路都需小心,慢慢地迈步,哪敢去搀扶她。女婿牛有田才不管她呢,里里外外的事儿忙个没完,哪有工夫操这份闲心。胡月琴说过,劝过,要娘到院子里晒晒,到街上逛逛。娘冷笑着说,别了,我这把老骨头一摔地上就散架了,爬不起来了。你扶着我走,那才是真孝顺。胡月琴苦笑着回答,娘,你看我还有孝顺你的本事吧?叫我扶你,这不是难为我吗?说不定哪天我走你前头!娘说,甭吓唬我,我胆小。

胡月琴喊了一声娘,娘抬起头来,漠然地看着闺女。胡月琴把这事一说,娘立刻拒绝了。娘说,南屋靠着大街,我住南屋睡着觉了吧?你是我生的,怎么胳膊肘子朝外拐,不向着我向着她?胡月琴说,娘,你也得替俺想想啊,他二哥二嫂子逼着接人,他娘死活不来,非住东屋不行,这事难为死他了。娘眨眨眼,看看闺女说,你叫他送我走,我回洪庄。胡月琴说,你就别说气话了,省点事,行吧?心想,还提什么洪庄,你儿子恨不得推出你来永远别回去才好,他要是管你,还用得着闺女呀!娘不吱声了,把眼一闭不理闺女了。胡月琴没辙儿了。她看着娘那样子,真的不理解为什么娘越老,脾气越古怪,越不体谅别人,只为自己着想。难道人老了就该这样自私吗?好脾气的,心疼儿女,为儿女着想的老人多着哩,为什么老天爷就没有让我碰上呢!……她看着娘那张耷拉下来的皮肤松弛的脸,不由得生出了一股怨恨。

因为婚姻这件大事,胡月琴一直怨恨着爹娘,一想起来就恨他们。是他们毁了自己的一生!念高中时胡月琴谈了一个对象,两个人的感情泉水般纯洁,除了互相爱慕外,没有丝毫杂念。那时谈恋爱都是偷着谈,害怕被人发现。他们是初恋,两个人都比较内向,胡月琴更是害羞、胆小,他们很少约会,偶尔约会一次也要到离学校很远的田野里,多数时间是互相写"情书",偷偷放进对方的抽屉洞里。毕业后,男生的父亲托媒人来家里提亲,爹娘一口回绝了人家,话说的很难听,很伤人。就那兔子不拉屎的地方,俺闺女烂家里也不嫁到尚林苑!

男生家是尚林苑的，尚林苑是全公社出了名的破烂村。她知道这事后大哭了一场，心情郁闷，再也没有开心的日子，半年后大病了一场。毕业五年后，男生考上了大学。病恹恹的胡月琴被爹娘做主嫁给了一天学校都没进过的牛有田。牛有田弟兄三个，家徒四壁，结婚时除了三间土房一座土炕外，什么都没有……有好几年爹娘从不提他们犯下的这个毁掉闺女一生的错误，好像他们已经忘得没影儿了，可是胡月琴忘不了，到死也忘不了！这年过春节时回娘家，吃饭的时候爹说牛有田忒笨，没点机灵气，难怪日子老是过不好。胡月琴当即急了，气呼呼地质问爹：牛有田是谁给我找的，不是你给找的吗？我找的是华文生，全公社第一个考上大学的！你嫌尚林苑的人穷，不同意！可华文生人穷志不短，就是拉着棍子要饭也比别人要得多！说罢，她再也压制不住内心的情感，呜呜大哭起来，泪水止不住地从脸上往下淌。爹愣了一会儿，很自责地说：月琴，爹对不住你，是爹毁了你！说罢，扬起大手打了自己两个耳光。坐在一旁的娘急咧咧地骂道：小妮子，自己过日子没本事，埋怨起爹娘来了！你能，你有本事，找华文生去，看人家要你吧！胡月琴气得浑身哆嗦，扔下饭碗，抹着泪眼走了。这一年她没再进娘家门……

胡月琴愣了一会儿，觉得以娘的脾气再说什么也是白费唾沫。她又气愤，又无奈，狠狠地瞪了娘一眼。

<h2 style="text-align:center">三</h2>

这件让胡月琴两口子头疼的难事总算得到了解决：经过牛有田苦苦哀求，二哥两口子允许娘在他们家再住一个月，吃喝拉撒还是牛有田管。这样，虽然牛有田要两头跑，但也很感谢二哥两口子了。

胡月琴她娘得知牛家"泼妇"不来了，苍老的脸上露出一片胜利者的笑容。她对胡月琴说，还是俺闺女当家！口气里带着几分得意。胡月琴听了心里特别反感。当家，当家，你知道当家的有多苦，有多累吗？但凡男人有点出息，还用得着我当家吗？她气呼呼地说。娘被闺女戗住了，刚才的笑容僵在了脸上。胡月琴又揶揄道，现在你老人家没意见了吧？娘不满地说，到你家头一天就惹我生气，你俩真没孝心！胡月琴赌气着说，谁有孝心你跟着谁吧。娘立时恼了，说我白生你白养你了，一把屎一把尿地拉扯你长大，你说这话，良心喂狗啦！胡月琴苦笑道，你说俺没孝心呢！我说你没孝心，你往后好好孝顺我，叫我吃好的，喝好的，别惹我生气。胡月琴还想反驳她，转念一想，算了吧，跟她废话干吗呀！胡月琴端起空碗，慢慢地走了出来。牛有田下地了，娘的饭碗她要刷出来，不能等他回来刷。到了冬天，这么简单的家务活她也不能做。这双手好像就是个摆设，仅仅让她能够用来吃喝拉撒。她在心里承认自己是废人，对别人也说自己是废人,现在对家里唯一的贡献就是给孙女读画报,教孙女识字。在这个家庭里毕竟她的学历最高,儿子儿媳都是初中毕业,牛有田这辈子没摸过书本。

黄昏来临了,夕阳一边慢慢收敛着金色的阳光,一边慢慢在院子里铺上蝉翼似的阴影。几只麻雀落到了北屋的屋檐上,喳喳叫着。牛有田扛着锄,带着一身汗臭味儿从地里回来了。胡月琴不在家,孙女聪聪也不在,院里静悄悄的。他忍着右肋下边的疼痛,拉开炉子炖上锅,从缸里挖出半碗小米倒进锅里,然后开始舀水洗菜。刚洗完菜,就听见东屋里喊起来:来人啊,你们过来个人啊!牛有田不敢怠慢,大声应答着。屋里电灯亮着,丈母娘正蹲在床下拉屎,屁股底下坐着黄色的塑料便盆。牛有田问:咋啦,婶子?丈母娘回答:发干,又发干啦,怎么一来到你家我就大便发干呢?牛有田回答不上来,不知该怎么回答。还有开塞露吗?牛有田说不知道。我的娘哎,憋死我啦。牛有田说,你使劲,使大劲拉,一使劲就出来啦!丈母娘回答,我使半天劲了,腿都麻了。牛有田束手无策,呆愣着看丈母娘。你别站这儿卖愣啦,快给我买开塞露去!牛有田诺诺着转身走了。

胡月琴带着孙女聪聪进了院子,牛有田买开塞露回来了。她进了院子就闻到了一股臭烘烘的味儿。聪聪说,奶奶,臭,臭!东屋的门窗大敞着,电灯亮着,臭味儿就是从这里涌出来的。还没等胡月琴说话,屋里就传出了娘声嘶力竭的声音:人都死绝啦,来个人啊!胡月琴没有应声,心里烦躁。牛有田撑好电动三轮车,拿着几只开塞露就朝东屋里奔。都多大会啦,你咋这么磨蹭啊,我都快憋死啦!丈母娘埋怨道。还不快把盆子端出去,熏死我啦!牛有田把开塞露扔到床上,然后弯下腰端起臭烘烘的便盆出去了。孙女一看屎盆子大叫起来。胡月琴带着孙女进了北屋,拉开电灯,找出一个罐头瓶子,把三个知了放到了里面。

大街上响起了农用车的声音,一听车响就知道是收购废钢铁的儿子和儿媳妇回来了。黯淡的天光里,看着儿子和媳妇风尘仆仆的样子,胡月琴感到心疼,觉得儿子没有上好学,一辈子在村里这么辛苦,跟这个家庭,跟他大字不识的爹很有关系。如果自己嫁的不是牛有田,而是初恋的华文生,儿子肯定不会学习那么差,连高中都考不上。说不定考大学都没问题!她爱儿子,心疼儿子,尽管儿子已经三十多岁了,这种感情还是一点没有变。

哎呀,熏死人!臭得跟茅子坑样!小涛嚷嚷着冲进了北屋。小涛媳妇用手当扇子驱赶着臭气,逃命似的朝北屋里奔去。牛有田从厕所里出来,在院子里的水管上冲刷一番,拿着便盆进了东屋。丈母娘问:刷干净了吗?牛有田说,你看看,干净啦。丈母娘真的从椅子上站起来,认真地看起来。那不是还沾着吗?牛有田回答,刷碗还有沾饭粒的时候嘞。丈母娘下命令似的让他再去刷一遍。牛有田没办法,拿着便盆又回到了水管上,心里埋怨道,你只管屙不管刷,光会

支使人！

很快，小涛拿着一瓶花露水满院子喷洒起来。喷过花露水，在水管上洗了手洗了脸，又回了北屋，打开冰箱拿出一瓶饮料，坐在沙发上，陪着宝贝闺女喝起来。过了一会儿，听到娘的喊声，小涛便去南屋端饭了。牛有田端着饭碗、菜盘进了东屋。丈母娘一看很不满意，说：又是炒西葫！整天吃炒西葫，你就不会改改样儿啊！牛有田没吭声，只当没听见。丈母娘看着他那双棕色的粗糙的大手，问：你洗手了吧？牛有田回答洗了。丈母娘脸上露出不相信的神色，真洗了？牛有田说真洗了。丈母娘说，小琴就不兴给我送饭啊，我是她亲娘。牛有田回道，她送不了，手那样的。说罢，赶紧撤出来，又忙着去二哥家给娘送饭了。

南屋里小折叠桌上晾着饭菜。胡月琴坐在床沿儿上等着牛有田回来一块吃。她想幸亏牛有田是个睁眼瞎，傻乎乎的没文化，换个稍微比他强的人肯定受不了，大热天的谁给丈母娘端屎倒尿啊，亲爹亲娘都不一定这么伺候！想到这里，她看看自己两只变形的丑陋的手，心里忽然萌生出对丈夫的感激之情。

四

和多数老人一样，胡月琴她娘总是怕寂寞，无时无刻不觉得寂寞。来大闺女家几天，除了傻乎乎的女婿给她送饭，端屎端尿，一家人谁都没跟她说过一句热乎话，这让她心里很窝气，觉得受了冷落。在他们家她不能这么活，活得不像个娘，像个蹭饭吃的。早饭后，胡月琴端起空碗刚欲转身，娘说，小琴，那年我叫龙山上的刘半仙算过一卦，他说我的寿限是八十四，今年我都八十五了还没死，这是咋回事啊？我受罪早就受够了，老不叫我死，叫你们烦恶，什么时候是个头啊。你叫他再给我算算，看还能活几天，早死了大伙儿早素净。胡月琴说，你算卦都十年了，算卦的是死是活还不一定呢。娘说，那年他刚六十岁，怎么会死呢，我还没死人家能死喽？胡月琴回道，我的娘哎，谁有你这么能活啊，咱洪庄都数着你啦。娘说，我知道你们都巴着我快死，阎王爷不要我，我有什么办法！胡月琴没好气儿地说，好吃好喝地供着你，你老人家就活呗，活一百岁，一千岁，一万岁！老娘气呼呼地骂道，你这小妮儿骂娘啊？胡月琴一思忖，忍不住笑起来。笑过了，胡月琴说，你说得轻巧，这些年刘半仙没来过，上哪里去找他呀。娘理直气壮地回答，叫憨三儿到龙山上打听去。胡月琴答应了她。不然的话，你就别想安静了。

刘半仙早就不下乡串村了，已经在县城大张旗鼓地干起来了，门口外面挂起了白底黑字的大招牌，还在县电视台上做广告，名目是预测学和风水科学。他神得什么都能预测，考大学、晋职称、提拔升迁、做生意、找对象、生男生女等等，人间之事没有他不能预测的。看风水也是没有不能看的地方，阳宅阴宅，单位门口能不能摆石狮子,办公室摆设什么,主人坐哪儿面哪儿。刘半仙的客厅里装着立式大空调,贴着壁纸的墙壁上挂满了红艳艳的锦旗,让牛有田既震惊,又眼馋。

牛有田自然请不来刘半仙。牛有田去了两趟。第二趟,按照刘半仙的要求,他把丈母娘的照片和生辰八字带了去。刘半仙看了一眼,随口说道,起码还能活五年,九十是个坎,过了这个坎还有三年阳寿,过不了这个坎就在九十上了。牛有田听了吓了一跳,眼前一黑,愣了三四秒视力才恢复正常。他没想到丈母娘的寿限这么长,至少还有五年的阳寿。花了二百块钱讨了刘半仙的这两句话。回家的路上,这两句话还不停地在牛有田耳旁聒噪着:起码还能活五年!……起码还能活五年!……这不是要俺的命嘛!

牛有田回到家把刘半仙的话一学,丈母娘脸上的皱纹立时舒展开了。我的祖宗哎,俺这是作了什么孽了,办了什么坏事了,这么倒霉呀,还要遭五年罪?丈母娘得意地抱怨道。牛有田厌烦地看着她没有吭声。净说假话,假话篓子!他在心里骂道。丈母娘是个怕死鬼,她最怕死,活得比谁都小心,吃饭凉点不行,热点不行,上顿剩下的不行,炒菜没有肉不行,饭食重复了不行,衣服薄了不行,厚了不行,怕摔着碰着,小心得像个瓷花瓶。她再活五年,不是她遭罪,是你遭罪!……旁边的胡月琴说,我的娘哎,你还说倒霉,你要再活五年,不把俺俩都折腾死啊!你屋里吃屋里拉,伺候你的人才真是倒了八辈子霉!闺女的大实话立刻惹恼了老太太。你——你——你——不孝顺!娘用食指指着闺女,气呼呼地说。老天爷有眼,叫不孝顺的得病。心眼孬,这辈子好不了!……娘的话针一样猛扎在胡月琴心上。她的心疼得直哆嗦,脸色惨白。俺不孝顺,你别往俺家来呀,谁孝顺你跟谁过呀!看有谁喜欢你,待见你,天天把你当菩萨奶奶供着!胡月琴气愤地说。你,你接我来就是成心气我啊?娘狠狠地瞪着闺女,恨不得扇她撕她一顿才解恨。把我送走,送回洪庄去,我不在你家,不在你家!娘气急败坏地叫嚷起来。闺女冷笑一声,问道:送回洪庄,有人要你吧?娘不言语了。是啊,在儿子家还不如在闺女家顺心,儿子动辄就冲她发火,哪像女婿这么憨实,任劳任怨,忍气吞声,儿媳妇成天指鸡骂狗的没个好脸色,吓得她大气不敢喘。胡月琴伤心地抱怨道,闺女得了你什么好处啦?房子宅子都是儿的,闺女们没拿家里一棵草,这会儿跟儿一样伺候你,谁家兴这个啊?你还不知足!你不看看俺病成什么样了,你还恨俺,诅咒俺,这是当娘的说的话吗?你咋就没有一点同情心呢?你孬好有四个孩子,轮流伺候,俺就一个儿,等到走不动爬不动了,谁管俺呀!……娘被噎住了,张张嘴,欲言又止了。她真是从未想过子女们养老的事,只想自己怎么活下去,活得舒服些。牛有田见丈母娘不说话了,拉了老伴儿一把,两个人出去了。

他们刚进了南屋，大铁门就呼呼响，胡月琴支使丈夫去看看。牛有田出去一看，一个穿邮装的妇女站在街门外，手里拿着一个信封。是胡月琴家吗？牛有田答是，邮递员把信封递给他，随即掏出圆珠笔来让他签字。他尴尬地笑了一下，说我不会写。邮递员说，写你的名字。牛有田还是说不会写。邮递员问还有别人吗，牛有田大声喊胡月琴出来。胡月琴慢慢地从屋里走出来，她有点吃惊地看了一眼邮递员，从邮递员手里接过圆珠笔，用三个指头紧紧捏住，十分吃力地一笔一笔地画上了自己的名字。邮递员骑上电动三轮车走了，她这才发现信封上的名字不是儿子或儿媳，而是她本人。字写得很流畅，很好看。她既吃惊，又纳闷儿，这是谁来的信呢，自己跟外面的世界早就没有联系了。拿着陌生的信封她有些心慌，回到了昏暗的屋里，坐在了床沿上，还是心神不定，仿佛有什么意外将要发生。她不知道谁给自己来信，也不知道信里写些啥。她让牛有田拉开了电灯。撕开信封，掏出一页信纸，她看到了第一行——

月琴同学：你好！

胡月琴的心立刻激动起来，手颤抖了几下。她知道这是谁来的信了！华文生，华文生！她在心里不由自主地呼喊起这个名字来。四十多年过去了，音信断绝的华文生给她来信了，仿佛太阳从西边出来了，这让她震惊，激动，心里慌乱成一团，仿佛手里捏着的不是一封信，而是华文生的一只手。牛有田说，我到那边看看。胡月琴没言语。他去看老娘了。胡月琴抑制住内心的激动，接着往下看。时光如流，一晃几十年过去了，我们已经是年逾花甲的老人了。回首往昔的学生生活，非常想念你，不知你的状况如何。我前两年已经退休了，一切还算可以。前几天和景荣、浩川同学相见，商定最近小范围聚会一次，盼望你能参加。祝你和家人安康！

信很短，没有一句关于爱情的话，最后留下了手机号码，嘱咐收到后请回复。胡月琴心里一时百感交集，翻江倒海。她拿着信纸僵在那里，好久没有动，泪水慢慢地从眼里流出来。

五

聚会是在县城里最有名的一家酒店——星星河大酒店。胡月琴下了电动三轮车，就让牛有田回去了，她不愿让任何同学看见他。牛有田要把她送进酒店里，她坚决不允许，为此还着急发脾气，戗了他两句。挨了刺的牛有田含混不清地小声嘟囔着赶紧走了。看着牛有田走远了，胡月琴这才转过身放下心来。面前的酒店跟乡下酒店决然不同，显得空前气派。这儿门口宽敞得很，中间是一级一级的紫色瓷砖台阶，两边则是缓缓的慢坡，客人可以拾级而上，也可以从两边进去。高大的玻璃门一尘不染，她刚到门前，门就缓缓地自动开了。站在大厅里浑身亮丽香气袭人的小姐赶紧迎上来朝她鞠躬，问候，然后问她在哪个房间。突然她想不起是哪个房间了，于是苦笑着说，我忘了，忘了。小姐问，哪位先生定的餐？胡月琴说，姓华的。小姐说跟我来吧，奶奶，马上向她伸出手，半搀着她，慢慢朝里面走去。小姐走到房门嵌着金色"666"的房间停下，轻轻推开房门，说了声你请，便松开她的手，退下。霎时，胡月琴像被人从小船推到了荒岛上，掉进了一种无依无靠的孤独感里。

　　一切都太陌生了，环境陌生，人也陌生。她用力仔细看着房间里的两个男人，一个都不认识。两个男人见她进来，停止了交谈，随后用漠然的带着疑问的目光打量她。她吓了一跳，以为小姐领错了房间，想说声对不起，赶紧离开。那个头发斑白的男人问，请问，你找谁啊？她胆怯地回答，俺找，找华文生。那人马上站起来，离开了椅子，问道：你是？俺是胡月琴。那人急忙走过来，你是月琴？胡月琴回答：是呀。那人愣了神，一脸惊诧狐疑的表情，我是文生啊，月琴，你怎么变化这么大呀？！胡月琴苦笑着回答不上来。说什么呢，病魔夺走了她身上所有的美，给她换上了一张丑陋的脸。她听到了有点苍老却十分熟悉的声音，同时也找回了四十多年前的恋人。月琴！华文生伸出来的手又缩了回去。他扶着她的胳膊，慢慢把她带到餐桌前坐下。那双手虽然隔着衣服，但她感到了异样的温暖，心开始怦怦地猛跳起来。

　　你看出我是谁了吧？胡月琴对着这个秃到头顶的男人打量了两秒钟，说：你是刘浩川吧？刘浩川笑道，哈哈，你还能认出我来！我真认不出你来了！胡月琴说，你就是胖了点，头发少了，乍一看认不出来，仔细看看就认出来了。刘浩川说，你的变化太大了，你不报名字，我一点都看不出来。胡月琴说，都说我变化大，有病有的。刘浩川跟胡月琴聊起来。华文生悄悄地去了卫生间。他实在无法控制眼里的泪水。这就是自己初恋的姑娘吗？就是自己魂牵梦绕的恋人吗？他记不清自己曾经梦见过她多少次，梦里总是想带她到没人的地方对她倾吐自己的思念和爱，可是到处都是躲不开的人。最近几年，在梦里见到胡月琴，她的脸都是模糊不清的，有一次明明说是胡月琴，看到的竟然是一张男人的苍白而模糊的脸。梦醒之后，他百思不得其解。人家说梦见死人看不清脸，莫非胡月琴已经不在人世了？他被这种怪异的梦吓坏了，醒来后忧心忡忡……原来她的脸真的变了形，变得没有从前的一点影子了！这是他从没料到的！之前，他只是想象她青春消失的脸上有了许多皱纹，头上有了白发，老得跟村里的老妇们一样，却没有想到会变成这样，变得根本认不出来，跟印象里的恋人完全成了两个人！还有那双变了形的手，骨节粗大，手指弯曲，不能伸握，更是让他感到触目惊心。他感到一阵阵揪心，直想大哭一场，让眼泪畅快地流淌，为她的不幸！

　　另外三个同学都来了。华文生控制住自己的情绪，擦去泪水，洗了一把脸，从卫生间里出来，换上了一副微笑的面孔。胡月琴很拘谨地坐在那里，看着昔日的同学，一张张陌生的面孔，心里五味翻腾。除了她，别人都进了城在城里生活。跟随孩子的，做生意的，工作的，都有。每个人都老了，都变了，不过都能慢慢认出来。五个同学都对她的变化感到吃惊。李清芳惊叹道：月琴，我的天啊，你怎么成这样啦！胡月琴还是解释说，有病有的。心想，别人的变化只是自然衰老，自己的变化加上了病魔的摧残。可是有什么办法呢，病魔就是盯上了你，狠狠地摧残你，把你摧残得没有一点年轻时的影子了！

　　菜上来了，酒满上了，大家开始吃喝了。四个男同学很快就热闹起来，你劝我喝，我劝你喝，四十多年的岁月仿佛抬起脚一步就跨回去了。胡月琴不行，她跨不回去，极不适应，还是感到陌生，隔阂，不知道该说什么。她瞟一眼华文生，他的皱纹不多，浅浅的，脸色微微泛红，比刚见时还显得好看。她心里微微颤动了一下。他比以前高了，魁伟了，毕业以后又长个儿了。她撤回目光看看漆亮的紫色餐桌，看看眼前光洁闪亮的餐具，感到这里和自己的农家生活完全是两个世界。她活了六十多年，从来没有进过这样豪华的酒店，没有坐过这样的高背雕花椅子，没有用过这样精致的筷子、匙子、杯子、碟子。这样陌生的环境让她感到紧张不安，很不自在。男同学说话，她插不上嘴，也不想插嘴，唯恐说话有失。在学校里，她跟李清芳是同桌，关系最密切，李清芳上大学的时候，她还去她家帮她爹娘削棉花柴。现在李清芳成了她唯一可以心无隔阂随意交流的人。李清芳跟男同学说话时，她便沉默下来，目光呆滞地坐着像个木偶。华文生不时招呼大伙吃菜。可是，她的牙齿坏了一半，咀嚼费劲儿，吃得很慢。看着别人大吃大嚼，享受着吃喝的快乐，这让她不由得感到难堪。

　　华文生站起来，给同学一一夹菜，绕着桌子到了她身旁。立时她心跳加速，怦怦猛跳。你别忙了，我自己来吧，胡月琴看着昔日的恋人说。华文生微笑着说，月琴，你不喝酒，多吃菜。说着，给她的碟子里夹上了菜，随后又夹了一次。香酥虾仁儿金色的酥皮鼓着泡，就像小金鱼。胡月琴夹起一个，咬了一口。香香的酥皮碎了，里面的虾仁嫩嫩的。她想，或许华文生是为了她才给每个人夹菜的。这个念头顿时让她心里生出一种异样的幸福感，觉得仿佛是在梦里。

　　看着别人谈笑风生，胡月琴老是有一种不真实的感觉。她在心里问自己，这是真的吗？我真的是和昔日的恋人与同学在一起吗？分别四十多年，说见就见了，忽然坐在一块喝酒，吃菜，天上地下地聊，无拘无束，这么亲密无间，仿佛分别不是四十多年，而是四十多天！……这一天，怎么现在才来呀，你该早点来啊，十年前，二十年前，三十年前就该来！如果早早地来，自己或许不会是这个样子。这个日子来得太晚了，太晚了！……想到这里，她心里一阵酸楚与无奈。

李清芳拍拍她的腿,快吃菜呀!她勉强地笑了笑。你这么瘦,得加强营养!李清芳说。

房间里温度很低,胖子范景荣还嫌度数高。华文生说,可别调啦,伙计,再调我就受不了啦!胖子笑道:你这大教授,国家发你这么多退休金,也不给社会主义争光,看咱这个体户!说着,拍拍凸起来的大肚子,哈哈哈哈笑起来。胡月琴的双腿已经开始疼痛了,一丝隐忧浮上心头:老天爷,求求你,可千万别疼得俺不能回家!……她在家住的屋子没安空调,有个风扇。空调的凉风对于她是遭罪,不是享受。

吃完饭,大家握手道别,李清芳和华文生非要打出租送她回家。他们站在街上等车。胡月琴看着身边的华文生,感到特别亲切,欣慰,昔日的恋人比四十多年前高了,瘦了,看上去身体还不错,眼睛挺有神,腰一点都不弯。阳光火焰似的遍地燃烧,烤得李清芳和华文生汗水淋漓。华文生不断从兜里掏出纸巾擦汗。李清芳一会儿从包里掏毛巾擦脸,一会儿拧开塑料大杯喝水,还笑着埋怨道,整天修路,修路,修得连个树荫凉都没有!出租车老是等不来,阳光里,胡月琴四肢疼得轻了,胃又开始疼了。她知道是胃炎又犯了,只好忍着。这时,华文生从黑皮包里掏出一个挺精致的粉色小盒子递给胡月琴:月琴,送给你件礼物,做个纪念。胡月琴有点惊讶,问是什么。华文生说,项链。胡月琴心里一沉,痛苦在脸上滚动着,她情不自禁地哀叹道:你为我花钱干嘛,你看我这样的,还是戴这个的人吗?华文生顿时愣住了,有点尴尬。他哪会想到她的变化这么大啊!李清芳说,月琴,瞧你说的,项链就是咱女人戴的,老了才得爱美。人家文生这么重情义,你快收下吧!这么贵重的礼物,胡月琴真不想收,她想了想还是犹豫着接了过去。

六

银白的太阳当头照着,天热得像下火,红砖地不停地往外冒热气,院子里的柿子树变得蔫头蔫脑。牛有田刚给娘送饭回来就被丈母娘喊进了东屋里。昏黄的电灯光里,他看见丈母娘蹲在便盆上,两只眼睛像暗夜里的黄鼬瞪着他。给我上个开塞露!牛有田赶紧走到里边,拿起抽屉桌上的开塞露,用剪子剪开口。快着点,快着点,憋死我啦!他递给丈母娘。丈母娘推一下他的手,你给我打上呀!牛有田心里别扭死了,但不能不硬着头皮照着丈母娘的吩咐去做。他让她两手扶地,撅起屁股。憨三儿,你慢着点!在昏黄的灯光里牛有田瞅了两秒,然后猛地把开塞露插进了那个臭烘烘的肛门里。哎哟,疼死我啦!疼死我啦!牛有田毫不理会她的叫声,捏着开塞露的三个手指使劲挤了一下,又挤了两下,随后把开塞露撤出来扔到地上,躲到院子里去了。

牛有田搓搓沾着开塞露的手，如释重负地舒了一口气。丈母娘的大腿皮包骨头，屁股上皮肤松弛，满是褶皱……他一想刚才看到的就感到恶心。

不一会儿，屋里又传出丈母娘的喊声：憨三儿，憨三儿！牛有田一进门，臭气就劈头盖脸地涌来，熏得他直想呕吐。丈母娘已经离开便盆，坐到了椅子上。我的娘哎，怎么拉个屎跟生孩子的样这么受罪啊！牛有田没有搭腔。他恨不得骂她一顿心里才痛快。憨三儿，你王八孙子跟个教书先生样躲得远远的，嫌我脏，嫌我味儿呀！丈母娘数落道。一个女婿半个儿，你哪像个女婿呀！当初把小琴嫁给你，我算瞎了眼啦！……牛有田心里十分反感，不理她，也不看她，端起屎盆子急忙往外走。这话磨得他耳朵都起茧了。结婚三十多年来，他记不清被丈母娘数落了多少遍，骂过多少回，早就变得麻木了。匆忙中牛有田被一只小板凳绊了一跤，人摔倒了，手里的屎盆子也咣一声摔到了地上，屎尿洒了一地，迸到了他的胳膊和脸上。他用手背抹一下脸，慌忙站起来。丈母娘立时气坏了，站起来就骂：你瞎呀，走路不看脚底下，把屋里弄脏了，我不在这屋住了！牛有田顾不得辩解，顾不得赔不是，拾起屎盆子慌忙去了厕所。

丈母娘闻着臭烘烘的屎尿味儿，不停地骂女婿，好像满屋的臭味不是她的排泄物发出来的，而是女婿带进来的。牛有田回到屋里打扫卫生，听着丈母娘的骂声，低着毛发稀疏的头，皱着眉头一声不吭。打扫完他赶紧逃开了。回到南屋，想想刚才发生的一幕，牛有田突然感到无比委屈，难过，自己已经是奔七十的人了，天天跟伺候亲娘一样伺候丈母娘，她却从不领情，一不顺心就骂人，比亲娘还难伺候。自己这么伺候她，这是图得啥呀！要伺候到什么时候才算完啊！他的眼眶子一疼，掉下了两颗泪珠。胡月琴一看，马上明白刚才发生了什么事。

胡月琴走进东屋，她娘还喋喋不休地骂着。胡月琴说，哪有你这样的老人，张口骂人！人家女婿是你骂的人呀！娘说，我不骂他骂谁，把屎尿都洒屋里，叫我怎么住啊！胡月琴苦笑着说，他又不是故意的。人家天天给你端屎端尿，你咋就不念人家一个好呢？娘看着胡月琴，说你甭护着他。胡月琴大声说道，他也是快七十的人了！娘回答，他活一百也是憨熊！胡月琴气得肚子鼓鼓的，心想你这是啥人性啊，人家这么伺候你还要骂人家，换个精明的伺候你吧！娘说，我不在这屋里住了，这屋脏，我要住北屋。胡月琴说，这是你家啊，你想住哪儿住哪儿，你问小涛两口子同意吧。娘说，不让我住北屋，你把我送走，送洪庄去！胡月琴回答，送洪庄送洪庄，又是送洪庄，你儿要你吧？娘又说，那你们送我去敬老院！胡月琴说，人家没儿没女的五保户敬老院养着，你进敬老院一个月一千，谁出得起啊！娘愣了一会儿，愤愤不平地诉起苦来：俺累死累活的养儿养女干么呀，到这会儿还不如没儿没女的绝户好。早知道这样，还不如一个个地把你们都掐死！……胡月琴看着娘那副可怜样儿，想到自己的身体，自己的将来，心里忽地又同情起她来，于是就捏着娘的手好言劝慰。娘这才慢慢消了火气，平静下来。

　　第二天早晨牛有田进东屋倒尿盆，发现里面没有丈母娘了。他猜是去厕所了，高兴起来。若是从此不在屋里拉尿，那多好啊，多叫人待见啊！然而，很快就发现厕所里空无一人。丈母娘去哪里了呢？屋里没有她的人影儿，床上没有，圈椅里没有，木梁上也没有吊着她。牛有田慌里慌张地到南屋告诉胡月琴。胡月琴急慌慌地跟着他看了一遍，屋里果然没有娘的影子。娘到哪里去了，回洪庄了，还是去了妹妹家，还是去村北跳了河？胡月琴不由得紧张起来，头晕眼花站不住脚。牛有田扶她躺到床上，她立刻闻到了一股很难闻的气味儿。

　　胡月琴躺在床上，窝了一肚子气。娘要是去了妹妹家，或者回到了洪庄弟弟家，这是成心叫她难看，叫她丢人。娘要是跳河死了，那麻烦就更大了，也把自己的名誉给毁了。总之，无论哪种情况，都会叫她落个不孝顺的坏名儿。自己还有儿有孙的呀！……牛有田挠着白乎乎的头发茬子，看着老伴儿重复着一句话：我的娘哎，这可咋办呀？这可咋办呀？他像是问胡月琴，又像是问自己。胡月琴生气地说，咋办，你快去找呀，愣着干么！牛有田这才出去。

　　老太太走了二里路，实在走不动了，就坐在路边歇息起来。黎明的田野空气清新，路旁半人高的棒子稞翠绿翠绿，叶子上闪耀着晶亮的露珠。她看着棒子稞，心里百感交集，顺手扯下一片带着露珠的叶子，慢慢抚摸着。这棒子稞多熟悉，多亲切啊，年轻的时候下地干活，这个季节不是给庄稼除草就是浇水施肥，人像拴在了地里，没黑没白的，转眼间自己就老了，没用了，成了人人不待见的累赘。若是这辈子不生孩子多好，年轻时也不会吃那么多苦，受那么多累，老了还能住进乡敬老院享福。她好后悔生养了这么多孩子，活了四个，还有两个夭折。可是，生不生孩子也由不得自己啊，不定啥时怀上了，肚子一天天大起来，到了时辰就得往外生。哪像现在这么好，睡觉是睡觉，生孩子是生孩子，想生才生，不想生就不生。那时候，生不生孩子由不得自己。

　　牛有田远远地看着丈母娘坐在路边，手里玩着一片棒子叶，一副悠然自得的样子，心里立时火冒三丈，恨不得上前骂她一顿。大清早的，你往外跑啥？你能跑这里来，咋不能去茅子里拉尿，天天折腾我！他停下电动三轮，看了丈母娘一会儿，才把车推到丈母娘跟前。你咋跑这儿来啦？牛有田没好气儿地问。丈母娘看了他一眼，你俩都烦我，气我，恨不得把我气死，我还在你家干么？牛有田强笑着说，回去吧，小琴急坏了。不，不上你家去！丈母娘赌起气来。牛有田说快上车吧。说着，伸手就拉丈母娘。丈母娘往下打着坠溜。牛有田只好弯下腰伸开两只大手用力把她抱起来。上去吧，你！牛有田一松手，丈母娘蹾到了

车上。三轮车开动了，丈母娘的数落声责骂声不断从身后传来，牛有田又气又恨，真想把车开进路沟里。

七

同学聚会之后，胡月琴一直在心里为自己的命运难过。聚会对她刺激很大，那天的情景深深留在她的大脑里。看看人家，看看自己，现在的差距何止天上地上！上学的时候，班里十几个女生，论长相自己属于好看的，论学习成绩也是优秀的，几十年过去了，自己病成了这模样，土里土气，老伴儿也弯腰驼背的，除了会种地什么都不会。那时李清芳做作业经常抄自己的，人家现在一个月退休金四千多块，两口子八千多，养得胖乎乎的，脖子上挂着金项链，手上戴着金戒指，跟个富婆样；华文生成了大学教授，身材和衣着都那么好，据说一个月工资上万块。自己的命运怎么就这么不好呢？假如当年自己勇敢些，心胸宽广些，不那么内向，不那么害羞，拉着华文生私奔，现在过的也不是这种生活，自己也不会病残！她开始后悔自己的婚姻了。是谁毁掉了自己的一生，还不是专横的自以为是的爹娘！把闺女送进了火坑里，还以为给闺女找了个好婆家好女婿。他家是贫农，可是他大字不识，没头没脑，没能没才，只会在土里刨食！爹快死的时候，躺在床上，抓着她的手，再次给她道歉：小琴，爹对不住你，爹不该阻拦你和同学恋爱，爹错了，错了。爹说这话的时候，又一次流出了后悔的泪水。娘却一直装糊涂，始终不提这件事。一生的命运，单凭一句道歉的话改变不了，爹死了她还是继续过着苦日子，而且，还要轮流伺候娘。

木讷寡言的牛有田这些天积了一肚子怨气，他一个人伺候着三个老女人，做饭送饭，刷锅刷碗，端屎端尿，忙得像个陀螺，孙女聪聪还要他接送，而自己的身体越来越不济，越来越没有力气。这天午饭，他把凉面条送到了东屋里，丈母娘一看面碗就发起了脾气，说他拿脏碗盛饭，成心气她，赌气不吃。回到南屋，胡月琴看看饭碗上沾着的小米粒，也埋怨起他来，说你连个碗都刷不干净，笨死了。牛有田没好气地回答：你能你刷呀！遭到顶撞的胡月琴立时也来了火气，说我要能干还用你呀！牛有田说，你光会动嘴！胡月琴说，我不是一进你家门就光动嘴的！我这病是怎么得的，还不是拼死拼活干活累的？生下小涛十天，我就下地干活，谁家的媳妇这么遭罪？牛有田愣了愣，底气不足地回道，反正现在是我养着你，养着你娘。这句话差点把胡月琴气炸了头，她怒不可遏地斥责道：你个憨玩意儿，大字不识，还看不起我，还说养着我，没有我你能有这个家，能有这家子人？你瞧瞧自己，算个什么男人？天底下是个男人都比你强！说罢，泪水止不住地往下流。牛有田被老伴儿吓住了，不敢吭声了。老伴儿说得没错，当初嫁给他时村里人都说他憨人有憨福，娶了个俊媳妇。听到这话，他心里甜丝丝的,暗自得意。为这事他一直在心里感激爹,因为爹那时当队长,不知怎么跟也是队长的胡月琴她爹成了朋友,给他弄成了这门婚事。结婚后三个月,胡月琴不准他挨身子,他是在她感冒发高烧时趁机占有了她。第二天,胡月琴回到娘家闹着要跟他离婚,要不是她爹娘死活阻拦,他们的婚姻早就结束了。

自知理亏的牛有田不言语了,他默默地把面条倒进一个干净碗里,又去送饭了。胡月琴看着他驼背的背影,心里五味杂陈,既有憎恨,又有可怜,既有轻蔑,又有体恤。自己的一生就是跟这样一个老牛似的人连在了一起啊,这就是命啊!

毕业以后,胡月琴曾经去过华文生家一次。那是在爹娘拒绝了媒人之后,她想念他想念得夜夜失眠的时候。天气已经暖和,地里的棉花苗有一拃多高了,她打听着穿过半条南北大街找到了华文生家。华文生还没下晌,她等了一小会儿他才回来。华文生的娘,一个头发花白的大娘把她让进八仙桌旁的椅子里,给她倒了一碗白开水,然后很亲热地跟她拉家常。华文生看到她时露出了惊讶的神情,问:你咋来啦?她很想反问他:怎么,你不欢迎我来吗?她告诉他,干活的地块离他们村很近,所以下了晌没有回家找他来了。华文生他娘去厨房和面,烙饼,炒菜。他们在屋里说话,一个坐在左边椅子上,一个坐在右边椅子上,中间隔着一张大桌子。没有她想象中的激动,也没有想象中的亲热,华文生就像接待一个客人一样待她。她说,文生,你别管俺爹娘说啥,我可没有变心。华文生说我更不会变心。她问,咱俩的事你打算怎么办?华文生思忖了一下,露出了为难的情绪。月琴,尚林苑搞不好,成了全公社的老大难,家家穷得叮当响,你说我一个普通社员能有什么办法?胡月琴看着他犯愁的模样,没有再问下去。是啊,华文生哪有能力改变这个尚林苑!

他娘把盛饼的筐子放到桌子上,又端来了四平盘炒菜,扯个理由出去了。她心里有些失望,吃完饭就走了,华文生跟在身后把她送到村口的大路上,她让他回去,他就真的回去了。她的心里多么失望,多么痛苦,多么难过啊,其实她希望他一直陪伴着,两个人慢慢地走在路上,商量下一步该怎么办。她需要他给出主意对付爹娘,他说什么她都会听。可是他什么主意都不拿就回去了,等她转过身来寻他时,人已经没有影儿了。她觉得自己受了冷落,失望极了,委屈极了,走到两个村子中间的小河边,再也拔不动腿了,一屁股坐在地上呜呜哭起来。那天她伤心透了,哭了很久,赌气着要等他登门来找自己,再也不去找他了……如果继续主动去找华文生会怎样呢?华文生肯定会把自己娶回家,实际上他在心里一直爱着自己。

牛有田放下面碗,赔着笑脸,低声下气地劝说丈母娘吃饭。丈母娘坐在圈椅里,绷着脸,噘着嘴,目光里充满敌意。憨三儿,甭给我送饭了,饿死倒好。我死了都素净了，也不给你添麻烦了！牛有田强笑着说：看你说的，看你说的。丈母娘阴阳怪气地说，现在世道变了，都不学好了，没孝顺的了。牛有田垂着两手，不敢搭话，生怕自己说错了再火上浇油，直到丈母娘端起碗吃面条，他才出来给娘去送饭。

火炭似的阳光铺满了胡同，把牛有田渺小的影子照在地上。他端着一碗面条匆匆走着。面碗里放着黄瓜丝和几片炒鸡蛋。进了娘的屋子，牛有田喊了一声娘。在椅子上闭目养神的娘睁开了眼睛，怎么才来呀，都几点啦？娘问。牛有田没敢吱声，把饭放在娘面前的小桌上。这时，二哥进来了。伺候完了丈母娘才来的，是吧？牛有田不敢否认这事。你不会先给咱娘送饭，回去再伺候丈母娘啊？二哥不满地熊他。牛有田含糊不清地诺诺着。我都吃了半天了，你才来，往后早点送饭，听见了吗？二哥又说。牛有田答应以后早送饭。等娘吃完面条，他提着空碗出了二哥家门，忍不住说道：哼，你吃得早，怎么不给娘吃啊？成天显摆自己多孝顺，连一碗饭都舍不得！牛有田愤愤不平，对二哥大为不满。

八

星期天不用送聪聪去幼儿园，一大早，小涛两口子给胡月琴打个招呼，开起农用车走了。胡月琴进了北屋，看着床上的孙女睡得那么安稳，呼吸那么均匀，白嫩的鼻翼微微翕动着，她苍老瘦削的脸上露出了欣慰的笑容。可爱的小孙女给了她源源不断的幸福，成了她活下去的希望和力量，如果没有这个宝贝孙女，她不知已经自杀过多少回了。小孙女花朵一样的笑脸和清脆悦耳的喊声一次次打消了她自杀的念头，把她从死亡的悬崖上拉回来。曾被病痛折磨得生不如死的胡月琴能够丢下世上所有人，唯独舍不了她的宝贝聪聪。

她像欣赏一件无价的艺术品似的端详了孙女好大会儿，才把蚊帐掩好，慢慢走出卧室，坐到外间的沙发上。她默默看着对面的立式空调和黑色电视机，回忆起攒钱给儿子盖房娶媳妇的那些日子，那是拼死拼活地挣钱，一块一块地攒钱啊，夏天从地里干活回到家摸一个窝窝、剥一头大蒜就是一顿饭。卖冰糕的在门外不停地叫卖，她很想吃一块冰糕，试量了几次还是舍不得买。反正是我养着你，养着你娘！蓦地，她耳边响起了丈夫的话。现在他竟说出了这没良心的混账话！自己这一生不都是毁在了错误的婚姻上吗？年轻的时候，他连大声说话都不敢，在自己面前总是唯唯诺诺的没个男人样儿，现在自己成废人了，干不了活了，他也敢看不起人了。想到这里，胡月琴心里对牛有田生出了强烈的不满和怨恨。如果人生重来一次，宁愿一辈子不嫁人，也不嫁给牛有田这样的人！

继而她又想起了华文生。聚会那天，她怎么也没想到华文生会变得那么彬彬有礼,对每个同学都那么亲热,和气,有说有笑,一点架子都没有。夹菜,满酒,斟茶,他做得那么从容,自然,恰到好处,就好像是在自己家里。他的变化多大呀,学生时期他给她的感觉只是诚实,憨厚,直爽,好似一只到处奔跑的牛犊,现在却是这么稳重,斯文,有风度。牛有田跟人家华文生比,简直土死了,傻死了,笨死了!

孙女稚嫩的哭声猛然打断了胡月琴的胡思乱想,她赶紧站起来,喊着聪聪的名字朝卧室走去。聪聪看见奶奶来了,立时不哭了,小手抹抹脸上的泪珠,从床上坐起来。胡月琴把一件红花裙子从床上拿起来递给孙女,孙女很麻利地伸头伸胳膊地穿好了,随后下了床,跟奶奶去南屋吃饭了。

吃完饭,奶奶去了邻居家,聪聪在屋里继续玩儿。奶奶的老式梳妆台里藏着好多好玩的东西,她可喜欢啦。什么小镜子啊,老木梳啊,扁齿儿的篦子啊,金属发卡呀,铜钱啊,玻璃球啊,哨子啊,一分二分五分的小镚子啊,还有三个大小样式都不同的毛主席纪念章。这次她忽然发现了一个崭新的粉色小盒子,打开一看,是条金光闪闪的项链。这可把她高兴坏了,立刻朝自己脖子上戴起来。可是她手一撒就滑下来了,怎么戴也戴不上。爷爷给老奶奶送饭回来了,聪聪赶紧求爷爷帮忙。爷爷,爷爷,你给我戴上!牛有田问孙女从哪儿拿的这个,孙女说从奶奶的梳妆台里。牛有田给孙女戴上了,聪聪跑出街门外,高兴地大喊:我有项链啦,我有项链啦!胡月琴从邻居家出来正碰上孙女,她吃了一惊,嗔怪道:小孩子戴这个干嘛,快摘下来给奶奶!聪聪哪会听奶奶的话,她正开心着呢。聪聪跑回家里,奶奶在后边追着,嘴里不停地吓唬着,但是孙女不吃这一套。回到院子里,牛有田看着祖孙追逐的一幕,心里咯噔了一下。胡月琴费了好大劲儿才从孙女手里把项链哄过来。牛有田看着她手里金光闪闪的项链,问:这是你的呀?胡月琴嗯了一声。牛有田又问,谁买的呀?胡月琴回答,谁买的?反正不是你给我买的。牛有田思忖一下,说那时候谁兴买这个呀!胡月琴问,你给我买过什么啊?牛有田答不上来了。他不记得给胡月琴买过什么,除了买药,没有买过别的。牛有田讷讷着说不上来。胡月琴很平静地说,是同学给我买的。谁呀?牛有田问。胡月琴说,你不认得。牛有田愣了愣,问:男的女的?胡月琴回答:你说呢?牛有田呆呆地望着老伴儿:女的?胡月琴没有回答。他又问:男的?胡月琴说:对啦。女同学谁给我买这个。牛有田像白日见鬼一样愣着神说不出话来。他想说,他给你买这个干嘛,话到嘴边又咽了回去。不料老伴儿接着解释道:他还想着我,几十年了没忘我。牛有田问:你俩好过?胡月琴回答,好过,俺爹不同意,没成,这才嫁给你。牛有田尴尬得找不着话说了。胡月琴拿着项链朝南屋里走去,边走边对孙女说:往后不准拿这个玩儿,等你长大了奶奶给你戴。孙女说,明年我长大了,就给我戴,是吧,奶奶?奶奶说是。

孙女高兴得摇摇奶奶的手。

牛有田愣在院子里，神情茫然地望着眼前的柿子树，心里刺挠起来。一条项链要好多钱，恐怕地里一年打的粮食也买不了一个这玩意儿，胡月琴说他们好过，这是实话。不是老相好的，谁舍得了？原来胡月琴念书的时候搞过对象！牛有田恍然大悟。他想起刚结婚的时候好多天胡月琴不让他碰，想起她和他闹离婚，直到肚子大起来才停止闹腾，原来那时她心里想着这个同学。现在同学还想着她，还送她项链……

他正瞎胡想着，东屋里传出了喊声：来人啊，来个人啊，人都死啦？牛有田抬脚去了东屋。丈母娘蹲在便盆上一副痛苦不堪的表情。憋死我啦，憋死我啦！她上气不接下气地说，皱纹如网的脸都被痛苦扭歪了。憋三儿，你快拿个开塞露来！牛有田从她身旁小心走过，走到床头抽屉桌前拉开抽屉，里面乱七八糟的。他伸进手在里面翻了两遍，没有找着开塞露。抽屉里没有。丈母娘一听就来气儿了，一个开塞露就舍不得给我多买点，哪有你们这么不孝顺的！牛有田说我买去，这就买去。你行行好，多买点！牛有田噢噢应诺着走了。

九

这根项链让牛有田心里堵起来。原来胡月琴上高中时搞过对象，而且几十年了对象没忘她，还想着她，送她东西，这让牛有田心里非常吃惊、难受。她看着老伴儿走路都走不稳的样儿，心里纳闷儿极了，根本无法理解，自己早就把她当作累赘，那个男的看上了她哪一样呢，聚会时还给她送项链？那个男的是干什么的？他在哪里？……这些疑问扰得他心神不安。他想问问胡月琴，却又不敢问。可是这些疑问压都压不下，不定什么时候从他脑子里跳出来。过了两天，牛有田到底还是忍不住，把心里的疑问对胡月琴说出来了。胡月琴看了看他，思忖一下，带着几分玩世不恭的口气说，他在北京，当公安处长。牛有田吓了一跳。公安处长！甭说公安处长，他见了派出所的协警心里就发慌，赶紧赔笑脸。怪不得出手这么大方呢！牛有田哦了一声，谦卑地笑了笑，似乎那个公安处长就在他面前。胡月琴看着他脸色的微妙变化，心里有种快感。她知道牛有田怕公安，见了穿警服的就心慌。好多年前，牛有田有一次跟着村里人去乡里告村委主任，反映村里多敛提留，被派出所关了一天，从那有了这块心病，一直对穿警服的心有余悸。

胡月琴戏弄完丈夫后，就丢下他去姚家串门了。在姚家，她听说宁支书的二十万高息存款钱要不回来了，企业老板跑路了，正跟当初拉他存款的人打官司。这个消息使她猛然一惊，想起了去年存到表侄那里的三万块钱。过春节的时候，表侄送来了三千块钱利息，半年的，把她高兴坏了。一年能挣六千块利息，存上五年就翻番了！这几个月跟表侄没有联系过，表侄也没打过电话，他们公司可千万别出事！想到这里，胡月琴没有心思跟人拉呱，赶紧回家了。牛有田去二哥家伺候老娘去了，他娘这两天冠心病犯了。她回到家里，赶紧打表侄的手机，可是打了半天没人接。她扔下手机，从抽屉桌里找出表侄写的收据，看着歪歪扭扭的字迹，心里越来越忐忑不安，仿佛那三万已经要不回来了。

　　胡月琴两口子一共积攒了五万块钱，是他们养老的钱。去年儿子买房子的时候，胡月琴要帮儿子三万，牛有田死活不同意，说咱的保命钱谁也不能给！没过几天，牛有田的表侄来看他，拉起家常，告诉他们闯北京去了，现在在北京发展。问在北京干么，说是在钱妈妈公司里当客服经理。胡月琴禁不住笑了，说钱妈妈，还钱爸爸嘞，咋弄这么个怪名儿啊！表侄说还真有个钱爸爸，全国好几千家 P2P 公司，起啥名的都有。随即告诉表叔表婶，老百姓现在都在网上存钱，不兴在银行里存钱了，银行坏账多去了，风险忒大。胡月琴一听吓了一跳，自己那五万块钱可都在银行里存着呐。她问，网上有保证啊？表侄说，网上随时能取，天天结息，利滚利，比银行高好几倍。互联网金融是金融创新，新生事物，咱们国家提倡的，政府大力支持，当然有保证！胡月琴问，你咋知道这么清楚？表侄说，我都加入团队两年多了，在公司里也算老人了。胡月琴看看表侄，见他戴着墨镜，浑身打扮得光鲜洋气，跟前几年在邻村打工时可不一样了，变了个人似的。前几年磨轴承圈，衣着邋遢，两手干裂，黑乎乎的沾着油泥，现在两手白净，皮肤细嫩。胡月琴很快动心了：既然利息高，随时可取，还比银行风险小，表侄又在里面管事，何不把五万块钱放到那儿呢？胡月琴说，二小，我跟你叔也存了几万块钱。二小问，几万啊？胡月琴想了一下，说两三万。二小哦了一声。胡月琴问，要是存你们那儿行吧？二小说怎么不行，你把钱交给我啥都甭管了，啥时用钱给我打个电话就行。牛有田问，公司坑了我咋办呀？二小笑呵呵地回答，我赔我赔，这点钱连我一个月的工资也用不了。又对胡月琴说，你看俺叔连我都信不过，要是个火坑，我还往里推你们啊！胡月琴说，你三叔一辈子胆小，你还不知道啊。二小笑道，三婶子，这个社会撑死胆大的饿死胆小的，有多大胆发多大财。你们不知道干 P2P 的都发大财了，老总们豪车都四五辆，喝酒都喝陈年茅台！之后，胡月琴就背着儿子取出三万块交给表侄，由他把钱存进了"钱妈妈"。

　　存款的事当初没敢告诉儿子，这会儿告不告诉儿子，胡月琴心里很纠结。她想暂时还是不告诉儿子好。于是，忧心忡忡的她一天给表侄打七八次电话，但是打了三天一次也没有打通。这到底是咋啦，连手机都打不通啦？胡月琴不敢往好处想了。没有别的办法，只能让牛有田往他家里跑一趟了。跑了和尚跑不了庙，表侄的老婆孩子都在家里。牛有田去了，胡月琴在家里惴惴不安，坐也

不是，站也不是，一会儿从屋里到院里来，一会儿从院里到大街上瞧瞧。三万块啊，一分一厘攒下的三万块啊，一想到可能要不回来了，就疼得两腿发软，心里直哆嗦。

表侄家离西屯不过十里路，牛有田很快回来了。一听见街门响，胡月琴急忙从院里迎过去。他家里怎么说的？胡月琴急急地问。牛有田说，家里也不知道咋回事，手机也是打不通。不可能，他媳妇的电话哪能不接！胡月琴脱口而出。牛有田说，真的，侄媳妇当着我的面打他手机，就是没接。胡月琴惊诧得说不出话来，一颗孱弱的心被吊了起来，又被坠了下去，坠了下去又被吊了起来，就像荡起了秋千。他人哪？胡月琴声音颤抖。牛有田垂头丧气地回答，谁知道啊。胡月琴听了脑子里一片空白，她觉得脚底下在摇晃，赶紧一屁股蹲在了地上。牛有田吓坏了，慌忙蹲下来扶着她，问她怎么啦。胡月琴面无血色，有气无力地说，没事，没事。

表侄的失踪让他们毫无办法。手机打不通，人见不着，还能有什么办法？他们宁可被人从身上割块肉，也不愿损失三万块钱！牛有田愁眉苦脸，目光呆滞，变得丢三落四，糊糊涂涂，一天到晚跟没魂儿的样。胡月琴更是备受煎熬，无处诉说。钱是她掌管的，从银行里取钱也是牛有田用电动三轮拉着她去办的，催表侄把钱拿走，电话也是她打的。要说责任，还不全是她的责任！现在她急得像热锅上的蚂蚁，一天到晚在屋里院里乱转，不知自己要做什么，一副惶惶不可终日的样子。晚上，焦虑不堪的她失眠了，以泪洗面，刻骨铭心地想那三万块钱。三万块钱毁掉了她平静的生活，给她带来了巨大的痛苦。

牛有田忍着腹痛几乎天天去表侄家探听消息，但都是无功而返。每次回来，都对胡月琴重复一句话：还是那样儿！终于有一天回到家后，牛有田说有信儿了，有信儿了。胡月琴赶紧支起耳朵听他说。牛有田说，侄媳妇告诉我，二小跑了，没叫公安抓住。胡月琴一听这，立时泄了气。人不知跑哪儿去了，钱还是没希望啊！

<h2 style="text-align:center">十</h2>

牛有田心里一天比一天压抑，沉重，精神到了崩溃的边缘。不仅是钱，还有亲友间的相互信任，突然全完了。坑害他的不是外人，是自己的亲表侄儿。表侄说得那么好听，连胡月琴这个精明的有文化的婶子都信了。人啊，为什么变化这么大啊，为了钱都六亲不认啊？他在心里痛苦地喊道。侄子，你这么干是要了我的老命啊！他不明白为什么骗子越来越多，越来越胆大，早年养蜗牛养土鳖的，种药材种红豆杉的，后来搞传销拉人头的，装和尚道士的，现在推销化妆品的，卖保健品的，开诊所开医院的，想不到又出了坑储户的。他精神恍惚，

时常愣怔着，一副傻子模样。还有老伴儿也让他闹心，自从聚会之后老伴儿的电话多了，不定什么时候有人给她打电话。一接电话，愁眉苦脸的胡月琴脸色就变得好看了，有时还露出笑模样。牛有田一看她打电话就来气，恨不得把手机夺过来摔了！三万块钱没了，你还有心思接电话，跟没事似的！牛有田在心里怒吼道。

　　弯弯的月牙在东边升起来又在西边落下去了，满天星星闪烁着微弱的光芒。牛有田从二哥家出来，垂着头，弯着腰，郁闷得直想长啸几声。娘吃饭的时候，像数落小孩子一样数落了他一通，说他傻，伺候丈母娘比伺候亲娘都上心。哪有女婿这么伺候丈母娘的，也不怕人家笑话！二哥也斥责他，嫌他光是送口饭给娘吃，跟打发要饭的样。黑沉沉的夜幕下，他默默地走着，觉得自己的魂儿已经散了，没了，只是行尸走肉般活着。他怀念起小时候来，童年的时光，少年的时光，那时候他什么心也不用操，谁的事也不用管，虽然家里很穷，吃得不好，却过得最快乐，最开心！夏天里，放羊，拔草，逮知了，捉小鱼，野马似的到处乱跑，没人管没人拦，热了河里洗个澡，困了往树荫里一躺。六三年河里发大水，秋天河水落的时候，跟好哥们儿黑狗跑到河堤下的水洼里捉小鱼，弄得胳膊腿上都是泥，太阳一晒干巴巴的热乎乎的。那多自在，多痛快啊！……现在老了，反而光有愁苦没有快活了。伺候这个，伺候那个，伺候得不顺心了还挨熊挨骂。自己也老了，也想让人伺候了，到了饭点伸嘴就吃，吃饱了推碗就走，可是，谁伺候？再过一个月儿子一家三口就进城了，这个院子里只剩下两个老家伙了。岁数一年比一年大，人一年比一年老，往后谁来照顾你？想到这里，牛有田心里有种不寒而栗的感觉，感到往后的日子好可怕。

　　黑狗死了五年了。黑狗死的时候先在河里洗了澡，换上了一身干净衣裳，坐在西墙根的枣树底下一边烧纸钱，一边喝酒，喝敌敌畏，就这么醉醺醺地走了，等身上招蛆了才被人发现。这家伙媳妇死了以后自己过，占着一处院子，成天喝酒，买塑料桶装的酒，喝醉了就嘟囔活着没意思，活着没有死了好。现在好了，他什么活也不用干了，什么烦恼也没有了。牛有田蓦地羡慕起黑狗来了，感到自己活得还不如黑狗，比他还苦，还没意思。

　　不知不觉牛有田走进了院子。北屋里映出的灯光很微弱，照在地上像一张破碎的粉连纸。电视里的声音乱糟糟的。他看着北屋窗前那棵染着灯光的柿子树，一个念头突然跳出来：吊死在这棵树上多好。转念他便骂自己糊涂。要死也不能死在家里，让儿恨一辈子，让儿媳妇骂一辈子。牛有田进屋的时候，胡月琴正拿着手机跟人说话。她坐在马扎上，面带微笑。一定是跟她的老相好说话，不然脸色不会这么好看。

　　胡月琴挂了电话。谁打电话呀？牛有田问。胡月琴回答，还有谁，同学。

牛有田突然气恼地吼道：同学，同学，有本事跟同学过去！胡月琴的脸色刷地暗下来，我打个电话怎么啦，碍着你啦？胡月琴很生气地问。牛有田说，烦，我烦，快烦死啦！胡月琴气愤地问，你烦谁，烦我，是吧？牛有田回答不上来，坐到了椅子上。胡月琴说，等我死了，你就好过了，不烦了！牛有田软了，不敢吱声了，胡月琴也不理他了。过了一会儿，牛有田情不自禁地感慨道，活着真没意思。胡月琴说，活着没意思，你死去呀！又没人拽着你，拦着你！牛有田又不言语了。过了一会儿他右腹部疼起来。他使劲摁着那儿，脸色蜡黄，脸上大颗汗珠往下淌。胡月琴问，那儿又疼啦？牛有田嗯了一声。这几个月他疼得厉害了，次数频繁了，止疼片也不大管事了。胡月琴从桌子拿起自己天天吃的止疼片递给他。

牛有田吃了药片还是疼，他照旧使劲掐按着那儿的皮肉来减轻疼痛。胡月琴看着他那疼痛样儿，刚才的火气消散了，又怜悯起他来：明儿叫小涛拉你到县医院看看。牛有田摇摇头。

过了一点钟，牛有田疼得轻了，脱了背心裤衩子上了床，胡月琴也脱了衣服躺到了床上。电灯熄了，屋里一片黑暗。黑暗中胡月琴看一眼牛有田，闭上了眼睛。看见跟同学通电话，他吃醋了，气坏了，急咧咧地大发脾气。有本事跟同学过去，现在哪能啊，除非下辈子。但愿有下辈子。老天爷行行好，下辈子成全俺跟文生吧！牛有田睡不着，耳边老是响着老伴儿说过的话：活着没意思，你死去呀！又没人拽着你，拦着你！是呀，没人拦着你，儿子不拦你，儿媳妇不拦你，现在媳妇也不拦你，你啥时死都行。儿子大了，脑子好使，能挣钱，已经不需要你了。儿媳妇平时连个爹都懒得喊，你是死是活跟她没关系。胡月琴咋也不在乎你了，难道她不需要人伺候了吗？我若死了，谁伺候你？跟老相好的过去，人家会伺候你？门儿都没有！

早晨起来，胡月琴在院子里对小涛说，你能耽误一天带你爹去县医院看看吗？小涛问，怎么啦？胡月琴说，夜里肚子又疼了，现在一分钟也不能耽误。小涛很干脆地回答，过两天看吧。牛有田在一旁说，不用去城里，我到东屯诊所看看就行。胡月琴想，光是去东屯诊所，万一耽误了呢？

十一

三天后，牛有田的病在县医院确诊了：肝癌，大夫让住院，胡月琴和儿子躲到一边商量。儿子哭丧着脸说，这病咱看不起。胡月琴说，你爹俺俩还有两万。儿子说，两万够干么的，连一个星期也撑不下来。胡月琴问，那就眼看着你爹死啊？儿子说，他得的要命的病，我有什么办法！胡月琴见儿子不同意住院，自己也拿不定主意,最后还是让儿子拉着丈夫回了家。

在路上,牛有田问是什么病,胡月琴说炎症。是炎症都疼,不过牛有田从他们躲开他去一边嘀咕,从他们心事沉重的脸色上,从他们上了车都不言语上,看出了自己得的不是炎症,而是要命的治不起的病,霎时间,牛有田绝望了,他低下头,散乱无神的目光落在自己灰色的拖鞋和黑土色的脚趾上。要本事没本事,要钱没钱,又得了要命的病,成了家里的累赘,活着还有什么用,还有什么意思,他在心里气恼地说自己。村里人得了治不起的病,有的歪在床上等死,有的是自寻短见快死,死了一火化,活着的人就轻松,日子好过了,可他从没想到自己也会有这一天,会得要命的病。活着没意思,你死去呀!又没人拽着你,拦着你!胡月琴说得对,真该去那边找黑狗了;去了那边,就解脱了,轻松了,再也不用伺候娘和丈母娘了,也不用管胡月琴了。

这样的思维,让牛有田仿佛从黑暗中看到了一片光明。他突然发现了死的种种好处,觉得走得越快越好,多在人世上待一天就是多受一天罪,给老婆孩子多造一天孽。这天大半夜,他躺在床上都在琢磨怎么死,死之前还有哪些事需要做,直到想得满意了,觉得没有一点疏漏了才入睡。胡月琴同样睡不着,苦思冥想也想不出一个主意来。钱,钱,给牛有田治病需要钱,去哪儿弄钱,他们保命的五万块钱被钱妈妈公司坑了三万,儿子说两万块不够撑一星期的,吓死人!儿子买房子背了一屁股债,月月还贷款,他不向爹娘伸手就算孝顺了,哪敢向他张嘴。现在要住院治病,除了借钱没有别的办法。可是向谁借去,谁借给你,借了钱你拿什么还人家?如果这病治不好,那就是人财两空。胡月琴想了一遍又一遍,最后很无奈,又回到了原点上:牛有田不能住医院,只能在家熰着,熰到哪天算哪天。这就是命,生下来带着的命,没法改变的命,她对自己说。

第二天牛有田去了一趟表侄家。满面愁容的胡月琴不让他去,让他打个电话问问情况,他毫不理会,推起电动三轮车走了。到了表侄家,他坐都不坐,开门见山地对侄媳妇说,二小什么时候回来你跟他说,那三万钱是保命的钱,一分也不能少,我要是不在了,给他婶子。要是就这么灰了,我到了阴间也跟他没完!侄媳妇说,三叔,看你说的,只要他能办,还敢不想着你。牛有田拉下脸来,说我不管别的,只要他活着回来,进了家门就得想着还钱!你记着我的话,告诉他就行。侄媳妇应诺着,露出十分不悦的神色。

牛有田回来后就忙着给娘洗衣服。他想这是最后一次给娘洗衣服了,尽量多洗点,就把能洗的衣服都敛掇起来了。娘问,你一回拿这么多干嘛?牛有田说,你还嫌多?洗这一回,我再不给你洗了。娘说,你敢!牛有田想逗娘一句,没有想起话来。娘不知道他说的是实情,他要先走一步了,以后不再管她了,她

再也不能像数落小孩儿似的数落他了。他走的时候又看了看娘，娘皱纹纵横的脸跟榆树皮样，上面长着五六块老年斑。他盯着娘的脸看了几秒，突然伸出手摸了一下。摸娘的脸干嘛，憨小！牛有田朝娘强笑笑，没有说话。

吃晚饭的时候，牛有田照例给丈母娘送饭。丈母娘坐在椅子上吃饭，牛有田站在一旁看着。他的眼神不同以往，变得阴暗，呆滞，雾蒙蒙的，仿佛迷雾后面藏着什么东西。连他自己都受不了这种东西，神情紧张，手指也微微发颤。幸好丈母娘从不欣赏他这张冒傻气的脸，对脸色的变化毫不留意。在他眼里，面前的丈母娘是一个累赘，除掉这个累赘胡月琴往后就轻松了，什么负担都没了。不除掉这个累赘，往后的日子还是不好过，胡月琴的妹妹弟弟还会把她送来，那就不光连累胡月琴，还会连累儿子。跟胡月琴结婚三十多年来，他记不清挨了丈母娘多少责骂，她最瞧不起的女婿就是他，三十多年几乎没有喊过他的名字，总是憨三儿憨三儿的这么喊。虽然胡月琴也一直看不上他，自己也觉得配不上胡月琴，三十多年里胡月琴为这个家可是付出最多，没有她拼死拼活地干，没有她咬着牙硬撑，真没有现在这个家。最近牛有田尽管对她不满，说过伤她心的话，但内心深处对胡月琴还是很佩服很感激的。年轻时，胡月琴要模样有模样，要文化有文化，要头脑有头脑，精明强干，嫁给他这个大字不识村里人都看不起的庄稼汉，一过过了几十年，没有半点风言风语，单凭这点他就打心里感激胡月琴。现在，他从心里觉得几十年来亏待了胡月琴，欠她的，这辈子对不住她。自己这辈子报答不了胡月琴，除掉这个老不死的累赘，算是最后为她办了件好事。

你不吃饭去，老在这儿看我干么！丈母娘不满地说。牛有田说，等会儿我拿碗。丈母娘不理他了，继续埋头吃饭。牛有田看了看深棕色的木床，被子没有叠，床头上放着衣裳，乱腾腾的。枕巾在枕头上蛇皮般皱蜷着，露出了半个黑乎乎的枕头。丈母娘来了一直睡这张床。从老丈人一死，就开始轮流伺候丈母娘了，一家一个月。开始时，他对这事有意见，胡月琴也有意见，三个闺女都不同意，但是丈母娘向着儿，大闹着非要闺女们伺候不可，扬言谁不伺候就上她家门前喝敌敌畏去。最后，几家都没辙儿了，他和胡月琴只好带头去接她。村里去人不去地，添人不添地，他们老两口的地一直都是儿子种着，年年拿补贴。

牛有田把目光转向了丈母娘，看着她咀嚼得津津有味，脖颈的青筋一扯一扯的，顿时生出一种幸灾乐祸的心情。他买了一个炸鸡，撕下一个鸡腿给丈母娘。这是最后一顿饭，要让丈母娘吃好，到了阴间才不会怪他，骂他，告他。一个月一换地方，她活得好滋润，活上了瘾，还想再活五年活到九十。活这么大年纪干么，光是硌硬人，折腾人，闺女不能伺候你，赖着女婿，不顺心了还骂人。哼，老不死的,吃吧,吃吧,你吃了这顿甭吃了,阎王爷那儿吃去吧!

丈母娘吃饱了,一个鸡腿吃得干干净净,只剩下了骨头。牛有田问:吃饱啦?丈母娘说,吃饱了,拾掇走吧。牛有田说,上床吧?丈母娘说,再住一会儿。牛有田思忖一下,说早歇着。

吃饭时,牛有田心里紧张极了,手老是不由自主地颤抖,连筷子都拿不稳,幸好胡月琴视力不好,只顾了吃饭,没注意他。他怕胡月琴发现了他的心思,吃饭时一直低着头,不敢面对她,偶尔朝她瞥一眼。胡月琴还是那样慢慢地嚼着,脸上一点异样的神色也看不出来。他心慌意乱吃不下饭,胡乱扒拉几口就放下了筷子。

牛有田刷洗了锅碗勺筷以后默默坐到矮凳上。电风扇呼呼吹着,风一阵阵吹到脸上,他几乎没有感觉。胡月琴看电视,他想跟她多待一会儿,多看她一会儿。他们就这样默默坐着,一个看电视,一个看着看电视的人。老伴儿瘦骨嶙峋的背影、斑白的短发,忽然让他想起了她年轻时茂盛的黑发、美丽的身材,心里蓦地一阵激动。他在心里说,小琴,对不住你,今儿我要先走了,欠你的下辈子再还。钱都留给你,表侄回来那三万也会送来,够你花的啦。等孙女上了学,你就跟着儿子进城,到城里享几年福吧。

看完了电视,胡月琴睡下了。牛有田说我住一会儿睡。他坐在那里没有动。不一会儿,往事如雪片在脑海里纷纷闪过,有的清晰,有的模糊,而他一片也抓不住。他把头转向大木床。床上的胡月琴回脸朝里,只能看见后脑勺上乱糟糟的花白的头发。看了一会儿,他的眼泪渗出来了。他用手指擦擦眼,站了起来。这时,他很想去摸一下她光着的肩膀,或者摸一下她露着的脚,但犹豫了几秒,还是打消了这种欲念,往外走时仅是又看了她一眼。

北屋里灯熄灭了,一点动静都没有,整个院子淹没在一片昏暗和寂静中。东屋里的丈母娘也已睡着了。牛有田做贼般轻轻地推开屋门,蹑手蹑脚地朝里移步。黑暗中什么东西被他碰倒了。谁,憨三儿?丈母娘闭着眼问。除了女婿憨三儿,夜里没人到她屋里来。牛有田没有回答,猛扑到床边,朝她伸出了两只钳子般的大手。她刚说出一个"你"就被这双手掐住了,掐得说不出话来了。惊惧中,她两手乱抓,两腿乱蹬,拼命挣扎。牛有田咬住牙,狠狠掐着,积压已久的怨恨化作虎狼般的凶狠,差点就把这枯瘦的脖颈掐断。很快,丈母娘的手不动了,腿也蹬不动了,喘着粗气,瞪着眼睛,吐出了舌头。可他还是不敢松手,直到丈母娘一点呼吸都没有了还使劲掐着,仿佛稍微一松劲儿她就会反扑,把他打败。

从东屋出来,牛有田看一眼南屋窗户上微弱的灯光,慌慌张张地朝院外走

去。出了家门,他头昏脑涨,踉踉跄跄地一路狂奔,奔出村口,上了河堤。天上繁星闪烁,四周一片昏暗,堤坡上的草丛里传出惊心刺耳的虫鸣声。牛有田望着黑乎乎的原野,望着昏暗中闪亮的河水,舒了一大口气。他下意识地摸一下裤兜,里面空空的什么都没有了。随后,他下了堤坡,深一脚浅一脚地朝那里跑去。

原载《聊城文艺》2022 年夏季号

武俊岭

我要往南跑

二月的一天,天快擦黑的时候,明礼推着独轮车走进村子。车上装糖稀的两个铁桶,空了。虽然是大歉年,寿张城里的孩子仍然有钱买糖稀吃。铁桶空了的时候,明礼一高兴,买了三块烤地瓜。拿回家去,媳妇大香一块,小姨子二菊一块,自己一块。儿子大狗还不会吃饭,那就往他嘴里抹上那么一点地瓜心儿,稀甜稀甜的,一定能咽下去。三块烤地瓜放在一个小布袋里。小布袋拴在独轮车车笼子上。

明礼正想着宝贝儿子大狗呢,路边突然冒出一个声音:姐夫小姨子,半个腚锤子!

明礼扭头一看,原来是村里的二流子三闲,斜倚在一棵树上,委顿如蛇蜕。

明礼不理他,继续前行。

姐夫小姨子,半个腚锤子。这次,声音稍大起来。

明礼还是不理。

姐夫小姨子,半个腚锤子。这次,三闲用上了浑身力气,语气已是近于咒骂。

明礼放下车子,几步走到三闲面前。伸手,把三闲推倒在地。明礼质问,你胡咧咧什么?

三闲从地上爬起来,小声嘀咕,都说你与二菊有一腿。

放屁,谁说的?明礼发怒,右手一用力,又把三闲推倒。

三闲这下老实了。他不再爬起来,侧身躺着。他一天没吃饭了。

明礼取出一块烤地瓜,丢在三闲嘴边。明礼说,以后再敢胡说八道,我就撕烂你的嘴。

三闲连忙说,不敢了,不敢了,谢谢明礼哥!

明礼走进家门时,天差不多黑严了。

堂屋里,媳妇大香正在咣当咣当地织布。灶屋里,炊烟即将散尽,一股淡淡

的玉米糊糊的香味,让明礼十分受用。媳妇织布,能挣点钱;自己卖糖稀,也能挣点钱。等灾荒过去,积攒够二十块银圆,就可以帮着大舅子找一个媳妇了。二十块银圆,是明礼与大香成婚前,对岳母的承诺。

二菊从灶屋里出来,明眉亮眼,冲着明礼一笑,说,姐夫回来了,我刚做好饭。

大狗呢?

睡了,睡了半晌了。

二菊的语音刚落,西屋里传来大狗的哭声。

二菊连忙跑向西屋。

明礼把两只铁桶提到东屋里。东屋,是明礼制作糖稀的作坊,三大间。屋里堆着几百斤玉米。糖稀,就是用玉米熬制出来的。

明礼关好东屋门。

明礼把小布袋从车上解下,放进灶屋桌子上。这时,二菊已抱着大狗站在门前。

明礼把大狗从二菊手里接过来。明礼双手掐着大狗的腰,往上举一举。这样,大狗便笑起来。

一家人在灶屋里吃饭。玉米糊糊,地瓜窝头,萝卜咸菜。明礼把烤地瓜一掰两半,递给大香一半。大香不去接,却把手伸向另一半。明礼的手迟疑一下,递向二菊。

三人开始吃烤地瓜。

二菊一边自己吃,一边不忘往大狗嘴里放一点。不想,大狗不吃,使劲往大香身上扑。

大香说,二菊,你把他抱出去一会儿。我吃饱了再让他吃奶。

二菊听了,抱着大狗走出屋子。

明礼吃完,立即走进东屋忙活。他要在夜里轧制出二十斤糖稀,第二天好到寿张城里去卖。

大狗一口一口地在大香怀里吃奶。趁这个机会,二菊赶紧把饭吃下,把锅刷了出来。

大香把大狗交给二菊,随即到堂屋里。于是,咣当咣当的织布声又响起。二菊抱着大狗,在院子里、在西屋里,或走,或站,或坐。二菊坐着时,双手往上用劲、让大狗站在膝前。二菊知道,大狗先站牢稳了,才能慢慢地去学走路。二菊对大狗这个外甥,从心里疼爱。二菊还知道,娘让自己来到姐姐家帮着带大狗,是为了让姐夫、姐姐快挣钱、多挣钱。钱攒够了,好给瘸腿的哥哥找个媳妇。娘守寡多年,好不容易把一子二女拉扯大。两个女儿好说,虽然不是顶尖的美人，却也白白胖胖的。姐姐嫁给了会做糖稀的明礼，日子还算可以。自己，自己也得找一个会手艺的。木匠、铁匠，还是泥瓦匠呢？反正，自己要找的女婿，必须比姐夫强，才好。二菊脸红、脸热了，为自己的憧憬，为自己的想法。

大狗虽然白天里睡了一大觉，但小孩子觉多，在二菊嗷嗷睡倒倒、老猫来了咬耳朵的催眠声里，又睡着了。二菊把大狗放到床上，盖上被子。然后，二菊关上屋门，去东屋当姐夫的下手。

一盏明亮的汽灯悬在屋梁下。一口铁锅往外冒着浓郁、甘甜的白色水气。明礼于这样的光亮里、于这样的芬芳里，身手矫健地忙活着。他一会儿掀开锅盖，用大勺子搅拌锅里的糖稀；一会儿往一口大缸里放玉米面，加干净的清水；一会儿，他又往灶下续一点柴火。

二菊来了，坐在蒲墩上专门烧火。这样，明礼就腾出手来，不时查看锅里，确定停火的时间。

明礼忙这忙那，像一台不知疲倦的机器。忽然，明礼感觉两条热热的线绕在了他的脸上。他虽然知道这两条线来自哪里，还是忍不住要去验证一下。明礼的眼睛慌忙一转，看到了二菊的眼珠的盯视。

二菊，你睡觉去吧！

明礼忙完，已是下半夜了。他走进堂屋，大香刚刚从织布机上下来。大香用拳头一下一下地捶打腰眼，说，我今天腰有点疼。

明礼说，那赶快睡吧。明天别织到半夜了。

大香听了，叹一口气。

两口子躺在土炕上，不一会儿，发出或高或低的鼾声。

不知睡了多长时间，明礼让尿憋醒了。夜壶发出一阵独特的声音后，明礼身子哆嗦一下。重新躺在大香身边后，明礼来了激情。于是，于大香的沉睡状态里，明礼行动起来。大香醒了，很是生气，说，你这熊人，不知俺织布累得腰疼吗？

大香说完，身子一扭，右手一推。这样，明礼就从大香身上滚了下来。

事情半途而废，明礼很不舒服。他的小肚子胀鼓鼓的，比吃多了饭食还难受呢。从明礼的心底，升上来一丝对大香的不满。你累，我也累。再累，也得让丈夫累一累啊。半月二十天没有一次，熬渴得难受。

灾荒越来越厉害了。本村的、前后村的，往黄河南逃难的人成群结队。人们说，去年黄河南下了一场透雨，秋季收成可以，麦子也种上了。

明礼的糖稀越做越少了。寿张城里的孩子，拿零钱来买的少了。孩子们，开始用破鞋底、用头发来换糖稀。明礼卖完糖稀，还得到收破烂的地方，卖掉头发、鞋底。

这天，明礼没有去寿张城里，在家里收拾起玉米来。二菊，在旁边有一搭无一搭地帮着。大狗或坐或站在木头童车里，自己玩。

大香到三婶家经线去了。

明礼、二菊正忙着，大香回来，回来取线拐子。

明礼此时走进了院子里的阳光下。阳光下的明礼，衣扣上有一根头发。那头发十分特别：细细的，长长的，一大截是黑色的，黑如点漆；小半截是黄的，黄得那样温暖、那样暧昧。

这根头发，让大香看到了。大香立即知道，这头发是二菊的。

于是，大香暴怒了，留着长指甲的右手，伸向明礼的脸面，用力划了两下。大香喘着粗气，骂，卫明礼，你做得好事！

突如其来的疼痛让明礼目眦尽裂，正好，他的手里有一根短棍。于是，他扬了起来。

大香逼迫明礼，说，你打，你打，你不打你没爹！

哼！明礼把短棍一丢，往灶屋里喝水去了。

大香高声痛斥，卫明礼、陈二菊，你们老实点，别丢人现眼。老娘眼里揉不进沙子。说完，大香愤愤地拿起线拐子，走出家门。

看到明礼脸上的两道血印子往外溢着血滴，二菊的心一紧一紧的。姐姐也太狠了，仅凭一根头发在姐夫纽扣上，就怀疑姐夫与我有事，这不是冤枉人吗？姐姐，心眼也太小了。

二菊让明礼坐在一把板凳上。二菊从锅底掏出细灰，放在一张黄纸上。二菊把细灰用手捻细，一点一点地往明礼伤口上落。

明礼仰着脸，接受二菊的细心疗治。细灰落到伤口上，有一点微微的疼，像蚂蚁咬了一下似的。但是，二菊那白嫩的脸面，让明礼愿看。二菊那如兰的气息，让明礼愿闻。两根长长的头发拂过来，明礼的额头痒痒得舒服。明礼产生这样的想法，如果二菊与他永远这样，永远这样到三十岁、四十岁、五十岁，也是一件好事。与大香夫妻两年多了，怎么没有这样的想法呢。明礼，为自己有这样的想法而害怕。这算什么呢？二菊，是自己的小姨子。

二菊快要把灰洒完时，大香又回家了。这次，大香把怒火撒向二菊。大香一把扯住二菊的头发。一拉，差点没把二菊拉倒。大香劈头盖脸，把二菊打了一顿。大香骂道，你这个熊妮子，回家吧。大狗，不用你看了。

二菊哭着跑回家去。二菊见了母亲，哭声更高了。母亲劝了半天，才算止住。于是，在母亲的盘问下，二菊一五一十地诉说一遍。

母亲质问，你与你姐夫，没事吧？

没事！

没事就好。这样,白天里俺也要织布,天快黑时,我去明礼家说道说道。你们亲姊热妹,吵吵闹闹的,让人笑话。

母女两个说话间,二菊的哥哥一瘸一拐地走了进来。看一眼二菊,点点头,又走了出去,走进他的西屋里。

母亲小声说,你、你姐、你姐夫,还有我,都是为了你这个残疾哥哥。对了,你姐夫挣了多少银圆了?

二菊说,好像有七八块了。

母亲叹气,说,蒋村那家,少二十块不行。王庄那家,要十八块。

二菊听了,不说什么。

大狗睡下了。堂屋里,母亲威严地坐在八仙桌的右边椅子上,明礼、大香、二菊,坐在高蒲墩上。

母亲说话了,明礼,你上心做生意,一心为着你那个瘸腿哥哥,我这当丈母娘的谢谢你!

明礼说,大娘快别这样说!我娶大香前,说好要挣二十块银圆给您的。我说到做到。

母亲说,好好,我老陈家会记住你的好处的!

明礼听了,把头抬一抬,又低下去。

母亲说,大香,你不要疑神疑鬼,二菊是你的妹妹。你不信她,信谁呢?

大香反驳,说,她把头发弄到明礼扣子上了。

母亲说,这算啥呢,不算啥!

大香说,我看见,就忍不住生气了。

母亲说,这事,今天说开,就算过去了。

大香把头低下。

母亲说,二菊,你以后离你姐夫远着点。这样,你姐姐就不会打你了。

二菊委屈地哭起来,哽咽着说,俺姐姐就是一个神经病,冤枉好人。

大香一巴掌打在二菊肩膀上。

二菊哭着说,娘,你看她!

母亲着急了,哭出声来,说,大香,你这脾气得改改。不然,明礼没法与你一块过。

大香说,没法与我过,那就与别人过吧。

母亲说,你这憨妮子,想急死我吗?

此时,豆油灯花响了一下。明礼走过去,用一根针把灯花剔掉,把灯芯往上拨了拨。屋子里,一下子明亮了。

母亲、二菊的哭泣,慢慢地收住。

明礼说，大娘，你快别生气了。老天，不可能一直不下雨。年景，不可能一直坏下去。等我们熬过这一年，明年就有可能好转。

母亲说，明礼，俺就指望你了。俺娘俩织布，点灯熬油的，能挣几个钱？

转眼，到了三月。除了枣树叶子外，榆树、槐树、柳树、杨树叶子，都被人们吃光了。天旱，野菜好不容易拱出地面，就被人连根挖出，洗洗吃进肚里。

明礼的生意，越来越难做了。推着一桶糖稀出门，天昏黑时回来，还剩下半桶。明礼坐在东屋门限上，一坐半夜。明礼在寿张城里走街串巷，比村上人更知道旱灾的厉害。可以这样说，拿着钱，也很难买到粮食了。日本鬼子红了眼，天天派出征粮队去搜去抢。人们，把粮食藏在墙洞里、柴垛里、棺材里……照样被搜出来。

银圆的事，先不想。明礼担心的是，一家四口，还有岳母家两口，有一天会没有了粮食吃。

糖稀，不做了。把剩下的几百斤玉米，晒一晒，藏起来。日本鬼子还没有往村上来，以后就不敢说了。

这天下午，大香去三婶家院子里经线。二十多米长的院子，一边埋着一根柱子。一根铁丝，架在两根柱子上。铁丝上，固定着十几个铁圈。十几种不同颜色的棉线，从线拐上出来，穿过铁圈，到了大香的手里。大香一只手里拢着十几根棉线，胳膊甩动着，大步行走。东边柱子下，坐着三婶，脚前有几个木橛。西边柱子下，坐着四婶，脚前也有几个木橛。大香到东边，把一束线给三婶。三婶接过，绕到木橛上。大香到西边，把一束线给四婶。四婶接过，绕到木橛上。大香与三婶、四婶一边说话，一边唰唰来回走动。

三婶说，大香，你就是一个急燎脾气，干活却是利索。

大香听了，哈哈大笑。

四婶说，嫂嫂，大香这性格，明礼降不住她。

三婶听了，摆一摆右手，不说什么。

快黑天时，线经完了。这次经的，是三婶的线。大香、四婶，把经好的线帮助三婶装到织布机上，然后回家。

三婶送出大门，说，你们俩帮我干了半天活，连口热汤也没有喝。

大香说，停几天该经我的了，到时候我管饭吧。

大香走进大门，感觉院子里静静的。大狗，睡了。东屋里，灯光朦朦胧胧的。于是，她便悄悄地走近屋门。屋门虚掩，留有不到两寸的缝隙。大香凑近一看，灯影里，明礼背对屋门，上身倾斜在一个大笸箩上。二菊呢，腚撅着，上身隐在明礼的胸前。

大香感到全身的血液往头顶涌来。这算什么事呢，明礼怎么抱起二菊来了？大香猛然推开屋门，急步进屋。大香一边往前行走，一边从脑后的发卷上拔出簪子。

明礼、二菊听到门响，慌慌着站起。大香来到跟前，手中簪子用力刺向二菊脸面。二菊躲闪，簪子刺在肩膀上。二菊疼得哎呀一声，拔腿往屋外奔跑。二菊跑出屋门，跑出院门。

明礼狠狠地睔一眼大香，说，你，你怎么下这样的死手？

大香听了，手持簪子朝明礼刺来。明礼上身一晃躲过，飞跑出屋。

大香愤愤地大骂，跑吧，跑吧，真要有种，就别进这个家门。

明礼跑出胡同，止住脚步。二菊能跑到哪里去呢？千万别想不开，寻了短见。于是，明礼朝村中间的水井跑去。此时，月亮刚刚露脸，一弯月牙发出淡淡的光辉。明礼借着月光，往井里观看。井里没有二菊。

明礼往村子南边跑去。跑出村子，明礼往前极目，感觉有一个人影一点一点地前移。可能是二菊。于是，明礼呼喊，二菊，别跑！二菊，别跑！

喝一碗玉米粥的工夫，明礼追到了那个人影。不错，就是二菊。

明礼拉住二菊的手，说，二菊，别跑了，回家吧！

二菊一趔趄，身子靠一靠明礼。二菊用力挺挺身子，离开明礼远了一些。二菊说，我不回去，那不是我家！

明礼着急地问，你要往哪跑？

二菊说，往南，我要往南跑。

明礼木立在那里。

二菊也木立在那里。

忽然，明礼说，你在这里等着。我回去，把九块银圆交给三叔。让三叔交给我大娘。

二菊听了，点点头，坐在田埂上。

明礼返回家里。

堂屋里，大香大哭大闹，三婶好言相劝。堂屋门口，四婶抱着大狗，上下颠动，哄逗抚慰，说，大狗不哭，大狗不哭，你二姨停会就来了。

明礼听了，心里萌生一点犹豫：走过去，把大狗接过来。让三婶、四婶把二菊劝回家来。

我与二菊这妮子没完！堂屋里爆发出这样的一声。

就是这一声，让明礼轻轻走向东屋，从一个十分隐蔽的地方，取出平时积攒的银圆。

一共十一块。自己留下两块，剩下的九块，让三叔转给岳母吧。

衣袋里装着两块银圆的明礼，与二菊会合后，从麦子地里走出来，沿着村路

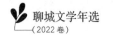
往南走去。村路上，浮土足有半尺。明礼搀扶着二菊，往前行走。

非只一日，明礼、二菊来到黄河边上。明礼看到，这一带的麦子高有二尺。再有二十多天，就能收割了。明礼的身上，还有一块银圆。他想找个小镇，有旅馆的小镇，把二菊安顿好。然后，他去给人家打短工、割麦子。

这天，两人走到一个叫桥北张的村子西边，累了，想找个地方休息一会儿。他们看到，村头有一座青砖的房子。于是，二人走了过去。

到了，青砖房子高大，房顶是人字形斜坡。房子前面，有几块高大的石碑。于是，二人坐在房子门前的石阶上，歇脚。

一只小狗低声叫着走来。小狗好奇地看着明礼、二菊，好像认识似的。

一个五十多岁的人走到跟前。

三言两语，明礼知道了来人五十多岁，姓张，名成。

张成呢，知道了明礼、二菊二人的关系，知道了他们是从北县逃过来的。看他们的形色，与一般难民并不一样。于是，一个主意，慢慢打定。

张成说，我们这个村子，名叫桥北张，从唐代就闻名天下。张公艺，是我们的老祖宗，做到了九世同居。皇帝来到村子里，赠绢百匹，予以表彰。我们村子里，没有出过土匪，没有出过小偷。你们两个要是相信我，就到我家落脚吧。老汉我无儿无女。

明礼看一眼二菊。明礼对着张成点了点头。

小狗摇着尾巴，头前带路，把明礼、二菊带进一个大院里。好家伙，这院子，有两排堂屋，八间东屋，八间西屋。

张成的夫人，四十多岁，慈眉善目，见到明礼、二菊，脸上立即笑成一朵莲花。

家里，有两个丫鬟，陪着夫人与二菊聊天。

明礼、二菊，在张成家里住下。

半个月后，麦子熟了。明礼帮助张成，督率短工，用了五六天的时间，把麦子碾压、扬净、晒干、收入粮囤。

张成看看天，说，要是老天能下一场透雨，就好了，好种玉米。

但是，十天过去，老天仍不下雨。这样，张成只好雇用十几个短工，套上水车，到黄河里拉水。忙活了七八天，把玉米种上。

这天，张成夫妻把明礼叫到跟前。张成笑模笑样，夫人眼里含笑。张成说，明礼，你到我张家一个多月了，感觉怎么样？

明礼说，张老爷宽厚仁慈，是个善人。

张成说，我与夫人膝下无子，想把你收为义子。你愿意不？

明礼听了，心里寻思，二菊，二菊怎么办？

于是，明礼说，张老爷，你怎么不把二菊收为义女呢？

张成笑笑，说，把你收成义子就行了。二菊，不能收为义女。

明礼想了想，冲张成夫妻磕头，说，明礼拜见父亲、母亲大人。

第二天，张成摆了两桌席面，请来亲戚朋友，搞了一个收子仪式。之后，明礼见到张成夫妻，便以爹、娘相称了。

二菊似乎看出一点什么，但她并不多问。见了张成，二菊便称张老爷；见了夫人，二菊就呼张夫人。

张成地里的玉米，拱出地皮后一直蔫蔫的。快要干死的时候，一场透雨让禾苗绿活过来、蓬勃向上。张成很高兴，见了谁都想说说话。

这天，张成夫妻悄悄对明礼说，明礼，把二菊娶了吧！

明礼说，这不好吧，她是我小姨子。

张成说，你俩一块跑出来，大香还会宽恕你吗？

明礼的头，低下去了。明礼说，爹，你让我想一想。

明礼从张成屋里走出，迎面遇见一个丫鬟陪着二菊，从后院袅袅走来。短短几个月的时间，什么活也不用干的二菊，出落成了大户人家的小姐。她身穿一袭拖地长裙，身子似乎比在北县时高出了半头。那头发，梳栊得高高的、式样新鲜。一张脸蛋，敷了淡淡的脂粉，白嫩馥郁。

丫鬟见明礼盯着二菊呆看，露齿一笑，走开。

姐夫，你有事吗？

明礼嘴张了几张，想说你以后别喊我姐夫了，但没有说出。

噢，没事，没事。明礼说完，慌忙走进自己的屋子。

看到明礼的后影，二菊的眼睛不由得欢笑起来。

夜里，明礼好不容易睡着了。他做了一个梦，一个让他脸热心跳的梦。

梦里，明礼用手拂起二菊的秀发，贴在脸上，凉丝丝的，感觉很好。明礼用牙齿轻轻咬噬二菊的发梢，就是嫩黄的那一截，就是引起大香醋意大发的那一截。二菊的发梢声音窈窈，美妙极了。明礼来了激情，有了拥抱二菊的强烈愿望。似乎是，明礼站在床下，二菊站在床上。床上的二菊变成了一个小孩，娇声说姐夫抱我。但是，就在明礼伸出双手去抱时，床上却没有了人影。明礼心里一急，大声呼喊，二菊，二菊！明礼醒了。明礼想，早饭后，对爹爹说，必须回老家一趟。

明礼随着北归的人流，沿着大路匆匆而行。他推着一个独轮车，车笼子左右各有一个布袋，一个布袋里有五十斤麦子。明礼与张成商量好了：如果大香能原谅的话，两个人还是夫妻；如果不原谅，就回来与二菊成亲。答应给岳母的二十块银圆，必须兑现。张成生怕明礼在路上缺了钱用，说，穷家富路，你带上二十块银圆。剩下九块，你自己花。

这天天快晌午时，明礼到了家门口。明礼见大门关得死死的，还上了锁。明礼心儿一缩，莫非……

对门三婶听到动静，走了出来。

三婶，大香她？

别提了，你与二菊走后，不出十天，大香就把三闲招到家里，两个人过起来。你大娘知道后，好一顿臭骂。你大娘看到米已成粥，就说干脆搬到娘家去吧，大小五口人一块吃饭，还能省点。

明礼说，那他们，把我熬糖稀的玉米，都拉走了？

三婶说，这还用问。

明礼的眼睛湿湿的，看着黑色的铁门鼻儿，心中茫然。

三婶说，别在门口站着了，快往家里来吧。

三叔在家，对明礼说，那九块银圆，我给你大娘了。

明礼从口袋里掏出十五块银圆，交给三叔，说，还得麻烦三叔，把银圆交到我大娘手里。多给的四块，是给我儿子的。还有，两袋麦子，给你一袋。另一袋，就劳累你老人家，送给我大娘吧。

这，我怎么好意思要你的麦子？

三叔，别见外，只管收下。

沉默一会儿，明礼说，侄儿往父母坟上拜一拜，就回黄河南了。

三叔说，停会回来吃饭。

明礼说，好的，三叔。

原载《山东文学》2022年第6期

夏 雨

回不去的故乡

一

2017年11月的一天,新疆南部的农场里,张守玺像往常一样,早早地推开房门,向着初升的朝阳伸了一下腰身,算是对新的一天打了一个招呼。

大黄狗"地毯"一边摇晃着毛茸茸的大尾巴,一边撒欢地蹿跳着,拴在它脖颈上的长长铁链,不断发出"哗啦哗啦"的声响。张守玺望了一眼黄狗,半亲昵半责怪地喊了一声:"地毯。"大黄狗闻声顿时安静下来。

洗漱完毕,张守玺把擦过脸的毛巾顺手搭晾在屋门口的枣树杈上。做早饭的工夫,MP3缓缓地唱响着他平时最喜欢听的一首歌——《故乡的思念》,这首由苏琪作词、李彦秋作曲、晓峰演唱的思乡曲,无论歌词还是旋律,都十分符合张守玺这位久居异乡人的心境。因此,每逢他一个人时,都会选择与这首歌为伴,"每当暮色苍茫的时光,总喜欢把那首老歌哼唱,让绵延的思绪,飞回久别的小村庄……"无论清晨还是黄昏,张守玺都会因为这首歌盈满泪光。

"二叔。"一声熟悉的呼唤,令沉浸在思乡之情里的张守玺愣了一下,他连忙抬起衣袖擦拭了一下眼角。"二叔,你这是又在想念老家啊!"张学军一边说着,一边抬手关掉了桌子上的MP3。"哦,哦。"张守玺支吾着,勉强挤出一丝被理解的笑意。

"军,你那么忙,怎么又大老远地跑过来了?"张守玺还是忍不住问了一句。"嗯,今天是个好日子,您不觉得吗?"张学军故作神秘地反问。"你这孩子,今天给你叔卖起关子来了。"深居新疆农场的小屋里,洋溢起叔侄俩暖暖的笑声。

"什么特殊日子,我的大侄子?"张守玺得不出答案,显出一副浑身不自在的样子,说笑着给张学军沏了一杯茉莉花茶,放在茶几上。

"二叔您今年多大岁数了？"这问话刚一出口，还没有等到张守玺回答，张学军即刻改口，"不对，不对，请问二叔大人，您老今年高寿啊？"张学军一贯打趣的样子把张守玺逗乐了。"这个，我还真没有细数过。"张守玺轻轻拍了一下脑门算作回应。"那么，今天是个什么日子，您总会知道吧？"张学军一边说着，一边转身出了房门。他走到院子里，打开新购买的越野车，从后备厢里抱出好大一束火红的玫瑰花。

"我的那个天呀，今天这太阳是从西边出来了吗，竟然会有人给我这个老头子送玫瑰花。"张守玺惊呼着嘴巴不知是笑呢，还是惊讶，半天合不拢。"数数吧，我的好二叔，一朵玫瑰一高龄，整整六十六朵，一朵不多，一朵不少。"张守玺顿了顿，默不作声地坐进沙发里。近旁刚沏好的那杯热茶升腾起热气，依依袅袅，迎合着弥漫开来的缕缕玫瑰花香，在初冬的小屋里蔓延开来。

张学军将玫瑰花递进张守玺的怀抱里。"生日快乐，二叔！"张守玺"嗯"了一声，将花束抱紧在怀中。

"时间过得好快啊！一晃四十年过去了，不知不觉中就成了一个六十多岁的老头子。"张守玺像是说给张学军听，又好像在自言自语。

茶水的热气在张守玺的眼前弥漫着。他凝缩着双眉，嗅闻着茶水里飘出的香气与玫瑰花香交织在一起的浓郁气息。这位饱经风霜的男人，渐渐地，渐渐地陷入了回忆……

二

1975 年的腊月，山东大地上的天气格外的寒冷。

张守玺搂着五岁的张学军，睡在东屋土炕上的被窝里。说是被窝，其实就是一个破旧不堪的羊皮大氅，和一条破了几个洞的半截褥子。如果灶前一烧火，半截褥子上被小孩子尿过的尿臊味儿便会即刻扑面而来。

自从妹妹出生，张学军就跟着他二叔一个被窝睡觉，说白了，寒冷的冬季就是他二叔每天晚上给他暖冰凉的屁股蛋子。

张学军有一个大他两岁的姐姐和一个小他一岁半的妹妹。他的父母和姐妹住堂屋，姐姐住里间屋，妹妹跟父母住在外屋，都是睡土炕。天寒地冻的时候，他们会在白天到河堤上捡些干柴回家，晚上借做晚饭时锅底下存留的火星引燃一把柴草，然后将燃起的柴草填进冷冷的炕洞里。如此，在那个连一根火柴都不舍得浪费的年代，单薄且磨蹭得发亮的炕席上，才可摸到一丝暖和的气息。

一天入夜，张守玺在东屋里一直没有入睡，二十四岁早已经到了怀有心事的年纪，他在想念他的心上人，也在思考如何向哥哥和嫂子开口谈提亲的事。已经是家徒四壁了，无论请媒人，还是去女方门上提亲，都需要花钱买点东西，这样的事情,总不能空着两手去吧。张守玺在暗夜里的土炕上,翻来覆去地考虑着……

　　张守玺喜欢的人叫薛冬梅,是同村最好的姑娘,她并不嫌弃张家贫穷,只要张守玺一拉她那双灵巧的小手,她立刻就会产生一种豁出去的勇气。然而,张守玺坚持要和哥嫂商量,许诺薛冬梅光明正大地把婚事订下来。

　　张守玺就这样漫无边际地想着,不知什么时候,迷迷糊糊地进入了梦乡,梦见了一支迎亲的队伍,敲锣打鼓的好长好长……

　　张守玺正做着美梦的时候,依稀感觉一只手发痒,他想挪动一下那只不住发痒的手,可是,又感觉那只手好像在被什么东西紧紧地按着。他突然产生了一个念头,不会是冬梅在亲吻我的手吧?一阵激动,让他猛地从梦境中惊醒。他下意识地伸手一摸,是小军的脑袋歪了过来,两只小手正牢牢地抱住他的左手面子啃呢。他实在被这满手的口水给逗乐了,小声嘟囔着:"这小子,还真以为炕头上能摸到猪蹄子呢!"说完这句话,他又依稀感觉到几分被穷困缠绕的酸楚,禁不住伸出双臂,将梦呓中尚在磨牙的小侄子轻轻搂进了怀里。

　　20世纪70年代初期,中国农村土地集体所有制遍布村村落落,集体主义的呐喊声此起彼伏,每家每户都在忙着挣工分,没有大型农业器械,田里也没有可供灌溉的机井,大多时候,靠天吃饭成为一种常态。麦收时节,大片大片的麦田里伫立着稀稀落落的金色麦株,小小的麦穗上只有十几颗籽粒,在六月的烈日下泛着金光。

　　尽管小麦长势不佳,但丝毫不影响人们对麦收的渴望。最热闹的,应该是那轰轰烈烈的麦收场景。打麦场上,老牛拉着笨重的木枷,木枷携带着沉重的石磙,木枷两侧的木轴镶嵌在石磙两端的凹槽里,老牛一往前走便发出"吱吱呀呀"刺耳的声音。一手牵着长长的缰绳,一手高扬着细梢皮鞭的饲养员,故作姿态地扯起嗓门大声吆喝着:嗯!驾!吁!喔!反复炫耀着赶牲畜的威严。薄薄一层麦秸被反复碾压过后,在正午的阳光下泛着粼粼的白光,为数不多的一层麦粒,被石磙拉扯着混在黄色的泥土中。

　　更夸张的则是老把式的扬场了,当饲养员赶着牲畜拖着石磙退去,围坐周遭的妇女们便蜂拥而上,手持着木杈,对着几乎拾捡不起来的麦秸一阵抖落,然后将麦秸堆放成"垛";哪里是什么垛啊,弯弯扭扭地摊在麦场的边沿。这时候,每个人都盯着夹杂有黄土的麦糠,准备再仔细翻找一遍。当人们呼啦啦地把最后这个环节完成,生产队偌大的场院中间,便堆起了一座"小山"。

　　当夏日傍晚的风送来一丝清凉,老把式将"盛满"麦粒的木锨往空中一抛,只见场院上空腾起一阵一阵的灰尘,四周顿时黄土飞扬。但即便如此,围观的群众依然对风儿筛落的麦子持有浓厚的兴趣,直到几个参与扬场的社员都累弯

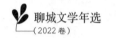
了腰，黄澄澄的麦粒才算被彻底清理出来。

生产队里紧急集合的铃声清脆地敲响了，社员们奔跑着一窝蜂地向场院里涌来，大家都瞪大了眼珠子，想看看今年小麦的收成。可恨的是生产队里那个长着四个铁轱辘的磅秤，几个大秤砣像和社员们唱对台戏似的，光见麦堆在逐渐变小，秤砣就是不肯抬头。就这样，在众人的注目礼下，大磅秤称了好半天，总算得出一个1077.6斤的数目。

生产队会计在反复计算过几遍之后，终于向大家公布了今年麦收的详细情况，偌大的场院里立刻鸦雀无声。大家心里也有一杆秤，张家集村第二生产队共计103户人家409口人，每人平均才几斤口粮啊？"麦子有数了，大家都散了吧。"队长薛文初故作镇定地高声说着，让社员们解散。

妇女主任伸长胳膊，从头上解下落满灰尘的毛巾，用力在身上弹了几下，苦笑着说："这老天爷整个春天净是干打雷不下雨，麦子长成这样，咱老百姓有什么办法呢？"随后大伙才一哄而散。

张守玺疼惜地把熟睡中的小军抱得更紧一些。唉，这孩子也跟着大人遭罪，吃不饱，喝不足，屁股上的肉比之前更少了。张守玺心疼地把学军的小手攥在自己的手心里。

"当当当"，门板传来几下轻轻的声响。"谁？"张守玺不由得发问。"老二，是我。"听到是哥哥的声音，张守玺刚刚提起的一颗心，才稍稍放了下来。

张守臣轻轻地推开东屋的房门，像鬼一样迈过那道高高的门槛，摸索着走到脏兮兮的土炕前，压低了声音说："老二，给你商量个事儿。"这种口吻虽然是张守臣对弟弟惯用的，标志着父母早亡后哥哥对弟弟的一份尊重，但在这个夜深人静的时刻，还是让张守玺不由产生了一丝惴惴不安。

虽然感到意外，张守玺还是顺口应和着："什么事？说吧，哥。"张守臣也跟着不自在起来，开始变得有些吞吞吐吐。"老二，这不快过年了吗？这不是睡不着吗？这不是……"张守臣还是没有办法说下去。"什么事？直说吧，哥，咱俩是亲兄弟。"得到了张守玺的鼓励，张守臣才有了往下说的勇气，在漆黑的夜色里，他告诉弟弟，又冷又饿难以入睡……

在夜色笼罩的小黑屋的土炕上，24岁的张守玺瞪大了眼珠子，他万万没有想到，自己一直敬畏的大哥正在暗暗地打着生产队仓库里小麦的主意。"老二，你知道我的力气和胆量都不如你，你不同意我一个人也干不了，这不是什么好事，但进了腊月门就快要过年了，你总不能眼瞅着咱一家六口人挨饿受冻，过不去这个年吧？"

张守玺默默地从土炕上坐起来，把那件破旧的羊皮大氅给小军盖了盖，然后跟在张守臣身后，两个人朝着漆黑的夜色走去。

小军胖了一些,在一天夜里还尿了炕,想必是那天晚饭的时候,小麦粥喝得太多了。

三

一天晚上,在村外的小路旁,冬梅收到了张守玺送来的一小袋麦粒。盛小麦的布袋,是张守玺的嫂子田喜从一件旧褂子上剪下的一只袖子改缝的。这个聪明的女人知道小叔子在与冬梅谈恋爱,特意把麦子装进布袋里,让张守玺在晚上人们不注意的时候,把冬梅喊出家门送给她。

冬梅又吃惊又欣喜,在那样粮食歉收的情况下,五斤麦粒即是一家人半个月的口粮。冬梅追问小麦的来历,张守玺只好按照田喜提前编好的瞎话说,自己的大伯张正师在省城当大官吃公粮,常常挂念着他们,恐怕他们一家挨饿,特意派司机给他们送来的。为了不让村里人看到,担心会对大伯产生不好的影响,因此司机一般都在晚上给他们送东西,来人也不进村,就把东西放在村北的桥底下,由张守玺趁天黑悄悄取回来。冬梅也猜不透张守玺这个说法是真是假。

夜幕降临了,小村庄的冬夜一般来得更早一些,张守玺在村外的小土屋里,怀揣着一颗突突直跳的心,等待着心上人的到来。

被爱情冲撞着的心灵永远都是无敌的,勇敢的,冬梅在父母睡下之后,悄悄地推开木栅栏门,在月色下快步走着。在月光笼罩的田野里,有她的心上人在静静地等候着呢。

彩云也有羞怯的时候,它悄悄地躲进更加深邃的夜海里。一轮皎洁的明月挂在安宁的天幕上,默默地守望着这个明亮的冬夜。

两颗年轻的心灵激烈地碰撞在一起,一个是以身相许,另一个是海誓山盟。张守玺用二十四岁炽烈的青春燃烧着一个姑娘的情感,袒露的光滑臂膀上,第一次留下了女人幸福又甜蜜的牙印。在那个明月当空的夜晚,爱情的魔法师将严冬里滚热的两颗心,好像装进了同一个人的身体里。

村中农舍里的公鸡伸直脖子,开始了黎明前的第一声啼叫。"我们该回家了。"冬梅喃喃地说着,心里是万般的不舍。"我会娶你的,我会尽快找人到你家提亲。"张守玺斩钉截铁地说。"好吧。哦,听我爹说,你大伯在济南军区是个大官,有条件贴补你家一些,也是应该的。"听冬梅这样说,张守玺的心顿时冷却下来。也只有他和哥哥知晓大伯一家的为人,即便饿晕了头的大哥去济南找过他两次,除了来来回回几个车票钱之外,南下干部出身的大伯硬是没有施舍过他们多余的物资和钱财。人活一张脸,树活一张皮,打那以后,张家集这家人算是与济南那边断绝了所有往来。

张守玺把冬梅送到她家的栅栏门前,用一双滚烫的大手轻抚着心上人含羞

又俊俏的面颊。冬梅眼皮下那两颗凸出又对称的黑痣，就像暗夜里的两个小偷，悄悄窃听着两个年轻人的甜言蜜语。

又是一个夜晚，小军在土炕上"腾腾"地放着响屁。张守玺拉了拉被他在睡梦中踢到一边的羊皮袄，喃喃自语着说："这小子，又是地瓜粥喝多了。"

想到这里，张守玺不禁"扑哧"一声笑出声来。"二叔，你刚才还是紧锁着眉头呢，这会儿你总算是笑了。"张学军也跟着开心地笑起来。

"军，你还记得光着屁股跟我睡土炕的情景吗？那时候你就是我的一个小尾巴，形影不离。"张学军竟然有几分得意，"可不嘛，那时候我刚刚记事儿，二叔最疼我了。"张学军给张守玺的茶杯里添加了一些热水，眯眯笑着露出两排整齐的白牙。

"我还听说，那时英俊帅气的二叔还谈过一场轰轰烈烈的恋爱呢。"听学军这么一说，张守玺刚刚阴转晴的脸庞，顿时又阴沉下来。张学军自知失言，瞅了瞅张守玺的面庞，赶紧转移话题，借故到车上去取东西。

这座坐落在新疆南部的私人农场，注册名为"秀云农场"，是用张学军的姐姐张秀云的名字命名的，为了感谢早早嫁到新疆为他们一家铺路的姐姐，张学军坚持用姐姐的名字为农场命名。农场占地总面积620公顷，也是他们一家人积少成多，通过二十多年的奋斗一点一点积累而来的。农场主要种植作物有棉花、枸杞和各类果树。农场内设有厂房、仓库、烘干车间和两个大型的农产品加工基地。农场还长期雇用了十来个工人，他们平时吃住在农场里，帮助打理场内的各种事务。

张学军负责联系进购和物资销售，张秀云负责采集和加工，农场的植物和生产则由张守玺全权代理。

张守玺是个明白人，他论直理，认为出门打工的人不容易，背井离乡出来图的是多挣几个钱。在农场打工吃住全包，能节省下不小一部分开销，秋后农活闲的时候，让大家带上辛劳钱，早早地返乡休息，这也是一般打工者的心愿。为此，入冬后很长一段时间，都是他一个人和大黄狗"地毯"，在距离库尔勒市六十公里的农场度过。

尽管张学军和他姐姐都劝说张守玺进城去住，农场留下几个人看守就可以了，可他就是不肯离开。张学军打趣地说："这些大型机械和厂房，给人家都不会有人要，更别说有人来偷东西了。再说，咱们来新疆几十年了，这里人的脾气都是知道的，他们一般不会拿外人的东西。"不管侄子侄女怎么劝说，张守玺这个倔强了多半辈子的人，硬是极少离开过。他已经习惯了这里的空气，习惯了这里的每一寸土地，这里的棉田和草木，这里来了又走了的打工人，以及这里的热闹与冷清。

每到秋季采棉季节，秀云农场是一片热闹非凡的景象，来自山东、河南、安徽三省的采棉大军，告别家乡结伴而来，为这一片辽阔的土地注入了活力和生机。这些说着不同方言的人们，目的只有一个，就是帮助农场采集棉花，赚取劳动报酬。一百多人被分别安排在男女宿舍里，光厨师就要雇十来个人，维修工、机械手、电工，各自分工明确。南腔北调的人们繁忙并快乐着。

曾有一位李姓的山东老乡，带了四十多个帮工来到农场，一下子就被这近万亩的土地震撼住了，一个劲儿地说，张守玺从张家集跑来新疆，摇身一变，居然搞大发了，成了腰缠万贯的大地主、大土豪，想必是张家祖坟上冒青烟了。这当然只是一句玩笑话，又有几个人真正了解张守玺兄弟二人，从山东逃亡出来的那些年，遭受的磨难和承受的罪孽呢。

面对一望无际，盛开着大朵大朵雪白棉花的田野，举目望去浩如云海，常常给初来乍到的人带来一种错觉，眼前的景象是不是天上落下了片片的白云？真让人如同置身于梦幻之中。

因为是多年不见的同乡，张守玺对这一行人倍加照顾，一有空就吩咐食堂做上几个好菜，请他们到自己的屋里喝上几盅小酒。当有人返乡时，他还会给每人多加上一两千块工钱，并托他们捎回各种新疆特产，给街坊四邻们分一分这些远道而来的东西，尝一尝秀云农场自己家种植烘干的葡萄干和红彤彤的新疆大枣。

这伙人得到了他的照顾和实惠，同时也传播了张家人在新疆混得不错的好口碑，张守玺再也不是当年逃出去的那个穷小子，他在新疆发大财了，他的侄子张学军拥有万亩农场和几个农产品加工基地，开着豪车，住着高楼。经采棉回来的人异口同声这么一说，村里人禁不住暗自感叹，张家人还真是因祸得福了呢。

张守玺跟随哥哥逃亡新疆的最初几年里，所遭受的那些常人难以想象的苦难，又有多少人知道呢？

四

"酒来了，酒来了。"张学军一边吆喝着，一边把两瓶上好的竹叶青和两只羊腿拎进了屋。"二叔，今天烤羊腿吧，我好好陪您喝两盅。"张学军一边收拾烤肉的灶具，一边对张守玺说，"去年我和几个朋友去山西游玩，半道上闻到一阵阵扑鼻的酒香，下车一打听才知道，是路遇了一家汾酒厂，我们嗅香而去，很快便找到了那家酒厂，还特意进行了实地参观，没想到，酒厂的规模好大呀！"说到酒，张学军有点儿眉飞色舞。

"有咱家的农场大吗？"张守玺自鸣得意地插了一句。张学军咧开嘴巴笑起来，"当然不如咱们的农场大，不过这里栽的是果树，种的是棉花，你猜人家酒厂基地里种的是啥？"张学军开始卖起了关子，"二叔，你知道吗？山西太原那地方是名酒竹叶青的主产地，也给我们这一趟带来了最大的收获。"他说着伸了一下脖颈，不由咽了一口唾沫，"这一去不要紧，那叫开眼呀，就甭提了！""咋了？看到什么稀奇古怪的名胜古迹了？"张守玺开玩笑地打趣着。"还真没有见识过呢！"张学军嘿嘿地笑着。"那就说说呗，你二叔我活了大半辈子，什么稀罕事没有听说过？"张守玺不以为然。"二叔，你见过在土里种葱的，种蒜的，你也见过在土里种棉花的，种枸杞的，可我保证你没有见过一种埋在土里的东西。"张学军继续卖着关子。"天底下什么好吃的不是土里种出来的？土地是万能之源嘛，没有土地种庄稼，人早就饿死了。"张守玺振振有词地说。"奇就奇在人家种的不是好吃的，而是好喝的。"张学军不禁提示了一句。"你说的是水对吧，军，水都是从井底下取出来的。"张守玺不以为然地回应，说到这里，他自己也呵呵地笑开了。"二叔，你这一笑可爱得年轻了好几岁。"叔侄二人一同开怀地大笑。

一阵阵炭火的烟雾升腾起来，烤炉上的羊腿发出"吱吱"的声响，屋内的空气里开始弥漫起烤肉的香味。大黄狗"地毯"一边呜呜地欢叫，一边甩着粗壮的尾巴，高昂着头颅，开始了它被刺激味蕾之后的骚动不安。"嗨，这家伙也想吃肉了。"张学军说着，从羊腿上割下一块肉，抛给了大黄狗。大黄狗纵身一跳，张开大嘴，一下子将羊肉叼在了嘴里，脖子上的铁链"稀里哗啦"地响着，扭转身趴到地下吃美餐去了。

烤炉里的炭火放着金光，映红了张学军干净而成熟的面庞。"差不多了吧，军？"张守玺就是个爱操心的人，他一边整着下酒菜，一边不忘提醒张学军。"很快就要好了，今天咱爷俩一人一只羊腿，一人一瓶竹叶青，什么赚钱呀，应酬呀，都给我歇歇吧。今天就是我二叔的专场，为您老人家庆祝六十六岁大寿，不醉不罢休。"说出这一番话，这个年近五十的男人，声音有了几分哽咽，眼睛泛起了泪光。

"军，你还没说游玩的时候，太原酒厂地下种的是吗来着。"张守玺还没有忘记打听。"呃呃，二叔，我把这茬给忘了。"张学军清了清嗓子，硬是把眼泪给咽了回去，"太原杏花岭这个名字好听吧？竹叶青就是在那里种出来的。"说到酒，说到竹叶青，张学军又来了兴致。"春天的那趟自驾游一同四辆车，一共十来个人，车辆一到杏花岭景区，香气扑面而来，起初都以为是杏花开了。可是三月初不是杏花盛开的时候，于是我们觅香而行，很快便找到了那家汾酒厂。真是酒香不怕巷子深哦！进入了厂区后，才知道什么叫作规模，那酒厂真是大了去了。到底有多大呢？"张学军停顿了一下，接着自问自答地往下说："一眼望不到边。只看见一排又一排青花瓷坛子，上面还贴着封条，上半截露在外面，下半截埋在土里。就这么一片又一片地种在了小树林里。更让人惊叹的是，这种酒的制作方式是我闻所未闻的。"张守玺咳嗽了一声，张学军连忙端来了茶水，双手恭敬地递到他面前，直言说："二叔，我不说不得劲儿。"张学军咧着大嘴瞅着他二叔，竟然有点不好意思起来。"说吧，说吧，把关于酒的见闻通通说个遍。"

"哦，那趟山西之行啊，进了酒厂一番参观，可真是值了。"张学军拍了一下大腿，"那酿酒车间啊，到处酒香四溢。特别是那些大酒罐，千吨位的数不胜数，全部设有直通酿酒车间的地下管道。还有收藏在仓库里，为全国各地的顾客代为保管存放的酒坛，上面写着存入年份日期，顾客的详细地址和姓名，并设有自取和代为邮寄两种方式。我当即购存了两百公斤，分装在两个大坛子里，到时候我们自取就是。要不我带着您先去看看？"张学军说得眉飞色舞。

"快看看羊腿烤煳了吗？说到酒就来劲儿。"张守玺的提醒还真让张学军闻到一股烤肉的焦煳味儿。"好嘞，这回可烤透了。"张学军拎着两条冒着热气的羊腿放上桌。

餐桌上几个伴酒菜已经备好。"羊腿加菜是五加一，正好是六六大顺啊，二叔。"张学军说着祝福话，把两把新疆弯刀放到盛羊腿的托盘里。"快拿走，快拿走。"张守玺打着手势示意张学军。"哦哦，我知道了，拿走拿走，咱是山东人，不用新疆人吃饭的餐具。"张学军拿掉那两把雪亮的短刀，顺手把羊腿放到案板上，用刀子分割成几块，重新端上了饭桌。

"这五十五度的竹叶青，是汾酒中的佼佼者，给我二叔斟满，您品一品怎么样？"张学军双手把酒杯递到张守玺面前。"我来尝一尝，真不赖呐，入口绵长，有点微苦。行，你小子识好货。"张守玺的眼睛眯成了一条缝。

"二叔呀，我平时忙生意，很少来这边陪您，您不怪我吧？"张学军一杯酒下肚，眼睛里又泛起了一层泪光。"你忙你的好了，农场有二叔嘛，平时人多着呢。就这段时间清静，没事，是我让他们提前回家了。这么多年下来，二叔已经习惯了。"张守玺又抿了一口酒，"嗯，这酒味道够足，色泽碧清，不愧武则天那句'酒中浮竹叶，杯上写芙蓉。'""二叔不仅懂酒，还会背诗。挺好，向您学习。"张学军不禁恭维起来。张守玺顺手指了指床边的酒箱子，"看到了吧，上面写着呢。呵呵呵，你二叔也爱这一口。"张守玺自鸣得意。

纯正的竹叶青喝进了肚子里，张学军的面庞有一点点发烫，他努力控制着情绪，最后还是忍不住发问了。"我有一个问题一直想不明白，今天鼓足勇气，想问一下二叔，您能如实告诉我吗？""你小子开着豪车，住着洋房，该不会惦记二叔存了多少钱吧？"张守玺试图用打岔转移话题。"不是，二叔，我是认真的。"张学军的面容有几分凝重。"那你就甭问了，无可奉告！"张守玺变得严

肃起来。"二叔,这个问题困扰了我很多年,今天我要搞个明白。"张学军认真的态度,让张守玺沉默起来。

"二叔,您这多半辈子孤身一人,有多少人劝您都不听,有多少好女子对您表示爱慕,您都不予理睬。您一米八的个子,人长得又帅,身边看上您的人有的是,您年轻不娶妻,老了不找伴,为了我们姐弟付出的太多太多了。除此之外,我今天想知道,还有其他的原因让您至今孑然一身吗?您一直一个人生活在人生路上,您有未解的心结吗?您侄子现在混得还算可以,我有能力帮助二叔去完成未了的心愿。希望我的一片真心能得到二叔的成全。"

张守玺定定地坐在那里,不知道如何回答和面对这突如其来的发问,他的手开始微微颤抖,脑海里来回翻腾着有关过往,有关家乡,有关人生路上所遇到的磕磕绊绊……

五

穷,作为不被人们欢迎的字眼,在20世纪70年代,尤其是在农村的土地上,是一个十分普遍的代名词。村集体,挣工分,只要生产队里那口破钟一响,社员们必须即刻丢下手中的事务,赶到村口集合。如果谁家比别人多出一块钱,这家人就会穿得好一点儿,反之,大多数人身上的衣服都会打着几块布丁。

尽管田喜是村里出了名的巧媳妇,张家的穷还是无法被掩盖,全家三个大人,三个孩子,穷困的日子逼得张守臣说服了未成家的弟弟,在夜深人静的时候,去偷生产队里的东西。虽然做贼心慌的同时,也给他们一家带来了一定的实惠,最起码当务之急能填饱肚皮,但像样的穿衣布料还是无处去弄,反正大家都一样,谁也甭笑话谁。

然而,这个偷也是个深不见底的魔窟,一旦开始了第一步就收不住脚,如果及时被人发现并敲响警钟,算是老天爷救了他们。好在食不果腹的年代,为了活命,偷一块地瓜,摸一穗玉米,也算不上什么大过。就拿给生产队割草这件事情来说,小孩子们放学以后,背起草篮子去村外割草,然后背到饲养场的大磅秤上称重,为的就是换取生产队的工分。那个时候,哪个孩子的草篮子底下不藏一两穗玉米,或者是带着泥巴的地瓜呢。假使村干部一声令下:"翻!"胆小的就主动拿出来上交,胆大一点儿就装作没听见,也就带回家去了。乡里乡亲的田里少了几穗玉米,少了几块地瓜,这也算不上什么偷盗。

可是,张守玺兄弟俩就另当别论了,今天晚上去集体仓库偷半袋小麦,明天半夜又下地掰半袋玉米,队里用来做粉条的上好地瓜干也不放过,一家人吃不完,就悄悄地送给冬梅,让她带回自己的家去,还编瞎话哄骗她说:是在济南当干部的大伯派司机周济他们的东西,为了不影响张正师这位南下干部的名声,才没有让村里人知道这件事。对于这番说辞,薛冬梅一家人也就信以为真了。

那段时间,张守玺就是薛冬梅家里的大救星。冬梅三个哥哥,其中两条光棍,她爹便一直暗地里打冬梅的主意,想用她给哥哥换一门亲。冬梅大哥已经成家,分家另过去了,老二老三都三十好几的人了,由于家里穷,连个提亲的都没有。好不容易盼来个换亲的媒人,一看冬梅眼皮底下那两颗凸出的黑痣,扭头就往回走去,一边走着还不忘撂下一句话:泪人痣不吉利。冬梅一听这话,反倒暗自高兴了好几天。

冬梅当然不傻,明白他爹的小算盘不会轻易改变。她曾在月亮底下和张守玺私订终身,也是对父亲拿她给哥哥换亲行为的一种反抗。她对张守玺以身相许,铁了心不做换亲陋习的牺牲品,决意要争取自由的婚姻。然而,她每次向父亲表明态度,都遭到极力的反对,等来的不是谩骂就是呵斥。她也曾满含热泪地跪下来,求母亲为自己向父亲说情,同时把张守玺赠送的粮食交给无米下锅的母亲,努力地讨好一家人。可是,令这个善良的农家女万万没有想到的是,张守玺却在偷窃的泥坑里越陷越深,已经离她越来越远了。

夜已经很深了,嫂子田喜在土炕上辗转难眠,她的每一分钟都用在竖耳聆听上。微弱的"沙沙"声让她一激灵从炕上坐起来,声音停下了,她才松出口气,原来是夜风吹动窗纸发出的声响。终于,她听到了推动房门的声音,虽然声音很轻,但在安静的夜色中却十分刺耳。她连忙从被窝里爬起来,摸索着迎到门口,拉住张守臣的衣服,小声说了一句:"你们可回来了!"

东屋的墙壁被灶烟熏得漆黑,一盏昏暗的煤油灯散发着荧荧的微光。田喜走进屋来,凑近睡在炕头的小军,试图查看一下儿子是否已经入睡。张学军磨着牙,正巧放了一个臭屁,田喜捂着鼻子忍住笑,转身离开了炕台。张守玺和张守臣对视了一下,先后坐下来。

"老二,你们以后可别这么干了,你还得娶媳妇呢,不是吗?这事万一被村里人发现了,不仅毁了你,我们全家都完了。"两个男人沉默不语,田喜接着说,"我最近老是做噩梦,提心吊胆地过日子,穷怕了是一回事,这样偷偷摸摸的日子,让我心里老打怵,这一天到晚有一万个不得劲儿。"说到这里,田喜倚在门板上,抹起了眼泪。"哭哭哭,就知道哭,哪一天饿死你,你就不知道害怕是什么滋味了。"张守臣抢白她说,"你知道四队里那头牛是怎么死的吗?"田喜止住了眼泪,屏住呼吸听张守臣往下说。"是饿死的,饿得只剩下一张干巴巴的牛皮,连骨头上都剩不了几两肉。"张守臣继续着他的发言,"集体的牲畜怎么说死就死了呢?它们不是庄稼人的祖宗吗?队里不是配有专门的饲养员一天到晚伺候着吗?唉,你说呀,怎么哑巴了呢?那些炒熟了的饲料哪里去了?社员们都捞不着的玉米黄豆留着喂牲畜,结果一头一头都活活地饿死了。也不动脑子想

一想，饲养员家里也有老有小，一大家子人要活命，不饿死那些哑巴牲畜，还能饿死谁呀！"张守臣一口气说完这段话，脸肌有几分发胀，血液也开始沸腾。

"还有我和老二往家里背粮食，那些精明的干部怎么不会发现呢？道理很简单，凡事能沾上边的都不会闲着，白天怕外人看见，就夜里去拿，谁也少不了。你伸手，他也伸手，拿来拿去，那些东西还有个屁数啊。"张守臣顿了顿，狠狠地撂下一句，"人家那是拿，可咱这叫偷。"说罢气冲冲地摔门而去。张守玺一言不吭地坐在那里，对于张守臣的一番话他又认同又无奈，也就表示不出什么。"你快睡吧，老二，天快亮了。"随即田喜也走出了东屋。

堂屋的土炕上，被窝里并没有多少暖意，一床单薄的棉被还是田喜出嫁时娘家的陪嫁。两口子都没有脱衣服，寒冷的冬天和衣而睡，可以免除暖凉被窝的麻烦，也是懒人抵御严寒的手段。田喜怀有心事，翻来覆去地难以成眠。她翻了一下身，脚不小心触碰到炕那头的一只手，张守臣一脚踢在她的后背上，恶狠狠地骂道："你这个熊娘们儿，真是吃饱了撑得没事干，整天想那些没用的，用鬼来吓唬自个儿，粮食大人小孩都吃了，变成了茅坑里的臭屎，有人找上你门来了吗？"张守臣骂骂咧咧一通后，见老婆不言语了，猛拉一下那床薄被子，蒙上头沉沉地睡去。

六

"当当当……"一阵清脆的敲铃声，迎着朝阳从高悬的树杈上传来。生产队长薛文初用力地拉扯着系在铁铃锤上的绳索，向社员们发出紧急集合的号令。薛文初见大家纷纷聚拢过来，便松开手扯的长绳，任由那根在时光里不知晃悠了多少年的绳子，在寒冷的晨风里摇摆。

张守玺跌跌撞撞地来到街上，他擦了一把睡意朦胧的双眼，看着那条绳子竟然变成了两根，在晨风中来回地摇晃。莫非偷东西的事情被发现了不成？他又用手揉了揉眼睛，一阵没有睡醒的困顿顷刻笼罩了全身。他是个明白人，害怕有人发现了他的窘相，赶忙转身离开了黑压压的人群。

"你快去当街看看，怎么又集合啦？听听动静赶紧回来告诉我一声。"张守臣一边吩咐田喜去街上打探，一边拉过被子，在土炕上重新闭上眼睛。月黑风高的晚上，去生产队偷东西的场景，像放电影一样，一遍一遍，一幕一幕地在他的脑海中回放。那种不便打量不敢吭声的做贼心理，让他们哥俩只能在黑夜里瞪大着一双眼，实在看不清了，他们学会了闭上眼睛在夜色里摸索，也不清楚手里摸到的究竟是什么。有一次，他摸到一团软绵绵的东西，一时猜不出是何物，盗贼的贪欲让他舍不得放弃，带回家凑到灯下一看，这哥俩的鼻子都快气歪了，原来竟然是一团油灯芯子。那一团像蛔虫一样的白色灯芯，他们家一直都没有用完。

　　田喜小跑着从外头回来，张守臣一个骨碌从炕上爬起来，面带惊慌地问："快说，咋啦？""老黑牛快死了，正往外倒气呢。"田喜抚摸着胸口，一边平复着心情，一边向张守臣汇报情况。张守臣一个侧身又躺回炕上，"他娘的大惊小怪，我当文初他娘死了呢。"张守臣对薛文初从来都没有好气，因为人家比他有威信，这个生产队长没有让他当成，张守臣便一直耿耿于怀，处处与人家唱反调。"人家不是有个好亲戚吗？又有文化。"田喜为薛文初打抱不平。"他有文化，你咋不跟他过去呢？跟着我过着提心吊胆的日子干什么？"张守臣带有一股子醋味的话，反倒把田喜逗乐了。"我这辈子连个当生产队长夫人的命都没有。"说完"咯咯"地笑起来。

　　村口的饲养院里挤满了围观的社员。这是一排坐北朝南的牛棚，宽敞的棚屋里除了几只笨重的石槽外，就是牛马的屎尿了。一间隔开的房屋，门口挂着"闲人免进"的牌子，那是饲养员的专属场所。一口直径一米六的大铁锅，是专门给牲畜炒饲料用的。大土炕不断地冒着热气，光滑的凉席上铺着饲养员老黄的被盖。那时，生产队就像伺候祖宗一样，一天到晚有人守护着那些牲畜，十来个被绳索磨得发光的拴马桩，错落有致地钉在冬季干冷的泥地上。

　　奄奄一息的老黑牛大睁着双眼，直直地伸着四个干巴巴的蹄子，侧躺在冰冷的尿泥地上。它张着嘴巴，圆圆的鼻孔里喷着热气，耷拉着的大舌头上冒出热气，方方正正的牙齿暴露在清晨的阳光里。

　　人群十分安静，村民的目光充满着无比的怜悯。老牛快要死了，鼓胀的大肚皮里面是一套滚热的牛杂碎，除此之外是四条木棍一样的瘦腿，脖颈下面是耷拉在地上的一摊薄薄的牛皮。老牛瞪着一双大眼，死死地盯着人群的一角，不知道它会怎样看待这一群围观的人？也许它会想，有人在惦记它的那套内脏，除了皮下的那些内容以外，这个拉磨耕田一辈子的功臣，还剩下什么呢？

　　人群中有人忍不住抽泣起来。薛文初的老母亲望着就要断气的老黑牛。老黑牛那双无助地瞪着这个世界的大眼，白眼球上透出殷红的血色，一副可怜兮兮的样子，让人群中的一些人感到很不舒服。有人悄无声息地散去了，老牛面前的空气慢慢静止下来。

　　老黑牛死去了。饲养场里那口用来炒牲畜饲料的大铁锅里，一阵一阵地翻腾着滚滚的沸浪。牲口棚以外的院子里，大人小孩子们端着瓷碗铝盆，有说有笑地在等候一场分吃牛肉的盛宴。

　　饲养员老黄用力推动了一下炒饲料用的大铲子，一团热气顿时淹没了他伸出去的胳膊。"咕嘟嘟，咕嘟嘟，"偌大的饲料锅里发出牛骨头在沸水中翻腾的声响。老黄不住地往炉膛里添加劈柴，红红的火光映在他黝黑的面庞上，有几

滴液体从他红得发烫的面颊上滚落下来,他伸出脏兮兮的袖子,悄悄地抹了一下。天知道那是汗水,还是一个饲养员为他的老伙计流下的最后眼泪。

陈家老三从饲养场里分回一只牛腿骨,他把那只顶着一点点牛肉的牛腿放在灶屋的风箱上。他父亲轻轻地叹一口气,摇着头离开了灶屋。冬梅的母亲用那把几年都没有碰过肉的菜刀,用力地将附在大白骨上的牛肉剔到一只饭碗里。纵然剔光了整条白骨,牛肉才刚刚盖过半碗的样子。

吃饭的时候,除了老三吃了那些牛肉之外,冬梅和她父母谁都没有碰一下那只碗。想到为生产队拉犁拖车出了一辈子力的老黑牛,最后瘦弱得连眼皮都眨不动,别说吃它的肉了,就是想一想,也让人没了胃口。

十五的月亮升起来了,月光照在村外的旷野上,稀稀拉拉的麦垄无精打采地躺在朦胧的夜色里。村外的菜园小屋里,有人在小声地说话:"那老牛真是可怜,干了一辈子力气活,最后整个二队的人分吃它的肉。"冬梅依偎在张守玺的怀抱里,小声地向他倾诉着。张守玺那颗年轻且充满活力的心脏,怦怦欢快地跳动着。他说不出话来,整个人的感知精神,都被怀里这个女人无尽的温柔占据了。

成年人的世界就是这样,当青春碰上爱情,就像溪水中的鱼儿,欢快地追逐游弋着,很容易成为爱情的俘虏。

张守玺解开衣扣脱下棉袄,铺在早已暖热的柴草上,然后轻轻地将冬梅放倒在铺展的棉衣上……月亮钻进了云层里,几颗星星眨巴着眼睛,默默地守望着张家集的冬夜。两行眼泪悄悄地从冬梅的眼角滑落,流过她眼睑下的黑痣,抵达她的嘴边。这眼泪不光是女人沉浸在幸福时刻里的喜悦,更多的是她对人生未来的迷茫和担忧,万一怀上了孩子怎么办?冬梅被惊吓得一个激灵坐了起来。终于,她眼泪横流泣不成声。良久,冬梅哽咽着说出了埋在心头很久的一句话:"你带我走吧!"张守玺无助地回应:"往哪里走?出了这个村子,我们举目无亲。""不,不对,去省城找你大伯,让他为我们安排一个工作。"冬梅说到这里,把刚刚压在心头上的愁云变成了一份如同梦呓般的欢喜。

听冬梅提到大伯,张守玺那颗刚刚如火如荼的心,一下子凉了半截。尽管冬梅不知道大伯张正师的冷酷无情,张守玺还是故作镇定地告诉她,等下次大伯的司机再来送东西时,他会让司机给大伯带个口信,把他们的意愿说给他。冬梅张开双臂环绕着张守玺的腰身,心底泛上一丝对美好明天的无限憧憬。"天不早了,我们回吧。"张守玺一边说着,站起身抚摸着冬梅的一只胳膊,将沉浸在美好幻想中的冬梅轻轻地拉了起来。他弯腰捡起草堆上的棉袄甩了甩,钻出了低矮的菜园小屋。

菜园小屋是用半截的砖头砌成的,屋顶上几根胳膊粗细的横木托着一层排列有序的玉米秸秆。说是看园的小屋，实际上是生产队用来吓唬人的，以防偷集体的蔬菜。队里虽然专门派了人看着，但平时并不守在这里，待到蔬菜收割的时候，管理员会将收割的蔬菜在这里称一称，然后按人均分到每家每户。

张守玺揽着冬梅的肩膀，一同走在回村的小路上，一双黑色的影子投射在清凉的路面上，身后留下两行像梦幻一样的脚印。张守玺把冬梅送到她家的栅栏门前。临别时，冬梅难舍难分地踮起脚尖，轻轻地在张守玺的面颊上吻了一下，才蹑手蹑脚地进了家门。

回到家来，张守玺借着东屋煤油灯的光亮，看到张守臣正坐在土炕上等他，小军偎在爸爸的近旁，在睡梦中露出天真的笑容。

"哥，你还没睡呢？"张守玺小心翼翼地发问。"嗯，等你呢，老二这样偷偷摸摸的处对象也不是个长远之计啊。"张守玺轻轻地叹了一口气，"那咋办？冬梅他爹挺犟的，托人说媒恐怕也白搭。"张守玺无奈地嘟囔着。

七

翻江倒海的回忆，让张守玺的面庞一阵红一阵白。张学军见叔叔的面色不好，站起身从衣架上取了一件外套，轻轻地披在张守玺的肩头，拎起暖瓶又往茶杯里添注了一些热水。

"二叔，我平时只顾生意，农场的事挺多的，多亏您在这里吃，在这里住，寸步不离地操劳。二叔，您辛苦了，侄子敬您一杯酒。"张学军说完，以先干为敬的礼节，一仰脖子，将半杯黄酒咽进了肚里。

张守玺慢慢回过神来，端起酒杯抿了一口："这酒品起来有点微苦，口味却很醇香。平时我自己也喝点儿，酒可以催眠，还有保健的作用。武则天那两句诗，就是我在竹叶青酒盒子上看到的，已经记不清了，不过我问过会计小李武则天那两句诗的来历。年轻人都会使用电脑，一会儿工夫，人家就把武则天的诗句打印在一张纸上，好像放在我床头橱子的抽屉里了，军，你去找找，看能找到吗？"张守玺夹了一口菜，咀嚼着说，"你看这多好的生活呀，吃啥有啥，好东西多了去了。"张守玺一边品着香甜的美酒，一边又补充了一句，"只要你有钱。这个说法很关键。"说罢，嘿嘿地笑了两声。

张学军拉开床头柜的抽屉，小心地翻找出一张叠得整整齐齐的打印纸。"是它么，二叔？"学军问道。"嗯。"张守玺脸上露出几分得意之色，在心里悄悄地想，谁都不会料到我这大字识不了一箩筐的老头子，还知道武则天写的诗呢。

张学军并不纳闷，他二叔独自管理万亩庄园这么多年，靠的是什么呢？不就是勤于思考和不断学习吗？这一首小小的古诗又算得了什么呢。他这样想着，把折叠着的打印纸展开来，无意中一张女人的二寸彩色照片从纸张中滑落

到地板砖上。女人有一张笑盈盈的脸庞，漆黑垂直的头发搭在肩头，学军觉得有些面熟，只是一下子想不起在哪里见过。他偷偷地窥视了张守玺一眼，对于这张照片的意外出现，张守玺并没有特别的反应，等咽下口中的食物，他清了清嗓子，不慌不忙地喝了一口热茶。

张学军弯下腰，默不作声地把照片捡起来，往靠近张守玺的位置推了推。"先说诗，后说照片。"张守玺自嘲地说，脸上露出不打自招的神情。

张学军将那张打印着古诗的纸张展开，只见上面写着：《游九龙潭》，唐·武则天：山窗游玉女，涧户对琼峰。岩顶翔双凤，潭心倒九龙。酒中浮竹叶，杯上写芙蓉。故验家山赏，惟有风入松。诗行中有几处用铅笔画着大大的圆圈，张学军明白，用圆圈做标记的字，二叔肯定是不认识。当然，他并没有暗自笑话二叔的意思，反而对他勤学好问的认真态度肃然起敬。

张学军只读完了初中，便跟着母亲带着妹妹，从山东迁来了新疆。由于当时各种条件不具备，他没有选择在新疆继续读书，而是在二叔和姐姐的带领下，开始了拓荒创业的艰难历程。他的文化程度虽然不高，可是对于武则天这首"游九龙潭"，还是能够看懂大致的意思。也许是遇到了可以助酒兴的诗句，他竟然放开嗓门大声念了一遍，然后感叹地说："酒中浮竹叶，杯上写芙蓉。用这两句诗概括竹叶青酒，真是恰当得很呢。不过，我觉着咱们老家景阳冈的广告词更好，'好酒透瓶，做人透明'，真是太有说服力了。""这竹叶青既透明又透瓶，还有不一般的个性，我喜欢。"张守玺也不示弱，来了个补充加说明。说罢，他举起酒杯一饮而尽。待他把酒杯放下，张学军立即毕恭毕敬地给他斟满。张学军的脸庞泛起了一缕红光，清澈透明的竹叶青酒在桌面上释放出淡淡的幽香。

"如果我父亲还活着，看到我们今天的幸福生活，那该有多好呀！"张学军燃上一支雪莲·岁月香烟，透过一圈圈缭绕着的烟雾，向二叔说出了多年来想说却又一直没有机会说出的一句话。

"唉"，张守玺长长地叹了一口气，"人生不可以重来，如果能够的话，让我们重新做出选择，你爸爸和我一定不会选择来距离老家七千多里的新疆。在这个人生地不熟的地方，能走到今天可是不容易啊！你知道我们当年在这里，过的是什么样的日子吗？"张守玺深深地吸了一口烟，沉重的思绪跟随着鼻孔呼出的烟雾一起萦绕。

张守玺缓缓地将香烟夹在两指之间，张学军在他面前安静地坐着。张守玺把红棕色的烟嘴叼在口中，眼睛静静地瞅着蓝色的烟雾。他伸出一只胳膊，从桌面上拿起那张照片，照片的主人好像在回应他似的，朝他露出了甜甜的笑意。张守玺将照片捧在手里，然后又翻转过来，上面的"贺冬梅"三个字，又让这位六十多岁男人的心为之一动。

八

那是秋天里最好的时光，一轮大大的夕阳照耀着新疆南部田野。这片自由而辽阔的土地上，到处都是一望无际的棉田，清新的空气里弥漫着棉花将要开放的甜润。这是张守玺最为自豪的时刻。他在这里打拼劳作了四十年，从给别人做帮工开始，生活的艰辛和远离家乡的孤苦一直埋藏在他的内心。可他怀揣着不灭的希望，也抱有吃苦耐劳的精神，执意要通过自己的努力挽回曾经失去的尊严。他肯吃苦，不惧累，怕的却是山东老家人的笑话，因偷盗而逃亡的人，搞不好不仅一事无成，到头来落个身败名裂的下场，也是大多数逃亡人的宿命。张守玺内心一直有一个想法，咬紧牙关也要把侄子侄女带大，在替哥哥完成心愿的同时，自己也混出个人样来，不让家乡的人笑话。这成了压在他心底多年的最大夙愿。

张守玺在田野间的小路上走着，看见每一颗肥硕的棉桃，好像都在朝他点头致敬，他的脸上便露出胜利者的微笑。一群蚊子哼着小曲，向着他迎面飞来，他忙用手挥舞着，不至于让蚊子飞入眼睛和鼻孔里。好容易突破蚊虫阵营的围困，张守玺点燃了一支香烟，烟雾袅袅地一路散去。"新疆蚊子大如牛"，他抽着雪莲牌香烟，山东老乡留下的那句调侃的话，又在他的耳畔响起。

采棉大军陆续到达了农场聚集地，炊事员已经支起两口大锅，为今年的棉花采收做好了准备工作。为了迎接采棉大军的到来，农场给集体宿舍置办的被褥进行了统一晾晒。新疆这个地方最不缺的就是棉花，崭新的被褥干净而温暖。太阳作为农作物最要好的朋友，在棉花收获的季节整天开怀地笑着。

秀云农场坐落在新疆南部地区，位于库尔勒市西南 120 里处，拥有近万亩面积的土地，除了种植枸杞、葡萄和一些果树外，主要农作物便是棉花，约占整个农场的 89%，实际种植面积 8300 余亩。一般的种植和管理工作，都由长期雇工或机械综合完成。但棉花收获季节，使用机械采摘还不是很成熟，常常会让雪白的棉花粘连一些杂草，使棉花的质量打上折扣，所以，手摘棉更受商家的欢迎。为了保证棉花更高的质量和纯度，每年的八月份，采棉大军便会源源不断地涌入新疆棉区，对这片黄土地上的棉花进行大规模采摘。采棉队伍一般都是由老雇工联系人员并带队前来，全程往返的车费由农场报销，劳动期间包吃包住，所得的报酬由采摘棉花的重量决定，记工的标准便是摆放在田间地头的一台又一台的电子秤。

张守玺从棉田回到住处时，电工正在采棉工宿舍里维修电路。为了确保雇工人员的用电安全，在打工者尚未入住之前，农场便提前做着所有线路的检查。

"老张，我回来了。"进城采购生活用品的炊事员，高声向张守玺打着招呼。"货物置办得怎么样？"张守玺一边询问着，一边来到那辆白色的货车前，看到各种食材错落有序地摆放在车厢里。"辛苦了，老胡。"他满意地点点头，迈着轻松的步子回屋去了。

明亮的灯光下，MP3依旧播放着《故乡的思念》：每当夜色苍茫时，总喜欢把那首老歌哼唱，让绵延的思绪，飞回久别的小村庄……

采棉的队伍终于到来了。人们纷纷从去火车站迎接的车辆上跳下来，其中不少是过去的熟客，对新疆这边并不陌生，尤其是对秀云农场，更有一种久别重逢的亲切。但对于经过了长途跋涉，第一次到达这里的人来说，还是会有一点小小的不适应，特别对一眼看不到边的棉田，既有无边无际的茫然感，也会感觉到远离闹市的宁静与辽远。

农场偌大的院落里，由于一百多人的同时出现，一下子变得热闹非凡起来，南腔北调的人们嚷叫着，如同一个活跃的集贸市场。在工作人员的指引和帮助下，采棉工们纷纷将行李从车上搬下来，放置到分给自己的宿舍里，算是有了一个安稳的落脚点。所谓行李也十分简单，不过是一些换洗的衣物和平时常用的日杂品。由于包吃包住，这一趟长途旅行大家携带的物品并不多。

早饭的序幕拉开后，很明显各自同行的人围拢在一起，一桌六个大菜，两个汤品，馒头和米饭随便吃。为了照顾不同省份人的饮食习惯，秀云农场置备了不同风格的食物，真正体现了"家"的味道和温馨。

由于吃饭占用了嘴巴，食堂里暂时安静下来。这时，一位矮个子中年男人走到大家中间，清了清嗓子，打破了气氛的宁静。"不影响大家吃饭哈，你们吃着听我说几句话。"男人一口山东口音，听得出他极力操纵自己的舌头，想说出能让大家都能听懂的普通话，可他努力尝试了几次，还是没能很好地如愿。于是，他干脆还是讲起了家乡话："朋友们，老乡们，我是秀云农场采棉队的队长，我姓卢，大家就叫我老卢好了。我长话短说，大家大老远从家乡赶到这里，目的只有一个，就是挣钱。今年咱们农场的棉花长势不错，丰收在即！大家来到这里，聚到一起，我们就是一家人。该吃的时候吃，该喝的时候喝，该干的时候就干。别怕累，别喊腰疼，多挣些钱带回去好不好？"老卢的话音一落，曾经来过的工友们便回应一个"好"字。人们撂下吃饱的饭碗，顾不上长途跋涉的劳顿，便乘上刚才接站的汽车，去到指定的棉田，开始了一天繁忙又紧张的采收工作。

贺冬梅作为采棉队伍中的一员，对这次远离家乡之行有说不出的感受，说是为了逃避自己好吃懒做的丈夫吧，对从未出过远门的她来说，还是对家里充满了无尽的牵挂。两个刚考上高中的双胞胎女儿，仅一年的学费住宿费就是八千多元。丈夫一直认为，两个闺女够吃够喝就行了，他不但不愿意出门打工，还整天找碴打骂妻子。贺冬梅是个性格开朗的人，但还是想不通，什么时代了，女孩怎么了？难道女孩子就没有念书获取知识的权利吗？她同丈夫一次又一次地讲道理，也曾带着两个孩子回过娘家，甚至产生了与丈夫离婚的念头。然而，每想到重组家庭的各种困难，她就打消了这个让家庭四分五裂的想法，宁肯自己吃苦受累，只要两个女儿能念上书，也便守住着这个家。所以，这个要强的女人，在她并不幸福的婚姻里支撑着。当然，婚姻除去带给了她苦痛之外，一双争气的女儿也让她感到了欣慰，从念书开始，两个孩子不是第一名就是第二名，到初中时仍然保持全年级数一数二的好成绩，这让贺冬梅别提多么自豪。

贺冬梅性格开朗，待人和善，对事情也很有自己的主见，生活中不仅爱干净，而且非常勤快，是一个除了被丈夫欺负，走到哪里都能自带光芒的女人。对于这次远行，因为从安徽老家就得知，来新疆拾棉可以挣到不少钱，便动员丈夫和她一起出来，三番五次地开导他说，拾棉花这活，不用什么技术，只要弯弯腰就行，有两把手便能挣到钱。她还许诺丈夫说，干快干慢都由他，不想干时就歇歇，另外不是还有她照顾着嘛，不管怎么说，两个人两双手总比一个人挣得多吧。可不管贺冬梅苦口婆心把好话说尽，仅只换回了一句话："要去你去，我不拦着，你别管我，也甭打我的主意，我哪里都不去，让我外出打工连门都没有。"贺冬梅蒙着被子哭了半天，随后便打起精神，叮嘱两个十六岁的女儿相互照顾，好好学习，一个人跟随同乡来到了遥远的秀云农场。

浩瀚的棉田一望无垠，令这个异乡人暗自升起一股羡慕之情，拥有这么多土地，还有数不清的机械和农具，这真是比过去的大地主还要富有啊！随即，开通的贺冬梅又想，人家这偌大的家业，肯定不会是大风刮来的，必定是吃过了千辛万苦，积少成多长年累月积攒下来的。

虽然跑几千里路来新疆采棉的人，都是田间地头的一把好手，可是一旦在一起劳动，尤其是通过同一种劳动方式获取利益，大家内心暗藏的那股不甘落后的劲头，也就很快流露出来。仅一天工夫，采集的棉花一称重，大家的距离就拉开了。拾棉花换来的可是真金白银啊，一公斤一块九毛钱的收入，这份劳动所得还是具有很大吸引力的。虽然是累了点儿，但看到一张张印着毛主席头像的大团结，大家还是乐得合不拢嘴。

劳累了一天的人们拖着疲惫的身体回到住处时，拿筷子的力气都没有了，好不容易吃饱饭躺下，十个被棉花硬壳扎得血肉模糊的手指疼痛难忍。可累归累，痛归痛，加上火车上没有休息好的困顿，大家还是都沉沉地睡去了。

"冬梅，冬梅，今天可别忘了戴手套。"吃罢早饭上工时，有个老乡用安徽口音善意地提醒冬梅。张守玺听到"冬梅"两个字，不由得停下了脚步。他吃惊地立在那里，用目光极力地寻找，寻找那个被称作"冬梅"的女人。

晨曦中，那个来自安徽的女人头上戴着一顶宽大的花边遮阳帽，说是遮阳帽，其实是为了抵御新疆蚊虫的叮咬而戴的面罩。张守玺看不清戴着遮阳帽女人的面容，不过能看清她曼妙的身材，以及她背着的单肩挎包，那个有点褪色的帆布包，透着过往岁月的痕迹。贺冬梅正跟随着拿有一双大手套的同伴快步朝附近的车辆走去。"冬梅，呃！呃！她竟然也叫冬梅？"张守玺禁不住喃喃自语。

殊不知，这一声喃喃的自语，竟然被一旁收拾碗筷的炊事员耿帆听到了，这个生性多疑并对张守玺抱有好感的女人，心里开始犯嘀咕，莫非他们认识？或者有过什么瓜葛？

打工的日子总是忙碌的，舍家撇业远赴新疆采棉，总给这些来自其他省份的人们蒙上一层多劳动多拿钱的心理压力，好像唯有这样，他们才配得上暂时离开家乡的生活，好像唯有拼命挣钱才可以不枉此行。也就是这种心理才成就了一批又一批采棉农民的发财梦，让他们忘记了旅途的颠簸，忘记了离别的烦恼，忘记了家中的琐事，忘记了一天天劳作的辛苦，把自己投身于无边无际的白色的海洋里，一次一次用被荆刺划破的双手去摘取那团膨松而柔软的棉絮，然后又一团团将其塞入腰间牢系着的棉包里。尽管如此，他们却乐此不疲，因为能够享受到劳动带来的快乐！当一座座白色的"雪山"耸立起来，不仅土地的拥有者感到自豪，每一位劳动参与者的脸上也会洋溢出丰收的喜悦。

贺冬梅是个勤快的人，每天按部就班早出晚归。她早就听老乡说过，新疆的蚊子又大又猛，嗜血成性。为此，她也做了充分的准备，面罩、手套、加厚的衣裤，该有的都有了，但还是受到了秋后蚊虫猛烈的攻击。像蜂鸟一般大的蚊子，不断袭击着她身体的薄弱部位，脚面和手腕最先被蚊虫叮咬，尽管她把准备好的花露水和风油精频繁地涂抹在鞋面和手套上，但是，穷凶极恶的蚊子还是不肯放过她。冬梅很清楚自己的情况，每到夏天她都会非常难过，因为经常被蚊虫叮咬，她极少穿短裤和裙子。不知道什么原因，在众多人中，蚊子会专门欺负她一个。为此，她曾到医院做过血型检查，想弄明白自己是什么血型，蚊子为什么这样厚爱自己。当她向大夫说明化验血型的目的时，坐在电脑前的大夫"扑哧"一声乐了，耐心地告诉她说，遭遇蚊虫的攻击是普遍现象，与血型没有直接的关系，与人体散发的气味等因素相关，也和一个人的饮食习惯有一定联系，比如甜味和香味，另外二氧化碳释放比较多的人，也容易遭受蚊虫的攻击。既然容易被蚊子叮咬与血型无关，那平时多注意一些就是了。尽管如此，每到夏季，她身上还是难以避免地被蚊子叮咬并留下痕迹。

新疆西部的秋天，原野上的蚊子更加猖獗，它们像一群群被敌化过的吸血鬼，在少有动物出没的广袤田野上，劳动的人们便成为它们唯一的攻击对象。

刚到农场的第三天,冬梅便不出所料地被叮咬得遍体鳞伤。她不断地抓挠着被蚊子咬过的部位,不抓挠还好一些,那种越挠越痒的烦恼搞得她苦不堪言。她脚面上已经被挠出了血肉,一块一块的血渍透过袜子渗出来,被风干后粘连在她的肌肉上,每走一步都疼痛难忍。数不清的蚊虫团团围困着她,挪一步跟一步,"嗡嗡"叫得让人心烦。

好几次,冬梅实在忍不住,干脆在黄沙地上一屁股坐下来,脱掉鞋子,把粘连着皮肉的袜子扯掉,鲜血止不住地往外渗,痛得她有几分抓狂,眼泪不争气地流出来。她开始想家,想念家中一对双胞胎女儿,她们的乖巧懂事,她们的欢声笑语,都历历在目地出现在脑海里。也正是这两个争气又上进的孩子才让冬梅得到了一丝宽慰,才使她下定决心在这新疆的土地上劳作下去。

傍晚收工的时候,冬梅等候着采来的棉花称重,当会计在记工本上登记完今天的劳动成绩,她才爬上开往住处的皮卡车。她的脚已经不再痒了,而是变成了单纯的疼痛,隔着袜子涌出来的也不再是殷红的血液,而是不断渗出的脓水。

皮卡车在田间小路上颠簸,冬梅依稀觉着鞋子里的一双脚在发热发胀,她用力搬起一条腿,忍不住呻吟了一声。"咋了?崴了脚脖子不成?"同伴一边关切地询问,一边打量着她的脚,"这不是肿了吗?怎么回事儿?"同伴有几分心疼,也有几分惊讶。冬梅"唉"了一声,并没有隐瞒被蚊子咬后抓破皮肉的情况。"这下可有点麻烦了",同伴担忧地向她指出,"可别忘了,你的手由于拾捡棉花不干净,没有清洗的话,隔着衣服抓挠一下问题不大,可如果抓破了皮肤,很容易就会感染的。这下怕是麻烦了,看你的脸色都变了。"同伴的经验之谈,不由得让冬梅的心一沉。

抵达住处时,天色已经昏暗下来,冬梅被同伴搀扶着从皮卡车上下来,一双脚几乎要把布鞋撑破了。

匆匆吃过晚饭,劳动了一天的男女们各自回到自己的宿舍,来不及拉上几句家常,便疲惫地进入了梦乡。冬梅却睡不着,一双脚又痛又热,还伴有阵阵难言的灼热感。她从背包里找到两粒药吞下去,之后才慢慢合上眼睛……

在睡梦中,冬梅看到自己踩上了一堆火,她的布鞋被烧着了,慌乱中连忙蹲下身去解鞋带,试图摆脱已经着火的那双鞋,可是无论她怎么努力,系成死结的鞋带都解不开。她想到一个破釜沉舟的办法,便径直去脱鞋子,手上一用劲,一阵被撕扯皮肉的疼痛将她从睡梦中疼醒过来。她伸出手去,下意识地摸了一把睡梦中将要脱掉鞋的那只脚,觉到袜子已经褪下了脚踝。她轻轻地翻了身,不知什么时候,她又一次被疲惫拖入了梦乡……

这一次,冬梅梦到自己一瘸一拐地走进一条陌生的巷子,一条耷拉着脑袋、

吐露着血红长舌头的大黑狗，紧紧地尾随着她。冬梅感到十分恐惧，想逃进巷子里的住家躲避。可是，这条巷子里每家每户的院门都关闭着，让她绝望得无处可逃。突然，大黑狗狂吠着向她扑来，她发出一声惊呼，又从噩梦中惊醒过来。冬梅的心扑通扑通地狂跳着，感觉右侧的脚面疼得更加厉害了。她又伸手摸了摸，感觉还是有一些发烫。她小心地翻转身子，把那只发烫的脚伸到棉被外面。

好容易熬到了天亮，同伴们都起床洗漱，准备吃早饭后到田里干活，冬梅却依旧躺在那里，浑身感到不适和乏力。她不想下床，也没有一点食欲。

同伴来到她的床边，伸手在她额头上试探着摸一下，"你发热了。"说着从行李箱里取出一支水银体温计，轻轻地放进她的腋窝下。一丝凉意顿时刺激了冬梅，让她轻呼了一声。体温计从她腋下拿出来时，细长的水银柱已经飙升到三十九度的刻痕上。冬梅生病了。

同行的几位老乡都关切地围过来，有人还为她端来了温开水。"别管我了，你们去干活吧，我这是感冒了，休息一天，明天就会好的。"冬梅友好地催促她们去棉田里做工。可几个人你看我，我看你，就是不肯挪动脚步。这令冬梅很是感动，也有些不安。"大家的心意我领了"，她语重心长地开导她们说，"咱们大老远跑来新疆不容易，少劳动一天，就损失好几百块呢。我只是生了点小毛病，吃上药休息一天，明天就能继续上工的，你们就放宽心吧。"在她的一再坚持下，老乡们才不放心地离开了。

九

农场住所的堂屋里，张守玺把雪莲软包装香烟的烟蒂按灭在烟灰缸里。"出来打工的人不容易呀"，他皱紧眉头感叹着说，"尤其是女人，千里迢迢并且是舍家撇业，靠着起早贪黑一朵一朵地拾棉花，辛勤劳作两个多月，挣那几个辛苦钱，回到家后，还不知有多少事情等着这几个钱打理呢。"

张学军点燃一支雪莲·岁月香烟，径直向他递过去。"二叔，你品品这个。""我还是抽简装的吧，你那一盒能买二叔这样的四盒呢。"张守玺向侄子做了一个让他自己抽的手势。张学军没有再递让，而是把红棕色的烟嘴含在自己嘴里。"二叔，你是否听说过抽根雪莲·岁月，感觉时光匆匆又匆匆，犹如一阵风的说法？"张学军的话语间流露出几分对岁月流逝的感慨。"先别这样，没听人家说过吗？近河不可枉用水，靠山不可枉烧柴，节省才是经营的根本呢。"张守玺借着抽烟这件事，不失时机地批评侄子不懂节俭的行为。"嗯，这道理我懂，二叔。"张学军点头回应他说。

"我刚才说到哪里了？你这一根烟递过来打了我的岔。"张守玺的谈话又来了兴致。"谈到那个叫冬梅的女工生病了，说人家大老远来拾棉花，挣点钱不容易。"张学军笑嘻嘻地想听下文。"对,人家真的不容易,这个你二叔见得多了。你小子整天在城里忙着做生意,这里的人和事你听说过多少呀?"张守玺极少对侄子用这样的口吻讲话,也的确是像今天这样叔侄二人面对面长谈的机会并不多。这时,张学军的手机响了。"张总,今天北京两位老客户来了,还带来了几个朋友,刚才在烘干车间转了转,现在他们要去黑枸杞种植基地看一看,实地落实一下咱们的种植面积。"分管接待的部门经理在向张学军汇报工作。"好,你先陪他们转一转,中午安排在天鹅湖大酒店就餐,就让他们住天鹅湖酒店吧,我现在有事,走不开。"张学军吩咐着。

"你看你那些事儿吧,一会儿不见就有人找。"张守玺不放心地说。"事情多,说明咱买卖兴隆。"张学军嘿嘿地笑着。"请问咱家大公子,咱们多大的家业?还有,今年的土地使用税交上了吗?"张学军回答道:"放心吧,二叔,早就交上了。这可是个大钱啊,哪能忘了呢。土地始终是国家的,咱们只是纳税户兼使用者罢啦。"听学军这么说,张守玺放心地点了点头。张学军也知道二叔在批评他骄傲的情绪,接着说:"二叔,有时我也会产生自满思想,不过大多时候我不会骄傲,因为我在外界接触的人多,基本知道大千世界里有钱人多如牛毛。""孩子,你没有吃过大亏,也没有受过时间的拷问,你知道在外漂泊两手空空的那种感受吗?就像远离家乡,坐上火车来新疆采棉的人们,除了知道干活外,他们连一件一百块钱以上的衣服都舍不得买。"张守玺语重心长地说。

竹叶青在酒杯里泛出缕缕的醇香,张守玺抿了一口,夹起一粒红彤彤的油炸花生米填进嘴里,思绪再一次在他的脑海中蔓延……

"老张,老张",炊事员耿帆一边呼喊着一边向张守玺的房屋跑来,"一个叫冬梅的女工生病了,在发高烧,情况不是很好,我担心她在这里人生地不熟的,病情如果加重了,那可不好办了。"这个河南女人用爱慕的眼光注视着张守玺那张干净的脸庞。张守玺根本不理睬耿帆示好的眼神,一听"冬梅"两个字,他的心却猛地绷紧了,二话没说,便跟着耿帆来到了女工宿舍门前。张守玺有个习惯,在有人住的情况下一般不会进入女工宿舍,这不仅表现出一位男士对女人的尊重,同时也体现了一位农场主应该具备的素养。

"冬梅,冬梅,你醒醒。不吃东西光躺着病也好不了啊,不如我陪着你,让老张开车去镇上看看大夫吧。"耿帆立在冬梅的床前说着。冬梅微微睁开了眼睛。"我发热了,脚也肿起来了,好像去不了。"冬梅如实相告。"没关系,我陪你一起去医院。"耿帆说着,便从床上扶起她来。冬梅支撑着身子,一阵晕眩携带着想吐的感觉涌上胸口,让她不好意思起来。"没事儿,我来扶着你。"耿帆热情的施助,让冬梅得到了安慰和鼓励,她抬起腿,看到自己肿得像发面馒头的双脚,不由心头一颤。"哦!"耿帆一看也吃了一惊。

耿帆搀扶着冬梅从宿舍里出来，一缕朝阳正洒在冬梅的脸庞上。张守玺呆呆地看着她，身体不由得一阵战栗，冬梅眼皮下那两颗对称又圆润的黑痣，令他简直不敢相信自己的眼睛，世上竟有这样巧合的事情吗？薛冬梅、贺冬梅，两个女人虽然姓氏不一样，但是名字相同，尤其眼皮底下的两颗黑痣，无论位置和大小，居然出奇地一致。如果说单单名字相同也没有什么大惊小怪，中国的地盘太大了，叫冬梅的女子少说也有万人之多，但两个名字相同又长有两颗一样的黑痣的人，却就太不可思议了，这让张守玺实在难以理解。

"我们快去医院吧。"耿帆见张守玺站在门口发呆，忍不住催促他说，张守玺这才从惊愕中回过神来。

老式的长安越野汽车在开往丝路小镇的道路上颠簸着，田野间的砂石路高低不平颠得让人生厌，冬梅眼皮底下那两颗珍珠一样的黑痣，时不时地在张守玺眼前晃动。这可真是太怪了，山东和安徽可是两省之隔啊，这两个女子模样虽然不太一样，可是眼睛出奇地相似，不仅又黑又大，而且清澈和明亮，特别是那两颗黑痣，一时竟让张守玺的神情有些恍惚。

道路渐渐变得平坦和宽阔起来，来往的车辆和行人也明显增多。丝路小镇作为西部大开发的一项重要举措，在国家投资和政策引领下，和其他配套项目一起，让新疆的环境建设得到了前所未有的推进和改观，这是新疆人的骄傲，也是全民奔小康的体现。冬梅是头一次来到这里，被疼痛和发热纠缠着的她，尽管连脖子都不想抬，可还是被车窗外小镇良好的面貌所吸引，不由得瞪大了眼睛，她看到车窗外穿着民族服饰的少数民族同胞，以及过往的繁忙车辆，处处都透射着民族团结和日益繁荣的景象。

耿帆作为陪同者，虽然不太清楚贺冬梅的情况，却对张守玺的个人问题有所了解。身为农场主管的张守玺不仅精明能干，且十分富有，但不知何故却孑然一身，从来没有属于自己的另一半。耿帆来新疆打工已经几个年头，丈夫早年过世，孩子也相继成家，五十出头的她仍然对婚姻怀有某种渴望，丈夫离去的遗憾，让她对身边这个男人抱有好感，并有所期待。很多时候，她都在想，要是能和张守玺结为伴侣，那自己的晚年该有多么幸福啊！但让她没有想到的是，无论她如何示好，张守玺就是视而不见，始终对她无动于衷，这让耿帆又气又恼，在心里不止一次地狠狠地骂着："老东西，老娘比你小十几岁呢，却愣是入不了你的眼，这到底是为什么呢？"耿帆哪里知道张守玺深重的内心世界呢。

终于，汽车在丝路小镇的卫生院门前停下来。给冬梅看病的是一位年轻的维吾尔族医生，他讲着一口标准的普通话，一看就知道是念过大学的文化人。医生对冬梅稍作询问后，把一支体温计递给她，待测过体温后，医生为她开了需要检查的单子。根据检查的结果，医生很快得出结论：由于外部感染造成的循环系统紊乱，无大碍，药物干预治疗即可。三颗悬着的心这才稍稍放下来。

　　这一刻，冬梅思绪万千，想起家中一双可爱的孩子，想起那个不尽如人意的丈夫，百般的愁绪涌上她的心头，两行不争气的眼泪夺眶而出，向着下眼睑的两颗黑痣无声地滑落。张守玺看着冬梅的眼泪，一阵久违的疼痛感顿时袭击了他的内心。此刻，他觉得自己是那么疼惜眼前这位女子，多年平静如水的心湖开始荡起了层层的涟漪，他多想抬起手来，为她轻轻擦拭悬垂在黑痣上的眼泪，或者去为她捋顺一下鬓边秀美的黑发……

十

　　"军，你说这世上怎么会有这么巧的事情呀？"张守玺长长地叹了一口气，心中荡起无尽的感慨。"继续往下说，二叔。"张学军鼓励并期待着。

　　张守玺捧着手中的照片，专注地端详着，口中喃喃得近乎自言自语，又像是在深情地倾诉："一个山东人，一个安徽人，在相隔四十年后，又让我把她们联想在一起。并不是她们的名字，也不是她们的相貌，而是她们眼皮下两颗一模一样的黑痣。唉！我百思不得其解，老天爷竟然安排了这样一个女子来到新疆，来到我们这个偏远的农场，这不是要我的老命吗？"说着，张守玺把照片递给了张学军。

　　张学军这才注意到照片上女子的模样，一张圆脸庞带着一丝笑意，一双大眼睛明亮且有神，眼睑下一双对称的黑痣在彩色照片上明显可鉴。可是，他百思不得其解，这个贺冬梅的照片怎么会藏在二叔的抽屉里？她与二叔又有什么非同一般的联系呢？

　　张守玺将刚斟满的酒杯举到面前嗅了嗅，然后慢慢地喝了一口，两行滚热的眼泪顷刻而下。张学军一动不动地坐在张守玺对面，眼睛向一旁斜视着，这个在商界打拼了二十多年的精明汉子，在叔叔生日这一天，在少有的情况下，责无旁贷地充当了一位忠实的倾听者。

　　张守玺拿起一沓面巾纸，轻轻地拭去流到腮边的泪水。"军，你应该知道吧，二叔年轻的时候，喜欢过一个叫冬梅的姑娘，和咱们同村，她叫薛冬梅，恰巧的是，和这个贺冬梅一样，她眼皮下也有两颗一模一样的黑痣。有人说，这叫泪人痣，按照世上的说法，凡是长这种痣的人，命运都不好呢。"张守玺重重地叹了一口气，思绪随着一阵香烟的雾气扩散开。

　　"张叔，谢谢您，来新疆真是给您添麻烦了。"这是贺冬梅第一次对张守玺近距离讲话。"不用客气，你初来乍到的，遇到什么麻烦事，我能帮一把手都是应该的。"张守玺斩钉截铁地回应。

　　透明的抗生素液体，一滴一滴地流进冬梅的血管里。她感觉到一丝隐约的

清凉，脚面的肿胀感渐渐得到了一定程度的缓解。

一提篮水果被张守玺放在病床边的橱柜上，另有一沓崭新的钞票放在水果篮的边沿。"你陪着冬梅在医院住几天吧"，张守玺对耿帆说，"这里距离农场太远，来来回回输液不方便，等退了烧，我们也就放心了。这几天麻烦你照顾她一下，农场的工作就不用考虑了，照顾好病号就是你目前的任务。"耿帆默默地点一下头。"那我先回了，农场有很多事情需要我回去处理。"张守玺走出医院，坐进越野车，把脸紧紧地贴在方向盘上，那两颗珍珠一般的黑痣，就像周围逐渐漫上来的夜色重重地围绕着他，像两只有力的手臂在疯狂地撕扯他的身体，也像两股澎湃的水浪在拍打着他一度干涸的心河。

今天，贺冬梅那句"张叔，谢谢您"的话，就像林中小鸟清脆的鸣叫，呼唤和鼓舞着张守玺的感情。那一刻他多想伸出手去，摸一下披在女子肩头的秀发，或者为她抚平一下褶皱的衣角。但是，张守玺什么都没有做，他选择走出那间病房，离开那个让他怦然心动的女人。他搞不明白，贺冬梅脸上的那两颗黑痣，会不会是薛冬梅投胎转世的标志？或者说她们之间真的有什么血缘关系？他甚至产生了一个可怕的念头，难道他和薛冬梅当年的孩子还活在人世间？张守玺的精神有些恍惚，过往的伤痛像一座大山，压得他透不过气来；又像一只下山的猛兽，对他的心坎儿进行着猛烈的撞击。假设薛冬梅现在还活着，他们的孩子应该就是贺冬梅这般的年纪。在丝路小镇医院外的长安越野车里，张守玺已是老泪纵横泣不成声。

"二叔……"张学军轻声的呼唤，并没有减轻张守玺深陷回忆里的痛苦。"军呀"，张守玺近乎情绪失控地说，"我和薛冬梅曾经有过一个孩子，如果她（他）能来到世上的话，也就是贺冬梅那样的年纪……可不幸的是，那可怜的孩子没有等来出世的机会，就跟随着她（他）母亲离开了这个世界。到头来，你二叔连那孩子是男是女都不知道，哪里还有资格和勇气再去爱别人？更不要说成立家庭，再次面对生儿育女这样的事情了。"

哭吧，假如生活重重地惩罚了你，上帝在放你一条生路的同时，就是让你牢牢地接受一次严酷的惩戒，并赠予你在伤心欲绝的时候，演绎一场痛快淋漓的哭泣。

待张守玺情绪稍稍缓和一下后，张学军赶紧递上两张面巾纸，真挚而温暖地对他说："二叔，这些年来，你为我们付出得太多太多，而我整天到晚忙着挣钱，常常把你一个人丢在这荒郊野外，为我们看守并打理农场，是侄子考虑得不周，平时对您关心得太少太少了，对不住了，二叔。"说到这里，张学军的眼角也泛起了泪光。

"军，咱一家人不说两家话，二叔看到你们姐弟今天的成绩，我打心坎儿里高兴,你们虽然都有了各自的家庭,但在经济上还是从来不分彼此,都对这个农场尽心尽力,这又有几个人能做到呢!只要你们都好,只要这个农场兴旺发达,我还有什么辛苦不辛苦的呢。"说到这里,张守玺伸直脖子,吞咽了一下唾沫,眼睛里重新浮出了刚毅的神色。

当回忆的船桨再次划过这个六十六岁男人的心河,丝路小镇医院附近的越野车上,张守玺极力梳理清自己的思绪,他必须尽快赶回驻地去,那里有冬梅的同乡,有庞大的采棉队伍,他们正等候着冬梅治病的消息。再说了,一个男人带着两个女人出来一整天,而且其中一个还在患病,他如果不尽快赶回去,农场的人会怎么想呢?想到这里,这位在人生长河里跋涉惯了的男人努力地定了定神,驾车踏上了归程。

张守玺虽然奔波了一整天,可夜里躺在床上还是翻来覆去得难以入睡,家乡的田间小路上,被月色笼罩着的一对身影,紧紧地相拥在一起。如果仅仅是因为贫穷,让这对相爱的年轻人不能走到一起,那会是时代的悲哀;如果是因为换亲的陋习根植于冬梅她父亲的大脑,让他的女儿无法获得属于自己的自由,那么这场恋爱本身就是一场悲剧。两个年轻人在争取自由恋爱和父辈禁锢的枷锁中奋力挣扎着,令深陷热恋当中的他们苦不堪言。为此,他们也曾想过用殉情的方式来了结自己不遂心意的人生,来告别这个让他们倍感失望的世界。然而忘我的情欲贪恋,又让他们品尝到暗夜里的一丝美好,他们还是舍不得离开人世,只好对明天的生活寄予一丝无从把握的希望。

对于青春的回忆和对薛冬梅的无限怀恋,已经成为张守玺每天临睡前的必修课。那个美丽的姑娘把二十岁的青春给予了他,把无尽的情话和温暖赠予了他,张守玺把整个人生都深埋在对她一颦一笑的回忆里。从这个意义上说,他这一生并不多么孤独,因为他拥有真正爱情回忆的陪伴。自从离开家乡,踏上漫长的逃亡路途之后,无论是青春时期还是花甲年岁,薛冬梅都依然以青春靓丽的样貌,牢牢地烙印在张守玺的记忆深处。可以说,在张守玺个人的感情世界里,正是靠着对薛冬梅的涓涓回忆,才让他时而感到甜蜜,时而感到疼痛地活过来的。

让张守玺想不到的是,眼下又从安徽省来了一个叫冬梅的女人。当然,世界上同名同姓的人太多,而且两个女子相差了一代人,长相虽说不太一样,可那两颗毫无二致的黑痣却把她们紧紧联系在了一起,那可是一个人从娘胎里就烙上的标记啊,怎么就会有这样巧合的事情呢?真是奇遇啊!在他记忆里抹不去的两颗黑痣,居然在另外一个女人的面庞上出现了,这难道是老天爷在给他开一个莫大的玩笑吗?

"二叔。"张学军轻轻呼唤了一声,"呃。"张守玺愣怔了一下,思绪好不容易

从混沌的状态里挣脱出来。饮水机加热的"嘟嘟"声在屋内时断时续地响着，一杯茉莉花茶依旧香味飘沸，烤羊肉却已经凉透了。张学军重新燃起了炭火，正在专心地为今天的下酒菜加热。大黄狗"地毯"呜呜地叫着，拖着长长的锁链上蹿下跳。张守玺捏起两个馒头和一些羊骨头，一起丢向大黄狗，犬吠声即刻停止，张守玺趔趔趄趄地往厕所的方向走去。

<h1 style="text-align:center">十一</h1>

初冬的风有一丝凉意，张学军感到脑袋有些发紧，他用袖口抹了一下被热气蒸烤的脸腮，两颗硕大的泪珠悄然从眼角滑出来。

张守玺回到餐桌前，在沙发上慢慢坐下来。张学军已经把重新烤过的羊腿和一些肉片端上桌子，羊肉的香味随着一阵阵热气从盘子里不断地冒出来。"二叔，这张照片咋回事？你还没有告诉我呢。"张学军用半开玩笑的口气，引导张守玺继续讲他的故事。

"在家千般好，出门一时难。你看看这些来自山东、河南、安徽的采棉工，两个月能挣一两万块钱不假，可都是用起早贪黑一万次弯腰换的呀。在外头不得病还好点儿，万一身体出现了问题，钱少挣不说，还得搭上几百块。"张守玺吸了一口烟，继续往下说，"就拿贺冬梅来说吧，老公好吃懒做，一对双胞胎女儿还算给她争气，学习成绩都不错，一同考上了县里的重点高中。冬梅跟着老乡跑到新疆来，想着挣点钱回去给两个孩子交学费，结果一时大意，把脚面子挠破了，感染后住进了医院。出院后，我没有让她再去田里拾棉花，而是安排她在食堂里当帮手，工钱还是按拾棉花的标准开。军，冬梅是个例外，二叔没有征得你的同意哈。"张守玺语重心长地告知张学军。"啊，没事二叔，您看着处理就行，我都听您的，这还用跟我说吗？"张学军的态度十分诚恳。"就因为这个，贺冬梅老是感觉过意不去，经常过来帮我收拾一下房间，大件的衣服拿去洗一洗。本来我还担心会招惹非议和闲话，好在那几个同乡了解她的为人，并没有因此孤立她。我心里说她们知道个啥呀，归根结底还是因为那两颗黑痣……"说到这里，张守玺不由自主地"唉"了一声，长长地舒出一口气。

"说到眼皮下这两颗黑痣，其实不是什么好东西。就说你二叔年轻时喜欢的那个姑娘，家里穷也就算了，还有两个光棍哥哥，他爹就整天打她给哥哥换亲的主意。穷人娶不起媳妇，委屈自家闺女换一个媳妇，以便延续香火。说真的，我挺憎恨女人眼皮下那两颗黑痣的，因为它们被称为泪人痣……"

"二叔，你喜欢照片上这个女人吗？"张学军问得有些冒失。"哦，喜欢是有点儿，不过那种喜欢我也讲不清楚，是十分复杂的一种感情，有年轻时心灵的复活感，也有父亲对女儿的喜爱，还有一种失而复得的惊喜。总之，两个月的时间过去了，人家收拾行李要走，我还像在梦里一样飘飘忽忽，希望人家能继续留下来。但最终，人家留给我的只有这一张照片。"张守玺把那张二寸彩色照片端在左手掌心里，良久地端详着，思绪像一只游荡的小船，载着他在记忆的长河里漂泊。

"张叔，我要走了，多谢您这段时间对我的照顾。"贺冬梅道别的语气里都是满满的感激之情。张守玺愣了一下，一时手足无措，不知道自己如何面对这样一场惜别。他心里想着，也许这场相逢一生中只有一次，当告别的时刻来临，就再也不会有相遇的机会了。"哦，能送我一张你的照片吗？"张守玺尽管对这个要求感到有几分不妥，但一想到以后再难以相见了，还是禁不住脱口而出。"好，我记得有一张照片在我的钱夹里，我去找一找。"贺冬梅回到宿舍，在打理好的行李里寻找着……

张守玺的心沉到了谷底，一种即将失去的惆怅袭击着他。如果我和冬梅的孩子存在，也许就是她这般的年纪。可她为什么偏偏就不是呢？她们眼皮下那两颗一模一样的黑痣，难道是来戏耍我的吗？老天爷啊，天地之间为什么会有这样的巧合？与这个叫贺冬梅女人的道别，让这个花甲之年的男人产生了一种肝肠寸断般的痛楚。

"李叔，照片是我在老家报考保育员的时候准备的，背面还有我的签名呢。"张守玺从贺冬梅的手里接过照片，噙满泪水的眼睛里又生出一丝灼亮的光彩。

张守玺在农场居住了三十多年，像这样的迎来送往不计其数，加上侄子忙于生意，很少到农场来过问，这里一般事务都是由他打理，他对这里的一切再熟悉不过，尤其对那些候鸟一般的季节工，从来都是拿雇主对帮工的眼光看待。如今这个贺冬梅的离去，却给他带来了一次非同平常的打击，他竟然一下子病倒了。

在沉沉的昏睡中，张守玺遭遇了一场可怕噩梦的袭击，他看到了那个怀有身孕的女人，胸口系着一根粗壮的绳子，绳子的另一头紧紧地拴住一块大石头，女人使出全身的力气拉扯那条绳子。她面目苍白，身体冰冷，就像这条刚入冬的河流彻骨的寒冷。她用力扯拽着绳子，一步步迈向河水的深处。她没有停步，也没有回头。在身后的岸上，是无边的黑夜和寂静。她已经无路可走，她的爱人犯下了偷窃的罪行，在畏罪潜逃，而且生死不明。她腹中的胎儿在她无边的焦虑中一天天长大，每一次胎动都是对这个未婚先孕女子痛彻心扉的提醒。

千万别步了那些游街示众者的后尘。那样可怕的场景一次次在她的眼前浮现，一辆高大的东方红拖拉机车厢里，载着一个个耷拉着脑袋的罪人，他们双膝跪在又冷又硬的车板上，脖子上挂的木牌上醒目地写着"流氓、乱搞男女关系"的罪名。而在他们身后，则是抱着长枪的民兵，枪筒上还上着明晃晃的刺

刀。所有的村民都前来围观，谩骂羞辱的词语如同呼啸的雨水，向着那些"罪人"头上倾泻。想到这里，冬梅便不再留恋这个世界。她果决地用那块沉重的大石头把自己沉入了河底，同时也剥夺了腹中胎儿来到这个世界上的权利……

贺冬梅的离去，让张守玺大病了一场。直到第二年棉桃开花了，他才从阴郁的情绪中慢慢地恢复过来。

十二

新疆五月广袤的田野里，张守玺走在田间小路上，随身携带的 MP3 在他的上衣兜里，又播放起李彦秋那首《故乡的思念》：每当暮色苍茫的时光，总喜欢把那首老歌哼唱，让绵延的思绪，飞回久别的小村庄……这首歌是张守玺的思乡曲，倾听也是对这个无法回归故乡人的心灵治愈。黄昏的旷野里一阵暖风迎面吹来，裹挟着棉花浓郁的香气，张守玺嗅着绿色田园里最熟悉的味道，一朵朵棉桃在他眼前竞相开花了。

虽然岁月让一个人不断地变老，可他一生中不变的又是什么呢？那一定是他心底最隐秘的部分，是他用生命爱过的姑娘。当泪水再一次袭击了张守玺的眼眶，那张照片在他手掌心里不住地颤抖时，这个饱经风霜的花甲男人，感情几乎到了让他不能自持的地步。但张学军看出来，他二叔在尽全力地克制着即将失控的情绪，毕竟是一个经历过大风大浪的人，他哪里轻易在晚辈面前被情绪击溃呢。

张学军挪了一下身子，轻轻地把一只手递给张守玺，同时郑重地喊了声"二叔"。叔侄二人的手紧紧地握在一起。

"军，谢谢你记得叔叔的生日，这么忙还腾出时间来看我，让二叔有机会回想起从前，回想起那些年的艰难和不易。另外还有一件事情，二叔想借今天这个机会告诉你……"张守玺欲言又止，面容变得有些严肃起来。

张学军垂下眼帘，一种成年人的预知感在脑际一闪而过。"说吧，二叔，我已经做好了心理准备。"张学军以一位事业有成男士的口吻鼓励着他，让这个压抑自己半辈子的人把憋在心里的话讲出来。

叔侄二人的手紧紧相握着，张学军感受到了二叔那双劳作半生的手，此刻不仅有几分颤抖，还冒着丝丝的凉意，便松开来，把蓄满热水的茶杯恭敬地递过去。张守玺接过杯子，一股暖意很快传遍了他的全身。他稳定住情绪，思考着该怎么把大哥真正的死因告诉面前这个还一无所知的侄子。

雪莲香烟的雾气再一次在农场房舍里弥漫，张守玺微闭着双目，悄悄地积攒着力量和勇气，用尽量平静的语气，把尘封在内心多年的往事慢慢讲出来。

在张学军看来，父亲张守臣已经死在新疆三十年，因为生病不治而终，这作为一个普遍又笼统的结论,早就在一家人的记忆里达成了共识。但有时他又毫无来由地感到,这个说法更像是一个似有所瞒的借口,父亲的死亡或许另有其因?怎奈山东与新疆遥隔几千里,作为懵懂无知的少年,他没有办法获知自己能力之外的事情,加之张守玺一向回避这件事,以至于来新疆这么多年,虽说朋友也结识了不少,但还是没有搞清父亲当年死亡的真相。由于家人们都保留着过去的说法,他不敢轻易站出来问询。而今天,当张守玺自己说到了这个问题时,张学军的心不由得绷紧了,一时连呼吸都急促起来,看来一件淹没了那么多年的隐秘,今天终于要袒露在自己面前了。

新疆秀云农场的这一天,对于张守玺来说,是极不寻常的日子,他在侄子面前几次老泪纵横,被心上最痛苦的回忆拉扯着,包围着,纠缠着,回忆的闸门一旦打开了一条缝,就再也无力关上,只能任凭往事像汛期的河水一样咕咕地流淌。

那一年的冬日,新疆塔什店镇一所废弃的旧屋里,瘦骨嶙峋的张守臣侧卧在地上,脑袋歪斜,脸色铁青,双眼紧闭舌头外露,两腿僵直平伸,胳膊垂落在又冷又脏的地面上。一根结实的绳子紧紧地勒在他的脖颈里,绳子的另一端则系在从石墙缝隙间楔着的一个木橛子上。两条紫色的瘀血痕迹就像被鞭子重重地抽打过一样,清晰地从他的嘴角直抵耳根。那一幕,如同一个恐怖的魔咒,牢牢地镶嵌在张守玺大脑的神经里,让他即使度过了数十年岁月淘洗之后,也无法从记忆里驱赶出去。

那时候,张守玺痛苦不堪,近乎绝望地立在那里,随后他向着哥哥的尸体跪倒在地。从那一刻开始,他除了膝下跪着的冰冷黄土之外,在异乡他便真的一无所有了。

他的哥哥张守臣终于扛不住晚期直肠癌的折磨,在不敢去医院问医,也无力购买药物的情形下,经过了无数次的痛苦思考以后,最终选择自缢而终。对依旧活着的张守玺来说,哥哥的自缢身亡是一个耻辱,也是一个致命的打击。他实在没有勇气把真实情况告诉家人以及任何人,他只能选择独自吞下这杯苦酒,并默默发誓要在新疆混出个样子来。否则,他又怎么能对得住哥哥的亡灵,对得住这个不惧罪恶敞开胸怀接纳了他的世界呢?

从人道伦理上讲,张学军对他父亲的死因具有绝对知情权,为此,许多个不眠之夜里,张守玺都在暗自纠结,要不要告诉侄子哥哥死亡的真相。毕竟张守臣的死亡,以及自己经受的痛苦,都有他们咎由自取的嫌疑。那一段艰难的逃亡之路,是他们哥俩因偷窃犯下无法纠正错误引起的。这一切可都是他们人生中一道难以抹去的污点呀!作为尚没有泯灭良知的张守玺来说,除了在以后的岁月里用自己的善行赎取以前的罪恶之外,还不无担忧地顾虑到,他们当年的

行为能否被晚辈所理解？尤其是他感情深重的侄子。

好在学军现在已是人到中年，经历过社会的千锤百炼。他坚信面前的张学军今非昔比，才鼓足勇气道出真相。

十三

起风了，新疆初冬的西北风裹挟着黄沙吹过稀疏的屋顶和光秃秃的田野，落在灰褐色的枣树杈上，刮得晾在上面的毛巾左右摇摆。大黄狗"地毯"安静下来，一动不动地俯身在它的巢穴里。

张学军离开屋子，径直走到越野车前，从后备箱里取出一条雪莲·岁月香烟，又重新回到屋里，将那条香烟轻轻地放在张守玺的床头柜上。"二叔，过去的事就让它过去好了，侄子希望您从那些阴影里走出来，过好以后的生活……"

然而，记忆的马达仍然在张守玺的脑海中旋转。故乡庭院里的那棵老梧桐树，在寒冬的北风中疯狂地摇晃，被灶烟熏黑的东屋里，小学军早已进入甜甜的梦乡。昏暗的油灯下，两个男人沉默地坐着，还是张守臣先开口了："老二，马上要过年了，咱们得找个人再去老薛家问问，上次托人提亲已经这么久了，他们连个回话都没有，看样子老薛头是铁了心让冬梅换亲了。"张守玺一听"换亲"二字，呼地从板凳上站起身。"老二，你先别急，我倒有个主意，不如咱哥俩整点东西给他家送去。"张守臣这话一出口，张守玺便重新坐回到板凳上，瞪着眼睛提醒地说："哥，咱这可是在往绝路上走啊！""别咋呼，这次千万不能让你嫂子知道，等事儿成了她叨叨也没用了。"张守臣说罢回堂屋去了。

张守玺用力扯了一下羊皮大氅，为他的小侄子盖了盖。这次他又失眠了，冬梅在野外被黑暗中突然窜出的野猫惊得直往他怀里钻的样子，实在让他心疼。张守玺想着可爱的人儿，总算是进入了梦境。他梦见冬梅坐在一顶火红的大花轿里，正在往他家的方向走来。张守玺高兴得不知如何是好，"嘿嘿"笑着往花轿的方向张望……正在这时，张守玺突然醒来了。做梦娶媳妇了，他傻傻地想着，下意识地摸了摸自己的下身，二十几岁的小伙子竟然尿湿了裤裆。

第二天夜里，张守臣在昏暗的东屋里一直坐到了零点。张守玺躺在土炕上，根本无法入睡。几年来，在他跟着哥哥东偷西摸的日子里，夜不成寐已经成了他的一个习惯。

庄户人家的公鸡叫过第三遍时，冬夜更加深沉了，张守臣轻喊了一声"老二"便从东屋里退了出去。

通往村外林场的小路上格外地寂静，张守臣、张守玺一前一后的脚步踩在松软的尘土上，发出"扑哧扑哧"的声响。张守臣有几分亢奋，一家人围坐在锅台边吃鹿肉的场景，具有分外诱人的感召力，让他像被魔鬼附体一样，被一种无形的力量驱使着不顾一切地往前走。然而,早已对林场那几头梅花鹿垂涎三尺的他,并不知道在自己伸出魔爪的同时,危险也正向他赶来。

村外三公里处的林场里一片安静,看守林场的值班人员在天黑后便回家了。漆黑的冬夜里,只有饲养圈里的那几只梅花鹿,在灵敏地竖着它们尖尖的耳朵。

张守臣凑到房门前伸手摸了摸,不出所料,房门已经上锁。他更加放大了胆子,径直朝鹿圈走去。机灵的梅花鹿听见了动静,纷纷开始骚动并发出惊恐的叫声,"吱吱"的声音虽然不大,但在荒郊野外的深夜里,让人听起来却感到毛骨悚然。张守臣被吃鹿肉的魔咒冲昏了头,哪里还顾得上其他,他全力以赴地追赶着奔跑中的梅花鹿,张守玺配合着在圈内堵截。不知追赶了多久,他们才抱住一只梅花鹿长长的脖子,狠命地将其按倒在地,取出事先准备好的绳子,紧紧套在梅花鹿光滑的脖颈上,然后两个人一起发力,将拼命挣扎中的生灵活活地勒死了。他们松开扯着绳子的手,气喘吁吁地坐到地上。梅花鹿彻底不动了,他们才两两捆住梅花鹿的腿,用一根粗木棍将那只被夺去了生命的梅花鹿抬回了家。

那头还带有体温的母鹿,就这样被张守臣和张守玺兄弟俩,借着煤油灯昏暗的光亮剥去了皮。他们简直昏了头,竟然把鹿皮翻转着晾在院子里的柴草垛上,鲜红的血迹散发着浓重的腥味,在张家庭院的空气中弥散。

第二天清晨,当饲养员发现去往林场的小路上有一滴滴的血迹,便知道出了问题,连跑带颠地赶到鹿场一看,当场傻了眼,于是,赶紧向大队报告梅花鹿被偷的情况。

全体村干部召开了紧急会议,当即成立了临时侦查小组,他们商议捉贼捉赃,为了避免打草惊蛇,决定突击破案,来个夜袭贼窝。侦查小组使用排除法,把村里每家每户的情况进行了简单分析,很快便把疑点锁定在张守臣兄弟俩身上。入夜,正当张家的烟囱里冒出浓烈的炊烟,大队书记薛瑞冬一脚踹烂了张家的街门,临时侦查小组的人一起涌进了院子里。

那张血渍未干的鹿皮还散发着阵阵腥味呢,十几支手电筒一起向熏黑的灶屋里照射,只见热气腾腾的锅台上放着满满一盆刚煮熟的鹿肉,灶台上的瓷碗里盛着两团粉嫩的肉块,分明是那只刚刚分娩不久的母鹿的乳房。一家人被这突如其来的一幕吓傻了,一个个挖挈着油手,惊呆在手电筒刺眼的光线里。人们分明看到,在这家人贪婪吃肉的不堪场景里,田喜那张惊恐万状的脸上竟然流淌着淋淋泪水。

愤怒即刻涌遍了所有人的身心。薛瑞冬抡起立在门口的那根粗木棒,朝着庭院里那棵梧桐树干狠狠砸去,只听到咔嚓一声,满树干瘪的梧桐花种子剧烈

地摇晃着，"稀里哗啦"地落了一地。

"扑通，扑通"的响声过后，两个黑色的人影越过墙头，乘着浓重的夜色向西北方向跑去……

张守臣和张守玺不顾一切地出逃了，他们在空旷的田野里狂奔，拼命向着背离家乡的远方逃亡，在他们的身后，是晃动着的手电筒和此起彼伏的追赶声。

在艰难且漫长的逃亡路上，张守臣张守玺两兄弟不敢去任何人多的地方，更不敢去车站和公共区域。他们害怕被捉住，因为他们心里清楚盗窃集体财物被捉的严重后果，游街示众不说，还会被判刑并关进监狱。所以，他们唯有逃亡，并且唯一的逃亡方式就是徒步。他们隐姓埋名，晓宿夜行，而且每到一处地方都警惕地防范着追赶。他们背负着盗窃者的身份在暗处度日，只要能填饱肚皮，便过着暗无天日苟且偷生的生活。

在这个世界上，时间作为唯一公平公道的主宰者，它不会因为一两个人的备受煎熬和苦痛而停止，也不会因为一两个人的幸福享受和欢乐而止步。

在仓皇逃亡的日子里，张守臣张守玺即使忧心家里人对他们的挂念，也无法获知出逃后的任何信息，他们的唯一目的就是通过逃亡奔赴遥远的新疆，去投靠一位八竿子打不着的亲戚。

当他们逃到乌鲁木齐的时候，两兄弟已经成了衣衫褴褛的叫花子，两双磨破的千层底布鞋仅剩下了鞋帮，磨透的鞋底让他们近乎赤裸的双脚，感受到了严冬大地上冒出的寒气。这时候，两个人才明白，他们根本没有那个所谓亲戚的详细住址和联系方式。在那个人生地不熟，且少数民族居多的区域里，除了紧紧攥着的空空拳头以外，他们还有什么呢？

张守玺在无数个艳阳高照的天气里，背着两手在农场大院中悠闲地散步。他企图通过这种近乎豪绅一般的富裕生活，来忘记昔日逃亡路上的苦难，忘记过去卑劣的盗窃行为带给自己的耻辱。但不知道为什么，他始终没能走出过去阴霾的困扰。不仅如此，后半生尽管过得舒适安逸，最终无法消除他内心的愧疚。这时，他这才幡然顿悟，原来过去的一切就像甩不脱的影子一直尾随着他，纵然他有天大的本事，也不能把自己的人生一刀斩为两截。

十四

午后的太阳终于穿透了厚厚的云层，明亮的光线照进农场的房屋里，张学军站起身，轻轻地走到张守玺面前，将右手伸过去，"二叔，跟我走，我带你去天鹅河景区。"

张学军掏出手机拨通了代驾公司的电话，约定好会面地点，启动了越野车，缓慢地驶入田间小路。

　　年轻娴熟的代驾司机驾驶着张学军崭新的越野车,在通往旅游景区的公路上驰骋。张守玺轻按了一下电动车窗,一阵凉风通过车窗的缝隙迎面吹进车里,他深深地吸了一口清爽的空气,感觉到一阵从未有过的轻松。

　　他们从车上下来,张学军挽携着张守玺的胳膊走进天鹅河景区。夕阳里,群山的倒影在一片碧波的涟漪间荡漾,眼前是一幅"片水无痕浸碧天,山容水态自成图"的美丽画卷。清澈的碧水依傍着群山,就像大自然怀抱里的一个孩子,旖旎而安静。无限的美景,给长期居住在旷野里的张守玺带来了视觉上的冲击。"这里的风景真美呀!"他不由赞叹道。这时,几只白鹭从水面上飞过,给这片宁静的景色增添了几分动感的壮美。

　　一轮红彤彤的落日从天空中俯下身来,慈祥地打量着这片碧波如蓝的水域,把这对叔侄长长的身影投射在微波荡漾的湖面上。

　　张守玺久久地朝着东南方向凝望。跨过这片浩渺的绿水,再越过前面那重叠嶂的群山,有一条心中的小路正向着遥远的家乡伸展……

　　然而,时过经年,山高路远。伫立在齐鲁大地上的张家集村,已经成了他永远都忘不了,却再也回不去的地方。他用终生不看鹿的行为,来忏悔因贪念而犯下的罪过;他用终生不娶妻的决心,来缅怀沉入河底的可怜母子;他用所有的汗水和泪水,洗涤内心的耻辱和过往,以及逃亡的游子深埋心底的那份无尽的乡愁。

　　两只黑色的天鹅不知从何处飞来,呼啦啦地落在叔侄二人面前的水面上。这是两只体态健硕的天鹅,丰满的黑色羽毛在阳光的夕照下透出靓丽的光泽。它们互相嬉戏着,彼此发出伴侣间"哦哦哦"的私语。一声清脆的呼唤越过波光粼粼的湖面,其中一只天鹅扑棱着两只宽大的翅膀,用力腾空而起,另一只紧随其后,也展开双翅飞离了湖面。两只黑色的精灵忽扇着它们有力的双翼,向着东南方向飞翔而去……

　　张守玺伫立岸边,目送着这一对幸福自由的天鹅越飞越高,越飞越远,直到它们变成了两个小小的圆点。

　　张学军的手机音乐里,缓缓地流淌着李彦秋的《故乡的思念》:每当暮色苍茫的时光,总喜欢把那首老歌哼唱,让绵延的思绪,飞回久别的小村庄。每当月明风清的晚上,总喜欢把那支竹笛吹响,让涌动的热泪,奔跑在回乡的小路。啊,故乡,故乡,清澈的小河洗涤我的迷惘,风里的花香抚平我心灵的创伤,生长在心田上的故乡啊!地再大也走不出你的目光……

　　　　　　　　　　　　　　　　　　　原载《聊城文艺》2022 年春季号

小　董

木　瓜

　　走进教室，在学生们震耳欲聋的读书背诵声中转了两圈，抚摸醒了三个读着读着就垂头打瞌睡的学生，端木老师还是觉得有点儿什么事儿被他忽略了。他继续在教室里转，转得越来越快，转得读书声越来越小，甚至慢慢地停下来，他才发现学生都瞪着惊疑的双眼研究着他。他蓦然一惊，抬手对学生说，看什么看？我脸上有数理化还是 ABC？同学们，高三了，要专注于学习！

　　噢……学生拉长声音齐呼一声，颇为受教地点点头，于是，读书声又牵三扯四地此起彼伏。

　　端木老师把郁闷的目光投向教室外，终于明白心底的那点儿缺失是什么了！——教导主任老郑！今天，他来到学校，没看到老郑站在教学楼前的木瓜树下，将脖子仰成 90 度角，一丝不苟地清点木瓜数目！因为叶子密密层层，还因为数着数着有人经过被分了神，更因为经过的人还要大声打个招呼断了他的思路，所以，有时候他要线断了再连上，连上之后疙疙瘩瘩不顺畅，那就从头再开始，一二三四五六七地数一遍，确认所有的木瓜都安然无恙地待在树上，他才展开眉毛，笑眯眯地走开。

　　今天的木瓜不用数了吗？端木老师把目光移到树上，惊了一身冷汗，一颗心像是被一下子揪着拽到半空悬着——木瓜没了！他伸长脖子仔细看，还是没有！真是邪了，昨天下午放学时木瓜还一个个被网兜兜着好好地待在树上呢，怎么说没就没了？端木老师疾步下楼，像是旋起了一阵风。他旋到树下，站在老郑常站的位置，以老郑的姿势脖子仰起 90 度角，双眼探照灯一般反复探射，结果是，木瓜，真没了。

　　端木老师却发现自己那颗悬在半空的心忽悠悠地回到胸腔里，欢快地跳得节奏铿锵。没得好！不过一个木瓜，得到的呵护比人都要多得多，让人情何以堪？任何一个物种都要有自己是这个物种的自觉，就算万物平等，但被另一个物种无微不至地关注,不平等就自然产生了。

那一刻,端木都要微笑了。嘴角刚刚咧开,教导员小娄在楼上喊,端木老师,抓紧上来开会,就等你了!

开什么会?端木迅速调转了视角。

没看群吗?一大早就把通知发到咱年级班主任工作群了。小娄招了招手,看着端木老师的头消失在楼下,又从三楼的走廊里迅速冒出来,说,快点儿!

到底什么事儿呀,一大早就开会。端木心里嘀咕着,一进年级组门,鼻子立刻就被满屋弥漫的清香给拽得皱着深吸了一口气。

什么东西,这么香!眼睛被鼻子拽着,他看见了桌子上小山一样的木瓜。

年级主任老廖看了一眼旁边眯着眼睛笑的周副校长和教导主任老郑,一脸喜悦,说:班主任都到齐了,咱今天开个紧急会,也是丰收果实分配会。在周副校长的亲切关怀下,在郑主任的认真保护下,我们的木瓜获得了大丰收!从坐果开始到昨天晚上的收获,果子一个都没少,这也说明我们学校的校风正,师生素质高。现在,请周副校长讲话,大家鼓掌欢迎!

周副校长站起来,张开双手压了压大家的掌声,说,很高兴开这个会。木瓜丰收了,这东西对咱们北方来说是个稀罕物,所以我看到结果后就让郑主任进行有针对性的保护,每天清查,争取一个都不能少。后来看木瓜结果多,果子大,担心枝条细撑不住,还专门给它们挨个套上了网兜。老师们,这是观赏木瓜,虽然不好吃,但是味道很香,放在哪里香哪里。经过校务办公会讨论决定,这些木瓜全部分到高三各班,让木瓜的香气舒缓学生备战高考的紧张情绪,也让同学们享受丰收的喜悦,争取咱们明年的高考也如这木瓜,硕果累累!

老廖接下来说:一共收获 34 个木瓜,咱们的分配原则是,三十个班每班一个,剩下的 4 个,一个放在年级组办公室,其余仨,作为奖品奖给教学工作最突出的三个备课组。木瓜不论大小随机分配,两个月后,哪个班的木瓜还保存完好,就给哪个班加班级量化分 20 分。现在分配开始!

班级量化 20 分好像一剂兴奋剂,注入了每个班主任的心田,并迅速向全身的每条神经蔓延。有了 20 分,那个月的班级量化就可以稳稳地得一等奖了,班主任津贴自然也就水涨船高了。

可以带妞儿去吃顿肯德基,她闹了好几次要吃奥尔良烤翅了。一想到女儿,端木心里荡起涟漪了,这笑纹迅速向脸上扩散。一抬眼,看到坐在对面号称"青春无敌少男杀手"的年轻班主任杨希希扬起眼角充满探究地看了他一眼,他马上在心里打了自己一个大嘴巴,说,疯了!鸡蛋还没摸到呢,怎么就想到养鸡场了?他端正表情,对杨希希点了点头。

从老廖站立的地方开始按顺时针方向分。小娄随手拿起一个,就放到一个老师面前。可是第二个还悬在手里，第一个老师就举起木瓜说：这木瓜长虫了，有虫眼。说着，还以肩为轴，平移了180度让伸过来的每一双眼睛看清那个明显的虫孔。

可不，有虫。老师们纷纷点头。

老廖一愣，马上接过来，仔细看了看，又递给周副校长。周副校长一脸严肃地研究了一下，清了清嗓子，说：是有个虫孔，这说明我们的木瓜是绿色纯天然的，没有打任何农药的。

老郑绷着脸，盯着那个虫孔没说话。

小娄仔细检查了一下手中的木瓜，说：这个木瓜有一点儿黑斑，看起来像是有点儿腐烂。

腐烂！这个词儿像是一枚可以定点清除目标的轻型炸弹，在每个人的双眸里腾起了一片火光。老郑的眼神像一把刀，一下子就把小娄的话戳了个千疮百孔。小娄的脸腾一下红了，手里的木瓜不知道是不是该继续分发下去。

老郑和周副校长用目光迅速交流了一下，又看了一眼老廖。三个人不约而同地把手伸向木瓜堆，一个个检查下来，发现瓜容端正、色泽金黄、没有瑕疵的只有两个，其他的多多少少都有点问题。

带虫孔的木瓜被重新放了回去。那个老师说，既然木瓜有好的有坏的，随机发就有失公平了。发到有瑕疵的，肯定就是输到起跑线上了。

这句话得到了所有人的共鸣。

周副校长和老廖、老郑迅速碰了下头，商量的结果是给木瓜编号，然后抓阄。抓到哪一个，就看个人手气了。

大家一致同意。小娄开始给木瓜编号，杨希希自告奋勇写1234567，制作了34个阄，然后往桌子上一撒，每个人都伸手摸了一个。

端木一看自己抓到的：11号。

鉴于小娄还没有编完号，大家都把阄玩弄于掌心，谁也不说话。等小娄将编好号的木瓜按顺序摆好之后，老廖宣布大家开始按阄的顺序领走属于自己的木瓜。端木抱起了11号木瓜，发现，这就是那两个最完美的之一。

上帝果然眷顾他。

杨希希是最后一号，她拿起木瓜就想哭了。她觉得肯定是今天早晨抹的化妆品太厚了，以至于盖住了自己的所有好运气。这是一个坏了五分之一的木瓜，应该是所有木瓜中最短命的那一个。

端木双手捧着木瓜回到教室，小心翼翼地放在讲台上，好像放下一个十世单传的婴儿。学生们读书的声音戛然而止，所有的目光都聚集在木瓜上。

端木说，这是咱们班的木瓜，负责为咱们班释放清新空气。如果两个月后这个木瓜还是完好无损的,咱们班就可以加 20 分的班级量化分,文明班级的锦旗就可以再次挂在我们班墙上了。所以,我们要保护好这个木瓜。

这的确是个好玩的事儿,高三学生的目光被这个木瓜刷一下子就点亮了。大家兴奋地交头接耳,商谈着把木瓜放在哪儿,然后保管。

端木说,木瓜就交给大家了,这是大家的木瓜,也是我们班的一员。大家一定要善待它。统筹管理木瓜的任务就由班长负责。

一出教室,迎面遇到杨希希。杨希希大眼睛一忽闪,给人一种眼泪泫然的样子,可嘴角却是笑着的。她说,恭喜啊,端木老师,20 分班级量化你是老太太擤鼻涕满把攥了。

说什么呢,杨老师,谁知道两个月后木瓜会变成什么呢,端木笑笑,笑得很谦虚。

端木上课的时候,看到木瓜放到讲桌上,总觉得视线老是不由自主地就被它拽过去,有时候甚至打断了讲课的思路,于是,他就把木瓜小心地移到了电脑屏幕下面的底座上。教室的电脑屏幕很大,底座上放个木瓜绰绰有余,还很稳当,可是他很快发现,学生的目光总是不由自主地瞟向木瓜。

下课后,他眼珠子抚摸过了教室里的每一寸空间,以寻找一个最适合木瓜栖身的地方,最后发现教室门上面的窗框上,是木瓜理想的宫殿,于是双手捧着木瓜,小心翼翼地托举上去,再后退两步,确认真正地放牢稳了,才退回到讲台上。可是还没把心放在稳妥的位置,就见两个男生呼啸而来,其中一个的肩膀猛地撞了一下门框,门框就开始经历一场地震,上面的木瓜晃了几晃,一头就扎了下来。

端木来不及惊叫,一个鱼跃,犹如世界杯上的守门员面对来势汹汹的点球,飞扑上去,一把抱住了木瓜。端木惊魂未定,学生的掌声就哗啦哗啦地响起来了,就连闯祸的两个男生,惊魂甫定,也立刻把巴掌拍得通红。

老夫聊发少年狂。端木像是舞台上刚刚表演完的舞者,将木瓜揞在胸口,优雅地微微弯了下腰,向大家的掌声致谢。

老师,我这里有个纸盒子,把木瓜放进盒子里,再放到门框上,它就不会滚下来了,班长大声说,然后恭敬地献出了自己的纸盒。木瓜入盒,仿佛美女出浴,似露非露出少半截身子,在门框上散发着幽幽清香。

好像了却了一件大心事,端木整个人都焕发出光彩来。在回办公室的路上,他一直回味自己飞扑的动作。不错,虽然已近天命,但身手还算矫健。若是将木瓜紧紧抱在怀里,再在地上顺势一滚,借着惯性飞快地站起来,动作一气呵成,那是不是就帅呆了酷毙了。

木瓜是一条幽暗的河流,将端木泗渡到青春的彼岸,他都考虑着是不是要

拖着这条将肌肉挤占为零、满是脂肪的躯体去踢一场足球，就像驾驶着一条四面漏风的船乘风破浪直到气喘吁吁地到达春暖花开的岛屿。

一进办公室，他又闻到了木瓜香。怎么回事儿，木瓜是有腿的，从教室跟到办公室了吗？他刚想开口调侃一句，却发现好几个人围在一起笑，过去一看，才发现，杨希希的办公桌上放着一个木瓜。

杨希希看到端木疑惑的眼神，高声说，我们生物组被评为优秀备课组了，这是奖品。

好呀！我们物理组也能闻到木瓜香，跟着沾光了，端木笑。

是的呀。物理组是不是该请个客？有个生物组的老师半开玩笑地说。

那是必须的呀，物理组的几个老师也笑。

杨希希举起木瓜，忽然大笑起来，笑得眼睫毛就像扑啦啦飞舞的蝴蝶。

她说，你们看，这个木瓜像什么？

像什么呢？大家仔细看，并且发挥自己的想象。

像……人脸，端木摸着下巴说。

对对对，还真像。大家一副恍然大悟的样子。

那么，这一面呢？杨希希把木瓜转了一下。

这个像……像……大家的目光又开始在木瓜上打转。

别说，还真看不出来，一个老师摆摆手。

真看不出来。

看不出来。

……

像不像一张没皮的脸？杨希希话未说完，已经笑喷了，弯腰捂着肚子。

像！

真像！

哈哈哈！

办公室里从来没有这么热闹过。

课间操刚下，几个学生就涌进了办公室，直奔杨希希。有个学生率先开口，说，老师你是教生物的，请你从生物学的角度来论证一下，木瓜怎样才能保存长久？

杨希希还没说话，端木觉得自己的耳朵已经不受控制地支棱起来。

杨希希说，你们是学过生物的，学过的东西都还给我了？我可没收到。自己想办法去。

老师，比如说，把木瓜切开——

可是两个月后要的是保存完好的木瓜呀。

可是我们班的木瓜很明显撑不到两个月,两天还行,两周都能烂成一堆木瓜泥。

……

学生走了,也没听到杨希希提供什么建设性的意见。

端木叹一口气,琢磨:木瓜怎样才能保存长久呢?从物理学的角度来看,低温冷藏?教室里没有冰箱;打蜡?色泽好看了,保存期会不会变长?或者是心理暗示,每天对着木瓜说,我爱你,你很健康很美丽?

端木突然笑了。这是走火入魔了不成?不过就是一个木瓜。

杨希希也教端木班的生物。一进教室,她就闻到了一股浓浓的木瓜香。循着味道找了一会儿,发现木瓜雄踞在门框上,就笑了。

学生说,老师,我们班的木瓜是不是特别香?

香,特别香! 杨希希说。

这一节课,杨希希的鼻子里一直飘荡着木瓜香,似乎说出的每一句话也染上了木瓜的味道,变得香甜柔软。或者,健康的、没有虫孔、没有霉斑、没有腐烂的木瓜的味道,就是特别的好闻吧。

下课以后,杨希希拉直大长腿,伸出大长臂,把木瓜从门框上拿下来,想零距离地欣赏一下这个完美的 11 号木瓜。只是她的手还没触摸到木瓜,就听班长说:老师,不要摸!

为什么?

摸多了容易坏,我们还想用它挣 20 分班级量化呢。班长挠了挠头,有点不好意思。

唉,可怜的木瓜,失去了一次我对它说"我爱你"的机会。杨希希抬手把木瓜又放到门框上,拍拍手说,瓜生短暂,唯爱永恒。

说完,杨希希回眸一笑,夹起教案就走了。

喜羊羊刚才说的什么? 什么意思? 杨希希的身影刚消失在门口,一个小男生就急不可待地问起来。大家私下里都亲切地喊杨希希"喜羊羊"。

她想摸摸木瓜,说声我爱你。小女生斜了男生一眼。

我愿意是那只木瓜! 小男生望着木瓜,一脸羡慕嫉妒恨。

我也愿意!

也愿意!

愿意!

意……!

端木发现,杨希希一回到办公室,就把那只有脸没皮的木瓜扔进了垃圾篓,随后进来的一个中年老师随手捡了起来,端端正正地放在了自己办公桌上,说,

怎么给扔了？这可是主任奖给我们备课组的奖品。

一个破木瓜！杨希希一脸讥讽，说，要不要买把香，早晚烧上三根？

别说，这倒是个好主意，老师笑道，我看各班都把木瓜给供起来了。

等办公室里没人了，端木把这只有脸没皮的木瓜又扔到垃圾篓里，想了想，又捡回来，从抽屉里翻出一把小铲子，对着木瓜一顿猛戳，边戳边说，这下就没人惦记你，也没人把你再捡回来了。

等把木瓜戳得连脸都没有的时候，端木用张报纸把这木瓜一兜，包严实了，直接扔到了院子里的垃圾箱里。

木瓜的香气渐渐地淡了，曾经备受瞩目的木瓜也被越来越多的学生忽视了，只有班长每天把木瓜从门框上拿下来，戴着手套仔细地检查一下，确认完好，再放回去。

直到有一天，他捧着木瓜半天没动，同学们围上去，发现了木瓜上的一个黄豆粒大的黑斑。

最担心的事儿终于还是发生了。眼看两个月就要到了，20 分的班级量化，就等临门一脚了，结果……

端木直接用手把木瓜拿起来，说，顺其自然，坏了就扔掉吧。

瑕不掩瑜，老师，班长说，只是一点点。

明天就会扩大一倍，端木说。

大家一边冲着木瓜默哀，一边期望等到评审的时候他们班的木瓜还是坏得最轻的那一只。

所以，不能扔。

谁都没料到，最后拔得头筹的是杨希希班。

当杨希希把一只金光灿灿完好无损的木瓜放在年级组桌子上时，大家都瞪大了眼睛，深吸了一口气。

这也太神了吧？

当初，这也并不是一只完美无瑕的木瓜呀，最好的那只，不是被端木老师抽到了吗？

希希厉害！

年级主任老廖笑眯眯地宣布：因为两个月后，木瓜保存完好，20 分的班级量化就加给杨老师班。

大家都想摸摸看看这只木瓜，杨希希将它小心翼翼地放在包里，说，这可是宝贝，得供起来。

只有杨希希知道，这是一只木乃伊木瓜。学生发挥了聪明的才智，将木瓜切开，掏出瓤，晾晒干瓜皮，用泡沫填充好后，再用小针细线缝起来，外面刷上了一层漆,又打上了一层腊。当初坏掉的五分之一,也让学生做了仿真处理。

走在路上,杨希希的脚步弹性十足,她想,我国的考古专业又可以多一个人才了。

回到教室,端木将木瓜从门框上拿下来,在全班同学的注视下,连盒子一起扔在了垃圾篓里。

大家一起松了口气。

原载《聊城文艺》2022 年夏季号

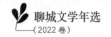
许书敏

脚　书

　　经过一天的"吃""读""跑"，当了一天民事调解员的于正辉发现自己的"脚"已经变成了一本"书"。

　　这本书里的文字是细胞，是触觉神经，是疲劳感受器。腰与脚好像是相连的。脚趾的舒展与收缩，都牵扯着腰，腰疼，喉咙也疼。这些疼不知为什么都写进了"脚"这本书里。如果用放大镜阅读，会看见大脚趾的趾甲有点长，纹理有点粗糙，但腠理的触觉清晰细腻，像一个心思细密的作家写的作品。脱掉鞋子，叫"跣"，即赤脚，他记得《唐雎不辱使命》里说过，古时候的平民之怒就是"免冠徒跣，以头抢地"，也就是摘掉帽子，脱掉鞋子，用头撞地。这庸夫之怒不能伤及别人，却可以伤及自身。撞得头破血流又如何？不会有人为你所动。就像今天处理的汪大壮事件，大壮媳妇泼妇骂街，大壮就在那里对天磕头表心意，都根本不听你讲道理。秀才遇到兵，有理说不清，简直让人头疼。

　　咋就由"吃"跑到"脚"上去了呢？吃，是为了增加力气，脚才有力量奔跑。这一天的饭，于正辉都是在路上吃的。早晨吃了一个韭菜肉盒，中午啃了两个烧饼，傍晚买了一个肉夹鸡蛋的呱嗒，叫风搅雪，很诗意的名字。本来跑腾一天，累得腰酸背痛头发晕，调解却毫不见效，心中正在郁闷，吃着这诗意名字的食品，竟然边吃边琢磨着微笑起来。人生奔波劳碌，必须不停地行走，在细枝末节上添一些诗意，生活陡然就有了趣味。

　　辛苦辗转的生活没人会喜欢，但能丰富阅历。用脚书写人生，用脚阅读生活。用脚写出来的书本，比用文字写出来的书本更让人印象深刻，使生活有更丰富的收获。村里工作难以开展的时候，也会感到迷茫，也会感觉自己的奔波毫无意义。但是，一旦经历千辛万苦抵达成功，又感觉一切努力都是有意义的，都是值得的。生命要创造多大的价值，每个人都有选择的权利。他大学毕业，选择来汪家村这个边远小镇的偏僻小村当"村官"，父母是不支持他的。省财经大学毕业的高才生,有机会跳出农门,当个银行白领,却非要回到这人人想要逃离的土窝窝,身为农民的父母实在有点想不通。但父母就他这一个独生子,他任性惯了,最终也没有拗过他,只得随他去。

于正辉觉得自己的脚就是一本书,一本只有自己读得懂的书。别人也许真的不懂,也许略知一二,其实都无所谓,人生都是活给自己看的。像文天祥、郑板桥一样内心笃定的人,也是在用自己的脚走路,用自己的脚书写自己的生命观与价值观。谁也替代不了你的脚去走路,也就是别人没办法替你吃饭,没办法替你生活。你有自己的喜好与选择。无论生活之路走得宽与窄,走得快与慢,都是自己的选择与努力的结果。

总会走到山穷水尽处,再丰富的也会遇到枯竭期,不要相信停滞,不会有永久的停滞。历史的车轮滚滚向前,一切都在变化,这才是社会发展的真理。历史也是有脚的。历史的脚如同人的脚,它取决于时代的选择与重要人物、关键人物的抉择。

就像中国共产党,百年历程,从打赤脚的农工商,到现在的社会主义全面小康,社会主义道路飞速发展,马不停蹄。所以说,一切源于脚下,一切成于脚下。"脚"这本书,不是一般意义上的书,而是一本"历史"之书,一本"发展"之书,一本"践行"之书,一本引导行动的"神奇"之书。

无论遇到什么挫折,从不放弃,重新启动,不要无精打采,停滞不前。一切写下来的东西都是脚印。即便是像上次被卡在电梯里,心中有魔鬼,心中有上帝,不如心中有自己。求人不如求己。内心的自我活着,一切才会活起来,动起来。

同学朋友笑话他,不理解他,就连村民也在猜想:一个堂堂大学生,天之骄子,为什么会落脚这偏僻小村里当"村官"?村里考出去的大学生汪力涵就当面问过他。他告诉自己,不必在意别人的评论,一切都无意义。只有从心出发,看清眼前的方向,看清脚下的路,才能写好自己的人生之书。

于正辉提醒自己,越是焦躁不安的时候,越是要镇静平和。独自坐下来,喝杯茶,读读书,或者去村野里散散步,看看长势不错的庄稼,看看高大挺拔的白杨林,看看宽阔平坦的村路,看看一尘不染的村庄环境,心里还是颇有成就感的。虽说是党的政策引领得好,发展现代农业,促进农民增收,全面加快社会主义新农村建设步伐,但落实党的好政策,要靠每一双脚都快步走起来。他在学校就入了党,他的双脚就是要走在群众前面,带领全村农民加快前进的脚步。汪家村焕然一新的面貌,确实有自己的一分汗水和功劳。晨曦里,路灯下,大路上,胡同里,都有他坚实而笃定的脚步声。

头脑空空是绝对不行的。所以,于正辉总是随身带着书本,带着笔,见缝插

针读书学习，随时随地观察记录。遇到不能解决的问题时，不妨停下来看看方向，然后再奋力前行。也许不知道接下来会发生什么，但故事总会有结尾。

工作的最后设限有时会很管用，有时又形同虚设。遇到的问题一旦突破，你会发现原来的设限是多么愚蠢。村里人看起来不如自己知识丰富，其实他们的生活经验比一个年轻的书生要丰富得多。来村里这一年多，各方面的生活知识和社会经验增长不少。就像乔治·洛里默说的，社会是一所大学。他在这所社会的大课堂里，比在大学校园里的课堂学到的东西更多，由一个羽翼未丰的"妈宝男"，变成了一个顶天立地的男子汉，为这一方百姓撑起了一片天。

人生，没有脚的行动，就像离水之鱼。不用看距离有多远，而是要实地旅行。视角能给你的，是前行的路，是情感的深切体验，是认识境界的升华。镇上有一座公墓，那是一个埋葬英雄，也是埋葬过去的地方。它们描述死亡，也讨论死亡。位卑未敢忘忧国，事定犹须待阖棺。无论是现实主义，还是浪漫主义，敢于坚持按自己的心行走，这样的脚写出的必定是一本好书，一本独特的书，一本无与伦比的卓越之书。

上个月，秦市长来村里视导工作的时候，说的一句话让他至今记忆犹新，也倍感自豪："你亲身实践的时间和空间在脚趾间流逝，这种心灵是了不起的。"他听出了满满的赞许，但他不会成为翘尾巴的小公鸡。

离开繁华都市，久居偏僻小村，压缩浮躁的欲望，播撒梦想的种子，用脚蘸着汗水书写，作为一个小小"村官"的人生一定是一个丰满、有血有肉的故事。这一年多，有欢笑，也有泪水，但更多的是进步、成长和收获。

经历过喧嚣与躁动，经历过"我是谁"的反思，接下来会发生什么？世界中还会有谁？行动起来，模糊的与抽象的以及进退两难的，都会变得明确而具体，开拓思想的边界，发挥自己的独创性，让创造力淋漓尽致地贯注在脚的每一个细胞里，终将为自己开出一张令人惊叹的生命处方。点点滴滴的经历都是珍宝，也是前进的药引子，生活的一切成分都是生命药方里必需的。

泡泡脚，吃过药，放松一下，准备继续工作吧。用脑子，用脚，用余生，塑造自己故事的主人公。

下一站，也许就是天国，是最幸福的新故事。爸爸妈妈不知道他的病情，村里人也不知道。只有他曾经的女朋友婉柔知道，为了不拖累她，与她分开，也算是费尽心机。村里的几个漂亮姑娘多次给他买衣服，表达爱意，都被他一句"我已经有女朋友"拒绝了。上周末，他偷偷去市医院做喉癌的手术复查，医生说癌细胞并没有扩散，手术很成功。记得婉柔陪他做手术时说过，她的一个表姑五十多岁做过脑瘤手术，医生也说可以活五年，如今表姑都七十多岁了，除了反应迟钝些，其他一切都好。她不相信医生说的五年。他也不相信。但是，万一呢？

最终，他还是坚决地拒绝了婉柔的好意，放弃了去那个外资银行签约，放弃了和婉柔一起工作的机会。他是爱婉柔的，相处三年的感情就这么放下，他也很痛苦。但是，他不能违背自己的心，越是爱她，越是要拒绝她。他知道婉柔现在过得很好，一年时间就成了那家外资银行的中层领导。为此他很是欣慰。他感觉，走进这天蓝河清的小村庄，就像走进了世外桃源。也许，投入忘我地工作，正是战胜病魔、延长生命的一剂良方。

从"脚"这本书里，他发现了最初的、最难以忘怀的场景，也找到了最丰富、最圆满、最让人意想不到的情节与故事。

于正辉坐在书桌前，拧亮那盏大白模样的台灯，这是婉柔告别时送给他的，婉柔说他是她最温暖的大白。他看着大白那可爱的大肚子，苦笑了一下，打开厚厚的日记本，用力地写下了八个字：坚持行走，终成正果！

获《时代文学》杂志社"劳动最光荣"征文优秀奖

杨林鸿

问 鸡

郝善良养了五年的白公鸡不见了。

白公鸡去哪了？被人偷走了还是被黄鼠狼给叼走了？白公鸡连一声叫声都没有发出，就这么无声无息地消失了，真是匪夷所思。白公鸡的消失，让郝善良茶饭不思、精神恍惚。

白公鸡对郝善良来说，非同小可。

白公鸡是郝善良在儿子郝小宝六岁那年，给儿子买的生日礼物。

郝小宝看到小纸箱里装着六只肉嘟嘟、毛茸茸的小鸡，乐不可支。老婆由惜春则鄙夷地瞪了郝善良一眼，她看见郝善良手里没有生日蛋糕，立马拉下了脸子，数落起郝善良，让你干啥去了？怎么光买了几只破鸡仔，给儿子买的生日蛋糕呢？郝善良嘿嘿一笑，说，知道你得挑我的错，生日蛋糕现做，一会儿给送家里来。由惜春哼了一声，扭身进厨房择菜了。

六只小鸡渐渐长大，都是公鸡，逢年过节宰了五只，给郝小宝做了补养品，唯独这只纯白的、没有杂毛的公鸡留下了。

白公鸡跟郝善良形影不离，打小就像个跟脚虫，围着郝善良转，郝善良去哪，白公鸡就跟到哪。

白公鸡不吃饲料，跟郝善良吃一样的饭。郝善良吃啥，白公鸡就吃啥。不给吃，白公鸡就啄郝善良的脚面。吃了郝善良喂的饭粒或者馒头，白公鸡会耸耸翅膀、点点脑袋，以示感谢。

白公鸡长得身强体壮，羽毛油光发亮，鸡冠子红彤彤、肉嘟嘟；走起路来，头高高地昂着，迈着方步，不慌不忙，样子十分豪横；黎明时分打鸣，声音是那样浑厚、有力，声震四方。谁见了，都说这不是只一般的公鸡。

郝善良感觉累的时候，喜欢喝一杯小酒解乏。郝善良喝酒，下酒菜一般是炸花生米。嚼几粒花生米，抿一口小酒，郝善良感觉非常知足。白公鸡看郝善良吃得那么香,便用尖喙轻轻地啄郝善良脚面。郝善良心领神会,知道白公鸡要吃花生米。郝善良担心白公鸡被花生仁卡住嗓子,就把花生米嚼碎了,放在手心里喂。白公鸡吃了几粒带酒的碎花生,竟然也醉了,红色的鸡冠子愈发红艳,走起路来东一脚西一脚摇晃,把郝善良逗得哈哈笑个不停。最后他抱着白公鸡,在沙发上睡着了。

由惜春见不得郝善良喝点酒就忘乎所以的样子,一手掐腰,一手拎着郝善良的耳朵,骂道,别睡了,喝点猫尿就装醉啊!郝善良头晕乎乎的,坐起身,左手揉着被拽疼的耳朵,右手抱着白公鸡。

由惜春阴着脸戏谑道,你咋跟一只鸡这么亲?跟你爹也没这么亲啊!说着要抢白公鸡。没想到白公鸡双目圆睁,用尖喙啄了由惜春一嘴,这一下,可真不轻,由惜春白皙的手背上立刻就冒出了血珠子。由惜春厉声骂道,奶奶个头。由惜春不冲白公鸡骂,知道白公鸡听不懂,她冲着郝善良骂,它是你亲爹啊?以后你就跟鸡过去吧!

郝善良嘿嘿一笑,自嘲说,鸡比俺爹亲。

郝善良不知道由惜春为什么总爱骂他爹。也许,是由惜春的爹死得早的缘故。其实,郝善良的爹也死得早,在郝善良很小的时候,爹就在一场车祸中去世了。爹在郝善良的记忆中,是模糊的。后来娘改了嫁,远走高飞,郝善良就跟着爷爷奶奶一起生活。爷爷奶奶年岁大了,担心郝善良受人欺侮,但凡出点事,即使不是郝善良的错,爷爷奶奶也常给人家赔不是。这样的家庭环境让郝善良养成了软柿子一样的性格,遭人欺负从不反抗。郝善良的性格就像他的名字,善良中带着一些懦弱。由惜春则随她娘,性格泼辣,说话做事都要占上风。刚结婚的时候,由惜春对郝善良说,我也知道这样强势不好,我爹死得早,家里就我娘和几个妹妹,不强势就会受邻里的气。慢慢地,郝善良也习惯了由惜春的呵斥和呼来喝去。

听到郝善良说鸡比他爹还亲,由惜春眉毛一挑,厉声道,你长公鸡毛了?!

郝善良立时收敛了笑容,委顿下来,酒好像也醒了,头耷拉在胸前,不再说话。

和郝善良亲密无间的白公鸡看不惯这一幕,常常在由惜春呵斥郝善良时,双目圆睁,两翅呼扇几下,脖子上的羽毛顿时挓挲起来,一副要战斗的姿势。

这天,白公鸡趁由惜春骂兴正浓,挣脱出郝善良的怀抱,出其不意地扑了上去。白公鸡个头高大,两只爪子粗壮有力,再加上翅膀的帮衬,跳起来,能达到一人高。白公鸡扑扇着翅膀向由惜春面部袭来,幸亏由惜春躲得快一些,不然鸡爪子会把由惜春挠个满脸花。

由惜春咬牙切齿地说,郝善良,看我哪天宰了白公鸡。听由惜春说出这样的狠话，郝善良吼道，谁敢动白公鸡一根鸡毛，我宰了他。这是郝善良的底线。郝善良这一声吼，吼出了一身硬气，由惜春反倒不知所措了，嘤嘤哭了起来。郝善良知道自己把话说过头了，就又来劝慰由惜春。由惜春则瞅准机会，一把抓住郝善良的胳膊，摇晃着郝善良，嘤嘤哭泣变成了大声哭嚎加诉苦，郝善良，你喝点酒就撒酒疯，你摸摸心口，我哪点对不住你？给你生孩子、养孩子，给你一个家，你还要宰了我？！你宰，你宰，你要是不宰，你就是这只鸡养的。

由惜春满脸委屈，泪水横飞，双手指甲深深掐进了郝善良的胳膊里。

由惜春又占了上风。由惜春不占上风，这场骂架是没完的。郝善良只能不语，默默忍受着由惜春尖利的嘶吼。由惜春骂累了，哭累了，掐累了，才松了手。活动活动有些酸麻的手指，看到手指甲里都是郝善良的血迹，由惜春冷着脸说，看你以后还教唆白公鸡跟我对着干！郝善良胳膊上都是由惜春的指甲印。

给郝善良解围的往往是他的手机铃声。郝善良的手机一响，说明有人找他干活了。郝善良学过电器维修，就在一些电器品牌售后门店注册了维修工，有活了，售后就给他派活，郝善良就靠这门手艺挣钱养家。

郝善良怕由惜春趁他不在家把白公鸡给宰了，出门总是带着白公鸡。白公鸡很听话，坐摩托车也好，跟着走路也好，寸步不离郝善良。

这么一只善解人意、经常替郝善良打抱不平的白公鸡，却突然不见了，怎么能不让郝善良着急上火？

白公鸡失踪那天，郝善良一直在家，没出门，也没睡午觉，中间只是去厕所方便了一下，时间也很短。往常，郝善良一走出厕所，白公鸡就会及时出现在郝善良的视线里，那天却没有。郝善良也没多想，就是觉得院子里少了什么。看了一圈，猛然发现，刚才还在院子里踱方步的白公鸡不见了，只有几只母鸡在树阴下和花草旁悠哉地刨食吃。

郝善良打开院门往外看，街上空无一人，也没白公鸡的影子。他又心急火燎地进屋去找，依旧没有。郝善良咕咕咕呼唤着，旮旯到处都翻了个遍。不祥的预感笼罩着郝善良。这天，本来凉风习习，郝善良却大汗淋漓，他的内心十分焦躁不安，许多种猜测一下子都涌向他的大脑。被黄鼠狼拖走了？不可能啊！大白天的，黄鼠狼也不出来呀；被狗给叼跑了？这个推论也不能成立，白公鸡曾经和一只狗斗过架，白公鸡爪子、尖喙一起上，差点把狗眼给啄瞎了；还有一种可能，就是有人给白公鸡下了药，鸡吃了带麻醉药的食物，被偷鸡贼偷走了。

郝善良越想越生气，越想越难过，越想心里越堵得慌。郝善良顺手在院子里拿起一把菜刀。

那把菜刀经常用来给鸡剁菜，已经生锈卷刃。菜刀是农村信用社代办员揽储时给的，说是存一万块钱，除了利息外，再赠送一把刀。看着不少人都为了多得一把刀去找代办员存款，郝善良没有抵挡住诱惑，从农业银行取出了仅有的一万块钱，给了农村信用社的代办员。郝善良得了一把菜刀，还有一张存折。代办员说了，这样存钱，你多得一把刀，而且利息一点也不少。好像郝善良得了多大的便宜一样。菜刀看起来不错，银光闪闪，非常锋利，可是，用了不到一个月，就开始生锈。郝善良拎着菜刀去找代办员，结果，代办员家大门紧闭，一把铁锁布满了灰尘，好长时间没有打开过的样子。为了一把菜刀，好多人的存款到期了都无法取出，说是必须找到代办员本人才能取出。郝善良也因为这件事，被由惜春骂了个狗血喷头。

郝善良拎着那把生锈卷刃的破菜刀，村里村外地转，眼睛恨不能变成探照灯，一下子把白公鸡照见。郝善良一边四下寻找，一边嘴里咕咕咕叫着，那样子就跟中了魔一般。

转到代办员家院子时，郝善良还特意走到紧闭的大门前，咣咣踹了两脚铁门。脸贴在门缝处，往院子里打量着。院子里荒草萋萋，没有鸡，也没有其他动物。

知了在树枝上叫着，让人心烦，村子上空弥漫着一股呛人的味道，让郝善良有一种喘不过气来的感觉。这种味道来自叶小辫家的垃圾山。叶小辫靠捡拾垃圾发家，自己后来又开了废品回收公司，村里不愿意外出打工的人，就在叶小辫公司里帮他把垃圾挑拣分类，每天能挣几十块钱。

郝善良找鸡，事不大，传播速度却很快，犹如一阵小旋风，瞬间刮遍了全村。叶小辫也听说了。叶小辫剔着牙，站在自己家饭店门前，等郝善良走到跟前，说，善良，咋了？郝善良双目通红，就跟哭过一样。郝善良声音低沉地说，找鸡，我那只白公鸡不见了。叶小辫哦了一声，从嘴里吐出一根肉丝，说，那是活物，找那玩意儿费劲。郝善良说，死要见尸，哪怕是羽毛，我也认得。叶小辫一愣，笑着说，你到我家后院看看，有你的白公鸡吗？叶小辫这话倒是提醒了郝善良。叶小辫有个癖好，爱吃鸡肾，每天必吃，还得是白公鸡的肾。

叶小辫有了钱之后，就十分在意自己的身体，在垃圾回收公司旁边，又开了一家特色炖鸡馆。叶小辫不知听谁说的，鸡肾对身体好，他每天都要弄几个鸡肾吃。

叶小辫饭店后院里，圈养着十几只脏兮兮的白公鸡。郝善良打眼一看就知道，这里面没有他养的那只白公鸡。叶小辫指指厕所边的粪坑，说，那里是鸡毛，你看看有吧。郝善良真的就走过去了，鸡毛、鸡肠子、鸡杂碎散落在粪坑里，散发着阵阵恶臭。郝善良胃部突然抽搐了一下，有东西往嗓子眼涌。郝善良匆匆跑出了饭店后院，叶小辫在他后面嘎嘎笑着，喊道，你可是都看过了，我这里没有你的白公鸡。

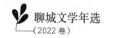
找鸡的过程，令人煎熬。有好事者，问东问西的，打听一些跟公鸡无关的事情，这让郝善良非常难堪。郝善良既希望遇到人，能打听一下，问问对方有没有见到他的白公鸡；又不愿意见到人，知道他们只会说几句同情的话，其他任何忙也帮不上。

找鸡的路上，郝善良又遇到了风烛残年的王大壮。王大壮似乎就是为了专门等郝善良才站在那里的，他拄着拐杖，极力控制着摇晃不已的身子。王大壮在村里当过二十年的会计，说话做事，比支书都管用。那年，村里丢了一捆电缆，不知道王大壮为啥非怀疑上了郝善良的爷爷，带着村部的人去搜郝善良爷爷家的房子。郝善良的爷爷挡在门口，不让搜，王大壮挥手就给了郝善良爷爷一巴掌。一伙人在郝善良爷爷家翻了个遍，什么也没找到。

郝善良看到王大壮就会想到这一幕。郝善良不想和王大壮费口舌，想绕过去，王大壮却用拐杖指着郝善良喊道，善良呐，过来。

郝善良只好来到王大壮跟前。王大壮伸出一只干瘪的手，似乎想跟郝善良握手，但郝善良往后闪了一下身子，躲开了。

王大壮用胸腔干咳了两声，大口喘着气说，善良呐，我那年也是为公，不是故意打你爷爷。王大壮不干会计后，几乎每次见到郝善良都会这么没头没脑地忏悔一番，以取得郝善良的谅解。

郝善良说，就这事？

王大壮说，你家的白公鸡是不是给狗叼走了？

郝善良说，不可能。语气不容置疑。

王大壮又说，也许是黄鼠狼呢。

郝善良说，不可能。语气依然不容置疑。

王大壮就又说，你拎着一把刀干啥？

郝善良说，我找到宰我白公鸡的人，要劈了他。郝善良说这话时，两眼通红，透出一股杀气。他还将菜刀举起来，做了一个砍杀的动作。

王大壮腿一抖，觉得膝盖软了一下，差点跪倒在地上。

郝善良手中的菜刀，像一张废旧的铁皮，一看就知道这是代办员赠的刀。刀面锈迹斑斑，刀刃已经有了豁口，但村里依旧人心惶惶，都生怕不小心会挨上一刀。

郝善良一整天都没有找到白公鸡，连白公鸡的一根白毛都没找到。

可是郝善良并没有气馁。第二天，郝善良起了个大早，继续找他的白公鸡。没了白公鸡的陪伴，郝善良像变了一个人，两眼无神，神色黯然，就连头发都凌乱不堪起来。

在榆林村，散养鸡丢失是常有的事。有的鸡可能回家晚了，栖错了窝，第二天就会跑回家的;有的鸡半夜被黄鼠狼拖走吃掉也是常有的;有的鸡还会被偷鸡贼喂药塞进麻袋里。但郝善良这只白公鸡丢得太蹊跷,悄没声儿就不见了,他至今都不愿意相信,白公鸡怎么就奇怪地消失了。

邻居麦苗听到郝善良出门的响动,也出了门,怀里抱着一只白公鸡。麦苗是要借此感谢郝善良的。男人外出打工,一年回来一趟,家里有什么体力活需要干的,麦苗都是来找由惜春,由惜春再指使郝善良去帮忙。其实,由惜春不愿意让郝善良去帮忙,她担心麦苗会引诱郝善良,但是,每次麦苗来找由惜春从不空手,不是拿件小孩的衣服,就是拿几个水果或者蔬菜之类的,不是什么值钱的东西,就是为了好张嘴求人。由惜春贪小便宜,不好推辞,就派郝善良去。有时,由惜春不放心,怕孤男寡女在一起出事,就跟着去,在一旁做个帮手。麦苗是个聪明人,什么都能看明白,郝善良去帮忙的时候,麦苗就是本本分分地打个下手,或者倒上一杯水,给干完活的郝善良喝。

麦苗抱着一只白公鸡出来,让郝善良感到一阵惊喜。郝善良走近前一看,大为失望。麦苗说,善良哥,给你这只白公鸡吧,别再找了;又说,我这只白公鸡也是一身纯色的白羽毛,也很懂事听话。郝善良看了一眼麦苗,说,不是公鸡的事。麦苗幽幽地说,不是公鸡的事是啥事?看你,才一天,眼珠就掉坑里去了。郝善良说,都怪我自己,弄丢了白公鸡,丢了白公鸡等于丢了我的魂儿。魂儿都没有了,我还活个什么劲啊。说着,嘴角一扯一扯地想哭。

麦苗说,鸡的生命也是有限的,总归是要走的,你这样为了一只鸡,把正经事都丢下了,值得吗?郝善良心里一动。郝善良知道麦苗是为他好,麦苗的话让郝善良感觉到,麦苗真是一个体贴人的好女人。郝善良感激地用手去抚摸了一下公鸡光滑的羽毛。公鸡大概不想让生人摸它,就挣了一下,麦苗抱着公鸡的双臂往前伸了伸,胸部就碰到了郝善良的手。郝善良的手触碰到麦苗柔软的胸部后,脸一下子涨红起来。郝善良看到麦苗的脸也红通通的。麦苗没再说话,扭身进了自家院子。

由惜春恰好看到了这一幕,就扯着嗓子喊道,郝善良,麦苗给你白公鸡你咋不要,是不是要她把白身子也给你?

郝善良听到这样的话,头立时就大了,他觉得头发根都立了起来。侮辱他郝善良可以,不可以侮辱麦苗。

郝善良怒目圆睁,真想用刀砍了由惜春。郝善良狠劲挥了一下菜刀,菜刀尽管卷了刃,却依旧发出了很锋利的声响。

由惜春惊叫道,郝善良,你想干啥?想杀人不成?

郝善良发狠的目光就像飞出的石头,遇到由惜春的目光后,啪嗒一声掉了下来,滚落在由惜春的脚下。要杀人的想法也就是在脑子里一闪而过,郝善良

是下不去手的。但是，他想，白公鸡要是在，肯定会替他打抱不平的，会扑上去啄她、挠她。白公鸡不见了，郝善良也就没有了公鸡毛。

郝善良拎着菜刀，神情恍惚地往前走去，没有理会由惜春的喊叫。

郝善良又在村里村外转了一晌，依旧没有结果。

郝善良拖着疲惫的双腿，来到叶小辫的炖鸡馆。叶小辫正坐在店里靠窗位置的一张桌子上，自斟自饮。叶小辫看到郝善良进来，大声招呼着，善良，找到白公鸡了吗？不等郝善良回答，接着又说，来，坐这儿，咱俩喝一杯。郝善良拒绝了，找了一个靠角落的桌子坐下。他要了一盘油炸花生米、一瓶二锅头。郝善良酒量不行，但这会儿，郝善良就是想喝酒。郝善良喝酒的目的不是要用酒精来麻醉自己，郝善良要趁醉意来破解白公鸡失踪之谜。

白公鸡失踪之谜没有破解，一瓶酒已经见了底。醉意找上了头，郝善良头晕脑涨，双眼布满血丝。

郝善良走出炖鸡馆的时候，身子摇摇晃晃，但郝善良没有忘记手里拿着的那把破菜刀。叶小辫正在饭店门前，嘴里啧啧着，逗弄挂在树枝上的画眉。那画眉在笼子里蹦来蹦去，就是不出声。郝善良出来的时候，看到叶小辫逗不出画眉的声，就笑了，借着酒劲走上前，向笼子里的画眉挥舞起了菜刀。不知是赶巧了，还是什么原因，那画眉张嘴鸣叫起来。叶小辫扭头看一眼郝善良，哈哈一笑说，善良，还是菜刀管事啊。郝善良脚步踉跄着，说，甭来那些没用的，谁弄死我的白公鸡，我就弄死谁。

叶小辫看着走路东倒西歪的郝善良，摇摇头自言自语道，这小子喝多了。

郝善良真喝多了。郝善良一边走，嘴里还一边嘟哝着，谁弄死我的白公鸡，我就弄死谁。郝善良高一脚低一脚地走着，眼睛也迷离着。不管遇到谁都是那句话，谁弄死我的白公鸡，我就弄死谁。

在王大壮家门前，好多人围着王大壮在叽叽喳喳说着什么。王大壮拄着拐杖，在人群中间，颤巍巍地说，等郝善良来了，我劝劝他。话没说完，就见郝善良已经来到了他跟前。众人纷纷躲避到一边，只剩下郝善良和王大壮站在那里。王大壮表情凝重，声音低沉，说，善良呐，好好回家睡觉，不要再找鸡了。郝善良乜斜着眼，双脚来回倒腾着，好像总是站不稳，他说，谁弄死我的白公鸡，我就弄死谁。王大壮用拐杖捣着地说，善良呐，听叔一劝，一只鸡再贵重也是鸡，回家好好过日子才是正道。郝善良哈哈大笑道，我不好好过日子了吗？你们不告诉我真相，我怎么能安心？郝善良说着，就继续往前走了，边走边大声喊道，你们不说，我自己问鸡去。

这时，众人又聚拢到王大壮身边，议论纷纷。有的说郝善良喝醉了，在说胡话；有的说郝善良脑子受刺激了，可能疯了。

　　郝善良酒喝得真有些多，以前郝善良没有喝过这么多酒。今天，郝善良只是想借酒来探清事实真相而已。既然问人问不出个所以然，郝善良决定找鸡去问。这是弄清白公鸡失踪之谜的最后一个渠道。郝善良想，盗贼也好，黄鼠狼也罢，躲避人，是不会躲避鸡的。

　　问鸡对郝善良来说，真是无奈之举。

　　郝善良就真的变成了一只鸡，一只雄壮的白公鸡。郝善良挨家挨户跳进院子里，和每家的鸡们见面，仔细打听那只白公鸡的下落。打听的过程，让他体会到了作为一只鸡的不易。原来，他的那只白公鸡，竟然是村里所有母鸡仰慕的对象，鸡们都见过那只白公鸡，也都以见过那只白公鸡为荣。

　　白公鸡失踪的消息，鸡们也都知道，只是它们和郝善良一样，不知道白公鸡是如何失踪的，是生是死，是给狗叼走了还是被黄鼠狼拖走了。鸡们不知道，也劝郝善良不要再问。郝善良不明白，为什么在鸡的小社会里大家也这样遮遮掩掩。

　　郝善良又问与白公鸡关系最好的芦花鸡。芦花鸡似乎没有悲伤。芦花鸡说，我们鸡族把生死看得很淡，我们这么弱小，我们生存的原则就是及时行乐。不像白公鸡，它压抑自己，为了一个人的尊严活着，这样注定是会招惹灾祸的。芦花鸡的一席话让郝善良冷汗频出。

　　郝善良猛地想到，麦苗家的鸡也许会说真话。于是，郝善良呼扇着翅膀，飞过墙头，来到麦苗家。

　　麦苗正在给鸡拌饲料，突然发现多了一只白公鸡。麦苗多聪明的人，家里多了什么，少了什么，她一点也不糊涂，她什么都明白。呀，咋多了一只鸡？麦苗呀了一声之后，一下子就想到了郝善良要找的那只白公鸡。麦苗不知道白公鸡是郝善良变的，她悄悄抱起了白公鸡。麦苗把白公鸡抱在怀里，白公鸡竟然说话了。麦苗，我是郝善良。郝善良说。麦苗惊讶得张着嘴，麦苗并没有因为听白公鸡说它是郝善良，就把它扔下去，反而抱得更紧了。郝善良感觉到了麦苗身体的柔软。麦苗抚摸着白公鸡的身子，说，你为啥要变成公鸡啊，难不成你是要借此来找我？说着，用脸去蹭白公鸡的脸。郝善良说，我是来找鸡的，我的鸡丢了，我找不到它，我活着就是行尸走肉。麦苗一双眼睛盯着白公鸡的眼睛。郝善良感受到了来自麦苗深情的目光。麦苗哽咽着，眼里噙满泪水，很快，泪水就开了闸一般涌出来，哗哗流过脸庞，滴到白公鸡的脖子上、鸡冠上。郝善良说，麦苗，你为啥要哭？麦苗说，你活着的时候，我们没有这么亲近过，死了你还能变成鸡来看我，这让我感动。郝善良说，我死了吗？我这不是好好的。麦苗说，你没有回家看看？你家里都搭上灵棚了，你的身体在棺材里，你现在是你的灵魂。我知道，由惜春把你看得紧，但她看不住你的灵魂。你的灵魂能来，我也知

足了。麦苗絮絮叨叨地说着，说得郝善良也掉下泪来。郝善良没想到麦苗这么爱他。白公鸡依偎在麦苗的怀抱里，用脑袋使劲贴着麦苗的胸脯。

郝善良说，麦苗，谢谢你。因为这世上有你，我知足了，我先告辞了，我的魂永远属于你。说着，白公鸡挣脱了麦苗的搂抱，飞回了自家的院子。

郝善良看到自家院子里真的搭起了灵棚，自己躺在灵床上。他的儿子郝小宝趴在灵前呜呜地哭，两只眼睛都是红肿的。他去啄儿子的手，儿子没理他，他又啄，儿子看他一眼。他发现，儿子的眼珠子一亮，脸上的悲伤一扫而光，一下把他搂在了身边。这让郝善良十分感动，儿子没白养。郝善良觉得有时候不应该因为自己心情不好去呵斥儿子，郝善良心里对儿子充满了愧疚。

棺木一侧，几个女人在陪着由惜春说话。由惜春脸色苍白，不知道是灵堂光线的映衬还是心情所致。郝善良又跑到由惜春身边，去啄由惜春的脚面，由惜春看都懒得看他一眼，一脚把他踢飞了，踢得他胸脯子疼。

一群人把由惜春围在中间，叨叨咕咕、喊喊喳喳。周围声音嘈杂，听不清楚他们说什么。

叶小辫竟然也来了，他坐在屋里的沙发上，和几个男人谈笑风生。叶小辫还把皮鞋脱了，双腿盘在沙发上，就跟在自己家一样。郝善良冲着皮鞋拉了一泡屎。

按照榆林村的习俗，出殡前，要宰一只白公鸡祭奠亡者。恰好，变成白公鸡的郝善良就被叶小辫给逮了个正着。

叶小辫要亲自对白公鸡行刑，左手反提着白公鸡的翅膀，右手拎着郝善良存款得来的那把锈迹斑斑、已经卷了刃的菜刀。郝善良内心悲哀极了，难道存款得来的刀就是用来杀掉自己的吗？郝善良感觉到冰凉的菜刀架在了脖子上，他声嘶力竭地喊着，声音充满恐惧与绝望。不少人在围观这场杀戮，大概是濒临死亡的叫声和鲜血可以给人带来刺激。围观的人面带微笑，眼睛都齐刷刷地盯着叶小辫和他手中抓着的郝善良。没有人制止。郝善良流出了眼泪。人们惊奇于一只将死的鸡，竟然也会流泪。看看，它流泪了。人们在指点着变成白公鸡的郝善良。郝善良感觉到菜刀在脖子上划来划去，菜刀太钝了，脖子上的皮肤随着菜刀的滑动，渐渐有血渗出。

这时，一个稚嫩的声音在喊，放开他，放开他，他是我爹。儿子郝小宝冲进人群，一把夺过叶小辫手中的白公鸡。叶小辫哼了一声说，这破菜刀。

郝小宝一定是疯了，儿子心疼爹，心疼疯了。周围的人窃窃私语。

白公鸡在郝小宝怀里大口喘着气，一副奄奄一息的样子。头耷拉在郝小宝的胳膊上，浑身是汗，湿漉漉的。

由惜春把郝小宝搂在怀里，嘤嘤啜泣着，说，小宝，你爸在灵床上躺着呢，这只是一只鸡。

郝善良找鸡,一晚上没有回家。第二天,由惜春又满村子找郝善良,结果在叶小辫家的炖鸡馆后院发现了郝善良。

郝善良在叶小辫家的鸡笼子里躺着,手里握着那把破菜刀,脖子上有两道明显的划痕,渗出的血已经干涸结痂。

原载《当代小说》2022 年第 5 期

袁方华

千里之外

一

秋风初起时，袁秋歌按着姨夫给的地址，终于找到了位于凤城开发区的永盛有色金属制作公司。秋风拂去秋歌脸上的汗滴，无比惬意。秋歌就在公司门口的银杏树下抬头看着天空。

天空辽阔而高远，风一次次袭来，卷过银杏树，又卷过云层覆盖的天空，就有金黄色的银杏叶翩然飘落，天空的云层就被风吹散，变成了薄如羽翼的云丝丝，散落在天空的庭院里，飘飘荡荡。

秋歌看看天空，又看看永盛有色金属制作公司的电动门，横卧着的电动门就像一条闪着银色光泽的大蟒，慵懒，无所事事地趴伏在秋阳里。一个坐在门岗里，慵懒、无所事事的保安，趴伏在桌子上，张着大嘴打着哈欠，将里外隔成互不相干，又紧密相连的两个世界。

二

秋歌刚从市第二技术学院毕业，通过姨夫李革生的关系进入了永盛有色金属制作公司。秋歌她姨夫是公司副经理，主管销售。

姨夫出差了，他的秘书接待了袁秋歌。秘书姓王，神情漠然的王秘书妆容精致，戴着一副黑色无框眼镜，穿着黑色高跟鞋，黑色小西服里是一件领口和袖口有着蕾丝花边的白色衬衫。她喷了香水，很清淡的那种，袁秋歌对香水过敏，闻到香水味不由地打了个喷嚏。

秋歌跟在王秘书身后，有些拘谨地看着这陌生的一切。走过门岗，她看到洁净宽敞的道路两旁栽种着高大的银杏树，金黄色的银杏叶在秋风中飘落，银杏树掩映着两溜挂着牌牌的办公室，靠近道路的墙壁上是各车间画的黑板报。

　　秋歌第一次见到张兆谦时，他正和同事在公司门口的草坪上踢足球。经过草坪的时候，张兆谦正好进球，他一个夸张的跪滑，双手握拳仰天大叫一声："噢耶！"秋歌被吓了一跳，两人的目光不期而遇，秋歌低下头跟着王秘书走进厂区。

　　张兆谦披上外套，接过同事递过来的矿泉水喝了一口说："哈，来了个柴火妞。条顺，盘亮，两个前大灯不错。"同事讨好地说："一个乡下妞儿而已，怎么比得上兆谦哥的白领女神啊！"张兆谦神情得意地一笑，看了一眼王秘书说："这是一个有后台的妖精。"一般人哪能惊动冷艳无比的王大秘书啊，她身后可是管销售的李副经理。他仰望着秋天蔚蓝高远的天空，叹息一声："唉，哪像我等没有后台的无名小妖啊，在这个世界，有后台的妖精都被接走了，没后台的妖精都被打死了，我等小妖，永远逃脱不了被打死的命运。"

　　这是一家有色金属制作公司，是省富农化工集团的下属公司，制作钛材、镍材、锆材等稀有金属设备。永盛有色金属制作公司下辖三个车间，机加工一车间，零部件焊接二车间，组焊成型三车间。秋歌被分在二车间。王秘书把秋歌交代给车间主任董大柯就回办公室了，甚至眼皮都没撩一下秋歌。谁让秋歌是走后门来的关系户呢。

　　三天安全培训结束，秋歌在库管员那里领了劳保用品。两套印有公司标志的白色纯棉工作服，六副羊皮手套，两双防砸鞋，一顶盔式可调节焊工面罩。

　　秋歌穿戴好劳保用品去二车间报道。办公室在车间内办公二楼，秋歌敲敲门，里面传来董主任的声音："请进。"秋歌推门进了办公室。董主任坐在办公桌前写东西，戴着无框眼镜的女统计在电脑前打字。董主任看了一眼秋歌说："你是袁秋歌吧？"秋歌有些拘谨地点点头。董主任扭头对打字的女统计说："小杨，你去喊张兆谦来办公室签师徒协议。"杨统计答应了一声，戴上安全帽，去车间了。

　　董主任身材中等偏胖，铜铃大眼，双眼皮儿，络腮胡子刮得露出青森森的胡茬，他拿出师徒协议，递给秋歌一份："张兆谦是咱公司最出色的氩弧焊工，他虽然脾气又臭又硬，但是咱集团，乃至国内拔尖的氩弧焊工，多次在国内各种比赛中获奖，他也是焊接万张片子无返修的纪录保持者，你可要好好跟他学本事，争取早日出徒。"正说话间，办公室的门被很不礼貌地踢开，反戴着安全帽的张兆谦闯进来，拿过董主任的"蓝将"，递给董主任一颗香烟，就开始过烟瘾。董主任接过香烟，笑骂道："张兆谦，你胆肥了，蹭烟蹭到我这里来了。"张兆谦嘿嘿一笑："车间不让吸烟，好容易来办公室一趟，当然要过烟瘾了。"杨统计皱着眉挥动眼前的烟雾："你们讨厌死了。就这点空间还吸烟，不会出去吸啊。"张兆谦故意冲杨统计吐了一个烟圈："杨琳，罚钱你给我拿，我就出去吸。"结果换来

杨琳一顿乱捶。

张兆谦过完烟瘾，对董主任说："主任，你喊我来不会只让我过烟瘾的吧？"杨琳撇撇嘴，哼了一声："你想得美！董主任喊你来是让你签师徒协议的。"张兆谦眯起眼睛看了秋歌一眼，牙疼似的直抽抽嘴巴："我能拒绝不？"董主任把师徒协议扔到张兆谦跟前："别废话，签完赶紧滚蛋，我还要去开会呢。"张兆谦只好在师徒协议签上自己的大名，横了秋歌一眼："徒儿，跟为师走吧。"秋歌哪能看不出张兆谦目光里的不屑啊，她恨极了张兆谦的蔑视，可她没有选择的余地……

回到车间，张兆谦坐在工位上，一改以往的吊儿郎当，满脸严肃地对秋歌说："袁秋歌是吧？拜师之前我先奉劝你几句话。"秋歌低眉顺眼："师父请讲。"张兆谦说："我这人脾气不好，耐心不够，好熊人，说过的话不愿重复第二遍，你觉得你能承受就拜我为师。"秋歌在心里哀叹一声：混蛋张兆谦，现在说这有屁用啊。秋歌依然低眉顺眼："谢谢师父明示，我会努力跟师父学焊接技术的。"张兆谦站起身说："徒儿，行拜师礼之前为师先送你三句金玉良言，你可要牢牢记住。"张兆谦凝视着秋歌说："第一，无论什么情况，你都要保住自己的安全，自己的小命儿和安全永远胜过一切。第二，永远别把同事当朋友。第三，要做一个经常做好事的坏人，而不是一个做不了坏事的好人。你，记住了吗？"她抬起目光，和张兆谦对视一眼："谢谢师父，我记住了。"张兆谦又恢复了以往的吊儿郎当，用脚把盔式面罩踢到秋歌跟前："徒儿，自己把面罩装好吧，我去开单子，一会儿咱去仓库领把子线、氩弧枪浪迹的东西。"张兆谦转身去开领料单了，只剩下秋歌对着歪斜零落的面罩零件束手无策。张兆谦的形象又一次在秋歌心里轰然倒塌……

下班之前终于领完必用工具，张兆谦夸奖秋歌说："徒儿的动手能力不错，能自己安装上面罩，当然，如果不把调节旋钮按反的话会更完美。"秋歌气结无语……

六点半下班后，秋歌走到门岗处等班车。凤城工业园距凤城足有三十公里的路程，大部分员工都是乘坐班车上下班。当然，也有人开私家车，或者骑摩托车上下班，比如张兆谦。

秋歌扭头看见倚在摩托车旁的张兆谦在等人，他依然那副吊儿郎当、漫不经心的神情。秋歌给他打招呼："师父，在等人啊？"他心不在焉地"嗯"了一声，头也不抬地冲秋歌挥挥手，就像挥手赶走面前的一只苍蝇。秋歌不由得撇撇嘴。张兆谦依然低着头边吸烟边摆弄手机。

一个身穿白色风衣、长发披肩的女孩跑过来："兆谦，对不起，让你久等了。"秋歌见过这个女孩，综合办的一级科员李雨霏。张兆谦跨上摩托车，边戴头盔边说:"你咋这么拖沓?等你都快一刻钟了!"女孩亲热地搂着他的腰说:"还不是加班做工资报表了。"张兆谦打着火,一溜烟穿过门岗前成排的银杏树。风扬起李雨霏的黑色长发,就像飘扬着的一面旗,在落叶飘零的秋风中不见了踪影……

三

早晨点完名,统计杨琳抱着点名册说:"接集团通报,三个月后举办焊接技能大赛,报名时间截止到今天下班。愿报名的抓紧。"

方言推推架在鼻梁上的黑框眼镜第一个报名:"杨琳,我报名。"随后又问张兆谦:"兆谦,你不报名吗?"张兆谦乜斜方言一眼:"翻来覆去就那么点事,没意思,不跟你们玩了。"方言被张兆谦的不屑惹恼了:"我今年一定会打败你。"张兆谦一笑,下巴朝袁秋歌一点:"方班长,我教的徒弟都能打败你这个千年老二。"张兆谦冲杨琳说:"杨琳,给袁秋歌报个名,看我这个徒弟三个月以后怎么完败方班长。"杨琳用询问的眼神看看秋歌。秋歌心里直抽抽,不知道师父意欲何为,只好硬着头皮说:"那就报吧。"张兆谦盯了秋歌一眼:"我看你底气不足啊。"秋歌心说,这不废话嘛,这还是菜鸟级别呢,三个月后拿什么跟人家比?张兆谦此刻眼神犀利,大声说:"袁秋歌,有信心三个月后拿冠军吗?"方言的女徒弟闻柔笑着推了一把张兆谦:"你吼啥啊?对女同志就不能柔和点吗?真粗鲁。"张兆谦回了一句颇有内涵的话:"我哪粗了?哪粗了?"闻柔岂能听不出他话里话外的意思,细长的丹凤眼瞪起来,一字一字地说:"张——兆——谦,你信不信老娘阉了你!"闻柔可是个名不副实的女人,性格暴躁起来就像一头暴龙一样,惹怒了她,就连调度室主任大老江也被骂得抬不起头。张兆谦就有了偃旗息鼓的意思:"好男不跟女斗。"闻柔冷哼一声,转身离去。

方言,董主任的高徒,返修工,主攻各种焊接接头返修工作,焊接实力仅次于张兆谦,轻度油腻眼镜男,外观特点是臀围突出,因为腚大,撑得工作服裤子一星期开裆六天,张兆谦就笑称方言是开裆班班长。方言在各种比赛中一直拿第二,所以被张兆谦戏称千年老二。方言直摇头,这真是一对疯子:"张兆谦,我拿一个月的工资跟你打赌,你徒弟三个月后肯定拿不到冠军。"这不是笑话吗,刚来还没一个月,居然想在高手如云的比赛中拿冠军?来做梦的吧?入围还差不多。张兆谦一副看不惯我又如何,你又拿我没办法的欠揍表情:"那我就成全你。徒儿,走了!"

回到工位上,张兆谦对秋歌说:"徒儿,为师刚才牛逼也吹出去了,以后吃吃喝喝可就看你了。"秋歌都有一种张口吃天,无从下嘴的感觉:"师父,这个难度是不是太大了?"张兆谦依然一副吊儿郎当的神情:"起点高才能飞得更高嘛。"秋歌心说，起点高会摔得更惨还差不多。张兆谦说："别把这个比赛看得那么神秘。也别给自己找退路，其实就那么点事，听我的，三个月后我一定会把你打造成集团焊接女状元。"张兆谦语气一顿："不过，你要是关键时候掉链子，烂泥糊不上墙的话，可别怪我将你逐出师门。"秋歌用力点点头："我一定不负师父重望。"张兆谦笑眯眯地说："这还差不多，我看好你，你有焊接方面的天赋。这人啊，你不狠狠逼自己一下，永远不知道自己有多优秀。我给你制定一个方案，梦想，指日可待。"

第二天，张兆谦就拿出方案，对秋歌说："焊工比赛由两个部分组成，焊接实操考试和焊接理论考试。袁秋歌，你绝不能在焊接理论方面失分儿，我给你去找考试资料，你就踏下心来背题。"秋歌点点头："这个没问题，我一定能做到。那实操考什么啊？"张兆谦贼眼乱翻，四处瞅瞅，然后从兜里摸出一颗香烟，点燃，捏在手心里不时吸一口："实操考手弧仰板焊接，还有氩弧小管对接梅花桩焊。"秋歌见过别人焊仰板，但没见过小管梅花桩焊，经过一个月的时间学习，秋歌的氩弧焊还能拿得出手，手弧焊恐怕打火都成问题。张兆谦摁灭烟蒂，装进兜里："三个月的时间就足够了，这是每个焊工的必经之路，咬咬牙也就过去了，会让你一辈子受益。你一会儿去焊材库搬一箱 j507 焊条送到焊接实验室，我给你一星期的时间熟悉碱性焊条的特性，一星期以后我去考核，嘿嘿……"张兆谦笑得很猥琐："如果你考核不过关的话，我会打你屁股哦。"秋歌一下子红透了脸颊，心里骂道：没正形的家伙。

此后的秋歌就像被张兆谦紧紧抽打着的陀螺，高速旋转着，旋转着，根本停不下来……

事态向着好的方面发展。张兆谦和方言的打赌本是无心之举，却很快惊动了高层，高层经过开会研究，决定把这件事上升到政治层面，这就不仅是个人之间的举动，而上升到公司级别。公司重视大力培养技术性人才，各部门要给予大力支持。张兆谦的工作量减半，以腾出更多时间去指导秋歌练习实操。

无形中，秋歌没有了退路，只能奋勇直前。一旦败北，上层的问责可不是秋歌和张兆谦所能承受的。包括董主任也会受到波及……

张兆谦还是一副吊儿郎当、满不在乎的神情，他很少去焊接实验室，而是更多地利用了这个机会，扯起虎皮当大旗，晃悠到综合办去找他女朋友李雨霏。

四

焊接技术大比武如约而至。

考试地点设在市第二技术学院。理论考试在微机上进行。秋歌理论成绩爆了个大冷门：满分一百分！全场哗然，就连监场老师都感到诧异。历届焊工比赛还没有选手考过满分,有好事的选手很快扒出秋歌才入职四个月,又打听到秋歌的师父是往届蝉联冠军张兆谦时,都无话可说了。只有张兆谦这厮如此变态,才会教出同样变态的徒弟。而方班长考了92分,又考了个第二名。方言不信邪,张牙舞爪地大叫:实操比赛再分雌雄!众人都笑,秃子脑壳上的虱子,这还用分吗?

方班长能不着急吗?一个月的工资在里面打赌呢!

实操考试是在第二技院的焊接实验室,每个选手一个小格子间,内装摄像头,监视选手是否作弊。考试时选手一律不准坐、跪,只能蹲在试板下进行焊接,违者按违规论处。

秋歌的考位和方言的考位相邻。五分钟的紧张考前准备,一阵磨光机声响过后,弧光闪耀。试板都按要求装配在焊接工装上,一切就绪,气氛紧张而压抑。监考老师看看表,一声令下:"实操考试开始计时。"

只听"嗤啦"一声,方班长的裤裆再一次在关键时刻开裆。本来有些紧张的秋歌不禁莞尔一笑,心情放松下来。一切就绪,秋歌蹲在试板下面,双手握紧焊钳,就像进行一场异常隆重的仪式。她沉思了一会儿,缓缓吐出气息,将面罩咬在口中,双手握紧焊钳,稳稳递出焊条,在坡口处瞬间引燃电弧,璀璨夺目的弧光闪耀着,向着秋歌的梦想靠近……

考试结束。

秋歌以理论成绩一百分、实操九十八分的超常发挥脱颖而出,取得了本次比赛第一名的好成绩。方言因为裤子开裆,严重影响了心情,又一次沦落为千年老二。比赛过后,政宣处的美女扛着摄像机来采访,这货捂着裤裆落荒而逃……

方班长言而有信,果然拿出一个月的工资请张兆谦师徒俩去聊城中银大厦吃饭。结果,被张兆谦一顿臭骂,改为在公司附近的小饭店花了二百块钱请两人吃了一顿饭……

五

好日子没过三天,加班狂潮来临。早晨点完名,董主任宣布:从今天开始加班至晚九点下班。员工纷纷交头接耳。董主任又加了一句:调度室八点十分查开工情况,没及时开工的罚款一百。

还是这句话管用,都闭嘴,老老实实地去开工了。

永盛公司是加班成疯的公司,一年三百六十五天只休春节五天假,有时还要轮班三天。每天八小时的工作制,硬是让人家上出一天顶一天半的节奏。晚上八点下班那是漫天神佛保佑,还有可能加班到夜里二十一点,如果上帝转过脸去闭上眼,还有可能会加班到二十二点……

加班成了必选包,更要命的是每月只有两天假。你敢请第三天,对不起,工资里找算。

六点十五分。

车间里的员工骂声一片。

当然,是背地里地骂,都无心干活,互相大眼瞪小眼,观望着。张兆谦一摔安全帽,对秋歌说:"徒儿,收工!"

一个带头的,呼啦跑了一片。

车间里只剩下方言还在设备前返修。他的徒弟加搭档闻柔走过来说:"师父,别人都跑没影了,你还不走吗?"方言苦笑笑说:"闻柔,你回家吧,别陪着我在这里熬时间了。"闻柔知道方言是董主任的徒弟,叹息一声:"唉,你还真够忠心耿耿的。不过,我提醒你,忠心耿耿的人历来都没有好下场。我回家也没事,就陪着你一起加班吧。"

这个闻柔也是一个很奇怪的女人,她是方言的徒弟,都跟方言学了一年焊接了,至今还没有出徒,一直跟方言做搭档。综合办多次找闻柔谈话,但闻柔根本无视。天上的事知道一半,地下的事都知道的大左说,闻柔离婚了,但人家有钱,开着好几十万的小车上下班,人家上班是图个消遣时光。闻柔上班任性,愿来就来,愿走就走,不在乎给多少工资。她闻柔一个女工,就像黄米面窝窝掉到灰窝里,打不得,吹不得,说不得。但,谁也不敢说人家二话,更不敢暗地里下绊子,扣人家工资,很显然,这也是一个有着后台的妖精。

办公区二楼。

董主任站在窗前,皱着眉毛看着空荡荡的车间,他看到了张兆谦带头,其他人一窝蜂偷跑的场景。

董主任抽出香烟,点燃,深思。其实,车间无须加班就能完成调度室的节点考核。但是,别的车间都已经加班了,他不加班是想和上面唱反调?这是一场无意义的,被别的车间挟持的加班。董主任心生一种无奈和一种无力感。这样放任他们下去可不行!光上面的问责自己都受不了。董主任回头对统计杨琳说:"杨琳,先给方言和闻柔下个奖励通报,奖励方言二百,闻柔一百。一会儿我去考核偷跑那帮人的工作量,没完成的罚款一百。今天工作量完成的不再处罚,明天加大工作量。我还治不了那帮兔崽子了!"

看来,要好好给张兆谦上上课了。

第二天,处罚通报就签字下发,并在班前会宣布了。

果然骂声如潮,如唾沫的汪洋,方言也被捎带着和他师父捆绑,一起挨了骂。

张兆谦被罚款一百,徒弟秋歌殃及池鱼,也被捎带着罚了五十。张兆谦就像往常一样,看不出喜怒,照样一脸平静地干活,董主任给他加多少工作量下班前保准完成,人家就是不加班。后来,董主任都不忍心给他加工作量了,这都快赶上以往一天半的工作量了!

只是,张兆谦焊的工件破天荒地出了返修,破了他万张片子无返修的记录。张兆谦却还是一副吊儿郎当、毫不在乎的表情。但上面很重视这件事,因为张兆谦是"永盛"的一块金字招牌。调度室、技术、质检都约张兆谦谈话。

张兆谦往那一坐,爱咋地咋地,就一句话,工作量大了,就像药片,现在一片抵以前三片,要数量就难保质量!

六

领导经过开会研究,决定暂时停了张兆谦的活儿,让他进行深刻反思,至于反思时间却没有界定,先就这么晾着吧。张兆谦的工作由他徒弟袁秋歌暂代。袁秋歌是新一届的焊接状元嘛,肯定能青出于蓝而胜于蓝,超越她师父。袁秋歌无辜躺枪,被管理层猝不及防地拎出来,放在现实这把火上来回翻转着,炙烤……

张兆谦回来就呆在工位上,晾着。他一句话也不说,虚眯起眼睛,就像老僧入定,在车间"咣咣"的锤击声里,在荡起的细微尘埃里,在蓝色灯光的浮光掠影里,一坐就是半天,到六点钟就抬腿走人。袁秋歌也不傻,她岂能猜不到管理层让自己取而代之的意图?有她师父杵在这里,她恐怕穷其半生都无法超越。她茫然了,不知道该怎样才能相安无事。她把焊枪都攥出了汗,更像攥着烧得通红的铁块一样,只想抖手扔掉焊枪,扔到四新河里,扔到庄稼地里,扔到草棵子里……她哪里不知道,她一旦摸起焊枪施焊,就形同于和师父张兆谦决裂。她做贼般瞟一眼虚眯着眼睛的张兆谦,眼观鼻,鼻观心的张兆谦轻声说:

秋歌,你已经出徒,不必忌讳我们的师徒之情。

袁秋歌不由得汗如雨下,就像迷途难返的小女孩一样,更加彷徨无助。

一抹泛白的阳光,拖着长长的尾巴穿过玻璃窗,如入无人之境般偷偷溜达进车间,在墙角里的蛛网上定格。一只黄豆粒大小的灰色蜘蛛蹲坐在蛛网之上,等猎物上门,慵懒得似乎要捂着嘴巴打哈欠。袁秋歌看着那束裹挟着细微尘埃浮浮沉沉的阳光以及那只慵懒的蜘蛛,不由得暗叹:自己何尝不是下一刻将要撞上蛛网的猎物啊。袁秋歌的心突然变得沧桑起来……

袁秋歌依然悬而未绝。

那束阳光将要离开蛛网的时候,一只灰色飞蛾撞上蛛网。蛛网猛烈摇晃,飞蛾拼命挣扎,慵懒的蜘蛛一跃而起,吐出无数闪亮的蛛丝围困那只送上门来的飞蛾……

此时,董主任陪同技术科科长、综合办主任杀到。袁秋歌收回目光。

董主任看看依然入定般的张兆谦，又看看悬而未决的袁秋歌，再看看还没动过的工件，不由得皱起眉头发难：

袁秋歌，想和工件相面相到下班么？

袁秋歌知道，不能再犹豫下去了。她摸起焊枪，手抖得不像要施焊，而像筛沙子一样哆哆嗦嗦。一滴汗，或者一滴泪水，就像长着透明翅膀的蝴蝶，轻轻盈盈地滴落进工件，瞬间消失不见。

闻柔过来寻找工具，她问了张兆谦一句，张兆谦莫测高深地伸手指点了一下他的工具箱。闻柔扭过头，幽深的目光就冲着袁秋歌横过去，和袁秋歌的目光相撞，厮杀。袁秋歌败下阵来，惊慌失措。闻柔没有拿工具，径直转身离去。

袁秋歌叹息一声，咬紧薄唇，闭着眼睛按下高频开关，那架势不像施焊，倒像引燃一颗会将自己炸得四分五裂的炸弹，"滋啦"一声轻响，一束璀璨至极的蓝色弧光生成，映照出张兆谦诡异的、似笑非笑的奇特表情，映照出董主任他们无限拉长的脸……

袁秋歌偷空看了一眼张网捕食的蜘蛛，却发现，蛛网上的蜘蛛和被缚的飞蛾居然都消失不见，只剩下破了一个大洞的残破蛛网在风中摇来荡去，摇来荡去……

袁秋歌焊接了一下午的工件，却让方言返修了两天。董主任和徒弟方言都已临近崩溃边缘：这师徒俩儿，真是要人命呐！管理层给袁秋歌下的定论是：稀泥糊不上墙。这也不能怪袁秋歌，只能怪他们压错了宝。由于袁秋歌是新人，免于处罚。那还得反过头来用张兆谦这尊磨了眼珠子又磨眼眶子的大神。

张兆谦依然老僧入定般，眼皮都不撩一下，任谁说就一句话：我反思还不够彻底。他的潜台词很简单：你们想停我张兆谦就停，想用我张兆谦就用啊？你们拿我张兆谦当什么了！

还是调度室的大老江猴精，来了个围魏救赵，拐了个弯，请张兆谦他女朋友李雨霏出面，给张兆谦来个以柔克刚。李雨霏出马一个顶仨，不到半个小时，就收拾得张大师老老实实地开工了。

七

作为被殃及的池鱼，方言招架不住了。返修量暴涨了三成。成品组焊成型三车间的主任大老王在屁股后头着火冒烟地追着要，人家一大家子光等这点米下锅了，急着用呢！节点拖期，挨罚加挨熊，调度会上被大领导、二领导一遍又一遍地将，熊得跟臭袜子似的，头也抬不起来。谁知，越催越慢，再催熄火，方言返修又返不过去了。连返了两次，再不合格的话，就得去总厂找焊接责任工程师签字了。方言想哭，想一头撞死在设备上的心都有。张兆谦出的返修哪有那么好返？！张兆谦的水深着哩！

　　沾着羊毛赖四两的王主任一怒之下将董主任告到调度室。大老王的节点没完成，但为此买单的却是董主任。调度室罚了董主任五百块钱，买单后的董主任强压不住心头怒火，反手又给徒弟方言下了五百块钱的通报。

　　面对着师父的追责通报，方言欲哭无泪。方言心疼钱是一回事，内心哇凉才是真，寒心呐！方言就像一头为师父低头拉车的牛，各种恶心人的难活，别人不愿干的活，他方言毫无怨言地去干，主动去加班，却换来他师父捅向他心窝子的明晃晃、带着无限寒凉的尖刀。他师父这是要宰了他这头牛哇。还真的就像闻柔说的那样：自古忠心无好报。方言躲到旮旯里闷着头吸烟，烟头在黑暗里明明暗暗，就像方言哭红了的眼……

　　被管理层称为稀泥的袁秋歌终于如卸重负，她以焊了一堆废品的代价保住了和张兆谦的师徒感情。她是新人，以后还有的是机会，如果她这次一飞冲天，她是脱颖而出了，却会把她师父推入深渊，教会徒弟，饿死师父啊！她也不用在这个公司混了！光各种软硬兼施的舌头们就足以让人崩溃了。两人患难见真情，又恢复到以前的状态中。似乎，两人此举坑了方言，方言还在返修的泥淖里挣扎呢，最近还让他师父罚了五百块钱。张兆谦知道，现在的方言肯定接近崩溃边缘了，他决定拉一把方言。他偷偷跑到探伤室，看了半个多小时需要返修的片子，回到车间，帮着方言一小时就把那些积攒的返修缺陷用碳弧气刨挖了出来……

　　关键时候，董主任却歇班了，并且一歇就是三天。董主任是一个很敬业的基层干部，一个月到头也很少休班，这次破天荒连请了三天假。天上的事知道一半，地上的事都知道的大左传言：董主任摊上大事了，他开车撞了一个骑电车的老娘们儿，人家让他拿二十万了结此事！

　　说到这里，有必要介绍一下这个大左了。大左四十郎当岁，干了快半辈子焊工，至今还是袖子里的烂黄瓜——拿不出手。干啥啥不行，吃啥啥没够，就像小巴狗撵兔子，跑，跑不过，咬，咬不着。至今还跟在人家屁股后头打杂。

　　大左的容貌是属于老天爷改造失败的典型案例：身材瘦高，脑袋扁长，后脑勺就像被捣蛋孩子拿铲子偷切去半拉的冬瓜，疙疙瘩瘩，凸凹不平，每次去理发，都愁得理发师三天吃不下饭去。罗圈腿，往哪一站，浑身净弯。尤其是大左饿了的时候，两腿罗圈得都能蹿过去一条狗。就像董主任说的，只要大左两腿一罗圈，裤裆能钻过狗去，那说明大左饿了。饿了的大左往地上一坐，天塌下来都不会挪动半步。

　　但老天补偿给大左一张好嘴，大左的嘴除了吃饭喝水外，就是打听天上、地下的各种事事，从车间西头说到东头，从白天说到黑，上至公司经理，下至打扫卫生的妇女，没有他说不上话的。大左上班的时候就像半死一样，走路靠挪，下了班就像兔子一样蹿那么快，狗都撵不上。他的嘴除了说话外，就剩对吃感兴趣了，早晨下了班车，一路小跑到餐厅，那劲头就像刚扒开眼的小狗一样，看啥啥新鲜。大左油条要吃热得烫嘴的，蛋炒饭要吃带大虾仁的，排骨要吃带软骨头的……和大左聊天，别提干活，一提干活立马翻脸。

没过几天，按下葫芦起来瓢，车间又传闻方言和董主任断绝了师徒关系。歇班回来的董主任因为车祸的缘故心态浮躁，看谁都不顺眼，逮谁骂谁，但方言和董主任十多年的师徒关系，怎么会说断就断？但是，是个人都看得出，明里暗里，董主任都针对着方言，把方言往死里掐捻。方言始终沉默不语，可是眼里的忧伤和带着一溜火星子的悲愤却无法遮掩……

闻柔都没见过像她师父方言那样窝囊的男人。她最近火大，比董主任的火气还大。看谁都不愿搭理，看谁都想大骂一通，她心里憋的火，比她师父方言还要强烈，哪怕有一点点小火星靠近她，她都会爆燃。但她又从心里悲悯那个逆来顺受、以德报怨的男人，那天晚上她指着方言的鼻子骂她师父：

方言，你还是个头顶上长着公鸡毛的男人吗？人家不拿你当人待，你还拿人家当爹供着啊！

那天晚上方言上夜班，这又是一起坑爹的活儿，直径五米、厚度三十毫米的不锈钢换热设备，X型坡口，管板外伸，焊缝隐藏在管板之后，焊那条焊缝就像小时掏鸟窝一样，五体伏地才能勉强看到焊缝。需要两人配合，一人在筒体焊，一人在外用保护罩保护焊缝避免氧化。董主任安排的夜班工作量是将里口焊接完成，便于明天上自动焊。直径五米，周长就十五米多，焊两遍的话就是三十多米，还是氩弧焊，就一个人孔，虽然有风机强制通风，但封头上的接管最大不过直径108毫米，风机根本使不上劲儿，氩弧枪上的氩气再加保护罩上的大流量氩气，熏都能把人熏半死。这哪是干活啊，这纯粹是把人往坑里埋。谁都不愿接这狗屁活儿，累个半死不说，弄不好掉坑里，直接没顶。董主任转了一圈，这活儿就责无旁贷地落在方言手里。正好，徒孙闻柔保护。

上就上吧，来就是卖的，干不死只有往死里干。到底师徒一场，当徒弟的都不支持他，他还指望着谁？自从吃了夜班饭回来，方言一头扎进筒体里，一干就是三个小时，大流量的氩气熏得他晕晕乎乎，就像喝高了酒的感觉。方言停了氩弧枪，拿过对讲机呼喊徒弟闻柔把人孔转到正下。方言钻出人孔，有一种刚从地狱里爬出来在世为人的感觉。闻柔关切地问师父：

"师父，我听到测氧仪刚才就报警了，你咋才出来？不行休息会儿再进去焊吧，我把送风袋子放到人孔吹一会儿。"

方言耳朵里就像有一千只小鸣蝉、一万只小蟋虫在嗡嗡叫着爬挠一样，晕

晕乎乎,歪歪扭扭地去厕所。路过值班室,听董主任突然踢开值班室的门,就像一头暴怒的狮子,冲方言怒吼:

"方言,你多大的派头啊,我喊你三声你都不理我!"

方言就像突然间呛了水,鼻腔酸涩难当,难受得咽了口唾沫。他并不想给他师父解释什么,有啥好解释的?你躲在关着门窗的值班室喊人家,谁听得到?

依然晕晕乎乎的方言跟暴怒的师父对视了一眼,根本没停留,依然走去厕所。暴怒异常的董主任快步追上方言,一脚踹过去,这场景正被拿着杯子来打水的闻柔看到。闻柔就像护崽的老母鸡一样,推开董主任,挡在方言跟前:

"董主任,谁也不该你不欠你,你别做得太过分!"

董主任依然暴怒异常,指着闻柔骂:"你算干什么吃的,敢管我的事?滚一边儿去!"

天雷勾地火,闻柔压抑的火气被董主任三言两语成功勾起。闻柔不是逆来顺受的方言,她眯起细长的丹凤眼,眼神儿就像要长出尖刀一样,抬起胳膊,将水杯子当手雷,猛地砸向董主任:

"姓董的,少在我跟前装!你窝囊废徒弟怕你,我可不怕你!你信不信我明天就能让你变成老董?扒了你主任这身皮!"

董主任闪身躲开闻柔砸来的玻璃杯,玻璃杯落地开花,凌厉的玻璃碴如交错的利齿,挂着还未来得及滴落的水珠,闪烁着幽蓝的光。董主任还真不敢惹有着后台的闻柔。

方言就像被突然间夺走狼崽的公狼,暴怒、憋屈等负面情绪,瞬间充斥了他的体内,感觉自己快要爆体而亡了。他狠命一拳砸在筒体上,仰天长啸一声,房顶积攒的灰尘被震落,在蓝色的灯光里飘飘荡荡,淋漓的鲜血就像怪异的爬行动物,顺着他痉挛的手掌蜿蜒、扭曲着滴落,滴落在灰色的水泥地面,就像蓦然间就开放到极致的、暗蓝色的、妖艳的花。

董主任正好路过,被方言一嗓子吓了一激灵,刚平息下来的无名怒火又开始熊熊燃烧,快步走过来,一巴掌抽向方言:

"你叫唤啥?我担着好几十万的官司来上班,我的憋屈给谁说了?"

方言没有躲闪,生生受了董主任一巴掌,"啪"的一声过后,方言的脸瞬间充血,肿胀,浮现出一种令人害怕的红艳。方言的嘴角神经质般痉挛着,脑门上的血管左右冲突着,似乎找到一个临界点就会喷薄而出:

"姓董的,从这一刻起,我们的师徒情义已经结束了,以后,我不是你徒弟,你也不是我师父!"

董主任刚才就像一巴掌抽在烧得通红的火炭上一样,整个手掌火辣辣地疼

痛，一听方言要跟他断绝师徒情，不由得恼羞成怒，又挥手抽向方言。方言的瞳孔瞬间紧缩，涌动着墨黑色的漩涡，并即将衍生成席卷一切的黑色风暴：

"姓董的，你再动我一指头试试！哪个不百倍奉还你就不是爹生娘养的！"

董主任大吼一声，扭头离去：

"今天晚上干不完活别下班！"

方言暴怒如虎，摘下安全帽"哐当"一声摔在地上："谁来也不是受气的。不干了！"破裂的安全帽陀螺一样旋转着，旋转着，停息不下来……

八

方言坐在副驾上，沉默不语。气氛压抑而沉闷。闻柔打开音乐播放器，巫娜的古琴声轻轻柔柔地开放在这个密封的沉闷的空间。闻柔打开车窗，初寒的风蜂拥而至。

"师父，我们去喝酒吧。"

冷风吹乱方言的头发，方言此时真的需要大醉一场，放纵一下自己鼓胀得快要窒息、快要爆炸的内心。方言没言语，只是默默地看着车窗外黑黢黢的、一闪而过的夜景，点点头。

闻柔开车带着方言去了凤城振兴路的"八一烧烤大院"。

闻柔像一个举杯必干的豪放汉子，方言倒像一个放不开手脚的、矜持的娘们儿。后来，方言倒成了一个举杯必干的豪客，闻柔倒像一个放不开手脚、矜持的娘们儿。再后来，两人大口吃肉，大口喝酒。

方言大醉，断了片儿似地大醉。

闻柔酒量大得令人咋舌，她只是微醉而已。地上乱七八糟地躺了一地啤酒瓶子，就如横卧了一地，还吐着白色泡沫的绿色尸体。

已是午夜。夜还是以往的夜，寒星寂寥的夜。

深秋的风在空荡荡的街道打着旋横冲直撞，卷起一个空易拉罐，"叮当"作响地远去。

午夜安静下来，只剩风吟。

方言抱着路边的泡桐树"哇哇"呕吐，撕心裂肺地呕吐，风里就有了令人作呕的味道。闻柔坐在马路牙子上，拧着眉毛，吸烟。烟是方言的"红将"。

方言不再呕吐，他坐在地上，抱着电线杆子不放手，脸上糊满鼻涕眼泪。闻柔撵灭烟蒂，起身。她去拉方言，方言腾出一只手抹去脸上的鼻涕眼泪，飘飘忽忽的目光里浸满令人心酸的忧伤：

"闻柔，你说我是不是一个废物？活着一点用都没有的废物？"

闻柔的内心一疼，却不知道该怎么回答。她伸出手抚摸了一下方言乱蓬蓬的头发，就像小时候母亲抚摸苦恼不休的她一样。闻柔吐出一口火辣辣的气息：

"师父……"

方言挣扎着站起来，脚步踉跄，眼神恍惚，大着舌头往外蹦字：

"闻……柔，你是这个世界、唯一对我好……好的人，我不给你说谢……谢，我给你唱……唱首歌……歌……"

方言突然间一腔孤勇，猛地撕扯开衬衫，衬衫的纽扣"嘣嘣嘣"几声，溅落进黑暗之中，踪迹难寻。方言赤裸着胸膛，迎风而立，撕心裂肺地狼嚎：

我要从南走到北，

我还要从白走到黑。

我要人们都看到我，

却不知我是谁。

假如你看我有点累，

就请你给我倒碗水。

假如你已经爱上我，

就请你吻我的嘴……

确切地说，这应该不是歌唱，更类似噪声，深夜扰民的噪声。狼嚎一样的所谓歌声撕裂沉寂的午夜，惊动车辆的防盗系统，各种尖厉的声音此起彼伏地响起，居民楼里的声控灯就像受到惊吓的眼睛，有人把脑袋伸出窗户破口大骂……

闻柔拉着方言转身就跑。方言跑得踉踉跄跄、趔趔趄趄。

方言彻底断了片。

无计可施的闻柔只好就近找了一家二十四小时营业的"逸客"酒店入住。方言抱着马桶"哇哇"又吐，仿佛要呕出肝、肠、脾、胃才肯罢休。闻柔衣不解带地照料方言，直到方言面色萎黄地沉沉睡去。累个半死的闻柔侧卧，看着睡梦中依然皱眉、紧咬牙关的方言不由得轻叹一声，伸出手指去抚平他堆起的眉心……

谁知，这一夜却给两人，不，给方言带来了毁灭性的灾难。

"逸客"酒店的收银圆正好是方言他老婆的闺蜜。世界就是这么小，方言他老婆的闺蜜思索半夜，终于在凌晨时分，给方言他老婆打了那个致命的电话……

捉贼拿赃，捉奸拿双。不得不说，这是老掉牙的路数。方言他老婆怒不可遏地挂断手机，又喊来娘家两个人高马大的兄弟，于凌晨五点钟赶来捉奸。

方言他老婆那两个人高马大的兄弟一人一脚就将客房门踹开了。此时的闻柔已经醒了，晨浴完毕的她裹着白色的浴袍正在洗手间洗漱。闻柔有失眠症，每天都醒得比较早。闻柔并没有惊慌，而是目光平静地看着破门而入的这帮人，

很快猜出闯进来的这帮人里有方言他老婆。方言老婆其中的一个弟弟左耳朵上有一个花生米大小的"拴马桩"，暂且称呼他为左拴马桩吧，他咬牙切齿冲过来，看着闻柔露出的一段洁白、波涛汹涌、沟壑起伏的酥胸时，不由得瞪大眼睛，咕咚一声咽下一口唾沫。右耳长有同样大小拴马桩的另一个弟弟，我们也姑且称他右拴马桩吧，推开见色拔不动腿的弟弟，伸长胳膊，一记耳光迅疾如风般抽向闻柔。闻柔低喝一声：

"师娘，弄清楚事情真相再动手也不晚。"

方言他老婆长发散披，眼角纹络横生，顶着眼袋的大眼睛里怒火燃烧，怒火似乎蔓延到了左脸颊上的一颗米粒大小的痦子上，褐色的痦子变成了愤怒的浅红色，但她看来并没有失去理智，她抬手阻止了右拴马桩弟弟，冷笑一声：

"哼哼，老娘就让你们死个明白！"

就这样，沉睡不醒的方言被他老婆一顿大耳光抽醒，愣怔了好大一会儿才醒明白了。方言本来余肿未消的脸颊又被再次蹂躏，再迟钝的末梢神经在这样的场合也会快速苏醒并且敏感起来。只穿着蓝色四角内裤的方言挨个看看，没言语，默不作声地拿过外套，掏出一颗香烟，叼在嘴里。

方言他老婆抱着肩膀，鼓鼓囊囊的胸起伏着，遏制着内心的怒火：

"姓方的，今天你说不清楚，你们两个谁也别想站着走出这个房间！"

方言依然不说话。恢复了斗志的左拴马桩破口大骂一声：

"方言，我让你个小舅子装！"

姐夫被小舅子骂成了小舅子，这还不算完，左拴马桩一脚狠狠踹在方言胸前。胸膛上印了灰色脚印的方言，扑通一声摔倒在白色的床单上。方言捂着胸痛苦地咳嗽了几声，又坐起身。这一脚仿佛踹在沙袋上，或者树桩上，方言依然神色不变地点燃香烟。两个拴马桩兄弟彻底被方言的无视激怒，一拥而上，就要暴揍这个惹了祸还死不悔改的姐夫。方言他老婆用眼神阻止了两个弟弟。方言抬头凝视着老婆，眼神犀利而悠长：

"你若信得过我，我何必解释。你若不信我，我说什么都于事无补。"

方言他老婆怒极反笑，用手指了指依然穿着白色浴袍的闻柔说：

"方言，你让老娘怎么相信你？"

方言悠然长叹，在烟灰缸里摁熄烟蒂，拿起闻柔的衣服，递给沉默不语的闻柔，蓦然回头，凝视着他老婆：

"有什么后果我自己承担，放我徒弟离开。"

闻柔依然沉默不语，接过衣服，拉开卫生间的门，进去换衣服。方言他老婆怒气爆发：

"方言，你还有什么资格给老娘提条件？"

方言摸起茶几上雪亮的水果刀,攥在手里。雪亮的刀刃就像吐着芯子的毒蛇,毫不犹豫地在左胳膊上用力划过。锋利的刀刃划过方言的肌理,发出"噌"的一声令人心寒、牙齿泛酸水的声音,一串血珠紧紧咬住雪亮的刀刃,不肯洒落。方言的胳膊露出雪白的肌腱,鲜血涌出,成线,成串,瞬间洒落。方言脸上浮现出残忍至极、疯狂至极的神情:

"这样的资格够不够?"

换完衣服走出卫生间的闻柔看到血流不止的方言,不由地惊叫一声:

"师父!"

闻柔又对方言他老婆说:"师娘,请你相信我,我师父是清白的。他昨天晚上喝得什么都不记得了,我们根本就什么也没有发生。"

方言他老婆依然冷笑:

"他今天就算把自己一刀刀零碎割死,我也绝不相信他!"

方言凄凉一笑,对闻柔说:

"闻柔,何必解释!这样的日子生有何欢,死有何惧!你走吧,师父我再无能也会护你周全。"

方言瞳孔里又开始生成墨黑色的漩涡,并即将聚拢成席卷一切的风暴,他对老婆和两个拴马桩小舅子说:

"只要我有一口气,就绝不允许你们动我徒弟一根指头,有什么就冲我来!"

还能怎样呢?方言他老婆和两个拴马桩弟弟只能眼睁睁地目送闻柔离开。看方言那凄然决绝的神色,谁知道他下一分钟会做出什么样的疯狂举动。蔫头八脑的人一旦被彻底激怒,就算一千头牛、一万头马都拉不回来,拢不住。

九

方言和他老婆就这样僵持着。

僵持就僵持吧,两人本已分居多年,就算吃饭也无法在一个饭桌上。他和他老婆都把对方当成了透明人,他老婆花自己的钱,做自己和女儿的饭,洗她和女儿的衣服。方言好像除了文字外,对什么都失去了兴趣。除了文字形成的世界外,方言一无所有。

从那以后,方言从一个轻微油腻中年男,闪电般瘦身成了一棵即将枯槁的芦苇,一棵时常半夜咳嗽醒的、瘦长的芦苇。醒了的,或者根本没有睡的方言用手捂着嘴巴,阻止咳嗽的噪声产生。他手心里最近常常握着一摊刺目的猩红。看来,他那个左拴马桩小舅子踢的一脚,已经伤到了他的肺腑。猩红就猩红吧,方言用纸巾擦干净手心里的血渍,继续写字,或者大睁着双眼,看着潮水一样将自己淹

没的黑暗。伤就伤吧，方言无动于衷。内心的伤痛有时超越了肉体的千百倍，又能怎样？

两人离婚吗？换他老婆的说法就是，想得美，拖也得拖死你方言！方言的父亲早就在方言儿时就因为肺癌过世，方言和老母亲相依为命，无姊妹，鲜有亲朋。方言勉强上完初中，就开始在这个社会最底层打拼。方言的老婆是媒人介绍的，那时的方言还在外地打工，一个处得不错的工友给方言介绍了自己的老乡，一个很淳朴的乡下女孩。两人处着处着，觉得应该结婚了，无所谓爱不爱吧。男女双方如果感觉彼此合适，那就去领证呗。爱情？方言从来都没奢求过。在方言看来，爱情在生活中就像一件附属品，有也得过，没有也得过……

结婚那年，方言加入了省作协。他老婆对他那些视为心头肉的文字并不感兴趣，她感兴趣的是那些文字能换来多少实惠，能给自己换来一套化妆品，或者一套时尚服饰就更好。

两个人是从什么时候分居的呢？

方言扒开不堪回首的记忆，慢慢追寻。应该是从女儿出生那年。那时的方言结束了居无定所的日子，进入了"永盛"上班，靠着自己的拼命努力，成长为一名出色的、仅次于张兆谦的电焊工。后来方言他老母亲病故，方言拼干半生积蓄，外加十年房贷，终于遂了老婆的心愿买了房子。房贷如压着孙悟空的五指山，压得方言喘不过气来。

方言用心经营文字，所得的钱，都填进了那个深不见底的黑窟窿……

女儿出生后，方言自觉搬到仅可容人的小房间。方言每天披星戴月走，又戴月披星回。方言怕吵醒女儿、打扰老婆休息，就收拾出那间七八平方米的小杂物间，既当卧室，也当工作室。

女儿开始长大。女儿就像老婆翼下的小鸡仔，由老婆护佑着，影响着她的人生观。女儿和方言的父女感情只能很无奈地说，轻薄、脆弱得就像一块透明的玻璃。女儿放学回家就摸起手机听着日韩歌曲玩游戏，捧在手里玩个天昏地暗。方言拖着疲惫不堪的身躯回到家，女儿顶多喊一声爸，那些日韩的靡靡之音就像一道鸿沟，横在两人之间，无法跨越……

方言胳膊上的伤口缝了九针，之后的第二天，他就去上班了。房贷要还，日子要过，他不得不去上班，他别无选择。

十

来到车间，迎接方言的是罚款五百、下岗一周、外加旷工一天的通报。通报是董主任下的，原因是方言不服从管理，不顾大局。方言生死都已看透，哪里又会在意这个啊。他冷笑一声，抽出经理已经签了字的通报，撕个粉碎，天女散花

般洒了一地。一个念头并不突兀地在他内心疯狂滋长,他脸上浮现极度怪异的神情,挑衅地盯着董主任说:

"我方言当初既能成全你,顶你上去,现在也有办法毁了你。姓董的,你一定会后悔这次愚蠢的决定!"

方言扭头离开办公室,气得董主任五官挪位,差点背过气去……

董主任把方言上交到综合办。他给的定论是:庙小,容不下这尊大神。

方言就跑到综合办,带来笔记本,在综合办主任对面支了个摊,开始噼噼啪啪码字写小说……

董主任事到如今,也被里里外外的事事折腾得焦头烂额。方言来个扔钉耙儿、撂挑子不伺候他猴哥儿后,他手底下积攒了大量返修。尤其是方言夜班干了半拉的那个设备,换人后出了伸出十个手指都数不完的返修。返修不比别的活儿,技术含量比较高,需要极致的细心和耐心。没经验的人只会越返越多,越返越乱。最理想的人选就是张兆谦,可张兆谦什么人?他岂能看不出这里面的道道?他才不会去趟这出力不讨好的浑水。他出工不出力,一天返了五张片子,一复拍,结果以前的缺陷没消除,又焊进新缺陷,成了二次返修。他就找到董主任,表示没能力胜任这个高难度工作,还是另请高明吧。

董主任只好请外援,但各车间返修工就一个,自己都扒不出窝子来,你自己的返修工不用,上交了,浪得待在综合办喝茶写小说,却跑来借别个车间的返修工?董主任只好打申请调人,不然节点无法完成。申请转到赵经理那里,赵经理看了不由得勃然大怒,打电话喊来董主任,拍着桌子,指着董主任的鼻子骂:

"董大柯,这个主任你还能干不?干不了早放屁!有的是人盯着你的位子。你别忘了你这个副科是怎么来的。如果当初不是你徒弟写文章顶你上去,高层会啰啰你吗?如今你倒玩起过河拆桥来了。告诉你董大柯,方言是什么人我比你清楚。你以为我不知道那天晚上的来龙去脉吗?"

董主任冷汗淋漓,头都抬不起来。赵经理弓起食指,轻叩桌面:

"当官归当官,做人也不能落人口实。我知道你最近因为车祸心烦意乱,但你也不能把情绪带到工作中啊。有困难你自己解决不了就别瘦驴拉硬屎,硬扛着。你提出来,厂里会出面给你解决。话都说到这份上了,说白了也没有意思。何去何从,你自己好好想想。另外再给你提醒一句:别以为方言没有后台你就可以随便拿捏,大集团有你想不到的高层在罩着他。"

方言又回到了车间。他脸色萎黄,目光散漫,没有焦点,他咳声不止,时常手心里攥着一把猩红。他一个人拿了返修单,在探伤室里的观片灯前一坐就是半天。他和董主任现在都视对方如隐形人……

闻柔在她师父方言崩溃的第二天才来上班。

那天是礼拜天的下午。按不成文的约定,礼拜天五点下班。方言还是一个人返修,返修那天晚上他和闻柔打底打了半拉的那台设备。方言今天的派工单任务是六张返修。董主任把这台设备的返修都算到方言身上,十五张返修,一张一百,一千五。这个月方言别说领工资了,不从家带着干粮,往厂里拿钱就是好事。方言依然不喜不悲,依然目光散漫,没有焦点的散漫。方言咳声更胜以往,他不再把那些越来越多的猩红攥在手心,而是咽下了那些猩红……

方言昨天就开始刨除这台设备的缺陷,十五张返修的缺陷都在盖面之下的填充层。方言扔下气刨,拿出手机给技术科科长打电话,技术科周科长说十分钟到现场。又给董主任打电话,董主任不接电话。方言咳嗽了一声,关了焊机和气源,走去办公室。

方言推开办公室的门,董主任正在办公桌前写工作量,手机就放在他手边。两人天龙盖地虎、宝塔镇河妖般地对视一眼。看到统计杨琳在电脑前打字,方言咳了一声,问杨琳:

"杨琳,以前的通报呢?"

杨琳用手指指了下办公区的档案盒,没有言语。董主任的目光飘过来,停顿了一下,又飘走。

方言从档案盒里找出那份通报,对董主任说:

"事情没有结果之前,别什么事都算到我头上! 那十五张返修我把缺陷都刨出来了,你过去看看吧。"

董主任头都没抬,手里的笔停顿了一下:

"我没空。"

方言冷笑一声,又咳嗽了一声,他感觉嗓子眼儿里甜腥腥的:

"有人让你有空。"

方言扔下硬邦邦的一句话扭头就走。

董主任起身,扔笔,戴上安全帽,"吭当"一声,将门甩得地动山摇,赶去车间。如果他再不去,方言这个疯子肯定会给大集团领导打电话。看来,他还真低估了他这个弃徒了。杨琳扭头看了董主任的背影一眼,轻叹一声,凝视着没扣笔帽的圆珠笔。圆珠笔就像突然被施加了外力的陀螺,在桌角兀自孤单地旋转着,旋转着,无法停歇……

方言联合技术科,拿着被处罚的通报和董主任交涉。理亏的董主任怎好掉过头去再找其他施焊者?只好硬着头皮担下了这次通报罚款。憋了一肚子火的董主任气冲斗牛,转身快步离开,他怕晚一秒钟就会控制不住自己。他想怒吼,他想狂奔,他想揍人……董主任走到组对工装区,摸起大锤,咬着牙,拼命冲着筒体狠狠砸了七八锤。然后扔下大锤,抖着震得酸疼的双手离开。

　　空旷的车间久久回荡着大锤敲击筒体过后的阵阵余音，房顶的尘埃被震落，在落日余晖里飘飘荡荡，荡荡飘飘……

　　快下班时分，方言焊完了刨除的缺陷，但有一处被烧穿，需要修里口。方言钻进设备里，发现被烧穿的那处缺陷在人孔正上方，如果缺陷转下来的话，他得提前进入，需要外面有人把缺陷位置转到正下，他才能修磨烧穿位置。以前这个工作是他徒弟闻柔来做，如今闻柔歇班，他需要有人协助他。他去办公室找董主任要人，董主任根本无视他，给他一张又黑又长的大驴脸。方言落寞无比地离开办公室。车间的员工大都停下手头里的活，开始打扫卫生，准备早下班。

　　方言感觉头疼无比，耳朵里又响起一千只鸣蝉、一万只"嗡嗡"作响的蜜蜂，他能感觉到血管里的血液"哏哏"跳动加速。怨念？愤懑？还是绝望？无数种说不清道不明的东西在内心疯长、交织、盘旋、缠绕，然后冲天而起。方言又一次摔了安全帽，吐出所有胸腔里的气息，"啊——"的一声长啸，内心分崩离析，仿佛失陷于无边无际的黑暗。他跪在设备前锤打着设备号啕大哭，然后一张嘴，一口色彩缤纷的热血喷射而出，绚烂如三月桃花……

十一

　　闻柔歇了一星期班。

　　她内心无比焦躁，走不出她给自己画的那个圈。她无法战胜自己，更无法说服自己。她不知道该怎样去面对师父方言。她有过一段失败的婚姻，伤得她体无完肤的婚姻。毫不否认地说，她内心深处深深地爱着师父方言。这种让别人知道了肯定会笑掉大牙的暗恋是从什么时候开始的呢？大概是从第一次看到方言的文字，第一次看到他的小说开始的。那时的她刚离婚，急需一种东西来慰藉、洗涤，充实她千孔百疮的内心，用音乐、文字、旅行或者其他。喜爱文学的她选择了文字。她第一次看到方言的短篇小说《爱，转眼成殇》时，心就被方言的文字所打动。她叹息，她辗转反侧，她感觉方言写的就是她。她看了方言所有贴到网络上的小说，机缘巧合中，她添加了方言好友。从此，她的心又在这个虚拟的世界苏醒过来，在虚拟世界里，蓬勃着，跳跃着，欢笑着……

　　再后来，她知道了方言的工作单位。她想走进方言的现实世界。正好，闻柔的哥哥闻刚就在"富农"集团当副总。一切水到渠成，她以一名占地工的身份，经过培训进入"永盛"公司，摇身一变，成了方言的徒弟。一年以后，她还是学徒，她不想出徒，她就愿意待在方言身边。她才不管工资多少呢，她不靠工资生活。她有后台的啊！

　　自从那天后，方言就消失在虚拟世界里，微信关闭，微博关闭，所有的链接都变成空白，他从来就没出现过的空白，这片空白让闻柔无限恐慌，是那种无边

无际的恐慌，上不着天，下不挨地的恐慌……闻柔不敢打方言的电话，不敢面对那个一腔孤勇的男人，不敢面对那个被生活折磨得生不如死、已接近崩溃边缘的男人。他曾跟她说起过，他是一个没有爱的人，除了一腔孤勇，除了文字世界外，他一无所有，一无所倚。当时闻柔的心就一下下、一阵阵地疼痛。她终于鼓起勇气，回他一句：你还有我。他却什么都没说，对话框是一片空白……

闻柔被折磨得形销骨立。她就算做梦都忘不了方言他老婆的冷漠，还有方言凄凉、决绝的目光，还有他的呼唤：闻柔，闻柔，闻柔……

方言站在悬崖之上，身后是浓得化不开的雾，黑色的雾，白色的雾，在他身后纠缠、交织，却无法融到一起。看不清他的眼神和神情，却能听到远远传来的呼唤：闻柔，闻柔……

方言伸展开胳膊，风吹动他的头发，穿过他的胳膊，就像穿过他的羽翼，一瞬间，他的胳膊真的长出了翅膀，长出了羽翼雪亮的翅膀，在鼓荡荡的风里呼啦啦响。方言冲天而起，飞跃下悬崖，飞进无边无际的、黑白交织的浓雾，消失不见……

"方言——"闻柔撕心裂肺地大叫一声从梦中惊醒。闻柔擦擦额头上的冷汗，急剧喘息着，再也无法入睡。她眼泪溅落，就像晶晶亮的露珠，打湿夜无边的黑暗。她想起刚才的梦境，内心被无边的恐惧占据。她把被角紧紧咬在嘴里，痛苦地呻吟着：

方言……

十二

今天大雾，闻柔赶到车间时，刚好点名。闻柔看到眼前的方言时，心疼欲裂：这哪里还是以前那个方言！方言和她对视一眼，表情怪异，笑非笑，哭非哭。闻柔嘴唇动动，却什么也没说出。

成团成团的浓雾就像潮水一样涌进车间。

方言和闻柔的派工单任务是将吊装设备上的平板车，倒运进探伤室探伤。闻柔驾驶行车，方言拉设吊带进行吊装作业。

雾依然不知疲倦地侵袭进车间，仿佛要吞没整个车间。车间里到处是乳白色的雾、冷冽的雾、触手可及的雾、触之即溃的雾。闻柔又想起那个梦境，那个梦境里的雾以及长了翅翼的方言……

行车就像被突然施了定身法，设备刚起吊，不上不下。闻柔赶紧拿过对讲机呼唤方言：

"师父，行车坏了！"

方言空洞的声音伴着"嗞嗞啦啦"的杂音传来：

"收到！闻柔你下来监护，我上去修行车。"

闻柔拉下行车总电闸，挂上"行车维修，严森合闸"的牌子。她抬头看向三十米高空的桥式行车。浓雾涌动，向更高空间升腾……

闻柔突然看到方言站立在行车平台边缘，仿佛俯瞰众生的君王，心怀慈悲的君王。他伸展开胳膊，就像《泰坦尼克号》里的杰克一样，站立在船头，但他的胳膊并没有长出雪亮亮、呼啦啦作响的翅翼，他也没有撩起他头发的风，只有丝丝缕缕、纠缠不休的雾，企图拥抱他的雾。

对讲机传来方言的声音，遥远的仿佛远在天边：

"闻柔——"

闻柔又想起梦境，惊叫一声，扔掉对讲机跑过去：

"师父！方言！不要……"

只见方言跨过行车的护栏，一挥胳膊，一叠雪白的纸张在浓雾里盛开，绽放，然后，就像一群雪白雪白的鸽子，飘飘荡荡而落；方言像一只带队的头鸟，后发先至，滑翔进三十米高空，浓雾奔涌而来，似乎要托举起他……

一声沉闷的声音过后，瓜熟蒂落般，不是方言的方言尘埃落定。

闻柔跪在方言遗体前号啕大哭，那些雪白的纸张就像方言雪亮亮的羽毛，迟到的羽毛，片片跌落，覆盖住他的脸，覆盖住他睁着的眼睛，不再生成墨黑色漩涡的眼睛……

车间瞬间安静下来，喧嚣瞬间而去，只剩下闻柔的哭声，以及，奔腾不息，不肯离去的雾……

十三

方言离去。

生活依然在继续，不会为谁而多停顿一秒。"成也萧何败也萧何"的董主任变成了拎着漆桶刷漆的老董；他被一撸到底。就像方言那时所说：既能成全你，也能拉你下马。只是，方言付出的代价太过血腥，太过惨烈……

方言死后被葬在凤城北郊的"万人村"。那里是一片野草丛生、桑柳遍地的荒野，布满大大小小的坟头。方言的坟头也静卧其中，土壤新鲜，坟头纸在风里呼啦啦翻飞。年轻时候的方言一脸安静地被拓印在石碑上，眼神浩浩荡荡，悠悠长长地看着闻柔送给他的那束蓝色的矢车菊……

董主任卸任后，主任一职暂时空缺，由调度室主任大老江暂代。闻柔请了长假，她开始整理方言的遗稿，想为他出版一本文集。这也是他生前的最大的愿望。

张兆谦和秋歌经过这半年多的朝夕相处，内心有了别样的情愫，两人越来

越有默契感。秋歌付出了很多，同样收获满满，不仅长了一级主体工资，还享受副科级待遇，这在整个集团来说也是绝无仅有的事情。秋歌现在的工资和张兆谦平分秋色，唯一美中不足的是，张兆谦不知因为什么沉默了很多，这有点让秋歌惶恐不安，秋歌怕张兆谦的女朋友因为自己和师父闹别扭。

怕鬼来鬼，李雨霏还真是因为秋歌的缘故正和张兆谦闹散伙。

秋歌正和张兆谦用高频焊钛材筒体纵缝。张兆谦在前面焊，秋歌在后面用保护罩紧跟着保护，两人脑袋挨着脑袋，就像聚在一起低语轻喃一样。

"啪啪"的鼓掌声惊动了两人，张兆谦甚至没有进行息弧就收回了焊枪，秋歌迅速跟进，将保护罩扣在焊缝息弧处进行氩气保护。秋歌扭头一看，原来是冷着脸的李雨霏。

李雨霏眼神中带着无限的寒凉和愠怒，冷笑着说："张兆谦，我说你怎么突然闹着要和我分手呢，原来你有了新欢啊！你费尽心机培养了一个状元徒弟只是为了自己享用。不错，不错！"张兆谦脑门上青筋暴突，眼神冰冷得可怕。他从脖子上一把拽下心形玉坠用力摔在李雨霏身上："李雨霏，你是在作死！我们，结束了！"张兆谦转身离开。

李雨霏蹲下身躯，抱着膝盖，看着摔碎的玉坠沉默不语，眼泪跌落，就像突然间开放在水泥地板上的花，伤感瞬间逆流成河……

秋歌内心极度不安，手足无措地看着李雨霏，走过去轻声对她说："雨霏姐，你错怪我师父了。"李雨霏腾地站起身，目光冰冷刺骨："袁秋歌，你这个心机女，快滚！我不想看到你！"秋歌气得哭着跑出车间……

张兆谦堕落下去，每天不再像斗不败的小公鸡。他不再去公司的草坪踢球了，人变得沉默了很多，胡子不刮，头发不理，一天到晚都说不上几句话。秋歌好几次想和张兆谦谈谈，都被他拒绝："我们分手和你无关，你什么都不必多说。"她现在的心里，满满地都是这个失魂落魄的男人，自己朝夕相处的师父……

快下班时，张兆谦对打扫卫生的秋歌说："晚上我们去吃饭吧。"秋歌想到李雨霏冰冷刺骨的眼神，本想拒绝，却鬼使神差地点点头。张兆谦转身离开："我在厂门口等你。"秋歌愣怔起来，有一个声音在她心里大叫：袁秋歌，你是一个坏女孩儿……

秋歌磨蹭到最后才走出车间。

冬天的夜来得特别早，路灯亮起来，凌厉的寒风呼啸而过，光秃秃的银杏树枝在风中发出一种尖锐的哨音，凌乱了清冷灯影。张兆谦靠在摩托车上，眼神散漫而没有焦点。秋歌想起，张兆谦曾经在此无数次等待李雨霏，如今，他的摩托车后座上，却换成了自己……

她的心乱起来。张兆谦打着火，等着秋歌。秋歌箭在弦上，不得不发，她跨坐在摩托车后座上，两手紧紧抓住摩托车冰冷的支架。这时，李雨霏突然鬼魅般从黑暗处出现，她冷冷地凝视着张兆谦和秋歌，如果目光可以杀人的话，他们早就被李雨霏用目光杀死一千次一万次了。李雨霏声音沙哑，目光冷冽："张兆谦，你就想这样算了吗？你记住，我一定会让你坠入地狱！"张兆谦戴上头盔，打着火，声音就像来自遥远的地方："李雨霏，这都是你自找的。别怪我绝情！"一加油门，摩托车轰鸣一声逃离此地……

秋歌怎么也忘不掉李雨霏幽怨而绝望的眼神，那目光就像一柄利剑，在无数个深夜，刺穿秋歌的梦，让秋歌在梦中惊恐万分地尖叫着惊醒。

秋歌不可救药地爱上了张兆谦……

十四

富农集团高层决定不拘一格从基层选用人才。可以推荐人才，也可以毛遂自荐，补上零部件组焊车间主任的空缺。这次选拔以演讲比赛的形式展现自己的管理亮点。张兆谦报了名。秋歌帮着张兆谦准备演讲比赛的资料。

张兆谦有点事早回家了，秋歌就加了会儿班。秋歌出了车间，看看手机已经是九点半了。

走到办公楼前，秋歌看到妖艳的王秘书搂着姨夫李副总的胳膊出了楼梯口。三人尴尬相遇，王秘书都忘了松开搂着李副总的胳膊。李副总并没有惊慌失措，看了秋歌一眼，和王秘书转身离开。

秋歌回去把这件事跟张兆谦说了。张兆谦一笑："秋歌，这次的主任竞选非我莫属了。"秋歌一副不理解的表情说："为什么？咱又没钱送礼。"张兆谦搂住秋歌神秘兮兮地说："那你就拭目以待吧。"因为张兆谦知道，李副总要堵住秋歌的嘴，就要给春歌一个甜枣吃，这个甜枣，就是自己要竞争的车间主任……

最终结果果然如张兆谦所料，他终于如愿以偿地成为组焊成型三车间的车间主任，从技术骨干变成了管理者，享受副科级待遇，不过有三个月的试用期，过了试用期，张兆谦才能把这块肥肉稳妥地吃进肚子里。现在这年代，一口咽不到肚子里就不是自己的……

次年，张兆谦荣升正科。一年之内由副科升正科，这在整个集团都不多见，可见集团现在是求贤若渴。张兆谦是春风得意啊，就算夜里做梦也会笑醒，老天对他可真不薄。

可李雨霏对张兆谦却恨之入骨，一心要把他踩在脚底，并狠狠捻几脚。

机会，还是被李雨霏等到了。

李雨霏中午去公司门口餐馆吃午饭，正遇到公司里的客户。他们为公司提供有色金属的封头、锻管等制品。那两个业务员正好认识李雨霏，就热情地过来向李雨霏打招呼。两人皆是一副愁眉苦脸的表情，李雨霏心细如发，就询问二人，二人摇头叹息一声："唉，李姐，别提了，我们出现了竞争对手，今年的合同都不一定能续签。李姐，你帮我们出个主意呗。"李雨霏知道，他们所供货的是零部件焊接二车间，车间主任正是刚提拔的张兆谦。李雨霏内心一动，但她还是不露声色地说："这年头还有空手套白狼的事吗？"二人恍然大悟，拍着脑袋说："对啊，多谢李姐提醒，我们这就给张主任意思意思。"两人拿出手机通过微信给张兆谦转账了一万块钱。这一切都被李雨霏神不知鬼不觉地用手机拍了下来。李雨霏心里冷笑一声，利字当头，张兆谦，你死定了……

李雨霏直接将图片发给了集团董事长，董事长看了勃然大怒，责成集团监察处用最快速度调查此案，所有涉案人员要严惩不贷。当天，集团监察处就来调查张兆谦，拔起萝卜带起泥，这件事引发了集团高层的动荡。所有涉案人员，不管职务高低，一律解除劳动合同。

张兆谦就这样被一棍子打到解放前。

昔日春风得意的张兆谦彻底蒙了，就像被突然间抽走了脊梁骨……

就这样，张兆谦失魂落魄地离开了公司。他好不甘心呐，他搂着秋歌哭得像个孩子。秋歌看着张兆谦哭泣的样子，犹豫了一下说："要不，我去找姨夫想想办法？"张兆谦擦擦泪水："只有姨夫能救我了。秋歌，你快去找姨夫。"

在李副总办公室，秋歌不知道该怎样开口。李副总表情冷淡，头也不抬地坐在办公桌后面看文件，过了好久才放下手中的笔，看了一眼秋歌说："秋歌，回去吧，谁都救不了张兆谦。这是他自己给自己挖的坑，你们真就缺那一万块钱啊？你知道是谁举报的他吗？"秋歌瞬间想起李雨霏幽怨冰冷的目光，不由得打了个冷战。李副总停顿了一下，拿起办公桌上的软包中华，抽出一颗香烟，点燃，吸了一口，缓缓吐出淡蓝色的烟雾，看了一眼秋歌说："是李雨霏向董事长实名举报的。"秋歌张张嘴，欲言又止，咽下想要说的话。李副总岂能猜不透秋歌心里所想，目光冰冷地扫了一眼秋歌："你回去吧，我一会儿还要去集团开会。"秋歌无奈地叹息一声，起身说："姨夫，那我走了。"

秋歌走后，李副总皱起眉毛，用手中的签字笔轻轻叩击着桌面，突然目光犀利地说："小王，拿过十七号文来。"王秘书答应了一声，拿着十七号文走过来，翻到李副总需要签字的那一页，轻轻放在李副总跟前。李副总在十七号文上龙飞凤舞地签上自己的名字："发送各车间各科室，执行十七号文。"说罢转身离开办公室……

十七号文是集团最近下发的文件，内容是清退各个分公司的临时工。其他副总已经签了名字，但李副总一直压着这个文件，他一旦签上自己的名字，秋歌就只有离开永盛了。李副总看透了秋歌刚才未说出口的话，他不会允许任何人威胁到自己,谁都不可以。

张兆谦和秋歌先后离开了永盛有色金属制作公司。其实,十七号文早就是秘而不宣的存在,大部分人都知道要清退临时工了,不管你多优秀,有多大能耐,人家就要清退你,谁让你是临时工来着?就像有人取笑秋歌一样:人家是有后台的都被接走了,没后台的都被打死了。到袁秋歌这儿恰恰相反:有后台的却被自己的后台打死了……

袁秋歌何其心酸啊。

这一切都成了泡影,自己好像做了一场喧哗如烟花般的梦……

秋歌和张兆谦离开不久,李副总就出事了,他栽倒在王秘书手里。妖娆冷艳的王秘书是李副总的小三,这在公司早就是不传之密。王秘书早晚要嫁人的,可李副总不想放手。王秘书早就掌握了李副总的各种把柄,抖出其中一件,就足够李副总去监狱思考人生。当然,李副总也知道王秘书掌握了要自己命的证据,李副总要毁灭了这些证据,只有死人才能不再开口说话,不再威胁他。

他一心要王秘书死。

死里逃生的王秘书把李副总所有资料都捅了出去。李副总涉嫌杀人未遂,被警方带走,看来,李副总的后半生要在西大狱度过了……

十五

零部件组焊二车间的主任位置又空起来。如今的零部件组焊二车间元气大伤,死了个返修工方言,走了张兆谦和他徒弟袁秋歌,剩下的工人是老弱病残,难成气候。谁也不敢也不愿来惹这身骚。有人疯传:公司将会把二车间解散,充实到其他两个车间去,二车间一时人人自危。

但,二车间的新主任很快走马上任,打破了人心惶惶的传言。

二车间的新主任,正是方言的徒弟闻柔。闻柔终于替早亡的师父完成了心愿:她整理完善了师父的遗作,并出版发行。她把书送给方言他老婆和女儿每人一本,所得收益都预存在方言他女儿名下。如果他女儿考不上大学,人生没有改观的话,这笔钱将会转入慈善事业。

闻柔不想零部件二车间被拆散,这里留有她和方言最难忘却的记忆。既然想挽救二车间,那她只有充当救世主的角色。她找到了赵经理……

上任后的闻柔首先废除了加班制,这也是她和赵主任的约定之一。只要按时完成节点,别说不加班了,就算歇礼拜天也非难事。何必加班加点,劳神伤体,弄得怨声载道,民不聊生?赵经理因为方言坠亡事故,着实消沉了一段时间,他也不想公司这样死水一潭下去,他也想变革,但,指望着这几个老油条改革,比登天还难。山穷水尽之时,闻柔突然锐意杀出,她找上门来,谈了自己的独特见

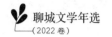
解,给了赵经理眼前一亮的感觉。赵经理知道闻柔的背后是集团闻副总,不担心她搞砸了没人替她收拾烂摊子,作为一个试点,他更愿意倾力一试。

十六

月夜。

月光如瀑。

凤城北郊"万人村"寂寥而宁静,大大小小的坟头就像航行在无尽岁月里的一艘船,一半沉默在黑暗的土地里,一半漂浮在斑驳的月光里。

明月隐于游走的浮云之后,远处传来夜枭凄厉的叫声。闻柔将吸了一口的"红将"插在方言碑前。方言依然在依稀的月光里微笑着。闻柔打开一听啤酒,缓缓倒在方言墓前。烟是方言喜欢吸的烟,酒是方言喜欢喝的酒,可是斯人已逝,闻柔伸出手指抚摸方言冰凉的笑容。闻柔轻叹一声,转身离去。

浮云散去,月光倾泻。闻柔身后的月光白亮,就像突然间下了雪……

获 2022 年深圳市第六届全国打工文学大奖赛银奖

岳春霞

春棉花

料峭春寒。

花骨朵还没爬上枝头,春花的爹就吆喝着牲口春耕了。一大早,春花的爹饮好了家里的老黑驴,牵出门。老黑驴十五岁了,很通人性。春花的爹又从邻居六爷家借了老黄牛。老黄牛拉着车子,春花牵着老黑驴跟在车子后。干瘪瘦小的春花快速地移动着细短的腿,急追着黄牛车,她怕和爹距离拉远了被爹训斥。爹是个急性子,春花从小就怕爹。春花因为着急,一张瘦瘦白白的小脸变得通红,刺骨的晨风里,细密的汗珠如钻石般镶嵌在粉白的鼻尖上。当他们到达自家责任田时,春花的刘海已经被汗水粘在了额头上。

爹不看春花,闷声从牛车上卸下化肥、犁子和铁耙,套上黄牛和黑驴,一甩长鞭喝一声"驾!"就开始犁地。春花拿起车上的破瓷盆盛了化肥在地里撒。一道道白色弧形从春花手里长出来,哗啦啦地落在黄土地上。春花渐渐被手中的银白粉末迷住了,她忽然想起了自己在哥哥的课本上看到过的一幅仙女散花图。自己要是那个美丽的仙女多好啊!银亮亮的犁铧划过,一串紫黄色的、油汪汪的土花绽开了。春花撒过的白色化肥和黑色的草木灰都被翻起的土花深深地埋在大地的怀抱里。

爹是村子里有名的车把式,除了春播秋收外爹很少在家,他经常被人请去赶车。爹马车赶得好,出去一天能挣两块钱。爹性子急却从不和娘急,有一天春花听见爹跟常年有痨病的娘说:春花大了你有帮手了,今年咱们种四亩棉花。要是棉花能卖千把块钱,咱们就积攒两千多块了,到时候给儿子盖大瓦屋。

娘喘气时嗓子里"吱吱"响。以前春花怀疑娘嗓子里有个小人儿,就叫娘张开嘴,春花仔细看了,娘嗓子里啥也没有。

娘"吱吱"地说:我的病拖累你们了。爹不接娘的话茬:明年咱们盖上三间大瓦屋,让媒人踏破咱家门槛。

春花不明白，哥哥在城里上学，爹娘怎么背着哥哥给他找媳妇？

春花撒好化肥拿铁锨翻地头。牲口拐弯的时候地头没犁到的地方，春花就翻。爹曾经训斥过她：庄稼人就得丢下耙子拿扫帚，手里不能没活干！

四亩地犁完耙完，太阳已经到了头顶，白花花的阳光很闪眼，风也随着阳光暖和起来。还没到惊蛰，一些长着翅膀的小虫子零零星星地飞来飞去，亲吻着春花汗津津的脸，弄得春花痒痒的。春花看它们在温暖的阳光里且歌且舞，是多么快乐啊，春花想。它们不用喂牲口，不用扫院子，不用拉风箱做饭，不用做地里的累活，不用听爹的训斥……春花想到这些，鼻子酸酸的。

娘送饭来了，一暖壶米汤，一竹筐黄面馍馍，半碗辣子酱，半碗老咸菜。爹和春花在湿乎乎的毛巾上擦干净手，娘摆好了碗筷。爹出力了吃白馍馍，春花和娘吃黄馍，这是家里的老规矩。爹吃饭很快，一个馍馍七嘴八嘴就下肚了。春花和娘不行，十下二十下吃不下。爹喝了米汤，吸了一根自己裹的喇叭筒算是解了乏，然后爹开始用秫秸量地，踩线，打畦埂。娘端几铁锨土就喘粗气，爹说，你歇着吧，到天黑我和春花能干完。娘嗓子"吱吱"着说，我端一铁锨你们就少干一铁锨，我没事。

太阳隐藏在村西树林里的时候畦埂好了，回到家里爹喂了老黑驴，春花和面擀面条，娘拉风箱烧火，吃完饭收拾完碗筷，春花拖着僵硬的身子睡觉。

一场春风一场暖，几场春风过后，田野里各色的野花开得旺盛，蝴蝶蜜蜂们也来凑热闹，忽闪着翅膀挑逗着忙碌的农人。

春花和娘开始种棉花，爹又赶车去了。春花已经跟爹学会了套驴车，老黑驴拉着娘拉着种子，春花牵着缰绳坐在车辕上。种子是前两天浸泡好的，已经露出了白生生的芽尖尖。趁这个时候种上最好，再泡芽尖尖就会变黄发臭，不能用了。春花手里的三齿镢很听话，她先刨一个浅浅的坑，娘把几粒种子丢进去，春花再刨第二个坑，第二个坑的土正好盖在第一个坑里。她用脚轻轻踩一下，让土瓷实，以免风灌进去伤了种子。这些都是娘告诉她的。娘还说，庄稼活不用学，人家咋着咱咋着。春花和娘一起干活，娘给她讲七仙女的故事。娘看着茄子地给春花猜谜语：紫花树开紫花，紫花熟了结紫果，紫果熟了结芝麻，猜，是个啥。春花马上说：茄子！娘就夸闺女灵巧。娘还教育她：君子门前防小人，小人门前无君子。春花不懂，娘说，长大了你就懂了。

棉花苗长出了一巴掌高，该间苗了。娘教春花剔去细小的，留下粗壮的，距离近的留一棵，远的留两棵。走过春花家地头的婶婶大娘们都夸：多能干的闺女，能当大人使唤了！春花听了心里高兴，她是个虚荣的孩子，喜欢听好话，于是手里的活干得更快了，一手剔一行，比娘快一倍。娘警告她：有钱买种没钱买苗，别踩了苗子！春花手里拿着绿油油的棉花苗喊：我才没那么笨呢！

入夏，棉花长到了膝盖深，黑绿的叶子油亮亮，一派茁壮成长的景象。娘说，这棉花的品种叫"鲁棉一号"，是新品种，高产。春花的娘教给春花掰花岔。娘说一遍春花就记住了，她的眼睛灵活手指飞快，那些枝枝权权上长出来的"猫耳朵"都被春花去掉了，"猫耳朵"绿色的汁水染绿了春花的十指。

夏季是庄稼疯长的季节也是虫子繁殖的季节，先是蚜虫黑在了嫩叶嫩花上，天稍微一旱红蜘蛛上来了，叶子背面红乎乎一片。等到那些红红黄黄的花朵落下的时候，棉铃虫又来了。春花背着比她脊梁还宽的喷雾器给棉花打药：敌敌畏，1059，敌杀死，百树得。人家的棉花打什么药她就打什么药。打完药娘给她烧好水等她洗澡，买了香皂去身上的农药味，娘怕春花中毒。村子里一个小伙子因为打药中毒死去了，娘害怕。棉铃虫是最难治的，那些肉乎乎的虫子一旦钻进棉铃中，药物就对它失去了作用，春花只好一边打棉花岔一边捉虫子。开始的时候她一摸虫子浑身起鸡皮疙瘩，娘教给她用棉花叶子盖住，揪下来用脚踩死。

娘说，妮子出大力了，等卖了棉花给你买件新毛衣。

春花说，不是给哥哥盖瓦屋吗？

娘说，再盖瓦屋也得给你买件新毛衣。今年时行穿毛衣。你都十六了，该有几件自己的衣服了，不能老穿你哥的破衣服。

春花干劲更大了，春花长这么大很少买新衣，穿着哥哥的旧衣婶婶大娘们还夸自己俊，要是穿上新衣婶婶大娘会咋样夸自己？春花一想，心里甜丝丝的。

春花一边干活一边唱：娘（棉）花种，水里拌，种到地里锄七遍。打娘（棉）花心，落娘（棉）花盘，开得花儿黄灿灿，结得桃子一连串，开得娘（棉）花白泛泛。老婆拾，老头担，小箔晒，大箔摊。轧车轧，响弓弹，搓了个布剂长珊珊，纺了个穗子滴溜溜圆。倒车倒，旋风旋，拐子拐，嫚子（一种绕线的工具）缠，牵机就像跑线马，镶机好似倒拉船。戳上杼，揆上缯，拿个板子垫上腔。唏哩哩，哗啦啦，一天织了一丈八。染坊染，棒槌颠，剪子铰，钢针穿，做上衣服老头穿，得（dei）的老头儿窜两窜。

七月十五趟花棵，八月十五堆棉垛。第一茬棉花开的时候，春花像一只快乐的小兔子在棉花地里钻来钻去，寻找着大朵盛开的棉花朵。棉花朵抓在手里柔柔的软软的。春花回忆着从种棉花到摘棉花的过程，心里有一种甜蜜蜜的成就感。

春花和棉花一样，经历了春寒夏热秋凉，她发现自己长高了一截，先前的衣服小了瘦了。独自站在穿衣镜前，她忽然发现不知道啥时候隆起的胸部把衣服顶得凸出来。春花忽然羞涩起来。镜中的她很美，她想：穿上新毛衣自己会美成啥样子呢？

中秋,棉花叶子红了,开始落了,满地里白色的花树很喜人。春花腰里系着棉包,一手一行飞快地摘着棉花朵。成熟的棉朵下面是尖厉的棉棵,一不小心就扎破春花的手指,她十个指尖被扎得血淋淋。春花不觉得疼。她把腰间的棉包装得鼓鼓的,看起来像个孕妇。实在走不动了,她才背起棉花包走到地头将棉花倒在棉垛上。

中午娘送来了饭,是她爱吃的辣椒炒鸡蛋和白面馍馍。娘忘了带筷子,随手掰了两根棉枝做筷子。娘给春花用水浇着洗手,春花哎呦了一声,娘这才看到春花血糊糊的手,心疼得捧在自己手里轻轻地吹起来。春花笑了,抽回自己的手撒娇道:娘,俺长大了!

娘笑了,是长大了,该给你添几件衣裳了。

娘给俺买啥毛衣?

你喜欢啥颜色?

黄颜色吧。

那咱买黄的。

吃完饭,春花又系上面包摘棉花。娘收拾着碗和剩菜,摇摇头,叹口气。

春花一边摘棉花一边想:卖了棉花娘是先给自己买毛衣呢还是先把钱给爹积攒起来盖瓦屋呢?

夜里,春花做了一个梦。梦中爹赶着黑驴拉的车子卖棉花,在镇里的棉站卖了好多钱,随手给了春花几张,春花高兴地叫了一声爹。她好几年不叫爹了,乍一叫她还真叫不出来。春花满街上找,她要找到自己喜欢的黄毛衣⋯⋯

原载《聊城文艺》2022年春季号

曾 棠

小说二篇

父亲和他的羊

咱们家一辈子也发不了羊财的,以后别再想着养羊了。

父亲说这话时,我看见,从他深陷的眼窝里,流露出来的不只是绝望,还掺杂着一些说不清楚的东西。

在此之前,父亲是很热衷于养羊的。可他养的羊,无论开始多么健壮,最后的结果总是不尽如人意,不是产不成羔,就是几只羊羔都是公羊。公羊是没有母羊能卖来好价钱的。

这年刚入冬,父亲养了一年的大绵羊,在一个月黑风高的夜里,被人悄无声息地偷走了。

就像有仙来预兆似的,第二天的凌晨,屋里还挺黑,我娘怎么也睡不着了,她就披衣下床,打开屋门,朝院子东南角那儿望。隐隐约约,我娘看见栅栏门大敞开着,她惊叫一声,就证实了夜里那个不好的梦。

娘疾步跑进羊圈,果然就看不见了跟她相依为命了一年的大绵羊。她一下子跌倒在羊圈里,大声哭喊起来。

父亲趿拉着鞋,火急燎忙地奔过来,傻了眼。他那张本来就没有过笑意的脸,越发难看起来。

天明后,院里的几个叔叔和哥哥们兵分四路,四面八方寻找大绵羊的蛛丝马迹。德保叔和我大哥两个人,踩着地上薄薄的一层霜,向西,顺着隐约可见的一行羊蹄印,一直撵到河崖上。一进村,大街已被扫得干干净净,羊蹄印消失了。

父亲听到这个信息,长叹一声,就说了开头那句话。

那只羊可是我家的半个家业啊!父亲说出这样的话,心里是多么难受啊!更可以见出,羊在父亲心里占据的分量有多重。

那一年，父亲四十二岁。他的这一生，经受的打击太多了！

可是，四年后的1977年，也是我退学的第二年，三月会上，父亲又牵回家来一只卷毛的韩国羊。

这一次，父亲把羊圈建在了堂屋东山的夹道里，夹道的出口被厨房挡住了，从外面是看不见羊圈存在的。并且进出羊圈，还得经过堂屋的窗前，屋里的窗下面，就是父亲睡觉的地方。父亲认为：这回肯定保险了。

一年即将过去。腊月的一天晚上，一家人吃饭时，谈起过年的事来。我咽下一口玉米糊糊，插嘴道：

这个年，咱家肯定过不好的。

屋里的气氛顿时冷了下来。我觉得一家人都把目光看向了我。就听见父亲长长地吐出一口气。

你这熊孩子，说的这是啥话呢。

我也不知道，我为啥会说出这样一句话。

腊月二十夜里，父亲养的那只韩国羊，再一次被人给偷走了。

这一回，父亲真正地闷了头。

羊被偷，在武家坡是件很丢人的事，何况我家还不止一次被偷呢？父亲觉得真是倒霉到了极点。

这偷羊贼，咋就老是惦记俺家呢！一家人的生活陷入了绝望。

我娘像疯了一样，每天早晨、中午、晚上吃饭时，都要爬上房顶，歇斯底里地边哭边骂边数落偷羊贼。我娘认为，这个时间段，正是人人在家吃饭的时候，偷羊贼一定能听得见挨骂。

我家的羊被偷，一定有底线，就是卧底。娘和父亲把武家坡的人分析了一遍又一遍。某年某月某日，和某某某因为一个玉米棒子争吵过；又有某年某月某日，因为地边和某某某打了一架……可是，分析来分析去，又觉得谁都不像是卧底。就因为一件鸡毛蒜皮的小事，他不至于将人置于死地吧！

我的父母总是把任何人都想象是好人。

毕竟自家的羊被偷走了啊。最后，他们把焦点锁定在了四歪子身上。

可是，锁定了人家又能怎样呢？这种事，没有在现场抓住，谁会承认呢？也就是自己在心里有个安慰罢了。按我娘的话说，就是知道谁是啥样的人了。

但我娘不甘心。她就用甘草扎了两个草人，一个是偷羊的，一个是卧底。

娘把这两个草人放在门后头，每天做饭时，都从锅里舀出一瓢滚热的开水，浇在草人身上，边浇开水边念咒语。据说，这样连浇七天，偷羊贼还有那个卧底，就会浑身起燎泡，现原形。

那个年节，我娘把她的期望都倾注在偷羊贼和底线显形上，饭前开水浇草人,吃饭时房顶上咒骂偷羊贼。娘变了腔调的骂声,先是有点歇斯底里,后来就只剩下了满心的委屈和悲伤。在武家坡寒冷的年关来回飘荡着,竟然招引来了两只十分罕见的山马嘎子,站在我家院子西南角的榆树枝杈上,嘎嘎嘎嘎地叫着,声援我的母亲。

原想的是等明年开春剪了羊毛,就有买化肥的钱了。再喂上一年,当幌子兴许能给我哥找上媳妇呢。

可是,希望再一次破灭,这使父亲彻底绝望了,连续三天没说一句话。

这一次羊被偷,对父亲的打击太大了。他整天担心还会有人再进来,把那头半壳朗子猪也给偷走。三天后,父亲开口了,说:把猪杀了吧,现在杀了,还能给孩子们吃上一顿肉呢。要是把猪再给偷走,咱就啥也落不下了。

那些年,猪肉可是老百姓想也不敢多想的奢侈品啊。一家人听了父亲的话,谁也没吱声。

见没人吱声,父亲站起来,顺手抄起门后头的铁锨,将那头半壳朗子猪逼进了羊圈的角落里,然后伸出双手猛地抓住猪的两条后腿,用力提溜起来,任凭那头半壳朗子猪怎样求情,嚎叫,父亲硬是将它按进了盛满了清水的大缸里。

可怜那头半壳朗子猪,才六十多斤就成了韩国羊的陪葬品。

从腊月二十三那天起,我家饭菜顿顿有肉,不是猪肉炒白菜,就是萝卜炖猪肉,我们家着实过了一个"好"年。

让人没想到的是,三月会上,父亲又牵回家来一只韩国羊……

原载《小小说月刊》2022 年第 1 期,
2022 年 9 月第 17 期《微型小说选刊》选载,
收录入《2022 年中国微型小说排行榜》(百花洲文艺出版社 2023 年出版)

给母亲的生日礼物

大宝借着后窗外面路灯的光,摸索着穿好了衣服。

今儿个是个值得纪念的日子!昨天,报社的马姐姐委托批发点的康老师,告诉大宝,今儿个的报纸上,会发表大宝的小说。大宝心里太激动了。可是不小心,还是惊醒了娘。

也许,娘根本就没有睡着。

五月十五日,星期天,是娘俩共同的生日。

宝啊,今儿个就别出去了,歇一天呗,娘在黑暗中说。

大宝踌躇片刻。

娘,您先睡一会儿吧,您睡醒了我就回来了。

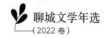
娘叹口气。

也好，今儿个早点回来，娘做好卤面等你。

嗯。大宝轻松地舒一口气，然后夹起双拐，艰难地出了家门。

报纸批发点的康老师很同情大宝，他知道，这个个头不到一米五的孩子，实际年龄三十岁了，因小时候患肌肉萎缩症没治好，现在还离不开双拐。不过，这孩子挺执着，竟然写起了小说，今天的报纸上就发表了他的第一篇小说，写的是一个残疾孩子自强自立的故事，挺感动人。

康老师还知道大宝瞎眼的老娘今年六十岁了，是大宝得病时愁瞎的。听说，孩子的父亲是在他得病那年抛下娘俩走的，至今杳无音信。

苦孩子啊！每次看见大宝拄着双拐来批发报纸，康老师心里就酸酸的。他总是提前把报纸给大宝查点好，省得他再排队了。

大宝，今天这个日子虽然值得纪念，可也不能一高兴就不注意身体啊，休息不好会影响健康的，康老师嘱咐道。

嘿嘿，我知道了，康老师，今儿个是俺娘俩的生日，我得早点回家，才早出门一会儿呢。俺娘说了，她做好卤面在家等着我呢。

哦，是吗？替我给你娘问好啊，祝她长命百岁。

嗯，谢谢康老师。

两个人聊着，康老师已把报纸给大宝装点好。大宝将装报纸的背包朝肩上一挎，跟康老师道一声别，拄起双拐，朝着小城的湖边广场走去。

黎明，空气清新，凉爽宜人，街道上飘荡着人间的美好。

湖面水波荡漾，广场上绿树繁花。晨练的人们陆陆续续来到广场上，渐渐地，广播体操声，广场舞曲声，从四面八方响起来。

晨报晨报！了解国家大事，解读百姓新闻，请看晨报！大宝拄着双拐，在广场上来回穿梭，沙哑的声音吸引着晨练的人们。

大宝在广场上卖报纸五年了。人们都知道这个孩子的不幸，有心帮助他，每天大宝来了后，晨练的人们就停下活动，你买一份晨报，他买两份晚报。他们买了报纸，有的浏览一遍，也有的买了并不看，随手放到一旁，继续锻炼。大伙儿心里明白，谁也不在乎这一块钱，可眼前这个孩子多卖一份报纸，就会增加一份自信。

宝子，大爷买一份晨报，一份日报。

大宝啊，记得给大妈留一份晨报。

嗯嗯，李大爷，您的两份报纸。

宋奶奶，您就放心好了，给您留着呢。

大宝十分感激这些素不相识的老头老太太们，他知道，这些人是在帮助自己。每天回到家里，大宝都会将遇到的稀罕事给娘说一遍。娘就擦擦眼睛，叮嘱大宝：

宝儿啊，可要记住这些人对咱的好啊！

嗯，娘，我记着呢。

今儿出门早，不到半晌午报纸就卖完了。

大宝儿心里高兴，想：这个社会是真好啊。今儿个是全国助残日，又是娘俩的生日，自己的小说还在报纸上发表了，应该是给娘最好的生日礼物了！

大宝知道，自己的小说能发表，要感谢文联的张老师，报社的马姐姐，是他们一个字一个字地帮助自己修改。大宝想：等自己出小说集时，就请张老师给写序。嘿嘿。

看看时间还早，大宝就想在广场上多待一会儿。他找到一个条凳坐下，眯起小眼睛，看起前面跳舞的人们来。

大宝的小眼睛里流露出了羡慕的神情。

看着看着，眼睛就不听使唤了……大宝揉揉被阳光刺疼的眼睛，忽然看见广场上空飞过来一只从没有见过的大鸟，大鸟通身红羽红翎，呼扇着翅膀，来回盘旋。大鸟激昂的叫声让大宝一激灵，睁开了眼。

原来是一个梦。

大宝呆呆地回味着梦中的情景。他不知道红鸟是什么征兆。他只记起来，今儿个是娘俩的生日，娘做好了卤面等自己早点回家。

大宝摸一下口袋里剩下的最后那份报纸，心里又是激动不已。自己的小说，应该是给娘最好的生日礼物了吧！

天气真好，阳光柔柔地照着，小南风儿爽爽地吹着。

今儿个是娘的生日。娘有大半年没吃过肉了呢，要买点熟食回家，给娘一个惊喜。

大宝心里想着，美滋滋的，躲闪着南来北往的行人，开始回家。

绕过大隅首那棵千年古槐，一抬头，就看见家门口站了好大一群人，在翘首以盼。

咦，咋这么多人啊？这是咋了？大宝心里一惊！

紧挪几步，大宝认出了人群里的好几个熟人，文联的张老师，报社的马姐姐，报纸批发点的康老师，残联的刘主席……还有一大群身着红马甲的人，他们把娘搀扶在中间，正朝着自己张望。

原载《聊城文艺》总第 62 期

张敬军

菊（外一篇）

我是画花鸟的，却不画菊。有人求画四条屏，我给他画梅、兰、竹、荷，独不画菊。问我为何，我说：菊是我的老师。

我的老师叫傅冬菊。傅老师是我的启蒙老师，正是傅老师把我引导到画画这条路上来的。

去年"十一"假期，县里为路子建美术馆揭牌，会场布置在燕塔广场。九点多钟，主席台前已聚集了好多人。我是子建的同学，又是县美协成员，也被通知参加仪式。那天风大，会场上的会标被风吹得猎猎作响。大家大多没穿厚衣服，在风中冻得瑟瑟发抖。十点整，县里领导同路子建准时来到会场，大家鼓掌，仪式开始。宣传部长读主持词，文旅局长汇报建馆工作，路子建先生致答谢辞，县委书记做重要讲话……我在台下认真听，鼻涕都冻出来了。不知啥时候林强站到我身边，他用胳膊肘杵了我一下："傅老师要是还在，她该多高兴！"仪式结束，路子建在县领导的簇拥下用餐去了，我让林强中午留下好好喝两杯，林强说不行，他是带着他的学生来的。

我们就读的小学叫碱场小学，就设在碱场村。为啥叫碱场？地碱呗！种地庄稼长不好，栽树树长不成，从井里打上来的水，喝着是又苦又咸。傅老师刚到我们学校时，脸蛋还红扑扑的，一头短发，走起路来昂首阔步，精神抖擞，可没过多久脸色已变得蜡黄，走路也直不起腰来，整天捂着肚子，讲着讲着课就急着往茅厕跑。傅老师水土不服。

一天，校长来到我们班上，指着大个子林强和我说："给你俩交代个任务，放学后你俩从我家拿上钩担和水筲，去村东菜园子那口小井里给傅老师打水去，往后一天一趟，不能耽误！"我们高高兴兴地接受了这个任务。

村东菜园是一个早已废弃的菜园子，菜园里有一口井，井口很小，那是全村唯一的甜水井，只是离村太远，村里很少有人走那么远去挑水。菜园里有条斜路直通那口小井，小路两边掩映着一蓬蓬的野花野草，蝴蝶、蜻蜓在我们面前飞飞停停。我俩去打水，一路上说笑打闹着，倒也快活。从此，每天下午放学后，去给傅老师打水成了我俩乐此不疲的事。

后来，校长的儿子路子建见我俩从他家拿水筲，也要跟着去。路子建比我俩低一年级，平时调皮捣蛋，林强烦他，不让他跟着，他不依，还是跟着。到了井上，林强把水筲挂到钩担钩上，放进井里，摇几摇，再把钩担向旁边猛地一拨，水筲一倾斜便灌满了水，三下两下拔上来，再把水筲串在钩担上，指着子建说，来，上肩抬吧！子建也不示弱，抬起来就走。林强在后边还故意把水筲偷偷朝子建那头推，子建被压得趔趔趄趄，龇牙咧嘴，我急忙接过来。第二天问他还去不去，子建说：去！

见我们去村东给傅老师打水，村里有人对校长说：她傅冬菊不就是一个下放的右派吗？还挺难伺候哩！校长说：可别瞎说，人家可是有名的画家，下放到咱这里教孩子，是咱孩子的福分，说不准给咱培养出几个画家来呢！

傅老师带领我们在校院里靠东墙处开垦出一块地，做成了一个花圃，栽上了好多菊花。傅老师酷爱菊花。我们浇水，施肥，除草。菊花天性耐盐碱，在这盐碱地上长得反倒格外茂盛。到秋天，菊花开了，一团团，一簇簇，有黄色的，有红色的，有白色的，有金色的，有银色的，有紫色的。傅老师一一指给我们看：这黄色的叫"九月花神"，这红色的叫"霓裳仙舞"，这白色的叫"雪里婵娟"，这金色的叫"金凤含珠"，这银色的叫"银河织锦"，这紫色的叫"紫龙布雨"……

整个秋天，校院里都弥漫着浓浓的菊花香气。

课闲时傅老师就端坐在花丛前画菊花。傅老师画菊花时神情专注，一只蝴蝶飞落在她的头发上，扑扇着翅膀，她都不知道。

有一天，傅老师问我："你喜欢画画吗？"我说："喜欢！"傅老师说："那好，你就跟着我学画画吧。"跟傅老师学画画的还有林强，路子建……

傅老师给我们买来了画板、铅笔、橡皮、毛笔、纸，还有各种各样的颜料。就这样，我们在傅老师的陪伴下，度过了五颜六色的童年。

我小学即将毕业那年，上级给傅老师平反了，让她回原单位上班。傅老师说她不回去，傅老师说："你们哪里能给我二分地，建个花圃，让我能安心培育我这些心爱的菊花！"

就要毕业了，记得有一天，应该是一个星期天，傅老师要带我和林强去县城看戏，我俩别提多高兴啦，路子建从他家推来了校长的自行车，他也要去，就这样子建和我坐在自行车的大梁上，林强坐在后架上，傅老师骑着，去城里看戏去了。

到了县剧院，有人检票，傅老师有票，是文化馆送的，那人说我们三个个头超了，得要票。傅老师说你们别急，等着，我找他们领导去。不一会儿，傅老师找来了剧院的经理，经理把那人臭训了一顿：你不认识傅老师！咱舞台上的布景都是傅老师帮咱画的，这是傅老师的学生，你还敢跟她要票，你个没眼力见儿的！把那人训得直给我们道歉。

看完戏，傅老师把我们带进饭店。傅老师给我们要了包子、肉饼、豆腐脑。傅老师不吃，看着我们狼吞虎咽地吃。

初中毕业，林强考上了县师范，我去县城上了高中。两年后，林强毕业又回到了碱场小学，教美术，也算是接过了傅老师的教鞭。林强说，傅老师身体不好，他回去也好照顾傅老师，还有她那些菊花。当年高考，我考上了市里的一所大学。第二年路子建不负众望，考上了北京一所著名的美术学院。

傅老师去世的噩耗是林强事后在信里告诉我的。林强信中说，傅老师在病重住院期间一直告诫：不要把她得病的消息告诉我，怕耽误我的学习，并让林强转告她的叮嘱：要好好学习，不要丢弃手中的画笔。收到林强来信的那天晚上，我一个人跑到操场上，放声大哭了一场。

从那起好长时间，每当我拿起画笔，眼前就看见傅老师在菊花丛前画菊花，那样恬然安详，我的眼泪就会不由自主地流下来。

这一晃，傅老师已离世四十年，我和林强也已是将要退休的人了。

今年县里要启动建设高铁新城，有十几个村庄需要整体拆迁，其中就有碱场村。林强来找我商量，我知道他担心的不只是学校的事，他担心的还有校院花圃里那些菊花，那可是傅老师留下的，在他手上已精心培植了几十年，更有校院后头傅老师的坟墓。我说，拆迁已是定局，要不我给子建打电话商量一下，咱把傅老师的坟迁到城西公墓去吧，那些菊花也移栽过去，坟周围能栽多少是多少。林强说这样好，正巧再过一个月是咱傅老师去世四十周年的忌日，同学们也好借此祭奠傅老师。

傅老师祭日那天，同学们聚集在傅老师墓前，对着墓碑行三鞠躬礼。看着新落成的墓碑上镌刻的"恩师傅冬菊之墓"几个字，我已是老泪纵横了。

同学陆续离开，墓前就剩我和林强两人。我围着傅老师的新墓走了一圈，看着周围移来的一盆盆菊花，心里默默地叫着它们的名字：黄色的叫"九月花神"，红色的叫"霓裳仙舞"，白色的叫"雪里婵娟"，金色的叫"金凤含珠"，银色的叫"银河织锦"，紫色的叫"紫龙布雨"……

"要是路子建能来就好了。"林强自言自语地絮叨着。

"他要在北京办个人画展，正忙着布展，抽不出空来。"我说。

"你知道在我们同学中傅老师生前最喜欢谁吗？"林强突然问了我一句。

"谁？"我问。

"他,路子建!"林强说。

"我知道。"我说。

……

这时,一阵清风吹来,和着淡淡的菊香。

鹌鹑寺

　　金钱河东岸有一座古寺,寺庙里没有和尚,却盘踞着一条大蟒蛇。这条蟒蛇有多大? 冬天,它在阳光下晒暖儿,头伏在庙门前的草地上,身子围着大殿缠绕一圈,尾巴还能高高竖起,轻轻摆动,拍在殿前的石柱子上,拍得啪啪直响,惊起草丛里的几只鹌鹑四处飞蹿。这座古寺叫"鹌鹑寺"。

　　"这大蟒蛇吃人吗?"我问奶奶。

　　"吃人!"奶奶说。

　　"有人在寺前大道上走,隔老远,那蟒蛇张开血盆大口,伸出长长的舌头一吸,就把人吸到它肚子里去啦!"

　　我小时候夜里常常做噩梦,梦见那条大蟒蛇,梦见被它吸进肚子里,好一番挣扎。等吓醒了,身下已尿湿了一大片。

　　我还时常担心寺里那些鹌鹑,那些呆头呆脑的鹌鹑,尾巴秃秃的鹌鹑,还有鹌鹑小脑袋上那两颗圆溜溜骨碌碌乱动的黑黑的小眼睛。

　　当时,鹌鹑寺周遭几十里,因连年的战争,肆虐的瘟疫,再加上这令人谈之色变的食人巨蟒,原本地肥水美的原野上,一眼望去,看不见庄稼,到处都是丛生的野草荆棘,遍地荒芜,寥无人烟。

　　县衙里出了告示,告示就张贴在城门外的城墙上。告示上说:凡有勇士能杀死此巨蟒者,鹌鹑寺外这些肥壤沃土任其开垦,十年内赋税全免。

　　我奶奶说是我家老祖宗揭下了这告示。老祖宗把这告示拍在县太爷的公案上。

　　"这上头写的可当真?"

　　"官家告示,自然当真!"县太爷说。

　　"你揭了这告示,可知这恶蟒的厉害?"县太爷问。

　　"我是山里的移民,从山里来,什么样的蟒蛇野兽没见过!"

　　"你可敢签下这生死文书?"

　　"敢!"老祖宗毫不含糊。

　　"有什么需求直管讲来。"县太爷倒也直爽。

　　"给我备好双刃尖刀五把,长一尺二,宽两寸八,还要……"

　　"还要什么?"

"烧酒一坛,酱牛肉五斤!"

……

那天,县太爷为我家老祖宗派了一辆牛车,由四个衙役随从,直奔鹌鹑寺而去。老祖宗先是在自己头顶上绑了一把尖刀,两只脚上也各绑了一把,剩下的两把握在手里,平躺在牛车上。再看那四个衙役,跟着牛车走,两腿战战,一脸惶恐。

远远地看见鹌鹑寺了,那寺残垣断壁掩映在荒草芜棵之间,已是破败不堪。距庙门只有五百步了,三百步了,两百步了,四个衙役死活不肯再向前迈一步。他们把老祖宗抬下牛车,自己慌忙躲到庙前甬道两旁一对石牛石马身后,看着老祖宗昂首阔步向庙门走去。

老祖宗起初是走,继而是跑,最后是腾空而起,一跃进了庙门。

寺庙里"轰"地飞起一群鹌鹑,向着天空四散飞去,接着是一阵黄风翻卷,飞沙走石,尘土飞扬。

半个时辰过后,一个血人手持尖刀蹒跚着走出庙门,他就是我家的老祖宗,就是他杀死了那头吃人的巨蟒。

鹌鹑寺前,老百姓敲锣打鼓,县太爷亲自为老祖宗披红戴花。我家老祖宗成了英雄。县太爷为了兑现承诺,还当众奖赏给我家老祖宗一挂枣木铁犁,鼓励他去垦荒。

老祖宗带领一家人开始垦荒。老祖宗扶犁,祖奶奶和两个少祖宗拉犁。烈日当头,挥汗如雨。四个人,一挂犁,在这片广袤而又荒芜的土地上,耕画出一行行一圈圈弯弯曲曲粗粗细细的线,绵绵延延。

"老张家开了多少荒啦?"县太爷问衙役。

"有两亩啦。"

"太少!太慢!这个犟种,也不知给我张嘴借头耕牛,再探再报!"

"有十亩啦。"

"有二十亩啦。"

"有五十亩啦。"

"有一百亩啦。"

县太爷大吃一惊。

"他家借着耕牛啦?"

"没有,还是人拉犁。"

"有人给他家帮忙?"

"没有,还是他一家四口。"

"他家夜里也开荒?"

"没有,白天干,夜里歇息。"

"那咋垦出这么多地?再去打探,务必给我打探清楚!"

第二天一大早,衙役来报,附耳给县太爷说:这回弄清了,原来有一头神牛、一匹神马夜里给他家犁地!

县太爷不信,吩咐衙役们带上绳索,夜里同他一起去看个究竟。

夜里,县太爷和几个衙役伏在草丛里,屏息静气。

月亮升上来了,果然一对牛马从远处走来,没看见它们身上有套有缰,但看得出它们是在负重引行,后头跟着那挂枣木铁犁,没有人扶犁,可犁子行得又快又稳,犁铧后头翻出层层的土浪……

县太爷看呆了,待他回过神来,那犁子已从他眼前驰过。他下令逮住这牛和马。几个衙役从草丛中跑出来,一阵追赶。那匹马机敏,见有人追撒腿向北跑了;那牛见有人拿着绳索朝它跑来,冲着人群抵过去,被一个衙役当头一棒,打掉了一只牛角,那牛"哞"地叫了一声,也朝马的方向跑去。

县太爷带着衙役一路追赶,一直追到鹌鹑寺前。他们看到了寺前甬道旁的那对石牛石马,县太爷似有所悟,他走到石马前,一摸石马的后背,满身湿漉漉的汗水,又摸石马的前胸,感觉到了咚咚的心跳,再过来看那石牛,牛头上赫然少了一只牛角。

"那只牛角去哪里了?"我问奶奶。

"那只牛角后来摆上了咱家的香案,每逢初一、十五都接受咱家祖祖辈辈的磕头叩拜。"

"那个县官真坏!"我愤愤地说。

"你可不能骂他。后来那县太爷把他家的闺女嫁到了咱家,算起来他还是咱家的太姥爷呢。再说那时候外地的移民越来越多,地也不能全让咱一家种了,家家都需要地种。"奶奶说着。我点点头。

我问奶奶:"你讲的这些都是真的吗?"

奶奶笑笑,没言语。

后来我查阅县志,县志上说,明清时期金钱河东岸确有一古寺,只是不叫"鹌鹑寺",叫"安竹寺",想必是祖辈口口相传,讹传成了"鹌鹑寺"。不过,一年一度的三月十五鹌鹑寺庙会,每年都如期举办,延续至今。用我奶奶的话说,三月十五这天,就是我家老祖宗杀死那只恶蟒的那天。

原载《聊城文艺》2022 年夏季号

张乾之

考 验

　　立之和若兰谈了两年多的恋爱了，两人形影不离，按说，也到了谈婚论嫁的地步了。

　　立之和若兰同在江苏一个电子厂上班，一开始两人也不认识，一个偶然的机会，同车间的一个同事说，另一个车间的一个女工也是山东东阿的，立之眼睛一亮，哪个乡镇的？不知道，你可以亲自去问问啊。

　　俗话说，老乡见老乡，两眼泪汪汪。能在外省遇见老乡，着实感到亲切。立之当天就去问了，这一问可谓是喜上加喜，两人同一个镇，都是山东东阿刘集镇的，而且两人的村庄只相隔八里地。异性相吸，况且年龄相当，一来二去，逐渐熟悉起来；彼此都很喜欢，你来我往，便产生了情愫。

　　若兰端庄秀丽，虽不是很漂亮，但是很耐看的那种女子；立之高挑的个儿，帅气有加。二人性情相投，很谈得来，两人相处不久便有了肌肤之亲，也就是搂搂抱抱亲吻之类的行为，还没有突破最后一道防线。立之想进一步，若兰不让，说是要等到洞房花烛之夜。若兰态度坚决，立之也只好忍了下来。

　　二人年前都去对方家拜见了老人，若兰父母对立之的彬彬有礼很是满意，立之母亲对未来的儿媳更是喜上眉梢。双方老人也在催促他们把大事定下来，他们商定再干一年就订婚。

　　又一日，立之和若兰在厂外一个小饭店相约吃饭。吃到一半时，若兰说，给你说个事。立之道，洗耳恭听。若兰很认真的样子说，我们结婚后，你母亲不能和我们一起住。立之没有思想准备，一下愣住了，举着筷子忘记了吃饭，为什么？若兰轻轻地说，不为什么，图肃静，她一个人身体没什么毛病，住在老院子里也挺好啊。立之沉默了，心里想该来的还是来了，现在不少女孩子结婚前都提这个要求，不能和老人住在一起，表面上说是不方便，其实是嫌弃老人。

　　立之父亲死得早，是母亲含辛茹苦把他养大的。父亲走时母亲还不到四十岁，要是别的女人就会带着姐姐把他撇给爷爷奶奶改嫁了，可母亲为了他，硬是没有改嫁。母亲为了孩子，经历的磨难是三天三夜也说不完的，有些事他还记忆犹新，母亲的未来是把希望都寄托到他身上啊，现在叫他和母亲分开过，不就等于抛弃母亲吗？母亲已经六十多了，孤寡老人，一个人生活，立之连想都不敢想。立之心里流泪了，一边是亲爱的母亲，一边是心爱的女孩，两难哪！立之只是有气无力地回了句，我好好想想吧。二人不欢而散。

在认识若兰之前，也有人给立之提过几回亲，当知道有个拖累的老母亲，见过一两回面就黄了。盖了新房子后，有的当面也提不和老人住在一起的要求，但都被立之回绝了。现在若兰也提这个要求可就不同了，那几个女孩子，立之和她们也只是见过几回面，交往很少，没有产生感情，不值得留恋。可若兰不一样，二人恋爱了两年多，已经有深的感情了，已经爱到灵魂深处了，想放弃是万分痛苦的……

看若兰的言谈举止不像是不孝顺老人的那种人啊，怎么就……唉！一天，两天，五天，十天，第十五天，立之终于做了决定，人生多磨难哪！立之打电话约了若兰，还是那个饭店。若兰高兴地赴约了，立之要了八个菜，大多是若兰爱吃的。若兰边吃边说解解馋，立之喝了两杯白酒，足有半斤。立之满脸通红，说话也带了酒气，若兰，亲爱的，请允许我最后一次向你表白，我确实很爱你，但是，我们在一起不合适，我们分手吧。

这回轮到若兰呆愣了，为什么？因为我难以答应你的要求。我不能撇开母亲过自己的所谓幸福生活。若兰说，我是说分开过，并没说不孝敬她呀。立之一字一句地说，我认为这在性质上是一样的。

若兰问，你决定好了？立之说，我考虑了半个月，决定好了。若兰低头沉思了一会儿，抬头微笑着说，好吧，我妥协了，依你。立之问，依我什么？若兰笑了，一个字一个字地往外说，我们结婚后和婆婆一块住，好好孝敬她老人家。

立之惊诧道，这么快你就转变了态度？若兰咯咯地笑了，笑了好一会儿才说道，给你说实话吧，我这是考验你哪！我母亲的事迹你还不知道吧，她可是全省得了大奖状的孝顺模范。我奶奶瘫痪卧床二十年，全是我母亲一个人伺候的，喂水喂饭，擦屎崴尿，定时清洗被褥、洗澡擦身……你想想我能不被言传身教吗？

我妈说，人人养儿女防老，人长得再好，再有钱，再有权有势，不孝顺老人也不在人伦，百善孝为先！你要找一个真正孝敬父母的男人，不要被表面现象所迷惑……

立之猛然醒悟，激动地依偎到若兰身边，谢谢你，给了我考试合格的机会，我们会共同孝敬双方老人的。

二人激情地拥抱在一起。

原载《聊城日报》2022 年 3 月 8 日

张辛茹

模　特

"日结算是多少钱呢？我不知道模特的工钱如何计付，我也不曾知道过。"

2014年，我背着画夹，北上求学。

在北京这座寸土寸金的大城市里，我与一位中年男人擦肩而过。

说起来可能没有人相信，这样一位普普通通的男人，是一名专业的模特。

这些年来，我一直感到生活的节奏不断加快，日新月异，快马加鞭，好像忙不迭地赶赴着什么。

记忆更新换代的速度愈发快了，从前怀旧一词，不过是回忆几年前的时光；而现在，尤其是在快节奏网络时代的现在，要想好好地回忆一遍"许多年之前"，已经变成了一种休假空闲时才能完成的、奢侈的事。

但在这样倍速播放的生活里，总还是有些记忆是难以磨灭的。

它们像溪流中的顽石，不论随着时间流逝是否会越变越小、越变越模糊，它们始终坚守在记忆纽带中独属于自己的位置上，无法忘记。

2014年，遥远的八年之前，我还在读高二。

从同学赠送的一本漫画杂志开始，我迷恋起画俊男靓女。高中三年最不缺的就是我在晚自习时盖着作业偷偷画画儿的身影。也许被老师逮住过许多次，也许又都被睁一只眼闭一只眼地放过了，我的沉迷程度愈发加深，直到高二那年，我开启了文化课与艺术课双修的艺术生时代，平日读读书做做题，躲懒逃两次小测，一有空，就抱着一沓纸苦攻绘画。

为了长进，那年寒假，我去了北京。

寒冬腊月里，我在北京的画室早出晚归，大年三十才回来。

那座画室，是几位中传媒的老师开办的集训画室，窝在学校附近一处大院里，曲径通幽，要走过很多灌木和一片花圃才能到达。我初来乍到，画室正在教一批学生画半身带手的人物素描，看着难度不低。与我素日练习的形式不同，他们并不是摹着一张照片画,而是花钱,从外面雇一个模特过来。

"模特"是从哪里找来的,当时的我并不清楚,只记得那日我刚刚到,一进门就瞧见六七个学生围着一个中年男人,拿了笔"刷刷刷"地给画纸的人上调子。

他们的进度比我快许多,因此练习时间也并不是完全统一的。待我坐定,值班教师正要下课,就高声朝中年男人喊了一声:"模特儿,你可以休息二十分钟。记住你现在这个动作啊!"

我抬头看看中年男人,他慢慢站起来,摸出一部巴掌大掉漆的手机,小跑出去打电话了。

等他打完电话回来,又坐下,我就隔着我新买的画板悄悄观察他。

这是个高高瘦瘦的男人,皮肤泛黄,且皱;眼角下垂,上眼皮和眼袋都很明显,整个面部的表情是很漠然的。

他的头发三七分,有几绺翘起来,也并不去捋顺,发色黑,却没有什么光泽。

再看他衣着,穿了一件长长的深驼色仿灯芯绒大衣,袖口上缝着一圈干净的棕色毛边,看着硬硬的,款式也有些老气,大概着实有些年头了;裤子是黑色的,裤腿有弯过的痕迹——谁会在这个寒冷的季节总是挽裤子呢?北京可不会经常下雨,冬天里,他是不大可能时常挽着裤腿行走,所以这痕迹,应该是夏天留下来的。

也就是说,这条裤子很有可能是洗了穿穿了洗,反反复复过来的,才在冬天留下来夏季才会有的痕迹。

我借着低头削铅笔的工夫,瞥见他穿了一双经典黑的皮鞋。

挺亮,但是不是富人保养出来的锃亮。

看得出来,他并不富裕。

上午课结束得很快,模特提前离开,下午时分,又会与我们一同上课。

中年男人在开课大概十分钟后来到,与上午不同的是,他手中提了一个小小的灰紫色布包,上面印着白色残缺的"朝阳区×××大药房"几个字。

他的头发依旧立着几绺。

学生们嘻嘻哈哈地聊着天,一个广东口音的学生彬彬有礼地请他坐下,然后给他看自己的手机。为了防止模特忘记,学生们往往会把模特的姿势拍摄几个不同的角度,好方便中场休息后继续绘制。手机里的正是他上午的姿势,他们需要画这个姿势一整天——也就是说,模特得摆这个姿势,半个小时一憩,一动不动地摆一整天。

我想想都觉得浑身发累,可是中年男人却依然是那副漠然的表情。他手里握着一个矿泉水瓶,右胳膊搭在椅子背上,垂着眼皮,看着从早到晚都在"刷刷

刷"的学生们，不说话也不笑，就那样坐着，坐着。

晚课他不来。晚上，学生们会画一些动画作品，用不着模特。

为了教学方便，一位模特通常会连着来很多次，每次摆一个不同的姿势，让学生们训练人体写生，因此第二天的基础课，这个被我们围了一天的中年男人又默默地来了画室。

老师告诉他今天的姿势，叮嘱道："不要动，尽量不要动。没事儿，您想办法坐着舒服就可以了。"

他点点头，轻轻应了一声。

课间二十分钟的休息，他又是出去打了个电话，回来时，拿着一个快餐店赠送的塑料杯子，灌了满满一杯画室里的矿泉水。

休息结束，他走回去，调整回刚才的坐姿。

这会儿，我们的老师正在和几位南方口音的学生讨论关于"动漫手办"的问题：

"听说那个公司又出了一款限量版，四比一的比例，不知道要价多少。"

"四比一的话，大概在一万左右，盗版的可能是三千多。"一名女生极有把握地说道。

"盗版还要三千？"老师惊讶。

"是啊，除非你买那种超迷你的手办，也就几百块钱喔。"一个胖胖的卷发男孩笑道。

中年男人静静地听着，时而眨眨眼，理解着这些仿佛来自另一个世界的生词。

在他漠然的表情之下，我甚至觉得他脸周围的空气都是不流动的。

听着学生们时不时爆发出一阵大笑，男人吸了吸鼻子，没说话。

他好像习惯了面前的这群孩子总在上课的时间闲聊，一聊就是一个小时。

时至中午，之前那个女孩扬声道："模特，你可以休息了，我们画完了。"

老师笑着补充："模特可以走了。"

男人就站起来，把手里的道具放下，又踌躇一会儿，嗫嚅道："钱……怎么领？"

"你去中传媒动画学院××9办公室，就说是我们聘的模特。对了，记得跟教务老师说清楚是日结算的。"

他收拾收拾东西，把灌满的杯子塞进布袋里，走了。

日结算是多少钱呢？我不知道模特的工钱如何计付，我也不曾知道过。作业画完了，我也走，下了楼发现他又在打电话，表情生动，眼睛里焕发着朴实的光彩。只有这时候他才不是漠然的一个人，听声音，应该是在给家人打电话。

他也知道有人来了，起步慢慢地走在通往大院外面的小胡同里。

我夹着一袋马克笔和画纸在后面跟着走，没有超过他。

"好……好，你带着瑶瑶和姐姐去买，不要让她俩闹。"

我想：他有两个女儿。

"对，还行，还行。那个人说今天是三十块，我以为是三十五哩。"

我忽然鼻子一酸。

"已经来了？那你让他等等，你赶紧做饭，我去领钱啊！"

我跟着他出了大院，一路走回住处。宾馆建在四层台阶上，我走上去，要进门的时候又回头，看了看还在向前走的他。

这条路一直往前走下去，再拐几个路口，进入一条长长的胡同里，就到了中传媒的西门。

离西门不远的地方就是动画学院，那间办公室里总是人来人往，前来画室报名的学生与家长在那里挤着，站着，一遍遍询问着报名的费用，三千，五千，一万，两万……

他就要去那里，在一片家长中挤进去，领回今日的工钱。

"哎好，知道了，没事没事，我就回去啊……"

他满脸笑容地说完，在经过我站的地方的时候挂了电话，把那个小小的手机揣回大衣兜里。

他的表情又恢复了漠然。

我看着我们的模特，那个每天可以领到三十块的中年男人，他就那样带着不流动的空气，走远了。

原载《聊城晚报》2022 年 4 月 14 日

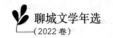
张振峰

棺　材

三爷咽气了。

尽管四爷从早晨就感觉他这位堂哥撑不到天黑，但真看到无儿无女的堂哥暗淡了眼里最后那一丁点儿光芒，合上眼皮翘起下巴上那一小撮稀疏的山羊胡子时，弟兄间从小到大一块经历的那些苦难抑或快乐的往事，立时像洪水一样涌入脑海。那一切都在这一瞬间，在这个毫无生气的破房里戛然而止。弟兄俩人的手虽然还相握着，但已是天人永隔。四爷不禁悲从心头起，声泪俱下，"哥哥，哥哥呀……"也许是听到了四爷的哭声，其他几个堂弟堂侄儿还有左邻右舍也都赶来了。

老王家三爷这一辈堂兄弟九个，老大老二早年过不下去，带着一家老小一挑一担就下了关东，几十年了一直没有音信。三爷是独子，爹娘死得早，混穷到三十来岁，赶巧有逃荒的一家人想把闺女就地留下讨个活命，四爷两口子嘴热心善，毫不犹豫地匀出半布袋高粱给三爷换下了这个逃荒的媳妇。可四爷一家那一年遭得那个难，真是麻绳儿称豆腐——没法儿提呀。三爷也是福薄命薄造化薄，两口子过了一年，媳妇生孩子难产，娘俩一个也没保住。岁月蹉跎，三爷穷苦了一辈子，今天终于解脱了。

三爷一直守着祖上的三间草房半亩老宅七分薄田，收成有限，养不活自己，只能给财主富户打短工混碗饭吃。虽勤劳一生，但也就是没饿死，屋里只有一盘土炕，一口铁锅，还有一个老母亲陪嫁的破铺柜。

按老理老规矩，也是三爷生前自己选下的，在自己百年后，由四爷的大儿子小一执过继礼。所以小一两口子对他们这个三大爷极尽照顾，三爷落床后端屎端尿从未嫌弃过，翻身喂饭洗衣擦身一点儿也不马虎，左邻右舍人人称好。

没一顿饭的工夫，王家院里的近支当门零零星星基本到齐了，屋里屋外都站满了人。五爷到屋里瞅了一眼就转身到大门口去了。一会儿，内柜外柜的孙先生和夏先生拐进胡同走过来，五爷远远地看见就紧跑两步迎上去，扯住两位先生的袖子堆着笑脸说着什么，好像没等他说完，两位先生摇着头甩开他的手直接进院走到屋里来。四爷忙擦干眼泪抱拳施礼，随又转身冲着自己的大儿子说："小一，让你家里的回家和你娘一块按亲戚人头撕白孝布，把给我准备的送老衣裳也拿来，先给你三大爷穿上，扛两条板凳，挺丧上吧。镇上棺材铺的钱老板捎信说前几天送去的那纸钞票的定金这两天都不值一刀草纸的钱，人家要银圆，用粮食折价也行。咱自己留点瓜干高粱，看看谷子和棒子还有多少，明天给钱掌柜送去，先把棺材、扎彩等用品拉回来，粮食不够先欠着，转年过完麦，用上风的麦子一次还完，多还。"孙先生、夏先生听着四爷的安排，提笔蘸墨，一边勾画记录一边满意地点着头。

五爷听四爷安排大小子回家撕白孝布，忙凑过来，"四哥，你看三哥活着我也没少跑腿，大毛也能顶事了，如今还和我一块住着，就让大毛发送他三大爷吧，孬好让他擎受（继承）这几间破房，也免了和我在一块生气……"

四爷看了看五爷，"让大毛发送？你早干吗去了？让小一发送，既是按应该过继大侄儿的理，也是三哥活着时自己选下的，大伙也都在场。有个病有个灾，也都是小一两口子伺候着，一直到咽气也是他们守着，你和大毛来过几回啊？你让三哥吃过你家几顿饭？喂过一口水吗？这时候你又来了！"

"当时也就那么一说，谁当真了。"五爷不紧不慢，把问题抛出来，也不急等着落地。

一屋子人都面面相觑，孙先生把毛笔猛地一搁，大大小小的墨点溅在了破铺柜上。

五爷脸色一紧又马上缓下来，"咱三哥没了，您就是咱院里的长兄了，大毛连个媳妇也混不上，您不操心谁操心呵？"五爷转身又急歪歪地冲着大毛吼："你个熊玩意儿还不给你四大爷下跪！"大毛晃晃荡荡地蹭歪两步跪下来。

五爷哽咽着抹了一把脸，又抹了一把鼻涕，两手一搓随之对抄进袄袖子里，转过头哭丧着脸，屈着背，可怜巴巴地望着他四哥。

五爷从小无论干什么都跟在他四哥腚后，早摸透了他四哥的脾气，总是能赢得四哥的同情和保护。弟兄们小时候掏麻雀烧着吃，五爷两只小眼睛总能瞅准稍微欠点火候的时候，麻利地伸出黑爪子掰一块先尝尝，一边烫得吸溜着嘴，一边说不熟再等会儿。脑瓜上挨两巴掌也无所谓，总之，烤熟了还要分一份儿。

"好好好，那你准备吧！按礼数准备，别犯你那个抠完腚还得漱手指头的老毛病，让外人看笑话！"四爷有点生气，也有点不放心。"抠完腚还得漱手指头"的殊荣，如果让村里人评比，毫无疑问，五爷独得桂冠。不管谁明里暗里地说，五爷是毫不在乎，在这个追求上，快一辈子了。

五爷把眼神从四爷的脸上移开，借着四爷的话来个就坡下驴，指挥着儿子们卸了三爷破房子上的破门板，搬了几块土坯在房内迎门支起来，门板上铺了一条破棉絮，将三爷的尸身抬上去，用三张黄草纸蒙上三爷的脸，盖上三爷生前靠身的棉被。这棉被是入冬时小一媳妇用自己织下的布续新棉花做的，粗布被面上绛红色的条纹在此刻这个破旧凄怆的小屋里透露着一丝难得的温暖。

看着五爷的这阵子忙活，四爷肺都气炸了，老三虽然无儿无女，既然有侄子执过继礼，怎么能用土坯支门板呢？连个嚼口钱也不放！四爷虽然生气，又寻思不碍大局，肚子鼓了好几鼓又咽回去了，没说出话来。

孙先生轻叹一声，起身走了，夏先生和一群二姓旁人也都悄然离去。

一会儿，大毛把白孝布撕来了，分给众兄弟。四爷看着那半指宽的白布条，还有连头皮都盖不严的孝帽子，终于忍不住了："老五，扎上这样的孝带子，戴上这样的孝帽子，让村里人，还有几门子老亲戚怎么看？不笑掉大牙？"

五爷躲着四爷的眼神，"唉，你兄弟媳妇那个熊娘们儿，一共也没织多少布，再说死了死了，一死百了……"五爷一边说一边分给小辈们，不接的就往旁边一放，爱接不接，就这样了。

四爷的脸色红了白，白了红，又忍住了，没再说话。天也晚了，由小辈的几个弟兄守灵，其余各回各家。

三天头上，天刚蒙蒙亮，四爷进了三爷的院子，一瞧就急了，五爷没安排买棺材，正指挥几个小辈想用三爷屋里的破铺柜装殓三爷。

"老五，这是人办的事啊？为什么不用棺材？老三绝户，闭了眼不知道，乡里乡亲可都不是瞎子。咱哥几个还没死呢，还要脸吧？脸往哪儿搁呀？让三哥穿着原先的旧衣裳，把孝布撕成那么一点儿，我就没说你，能省几个钱？光图惜人家这个宅院？还讲点良心吧？就算买个薄皮棺材也遮遮脸面呀！"

"昨晚划拉划拉炕席下的钱，也不凑手。四哥你答应让大毛发送了，心里不痛快，光找碴儿……"五爷不愠不火地嘟噜着，既不迎面上，也不扭脸溜，他知道怎么耗他四哥的火暴脾气。

"老五，你就抠吧，头上三尺有神灵！我不是找碴儿，小一要发送，不像个样也不行！没钱不会借点？没时间？晚天再入殓，买不来口棺材？买不来用你的棺材也行啊。弟兄一场几十年，你这个做法，也能睡着觉？"

"就这样算了，就算丢脸也是丢我的脸，戳我的脊梁骨。我的棺材？你的棺材更好！你也不舍得。"五爷还是不紧不慢，声音不高不低。

"不行！三哥不能这么走，必须占棺材。你不要脸，传出去，十里八村也不光笑话你，人家说咱老王家不好，说咱老王家缺德"。

"……"五爷见老四真急了，恰到火候地拿出死猪不怕开水烫的本事，蹲到门外的土坯上，耷拉着眼皮，一言不发，任由四爷数落。

院墙外人头攒动，看热闹的越来越多。

四爷心急如焚，脸上火辣辣的。五爷还是面无表情地蹲着。

"小一！"四爷高声叫着，"你兄弟几个回家，把我那口棺材抬来，装敛你三大爷！"四爷极力想让自己的声音缓下来，但还是急中带着火，火中带着急，斩钉截铁地对着自己的五个儿子说。

五爷腾地一下站起来，嘴唇哆嗦地说，"你，你又反悔了，说，说话不算数……"

"没反悔，还是让大毛打幡摔老盆，还是大毛擎受这个宅院和那几分地。只是三哥临走总得占口棺材，要不，他到那边怎么过？我们怎么活着？"四爷悲怆地说。

五爷僵了一下，慢慢挪到角落里不再吭声。

此时的五爷，让老四惊得有点晕晕乎乎。他知道，老四那个棺材比他那口要好很多，用了两年的收成，"围六"的柳木，每年一道大漆。他算计一百遍，也不会想到老四会做出这样的决定。这么一弄，自己这脸上可是太难看了。难看就难看吧，也不能糊涂到和老四争这个面子和名声。什么面子什么名声啊，连二拾斤高粱也不值。再说真搭上自己那口棺材，发完这个丧再破费点，就老三这个破宅院也值不了几个钱，赔钱赚吆喝的事怎么能干？他料到老四会发脾气，他是想耗耗老四，耗出老四几个钱，自己再多少搭几个，买个薄材，这事也就过去了，打死他也没想到老四竟然糊涂到这种地步，都七十多的人了，再攒口棺材可不是个容易事！在老三这个老绝户身上花钱连个感恩报恩的也没有。他想不通，也不愿意想。这可是老四你自己愿意的，不是我老五坏良心……

事定了，也就没热闹可看了，院外的人涌进来一大群，有一个算一个，都冲着四爷说："四哥，你随便吩咐，咱没别的，有力气，绝对让三哥安安稳稳地入土。"

"四爷，您坐下指挥就行，您叫我们干什么我们就干什么，绝对不走板儿！人这一辈子，穷富算嘛？活着仗义，做鬼也踏实。"

四爷忙向老少爷们拱手致谢。五爷懒得听这些夹枪带棒的话，避到一边，用烟袋锅在烟荷包里剜了一阵子，蹭到院里临时烧水的土灶下，拣出一根燃着火苗的细棍，晃熄了火，轻轻凑在烟袋锅上，两腮一吸，鼻孔里轻轻舒出一口长气，袅袅的青烟从五爷两个脏兮兮的鼻孔里飘出来……

七天上，五爷的儿子大毛执过继礼，作为孝子，打着手幡，摔了老盆，扶着装殓了三爷尸身的四爷的棺材，风风光光地送三爷入了土。

送灵的队伍走后，五爷把掏好的灶下的柴灰在自家和老三的大门口都仔仔细细地打了一道杠。那时有个风俗，有出横祸死的人时，生前两家有点不对付的，怕死鬼进门才悄悄地在自家门口撒把柴灰。五爷这也是去去自己的心病。撒完了柴灰，五爷用两把新锁，锁了三爷的房门院门，崭新的锁头在寒冬的残阳里反射着冷冷的光。

四爷擦干眼角热乎乎的泪滴，扶正头上的小帽，掸了掸身上的土；五爷抹了一把鼻尖下冰凉的清水鼻涕，熟练地用手一攥。两个老头儿都像卸下了一桩心事，背抄着手，在村中大街上，迈着蹒跚的脚步一个朝东一个朝西。

八十年后，五爷家的后辈们都在村里盖起了宽敞明亮的二层小楼，日子过得红红火火；四爷家的后人们都散落在外地的几个大城市，虽然故乡难回，但都为村子里的公共建设捐过款，还出资把他们的五座老院翻修后捐给村里做了村民娱乐室和书屋，一个做大学教授的重孙陆陆续续寄来数千册图书。这五个宅院里的几棵老树被村民们精心保留下来，春夏两季枝繁叶茂、荫翳蔽日；秋冬时节虬枝苍劲、笑舞西风。

原载《聊城文艺》2022 年春季号

诗　歌

阿 名

诗五首

夜宿山村

写了那么多母亲来信，
其实，一封信也不曾收到。
我收到的有限几行字，都是三舅代笔。
母亲大字不识，天生弱视，
她目力所及，看到的事物永远模糊不清。
六月，麦子成熟，金色麦芒互相拥挤，
乡村再一次开启一场浩繁战事。
母亲割麦，好多回镰刀锋利，
割破她的手，麦子倒下了
无数空茫的麦茬蓄满水，有些是泪水，
有些是喜悦，还有一些
回音，向地底深处隐秘传递，
我穷尽这一生的气力也无法复述。
十月天，棉桃开裂，棉花的白
白到最有可能接近酥软。
大朵大朵的云落下来，要成群结队
地驻足田埂。母亲拾棉，她要把恩赐
搬回家，她要用新鲜棉絮
做棉衣，缝棉被，给我们准备御寒的遮挡。
有一年寒冬，行军途中，夜宿山村，
我梦中惊醒，摸摸被子

沉沉的，硬硬的，没有母亲缝补的温度，
窗外寒星闪烁，青光落在山脊
像是有无数孤儿无处可去，
只能踌躇于深幽的黯淡。我知道
在思乡这个动词的横截面，
我读到的是一个人的低声抽泣，
是一棵榆树步入中年，不得不放下叶子，
让秋天寂寥，让夜色疏离，
让人世的伤损具有不同趋向。

归　途

遇见一个人，低着头，
躲开暮色，进入只有他自己
才能打开的山谷。楠木树，皂角树，
古柏，小花椒树，羽毛挂满铃声。
一群山羊草紧贴地皮，
张开小口，却不敢发出任何呼喊。
长尾的木槿花向他，弓腰，曲背，
而后坐下去，一层层剥开花瓣。
他们一起，从内核，吐出火焰，
这足赤金黄，这归途，这遍体微茫，
消磨了一群人多少无助啊。
我坐下来，面对湖水的低沉不可名状。
对面是山丘，山丘对面是深远，
是神祇统领的结界，而在隐秘地带
更是父亲他们播种的麦田。
田埂上，他们抽干体内余温，
像麦秸，站着不动。

夜　雨

春夜，窗外的雨踮起脚后跟走路，
它们胆小怕事，低声滑落，
是怕，错过人间至亲，
踩疼这片土地仅存的几块伤痕。

在乱葬岗子,没有风藏到暗处,
没有一簇鸢尾花开得如此肆意,
那模糊的蓝,透出微弱的紫,像是曾经
远走他乡的过来人,回来过,
不愿意舍弃什么,给兄弟子侄
留下一片垂怜,色泽明亮而又深远。
这里的雨应该油性十足吧。
急急地,下了一阵,
趁着还没有人影,
趁着野獾贪婪,还没有回窝,
它们索性放开手脚,夸张地
跑了一阵。等到白蜡树气喘吁吁,
张开小叶,伸出多状幼齿
它们已经停在村后麦地。过了今夜,
麦子即将抽穗,即将忘掉许多人。
包括登安,包括小年,包括哑巴
也包括我,后背生出鳞片。
那年,登安被法云大娘斥骂,
跟随几个同龄去南方打工,在惠州站
他一个人下车,从此南方成了他的专用词,
成了他地理位置上的衣冠冢。
人间至亲,和万物没有关系,
和春雨没有关系。人间至悲,
和一个人的音信皆无关系。
鸢尾花的蓝只能
开到荼蘼,白蜡树的小叶只能
被雨水冲洗,并且有一些瞬间被消弭。

春　日

春天,有的是时间,向
麦田一望无际的蓬勃告别。
大地无垠,万物有爱,所见
都在一条河水心有余悸的流逝。
在清平,云雾惝恍,赋予平原更为潦草

的沉积。而复苏是一个人
安居文庙,接受斥喝,接受另一个人
善待围城而来的国。不得不承认,
青灰和细微抱诚守真,藏有更多坦荡。
出北门,我为十里杨树倾倒。
那些枝干粗壮,叶脉间
故道盘绕洄转,总能给低矮留出
一些余地。有一次,
陪父亲回去,他需要从体内拔出
余生仅剩的一把草,然后,
让驼背进一步弯向泥土的温润。
返回时,跟着薄雾弥漫,
我和父亲穿行田间,听到麦粒开始膨胀,
垄沟起伏,还存有雀鸟们玩闹的痕迹。
庄稼向死而生,死而可生。
它们由发芽到种粒可以反复,我们不能。
再往前走,是母亲的长生地,
她一个人蹲在渠边,对她而言
我和父亲经过,也只是经过。

那个忙于给雨水浇水的女人

与沉默商讨,怎样抵御小城市滋养的锈迹。
与顺从互为犄角,共同切除,暗疾藏于树洞深处。
甚至习惯性地将潮湿的双腿和骨刺陷进泥泞,
都抵不过从她身体渗出来的雨水。
倘若小叶的矮灌金贞能够觉察到
春事寒凉,夹杂更多汹涌,
那个忙于给雨浇水的女人,就不会
这么苍老。烟色微甜,一棵树,
用柔嫩的枝条裹住她,像裹住另一棵树。
风声还能继续孵化,海棠花辗转,结出蒴果。
尽管这巨大的植物园已经苏醒,
但是她拥有的不是整个春天,只是一个下午,
每一株未经允许的幼苗爬出地面

得到她的顾念,拥有一席之地。在街边,
生和死没有固定的界限,生如她,低微
却救活了许多不具名姓的草,却给许多人续了命。
而死,没有那么容易,一年发芽,
一年抽枝,三年长出绿荫。

原载《鲁西诗人》2022 年第 2 期

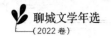
翠　薇

诗五首

一年（外一首）

生活依然每天更新、沸腾
制造柳暗花明，演绎曲折离奇
它匆忙赶路，谁也不等

我在书房
从一个汉字开始，从一个笔画开始
从窗口阳光明媚开始
从心境安然开始
写下代表心声的诗

日子里的突发事件
不管是喜庆还是悲痛
像石子投入湖面
引来过一些侧目与唏嘘
激荡过几圈或大或小的波纹
又被无情的风尘
一层层覆盖

今天覆盖昨天
明天又遮掩今天
一年365天，厚厚的一摞时光

由新鲜变成陈旧

每个人的日子有厚有薄
侧重在属于自己的悲欢离合里
结痂的地方，是痛点也是花朵

柔软的鸟腹掠过最高的枝头
鲜绿草叶上曾经霜迹深重
都被谁，一一记住

拂去风尘

从年初到年尾，长长短短的时光
有过伸展，有过折叠
有过大步流星，有过谨小慎微
有过拾级而上，也有不知不觉地滑行

有哪些是漫不经心、毫无征兆
又有哪些是一丝不苟、刻骨铭心
还有哪些不该忽视却被轻易错过

花朵的芽孢从酝酿、绽放到子实累累
蝴蝶于黑暗中破了蛹
在高高低低的枝上完成一生的惊艳
起心动念便有了因缘
结出形状不同的果子

雪花翩翩而来
从天宇到低处其实是又一轮清空
人间周而复始，大地再次埋下种芽

从年初到年尾，我低头删繁就简
一遍遍，拂去姓名笔画里的风尘

原载《中国文化报》2022 年 12 月 28 日

采集露珠的人

我相信晶莹剔透都能捡拾起来
相信明亮都能捧在掌心

用露珠煮茶，跟时光推杯换盏
我不采多
每天只在篮子底部，轻轻铺上一层

露珠有时长着羽毛
晃晃悠悠，在半空

有时在汹涌的绿草上
静默，如一个词
令我迷恋这低处的梦幻

事实上，常常我刚一伸手
就被露珠采集
装进她的审美，和风情万种

原载《诗选刊》2022 年第 11、12 期合刊

荣　耀

水塘边芦苇朝我窈窕走来
它细挑的腰肢不时被清风盈盈一握
水塘茂盛的深处，穿起绿裙
似乎有着神秘的所在

麦冬浅紫的柱状小花扑棱棱开了一地
去年栽种时，稀疏矮小
今年已经养育了众多子孙
紫色的小花朵轻轻牵着母亲的衣襟

高高的皂角树密不透风
碧绿顺势倾泻下来，流淌下来

果实从中垂悬,提亮了半空
稠密的蝉声长成树里发亮的钉子
夏日的晚风从容
时间从我的左肩滑到右肩

夕光慈祥,拉长我与皂角树的身影
此时的夕阳是一位长者
给院子里的一切黄袍加身
授予世上万物至高无上的荣耀

原载《海燕》2022 年第 5 期

一群鹿,姿势悠然

有的撒开蹄子跑在风的侧面
有的抬头,目光擦过云朵
有的正侧耳倾听,远方的雨水
有的半坐半卧,咀嚼着春天
嘴角流淌青翠的味道

这群鹿,姿势悠然
身上有早晨的露珠

我看见的这一群
不是在山林,不是在荒野
是在闹市区一个街角,嫩绿的草地上
一组白瓷雕塑
带着仙气的梅花鹿,眼神清澈

这群鹿跟前
经常有人停下来,一看半天
他们的眼神,与鹿一样

原载《海燕》2022 年第 5 期

丁占勇

诗五首

风微凉

春眠的小苞芽
椭圆形的小苞芽
吐着火苗的颜色争奇斗艳卧在枝头
不时颤动，没有风
枝杈内隐藏着千万只蜜蜂
静谧中能听见她们的呼吸和心跳
只有这样整片果园才赋予一个海的咆哮
词语激荡如花骨朵儿
紧紧地抱着香魂不愿意打开
洁白无瑕的小手
擦一下阳光，再擦一下月亮
星星满园，春色中凝固了前世今生的时光
真怕你脱下衣服喊一声
这个世界会从沉默中　一瞬间惊醒

原载《时代文学》2022年第2期

初冬的土地

这些庄稼内心揣着绿色，如灯刚刚熄灭
我扛起铁锹去田垄上培土，遇到漫天的沙尘
在老坟边坐下，几束阳光围了过来
将墓碑上的文字又念了一遍

如找到一片高粱地
一棵棵高粱举着红色的头颅
硬是要替谁再死一次
北风中夹杂着阵阵　呼喝
使许多故事面临休克
在这疲惫不堪的土地上
一季季播种一茬接一茬的收获
真怕它们断了念想,再也不想从人间路过
夕阳在荒草的叶尖跌落
爱一方土地也许会费一辈子的周折

原载《时代文学》2022年第2期

大雪还没有来过

把你嵌在骨缝里的痛打开
我的土地张开了干裂的嘴
把你养在遗骸里的花朵打开
我的天空在用炮火搬运云彩
把你种在骨髓里的那条河流
也还给我吧
一棵棵在枯黄中煎熬的麦苗
死死摁住一捏绿色不放
裸露的根须牵动着风
如若掩面而泣的孩子
他抱着娘的腿……
我不知道还有谁会不小心哭出声来
用一场纷纷大雪覆盖世界

原载《星火》2022年第3期

呼 声

——我把声音放进声音　我把自由还给自由

1

鲁西的夕阳西下

无数次把远方的村庄压成山的轮廓
总是用一夜情话打磨那轮浅浅的弯月
总是有乡亲从黎明的霞光中
抽取那一丝生存的光泽
一次次将老人和孩子
定格在村口的那棵斜倚着池塘的老槐树身旁
每一阵风吹过仿佛故乡在招手中摇曳……

2

每一只羊羔都可以唤起一地青草的新绿
从这里到那里
如一条小河的水声盘绕着的土地
我喜欢
每一声鸟叫可以把整个世界燃着
花朵打开多彩的喇叭
将芳香一次又一次往旷野里倾倒
我喜欢
康庄的土地肥沃总是用拔节之声感动你我
夏天雨叫如万马奔腾
从一个村庄到另一个村庄上空路过……

3

在那里不动声色地推着自己的身影晃动
像银杏叶写下放弃整个秋天的理由
像一棵树僵硬地等着斧砍刀切留下来的疼痛
这一天真的结束了又开始，没有原则和底线
都知道过一秒少一秒，遗憾终生如聪明人的糊涂
枝杈间悬挂着月亮和过去一样
从六百年前的天空照过来
我的兄弟姐妹们都披上了霜……

原载《诗选刊》2022 年第 11、12 期合刊

角色无悔

眼前只有这样一片庄稼地围着你
似乎远离尘世
这些草,就在眼前,匍匐着
我觉得自己一会儿像庄稼
一转身又变回草了
真不知道
怎么才能把这些　穷根挖出来
我跪过父母,跪过天地良心……
今天我竟然,为除去这片老草
又跪了下来,爬行半步,拔掉几棵
有两棵只是拔断了茎叶
再跪一下,双膝都是泥土
不和谁相比生死,论述贫贱
只是那块藏在土里的千年不朽的砖瓦
硌疼了我写一首小诗的感觉
辗转追问卑微是什么……

原载《浙江诗人》2022 年第 5 期

窦秋昌

诗三首

纤 夫

"哟嗬……哟嗬嗬……"
命运与河流生死相依的汉子
背着生活重荷，背着沉重岁月
在结实有力的号子声中
迎着激流　逆水向前
船可以搁浅，心却没有时间
一根纤绳连着一家人的等待
一根纤绳勒进双肩，勒紧明天
一双脚踩着日出　日落
慢慢走过烟雨人间
而今厚实的背影
已随流逝的年代，渐行渐远
那响亮的船工号子，也在
历史的叹息声中，飘到云端……

原载《青年文学家》2022年第5期

落在谷穗上的蜻蜓

夏日的蜻蜓，天天腻在池塘
钟情小荷，不离左右
时刻，绕着她飞来飞去

蜻蜓的心思，全在荷花身上

秋日池塘，经过风雨沧桑

小荷不再，光鲜亮丽

清纯的美，已成为旧时光

青春不再，颜容自然枯黄

蜻蜓移情别恋，飞到田野

池塘留不住，它的泛滥膨胀

悄然落在，低头弯腰的谷穗上

死缠烂打，卿卿我我

要与低调的稻谷，谈一场恋爱

不知稻谷是否接受，它的轻佻

原载《辽河》2022 年第 11 期

秋水伊人

目光穿越，岁月悠长

寻找水边石头上，弹琴的姑娘

琴声舒缓，低沉，幽怨

流淌着一缕缕哀愁和忧伤

穿越时空的，茫茫苍苍

似乎看到她，紧锁的眉头

写了一行行，相思与怅惘

清亮的双眸里，注满乡愁

身旁的秋水，泛起粼粼波光

柔软的素手，弹拨苦痛情长

微翘的嘴角，优雅飞扬

青山碧水，怀抱着夕阳

秋风撩起，不平静的心潮

轻轻脚步，惊扰了恋人的梦乡

原载《辽河》2022 年第 11 期

琮 兮

格尔尼卡（组诗选五）

格尔尼卡 ①

在这儿　我已经看见
太多的人就要离去
他们骑着天马或者风的翅翼
穿过淋雨的
小窗
唯一的一支蜡烛

在我的诗歌停止以前
他们的眼睛留给黑夜
留给
阴暗而潮湿的空间
他们就要离去
就要走出这里

广场，一只灰色的鸽子
被一个穿蓝裙的女孩
放飞——

---

① 格尔尼卡：西班牙立体主义画家帕勃洛·鲁伊斯·毕加索于 20 世纪 30 年代创作的一幅巨型
油画，现收藏于马德里国家索菲亚王妃美术馆。

赤 裸

我赤裸着这灵魂
将去和你对视

丢弃雨伞　丢弃
遮挡这赤裸的唯一的衣裳
用剖开的心去接受

空旷的云和天空
四处飘荡

地平线后面
深睡着我的肉体
正以风的速度流浪

剖 解

走过去吧
走过去抚摸它
它的肌肉　骨骼　疯长的牛角

眼镜后面的眼睛
不再是视物的器官
它盲于昨夜

两把刀刃的锋利
是墙壁上悬挂千年的吴钩
锈迹充斥岁月和曾经

宽阔的牛岬
在牛的第三只眼睛里
还原一块青铜的原初

精神之海

从台阶的第一级

瞭望神殿
圣母慈爱的笑容
展露给你　神圣而恬静

抬起迟重的脚
你要泅渡那海
那由腐钉和朽木流成的海

到达彼岸时　祈祷声
在神殿里被风淹没
风　掀起帷幔的一角
你看见圣母的脸　苍老而疲倦

耶稣早已死去
有一副枷锁缚着他的灵魂在启示录上

对　话

桎梏的眼睛　在门之内
相互间的凝望
隔着时空　隔着风雨和太阳
还有游荡的云朵

赤裸的脚踝
沙砾上踩出道路
走不到最初的圆
一些话语　棱角上生长鸟羽

囚禁于坚固门后的语言
剖开断层
有着鲜亮的果核
一颗种子

原载《鲁西诗人》2022年第3期

冯 喆

春游（组诗选五）

进入横山寺

无法对疫情纠结
以健康的名义扫码
向山寺桃花出示爱慕

蹭着时光前行
目光深耕上下天光
今天，让春光灌满全身

我不知道
自己该摆出怎样姿势
才能像柳条那么柔软
像花儿那么芳醇
像鸟鸣那么动听
像湖水那么清澈
才能拍出几张
人在画中游的原版

郁金香

你们举着
一朵朵白
一朵朵红

一朵朵黄

一朵朵紫……

在荷兰移植过来的香和美

有型有款

横山寺靠你们构图

风梳着垂柳的秀发

相机走不动

一张一张地拾取

爱人的郁金香

花园

从 4 月 24 日开始

我心里就建起了

一座牡丹园

一座樱花园

一座郁金香园

一座桃花园

数百万种花卉都移植过来

春天放养的工蜂

纷纷涌向花朵

忙着采集素材

我担心它们摧毁了花朵

就像霜雪一降临

就让花草们冷森森

地上是花

树上也是花

草上是花

灌木丛里也是花

水边是花，路边是花

赤橙黄绿青蓝紫

这花海成心要把游人灌醉

春风故意推波助澜
花们各自提着花蕾的灯笼
紧紧抱住自己的火焰
没有花甘心坠落花枝
我被花的精灵引诱着
与每一朵眉来眼去
她们都把自己开成了太阳
照着游人灿烂的春天

看到杨树和榆树

来北方明珠两年了
还从未看到家乡的杨树和榆树
今天看到了她们
泪汪汪的眸光
把她们的枝叶洗得
格外闪亮清新

和妻站在她们跟前
口有些干
我顺手摸出一瓶矿泉水
仰头饮尽乡愁
多么想趁此洗净
疫情阻归的烦恼
和内心深处的尘埃

无奈

我作为分行的人
走进渡海寺
迎接古色古香的建筑

拿出目光的木梳
总是梳理不清所有的景
春风拽着我们
掺上一些阳光闪烁

为自己和四月喝彩

接受大喇叭的提醒
谢绝春风的挽留
谁都相信夕阳会回归
也相信还在
横山寺东山再起
高涨的游兴
被夕阳余晖渐渐抖落
我只得慢慢离场
和一片片鲜花
含情脉脉地告别

原载《聊城文艺》2022年秋季号

耿振军

中国高铁赋

神州巨龙,飙风驰作;中国高铁,纵横捭阖。自行筹谋,自行推研,自行投发,自行运营,龙腾虎跃舞动天朝气度;中国标准,中国速度,中国技术,中国印记,电闪雷鸣奏响大风长歌。

中国高铁,穿云破雾;中国速度,驰电追风。何其快哉!朝发白帝,晚至冰城。午看迪士乐园,夕至布达拉宫。未闻猿啼两岸,已越关山万重。长路迢迢,窗外十秒不同景;笑声盈盈,车内四季尽春风。才别崂山道士,又观南海胜景;拜完巫山神女,倏遇西湖苏公。刚别江南秋色,又瞻塞上长城。忽叹婺源秀色可餐,又觉井岗翠竹凌风。听刘三姐歌声悠扬,观蒙古包姿态玲珑。巴山蜀水,难忘丝路花雨;塞北江南,堪记绿野仙踪。重庆大碗茶余热未逝,武汉热干面香气又腾。

中国高铁,垂史标风;中国奇迹,揭旗扛鼎,何其伟也!引进消化吸收,科技改变生活;安全舒适便捷,服务充满人性。细检细修,信号有卫星传播;联调联试,列车靠三维调控。无砟铁轨,铺设平稳;精工作业,打磨无缝。超自我以争先,战困苦而竞胜。精似诸葛作图,巧于鲁班神工;技超二郎架桥,速比土孙打洞。寻通幽之捷径,攀科技之高峰;求营设之完美,追服务之真诚。风洞实验,数据精微;外形设计,美观实用。统筹性安排,路桥之工程;精细化处理,轮轨之效应。一体化布局,打造经世坦途;人性化筹策,聆听时代脉动。

中国高铁,排山倒海;中国气势,惊雷震霆。何其雄焉!辟榛莽,驱虎罴,战鲸浪,斗飓风。天路错撘而盘旋,疾车跨谷而昂扬。雷霆万钧,北疆倏至南海;双练千里,云壑渐成彩虹。盘山腰而越金溪,穿海底而觌龙宫。宛如蛟龙出洞,又似鲲鹏翔空。吴刚愕,嫦娥乐;共工叹,神女惊。莫言蜀道难,如今天路通。观白云之出岫,察高岳之倚雄。弓弦飞驰,蓝天上描绘画卷;铁轮撒野,浩瀚中舞动神龙。激博大之胸襟,须臾间而淹没天地;蓄洪荒之伟力,瞬息中而抖扬威灵。

中国高铁，国家富强；中国梦想，民族复兴。何其幸也！超越梦想，跨越时空。春运之主角，时髦之出行。连四海之城镇，堪称丹青妙手；筑神州之梁桥，点缀碧野葱茏。伟志不移，逐日之夸父；痴心难改，移山之愚公。联通一带一路，织就八纵八横。大气开放，敞胸怀而尽纳；互通并连，豁眼界而共荣。人流物流信息流，流流致富；水路陆路高铁路，路路畅通。快运行，高质能，大载容，五洲财富赖此吞吐；暖服务，超舒适，特方便，万国冠裳由其送迎。握国际一体之枢纽，掌经济腾振之输赢。

中国高铁，声超洪钟；中国精神，力摧寰宇。何其壮哉！逢山开路，历百折而不挠；遇水架桥，经万险而不惧。暗河溶洞探钻头，峻岭崇山摇铁臂；高寒冻土落银锄，大漠平沙展飞翼。路基实，桥梁固，北盘江一虹飞天；隧道阔，轨道直，大胜关六跨垂立。拼搏奉献，锐意进取。天华山神龙发威，旋穿千尺；大独山群雄鏖战，遂通万里。名扬世界，"基建狂魔"彰彰；光照昔今，"高铁精神"熠熠。"和谐"号排山倒海，豪气冲天；"复兴"号掣电驰风，雄威震地。吞吐风云，润赤子之坚贞；蒸腾日月，妆禹甸之瑰丽。

赞曰：朝出大漠午长沙，万里迢迢若一家。才赏江城黄鹤影，又睹边塞喇叭花。翻山越岭赶星月，铺轨修桥沐雨霞。铁铸精神钢铸梦，一张名片耀中华。

原载《聊城文艺》2022 年冬季号

弓 车

我与森林的距离（组诗）

卖豆浆的姑娘

每天一早，骑车来到恒顺巷的拐弯处
我就看到天上刚刚落下去的两颗最亮的星星
原来掉在了这里，这里的一张
璨若朝霞的脸上
还有流干了的银河，原来
是她一小袋一小袋地
齐齐整整将银河包了起来，满世间地出售

真的，有好几个月的时光
我的白昼就在她的柔软的手掌上展开了
先是短裙，后是白衬衣，再是
粉红色的毛衣，现在是浅绿的羽绒服了
而她的手就在这些变幻的花蕊里
每天向我伸出一次，触到又
磨亮了我时光的钥匙，打开蜂房

每天中午，骑车回到恒顺巷的拐弯处
看到熙攘的人流被红尘罩住

每天黄昏，骑车回到恒顺巷的拐弯处
看到花瓣正在闭合，一片桂树的叶子

就要在银河岸边泛绿或者飘落……

胡琴铺

藏身鞭指巷的北端　二十平方
正好装下月亮去　是下弦月
是一百年前的月
一位老琴师，浸在月光中
一双苍老的手　十条蛇
灵活地在音符的洞窟进出
咬住了瞎子阿炳
咬住了《听松》的隐士　和
狂逸的奔马　和良宵的歌声
这一天　我从这鞭指巷走过
某个胡琴正在分娩
它的最初一声啼唤　从铺里的门缝
钻出　先咬住了我的脚
再咬破了我被市声磨钝了的听觉
这时　我才发现　世界仅剩的下弦月
藏在这窄窄长长的鞭指巷北端
藏在苍老又灵活的十条蛇的口边
而巷外三十层的高楼
碰落了几枚月桂的树叶
玉兔从我的心跳里逸出　躲藏进了
这只刚出世的胡琴的琴筒

废旧钢铁市场

这些骨头　从文明的身上
拆下。旁边的城市挺立于大地的病榻
一只叫科学的大鸟正在筑巢

这是眼睛。这是心脏。这是脉搏
美容师手持两把手术刀：
双刃剑和强心针。时装和戏装

蝴蝶的双翅　在这些骨头里寻找
爱情和游戏，重生和死亡
只有孵化前的鸟没有骨头，只有

我的梦没有骨头。我的梦在大鸟
筑的巢里滚落于大地
大地啊！除了存放骨头　还请

存放我的梦想，它并不占用多大面积
看这些残破的骨殖，看这些被拆下的
经线与纬线，看地球多大又多小

在大街上行走

谁的胳臂能被我挽起？
谁的面容如夜晚的向日葵只面向泥土？

谁的骨头在窗子内跳舞而没有被凡·高看到？
谁的嗓音像庄稼拔节而颗粒无收？

这条路和那条路与我的双腿有什么关系？
广告里微笑的女人是否使一切微笑失了贞操？

一株株法国泡桐长在了我的城市里
它的根长在了我的脚上　而我的手给谁

种在了纸币上　而纸币
被一次次变更着姓氏　那么

谁的胳臂能让我挽起？
谁的灵魂在车祸发生的时候逃到了我的身旁？

谁又开了家鲜花店

谁又开了家鲜花店？谁
在城市的一角骤然间把想象力和欲望切开

溅了我一身的颜料

我本是城市里的农人
我本是城市里的流浪汉
我本是一只花篮　可以盛满微笑
也可以盛满苦难和忧伤
那个塑料的模特儿手持鲜花
那么些蜜蜂和蝴蝶在我的心里飞舞和鸣叫
我如何放它们出来　如何
把溅了我一身的颜料洗洗净
同原来一样？
同花儿在成为花儿之前一样？
同这些花儿被摘下之前一样？

谁又开了家鲜花店？谁又在
为把所有的颜色买断而奔波而使鲜花干枯？
而我　只消把衣服和奢望脱掉就可以了
蜜蜂　蜜蜂　快把我的心蜇痛！

原载《山东文学》2022 年第 7 期

郭兰朵

岁月沉寂，我们用深情续命（组诗选五）

又一日

足不出户的日子
我无法描述萌动的新绿
湖水怎样倒映桃花。路过的公子
怎样惊艳刚浮出水面的美人鱼

庆幸还有一个院子，是我栖身庇所
饮食男女与漫漫长夜

不再奢求爱情、相守，甚至慈悲
错逝春光乍现。余生短促
重复的事物有持久的力量

我要吝啬起来。把日子一天一天
——细数着过

月光情书

野桃树生在荒野，更有矜持之态
河堤上紫花萎谢
地丁也开罕见的白朵

喜欢难以穷尽。与春光一同

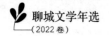
盛放的还有月色
目光里有深海，掀翻不系之舟
念你的游刃
身心分离在撞击之间

清寂下弦月。失眠的人
类似有一样的隐形伤口
惊觉那抹光亮，在梦境与真实中

常常。沉下去又浮上来

惊蛰

好像，从来没这么好过
我是说：窗外的此刻
天空，云朵，轻风和一场白日梦
都是一尘不染

光影细微动荡，摇醒鹅黄柳芽
湖中有蓝色的心愿
期待更多雨水
春风才刚刚启程
那声惊雷还未炸响

可所有的花
都等不及了

春分

乡下无花可看。但阳光铺张
独宠返青的麦田
春风如顽劣的孩子
昨晚不眠，今晨酣睡

我开始忙碌，除掉荒地里的婆婆丁、苦菜
平整土壤，浇水，点种棉籽

徒骇河需要一场雨水,才能活过来
芦苇新旧参差,堤岸上的杨树似老者的拖沓
还穿着旧棉衣

顺坡而下的土路,延伸至院落
扎蝴蝶结的小女孩
蹦蹦跳跳,拿一支野桃花

还没等我抱起她
她就把鲜活生动的春色
分了我一半

五月

棉絮样的云朵装点碧空
鸟鸣有欢愉的婉转
风吟唱。小满的节奏
杨絮漫天飞舞,是无法捕捉的瞬息

阳光暴烈,麦子要赶在芒种成熟
桑葚已上市,青杏在枝头招摇

挂在绳条上的花衬衫
与一朵游走的云都有想见的人
远处无垠的田野,等待收割

你也来吧
我们彼此交付。说爱我

原载《鲁西诗人》2022 年第 1 期

郭相源

诗五首

苞米地

苞米地里

叶子的沙沙声

那些汇集到一起的声音也很苞米

没有高粱叶子发出的声音那么细长

也没有棉花棵子那么矮,声音那么低沉

高粱地里有的故事

苞米地里也有

我还透过大片的苞米

听到从远处村庄里

传来鸡鸭鹅狗的欢呼声

以及那些无法描述的语言

苞米结出的果实

本身就有人性化的一部分

不是在头顶也不是在根部而在腰间

他们相互的交流

看上去更像人与人之间的交头接耳

像思想与思想的碰撞

我还经常待在苞米地里

任凭宽大的叶子割出皮肤里的疼痛

我喜欢这种马上要出血的快感

这也应是庄稼与人的肌肤之爱吧

对于我来说
不能说是生活上的一种体验
而是我成长或老去的
过程中的
一部或大部

再致海子

——写在诗人海子忌日前

我可以从你的诗中遥望大海
在繁花似锦里再现春潮
那朵朵浪花奔腾下的浪漫情愫
边陲小镇是你最深的一夜

你把美好的意念留在了三月、五月和九月
而我面对的是广阔的海而不是一江春水
冰凉的铁轨成为你海的游轮
植物的花和水做的花却失意于
一场山海关春天的风

你的凋零和绽放都呈现在我向阳的一面
面对海上的日出和海上的明月
朝圣一般致敬东方

尘埃,并非落定

风停了,停在玻璃窗的外面
落入尘埃里
沉寂被一群争吵的鸟儿打破
一会儿鸟叫的声音也落入尘埃里
阳光投身在林立的高楼
留下一大片阴影
于是我看到光的两个面
也在尘埃里落定
我还看到一朵
或几朵窗子外面的鲜花

却是在尘埃里绽放的
洁白的云在天空中飘荡
在天宇里消失
那寂寞的蓝色
是否也如我们这世间的灰尘
对于死亡
我总觉得人们常说的
入地和升天
是一回事
但我还是不能全信
却又一分为二

平戎策和种树书

我习惯于看书,学习
看上去和挣钱是两码事
但我从没有视钱财如生命的贪婪之心
可绝对当过粪土
我希望我田野里的庄稼苗壮,四季飘香
怒放的花朵足可以遍布盛大的节日
粮食何止是亩产千斤、万斤
再多一点也没关系
与那些思想贫乏的人互通有无
使那些没有粮食的人顿生悔悟
牛马都可以显示祖国的昌盛
哪有牛马不如的人
我并不是存心诋毁那些一心向钱看
而又不知道前途为何物的障者
就像我手中的平戎策和种树书
思想提高生产力的同时也提高你远大的目标
累了的时候看一下抖音
更多的时候更需要抖一抖精神
在思想的大庄园里精神饱满、阳光充足
这时候我想到更多的是
和自己生命紧密相连的田野

那穿过田间直插远方的道路
我没有学历,就像通行证并不代表你强健的脚力
但我可以种出会说话的粮食
歌声飘扬在幸福的大道
就像儿时爱唱的
我和我的祖国
我爱北京天安门

往 事

往事一件件地数
数到后来什么都不记得了
屋后的老榆树
在这个差不多的春天
又生出新叶,嫩绿的
蚂蚁爬上爬下的
和以前一样
和我的昨天今天一样
白雪已被这个春天打扫干净
在去往蓝天的路上
白云总是这样闲来无事
而有事的邻居家
响起了唢呐声
人的生死不分昼夜
吹来的风和吹去的风
送温暖送寒的风都会绕树三匝
掰着指头也数不清日子的去处
手头宽裕的时候生活不算拮据
搬着马扎坐在老榆树一样的时光里
认不清哪只是去年的蚂蚁

原载《聊城文艺》2022 年夏季号

黄秀奇

诗四首

用眼泪去交换（外一首）

讨价还价，眼红换得了夜
疲惫地送去绚丽的梦，没有挽留
拖着月亮的尾巴，涂满了素笺
探究追日的秘诀，要等待醒后

打开清明的包裹，除了眼泪就是祭奠的哭声
拿什么去兑换永远离开的眼光，无言以对
看看包裹里的眼泪，不够分量
拾起哭声，也不够长度
托起纸钱与香烛，更没有厚度

泪花中的爱，向我追讨灵魂的价值
撕开心中的情，只能交换一缕白发
坟前的祈祷，是欺骗的谎言
哭声夹杂着虚伪，在用力刺我的心
几十年的岁月，交换儿孙的表白
掂量怀里苍白，敲打着羞愧的心

跪着远去的灵魂，无法表达
眼前的祭品，随纸烟而去
忏悔的心和哭声，只能换取一丝黑发

哭诉,眼泪交换的情殇

残　荷

拾起霜后的残韵,无法平静心境
惋惜往日的风韵不再,片片凄凉
挺起孤傲,托起一片蓝天
风起云涌的季节,曾超度洁白的灵魂
莲座前的木鱼声,送走了一季风华

用力抖动萧瑟的身姿,却依旧萎靡
续唱浮尘年华,声音夹杂着颤抖
伴着寒风舞动,失去了往日的高雅、圣洁
追忆曾经的诗情画意,让人惋惜
直面摧残、蹂躏,颓废的神情无比凄凉
素洁的灵魂,拉住了世人的眼光

佛前虔诚的跪拜,无法挽留时光的流动
超度破碎了的灵魂,依旧卸了红装
惊世的红尘情歌,带来了一世芳香
如今的香消玉殒,依旧延续未来的路
脚下,多了一份来世的执念
打点枯枝败叶,盛上了高雅、洁净的盛宴

原载《辽河》2022 年第 11 期

老街(外一首)

弯腰,驼背
苍老的容颜,代表生活的沧桑
看穿东西的街面,却依旧上演古老传说
喧嚷像风一样缠着你,喜怒哀乐
发出的声音细微、均匀,吸入心扉
有老面孔,更有新面孔

脚的印迹,验证了过往的历程

围满小石桌的残局，指指点点
递一根烟，没有客套
所有人的眼睛，盯着楚河汉界
延续几十年的鏖战，理顺永不失传的故事

扯着嗓子的喊声，贯穿东西南北
臭豆腐味道，把生活装进碗里
迷惑了几代人的土炉烧饼，落下满街芝麻
卖小人书的花镜，由地摊搬到了书屋
哭闹声、奏乐声、各种嘈杂声，听习惯了

熙攘中岁月的沧桑，似乎被掩盖
刺耳的喇叭声，催促人们的脚步
小镇的老街，印证每个家庭的延续

七夕夜，种下瞬间的因

托起弯月、银辉，一根扁担镶嵌着
天地姻缘的咒语，银簪的划痕
把喜剧演绎成悲剧，在痛苦中挣扎
掀开七月的秋风，尘世间流传的神话
拾来灵性的喜鹊，把姻缘推向高潮

缺少花烛的夜宴，让一对痴情男女
延续了千年的传说，是泪水的告白
偷窥葡萄架下的韵情趣话，融入道德的绑架
透过疏影，洒下斑斑泪滴
暗含相思的苦味，浪漫的爱情滑入囚笼
沉浸在一夜的狂欢，对比痛苦的等待

扶着扁担的手，捂紧芊芊素衣
充满爱的泪花，无奈地接受残酷蹂躏
戴着枷锁的允诺，加重了爱的砝码
三百六十四天的封囚，倾情一夜的释怀

掬一把千年的孤独,放入思念的诗笺里
回味,"奈何桥"和"孟婆汤"的传说
七夕的夜晚,种下瞬间的因

原载《三角洲》2022 年第 9 期

贾怀臣

石匠的神工（外三首）

是石匠，从石头里
救出
一百零八条好汉

参禅在水上古城南水桥之南
东昌湖活了佛性

浪迹风云的骨气
缩进一朵荷莲

我一愣神，看见一波一波的刀痕
仍在流动着
刻透人间的风烟

人情世故如此

一个真正麻木的人
面对风刀霜剑
再不会喊疼

那些捧着心脏走路的慎者
眼睛里，装满玻璃

红花绿叶的泪滴

感谢太阳

情感闪动阴阳的隔线

我以常温的手,抚摸
感情的热度

小鸟飞过天空
掠过人间春秋的季候

真的,我无意中
发现
一个人的笑,有时候
总会比哭还难受

冰点还原阴阳的隔线
望而不及,只是
相互守候

必须学会与现实和解

必须学会与现实和解
消除掉,昔日时光的伤感

沉闷的石头破碎肝火
像母鸡孵蛋的脸红
压翻,无形的唠叨

随风飘荡在视而不见的间隙
回头看一眼降下温度的脚印

收回无意的笑柄
握住真实的手指
天晴淋日
天阴抱雨

原载《鲁西诗人》2022 年第 3 期

李吉林

春（组诗）

三月，乡村全部沦陷

我的担心并非多余
刚刚迈入三月的门槛
乡村全部沦陷

无边的绿色把大地彻底覆盖
掀起的狂澜，打湿了鸟翼，更打湿了云的衣衫
堤坝上的杨柳，垂着头颅
梳理湿漉漉的发辫

星星点点的桃花屿杏花岛
迎面南风，安装十万只喇叭呼唤救援

春雷第一声

这应属于高层发声
这是关注民生的真实体现
春风已经吹遍大地
该觉醒的不可沉眠于既往的荣耀
要立即挣脱睡袍
是草木就要吐翠，是花朵就要绽放
等待不是春天的性格

复兴之路要越走越宽,以雷霆之势
普降一场甘霖
重点是润泽乡村的田野
让麦苗油菜优先享受惠民待遇
桃花杏花李子花,尽情演绎
真情表达内心的喜悦
现场采风的蜂蝶,应载歌载舞
新时代的画卷流光溢彩
江河的碧波要起到表率

一场雨遇上植树节

这不是巧合,更不是误碰
而是天人合一的又一杰作
滴滴答答的节奏,是人与自然弹拨的和谐音符
是复绿工程的有力推动

杨柳染绿碧水,还是碧水染绿杨柳
这就叫彼此彼此
当杨柳的长辫成为流行
浪花开始沸腾
水中倒影愈发朦胧
岸柳更加清明

春困秋乏,显然属于老僧长谈

二三月,《人世间》正在电视屏幕上演
万物的竞技场,卷绿春烟
柳梢已经爬上大堤,黄鹂鸟谱成了金曲
布谷鸟催促新犁,掀翻一道道新泥
蚂蚁的队伍整装待发,只待呢喃声中
与杜甫的喜雨相遇

春雷暂时悄无声音
恐惊蝶恋花那场重戏
南风一吹,花花草草

全部抖开包袱

哪还有秘密可言

所有的爱都为田垄，沟渠

都为大地准备

最鲜亮的色彩最动人的词句

默读朗诵都会感天动地

一场春雨的到来，正在因喜而泣

柳丝的发辫卷成绿云

没有什么惊奇

阳光春风多少次打理

在传统中创新在创新中出彩

运用唯物辩证法写成禅语

几声燕呢，模特队亮相河畔

惊艳千里春溪，千树万树竞相模仿

春光再也关不住，花蝶攒足飞翔的勇气

原载《聊城文艺》2022年夏季号

李乐军

一个在灵魂下洗澡的农民（组诗选五）

工地上，那些五六十岁的大妈

阅读成熟的女人，成熟得
令人心酸

遮掩无奈的岁月，怎奈，遮不住
她们的满头白发

虽然染发，仍遮盖不住
藏着的心酸
让白发随着年轮，追赶岁月

彼此心胸起伏，汗水遮挡不了
岁月的刮痕
这无形的生活压力，压缩
这一切的无奈

我可以这么称呼吗——城市的
熟女？汗水浇灌
这座楼的一角，风儿裹紧
你眼前的
微微一笑

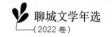
无法领会岁月穿透骨髓的
痛处，无法温暖
踩在脚下的花草，反反复复地
对抗烈日和严寒

工人

没有假期，没有节假日。就像
岁月结茧的蚕，在工地上
不断地吐丝

不敢生病，不敢休息，廉价的
香烟和饭菜
不能讲究养生
讲究的只是吃饱肚子，拼命
干活

嘴里说着妇女，说着家里
说着外面的花花世界
说着泪水，说着
欢乐，说着——
说着家里很温馨的饭菜
说着自己的老婆，说着
别人的老婆
说着孩子，学费，说着
说着，说着
说着，就这么
说着

五月，刻画的美

鸽子和春风
飞过无限的遐想，下午四点
我不是一个人喝茶，也不是在
绿色围剿的城堡写诗
我是在，一个

叫作工人扎堆的工地
搬砖

可以肆无忌惮地放开想象,可以
用汗水凝聚一百多块钱
这是在这个时候存在的价值

外围起火,干燥的空气
让凌乱的杨絮飞舞
让汽车在大路上自燃,火蛇腾空
红色的惧怕,还有担心
鸽子,这飞腾的精灵,内心的
信使,扑扑棱棱的翅膀
飞跃天空。这时候
浓烟和火光
正在蔓延

无疑我的身体和烈焰
融为了一体。光亮,红色的
光亮,我的眼睛

我担心,这时候
花朵和火焰,生存和安危
我的心,缩成一团
很自然地回顾,救火车喷着
水龙。一段燃烧和季节的
对抗。我闭上眼睛

"来砖!"师傅一声大喊
我看到,鸽子
正在蓝天,自由地
飞翔

与谁说说黄昏

牙齿咬不动厚实的黄昏
可怜的风月,很简单
击碎,我手中的
杯盏

摇摇摆摆,摇摆的风声
不定。车子和票子
美女和铐子,庄稼很快地
生长。我晃动
今夜一页飘窗的想象
总感觉,今夜的
月色,格外地
美

合影之美,感悟风儿的急促

热火,火焰蔓延,外环
这时候着火了

急救,心脏几乎跳出
浓浓的黑烟,我看到了
窜着火蛇的亮光
蓝色的火苗,红色的鲜艳
开发区着火了

这场大火,燃尽所有
燃尽一个弯腰驼背的诗人
用烈烈火焰,燃烧
我,今夜的
孤独

原载《鲁西诗人》2022年第5期

李士友

诗五首

砸钢筋的人

废墟上,砸钢筋的人
咬牙,挥着铁锤
一下,又一下
夯出闷雷,淬火星

高楼和矮房被落日摊平
归鸟飞过
衔着前朝的旧影

砸钢筋的人
不停地嗨着,嗨着
几绺汗湿的风
撩开他黝黑的前胸

他要剥出水泥里的筋
命里的钢
岁月深处残余的宝藏

暮色里,砸钢筋的人
缓缓走下废墟
锤把上挑着一小捆钢筋

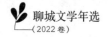
像一捆小小的，小小的

肋骨

依然爱

雪，不停地下着
天地白茫茫
一个孩子，在崎岖的路上
赶着羊群

雪，不停地下
我们都已经长大
但初心不改。依然爱
那个给春天送鸡毛信的人

上祖坟

每年的最初
我必须想起爷爷，奶奶
和祖宗
祭奠由来已久
家族的根沉在土中

新年不哭
我们烧纸钱，燃爆竹
再叩首
也只有这时，我们才能
再次回归大地和田畴

仰望一棵删繁就简的树
读他的枝脉
左捺右撇，从一服到五服
如果有鸟飞走
那是树的远方与前程

在路上,总会走失一些人
又会照见新的面孔
苍狗与白云朝秦暮楚
只有唯物的树
此生紧裹着年轮

拜谢先祖,感恩尘世的阳光
和雨露。而我们的生命
被年刻成一岁一岁
每个节点都是早春
每一条来路都要重走

清明祭

故乡,在一条河边
我早已上岸
剪断了脐带

母亲的坟,去村半里
我一再跪拜,这大地
这被春风抱紧的胎衣

梅花劫

山上的梅要开了
数不清会有几朵
谁能告诉我
望山跑死的马
望梅人的渴

美人的珠簪上枝头
到玉碎只剩三颗
山后的雪含恨而退
泪空花千树
一步一婆娑

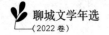
我是一个天涯来的过客
寻花不问柳的事
我背不动山，山拦不住河
春风使劲儿吹
梅花簌簌落

原载《鲁西诗人》2022 年第 1 期

李淑华

青海湖（外二首）

一片浩瀚碧绿的湖镜　耸立着
在车窗外奔驰
一片片金黄的油菜花
织就你的裙裾起舞翩翩
驻足你辽阔的镜像前
置身在你湖边
犹如一朵浪花
在你的湖心荡漾悠然
与苍天对视　与苍茫襟连
拥抱碧空蓝天
对面的山峦长满青稞　那是你的情思延绵铺展
长空拂过清爽的微风　与游人亲昵
远山起伏　绿色的地毯披满山坡
牦牛咀嚼着青草　与岁月相伴
云朵挂在蓝空的屏幕上　不时
变换着浪漫多姿
山下有零零星星的人家
静守着上苍的厚爱与恩赐
也静守着大地间的变迁
青海湖不语　在聆听　在静观

翡翠湖

这是上苍掷在人间的翡翠吗

天空蔚蓝浩瀚的舞台上　朵朵白云在瞩目
这一片乳白的翡翠湖
演绎着天上人间的曼妙
粒粒翡翠从湖底孕育　源源不竭
养育着人间似水流年
你把圣物从湖底托出
托出火辣的太阳　托出沉鱼落雁的月亮
你的圣洁在苍茫里盛开
把尘世推移　你圣洁的国度
辽阔着漫无边际的荒漠

我从车水马龙　绿茵遍野的华北
有幸亲临大西北翡翠湖　大自然的杰作
种种思维扯成解不开的秘籍
探视人间的悲欢
让翡翠湖　来调节
人世间的酸甜苦辣
还是一粒尘沙浸入上苍的眼睑
滴下的一湖泪水
在阳光的抚慰下
凝结为咸咸的　洁白的
永生永世的心结

在这尘世间

在这尘世间
犹如一颗微粒
漂浮在其间
犹如一颗星星
悬挂在夜空　高处不胜寒

在这尘世间

沉思　激荡　奔涌　旋转

今夜　面对一场降临的大雨
面对腊月里那束盛开的梅花
追溯前生还是抚慰过往
让时间忘记一切吧
在这深秋即将来临的季节
让饱满的果实　慰藉自己

在这尘世里

做一粒不被污染的颗粒

宝石还是珍珠
让时间来孕育　来打磨
让时代的音符来组合灵魂的模样
我是那颗闪亮的星辰吗
那是来自心底的河床
溅起的浪花　需要时空的力量

原载《绿风》2022年第4期

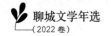
李 欣

小春日和（组诗）

一

亲爱的，立春的日子
我看到阳光抱起你的样子
看到梅朵绽放一层层香晕
看到泛着鹅黄的柳枝从江南赶来
把一抹新绿带在头顶
看到温暖的气息融化一池薄冰
鱼儿如释重负跳出水面
春风一夜疾驰
把得意的油画
在天空、大地上荡漾

二

此时
春是站立的画板
在一朵最钟情的蜡梅上涂抹
红色的心儿，金色的耳朵
太阳的手是玉指
蜡梅的容是玉颜
阳光正好，玉也温润

三

此刻，春是俯仰着

在一波波的光影中寻觅
一道道鳞片瞬间
长在小湄河这条游鱼的身上

四

让雪先成为她自己
不然,她的纯洁
会在融化后悄悄溜走
让月亮先成为她自己
闭上眼睛,满心都是星辰
睁开眼睛,夜的爱情,梅的爱情
都会栖息在她眼眸里,温柔
诗歌的姊姊
正在梳妆,对月贴花黄
一颦一笑间
诗意跑到月亮上去了

五

在你一滴滴眼泪中
我看到世界的变化,悄然无声
你,无须着盔甲,一身轻
卧在水里听鱼儿的心跳
坐在树上预言春天的花开
躺在麦田里守望梦想成真
立于蜡梅之上
意境生发,暖玉着花
一颗心被爱悄悄融化

原载《鲁西诗人》2022 年第 2 期

李旭明

微诗五首

影　子

我常常坐下来出神地望着想着
而我的影子却没有静下来的习惯
撵着阳光慢慢地移动
移动了一个角度，也把心事移动了一下角度

桥

是桥应有的弯度
让水有了新的生活方式
去拥抱桥的敦厚和彩虹般的浪漫

伤　疤

我每天都在泥土的肌肤上行走
或许每一步都能踩到大地的伤疤
但它习惯了这种疼痛并把冒出的任何意念
都在春夏秋冬里泯灭和滋生

小　河

小河的欢歌和渗透是它灵魂的主旋律
却没有人注意那是河岸的力量
让它不再随意

绿　叶

从抽芽就要厚待许许多多双眼睛
相互地温存着并放着光
春天的脉络在心里开始舒张

原载《聊城文艺》2022 年春季号

李绪廷

鲁西大贤·远古篇（四章）

伏羲

一万年，或者更久。传说或史实似乎已不再重要。

华胥氏，雷泽，巨大的脚印……踩了脚印就怀孕的帝母，十二年后诞下了蛇身人面的伏羲。

人祖山上，滔天的洪水做了伏羲、女娲兄妹婚房的外墙，但不知贝壳的婚戒上，是否刻满了华夏始祖生活的图景？

之后，伏羲在泰山之巅，创造了龙，也创造了绵延至今的中华姓氏。

散发披肩，身系鹿裙。或头戴蓑笠，身着棉麻裤衫。

无关潇洒。无关倜傥。无关风月。

六千年前的风霜雪雨，并不会因为缺衣少穿而变得温柔，蜷缩在山洞里的男女老幼，所有的期待只剩下一口食粮。

这是伏羲久久伫立思索的唯一原因。

更多的时候，他的坚持是一块水中的鹅卵石，看似光滑明晰，其实有着磨砺后依然坚硬的内心。

他把自己站成一个巨型的感叹号，从此，北方大野再无兽人。

那时，伏羲还没来阳谷，在春日的和风下教人栽种五谷。

那时，寒冷和饥饿是族人面对的最大敌人。

那时，伏羲设法将飞禽走兽变成干粮，用各种网，罩起最初的诗和远方。

那时，从捕获到饲养的变迁，诞生了家禽、家畜等众多名词，在狩猎和农耕之间，伏羲嫁接了以逸待劳的想象。

那时，伏羲仰观日月星辰，俯视万物众生，电光石火，顿悟阴阳玄机，以"八卦"一画开天地。阳与阴的结合，旋即升腾为阴阳鱼的天眼，生命的天理和奥秘,在马为乾、牛为坤、龙为震、鸡为巽、猪为坎、凤为离、狗为艮、羊为兑的吟诵中浑然天成。

那时,只知其母不知其父,也就没有琴瑟和鸣的基础。偶尔一根棉线发声,诱发了瑟的诞生。一曲《驾辨》似彼岸花开,素手抚琴的伏羲,用血液与灵魂滋养了最初的神曲。

当旧石器、陶片、骨骸站在博物馆的聚光灯下,河图洛书留下的影韵业已嵌进大道神坛。

当我们说起阳谷,说起宓城,说起五谷,甚至说起文字和医药、伏羲的长征、科学与迷信……如果,不把万年前的传说串成汗青,中华民族的图腾又何从谈起?

这也是我们把这个喜忧参半的人间,轻轻抱住的唯一理由。

注:伏羲,华夏民族人文先始,三皇之一,亦是与女娲同为福佑社稷之正神。楚帛书记载其为创世神,是中国最早的有文献记载的创世神。风姓,又名宓羲、庖牺、包牺、伏戏,亦称牺皇、皇羲,《史记》中称伏牺,在后世与太昊、青帝等诸神合并,被朝廷官方称为"太昊伏羲氏",亦有青帝太昊伏羲(即东方上帝)一说。燧人氏之子,生于成纪,定都在陈地。所处时代约为旧石器时代中晚期。伏羲是古代传说中的中华民族人文始祖,是中国古籍中记载的最早的王,是中国医药鼻祖之一。相传伏羲人首蛇身,与女娲兄妹相婚,生儿育女。他根据天地万物的变化,发明创造了占卜八卦,创造文字结束了"结绳记事"的历史。他又结绳为网,用来捕鸟打猎,并教会了人们渔猎的方法,发明了瑟,创作了曲子。伏羲称王一百一十一年以后去世,留下了大量神话传说。

颛顼

炎帝与轩辕氏的矛盾,在孙辈再起波澜。

水神共工为炎帝后裔,不服轩辕氏颛顼为帝,约众天神齐围京畿。

七十二座烽火台被点燃,四方诸侯疾速支援。

人形虎尾的泰逢驾万道祥光由和山赶至,龙头人身的计蒙挟疾风骤雨由光山赶至,长着两个蜂窝脑袋的骄虫领毒蜂毒蝎由平逢山赶至……

亲自挂帅的颛顼,豪气冲天,将一场酷烈的战斗演绎为败将共工怒触不周山的大戏。

天柱已断,宇宙遂变,北方天顶的太阳、月亮和星星开始撒欢,江河也因此东流,百川归海。

这场大战后,圆头胖脸、头戴玛瑙的英年领袖圈定了九州,乘龙遨游,在内黄西南,用女娲的宝剑斩杀毁坏农田的黄水怪。从此,大河归位,庄稼苗壮成长,

世间万物与他相依相偎。

他和光着身子的族人赶走了很多妖孽，从最北的黑龙，到岭南的蛮虫，尽皆降服。

当然，神话可以把一个人奉为神，也可以让百姓因信奉巫教，崇尚鬼神而废弃人事，专信占卜。

颛顼大手一挥，天地祖宗成为祭祀主神。

从此，百姓遵循自然规律，社会恢复正常秩序。

从此，力量和美是男人的追求，抱着孩子劳作是女性的甜蜜。

最重要的，那些稼穑的持有者，把颛顼高高扔到空中，又稳稳地接住。

我们必须承认这种蛮荒时的拥戴，承认其璀璨的两面：一面是《颛顼历》，一面是定九州。

而让颛顼帝在篝火旁神采飞扬的，是古乐《承云》，效八风之音，以祭上帝。

他是无畏的胜利者，终结和延续是他的双刃剑。

但天地实在太小，不足以盛装气贯长虹的轩辕氏季风；他在风中鸟瞰，调理河山的众民，如另一个忙碌的自己。

前承炎黄，后启尧舜，以九十八岁的高龄，成为近乎完美的代名词。

有一天，我在聊古庙废墟中，臆想了颛顼帝执圭而坐的塑像。

圣水井犹在，以固有的清澈，诠释着远古帝君的智慧与"圣泉携雨"的意蕴。

注：颛顼，姬姓，高阳氏，黄帝之孙，昌意之子。上古部落联盟首领，"五帝"之一，人文始祖之一。颛顼不是远古时代具体的人物名称，而是部落首领名称。颛顼辅佐少昊有功，封地在高阳（今河南省杞县高阳镇），故号高阳氏。少昊死后，打败争夺帝位的共工氏，成为部落联盟首领，号"高阳氏"。始都穷桑，后迁都商丘。颛顼去世后，由黄帝曾孙帝喾继位。在流传下来的神话传说中，颛顼是主管北方的天帝。《史记·五帝本纪》记载颛顼："静渊以有谋，疏通而知事。"

仓颉

结绳记事的年代，生活是一个哑谜，所记与所知，谬以千里。

仓颉不是神，却似得到了神谕。将飞鸟的翅膀定格，把草木的枝丫放飞；从水中的游鱼提炼出弯曲，在飞奔的野兽蹄声中萃取印记，然后，描摹成击穿历史黑暗的二十八支箭镞。

万物山川始于盘古，分清并记录，则始于仓颉。

龟背上也因此记下了这位龙脸人身、双瞳四目、睿智轩昂的部落首领。

黄帝惊叹，于春末夏初发布诏令，号召天下臣民共习。天帝感动，让天宫粮仓中的谷子飘洒成雨,万民于灾荒中领略了天地之间的一道惊鸿。

从此,田埂上有了汉字,江河中有了汉字,山川中有了汉字,大海中有了汉字,飞禽的翅膀上有了汉字,走兽的斑纹上有了汉字……

从此,文字里有了神明,有了敬畏,有了一眼望不到头的惊叹和辽阔。

从此,世代传承发展,于钟鼎陶泥,甲骨汗青,金帛羊皮,织锦宣纸中生生不息。

风沙可以湮没古城,潮汐可以吞没故国,唯有文字永恒成史籍法典,丹书铁券,于万世汗青中,走进美利坚合众国的大学图书馆,在一撇一捺中,演绎着与众不同的风景。

那一天,我试着在《东阿县志》中寻觅仓颉的归宿,在其挣脱三千年束缚的那个梦里,王安石读懂了"粟雨","於乎多言,只误后生"的酒令,抛在唐宋八大家聚会的酒桌上,无人多言。

注:仓颉,原姓侯冈,名颉,俗称仓颉先师,又史皇氏,又曰苍王、仓圣。《说文解字》《世本》《淮南子》皆记载仓颉是黄帝时期造字的左史官,见鸟兽的足迹受启发,分类别异,加以搜集、整理和使用,在汉字创造的过程中起了重要作用,被尊为"造字圣人"。据《河图玉版》《禅通记》记载,仓颉曾经自立为帝,号仓帝,是上古时期的一部落首领。仓颉在位期间曾经于洛汭之水拜受洛书。仓颉也是道教中文字之神。据史书记载,仓颉有双瞳四个眼睛,天生睿德,观察星宿的运动趋势、鸟兽的足迹,依照其形象创文字,革除当时结绳记事之陋,开创文明之基,因而被尊奉为"文祖仓颉"。

巢父

有人逃离了麦田,拽着文字串成的绳索,将自己拉入一个叫朝廷的殿堂。飞黄腾达或衣锦还乡,构成了毕生奋斗最重要的两个点。

有人则避开了禅让,隐匿于沟壑间、青草中,营巢而居,以放牧了此一生。

四千五百年前,唐尧力邀的高士,在古老的鲁西执鞭放牧,他遥远的凝视,第一次筑起了大隐与凡间的界限,他的信仰里安放着淡泊和从容,于露珠上播种另类任性。

从尧舜的背景看,同为高士的许由则显得言不由衷。他听从巢父匿起锋芒,逃避箕山之下开垦荒地,却又在与人交流后,去溪边洗耳。

"脏话能玷污耳朵,洗耳同样弄脏了河水。"巢父留下的这句话,让很多哲理黯然失色。

巢父放牧,大部分牛羊都感染了他的基因。

风吹过平原,牧草在阳光下和牧鞭拥抱。或许本来就没有鞭子吧!

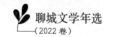
蓝天之下，牛羊是空无的点缀，巢父为寂静代言。

现在想来，巢父一拒二阻三隐，本意或许不只是淡泊名利。他的隐居，更像是自知之明，"尧舜在上，下有巢由"，是赞誉，也是上天的选择。

但一个人对权位的拒绝如此纯粹，让我在许营村的田埂思索了很久。

设想面前每一片叶子的不同，进而感到了内在孤独的高贵和质朴。

这种孤独，还包裹起巢陵附近的祭岁坪，尧王坟，卧牛坑，洗耳池。这让后世许多勉强保留的外在清白，再也找不到自我标榜的出口。

注：巢父，传说中的高士，因筑巢而居，人称巢父。尧以天下让之，不受，隐居聊城，放牧为生。聊城古有巢陵，为巢父葬处，五代时期阳城和博州治所曾移此，称巢陵城。

原载《聊城文艺》2022 年冬季号

李遵宪

诗五首

药与毒

为了活着,有人尝试过砒霜,罂粟的毒
然后,在疼痛中聆听生命的密码

病入膏肓的身体已无法承受门外的雨水
才把雨水煎成药,饮下最后一碗人间的汤汁

垂危的人,便指着窗外的天空
说,雨是天上的疼,天上的烈酒
喝下去,雨水,药,都会和我一样的疼
如一块烧红的烙铁
在肠胃里冒着四散崩裂的火星

这是我已逝的父亲曾经说过的话

火焰的悲欢

很多的时候,我会陷入过多的疑惑
并羞于向人说出一些简单的问题
草木,树懒,鸟类,在山火的笼罩下插翅难逃
大火里已有冲出废墟的狮子
我还能认出它完美的形骸

火焰还能干什么呢？除了炙烤生活
炙烤鸣叫的水壶奔向沸腾

火焰存于世间，大概就是来拷问的
沉潜于一个人内心的鸣响
在炙烤中战栗，号啕，呐喊，或呕出悲鸣
如万物假以形态出现，暗示或期许
抚摸已经焦灼的自己，如抚摸分别已久的遗址

火焰没有降卑之心，手指一旦向高处伸展
就会下出全部的赌注，摧毁既已确立，灰飞烟灭
即使星星点点的闪烁，足以让世界在宇宙间坍塌

火焰有偏执的轻狂，以光线开罪蛰伏的罪孽
吐出的舌头能翻动一切，水，青苔，也包括铁
圈出的领地回到最初的黑暗，舌头是赤色的经卷

火是一切历史的考古，追逐听力极处的钻木之声
包括近处的炙烤，烧灼的陨石，窑变的瓷骨
以及山门冒火的眼神洞穿的狼烟，烽火

而这些都不是我一生鉴证的美学
唯有照亮罪孽的火把上攀缘的光束
有灵魂的闪耀，有神对人间的指引
如暗夜的提灯走过荒野，遍地萤火尾随其后
如果世界的美是一场灼烧
大地上，心灵将芜的生灵已经接受炙烤

是呀！火势已经大得不能再大了
镌刻在人间胸膛的文身，已经点燃了血腥
还有谁能够躲过尘世火热的拥抱呢！

其实，每个人都是一片炽热的火焰
每一片火焰都在燃烧着向上的力量

这是爱,在世界上存在温暖的理由

喘　息

羊舍里,几只待宰的绵羊,一直都很安静
在冬天的凶猛间,我更懂得
一间间的空舍都走掉了什么

天黑之前,唇齿间停留的昨日干草的气息
即将成为轻颤的生命一次反刍的疲倦

喘息与喘息之间,隔着青草与青草的苍凉
在咩咩的叫喊之间。连续着草原上
被一对母子抱紧的长夜
是呀,回忆中的旧时光仍是那么美,丰盈的原野上
心怀朴素的放牧人,穿过了低矮的生活
原野曾有的一片空出来的疆域
被烈火焚烧过的一大片伤口上
有一只羔羊,恐惧地奔跑过黑暗的深渊
可那是美的,是生命抓住的一次荡漾

而今天,后工业时代的利器
再也不会有生锈的质地,和钝刀的机会
会让你在看不见肉身的归途上
找不到剥开现实的把柄

如果哪一张活口没有学会沉默
哪一张活口就优先上路
许多事情都会在煮沸后
再走向一节节评定的阶梯

屠宰场的冬天,如此地阴冷
干燥得,连个雨滴湿润的树叶都不曾看到
只剩下缺席的太阳
审判铁网上一张张还未风干的羊皮

羊舍里，仍有人高声地朗读着羊群的品种和来路
白纸上的黑字，像湍急的乱世
汹涌着人间的生生灭灭……

失忆症

公园里，有人在唱歌，有人在跳舞
也有些人在谈论羞于启齿的往事

我知道，那些交谈里闪烁的因果，寡欢，和委屈
都不能把打着补丁的年代压住

也可能，他（她）们愿意咽下低头的时刻
愿意咽下世间十年的空洞
而下落不明的身份，犹如当年上吊时的绳索
还在脖子永不愈合的伤口上，摇摆不定

公园旁的谷穗，站得太久了
腰弯得极像大地上恭敬的亲人
一把飞奔的镰刀，正用它的锋芒
唤醒还算硬朗的长者
只是他的眼睛，过于深邃
像旁观者的人生，罔顾着失忆的岁月

我看见田野的秕谷确实没有低头
像一棵正值芳华的毒苗，站在风里
该咽下的荣辱，也都一并咽下去了

该死的，都死去了。死去活来的人
知道他们兄弟的梦想都已成灰
只能把一根根未能火化的骨钉
扎在死不瞑目的苦难年谱上

看见……

我为何如此地优柔，为一棵死去的树哀悼

那是它自身的颓废，与世决绝的执念
它已不愿再为自己一生的空茫呐喊

它的叶子已经落尽，无须再用每一片时光
讨好观赏者的欢心，仿佛它和世界
有了如此的约定：互不伤害，又相互原谅

朝向天空的枝杈间，有风流过
那些散去的光阴，即将成为破旧的悲欢
四处都是凉下来的凝望和爱恨

还是让这伤感的语言就此打住吧
那些肃穆的干枝刚刚洗去浮世的尘埃
为何还要再去掀开它日渐泛黄的朝飞暮卷呢

夕光照见山河，一道暮色笼罩的大树
掠过了多少青翠的怀念

目视着一棵大树的死亡
我一再地在心里，为一根一根渐次断裂的枯枝送行

原载《聊城文艺》2022 年冬季号

林春泉

诗五首

碎　片

我没有醉
瓶中的酒醉了自己

没有罗列的语言呼啸而来
拥挤在口中

无论如何拼凑
都是残缺，总有一句话忘记了说

忘记的碎片
就是整个被遗忘的我

我是自己的飞地
阿姆斯特朗登上月亮的那一刻
我的语言哑去
终生不说一句话

谁最后的诉说是一片雪花
落入童话
再也不会融化

原载《山东文学》2022年第6期

一只鸟站在枝头

我能看到一节一节的骨头
紧紧地抓住细枝
风吹一下心就跟着颤一下

那双无辜的眼睛和我儿子一样明亮
看这个世界简单到极致
就这样对视
只剩下两只眼直视一只眼睛
他忘记寻找粮食
我找到故园遗弃的苹果

夕阳落下去的时候
这只鸟丢弃了飞翔
这个下午我将世界遗忘

原载《山东文学》2022年第6期、《特区文学》2022年第4期

夜深了,他又安静地坐在我的身体里

夜深了,他又安静地坐在我的身体里
拉上窗帘没挡住洁白的雪将我灼伤
最后一片叶子累了
在一本书里枕着无数个黑夜和黎明睡去
梦里的电闪雷鸣陷在漩涡里

村口月亮高悬
走多远跑多远都有一根绳将我捆住
风一刻也没有安宁
奔跑不舍昼夜

黑夜的那一边忙碌永无休止
此刻他在我的身体里有着无尽的孤独、荒凉、悲伤

锋利的刀逼出我一身冷汗

梦塞满了黑暗,早晨的阳光却一次次将我新生
黑白分明的心上有着一个又一个的补丁

什么样的门安在我的体内
让他黑白交替地进进出出

原载《诗选刊》2022年第9期、《时代文学》2022年第5期

无法抖落体内多出来的一日

一场风被另一场风送走
落下又飞起的叶子还没登到山顶
灰尘落在发间、外套、领口
还要落在唇边、眼睛和耳朵

看得见的和看不见的阳光
阴雨、黑暗都一一降落
暗度陈仓侵入肌肤
明显又不知不觉

抖落尘土
无法抖落体内多出来的一日
跌落在身体缝隙里的沙子
隐藏着雷鸣

原载《诗选刊》2022年第9期

阳台的花还没呈现心中的模样

剪去虚无、寂寞、寒冷、黑夜
剪去叶子上含有露珠的时光
躯体上滴着疼痛的汁液

我要的营养液儿子还没去拿
他还在叛逆期
和老师父母唱反调是他的乐趣

其实他也没做什么出格的事

总有修剪的欲望
伤口下方更容易长出叶子和花朵
只是没有另一只生长的奔放

阳台上的花一次次修剪
还没呈现心中的模样

放下剪子
就会有那些剪掉的枝叶让我看它的伤口

原载《诗选刊》2022 年第 9 期

刘文邦

诗五首

静水

月光在走动，从一块石头
到另一块石头
没有风的时候，月光走动的声音是安静的
人间听不到

落叶写满世间箴言
它簌簌飘摇的凄美
让时间动容

河水照例盛着天空，盛着月亮与星星
波纹荡漾一次，光影便颤抖一次
垂柳与石拱桥垂下的影子相互重叠
保持着应有的沉默

芦花如雪，它在九月的抒情被一条小河接纳
如谁轻微的呼吸

夜深了，有一丝凉风
把岸上的孤独推远了一些

原载《诗选刊》2022年第5期

赶在春天种下翠绿的物种

风离开了天空,开始往地面吹
直至,把我从二月吹进了三月
直至,所有植物的头发都飘了起来
飘成了一片海
蓬松的柳絮本该有着更优雅的起跳
被劲风一吹,不知又飞向何处
有风的时候,生命都是无根的
当所有的流逝变得似是而非
大地仍保持着固有的沉默
天色灰白,望一眼就顿生忧伤
此刻杨柳不适合出来抒情
过了今天,我要种下豆角、黄瓜
以及绿茄
我喜欢这些翠绿的结果的物种
人至中年
已懂得如何从一团烈火中抽身
去经营一方心中的田园

原载《参花》2022 年第 5 期

八卦阵

天地之间,柳树布下八卦阵
春风吹起号角,柳絮飞进飞出
轻盈得如一只只白蝴蝶

天上的白云有些晕头转向
此刻它不知往哪里飘才是安全的

肯定是听到了什么
蔷薇花翻山越岭赶来
只为与一树高贵的桐花来一次倾心的
相遇

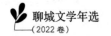
黄昏一点点散尽，流浪的时间开始皈依
黑夜罩下的时候，同时罩住了八卦阵
以及野花流溢出来的芬芳

原载《辽河》2022年第6期

时间之水

总喜欢把时间
形容为水
它把世间所有的缝隙
都灌满了

水里有波纹，也有漩涡
一些人漏了下去，一些人
仍在水面上挣扎

有一些人蹚着水走过
满脸污泥
他们都是经过煅烧后的
一根根铁器

在生活的对面，有人熄了火焰
压低了翅膀

风噙着一滴泪水，走走停停
仿佛它想着把身上的疲惫
卸下来

原载《延河》2022年第2期

雨中登普陀山

我奔赴在雨中
而雨没有尽头
就像此刻的苍茫与辽阔

我实在想不出用什么样的针线
才能把它缝合起来
原来,一个人的寂寞
只适合藏于更大的寂寞之中
那么多的烟云骑在山顶上
把普陀山越压越低了
此刻垂柳的低垂只适合回忆
不适合钓起一潭清水
如果此刻你拾级而上
肯定有刚清洗过的鸟鸣拨开满谷的云雾
沿途的松柏一路护送着我
抵达更深的烟雨之中

原载《湛江文学》2022 年第 12 期

么兰成

诗五首

水往低处流

有句俗语
"人往高处走,水往低处流"
这是真实的过程
我暗自反向地想
水是否返回长梦
返回万里长空
我也想入非非
返回自我,返回童年
返回稚幼和懵懂
那个时候
我看世界不戴有色眼镜
心如水般纯净

老枣树

老院里的老屋
木门与窗棂已腐朽
老枣树仍守在门口
只是多了些沧桑
多了些孤独

低低的屋檐
伸手就能触摸到树的岁月

还有那粗糙的纹皱
在雨后
总是一股清新的气息
扑入心头

站在老院
我又看到老枣树的葱茏
挂满绿宝石一样的眼睛
在我的眸子里闪烁
像是向老主人示意
风送来了儿时的温柔

夜 雨

入夜的雨,打破宁静
雨声注入夜色
黑淹没了一切
唯有雨声,晨来摧嫩芽驱动
南瓜秧举起头,拱破晨雾
一路伸爬,铺展碧绿
黄色的花朵,开放在小瓜的端顶
鲜嫩欲滴,沿着藤蔓膨大
引来无数双眼睛
好奇地张望,目光顺着长茎
稠密的玉米林和灰色大棚顶
总是把视线遮挡
却挡不住雨的新梦

老 路

新路比老路好走多了
老路在光阴里荒芜
涌动着古朴和凄凉
我是为了
找回童年的归宿
才刻意地走
路边的庄稼高低稠密

向我打着谜语
让我费力去猜
从行株中
找到儿时最饱满的籽粒

人生悠长
我走的路太多
以至于拉下距离
于是，才有今天的相遇
我已准备好
找一些健在的老伙计
一块说道说道
从时光的缝隙里
拨拉出尘封的足迹

老 屋

屋顶驮不住年复一年的风雨
四壁坍塌了遮风挡雨的土墙
木梁寂寞地睡在砖柱
拄着岁月的拐杖
在光阴里风化剥蚀

记忆在房前屋后游走
情陷积蓄的灶膛
儿时的归宿
在黑色灰烬中飘香

不能住了
心还挂在梁上
摘下悬吊的心
一阵风吹过
作别心酸的过往

原载《聊城文艺》2022年春季号

齐庆伟

春节前后（组诗）

我一直在找

除夕夜
我一直找　一直找
一阵阵的,烦躁　恍惚　迷蒙
愈找,心情愈发低落
一直向下

最终
还是没能找到
生命中已经远去的
前面的四十个年

壬寅除夕夜的拾荒者

严禁燃放烟花爆竹
在室内没感到一丝年来了的气息
过了零点,我到楼下走一走
找一找年在哪里

出楼道口,一辆自行车
车把、车筐处摞着几层废纸箱
后座绑着两个用过的塑料油桶
从我面前

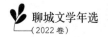
慢悠悠走过了这个除夕,这个年

我怔在原地
久久思考
他（或她）已有多少次
与大多数人不同地
这样走过
这个中华民族最重要的节日？

雪地,一片血污

漫天遍野的白
恰当地应了大寒节气
一步一声咯吱
一路的脚印,或与别人重叠
或踩出自己的独行

忽然映入眼帘,一只麻雀
在地上,扁了
血污刺目
我怔了一下
慢慢走过,回头再望一眼
它会怨恨雪太大羽毛无力张开吗？
是因为城市发展太快
它已找不到觅食的田野？

在一声声咯吱中
我离它越来越远
祈愿它的魂在天国
能原谅雪打玻璃视线受阻没能及时发现它的
大雪天开车出来同样是为觅食的
人

元宵节的青桔单车

兴华路转手表厂家属院胡同

原是通的
元宵节领孩子转转小巷,走到南头被阻挡

挡板处,斜躺着一辆青桔共享电动车
不知它是不是在这里过的春节
也不知它的伙伴有没有到处找它
我想,在夜晚它会感到孤单、害怕
害怕自己一不小心为创建文明城市抹了黑

原载《鲁西诗人》2022 年第 2 期

若　水

诗五首

相　遇

在我出生之前
今天所有的一切
早已经先于我出现
天南地北
数不尽的绿水青山
森林茂密
大河蜿蜒
祖祖辈辈在此栖息
在此悲欢

若干年后
我把自己和种子一起埋进土地
那些曾经的亲人
最终在泥土里相遇

原载《山东文学》2022年第2期

对这世界，我所求甚少

请拿走我身边的无用之物
首先是金银钻石的饰品
闪光的我只要阳光月光还有燃烧的灵魂

如果可以把夏日里飞来飞去的萤火虫留下
把草叶上的露珠
把露珠里十万颗心留下

再把那些我喜欢的衣裙拿走
那些丝绸的,棉布的,苎麻缝制的衣裙
我走在洒满阳光的大街上
我走在波光粼粼的湖边、河边的时候
你早已记住我的美

还有那些樟木的,金丝楠木的,胡桃木的桌椅
那张雕花的大床
我曾经夜夜梦过你、想过你的地方
请一起拿走

还有那面铜镜子绿意斑驳
照过你我青春四溢的脸庞
它收藏了多少不能说出的秘密
妆台上那些用来涂涂抹抹的瓶瓶罐罐
你为我描眉用过的眉笔
你笨手笨脚为我编过的歪歪扭扭的小辫子

我已经不需要这些
除了你留给我的爱与记忆
除了一颗诗心
甚至不需要一张纸
一支笔

原载《山东文学》2022 年第 2 期

时光,请不要拿走我所有的东西

无情或仁慈
就到此为止
从前如流水远去

那时
我任你拿走我所有的东西
就像风卷走落叶
就像云在空中流散
各自东西

流光溢彩的青春给你
亮如春水的眸子给你
伤筋动骨的爱情给你
日渐衰微的生命给你

而今
这样喧嚣的尘世
我只要
只要你为我留下
心里一直住着的那个孩子

原载《时代文学》2022年第2期

大　地

像农夫热爱土地
喜欢种子阳光水和养料
播种是一种久远的信仰
赖以生存的大地
是真正无私的母亲

把河流交给她
养大了鱼虾
把种子交给她
收获了果实
把青山交给她
生长葱茏的绿意

把我交给她

变成蚯蚓也要写出一行行诗

原载《时代文学》2022 年第 2 期

今天，我是你的洛神

去拜谒你
要沐浴要更衣
素手焚香
不能有一点的脂粉气

想问你
需要我带什么给你
这世间流传了千年之久你的诗集
每一个幼童都会背诵的《七步诗》
还是就在东阿
你的钟情之地
我带一瓶佳酿东阿王
我们席地而坐

就在鱼山
就在这浩荡的黄河岸边
只我一人陪着你
听你哭
听你歌

除了她　你的洛神
没人懂你心底的悲戚
这颗心里只有人间的温情与悲悯
只有诗情与爱情
没有争权夺利
没有相煎何太急

一步一步沉重
走向你走近你

以一个诗人的名义
就带上此刻刚刚为你写就的这一首诗
带上我的一颗诗心
带上我的倾慕与爱慕去见你

今天
我是你的洛神

原载《聊城文艺》2022年春季号

孙殿英

孙庄,孙庄（组诗选五）

一生打铁

火星四射
追不上叮叮当当的响声
锤敲着砧
敲着红红的铁
叮叮当当的响声
是锤满腹的话语
是铁满腹的话语
是火满腹的话语
打铁人一言不发
他让锤和铁和火尽情诉说
他像锤
有浑身的铁
他像火
有浑身的热
他用打铁声压低整个世界
他让打铁声远远跑开
打铁声回聚一起
就是他的一生

一棵树让我停下来

它止住我的脚

收起我的远方
唤醒我所有的感知
它的缓然开放
打开我的触觉、视觉、嗅觉
也打开它自己
生色，生暖，生香
它的树干任我拥抱
它的丫杈由我攀爬
它任由我
亲吻它的枝叶
吸取它花蕊里的芬芳
醉在它身旁
我的世界可以这么小
这么安静
风不举，尘不扬

风大一点就飞起来

车上高速之后
我才意识到没有风
我才意识到，刚刚在物流园区
看到的那个黑色物体
不是空空的垃圾袋
是一个沉重的人
在路边，在生硬的柏油路面上
以翻滚代替脚，缓缓地移动
我不知道为什么会这样
不知道他来自何方
又要去哪里
不知道之后他怎么离开的园区
不知道他，感没感觉到
无助，冷漠，疼
感没感觉到，一个城市的陌生
开车行驶在高速路上
我心里，一遍遍地回放那个场景

一遍遍地使自己认定
那不是一个人
只是一个黑色垃圾袋
轻轻翻滚在微风中

冲积平原：截面

会变的云游，不会变的星闪
坛坛罐罐盛着的日子，列于简朴的门边
静物的微光，透出夜的暗远

千万年过后，灯芯已干
灯也一定生了厚锈
只有陶，袖着历经的火
质朴依然

这里几处欢声，那里几处低语
也不过是
土层中薄薄的一个平面，截面上细微的一条线
只待心的碰触
时空的鲜活，即刻还原

此时，我蹲在枣树下
一个小院子，凭着夜的深静
鼓胀着时间的一个片段

眼下的我裹在季节的轮回里
正在远走
声音变弱，身形变小，颜色变浅
渐渐缩敛、消隐于一层薄土
作为一点内容
叠加，抬升，深厚着平原

孙庄，又一个人去世了

我挡不住时间的快

就像挡不住
孙庄一个又一个人的离去
是啊
孙庄又一个人去世了
我回家的时候
又少了一个满脸笑着问我的人
又少了一个
亲切地说"小英回来了"的人
孙庄又少了一个人
就像又倒下一座老房子
不再站起
就这么被日历翻了过去
我记忆里的孙庄
又离我远了一点儿
好像我扎在孙庄的根
又断了一条
一个个逝去的孙庄人
让我切实感觉到时间的移易
缓慢，而势不可挡

原载《青岛文学》2022 年第 4 期

孙龙翔

月之惑

从一楼到二十七楼
一级级排列的台阶
夜里我逐级而上
不乘坐电梯进入家门
推窗看到明月
这时月光正好在窗之外，在楼之外

并不是每个时刻
登上二十七楼的台阶都可以看到月光
很多时刻，会推窗看到黑暗

我在所有逝去的时光里
为推窗看到月光
不放弃一步步登临
甚至不厌其烦地重复着推窗的动作

原载《诗选刊》2022 年第 11、12 期合刊

汤　鹏

诗五首

我不能推开这秋风

我不能推开这秋风
不能推开这用虬枝挖开的梦境

我不能推开这秋风
叶子的根须还悬挂在黎明

我不能推开这秋风啊
那重重叠叠的灯火掩藏了黑夜的眼睛

如果感觉到了寒冷
不如，簇拥成白桦林里的草丛

在黑夜里沉默
在黎明时葱茏

原载《鲁西诗人》2022年第1期

天空之城

只不过是，从一面墙走到了另一面墙
仅仅一盏茶的光阴
雨就倾斜了下来，从天空之城
以至于，我来不及去收割田地里的玉米

我只能收起零散的普洱
以及光阴里发霉的根须
然后伸开双臂
迎接雨滴和庄稼的秘密私语

我看到过上弦月,看到过白月光
我把春天的秘密,紧贴着心跳
藏在了地板里
面对秋的拷问,我守口如瓶
尽管,这一地的秋雨,早已泛滥成灾
我不能吐露一点风声
那东倒西歪的玉米秸啊
匍匐着庄稼地的前世今生

原载《鲁西诗人》2022 年第 1 期

匍 匐

真的不能就这样
不能让这越界的雨穿墙而过

我下意识地扶了扶眼镜
就好像扶了扶这被雨水浸泡的人生

既然不能在泥土里摇头
不如,把自己匍匐成芦苇丛里的围城

在黑暗里挖掘肥料
供养大水消退之后的黎明

原载《鲁西诗人》2022 年第 1 期

不说如果

如果说,必须给这一地的颠簸一个说法
不如,让我去做流星,去做那白云之上的烟火
让我用苍穹的样子面对尘世

面对这不值一提的人间疾苦

只不过是，眼眸与星辰的偶然撞击
只不过是，星星擦亮了枯草的晨曦
只不过是，我弯着腰，一次又一次地把群山扶起

我知道这四季轮回的难以启齿
我知道这荒漠，这尘烟，这不可言说的秘密
周而复始。看红尘在天地的牢笼里老去

我不得不垂下眼睑
让那些蘸满风霜的云彩孕育成白开水
然后，让所有待产的雨滴
隐入尘烟，无声无息

原载《聊城文艺》2022年冬季号

让我在余生里慢慢辽阔

我一直是想用辽阔示人的
包括这匆匆忙忙的人间
包括这尘土，这蚯蚓和蚱蜢
这重重叠叠的灯火，这黄昏，这蝉鸣
这些，都是我去丰盈自己的理由

我必须在强大的光阴里去战胜狭隘，慵懒和愚昧
在一面墙前忏悔
这所有发生的没有发生的人间情事
足以让我清醒

给我一片海，或者草原
让我在余生里慢慢辽阔，慢慢成为风景
让列车在我的身体里驰骋
不用千军万马，内心早已姹紫嫣红

原载《聊城文艺》2022年冬季号

田学敏

诗五首

你的样子

桃花告诉世界的
你用一首诗回答我
三千里江山如画
几万里沉思波涛荡漾
你椅着月儿发呆,月儿笑你
东昌湖静,像一面镜子

时间,在水一方
伴花开,伴花落,在流水上打盹

有蜜蜂的勤劳
有琴者的优雅
你是人生长河里,一条贪婪的小鱼
你读书的样子真美
春天告诉过你的,你告诉我

原载《诗歌月刊》2022 年第 1 期

岁月里蔓生的香(组诗)

荷香
荷香仿佛随风歪过来

覆盖我，淹没我，绑架我
一浪一浪颤颤在我水做的心上
欲说还休
红，白，粉，黄相间
未开的紧抱如拳，开放的婆娑如乳
贴着水面的，藏在绿叶间
像一颗颗定时炸弹
穿行其间是一种被托起的感觉
闭目养神，我滴下一两颗
在阳光下浓缩如月的珍珠，给今夜
旅游的日记作眼睛

枣花香

如雨点砸来，枝儿颤颤
不远千里的蜜蜂闻香而至
"枣花"端坐在被拥抱的幸福里
像闺秀，像碧玉。被采的容颜娇羞
像新娘子度蜜月
一身灵性的诗句滴落，仿佛琼浆玉液
一棵枣树，就是一个蜜罐，一个芳香的酒窝
甜蜜在我钦佩的时光里蔓生
成海，成荫，成崇拜，如阳光普照
关于蜜的字，词，纷纷攘攘涌来
给我应接不暇的甜蜜忙碌
生活的滋味，让我飞

书香

我喜欢书山，书海，书的小屋
喜欢淘书，藏书，赠人书
坐在书的海浪之间，品人间万象
听书拥挤的交流匆忙声音
给书一杯茶，一缕光，一个渴求的眼神
一个美丽的书架，一把鸡毛掸子
吃，喝，住……都在书的世界里遨游

书香相伴是醉,是疯,是狂
过后是冷静的稻田,可充饥,富含营养
整日漫步书香的人,一身正气
百毒不侵,万菌不染

麦香

麦香。自自然然
甜与香交织一起你分不清
那是雪水浸泡,原始的生命胚胎
那是芒种约出来,雷声相伴的精华
细品,慢品它的出身,它的家族史
味道独特,似曾相识
当我们醉于麦香的时候
田野给予它的,往往也给予我们
从麦香身上沿袭下来
是餐桌与人类文明离不开
仿佛一衣带水盛满生命角逐的勇气
止步麦香。应放低自己
应在老农的背影里,捕捉瞬间悟出的金句

原载《特区文学》2022 年第 4 期

王武臣

诗书礼易乐（组诗选五）

诗

我们并无半点瓜葛，
重逢的假象那么遥远，
像唐时的明月距宋时的沧田，
都顾不上准备抒情的
五千公里江山。

沦陷的仿宋字组合成像，
在岸边高谈阔论。
白云打开栅栏，轻盈的语法闪过……
有些读不懂的草原拴紧野马的边塞，
有些进不去的深闺飞跃蝴蝶青蓝。
有些桑海装满浊酒，
装进画中，按住摩诘的笔——

我呓言：王右丞把山水半隐到老林，
那几种不会交集门类的诗，没有一点权力。
他呓语：你这晚生不要帮腔，
明皇正是用诗之际，何须你来平铺直叙。

书

它们以全面料的精致，

打点书房和我,把瘠薄伪装成星空。

我试图解开每一本封印,
释放火焰青山,暴雨雷电。
可图书管理员沈从文把书里的边城弄丢,
抱着北大书院哭出一条长河。

我从他喷出烟雾的喉咙看到他的心,
看到民国筋骨,瘦弱灵魂和悲惨的山林,
看到一本本线装的毕昇早已家徒四壁。

他们在宋朝的码头,躬身驼背扛着我的文字,
把我沉重的包袱扔进梦想的船,
拉到荒野之岛,
那里有流亡之帆,还有千钟粟和桃花源。

礼

屦为礼,扉也为礼,无非是脱掉
相投的气味罢了。

礼贤下士前,李白低头致敬白云,
以剑补履,敲开了 1321 年后的教案。
没有声音的朝代,礼乐也字正腔圆。
拱手低头的尊下临场发挥,
不必等到才华耗尽了,再枯于长亭。

程门也有不下雪的时候,
龟山先生把哲理念到昨天傍晚,
周公急于吐哺迎他,赶在牙周炎发作前
放凉了一节淮河乐水,仁者岱山。

我且不知把礼附于何处
才能更像点样子。老师说,
礼节礼节,有礼有节。我微笑点头示意

然后持续、谨慎地保持微笑，
怕自己某天会礼崩乐坏，听到体内
几千年前的，瓦釜雷鸣。

易

华夏族的秘密和星空有关，
万象变化删繁就简，
把易经删的只剩题目。

中国人的字典里，
天皇氏的祭台已经老了，
老到天干地支自寻长短，
围着三行诡秘，在马家浜许下承诺，
踩着草鞋山，摆好星宿位置。
巫师念念有词：
一知富贵，二晓阴阳，三通生死……

天火骤降且附于炭体，烧烫一段历史。
卦辞、爻辞各有道理，
巨龟闹翻东海，赶来卜筮。

这一挂占了上万年，
直到运河挂满桥头，罗盘定位春秋，
守桥的盲人在此抓住我：看兄弟
面相天庭地阁得配，口目牙鼻相均。
不过似将有一场变数，为你推演一番如何？

霎时——
我心里的巫师，訇然倒地。

乐

亡于秦火后，乐经被余音掳走。

曲调保持绕梁的姿势，终于搭上了白绫。

一段年轻的长城开始泣诉，
哭声不伦不类，格律失了平仄。

听到这里，儒生种的瓜结出新藤，
在坑里指骂宫商角徵羽，
说大秦的疆土缺少第四声。

我从史书里找到了"发"，
"发起"的发，"发迹"的发。
在这一页，蒙恬顺手撕掉了匈奴铁骑，
丢下军乐队，浩荡奔涌千里。

儒雅的乐官没赶上队伍，
老泪纵横地，向后世撒下善意的谎——
四书，原是六经。

原载《聊城文艺》2022 年冬季号

王秀红

诗五首

无形的存在

那杯水早就凉了,时钟还在敲打

沉淀下来的,拒绝被说出

鸟儿在空中鸣叫,有些波纹

只在背面,才能看到

没有谁能还原那些曲线,还原曲线

背后的冲击,不得已弯曲的身段里

水与火千百回的交融才植入一滴水墨

更多的,是无声撑大的耳朵

无形的存在,再次考验了视力

那房门恰似一面墙,天衣无缝

哪怕你已经听到了大海发出的涛声

哪怕你确定那涛声正是为了指引你

撞开那扇黑夜遮掩的房门

飞起来的秘密

留住阳光,唯一的方式

就是好好做一株植物

虽然至今还没有把时光酿成一杯酒

却可以因喜欢的事物而沉醉

虽然不可能一直保持生命长青

却可以把自己交给脚下的土地

这样想着，就可以成功与一棵树或一朵花
互动，互换身体
也可以把另一个自己从一口深井中
瞬间打捞上岸
有时候，一片云彩竟是黏黏的
只要能粘住你的目光
就可以成功让一副皮囊飞起来

总有一盘菜必须吃掉

对于一个正在直播的吃货
总有一盘菜必须吃掉
吃掉生活端出来的苦难，疾病以及
各种预料之外的菜肴
是的，只要你是一个合格的厨师
哪怕最难下咽的菜也能吃下
哪怕有一吨的苦，只要加一滴蜜就行
黑着脸的锅，紧炒慢煮
一个吃货懂得，没有谁会躲开
时间最后端上的一盘菜
他说，可以不把它当成一盘菜

厨房里，刀刃上一颗土豆正经历未知
成丝？成片？还是成块？或是蒸成泥？
一样的食材，不一样的味道
一切有着更多的可能性
时间在刀锋上的反光
正好刺痛了一个吃货的眼睛

蜗　牛

一只蜗牛在雨后才伸出头来，缓慢爬行
原来它有透明的身体，长长的触角
它是舒展的，湿漉漉的体液洒了一路
蜗牛壳的硬与它身体的软
构成了深度的合理性

无人能知,它是如何用柔软的身体

不停打磨出硬硬的壳

更无人知道,那硬硬的壳一旦塌陷

对一只蜗牛意味着什么

它的硬壳是无法放弃的铠甲

一只蜗牛,在打开与关闭

坚硬与柔软之间抉择,踩着钢丝

目睹这个背着硬壳的软体类

唏嘘这少见的,自我打开的瞬间

对于一只蜗牛来说,除了硬壳作为自己的归属

还有一个人,温暖的目光……

剧　情

情急之下,我喊他:危险! 快放下!

像救活电影里的某个情节

可张大的嘴巴依然失声

像是被现实的银针刺中哑穴

我和那个人隔着一条河的距离

隔着一个春天的距离

又好像是一朵花的直径那么远

我好像看到那个人回头了

我们对视良久

云彩尝试用雨滴替代我的喉咙

发出沙沙的响声

风也用力推了我一把

我们像久别重逢的亲人,只是

我不敢确定那就是另外一个自己

原载《聊城文艺》2022 年秋季号

小点子

诗五首

我爱的,爱

我爱着,另一个城市
的你,以及没完没了的
你的一切。
包括:书本,桌子,电磁炉。
花朵,信仰,唯物论。
我一度怀疑,我爱的
是不是你。

原载《星星》2022 年第 12 期

等

在你必经的路口,等你。
小鸟鸣啾着,雾湿着……
我一声它一声,它再一声,我停下。
这爱的辐射,不能一个人响应。

原载《星星》2022 年第 12 期

一只麻雀,在雪中

风吹着。
吹着吹着就散了,雪还在下。
一只麻雀,一步步

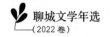
跳向阶梯，走向谷粒。
它要感激人世间的善良与关爱。
还要感激：死亡，带着温度。

原载《草堂》2022 年第 3 期

荣耀

我庆幸，自己依然是个清醒之人
合上双手，原谅一切。
我期盼，满坡荒芜，开出花朵。
群星闪烁，抵达山峦。
所有的人间事都值得去赞美。
我感激，冥冥之中
你伸出的手，永远是那拥抱之姿。
浩瀚夜空，寥寥明处

原载《草堂》2022 年第 3 期

立春

推窗而见的湖，是用油彩画的

在高楼与高楼之间
我注视一个牵着气球的老人
气球很红很大
就像落日，让风软了下来

春雪崩于枝头，惊扰了飞鸟
扑翅的声音很好听
飞翔的弧线让我陷入了幻想

我没有偏离生活的方向
可我羞愧于我的贫乏：
中年了，还不能拿出
一束像样的光芒，去照亮谁。

原载《新诗刊》2022 年第 1 期

秀 水

诗五首

蝴蝶标本

是落在我胸口的那一只
是翅翼张开
落下再也没有飞走的那一只

是定格，尘封于一卷旧书
让我偶然翻开缤纷起舞的青春
如蝶粉迷了眼睛
老泪纵横的那一只

原载《时代文学》2022 年第 1 期

牵 挂

我是最先返回春天的那朵小花
擎着鹅黄的灯盏，立在二月的高处
等待失散的亲人们
一朵一朵开上来
那些迷茫的，躲藏的，再也回不来的
都是我泪眼中的牵挂

原载《草堂》2022 年第 10 期

歌　唱

唱给落单的大雁，迷途的蝴蝶
唱给蒲公英颤动的翅膀
野菊花倔强的小脸
唱给贴紧大地的低处
小心奔跑的小田鼠
唱给异乡雨水里
那个跌倒又爬起的孩子

蟋蟀、蝈蝈、蛙鼓、蝉鸣
乡村流浪的歌手
优秀的民乐打击手
你们来，用手舞足蹈，用降调和升调
跟我一起，一展秋天的歌喉

唱出芦花似雪，高粱如火
唱出内心的坚定、纯洁、果敢和活力
唱出泪花点点

我是一棵在歌唱中成熟的玉米
握紧平原厚实的泥土和最真切的生活
慢慢唱亮被露珠打湿的光阴

原载《草堂》2022年第10期

在高原

一团团的浮絮渐渐飞逝了
天空只留下一只逡巡大地的鹰
湛蓝打开滤镜，让天空的空更深了一层

高原徒步者走近又走远
一只小羊站在草甸的高处
眼神湖水般纯净
天风如神的手指

抚摸它头顶的那朵毛旋
和蹄边的野花,轻轻颤动

我留了下来。我确信
在这高原之上,天地之间
它们和我有同样的孤独
辽阔、静谧,不舍得与他人分享

原载《绿风》2022 年第 4 期

河畔种诗

在河畔,我种下主题的大树
意境的草坪,内容的果实
意象的花朵,修辞的藤萝
我要它们鲜活
能和水中畅游的鱼儿媲美

在雨季,我种下太阳
在黑夜,我种下月亮
我请春风分行断句,掬浪花灌注灵气
我诗歌的田亩要拥有良好的墒情
它不能往暗里长,冷里长,旱里长
更不能往枯萎里长

但是,面对春天
面对我诗歌里日渐繁茂的春天
我会轻轻拿开形式的栅栏

原载《绿风》2022 年第 4 期

臧利敏

夏日之诗（组诗）

一个人深夜去看蔷薇花

一个人深夜去看蔷薇花
他在暗香浮动的花墙边
久久站立

这个年龄
已不能够大声说出热爱

最深的爱
也不过是在痴爱的花朵面前
久久站立
任由软弱的疼痛
一阵阵袭来

在花朵面前
他终于得以确认
一颗落满灰尘的心
并未衰老
即使夜色　终将会将花朵覆盖
即使岁月
终将如流水逝去

雨　声

黄昏的雨
落在二楼的窗棂上
落在幼儿园的旗杆上
落在小广场的红砖地面上
落在梧桐树宽大的叶子上
声音各各不同
滴滴答答　高低错落
一曲天籁
从黄昏
一直响到深夜
无人能够模仿

雨　后

知了的叫声重新嘹亮起来
天空是小时候的蔚蓝
一片白云飘进窗口
它的模样似曾相识

洗后的衣服在阳台上飘荡
洁净的气息令人心安
窗外的草木绿意逼人
阳光明晃晃地闪耀
一个火热明亮的世界
完全忘却了刚刚过去的阴雨
此刻
草木的葱茏和阳光的灿烂
仿佛为我一人所有
一个庸常的夏日雨后
忽然让人感觉如此奢侈

七月即景

石榴的花朵早已凋谢
夜来香才进入盛开的梦境

枝叶间的枣子还泛着青涩的光晕

攀爬在篱笆墙上的葡萄

籽粒已透亮泛紫

世间万物各自葱茏生长

悲欢却并未相通

宛如微尘般的人们

在茫茫世间奔忙

掩住了各自内心的悲喜

一个人

晨光中

一个人清扫着道路

身边的楼房一座比一座高耸

一个微小的人

尽力让大地保持干净

一个空空的垃圾袋

被风吹得乱跑

他四处追赶

像追赶自己

不被驯服的命运

原载《聊城文艺》2022年秋季号

张春平

诗五首

石 磙

石磙,待在家北的场里
风霜雨雪,与父亲墨守了五十多年

那年月,它与父亲一起碾压麦子
为豆子、谷子,脱粒
每次忙完,喝完母亲递来的水,父亲就坐在石磙上吸烟
静默地,它也静默着
沉默是金
大汗淋漓里,与父亲一样欢欣

母亲走后,一日黄昏
父亲又坐在石磙上吸烟,一袋接一袋
无论我怎么劝,他都不回
父亲的悲伤,也是沉默的

之后半年,他病了
之后半年,他走了
将一石磙的沉默,都留给了麦场
都留给了,少年的我

夜深，人不静

窗外，风一停

梨树就睡了，树上的鸟窝也睡了

身旁，孩子的呼吸那么均匀

可我不能睡，我得趁着天黑

剥开、理顺这几棵老麻，再将它们

一一搓成麻绳

传统的手法我不用。我请夜莺和风帮忙

它们一唱一和，麻条就在风里舞啊舞

绳子很快编好了，紧致、光滑，像一条美丽的蛇

天一亮就摆去集市上，定能卖个好价钱

这样，爹娘就不用再发愁我的学费

就不用，再一只一只

偷偷卖掉我的羊

牧　鞭

梦最大的本领

就是能把中年人

瞬间送回少年

梦里，草场平坦

绿，辽阔，不染尘埃

我指挥着我的羊群

就像指挥着一条听话的大河

任牧歌随河水流淌

我看云，看日沉月升

看鸟们一只只回家

或飞向远方

我一次又一次挥舞着牧鞭

轻轻抽在羊身上

也轻轻抽在我身上

寄居蟹

就怕睡得太晚

醒得太早
就怕,夜半鼾声搅动海水
激起沉沙
就怕沙里的岁月
哭个不停

就怕
这海水消失
就怕,就怕
这壳子消失

往日风

往日风,早已走远
蓦然回首
它们还在那些树上,草上
芦苇上,鸟声上,河水、河岸上……
印下的吻、伤疤,还在原地
延续着甜
又不知不觉变成疼

原载《鲁西诗人》2022 年第 2 期

张新锐

诗五首

会痛的岁月

岁月无痕　一片树叶落下来
黄了枯了的叶子砸在一片荒草上
荒草就有了一些惊慌

父亲的头上落满了树叶
与父亲的头发一样枯黄
待耕的犁头深深地扎进泥土
再低下去正好可吻一下泥土的芬芳

这块土地父亲要开垦出来
种苞米种大豆也可种几垄高粱
选这块地父亲非常用心
他说：这地方风水好
能长草的地方也能长出一人一年的口粮

我死后不要埋大坟头
不要给草争地
这些草，牛羊也喜欢吃

雨天的情节

先是风刮了一阵

乌云便聚在了头顶
一道闪电一阵雷声
雨,劈头盖脸说来就到了

母亲站在天井里
雨点打湿了你的头发
顺脸淌下来的
是多少天的疲惫不堪
和一身的风尘

母亲啊
别站在那儿了
一动不动像一尊石雕
你没感到落雨吗
你怎么不躲一躲满天的风雨呀
不知劳累的锄头
安详地立在门边

雨越下越大
你需要一把伞吗
好容易才有的一个雨休
你没感到
这一天的风雨吗
这急急奔来的雨哟
一会便模糊了儿子的双眼

八月流萤

朦胧的月色里
天凉了一些
空旷的田野
有点点流光在草丛中穿飞

这些在夜间巡视的火星
是那些已故去的不死的灵魂吗

他们到底有多少委屈和不舍
究竟在追寻什么
梦醉梦死梦长空

传说流萤还是一把锋利的亮剑
佩在腰间
骑一匹闪电似的白马
在黎明的鸡啼中
渐去渐远
慢慢消融

雨的承诺

从一个季节走过一个季节
雨说：我也累了
追风的云彩浩浩荡荡
一角的蓝天
露出响晴

大平原被秋风拦腰抱住
每一片树叶都在拍着巴掌
它知道还有几句飘零的诗句
在枝头悬挂着执着的坚守

一些词语生动起来
你追我赶被云彩轻轻揽在怀里
这个季节故乡正忙着喷药施肥
父亲说来一场雨就好了
我已听见
老妈门楣叮咚风铃的召唤
雨的承诺就会落地有声

皱纹里的小路

母亲老了
再老就老成了一把干柴

岁月的刻刀一次又一次
多少苦难落地生根
母亲的皱纹盘根错节
一次次留下刀劈斧凿的痕迹
一回回灾难从天而降
母亲用微笑一一接住
背在身上裹在心里
从不向别人透出口风

像石头一样一年年封化
灵魂就是疯长的骨头
有一条小路通向母亲的心事
踮起脚尖
河水已在这里静静地拐弯

原载《鲁西诗人》2022 年第 5 期

张永晖

诗歌的原形（组诗选五）

沉　默

次日，我被一片雪花绊倒
手指自然张开
跳出了几朵红梅
疼痛被冻成骨头

于是　沿着最冷的风
找到了深山　斜径　野桥边
却忽略了庚岭
那里的梅花树树都开得很艳

就如此　这般
静静地度过余生好了
或者这样
才会更加接近
自己心中的春天

爱　情

最先是心跳　耐不住性子
让桃花绽红了腮
记住了
丘比特将箭射过来的时刻

最后是十里东风
所到之处春暖花开
蝴蝶蜜蜂也随之而来
她们传播着这个不是秘密的秘密
一路播撒着甜蜜

于是让许多人跟着痴迷
直到相思变成了
一枚小小的红豆以后

才恍然明白
山依然有棱
地从未合一
而这颗南国的红豆啊
却足足困扰了你一生
只为那一次
猝不及防的心跳

释 放

只有冬眠的野草知道
此刻　我正在堤边
不是苏堤　也不是白堤
原本野草　我也是不想打扰的

只因他睡醒的日子
定在了寒冷之极
暂时没有　阳光　温暖　掌声
所以他感觉到了我
这个生活在大雅之堂以外的诗人
（其实我哪会是诗人呢）
他执意这样称呼我
我这个只在意识上穿着青衫的人呐
最适合被送往唐朝
随子美流离

当十里春风吹过
这片草长绿的时候
也许我就不会来了
除非是在
有着皎洁的月光
或是在无人瞩目的时刻

摘　取

多少年了
我被一盏萤灯照着
从晋魏的诗中走到盛唐
忽然就想
在青莲的《清平乐》中止步

关于开元盛世以后的
就让他在象管里消失吧
最多只可以跳到
子美草堂的浣花溪畔
这样
生活就会是美好的
与苟且无关

或者我也来次穿越
一定要赶在安史之乱爆发之前
我想唤醒三郎和玉环
让他们看看
霓裳羽衣舞的乐声
敲碎了多少幸福的家园
倒在途中的白马上
系着多少生灵

你们可以回到七月七日的长生殿
但是必须要在批完奏折以后
你可以做你们的比翼鸟
但是必须要在开元的天空里双宿双飞

这样难民就不会流离
摩诘就不会参禅
路边就不会有冻死的骨头

也就不会时刻想着
把自己打造成一朵
避世的莲
才能不被烟熏火燎

初　心

我想和你们站到一起
不是凭诗绩　冠冕
而是作为一个人的
最初形象

被一缕月光牵着
在云头上吟诵
同星星对语
在风的指引下
走过人生的四季

直到被定格在
一枚东晋的红苹果上
那时　我们再一起坠下去
当你的芳香
弥散开来的时候
我也就有了诗人的形象

因为　当我们虔诚地捧出
赤子之心的时候
居然是一样
一样的　没有任何的乔装

原载《聊城文艺》2022 年春季号

赵登垒

湖水洗亮的声声柳哨（组诗选五）

黎明,第一道光

到湖上去
要走青石铺路的东关大街
跃上光岳楼顶
沿斜坡滑下

冷落她一夜
光,吻遍每一片水
每一道波纹

惺忪里
湖松手
放飞一队雁

正　午

日头边喷火,边慢下来
隐隐低近
古亭,长桥,岸柳
蜕下各自的身影
放进湖水
乘凉

鱼不动
鱼在阴影里乘凉

影子安享爽润
越浓
越绿
有几处，长出来苲草

湖心岛

肌肤，四肢
液态的

心
固体

千百年了
没谁说湖
心硬

画　桥

水上，拱
水下，影

搭上哪片水
哪里就有一个圆满

看见我倒立着过桥
别惊奇

那是我念孙心切
模仿他，在地球另一面
行走

遇　荷

姑娘

你是刚从湖面走上来的
那枝红荷吗

小坐谈谈
别问来路

问下去
就到了
你也出身那里

原载《鲁西诗人》2022 年第 3 期

赵玉奇

读切尔诺贝利 ①

1

火焰的峰峦上
我们是一颗尖叫的种子
追逐美丽的蝴蝶
却跑向黑夜的深渊

灰烬有永生之力
凋谢的曼陀罗依然
生机勃勃
我们在身体内凋谢
在时间的离心机中交出
骨头中的爆炸物

2

扼杀来自最深的海洋
人们用大脑中的冰块
重新拼装这个世界
像器皿中的仿生鱼
试管中自恋的鸽子……
总有一杯毒酒等着我们

---

① 切尔诺贝利:亦称"切尔诺贝利事件",是一件 1986 年发生在苏联统治下乌克兰境内切尔诺贝利核电站的核子反应堆事故。

现在看到了
最迷人的花朵来自
铅灰色的容器。他们
将秘制的食物分给宠物
使其交出更多的恭良

3

普里皮亚季城 ①
金黄色的蜜蜂逃出了
黑暗的网格。期年后
挣脱了身体的灵魂
开始返回家园
它们在死亡的风里
呼吸残余的空气
试着继续在这里做爱
把生前购买的肉皮色篮球
投进了荒芜的春天

4

蓝天，空气，石棺
那个弄桨人浮在云端
向羊群炫耀他的作品
但这里伸不出罗丹的手
一座伟大的王陵
令人敬畏而惊悚
胆小的麻雀总是用目光
将它推回昨天。孤岛
犹如一艘战舰
被一颗颗头颅似的鱼雷
围困

---

① 普里皮亚季城：创建于 1970 年，原用作安置兴建切尔诺贝利核电站建筑工人及工作人员，现已废弃。

5

1986 年 4 月 26 日
一个被粉碎的日子
女人空荡荡
没有墓碑的旷野空荡荡
她们伸出呼救的手
妄想挣脱
身体中疯长的十字架
她们在空荡荡里接受
金属般的春天
红漆勋章、铅皮棺材
和柔软的死婴
还有多少东西要她们接受
是的　绝望
她们必须接受

6

春天回到了普里皮亚季河
一只逃掉的宠物猫
撑着变形的腰肢
回到寂静的楼里
在一个空荡荡的房间
它看到了那个熟悉的布娃娃
鸽子与蝴蝶也回来过
它们看到水晶般的空气
布满了蛛网似的黑洞

7

饕餮般的工业肌体
铅灰色的花朵遍地开放
在令人陶醉的时光里
他们像吸食大麻一样
吸食粒子球茎中的营养
现在,他们的吸管

已经深深地扎进了河床
扎进了星光的故乡
一切进入了程序
那些大象级的人物
正贴着标牌
从生产线上走来

8

历史的残片
巨型的石棺
我知道真正的遗址
是那些熔化了的背影
阿列克谢耶维奇①
她把眼角膜移植给了世界
每当看到初升的太阳
我就瑟瑟地对自己说
先不要睡觉，蓝天下面
你是否又看到了
一只绛紫色的蘑菇

原载《鲁西诗人》2022年第1期

---

① 阿列克谢耶维奇:S.A 阿列克谢耶维奇,白俄罗斯作家、记者。

散　文

安　格

冬日原野漫步（外一篇）

　　今年的第一场雪来得着急忙慌，打那之后，冬天的氛围就越来越浓了。周末回老家，午饭后，难得团聚的孩子们在一起嬉戏，家里人喝茶聊天。我说要到地里看看；爹娘说地里的庄稼都已收割，没啥好看的。他们不知道我的心思。酒后微醺的我，径自往村南走去……

　　冬日里的白杨树卸下华丽的妆容，在小路边站成两列，在荒野里排成方队，更显威武；树干和枝丫一律向上，坦诚地迎接温暖的日光；零星的叶子在风中飘摇，抒发着依恋的咏叹调。长尾喜鹊竟然成群地落在树林里的地面上，鸣声嘈杂，闹得耳朵不敢相信原野的静谧。"哦吼——"冲它们大声喊上一嗓子，它们倏然飞起，在半空中盘旋片刻，又吵嚷着栖于枝头。

　　我喜欢一种纤细、安静且文雅的植物，它们在低洼的水塘边，春天萌绿，夏日旖旎，秋日丰腴。"蒹葭苍苍，白露为霜"，写尽它们的空灵缥缈；"一枝持赠朝天人，愿比蓬莱殿前雪"，夸赞其花穗之圣洁。瞧啊，四野凋零，冬天的芦苇聚在一起，毫不在意褴褛的衣衫，任白絮飘零，沉默、庄严、倔强地挺立在鲁西大地，等待季节的轮回。

　　芦苇不孤独，和它们做伴的，除了白杨树，还有麦苗儿。冬小麦的青苗，手挽手从土里钻出来，给光秃秃的土地一点颜色，尽管不怎么苗壮，尽管远望去若隐若现。但，这些苗儿关乎农人对生活的殷切期望。前几日，新开的一家餐厅，门口摆着"大麦"花篮，寓意着"大卖"、生意兴隆。老婆孩子享受着精美的食物，我却在回忆着少年时候饿肚子的时光。小时候，顿顿能吃白面馒头，就是我最大的奢望。父母的念想，却不止于此。他们巴望着每一个孩子都好好读书，到遥远的城里工作。的确，每一个孩子，都像麦收时节农村打麦场里的麦糠，被爹娘拼尽力气高高扬起，然后尽可能地乘风而去、远走高飞。

　　哦，我的爹娘！

麦苗儿颤动，萧瑟朔风吹酒醒，微冷。关于村子南边这片田野的记忆，一下子鲜活起来。就是在脚下的这片土地上，晨露曾经打湿我的鞋子和裤管儿，爷爷的羊群啃着草，惊起草丛中的蚂蚱；曾经，邻村的黄狗铆足了劲，追着狂奔的野兔；曾经，小伙伴刚刚刨出来的地瓜、撸下来的黄豆，被火苗包围起来，终成香喷喷的食物；曾经，晚秋的落日映照着回家的羊牛驴骡，颇有点"牧人驱犊返"的意蕴……曾经挎着篮子拾麦子，以换来几块冰糕祛暑；曾经拿着三齿（一种农具）翻出来的地瓜，放到炉子边焖烤一夜，早晨就是美味。曾经的美味，还有软嫩的鸡蛋荷包、成串的烤蚂蚱、老屋后面井边的杜梨儿、冬天吃也吃不完的腌豆豉……

这份记忆不仅仅属于我，还属于我所有儿时的伙伴，属于我的亲人，属于村子里的乡亲，属于生活在这片热土以及曾经生活在这片土地上的人们。

原载《聊城晚报·一城湖》2022年1月5日

秋　思

午夜蟋蟀的歌唱，惹得露水悄悄爬上秋草的叶梢。住在17楼，高处不胜寒，我裹紧毯子，感受着悄然而至的秋天。古城此刻的秋，弥漫着东昌湖水氤氲的味道、葫芦们聚会的味道，还有田野庄稼丰收的味道。那天边渐圆的月，把我的思绪扯了又扯，扯成韧劲十足的丝线，试图拴住我涌动的心潮……

外甥在成都读大学，暑假回来，聊的大多是天府之国的美食、风物，除了宽窄巷子、武侯祠、杜甫草堂外，还谈到名噪南北、游人如织的春熙路。他不知道东昌府老城的东门上就曾刻有"春熙"二字。京杭大运河的漕运，让东关街南的崇武驿大码头舳舻相接、帆樯如林。清朝康熙皇帝曾驻足观光，老百姓熙来攘往，好不繁华热闹！山陕会馆里的戏台上，生旦净末丑唱念做打；羊使君街、米市街的青石路上，贩夫走卒的吆喝声、骡马的嘶鸣声不绝于耳；刚出锅的糖醋鱼和着运河菜的醇香，叫人垂涎……

透过高楼窗外，依稀看到古城的轮廓。绚丽的灯带、重檐歇山与月夜的底色，俨然把古城勾勒成凤凰的模样。闲暇时，曾游过几次古城。和哥嫂游古城，散步、套圈、品美食；偕妻女逛古城，往往是走着走着，她们就被迫随我到可心书店里淘旧书；和三五好友去古城，大多是找个地道的馆子，小酌怡情，谈天说地。最怕在古城独处，默然不语的时候，浓重的历史人文情怀就会侵袭而来，从夏商时代"忽复乘舟梦日边"的伊尹，到战国射书救聊城的鲁仲连，到才高八斗的曹子建，到吟咏《子夜秋歌》的于慎行，到热衷藏书的杨氏父子，到抗日殉国的范筑先……天地之间的浩然正气、清爽气、书卷气和英豪气，似阵阵秋雨拂心，洗濯着人间烟火的俗气。

这让我想起皖南一位叫朱升的学者。朱元璋征求朱升对他平定天下战略方针的意见，朱升说："高筑墙，广积粮，缓称王。"托"高筑墙"3个字的福，东昌府的城墙、光岳楼，连同北京、南京、西安等地的城墙、鼓楼，顺势而起。曾让女儿拍过我与光岳楼的合影，也曾在风和日丽的早晨去寻"东昌八景"之一的"光岳晓晴"，也曾泛舟胭脂湖，多角度欣赏古城，无非是想在心底镌刻下那历经600多年风雨的倩影，留住一份对历史的缅怀和敬畏。

经营文化传媒事业的君哥，常常自嘲"生非文化人，却干了文化的事儿"。他拍摄、保存了很多珍贵的聊城文化史料，近年来尤其喜欢拍摄微电影和非遗视频。我每每和他聊起来，常抱有遗憾。恕我孤陋寡闻，说起关于聊城的影视作品，唯独想起一部叫《天道》的电视剧，剧中二十一孔桥（西关桥）的夜景画面，灯火阑珊，水波荡漾，美不可言。聊城的历史文化底蕴丰厚，《史记》《战国策》《左传》《水浒传》《聊斋志异》等书籍多有记载，唯独缺少一部惊世作品，来让这颗明珠火遍全网。

秋夜微风，月影婆娑，浮光跃金，凤凰城在水中摇曳，湖中"碧莲鱼跃开仍合，青荇风牵去复还"。又忆去年此时此刻，镜明湖畔，共赏圆月，把酒临窗，吟风弄月，偶抒闲情……

原载《聊城晚报·一城湖》2022年9月28日

程世霞

故乡与远方（外一篇）

坐在一溜长窗的火车玻璃窗内，眼前流动的风景展开长长的画卷，持续延伸；远方的田野匆匆奔来，又呼啸而去，像不息的河流；山水城乡无穷风光，游走在逶迤的道轨两旁，拽着悠然神往的心绪，一路飘洒飞扬，将南国海疆与我的大运河故乡，连线成两端的影像。

生长在鲁西平原古运河畔，滔滔黄河奔腾的洪流，进入人工开挖的千年运河故道，野性温驯了不少，河水携裹着黄土高原的风土，载负起历史航道里的漕运船舶，打着旋涡，淘尽两岸的人世烟火，经年累月，将时光沉积出厚重的黄河底色。

爷爷长满厚茧的双手驾驭独轮车，弯驼的脊背映射在湿漉漉的码头石板上，晨昏劳作；奶奶紧裹三寸金莲，杵步土砌的院落，吱吱扭扭的纺线车，低吟着从日出轮转到月落；白天工作的父亲，夜晚秉烛展卷，继续笔耕生活的薄田；柴房的烛光书影里，母亲怀抱针线筐，把碎片的日子缝连成漫长的岁月……祖辈的碌碌劳作，像不停歇的运河水，血汗融进河流，或被尘沙掩埋，或被河水带向江海，自己的根脉植入堤岸，蔓生成萋萋青草，固守着勤耕苦读的传统，冬枯春荣。在莲荷魅影里与蝴蝶蜻蜓嬉戏，在杨柳树荫下听着蝉鸣入梦，在父亲的故事里拔节，在运河的风雨里蓬勃。数不清多少次极力踮起脚尖，伸长脖颈，翘望河水流来的源头；记不清结伴几个孩童，奋力追赶，撵向水流奔去的背影；不停地穿越雾障，迷雾始终朦胧在前行的路上，诱惑心中的欲望，即使酸痛的双腿再也跨不过脚下的凹坑，雾幔依然包裹在不远不近的视野之中，氤氲在时空里。

家门前的古道西风，在河床里起伏嗡鸣，将隐约的浪涛声演变成对远方蒙昧的憧憬。每一条河流都是通向海洋的路径，身边的码头、蒹葭，收藏了越来越多的向往和梦境，循着河道远行，揣进怀中巡山踏海的"画饼"，尽管远眺的视线并不清楚何种生活才算开阔，檐下的燕雀始终巡寻着远方的田野，未曾读遍万卷书,渴望行走万里路,一览世事风景。

犹记那一个寒冬,无意间的脚步踏入南海北部湾波浪滚滚、沙细如粉的银滩;气流温润清新,舒畅了畏惧寒凉的肺腑;海天苍茫寥廓,杳渺了极目远眺的视觉。海风摆弄颈项的丝巾,抚摸脸颊和煦柔滑;阳光照射起伏的波澜,撩拨大海频频晃动身上的鳞片,把巨幅幕布抖动得旌摇神荡;行云身姿变幻,倩影凌波微步,浮游翩跹;海燕穿行在云水之间,带着高尔基笔下的勇健,自信满满,牵引游人漂移的目光,在穹宇中巡视它的方向……一幅"面朝大海,春暖花开"的动画实景,嵌进儿时远方田野的蓝本。入夜,星光闪闪的天幕下,舞动的队列踏着乐曲尽情洒脱,漫步的人流吹拂海风悠然自得,潜心太极的老者,嬉戏浪花的泳士,乡音各异的人群,处处弥漫"候鸟"一族的惬意,南疆一隅的海滨珠城——北海,俨然成了八方宾客停泊的港湾。

蓦然省悟,时空只是一个茧,裹住自己的恰是自身吐出的丝线。有了前人"吃螃蟹"的示范,何不来一场说走就走的随性?又一个深秋萧瑟寒风乍起的时节,追随候鸟飞翔的袅袅余音,一路向南,火车的双轨演绎成游历的双腿,飞机的双翼带上了曾经的梦寐。此时,车轮碾过道轨沉甸甸的律动,告诉我脚下的实时行程,路不再长,不再远,或者说,远近都不重要,重要的是甩开了羁绊的身心,满是向往已久的放飞。

伴随潮起潮落,践行一年一度的穿梭。儿时稚嫩简约的童话海景,具象成了打湿裙摆的逐浪漾波,海潮椰风吹进生活,细软沙滩踩出深深的脚窝。北海绵延的文脉,像小叶榕苍老垂吊的胡须,一缕缕描摹着海洋人历尽千帆的风雨漂泊。"合浦珠还"的故事,渗透了历代珠民采蚌植珠的命运沉浮;疍家人"舟楫为家,捕鱼为业"的耕海生涯,谱写一代代北海"土著"向海兴业的进取开拓;骑楼老街中西合璧的古建筑长廊,诉说着北海人兼容、创新的过往;星罗棋布在城市各处的炮台、领事馆、洋行、邮局等旧址,影印在北海通商史册之上,回响着前人步履跋涉的铿锵;博物馆的一枚枚文物,是散落在汉代海上丝绸之路的标签,见证世界最早的海上贸易航线——海上丝绸之路,从这里驶向更遥远的他乡。"咸水歌"唱起的声浪里,侨港风情街敞开宽广的胸襟,东南亚异国风情文化落地生根。

海洋文明的闯荡、开放、容纳、多元等特性,给血液中自给自足、居家守业、敦厚内敛的家道传承,注入了新鲜的内容。"且将新火试新茶"的历程,意外尝试了一场家乡文化与海洋文化的交融。想起余秋雨的一句话:"行走中的人有权利把脚下的一切称为'我的山河'。有了'我的山河',也就大体知道,生存是什么。"从匍匐在大地的祖先脚下,携带着黄河、运河的泥沙,顶礼道德《诗经》的教化,领略育蚌扒螺、帆船渔火,品味生猛海鲜、荔枝龙眼,向海谋生的新奇,对于生命意义的咀嚼，远远超越了避寒的初衷。不知哪位哲人说过："你不能决定生命的长度，但可以拓展生命的宽度。"如此说来，旅居者为延伸生命长度追寻生态的过程，在走过更多风景中拓展着生命的宽度，在体会"蓝色文明"与"黄色文明"的异同中，丰满着生命的内涵和厚重，是人生最有意义的收成。

人性中对未知领地的美好向往，如同宇航员对太空的探索，有一种神奇的力量，然而，在追梦的路途中，人人都抹不掉故乡的底色。行走的脚步，响着大运河的叮咛；盈泪的眼窝，蕴含大运河的露珠。当凝望大海奔涌的浪涛，常去寻找运河水汇入的一波；当欣赏三角梅姹紫嫣红的绚烂，便看见运河边槐花和白莲的星闪；漂游头顶的云片，变幻莫测中浮现运河雪花的身影；融融暖阳下，看见寒风中运河冰凌的晶莹。来来去去的游走过程，将大运河与北部湾，遥望成了彼此的诗和远方。

仁义礼智信与开放竞争的碰撞，就像中学时代的酸碱化学反应，烙上了新时代的特征。而究其本真，我想，都是人们在用不同的方式呈现着对命运的奋争。

在故乡与远方的互通中，"自己活了，地方也活了"。

依稀少年时

秋风，推高了白云；秋雨，洗涤了烟尘。在季节和人生的秋天，幸与40年前的老师、学友畅言，那曾经的少年时光，如同窗外浮游于蓝天穹宇的白云，虽缥缈遥远，纹理却更清晰美奂。

20世纪70年代初，上小学时的纯真活泼，恰遇那个时代的火红无邪，让贫困的童年载满了欢快、稚趣，蓬勃朝气中，懵懂地憧憬着理想中的共产主义。没有繁重的课外作业，没有分数的斤斤攀比，没有贫与富的悬殊歧视，更没有眼花缭乱的各种补习，光是这些就足以让现在的孩子们垂涎欲滴，更别说家家姊妹四五个，同学天天成群结伙，家近的组成学习小组，无论做作业还是玩游戏，从不缺少玩伴童趣。

追求上进是我们骨子里的天性。考试不划分数，甲乙丙丁或优良中差四个等级，甲等试卷会在班里传递学习，优等生得到老师同学们的推崇。大家比谁的思想觉悟更高、劳动表现最积极、好人好事做得多。一个老奶奶过马路，五六个学生去搀扶；扫地捡到半支铅笔，赶快交给老师；拾麦穗、掰玉米，汗流浃背没人叫苦。为了能做更多好人好事，挖空心思地寻找机会，有时周日蹲在上坡的路段几个小时，看见拉车的就赶紧帮忙推上去；节假日扛着扫帚挨户寻找军烈属，进门不由分说就扫院子；如果能申请到给礼堂、电影院等大型公共场所扫地的机会，那要兴奋半天，因为好人好事天天向班级汇报，谁的好人好事做得多、付出的劳动量大谁就会受到表扬。"我们是共产主义接班人""我在马路边捡到一分钱"，是我们天天唱响的歌曲。一年一次忆苦思甜活动，控诉万恶的旧社会，同学们个个义愤填膺。记得一次分组吃忆苦饭，有位同学嚷了句："太难吃了，俺拿回家喂狗去。"一句话惹来大家对她"小资产阶级"思想的批评教育，此事影响该同学迟迟未能加入红小兵，直到四年级下学期，她才如愿戴上了红领巾。

曾经的幼稚、傻傻的美梦，并未因为升入初中而结束。都说十二三岁是成长叛逆期，自己则一直想当个乖孩子和好学生，希望得到父母的夸奖，听到老师的表扬，大概我没有叛逆的胆量，玩起来依然忘乎所以，跳房子、踢毽子、砸沙袋、抓石子，本想安心学习，又抵挡不住窗外的诱惑。幸运的是，初中遇到了最好最尽心的班主任张霞老师。当然我并不是说小学的老师不尽心，那时的老师"为人师表"，严谨认真，受到普遍尊敬，没人想到，多少年以后"教书育人"的老师竟然也会收礼。只是小学五年，我们就迎送了七八位班主任老师，像走马灯一样令我眼花。

张老师中等匀称的身材，笔直挺拔，肤色白皙，五官清秀端庄，永远是一丝不乱的短发，永远是一尘不染的着装，用我母亲的话说："你们老师浑身上下透着利亮。"母亲说的"利亮"是赞美老师的精干利索，少不更事的我们理所当然地接受张老师全部精力的倾注。

当时代的变迁来到身边，完全茫然而不自知，我的学习成绩依然平平，字也写得同人一样像只"丑小鸭"，那丝缕少女的羞怯不经意间藏进心扉，生出些许深埋心底的自卑。张老师教语文，几次找我谈话："你的字写得伸胳膊蹬腿，看看你姐姐的字，怎么不好好学学？作文也写得太空洞，没内容，去读读郝晓萍的作文，看看怎么写的。"三姐比我大一岁多，母亲让我们一起上了学，小学时同级不同班，姐姐成绩一直比我好，我觉得向她学习是应该的，升入初中我俩成了同班同学，姐姐也成了老师比照我的模板。郝晓萍是全班的领头羊，每门功课都是妥妥的第一，是大家作文中的"我的榜样"。老师的话针扎一样刺痛了少女的自尊，我暗下决心要提高成绩，甚至幻想着自己也名列前茅一次，像郝晓萍一样得到老师的提名表扬。然而面对枯燥的代数、画符般的英语、天书式的物理，上课实在听不进去，小动作依然不断，放学照常玩得疯癫，正如歌词中唱的一样：总是要等到放学后，才知道该念的书还没念完；总是要等到开学后，才知道功课只作了一点点；就这样迷迷糊糊地过了一年……

戏剧性转变开启于升级到初二时段，1977年全国恢复高考，传来升高中也要实行考试的讯息，这意味着我们将是1978年第一届中考生。整个年级学习氛围空前紧张起来，张老师本就异常认真，此时比我们更有紧迫感："同学们，时不我待，必须争分夺秒！下一步白天学新课，晚上补旧课，最好家近的晚上来学校补习，我来给大家辅导。"于是同学们带来了蜡烛，我则端来了家里的煤油灯，夜晚教室里跃动起一束束火苗，撩拨着心中的激情，秉烛学习竟然超常地高效。几天后张老师请示校领导，给教室安上了电灯棍，我们班率先开始了正式上晚自习。张老师平常吃住都在学校，不计时间、不分科目、不辞辛苦地给我们各科补课，其他任课老师也来巡回。那个年代电量不充足，经常停电，教室的灯棍一灭，一只只蜡烛瞬间燃起，黄红的火苗犹如闪光的花苞，同学们如同围绕花苞渴求知识的蜜蜂，迫切地吸吮知识的养分，如今想来依然温馨、美妙、感人。有一次，我的头发被火苗烧焦了，自己丝毫没有察觉，第二天梳下一绺焦煳的断发才明白了缘由。

初二数学开始学平面几何，崔老师的几何课既条理透彻，又生动灵活，教得接近完美，我忽然就喜欢上了数学。老师在黑板上出题让学生当堂证明，我常在最先举手之列，每当被叫起来回答题目，得到崔老师郑重的点头认可时，美滋滋的很是自我陶醉。奇怪的是，自从喜欢上几何，以往没学明白的代数，也无意中贯通了；记不住的物理公式，轻巧地想懂了原理；语文成绩也明显有了起色。多年以后我才想明白，那应该叫"开悟"。一次，老师布置两篇作文，题目分别是《攻关》和《我的××》，我写了身为工厂幼儿园园长的母亲，为了教孩子识字，天命之年克服困难攻关学文化的事例；另一篇写张老师。某天我去张老师办公室交作业，看到老师办公桌一角晾着一碗未喝的汤药，白气袅袅，老师在专注地批改作业，那一刻的场景，老师呕心沥血的形象触动了我心底的波澜，把它写进了作文里。两篇都得了优秀，作为范文在班上宣读，我清晰地看到张老师的眼睛有些晶莹。

考试是检测学习效果最有效的举措，大大小小的考试接踵而来，我的成绩随之扶摇直上，成了老师频频提及的好学生。中考前的模拟考试，我和姐姐双双进入前五名，全校表彰大会上，母亲胸前的两朵大红花映红了她绽开的笑颜，她逢人便说："真是多亏她老师费心，把俺这俩妮都教得这么好！"母亲发自内心的感慨，是学生家长对老师由衷的赞美，现如今，不知还有多少老师能享受这样的殊荣。初中毕业时，我考进了聊城一中尖子班，同时参加中专考试被录取（因故放弃了入学）。

站在秋的清静淡雅中，回望春的生机勃发，那些曾经的美好，岁月依稀，令我们难忘、怀恋、不舍，记得网上有这样一句话很受赞誉："当我还是孩子时，我吃过很多食物，现在已经记不清吃过什么了，但可以肯定的是，它们中的一部分已长成了我的骨头和肉。读书对人的改变也是如此。"我想学生时代的经历更是如此。那个年龄段的纯净，那时老师的无私奉献、园丁精神，那时同学们的互助互爱、真诚友情，让我们品尝了成长的乐趣，让我们铸就了直面人生的勇气，也让我们累积了辨识的能力。

　　40 年后的今天与老师共情,满怀感恩,感恩老师的教导,感恩那些回不去的岁月,感恩几十载行程没有迷失的自己……

原载《聊城文艺》2022 年冬季号

程世珍

牵　挂

今天收拾书房，一张泛黄的纸签跃入眼帘，我曾千百次找寻，它却藏在书页里酣睡，一串亲切的数字让我与那个熟悉的身影相牵，那是我远在新疆千里之外的英叔的呼唤："你是文山哥家的三姑娘吧？"那熟悉浓重的乡音穿越时空撞击我的心田，又像是父亲谙音的召唤，一股暖流涌入眼腺，酸楚的泪模糊了双眼。啊，我与英叔已有二十多年未见，父亲已走了十七年，但那份牵挂从不曾淡忘变迁。英叔今年九十有四，父亲长他一岁。其实我家与英叔并没有什么血缘关系，大概是患难岁月的惺惺相惜，父亲与英叔结下特殊的缘分，有时竟胜过平常亲戚。

沿时间长河逆行，回到八十多年前，鲁西北平原聊城东昌府东乡刘庄有一户陈姓人家，长子十岁名茂英（我唤作英叔），面容端正天生聪颖。出生在穷困家庭的英叔只能跟随父母在家务农。村上的本家叔叔陈凤元是个见多识广的文化人，任运河东博聊馆小学校长，陈校长见英叔聪明伶俐，孺子可教，是块读书的好材料，遂资助英叔去他所在的学校读书。英叔满怀对知识的渴求，对未来的憧憬，踏上他的求学路，住在了博聊馆小学校门口的西耳房。

校门口的东耳房里就住着我的父亲。我的老家在古运河畔小码头，爷爷常年靠拉车、担担、打短工挣点家用，奶奶给富人家当老妈子。小时的父亲在凄风苦雨中长大，时常饥肠辘辘更不知吃顿饱饭的滋味，为了挣口饭吃，年仅十岁的父亲到博聊馆小学当校工，侍奉先生、打扫卫生、敲钟、淘茅厕等。敲完上课铃瞅机会坐在教室两侧的过道上听会儿课，其间还要给先生递毛巾送水擦黑板，下课前赶快跑出来去敲钟。夜里侍奉完先生，再熬夜苦学练习小楷。父亲聪慧好学，在逆境中自强进取，尤让英叔佩服。两位同病相怜的学友成了患难与共的兄弟。夏天椅席炙手、冬天寒风侵骨的耳房是他们求知的沃土，在这里他们播种理想希望，在这里他们远瞩未来，在这里他们安身栖命。

苦中求学，芳华稍纵即逝，愿景不长，两兄弟的希冀折翼，日本侵华，战乱纷扰，民不聊生，陈校长去了济宁，英叔只能辍学回家，父亲也因家庭窘困泪洒校园告别他钟爱的学堂，徒步去济南做店员。父亲曾用文字记录他的终生缺憾："从此后，教室里再听不到我的读书声，校园里再见不到我的身影；从此后，长夜孤灯少了我的陪伴，课堂上少了我的聆听；从此后课本考卷上没有了我的名姓，回荡的钟声里没有我尽情敲钟的放纵；从此后上学念书成为我永久的奢望，此生不再拥有……"校园匆匆一别兄弟聚少离多，但那份友情从不曾淡忘，那份牵挂始终萦绕于心。

自我有记忆以来，便时常听父亲提起那远在新疆的兄弟，英叔的名字早已烙刻在我幼时的心里。六岁时我第一次见英叔，那年是英叔离开故土十四年后第一次返回故土。我曾无数次想象父亲心中的英叔，眼前这位面容慈祥目光深邃身材伟岸的中年汉子就是父亲的牵挂。十四年的别离惆怅，十四年的驰念记挂，此刻化作兄弟相拥的涩泪。梦中醒来睡眼惺忪的我可见暗淡灯光下他们促膝畅谈的身影。

英叔离开博聊馆小学后，先是在商铺当学徒，后又教过书，当过兵，历经人间沧桑。1954 年，国家号召青年支边，支援国家建设，英叔毅然告别故土踏上新疆的土地，到新疆林业运输公司工作。青春岁月在辽阔的边城蹉跎，汗水挥洒祖国山河，跋涉戈壁沙漠。英叔的才气没有被沙漠淹没，有博聊馆耳房的学习基础，英叔由搬运工、驾驶员成了单位的统计员。英叔的优秀成了党组织后备人员，但在那个历史高于一切的年代，发回老家的函调信，村上填写得不清楚，把英叔拒止在党组织的门外。英叔性格豁达，具雪压青松松更挺的气质，他没有消极悲观，共产党员的标准乃是他的行为规范。英叔作为新疆第一汽车运输公司的工宣队代表去农村带队，他的工作得到领导的认可，后又调到机修厂当领导，英叔的才华终没被埋没。

贫困辍学的父亲，一路步涉济南染料行当学徒，侍奉掌柜，照应买卖，担水劈柴。父亲的聪慧勤快让掌柜喜欢，一切琐事全交由父亲料理，每天店铺打烊忙完已是深夜，昼夜劳顿的父亲再挑灯记账，练习小楷，铺面柜台就是他安枕之所。1948 年济南战役打响，父亲趴在磨盘下目睹了发生在院内的激战，掌柜的无心再做生意，歇业关张。父亲带着四年学徒的一点柴薪回到家乡，为全家生计奔忙。父亲购置了织布机、纺线机，带着一家老小干起了织布厂。父亲的勤劳让这箪瓢屡空的家衣食有望。1954 年公私合营，父亲毅然带着全部家当，还有兄弟姊妹一起加入了棉纺织社。他把一生的心血贡献给家乡的毛纺织事业。

20 世纪六七十年代的交通不像现在这么发达快捷，从家乡往返一次新疆大概需要半个多月。生活的拮据，交通的不便，兄弟俩十四年未见，书信往来便是

心灵渴念的慰藉。每当父亲发出一封家书，就计算着英叔来信的日期，每当英叔来函，父亲就心情大好，有时还会斟上小酒哼上几句京腔。有时父亲也会沉闷不语，那一定是英叔有什么不顺。相互牵挂的日子他们如数家珍。

我已模糊是哪年了，门外传来英叔的呼唤"文山哥——"，"英弟，你怎么来了？"父亲诧异。只见英叔满身尘埃像从风沙中走来，父亲赶紧打来洗脸水递上热毛巾。"山哥，单位运输车辆路过老家，我顺道回家看看也过来看看您。"英叔一边洗脸一边说。"你还没吃饭吧？"父亲忙着给英叔备饭。"哥，您别忙乎了，我不能久待，咱弟兄俩说几句话，卸完货我就得回了。"转眼英叔风尘仆仆地走了，了却的是一份牵挂。父亲望着英叔远去的背影一再叮咛"路上注意安全！"一连几天父亲都会一直叨念"你英叔这趟回去要好几天，不知到家了没有？"父亲平添的那份牵挂，直到英叔来函才算了结。

似水流年，光阴荏苒，时代的进步与社会的发展，也悄然改变着我们的生活，父亲和英叔分离的时间变得越来越短。英叔来家时就会给父亲捎点新疆特产：水晶石的花镜，玉石刻章（父亲喜爱书法），毛毡礼帽，等等。父亲乘兴也会挥毫泼墨，欣然拿出珍藏的英叔给他的刻章，郑重地加盖在他写的书法上。珠联璧合的作品送与英叔收藏，兄弟俩对坐开怀畅饮，让岁月的沧桑随时光流淌。

轻捻时光岁月向晚，他们已步入暮年，彼此的牵挂变得更加厚重沉甸。2004 年，父亲身患重病，所剩时日不多。一天家里电话铃响起，我拿起话筒，"文山哥——"，是英叔的呼唤。"英叔您好，我是老三。""哦，三姑娘，你爸爸挺好的吧？"我不知所措，把电话给父亲递过去，父亲却摆摆手没接，也不让我告诉他的病况，此刻我读懂了父亲眼里写满的牵挂，他混浊的泪已溢满双目。我极力控制自己的情绪，尽量把声音放平缓，打开电话免提，让父亲再次听听英叔的声音。"英叔您好，我父亲他很好，不用挂念。只是他这会儿不在，等他回来我告诉他。""好好，挺好我就放心了。三姑娘，告诉你爸爸不用挂念我，我现在是副县级待遇了，一切都很好，我们兄弟俩年纪都大了，让他多保重身体。"这次间接的通话，竟是两兄弟的诀别，一个月后父亲故去。父亲病重时一再叮嘱我：不要告诉你英叔，倘若以后有机会代我去看看你英叔吧。父亲带着他的不舍，带着他的牵挂走了。

2010 年，爱人出差新疆，拜见英叔，八十三岁的英叔精神矍铄，心胸豁达乐观。科技突飞猛进地发展，让我今年与英叔在网上相见，九十四岁的英叔红光满面，时间仿佛在他身上凝滞了，他依然思维敏捷，步履矫健。

告慰我的父亲，勿用惦念！

原载《聊城文艺》2022 年春季号

崔春杰

老师　学生　鸟

　　第三节课,班主任杨志刚老师习惯性地走到教室门口,本来活跃的教室里静悄悄的,空无一人。原来,学生们都去上体育课了。杨老师慢慢走进教室,坐在讲桌前,望着面前一排排的书桌,由桌子到名字,又由名字到学生们的面孔,当看到第三排最南面时,桌上放着一支体温表,这让老师想起了那个有点腼腆的小男孩,他的名字叫李蕴博,是时风中学第一级初一五班的"保健医生"。

　　时间要回到多年前的山东省聊城市高唐县时风中学。春节后,刚开学,气温回暖的很快,不知是春困的原因,还是依旧留恋在节日里,一连几天杨老师观察到,李蕴博的脸上一直带着淡淡的忧伤与幽幽的惆怅,上课时没有听讲的专心,也没有对新知识的渴望,一脸的漠然;课间和小伙伴也没有说笑的喜悦。

　　课间,杨老师走到他的身旁,摸了摸他的头,感觉不热,问他是不是不舒服,想试探着多问几句,他只摇头,没有说一句话。一周过去了,他的状况依然如此。两周过去了,还是这样。别的同学也不了解他的情况。

　　课余时间,杨老师专门联系了家长了解情况。原来,他的父母两人年前要同时调动工作,而且当时答应孩子年前一块儿前往新的城市,结果,经斟酌再三,家长决定先去新的单位,稳定之后,再把孩子接过去。幼小的他,感觉非常失落,甚至自卑地认为,自己被抛弃了,连周围的同学也似乎在嘲笑他,是没人要的孩子,他感觉自己的存在毫无意义,没有任何价值。

　　放下电话,杨老师思索良久,怎么化解孩子的心结,一定要找到解决的办法,让孩子尽快走出阴影,否则后果难以想象。最后,杨老师决定大胆地试一试一个新奇的想法。

　　放学后,杨老师留下了蕴博,告诉他,已知道了他的家庭情况。老师说,蕴博,你还要在这上一个学期,一直到暑假,爸爸妈妈、老师、同学们都愿意看到你的笑脸,你在咱五班仅还有四个月的学习时间,你想不想让同学们都记住你,和你成为好朋友，他点头同意。老师和蔼诚恳地说，为了让时风中学第一级五班的全体同学都记住你，孩子，我想让你做咱们班的"保健医生"，内容很简单，回家拿一个体温表，谁感觉不舒服，就给他量一量，就可以了。这样十年或者二十年后，同学们聚会时一定会记得，曾经的初中班级里有一个"保健医生"，叫李蕴博。听完后，孩子激动地哭了。杨老师也很难过，似乎是在告别，好像明天就要离开。

送走孩子后，杨老师又给家长发了短信："先让孩子稳定情绪，我今天让他回家拿一个体温表，担任班级'保健医生'，让孩子感觉到自己存在的价值，自己的意义，被别人需要，早点走出忧虑的困境，尽快重新融入班集体，稳住之后，再提升，请给予理解配合。"

第二天一早，老师收到了孩子父亲的短信："非常感谢您。感谢您对孩子的关心及帮助，以后的日子会让您更操心。孩子回来给我们说了，他说他很感动，一辈子都会记住杨老师，记住五班的老师和同学们。珍惜在时风中学的时光，这是孩子一辈子难得的财富。"

第二天上午，蕴博带来两个体温表，一个自己拿着，给班里同学测体温；另一个放在杨老师的抽屉里，他说，其他班的同学如果不舒服，可以到老师这儿量一量。孩子不仅有行动，更有爱心，贴心专业的引导得到了学生的积极快速回应，杨老师也感到非常欣慰。

杨老师在班上公开宣布了这个任命，同学们也很高兴，都积极配合测量。此后蕴博从保健医生的角度出发，积极为同学们服务，有了自己的主动性与积极性，尤其脸上的忧虑没有了，代之而来的是越来越多的笑脸，上课时认真听讲，学习兴趣也越来越浓。和同学们相处融洽，和小伙伴们快乐学习，纯真的笑容又回到了孩子久违的脸上。

随后的时间里，李蕴博带着这种荣誉感，度过了自己快乐自豪的一学期，一直到转学离开，他都恋恋不舍。这颗博爱的种子，已生根发芽，茁壮成长，为他撑起了一片晴天，给他挡风遮雨，他也像一棵树，一半在学海里滋养，一半在风中飘扬，一边沐浴阳光，一边洒下阴凉。

如今这两只体温表不知给多少同学测过体温，开始还有人知道是蕴博拿来的，这里曾经有过一个小小"保健医生"；后来，就很少人知道它是谁的，知道它曾经在一个孩子幼小的心灵里，是多么的重要。现在，李蕴博已经成为一个故事的主角，虽然不很遥远。

杨老师由衷地说，人的一生无论快乐与悲伤，最后都将成为回忆。在所有的回忆中，印象最深的应是我们成长过程中最有意义的事。而蕴博所做的已经超越了五班，超越了空间，超越了时间，成了我永恒的记忆，刻在心底！

学生们叽叽喳喳地涌入教室，欢声笑语打断了杨老师的回忆，微笑示意后，他慢慢地走出了教室。

记得全国优秀教师北京市优秀班主任，先后担任北京广渠门中学一、四、七届"宏志班"班主任的高金英老师写过一本书，书名叫《给小鸟一小截树枝》。

"给小鸟一小截树枝"，内容是说有一种小鸟能成功地飞行几万里，飞越太平洋，它靠的仅仅是一小截树枝，累了，它把树枝投在水面上，站在上面歇歇脚；饿了，就站在树枝上捕鱼吃；困了，站在上面打个盹，结果，它成功地飞行了几万里，飞越了太平洋。

这本书的寓意是说，在风雨前行的人生道路上，每个人都需要一种简易的支撑，包袱不能太多太重，有恃无恐、轻装前进才有可能成功。杨老师说，当时觉得这本书写得非常好，从另一种意义上讲，如果把学生们比喻成"小鸟"，他们要成功，起飞时的那一小截树枝是不可缺少的。

杨老师常常思考，身为班主任，就应该适时地帮"小鸟"们选择好那一小截树枝，待它们准备飞行时，及时帮"小鸟"们衔在嘴里。那样的话，"小鸟"们成功的机会就更大了。

杨老师说，老师不仅限于传授学生知识，更应该教会学生怎样做人，怎样面对生活。要做学生成长的引路人，做学生生命中的贵人，给学生指指路、排排忧，让他们快乐地度过中学时期，让青春无怨无悔。

尊敬的老师们，你们是时刻给远行万里的孩子备足备好"树枝"的人！

原载《青年文学》2022 年第 1 期

丁 杰

散文二篇

绿树阴浓夏日长

炎炎夏日，我那宁静古朴的小村庄是被绿树环抱的，骄阳似火也不怕，有满地树荫送着清凉呢。

奶奶家的院子里，有榆树、枣树、槐树、香椿树、石榴树、梧桐树等，枝叶繁茂，错落生长在各自最恰当的位置。半院子的绿树，仿佛搭起一个天然的大凉篷，赏心悦目，再热的天，也有一院阴凉。

亭亭如盖的梧桐树下，有光滑的青石桌凳，还有木头小矮桌，小枣木凳，马扎。夏天的午饭和晚饭大都在梧桐树下吃。

我最爱吃奶奶做的凉面条，奶奶的手擀面我好像从没吃够过。其实也并没有什么秘制卤料，不过是把刚出锅的面条，放在冒着凉气的井水中捞一下，浇上蒜泥、麻汁、剁碎的腌香椿芽、咸菜丁、豆角丁、黄瓜丝，来不及拌匀，就呼噜呼噜地狼吞虎咽起来，大快朵颐后，再喝一碗散发着麦香的面汤，小肚皮撑得溜圆。

爷爷爱捞鱼，夏天里隔三岔五的常有小收获，大都是拃把长的小鲫鱼和白鲢。一条条收拾干净，在那棵老枣树下，用几块青砖支起小铁锅，锅底下点燃玉米芯或干树枝，锅内倒上油，葱姜蒜爆香，倒入小鱼，加入糖醋和漫过鱼的清水，盖上木制锅盖，咕嘟咕嘟地炖着，满院里弥漫着诱人的鱼香。

等汤汁收得差不多了，每一条小鱼都炖得香酥软烂入口即化，从头到尾顺口嚼就是了，已无刺可吐。这令人垂涎的浓浓香气有时会将邻家爷爷吸引过来，爷爷拿出珍藏的老酒，倒上两盅，老哥俩你一口我一口地慢慢对饮。

小孩子没酒喝，大街上忽然响起卖冰棍儿的吆喝声，爷爷会从身上摸出一两张毛票递给我，我顾不上穿鞋，光着脚丫在滚烫的地面上飞奔到大街上，那一毛钱三根的冰棍，甜丝丝，冰冰凉，爽口清心，是童年夏天里的可爱诱惑。

卖西瓜的来了,一车碧绿滚圆的西瓜停在村头那棵一搂粗的大柳树下,悠长响亮的吆喝声不一会儿就吸引了一群人,围着一车西瓜笑着砍价挑瓜,哪一个都爱不释手,抱起来轻拍几下,侧耳听听生熟,背回家放进压水井里刚抽出的凉水中冰着,一刀下去,黑籽红瓤,熟得起沙,甜透心底。

吃饱喝足的午后,坐在树下纳凉,说着说着话就困得睁不开眼了。树荫里铺上凉席,幕天席地入梦来,一树树的蝉鸣仿佛是最动听的催眠曲。

傍晚的绿树下,童叟无欺地吸引着人们聚精会神地寻觅一种宝贝——知了龟。这是每一个农村孩子在夏天乐此不疲的有趣活动。先把摸到的知了龟用盐水腌上,等到馋极的时候,无论清蒸还是油炸,都是难得吃上肉的童年里的无上美味。

星光满天或月色如水时,家人围坐在静谧的树下乘凉,奶奶摇着蒲扇,絮絮地讲着永远讲不完的故事,小孩子躺在凉席上,听着古老的故事,数着满天的星斗,憧憬着明天。

日子悠长而缓慢,那时候以为时光永远那样安静,爷爷奶奶永远是发如雪笑呵呵的模样。

多年以后的夏天,再次走进奶奶的院子,空荡荡的,儿时的欢声笑语去哪里了?只有满院枝叶葳蕤的绿树和墙皮斑驳的老屋,在沧桑的流年里寂静相对。曾祖母和祖父母都已作古多年,在白云悠悠的天堂里俯瞰着儿孙们幸福的模样。

原载《聊城晚报》2022 年 6 月 27 日

昨日重现

那是一个美丽的春日黄昏,夕阳,晚霞,春风,让生活了四年的校园,美得更加令人留恋。这时距我们毕业,还有不到一百天的时间。

忘记了是谁的提议,吃过晚饭,我们宿舍十人相约去校园北边的桃林里玩。平时各人都有自己的小活动,还真难得这样一个不少地一齐出动。大家都心照不宣,毕业在即,以后这样一起出游的机会很少了,尽管三三两两手拉着手,但一路上有些沉默,仿佛都在专心倾听宿舍老大手中的收音机。

不一会儿,前方那片灼灼盛开灿若云霞的桃林映入眼帘,顿时明媚了我们的心情。我们欢呼着跑上前去,徜徉在一株株灿然怒放的桃树间,兴奋得手舞足蹈,此刻助兴,唯有纵情歌唱了。

桃林中央,有一片空地,绿草如茵,我们围成一圈席地而坐,玩起了幼稚的"丢手绢"游戏。宿舍老大从桃树下随手抓一把花瓣,代替手绢,在我们身后边

笑边转圈跑,偷偷地把花瓣放在一人身后,逮住谁就罚谁唱一首歌,不一会儿,人人身后都有了桃花瓣,大家轮流转圈跑着,唱着,我们的歌声和笑声染红了西天的晚霞,听醉了柔柔的春风,那一树树桃花也笑得花枝乱颤,落英缤纷。

　　跑累了,唱累了,我们背靠背坐下来。夕阳也恋恋难舍地要落山了,温柔的余辉透过树树桃花,把一张张青春明媚的脸庞晕染得更加生动可爱。这时,桃树下的收音机里正传来女播音员深情款款的声音,她说接下来要播放一首经典动人的怀旧金曲《昨日重现》,以致敬我们过往岁月里的美好时光。

　　此刻,桃林里安静得能听到花落的声音,那深情优美略带伤感的旋律,徐徐飘出,回旋在桃林,听红了我们的眼。我们朝夕相处同吃同住了四年,相伴着度过了人生最美好的青春时光,大家即将天各一方,惜别之情伴随着这温柔怀旧的歌声,如决堤的洪水般倾泻而出。是谁先哭出了声,引发了宿舍十姐妹相拥在一起,哭作一团,为这首怀旧金曲配上了最深情动人的和声。

　　一曲终了,心绪难平!大家手拉着手,泪眼婆娑地许下浪漫的约定:毕业之后,无论身在何方,每年桃花盛开时,我们宿舍十姐妹一定赶到这片桃林相聚,同唱这首歌……

　　多年以来,不知那温柔的春风和多情的桃林,是否等待过我们故地重游?是否笑我们桃花林中空许约?一别之后,我们从未再聚首。

　　并非已相忘于江湖,而是红尘中有太多的牵绊,让各奔东西忙于生计的我们,没有情怀去赴那场美丽浪漫的青春之约。

　　可是,多年以来,只要一听到《昨日重现》的旋律,我的眼前就会浮现一幅美丽的场景:灿若云霞的桃林中,一个个青春活泼的身影,在欢笑,在歌唱,在相拥着哭泣,一张张明媚可爱的笑脸,忽而挂满了晶莹的泪滴……

原载《聊城晚报》2022 年 6 月 15 日

高岩芳

散文三篇

老家年味儿

腊八蒜密封进了罐子，年的门就打开了。"残腊即又尽，东风应渐闻。"在中华民族亘古不变的意识里，年味儿今又起。且让我撒开心灵嗅觉的大网，去盘点浸润在一代一代中国人血液里的老家年味儿。

老家年味儿漂浮着故乡泥土的芬芳。对于每一个中国人而言，土地，是我们由此出走又回归于此的存在。这里埋葬着我们的祖先，也留存着很多童年时的脚印和欢乐。老家的年，在鞭炮特有的热烈烟雾里，去林地请回逝去的先人。满怀着感恩与期许，奉上深邃的供礼，在泥土气氤氲的老屋，高高举起虔诚的酒杯，诉说过往和愿景。

老家的年味儿杂糅着远方游子征衣的味道。有飞机、高铁、轮渡的味道，有南国的软糯和北国的寒冽，有大海的咸香，也有高原的冷香，所有的仆仆风尘在灯火阑珊远方的家消解。打开家门的那一刻，漂泊的灵魂仿佛靠岸，而所有的人潮汹涌中的记忆瞬间格式化。家养的旺财"呜呜"着扑到腿上，拼命地嗅来嗅去，肯定会想这个人身上是什么陌生而熟悉的味道。放下行李，一定要去家中逡巡个遍，一切都是那么亲切，是熟悉的简单的，却又是让心灵栖息的样子。

老家年味儿是春联静默的样子。"爆竹声中一岁除，春风送暖入屠苏。千门万户瞳瞳日，总把新桃换旧符。"红彤彤的底子，飘着浓浓的墨香，精致的出句和对句，大气磅礴的横批，把中国五千年的文明浓缩，浓缩成一副春联，春联飞舞着诗经的淳朴、楚辞的娟丽、唐诗的飘逸、宋词的清新，在门楣上坚守属于中华儿女的风骨。这种坚守和执着，是任何人夺不走抹不去的，是老家年味里最含蓄的表达。

老家年味儿是守岁饺子的热气。饺子作为年夜饭的压轴戏，并不在于饺子

的量，而是增加了更多的质。团聚的餐桌上，五颜六色的蔬菜汁和的面制作的饺子皮，裹着各色素的、荤的饺子馅，用保鲜膜包上小小的钢镚掺在馅里，或者特地包了几个白糖的饺子，看谁能吃到这幸运的饺子。吃的时候一定会告诉小孩子小心点慢慢吃，不然"咯嘣"就会硌了牙，要不就是被糖烫疼了嘴。小小的饺子麦香四溢、清香扑鼻，"坐到四更后，身添一岁来"，放完了鞭炮和礼花，在守岁的关口，央视春晚的倒计时钟声响起，举国欢庆，而老家的年味儿就定格在用笊篱捞起的饺子的热气里。

老家的年味儿还有什么。哦，老家的年味儿还有年集上乡土的吆喝声，还有人山人海，年货丰盈的热闹！哦，老家的年味儿还有大年初一拜年的声声温暖，还有远亲近邻茶水话桑麻的亲切！哦，老家的年味儿还有离开故土再次出征的不舍，还有亲人牵挂祝福的泪水！哦，老家的年味儿就是不管你走得再远，也会让你一再跋涉千里去追寻的味道！

原载《聊城日报》2022 年 2 月 9 日

梵呗声声慰余心

公元 230 年，东阿王曹植登临鱼山，闻岩洞内传有梵音歌唱，便拟写音调并依《太子瑞应本起经》的内容编撰唱词填入曲调，后被称为第一呗"鱼山梵呗"，这就是中国最早的汉传梵呗。千百年来，鱼山梵呗响彻东阿的热土，护佑着东阿的信众。2008 年开始确定每年农历四月初八日佛诞节为"鱼山梵呗传承暨剃度护法居家菩萨戒法会日"，鱼山梵呗国家级非物质文化遗产传承人永悟禅师按照原赞填词《东阿王赞》，重建鱼山梵呗寺与声明堂，享有"梵呗祖庭"之美誉，传承梵呗文化的使命，对复兴文化、弘扬佛法起着深远重大的意义。

黄河之滨的鱼山，人杰地灵，物华天宝。春夏秋冬，不同的季节登临鱼山，给人不同的感受和领悟。春天山花烂漫，夏天古木繁阴，秋天芳草萋萋，冬天萧瑟肃穆。作为东阿人，我曾数次拜会鱼山，"山不在高，有仙则名"，每次登山，都是一次与东阿王的神交。走进子建祠，雅致的院落里植了几株石榴，汉式的建筑古朴典雅，东阿王端坐殿内，若有所思，身后的墙壁上刻着《七步诗》，思其乱世，同为建安文学代表人物的曹植与其父曹操、其兄曹丕并称为"三曹"，与也是父子兄弟以文学见称的"三苏"（苏洵、苏轼、苏辙）齐名。如果曹植仅仅是文坛领袖，就不会演绎出后来的千古绝唱《七步诗》《洛神赋》和《鱼山梵呗》，在惨烈的政治斗争中败北的曹植被贬到东阿，游山玩水之雅兴，郁郁不得志之落寞此起彼伏，然浩浩黄河从鱼山脚下流过，平静下来的曹植将更多的时间交给了游历、读书和思考。从子建祠拾级而上，经过隋碑亭和碑林，半山坡羊茂台上有一洗砚池,池畔有一石亭,名读书亭,相传是东阿王挥毫泼墨、吟诗作赋之所在。置身于乱世之外,选一清雅之地,品茗、磨墨、听风、洗砚,在冬至之日赏那穿过岩壁的寒光,是隐者也是智者。"智者乐水,仁者乐山",智慧的人懂得变通,仁义的人心境平和。作为帝家诗子、诗国帝王的曹植一生著述众多,现存诗歌90余篇,赋45篇,还有章、表、书、论、颂、碑、赞、铭等各种文体的著述。而他的才华、智慧也影响了东阿一代又一代的人,成就了一批又一批的文人墨客,使得美丽的东阿增加了深厚的文化底蕴。

汉魏之际,佛教已传入中原,这也许给了身处苦闷之中的曹植些许精神的慰藉。据说,当他在山中徜徉之时,忽闻空中有一种梵响,清扬哀婉,细听良久,深有所悟,乃摹其音节,根据《瑞应本起经》写为梵呗,撰文制音,传为后式。其所制梵呗凡有六章,即是后世所传《鱼山梵》(亦称《鱼山呗》)。今天,我们在静静的鱼山上仍然可以邂逅那神奇的梵音洞,它是自然形成的一个洞穴,坐东朝西,幽深不见底,走近便觉寒气袭人,一千多年以前的建安才子,有着怎样的锦绣情怀,才会得以在困顿之时有如此感悟,并作得《鱼山梵》千古流传,使得上苍选取东阿这片美好的家园作为梵呗之乡。悠扬的梵呗之音,使得广大信众心生平静,于熙熙攘攘的尘世得安稳;大气磅礴的梵呗之音,是在颂扬无上的智慧,在它的荡气回肠里,我们读出了认真而不执念,平淡而不萎靡;永恒的梵呗之音,在赞颂绵延的生命,丰盈的食粮,心灵的愉悦。永悟禅师重建梵呗寺和声明堂,使得东阿作为"梵呗祖庭"实至名归,全国各地的信众甚至外国信徒都慕名而来,来到这片山水和乐之所,聆听那空灵的梵音,进一步领悟佛法之精妙,为人生的升华寻找契机。"空山梵呗静,水月影俱沉。"梵呗声息,水月寂静,真真是"千江有水千江月,万里无云万里天"。

一座山,因为一个人而生动。一个人,因为一颗心而丰满。鱼山,名不见经传,东阿,方圆不足百里。让我们引以为豪的,是梵呗,成就了鱼山的辉煌;是曹植,成全了东阿的豪放。八斗拱宸的豪情,洛神湖水的温润,使得东阿的山川如画,使得东阿的天地如诗,这份诗情画意在不断丰富着人们的内心,在不断安定着人们前进的步伐。当信众们吟诵起"东阿王植公,降生曹魏王宫。云高天籁连竺中,鱼山接长空。瑞应本起得删治,七步诗八斗雄。和平妙音世界同,梵呗源真宗。"我们也在袅袅的梵音中得到启示,那是传承自几千年的古老咒语,聆听那包含着吉祥的寓意,带给人幸福、平安、具有积极向上的正能量的清静音,我们的清净之心、慈悲之心便会油然而生,其和雅、正直、清澈深满、周遍远闻的声音提升了信众们的内在性情和修养,使人们走入善境,至善至美。在这宁静、清新、淡雅、自然的音符中,能够使人们感悟到清凉的人生吉祥的意蕴,那就是活在当下,守住吾心。

初冬，于梵呗寺和声明堂，又一次和东阿王曹植神交，攀蜿蜒秀丽的山间小道，经仙人足迹到得一高大牌坊，迎面四个大字"上晋梵天"，过牌坊回望，但见"天籁"二字，在漫山簌簌叶落的声响中，宛若一种缥缈的声音，从心底升起，安抚着我们来自浮躁世界的思绪。继续拾级而上，到达山顶，便见一古色古香的长廊，上书"闻梵处"。独坐山顶，滔滔黄河川流不息，向东流去，隔河相望是连绵不绝的群山，雾霭升腾。那缥缈的声音，仿佛越来越清晰，越来越厚重，终于汇成梵呗的绝响，让我在这鱼山之巅物我合一，与这大千世界融为一体。

原载《聊城日报》2022 年 3 月 11 日

洛神湖之夜

晚风轻轻吹来，奏响华美乐章，滑过流光溢彩的阿胶亭，滑过高低错落的堤岸，就进入了让人心旷神怡的洛神湖之夜！

九曲桥下，波光粼粼，是黄色和蓝色的灯光，和着风的节拍，旋出醉心的舞步！湖心的小岛，黑黢黢的，像一个巨大的盆景，静静浮在水中，聆听水波拍击岩石的声音，哗啦，哗啦……晚春的叶子在灯光下，轻轻颤动，秀美得如同身着绿裙的少女，在墨黑的夜里让人浮想联翩。路旁，是参差错落的绿植，点缀着曲折的堤岸。繁花落尽，好像听得见树枝失落的叹息！

我喜欢夜里的十七孔桥，卧在旖旎的水波上，卧在深沉的龟山旁。沿着起伏的桥身，深深呼吸，淡淡的鱼腥味和苦涩的新叶味道，弥漫在空气里。暗夜里，看不清很多东西，但是感觉却更加敏锐，汩汩作声的流水，雄伟的汉白玉石桥，高大的牌坊，崔嵬的山影，让我敬畏，让我心动。鞋子摩擦着地面，发出沙沙的声音，行走的人们窃窃私语，远处的音乐似有若无，适合这种静谧的夜晚。我情不自禁沉醉其中，高处的树影，有的像华盖，有的像花朵，有的硕大如手掌，有的小巧如铜钱，垂柳轻抚着人的脸颊，小草亲吻着脚边的土地。这一刻，我是我，是整个夜色的一部分，是整个洛神湖的一部分。

纤细的芦苇，在园内曲折的流水里肆意生长，用手摩挲着，犹如摩挲着童年的时光，风起了，飘来了远处的蛙声。坐在水边的石凳上，安静地，什么也不想，远处的天空是暗的赭红色，暧昧的气氛浓得化不开。跳过架在水中的石墩，调皮得像少女，轻盈得像虚无，从左岸到右岸，欣喜如鱼儿。这个季节，该伤感么？花事了，满园的妩媚花朵，如今成为遥远的记忆，只剩满树的叶子，吟唱感慨。我却喜悦，为花期过后的淡然。喜悦满目青翠，喜悦绿意无边。那一片白玉兰，那一片榆叶梅，那一片迎春花，那一片粉桃花，缘着今日的遗憾更加完美，深藏在心里。

　　药王山下，大片盛开着紫色的桐花，灯光迷离，幽香阵阵。这是爱情的味道吧，两个风华正茂的人儿，在树下牵手，任风吹落桐花蕊，撒在肩头，留一季缅怀。远处高大的宫墙，亮如白昼，高耸的屋角，让人追忆城内的往事吗？是否有忧伤的宫人，为岁月的流逝伤怀？那个码头，也不仅仅是一个电影的场景，也许那是一个等待，也许那是一个诺言，也许那是一个挥之不去的梦。洛神湖，神女有知，会了解这些难以言表的心事吗？

　　踏下最后一级台阶，重新回到夜的怀抱。

　　愿洛神湖之春夜，永不落幕！

原载《聊城日报》2022 年 5 月 5 日

韩艳辉

羊肉包子（外一篇）

深秋时节，夕阳西坠，暮色垂落，这时候就会听到一声声高昂的叫卖声："热包子，刚出锅的羊肉大包子……"，这声音自西往东，由远渐近，在嘈杂的乡村交响曲中高出一个分贝，甚至两个分贝，格外嘹亮，格外悦耳。

每当这个声音传到我家，传到我和两个弟弟的耳朵里，弟弟们会立即跑到我跟前，眼睛睁得很大，声音里含着激动地对我说，姐姐，卖包子的来了！我白瞪他们一眼，没好气地说，知道了！然后起身，扔下手里的活计，洗洗手，从衣兜里摸出娘临走前给我的两角钱递给他们。

卖包子的人外号叫二狗尾巴，五十多岁，头上包着个羊肚子毛巾，油腻得几乎分不清毛巾上的白底和蓝道道了，胳膊上挎着个篮子，身子前倾，碎步急促地边喊边走。二狗尾巴姓马，大名马庆堂，不过，很少有人称呼他的大名，都叫他二狗尾巴，具体这个外号是怎么得来的，我不知道，按庄乡辈分，我该叫他二大爷。

二大爷跟我们不是一个生产队，他是村西半截的，应该是七队或者八队。二大爷卖包子是有季节性的，秋末初冬，也就是过了八月十五之后，他才卖包子。别看他穿得埋汰，看上去很脏，但是他的包子味道很好，吃一个就想吃第二个。不过这是我听别人说的，我没吃过一口，只是闻过他的包子味。

秋末初冬的时节，我的娘和爹都会去忙着收地瓜干或者擦地瓜干，有时我们姐弟几个跟着去地里，但大多数时候娘会让我在家里看着两个年幼的弟弟。两个弟弟，老大三岁，老二才一岁多，弄到地里跟着受罪，还不如在家里省心。娘是个干活不要命的主儿，心强得很，恐怕活干不完，恐怕落在别人后边，天不黑不回家，有时候甚至满天星星出齐了才肯回家。但是两个弟弟撑不住，天不黑就会饿，于是娘就给我两角钱，让我给弟弟们买个包子充饥。这样的待遇也就只有两个弟弟才可以享受,我和两个妹妹是没有机会吃上的。我们吃的,每天除了地瓜就是地瓜,地瓜干地瓜面地瓜窝窝地瓜面鱼儿等,各种"美食"都是地瓜做成的。

整个秋天,弟弟们习惯地等待着这个美好时刻的到来,我也习惯想着这个美好时刻的到来。当我把两角钱递给二大爷,又从二大爷手里接过两个肥美的包子时,我的心是激动的,我的表情也是激动的,我会在这一瞬间把两个包子放在我的鼻子上使劲吸两口,在那种味道里陶醉片刻,随即我便将包子递给两个弟弟,因为弟弟紧跟在我身后,用惊恐和渴望的目光盯着我手里的包子,此时此刻我觉得有种罪恶感。弟弟们接过包子迫不及待地就往嘴里塞,并且很快就解决掉了。说实话,在弟弟们吃包子的过程中,我很想从他们手里夺过来咬上一口,尽管我嘴里的唾液咽了又咽,但是我始终没有行动。

每天我都在这种美好时刻受着煎熬,而我每天又渴望着这种煎熬出现,整个秋末,我就是这样度过的,哪怕有一次或者两次出现异常,比如我娘没去地里干活,娘就不再给弟弟们买包子了,这时候将会早早地做饭,我就会很失落。

二大爷卖包子会从秋天卖到年根底下,整个漫长的冬天都会伴着二大爷的叫卖声。二大爷围着有十个生产队的村庄一圈一圈地转悠,天黑了就提个保险灯。有时候二大爷一晚上要卖两篮子,卖完了再回家取一趟。冬天人们没事干,熬夜拉呱打骨牌,等到半夜饿了,听到二大爷的叫声,就会买几个包子吃。

后来村里又出现了一个卖包子的,这人的外号也不好听,叫大黑小儿,真名马庆兰。其实他也是四十多岁的人了,这人高高的个子,五大三粗,黑黑的脸膛,按辈分我也叫他大爷。据说他的包子没有二大爷的好吃,不过我也是听别人说的。一个村有两个卖包子的,自然就会争买卖,却没影响两个人的和气。有时候两个人卖包子转着转着转到一块了,就会停下来,相互递根烟,对个火,说一下销售的情况,然后分别而去。

一个月明星稀的夜晚,二大爷提着保险灯从村东头转悠到后街,一声接一声的叫卖声"热包子,热包子,羊肉大包子",传进正在煤油灯下写字的二孬的耳朵里。二孬正在收拾着自己的破书皮,突然来了灵感,拿起剪刀,剪了一张一角钱一样的纸片,迅速地跑出去,看见二大爷和大黑小儿大爷正在路上说话,相互点烟,二孬站在自己的大门口没动,得让他们两个分开后再买。两个卖包子的点着烟之后说了几句话就分开了,一个向北,一个向南。二大爷向北来,正好路过二孬家的大门口,二孬没敢出来,等到二大爷走过去很远,他才追过去。二孬战战兢兢地说,买个包子。二大爷递给二孬一个包子,二孬把纸片递过去。二孬接过包子,不知道是惊喜还是尴尬,不由得笑出声来了。二大爷凭着他的一声笑,突然醒悟了,你拿的是假钱啊!还没等二大爷反应过来,他就把包子咬下一大口，一溜烟儿跑了，二大爷在后边紧追，边追边喊，你这小孩儿是谁家的啊？别跑，等一下，你往哪跑啊！追着追着没影了，二大爷气喘吁吁地站住了，自言自语地说，这孩子，跑真快，一个怎么够吃的。

第二天，二孬告诉我这件事儿，他跟我是同桌。二孬说他昨天晚上坑了二狗尾巴一个包子，那包子真好吃，从来没吃过这么好吃的包子，吃完了之后，手上的羊肉味都没舍得洗。二孬不让我告诉别人，老师同学知道了会笑话他，我真的没说，但是四十年之后我却写出来了。

割麦子

五月的风浪一天高过一天，麦田的颜色一天一个样儿，由绿色变成黄色最后变成乳白色，麦穗上的锋芒被热风吹得炸开了。

这时候我的爹就赶紧去集上购买权把扫帚，添几把新镰刀，两个耙子，外加几捆草绳子。娘火急撩忙地张罗吃的，葱蒜酱油醋，提前轧好面条磨好面，像进行一场有计划的战争准备。

爹蹲在水缸前，身旁放着半盆水，拿着几把镰刀，挨着个地磨。爹磨刀的动作又快又稳，好像有使不完的劲。磨一会儿，用手在盆里捞一下水，冲一下镰刀，再用手蹭蹭刀刃，直到镰刀发出锋利的寒光。镰刀磨好后，挂在墙上的木橛子上，在月光下闪着贼亮的寒光。

爹又携了一捆草腰子，直接拉到家前的大坑里，泡上两个时辰后，爹拿叉把它们捞上来，在坑边上滋阴一夜，第二天天不亮，爹就起来，把草绳子装上胶轮车，把那几把贼亮的镰刀放到车上，就直接奔地里走去。娘跟着起床，收拾着东西，往锅里下一把小米、绿豆，箅子上馏上馒头和几个咸鸡蛋，点着几把木柴让它们自己着，娘继续收拾着去地里的东西。一会儿火着尽了，剩下余火慢慢温煮，娘便把我们一一叫起，声音里充满着兴奋和急切。我和妹妹弟弟正在睡梦中，被娘的叫声拽得惊恐而急躁，睡眼惺忪地急忙从床上爬起来，胡乱穿上衣服，眼睛半睁半合地跟在娘的身后走，甚至都没有反应过来这是去干什么，大清早的也不让人睡个囫囵觉。

我们跟在娘身后，娘的步子急速而坚定，似乎带着风声。我们不时地疾跑几步，甚至大跑起来才能跟上娘。麦地大部分都在二里多远的家北，我们感觉这路太长了，走了那么久还没到。这时候，路上三三两两的行人陆续走来，娘跟他们打着招呼，声音高高的，脆脆的，夹杂着一种激动的成分，说的无非是麦子熟了，今天开始割啦等客套话，可是我们这些孩子跟在身后耷拉着脑袋，不想跟任何人搭讪，因为我们感觉还没从睡梦里走出来。

来到地头，看见爹已经割掉半截地了，他一个人一下子就横扫一垄，一望无际的麦田像一块乳白色的毯子铺在地上，爹从中间剪下去了一块，看着有点破败，心里产生一丝丝遗憾。这个时候我们没有了睡意，被眼前的情景和人们的高涨情绪感染着，好像到了另一种境界。娘对着我们几个说，快点动手吧，别愣着了，争分夺秒，一分钟都不能耽搁，来一场雨一年的收成都泡汤了。娘嘟囔着脱下上衣，扔在地头的田埂上，就开始轮起镰刀，镰刀之下随即发出嚓嚓的声音，随后脚下就撂倒一大片麦莆。看着爹和娘割麦子的劲头，我们也被感染了，跟着动起手来。

爹割麦子的姿势像一张移动的弓，踏着均匀的节奏彳亍而行，大把大把的麦子都拜倒在他的镰刀之下。娘紧跟其后，虽然来晚了几分钟，但她毫不示弱，不一会儿便有追上爹的势头。我和妹妹不时地站起身来东望望西瞧瞧，割不几下子，娇嫩的小腰就疼痛起来。看看爹娘没命似的割着麦子，我们也只好强忍着疼痛弯下腰继续割麦子。

不知不觉，太阳已经升到两树那么高，娘看了看天，对我说，你和老二回家去拿饭，我们在地里吃。于是我和二妹就回家去，按照以往的习惯，我把米汤放进一个罐子里，用塑料袋把馒头装起来，加上几个咸鸡蛋和一碗萝卜丝炖辣椒，这些就是今早的饭。我和二妹把饭送到地里，爹娘狼吞虎咽地吃了两个馒头，喝了两碗汤，之后，爹蹲在田埂上抽一袋烟，长出两口气，起身就要再去割麦子。娘说，别那么急了，稍歇一会儿吧。爹边走边说，天热气躁，麦子早收一天是一天，不然熟透了麦粒掉在地里就歉收了。娘听了爹的话，也不由自主地站起来，抓起镰刀，弯腰割起来。我和妹妹弟弟也不敢怠慢，喝完最后一口汤，也拿起来镰刀，你追我赶地干起来。

不知过了多久，不知道是啥时辰了，我感觉大太阳晒得背火烧火燎的，我和妹妹弟弟的速度越来越慢，有时候干脆就坐在麦莆上，腿酸软，仿佛站不起来了。娘也累了，她站起身来，用脖子上的毛巾擦了一下脸上的汗水，便对我们大声喊，咋不干了，累了？老大去地南头拿水去！老大是我，我就急忙去地南头拿水。水是娘早上烧好的凉开水，盛在一个塑料桶里。我提着十多斤重的水桶从地南头歪歪扭扭地跑到地的中间，来到娘的跟前。娘喝了几口水，示意我给爹送过去。我又往前走着来到爹的跟前。爹的衣服都贴在了背上，汗水顺着他的脸颊骨碌骨碌滚下来。我把水桶递给爹，爹捧着水桶咕咚咕咚喝了大半桶。爹喝完水，用袖子擦了一把嘴角和脸上的汗水，继续拉开他的镰刀割起来，他手中的镰刀像飞舞的武器一样，神速地将麦子一扫而下。

就这样坚持了三天，我们都感觉自己的腿脚麻木，腿像灌了铅一样沉重，腰疼得都站不起来了。

像毯子一样的麦子都被撂倒在地上，经过几天的折腾，整个田野变样了，如一幅油画的麦田突然不见了，变成一排排睡熟的孩子。接下来就是把这些撂倒的麦子用草腰子捆起来，我们几个负责把散开的麦莆携在一起，爹负责捆绑。爹把麦莆压在腿下，用力一挤，两根绳头使劲一拉，拧几个劲儿，往麦个子里一掖就好了。捆好之后，麦田里又变出一幅图画，一个个石磙大的麦个子遍布在田里，别有一番景致。爹看着这些麦个子，眼睛放出光芒，娘跑前跑后的脚步里和对我们的吆喝声里含着一种欢快的成分。其实，在整个旷野里看见的都是人们风风火火的身影和嘈杂的人声，这些身影和嘈杂都充满着一种高涨情绪。割麦子的现场和人们的心情，是无法用语言来描述和表达的。

天有不测风云，上午还万里无云，下午四五点钟，突然飘来一大片乌云，遮盖了整个天空，紧接着就是轰轰隆隆的雷声，闪电划破天空。人们一下子从喜悦中惊醒，慌乱起来，有些不知所措，有的高声喊叫着，让他们去拿家什，有的跑起来，回家拉车子，有的赶紧把捆好的麦个子装上车子往家里或者打麦场里拉，还有的把麦个子就地垛起来，拿一块塑料布遮盖住。田野里顿时成了一幅流动的画面。

爹也慌乱起来，但是爹没大声喊叫，他瞅了一下天空，用低沉的男低音对娘说，这阵势肯定有大雨，但是绝对不会下很长时间，快点拉地排车，把剩下的这些麦个子拉走。娘没吭声，直接就去地头拉地排车。娘一溜小跑，边跑边招呼我们几个，快点儿，别磨蹭了，大雨要来了，抓紧帮着装车！我们几个不知所措，也没见过这阵势，有点束手无策，急忙跟着去拉地排车。于是一家人疯了一样，把麦个子往车上装。我们几个把麦个子从远处抱过去，娘和爹就往地排车上摆，不一会儿车上就装得高高的了，于是爹就站到车上，娘举着麦个子往上递，我们几个急急忙忙地运输着。雷声越来越尖锐，由轰轰隆隆变成咔咔嚓嚓，闪电越来越犀利。随着一声雷响，一道闪电划过，大雨倾盆而下，劈头盖脸地对着我们而来，一瞬间，我们几个都变成落汤鸡，弟弟吓得哇哇大哭起来，两只手在雨中胡乱挠抓，雨水蒙住他的眼睛，他看不清路，站在原地不敢动。这时候爹娘也顾不得弟弟了，娘高声喊着蹲下别动。我也看不清路，只好用袖子抹了一把脸，把手挡在眼睛上方，顺着弟弟的哭声而去。我摸了一把爹放在田埂上的草帽子给弟弟戴上，帮他擦了擦脸上的汗水雨水和泪水，他才止住了哭声，小手紧紧地抓住我。

这时爹娘已经将车子装好，爹命令我们在后边推。爹在前边驾辕，娘在旁边拉偏套，我和弟弟妹妹在后边使劲推着。大雨依旧没有停止的意思，我们在泥泞中艰难地推着车子，弟弟的鞋子被黏土粘掉了，也顾不得捡。我的眼睛被雨水蒙住，我迅速用手抹一把，睁开一只眼睛看路。车子几次陷到泥里，车轱辘打着滑，爹娘佝偻着身子拼命地拉着在泥泞中的车子，我们也竭尽全身力气推着,好容易把车子从地里推出去。

来到场里,雨也小了,爹说反正是淋了,先歇息一会儿再卸车吧。爹坐下来搬起他的脚看,这时候我才看清爹是光着两只脚的,满脚都是红色的泥巴。他说鞋子不知道啥时候掉的,脚被麦茬扎破了,流的血都跟泥巴混到一起了。弟弟走到爹跟前说,疼吗?爹摇摇头笑着说,没感觉,顾不得疼了。

老天爷真会开玩笑,来了一场暴雨的袭击之后,渐渐平静下来,太阳又从西边的云层里露出来,好像有意地窥视着劳作的人们。爹看了看西边的天,骂了一句,老天爷,你这不是折腾人嘛。

原载《聊城文艺》2022 年春季号

黄永军

幽谷枯松

日出其中，月也出其中。

这是我在牡丹江市雄狮洞底、向上仰视的第一印象。这座形成于火山喷发的山洞，或许有几千年的年龄，或许几万年，或许更悠久，炽热的岩浆凝固了，沉浸在漫长的岁月里，用一种恒久的姿态思考着。

巨石之旁，有一几近腐烂的大松木沉睡。目测其围，步量其长，估计应该有几百年的树龄了。曾经，它也像洞外那些巨松一样，巍然挺立，摩挲蓝天，延揽白云。它们从地面钻出的那个春天，一层一层冲破荆棘的遮蔽，一寸寸钻过阴霾腐蚀，每接近太阳一步，它就会跋涉三百六十五天的心路，攀越春夏秋冬四个断崖。几百年过去了，连陪它生活的山民也走了好几茬了，它终于摆脱其他树枝的纠缠，昂起头颅，孤傲地独享最醇美的阳光，与白云作伴，与星群闲聊，说着树们、草们都不懂的话。

不知不觉，又是多少年过去了。它逐渐脚下松动，根底无力，喉咙干渴沙哑，风吹着身子摇摇晃晃。在一个寂静的、只有星光的夜晚，它轰然倒下，几只小松鼠惊得跳离，然后大山又归于寂静。

现在，它与巨石为伴，还有寥寥的几朵野生菊花，摇动着，轻吻它，向它微吹香气。它睡着了，进入远古洪荒的梦境。曾经，也有与它同龄的朋友，它们在壮年的时候，或刚接近衰老，就被齐根斩断，在流了几大滴的、透明的泪后，被抬到山下，用火车运出山外，被放在刀锯凿俱全的工厂，断肢，截身，挖空，被分割得七零八落，形骸俱散。而它是幸运的，大山洞的庇护使它保全了形体，寿终正寝，直至腐烂，化为泥土，回归自我。

洞外阳光鲜亮透明，时而有鸟的鸣声跌落洞底。时光悠悠，大山永立，我希望有一天，地下岩浆喷发，毁掉这洞的囚笼。在春风秋雨中，这棵枯松或许再生，长成一棵郁郁葱葱、美丽的大树。

原载《青年文学家》2022 年 12 月上旬刊

姜敬东

萝卜头日记（外一篇）

2022 年 3 月 28 日·星期一

不知为什么，他们两口子喜欢去集市上买东西，我就是前几天被他们从露天集市上买回家的。

虽然被点名买到，仿佛有缘，但是静思村妇并不喜欢吃我这道菜，她做饭时，顾左右而言他，故意绕开我，甚至还有意无意地把我拨拉到箱子一角，不是做西红柿炒鸡蛋，就是猪肉炖土豆，反正十分不待见我。其实，地球人都知道，我才是最富营养物美价廉的菜，俗话说得好，"冬吃萝卜夏吃姜到老没有伤"，可惜，这位静思村妇她懂吗？以我为食材可以做成很多美味，萝卜汤、萝卜丝、萝卜粉条肉包子……俗话说得好，"萝卜白菜各有所爱"，人家不喜欢吃你这道菜，何去何从，你自己看着办吧。

2022 年 4 月 1 日·星期五

今天愚人节，我难道特别希望自己被他们早早吃掉吗？否也。不吃我还不允许我偷偷发个芽冒个泡吗，我被放在纸箱里，还被方便袋包裹着，憋屈得实在有点难受，就不由自主地发芽玩儿，这个是我的天性所为，在前途渺茫的等待中，我从来都是不甘寂寞的那个白萝卜。

几天后，我再也捂不住那些娇嫩的芽叶，竟然长成翠生生的一簇，在她又一次翻检盛菜的纸箱准备做饭时，我成功暴露了。她立即眼含喜色，轻轻惊叫一声："呀，好美的萝卜芽！"我不以为然："小样儿，有什么大惊小怪的。"她也不慌着做饭了，把我捧到水管上洗了个澡，拿锋利的菜刀把我切成两段分了家，带芽的我拥有五六厘米萝卜块茎，被安置在一个盛着清水的玻璃杯里，另一个我则被怼在冰箱冷藏室里。我坐在她发明特制的混搭容器里，被摆上了"台面"，自己觉得也正大光明起来,得益于清水的给养、光线的恩赐以及村妇辛勤地换水加关切,我一天一个样,24 小时处于亢奋状态。

2022 年 4 月 5 日·星期二

村妇天天宅在家,说是学习画画,逮着什么学什么,无知者无畏,国画、油画、水彩、水粉,什么画种都想搭一耙子,伸把刷子,几乎连屋门都不出,使出浑身解数,闭门造画,每天工作 8～10 小时。画不下去时,就围着画案子转几圈,喝水,吃瓜子,转移注意力,以消弭自己的审美及技术方面的茫然和力不从心,吃饱喝足之后,又重新来过,作为唯一一个旁观者,我甚觉好笑,但也为她固执的坚持表示支持,因为她常常欢喜地自言自语:"我找到方法了,我感觉这样可以。"她家大宝所在的小区被封控了,说是小区里有一例核酸阳性,居民不准外出,甚至屋门被封。大宝只好宅家上班。村妇显得有点六神无主的样子,这该死的病毒什么时候算完呀?! 无论怎样,我不能自暴自弃,在极其有限的条件下,我愿意继续生长。

2022 年 4 月 9 日·星期六

今天,村妇特别关注我,用疑惑的眼神反复打量我,好像要看透我的一切。"咦,这是花骨朵吗? 好像有很多花骨朵啊!"她语气有点怀疑。我每天只管简单高兴地活,倒也没注意个人具体形象,听她一说,我才发现我自个儿确实冒出一堆花骨朵儿。我不知道我的前辈们是怎么开花的,我也不清楚自己会开出什么样的花儿,反正我心里一阵欢欣鼓舞,我要开花啦,我要开花啦!

2022 年 4 月 23 日·星期六

其实,村妇对于厨房里的葱姜蒜土豆白菜香菜等一批总爱发芽冒泡的菜蔬,一律平等对待,并施以"兼爱非扔"的基本政策。在烹饪方面,她虽然是只菜鸟,但在网络发达的新时代,有很好的办法解决,厨娘常常寻求"度娘"指点,皆万事大吉。我渐渐长高,由原来的一簇变成了一株。连我自己都没想到,我不止头顶上的一堆花骨朵,而且几乎又在每个叶子与主干交接处都生出一小撮花骨朵。整棵形状让我想起千手观音。这些花骨朵小得连我自己都觉得对不起自己,但是,我还是很开心的。尽管不知道啥时候能开花,可骨朵已经来了,花朵还会远吗? 我听说她种在窗外的大葱早已开花了,个个像绿莹莹的绣球,精致又漂亮。我真为那几根葱高兴。其实,不管哪根葱,每棵葱都是自己的葱,要认真地为自己好好开出一朵葱花才行。每一根萝卜也应该都是自己的萝卜,我当然也有足够的信心和耐心,慢慢成长,静待花开。

作为一个萝卜头,我感觉我是幸运的。我如果被按常理及时吃掉,就没命了，而且那也只是作为一种生活物资的短暂存在，就算是肩负"民以食为天"的使命也不足道也。现在，我成了一瓶"准鲜花"被村妇供养，已早脱离物质的羁绊，作为精神的代言，尽管生命依然短暂，但我心安愉悦，终归没有白来世上一遭。

寻 梅

一

"墙角数枝梅，凌寒独自开。遥知不是雪，为有暗香来。"宋代王安石的这首咏梅小诗脍炙人口，清丽孤傲，馨香绵绵不绝。

缘于苏东坡"岁寒三友"松竹梅中的梅，以及梅兰竹菊"四君子"之首的梅，尽管傲雪绽放，香艳绝伦，却总是给人一种娴雅低调的感觉，她不会站在大路朝天的地方招摇过市，更不会因自然环境条件的严峻而懈怠生命的花季，梅常常隐于山林或墙角，平时都不在意她的存在，却又总有人在她的花季"踏雪寻梅"，一个"寻"字，道出了梅的数量稀少和生长位置的偏僻隐蔽，她往往不在寻常处。

我所居住的江北水城，京杭运河穿城而过，两岸植被丰富，春天百花竞放，姹紫嫣红，其中，梅并不多见。据我了解，城内运河畔就有几处红梅、朱砂梅、绿梅、黄蜡梅等不同品种，每年的春节前后，我就心心念念想去探看。都正月初九了，只有黄色的蜡梅陆续开放，而红梅还是一粒粒结结实实红豆一样的花苞，偶尔开出一两朵花，仿佛那是梅中快言快语的小姐妹。

聊城一中校门口两旁有几棵朱砂梅，一中文轩桥东向南约 200 米运河畔，有几棵梅，她们是红梅和绿梅，她们正含苞待放。闸口桥东向北约 100 米有一片黄梅，黄梅已陆续开放，树上还挂着去年的果儿，像个椭圆的小灯笼，仔细一看，皮非常薄脆，取下捏碎，有的里面是空的，有的则包着两粒或多粒偏长的褐色种子，我很好奇，用这些种子是否可以种出梅花树来呢？我采了几粒回家，打算试种一下。

闸口这一带可以称得上是一小片梅林，种植区域几十米长，都是黄蜡梅，如果再有几株红梅多好啊，那样颜色就丰富一些。几乎每一株梅树上都有被藤类植物缠绕的痕迹，冬季那些藤类植物早已叶落干枯，但枯藤纠缠在梅枝上的残藤依然清晰可见。现在，满树的梅花骨朵重返枝头，不久就会尽情绽放生命的光芒。可想而知，那些藤类植物也会在春天苏醒，她们风落的种子会在梅树附近发芽生长，也会春暖花开，为了生存，她们的后代依然攀附缠绕着梅树。在我心里，梅花是神一样的花，是那么高雅纯洁，而那些野生的藤类植物同样也是自然之子，但未免流俗，相比之下，我还是暗暗心疼到了夏秋季节就被藤类植物死死纠缠不清的梅树,不待见那些爬行藤类植物。

　　不知是狂风还是人为的,忽见两个手脖子粗的梅枝从主干断裂倒在地上,我顿时感觉很可惜。断枝上花苞还算新鲜,我就折了一小枝带回家,用水养起来了。没几天,那些花骨朵竟然次第花开,我仿佛听到了梅花盛开的声音,整个书房缭绕着浓浓的梅香。其实,我还是比较羡慕贾宝玉的,他在栊翠庵找妙玉讨的那一大枝红梅花,惊艳全场,世无之二。我也非常想折梅插瓶,但我所见到的这些梅都是公共绿化带的植物,不可以私自折枝,只能现场欣赏,无论多么喜欢,我们都不能破坏规矩。雨水后的一天,我就迫不及待把采来的梅花种子种到花盆里了,很希望培养出一棵属于自己的梅树。不知道能不能真的长出梅树来,尽管"前途未卜",我还是充满了期待,仿佛种下的不只是梅花的种子,还有一场春天的奇遇。

二

　　古城东南角的异园里有几株梅树,我往年去看过的。今年又去,在老地方转了好几圈,确定没有记错,却不见那几棵梅树了,低头发现枯草地上只有三个小树墩儿,我想,这就是那三棵梅树了吧?不知道什么原因已销声匿迹,不复再见。想起去年赏花时的情景,围着梅树拍照,一枝枝红梅在镜头里向我微笑,不免心里颇为失落。植物又何尝不是像人一样呢,有些人走着走着就走散了,有些花开着开着就消失了,都不复再见。

　　既然来了,我不甘心就这样匆匆离开。我冥冥之中感觉这个园子里应该还有梅树,有无自有天意,我不禁围着园子开始慢慢散步,仔细搜寻着,掠过一棵棵孕育花苞的玉兰、海棠、紫叶李花树们,穿过倒伏满池的芦苇塘、荷塘、踏上弯弯的石拱桥,绕过拍婚纱的一队人马,甚至走下园中的人工小径,蹚到草地上,一大丛迎春枝头竟然只有一朵金灿灿的小花,像突然跳出一个报春的小顽童,其他都是一枝一枝的花骨朵……渐渐地,我不知不觉拐到一个院子的墙角处,哦,果然,"墙角数枝梅,凌寒独自开。"背景是白墙灰瓦,那里只有两三棵小小的黄梅花树,却格外芬芳馥郁,香气扑鼻,沁人心脾。蜡梅蜡梅,你在这里悄悄等我来吗?

　　往东走不远,有一座小风亭,风亭西北角上有一棵红梅,花蕾满树,清丽娇俏,只有两三朵盛开。我还是比较喜悦,围着梅树从各个角度拍照,又自拍了几张,竟然拍到满满一枝梅花蕾正好遮住前额,这不就是"红运当头"嘛,这个念头刚一闪现,我马上又笑自己的平庸,你身在寒梅树下却仍脱不掉这世俗的心愿!我仿佛被人当场揭露穿虚伪的本质,暗自羞愧不已。

三

出来异园北侧，沿着胡同向西走，人家墙根窗下竟然接二连三地站出了更多的梅树，真是令我喜出望外！

这些多是红梅和黄梅。在胡同里走上一段路，就会看到在某一户的大门旁边或者后窗下，悄悄立着一株梅树，门旁往往有窄窄的水池相连。看样子都不是多年的老梅，有的满树只有稀落的几个花苞，有的梅树的花苞则爬满一个个花枝，或紧闭花蕾，或半开，或全开，梅香阵阵袭来，尤其是那户后窗下有梅树的人家，花开正盛，氤氲的香雾，必定透过窗户缝儿漫进室内，我不禁艳羡这些梅花的主人们，与梅为邻，过着深居简出、平平淡淡的日子，岂不美哉。

北宋处士林逋（和靖），隐居杭州孤山，传说不娶无子，而植梅放鹤，称"梅妻鹤子"，被传为千古佳话。他的《山园小梅》诗中名句"疏影横斜水清浅，暗香浮动月黄昏"是梅花的传神写照，脍炙人口，被誉为千古绝唱。江北水城的古城区内，竟也再现林逋之梅花绝妙佳境，令人流连忘返，一咏三叹。其实，至于北宋的林逋是否真的未婚，以梅为妻，唤鹤为子，这些又有什么可以较真的呢，只是那种洁身自好的精神就足以令人欣赏钦敬。

四

梅花一般都是出现在图画上，我大约在四十岁之前没有见过真的梅花，或者当错过了花期，即使路过梅树旁也不识其身份，当花落叶出，梅树隐迹于其他花草树木之中，与一般树木也并无二致。梅花的妙处皆因其花季恰逢寒冬腊月，你想啊，风雪漫野，梅花却暗香袭来，那是怎样的一种冷艳和勇气？而冒着严寒偏偏执着于踏雪寻梅，那又是如何的一种别样情怀和浓浓诗意？

明末·张岱的《夜航船·卷一天文部·雪霜》中解释踏雪寻梅：孟浩然情怀旷达，常冒雪骑驴寻梅，曰："吾诗思在灞桥风雪中驴背上。"后用来形容文人雅士赏爱风景，苦心作诗的情致。我想，一切艺术皆来源于生活，无论隐逸，无论高蹈，无独有偶，孟浩然踏雪寻梅也好，苏东坡岁寒三友也罢，人与自然的相融相亲相似，天人合一的境界一直为人类追索、采风、临摹。

对比南宋词人陆游的词《卜算子·咏梅》和毛主席的词《卜算子·咏梅》，一抑一扬，感觉特别有意思：

《卜算子·咏梅》（陆游）：

驿外断桥边，寂寞开无主。已是黄昏独自愁，更着风和雨。

无意苦争春，一任群芳妒。零落成泥碾作尘，只有香如故。

《卜算子·咏梅》（毛泽东）：

读陆游咏梅词，反其意而用之。

风雨送春归，飞雪迎春到。已是悬崖百丈冰，犹有花枝俏。

俏也不争春，只把春来报。待到山花烂漫时，她在丛中笑。

前者给人一种孤独卓绝宁死不屈的顽强精神，即使零落成泥也馨香如故不改其质，让人同情怜惜。后者却赋予梅花既大气豪放不畏严寒又谦虚低调达观顺时的生存智慧和开阔胸襟，进入一种顶天立地、光彩照人的超拔意境，美艳而不自骄，芬芳而更向上，催人奋进，感人肺腑。

我所居住的聊城，是平原之中的平原，道路顺畅，四通八达，近年来也少有大雪飘落，幸而发现了几处梅花，即使没有雪途的阻隔映衬和考验，这些梅花依旧该开时开，该落时落，姿更美，香如故，岁岁年年，不负韶华。我虽然一直不得"踏雪寻梅"的机遇和道具，却也真的没少往梅树旁悄悄走动、探看、欢喜、惦念。

古城的梅花今已倾国倾城，香盈深巷。我只愿和梅花一起向好，相约共度光阴。

原载《聊城文艺》2022 年冬季号

康学森

散文三篇

我与巨鹿路 675 号

1985 年上海的 9 月正值大热，从 104 路公交汽车上挤下来，军装已是透湿。但我仍然难掩心中的急切与激动。1985 年，我 19 岁，是上海警备区一个服役两年的士兵。

我喜欢写诗，我喜欢我的孤独灵魂借助诗寻找到某种美好而温暖的寄托。在刊物上我刚开始零星发表浅嫩的习作，诗的道路正放着绿色光彩诱惑着我，这时一种莫名又激动的消息让我吃惊而兴奋，是巨鹿路 675 号的一家文学杂志邀我去编辑部做实习编辑。而这之前我只能想象这家刊物的威严与辉煌。

675 号到了，从大门两侧挂满的牌子我知道这里是这座大城市的文化艺术中心，也是文学的圣殿，在来来往往的人流中，我甚至幻想着哪位是巴金老人，我知道巴金是这座小院的领袖，却忽视了八十高龄的巴金不会再来去匆匆地上班了——

675 号，你欢迎我吗？

邀请我去编辑部学习的是刊物诗歌组长，诗人王也，王也也是军人出身，曾在新疆军区服役数年，20 世纪 70 年代末转业到《上海文学》任编辑，他大概从作者来稿中知悉我是本市作者，又是一个战士，对军旅的眷恋使他对我这个战士毅然发去了邀请，至今难忘他在给我复信中说，谢谢给我刊投稿，若单位许可，欢迎到编辑部来学习帮助工作一段时间。这封信的分量不下一个大学录取通知书，我拿着信找到连长、指导员，经过再三软缠硬磨得到部队首肯，于是在巨鹿路 675 号的一个三楼靠近窗口的房间，临时有了我的一张桌子，我开始体验着从未有过的严谨又骄傲的时光。白天我认真阅读来稿，复信、接待来访作者，充实而愉快；下班后，编辑们都回家，便留下我一人独享楼道的寂静。夜就要来了,面对这一切我不知道自己该干什么。

当年的巨鹿路是个幽静的小街,透过我的窗子向下望去,能看到男男女女及孩子们过往的身影,路边的水果摊摊主正大张着嘴吆喝着什么,我什么也听不见,时断时续的汽车鸣笛伴着巨大的街市叫卖声隐约向我袭来。向北望去,是陕西南路一座教堂的尖形塔顶,成群的蝙蝠飞舞着,绕着塔顶飞来飞去,直到它们的翅膀渐渐遮盖整个天空,所有的灯便霎时亮了,大都市进入了夜的节奏。这个时候我会莫名其妙地思念远方一个朋友,或者想写一封长信,写给一个不相识但以后会相识的人。

在编辑部的日子里,因为刊物几年前曾成功搞过"百家诗会"栏目,国内各流派、各地域的重点诗人都曾在这里刊发作品,再加上上海是一个国际大都市,倡导城市诗写作似乎成了不成文的规矩,对其他诗的题材有意无意地淡化。此时我看到一个湖北作者寄来的批判现实的长诗《中国,请听我向你报告》,写得慷慨激昂,我非常喜欢,但苦于无法送审,我向作者回信谈起我的喜爱和无奈,作者表示理解我的苦衷,我们成了很好的朋友,后来我看到这首诗刊发在一家青年类综合刊物的扉页头条,我终于有些释怀。由于王也老师的军旅情节,刊物对军旅诗总留有一席之地,那段时间我们编发了程童一、贺东久、刘立云、阮晓星等军队诗人的作品。

巨鹿路 675 号是上海作家协会所在地,也是《上海文学》《收获》编辑部的地址,而在一个世纪前,这里曾被叫作爱神花园,是近代著名实业家刘吉生故居。意大利文艺复兴时代的建筑风格,具有宫殿的气派,形制和柱式都称得上典范,花园由匈牙利建筑师邬达克依据希腊神话中的爱神丘比特和普绪赫的故事设计。

普绪赫是神话中的希腊公主,因为美丽无比而引起维纳斯的嫉妒。爱神丘比特奉母之命欲加害于普绪赫,结果反而陷入情网,让西风之神将她携到自己的宫中,每天夜里与她幽会。维纳斯一心要拆散他们,不断陷害普绪赫。在历经重重磨难后,普绪赫与丘比特终于结为恩爱夫妻,过着幸福欢乐的生活。他们生了一个女儿,名字就叫欢乐。

小街的黄昏每天而至,马路上人流如初,我依然忍受宁静而悠然的寂寞。我突然想这个小街上应该发生一点什么,发生一个类似小说的情节,于是,我喜欢一个人独自走出大门,渴望遇到一个人,渴望一个雨天,渴望一串笑声让他们交织在一起能够改变这个夏天,改变我的某种思想,让我成熟一次转折一次。

但是秋天很快就来了,树叶先是一片一片后来是大量被风摘下,哗哗响着在地上奔跑,水果摊的主人依然喊叫着,我在窗子里面什么也听不见,我只能通过窗子玻璃看过往的行人加厚了衣服,脚步更加匆忙。秋天真的来了,寒冬在

不远处窥伺着,这个时候,陕西南路那个教堂尖尖的塔顶怆然而瘦,那清冷那空阔让我想哭。

三个月很快就结束了,按照规定该返回部队了,走在那条熟悉的小街上曾经那么渴望的故事结果什么也没发生,特别是在爱神旁边,是我过于敏感还是过于悲剧? 走过水果摊,摊主人坐在那里一动不动想着什么,你在想什么呢?

675 号渐渐远了,前面是 104 路车站。

三个月的编辑生涯,没能使我在文学上熠熠生辉,但不妨碍对那段岁月刻骨铭心。

原载《北京文学》2022 年第 1 期

苇丛中的海

我这人很怪,很小的时候便对海有一种莫名的崇拜,但 17 岁之前的经历是非常灰暗而平常的,我生长的这座北方小城也同海没有任何关系。

大约在 1985 年夏天,那时我常在上海南部边缘龙华镇后的一个机场漫步,这个机场是个航校训练基地,平时很安静,阔大的跑道一侧是大片野生芦苇,有时我坐在草坪上透过芦苇看不远处的黄浦江,黄浦江里有一座座像塔顶、像楼群一样的高大桅杆和舱楼,还可以看到悬挂着花花绿绿不同国度的旗帜在江水涨涨落落中时起时伏。看到这一切,我便会突然莫名地激动,莫名地茫然,心在怦怦跳动中阵阵痛缩,我感到自己的渺小。一边是静静的、宽广的机场跑道,另一边是巨轮的船桅和汽笛,是它们构筑了这个世界的繁忙和秩序。但为什么自己像是被关在世界的外面,有谁知道有一个忧郁的、无奈的、多思的、敏感的青年,正躲在海的后面焦虑地寻找自己的归路。

> 而我依然企图
> 从秋天的芦苇丛中遥望海
> 遥望我的船
> 将停泊在哪一片水域?

正是有这种心情,才会有这样的诗句,在这种心境里,我构思、想象着海的美丽和庄严。

1986 年我去了一次崇明岛,船一离开码头,我便久久伏在船舷旁凝望那船后划起的航迹。准确一点讲,这不算是真正的海,它是长江的入海口,尽管最宽处有几十公里遥遥不见边际,但仍然难以领悟海的那种浩瀚、那种博大、那种悲壮与神秘。

登上崇明岛,又转乘汽车抵达我要去的一个军用农场,一个晚上我都询问着关于崇明岛、关于海的一切。我想应该写一首诗,伴着这种欲望,我几乎一夜未眠。第二天清晨,我便硬扯着朋友骑着自行车去赶海了,翻过一道又一道海堤时,我一直想象着海对我产生的那一瞬间的白茫茫的诱惑。

到了。当我矗立在防洪堤上,极目远眺那一片水天一色的大水时,我的脑海突然成了空白,变成白茫茫的虚空,从脚下延伸到浅海的是一片碧绿的芦苇,再远处是晨曦中乳白色的海。真的,我什么也说不出,这就是我日夜盼望,万分膜拜的海吗?为什么见到自己热爱的东西反而什么也说不出?

突然,我发现前面一个黑影在海里飘摇,仔细一看,是一个老渔翁驾摇七尺船儿开始了一天的劳作。我看不到他的面孔,只知道他的小船悠然而宁静地成为我的风景。也许这条船与海陪伴了他的一生,就像我们每天踩着的土地,也许面对的越是热爱的东西越是感到语言的虚无。对你的崇拜者,你可以是滔滔不绝的演讲家,但对你阔别已久的沉默寡言的父亲,你会说什么?你可以是慷慨激昂的雄辩家,但当你在月下同你的恋人相偎时,你会雄辩吗?对你真心热爱的东西,用语言去操作是多么苍白无力啊!

真的,我越来越明白我没有见过海,真正的海是在芦苇丛中难以看到的。

原载《聊城文艺》2022年夏季号

英落草丛

从我家往北,穿过学良家门口那条胡同一直走到尽头就出村了,出村就是横亘在面前的黄土路。在黄土路上往北看是平原上一片迷迷蒙蒙的黛色阴影,毫无疑问那树荫包裹的就是一个村庄,那是一个叫孙二庄的村子。孙二庄原本不叫这个名字,叫爷二庄。很多年前,一个县官从此路过,遇有一老者便问,这个村子叫啥名啊,老者便回答曰:爷二庄。县官感觉自己被老者戏弄,恼羞成怒道:什么爷二庄,还敢占老爷的便宜,以后就叫孙二庄。孙二庄从此得名。

从康庄到孙二庄距离虽不远,但好像没有一条正儿八经的路,西路是村子西头的马颊河二道堤,可延续到孙二庄西侧,二道堤距孙二庄更近些,东边还有一条路要绕到付庄西,这都远了。唯一的近距离还是从胡同口直向北的路,这条路很窄,两边是杂草,连宽一些的地排车也不好通行,好在那时人多是走着,骑洋车子也不多。也就是这条路在1970年给我留下一块抹不去的阴影。

那一年刚过完春节,在我的记忆里,先是母亲老是哭,不停地哭,我不知道发生了什么事,有点惊慌。接着一群人都到我家来,奶奶、大娘、婶子,爷爷应该也在,还有一些家族中的长者,他们不说话,脸色严峻,说话的都是被称为家里人的奶奶、婶婶们。她们耐心又细语地说着劝母亲的话,时而陪着母亲掉几滴眼泪。后来我才知道是我的妹妹死了，妹妹死时才十几天，得的是一种叫"起风"的毛病。这种病搁现在不存在，因为孩子刚生下都打防疫针，不会得那毛病，当时母亲没去医院，只是找了付庄的土医生用针扎妹妹的嘴唇，嘴唇都被扎烂了，血染红了小手巾也没扎活妹妹。死了就埋，就这么简单，我就跟随一队人马走在埋妹妹的路上，在路上我们前呼后拥嬉笑打闹着像是去看戏。路，就是我说的村北那条窄路。

沿小路走了几百米远是一个陷下去的葫芦沟，到沟底往西一拐就地挖了一个坑，把妹妹用小席一卷，几个人争先恐后地埋土，一会儿，那地方就平平如初了，只是那个地方是新土。埋了妹妹，很快我就忘记了此事，以后的日子我仍然在村里拘谨地玩耍，还是不敢跟人打架，人家一往家里扔坷垃我就乖乖地伏在母亲身边不敢吭声。

好在过了两年后，母亲又给我生了一个妹妹，取名学庆。我总感觉这名字太土，不像女孩的名字，据说是父亲起的，那年全国开展工业学大庆活动，他紧跟形势就取了这名。后来不知谁又给她起了小名叫小峰，我们习惯了这名，学庆倒几乎忘记了。记得有一次一个熟人问我，学庆是你啥人，我不假思索地说，我不认识啊。这不是笑话，因为妹妹在单位一直都用大名。父亲好像不怎么喜欢孩子，有我们俩就坚决没再要孩子。父亲一生耿直，宁愿多出点力气也不会耍个心眼，所以一辈子不官不商，这也成了他的好事，如果孩子再多些，抚养我们长大还不知让他多受多少罪呢。

后来姑姑出嫁到孙二庄，姑姑被娶走我还作为娘家人送她，走的好像也是这条路，后来我离开了老家，一晃竟二十多年没再走过它，我知道那条小路还在，只是不知道社会发生这么大的变化，而小路却为什么没有改变，也知道在那路上走的人更加少了。

前年回过老家，是族中一个爷爷周年祭日，我随族中亲人到他坟上烧纸，他的坟也在埋妹妹的位置附近。在回去的路上我不知怎么地突然想起了埋在此处的妹妹，我甚至能找到四十几年前埋她的具体方位。后来问过母亲，妹妹叫学英，一个乡村中淳朴又芳香的名字，如果活到现在，一定也美丽善良，勤俭持家，和我们一家人其乐融融地生活着。只是我看到的是埋葬她的遗址，一个几天的孩子不会有坟，有的是一片乱草。那天风很大，给族中爷爷烧的纸漫天横飞，有几片烧后的纸屑被风扬起正好落在那片乱草丛中。

原载《聊城文艺》2022年夏季号

李秀真

小小的"刺猬"浓浓的情

　　时间过得好快,送走了丑牛,迎来了寅虎。春节的脚步越来越近,年味也就愈浓,我又想起了春节馋人的"刺猬"。

　　每到春节,按照习俗,家家蒸"刺猬",打年糕,我家也不例外,而我对小小的刺猬更是情有独钟,以至于到了成年,还是久久不忘。从我记事起,妈妈每年春节都要蒸两个"刺猬":嘴里叼着钱,背上背着大元宝,满身长满刺儿,四条腿又粗又壮。我看着外形还可以,憨态可掬,比真实的刺猬漂亮多了。最让我揪心的不是这些,而是"刺猬"肚里的大红枣儿,这红枣是我的最爱。可惜,这漂亮的"刺猬"我只能远观,却不能吃,因为我是女孩儿,妈妈说只能男孩吃。从记事起妈妈就告诉我,"刺猬"是给爸爸吃的,爸爸吃了好往家里挣钱。有时候哥哥还能沾点爸爸的光,吃个里面的枣儿,而我却不能,妈妈又告诉我,女孩不能吃,吃了会长胡子。怕我不信,还给我举个例子,我村的某某嘴上面黑乎乎的,就是因为小时候偷吃"刺猬",结果长"胡子"了,都十七八了还没找到婆家。爱美的我,再调皮也不敢吃刺猬了。这小小的刺猬,真是让我又爱又恨。

　　随着年龄的长大,我从当年的小女孩已成为一个母亲,浓浓的年味一直在传承,春节的习俗一直牢记心中。不能吃"刺猬"的原因也逐渐明朗起来。老妈说过,女孩大了要出嫁,挣的钱都带到婆家了,想想就可笑,什么理论呀,我一笑了之。如今自己建立家庭,每年春节我都会整两个"刺猬",这"刺猬"当然是给老公吃的,让他吃饱了往家里挣钱。我再也不会馋"刺猬"了,更不会羡慕它肚子里的枣儿,因为我要想吃枣儿,不用等到春节,随时就可以买,天天可以吃个够。想想当年盯着那小"刺猬",还不是因为家里的枣儿都在那里了吗,都是穷惹的祸。我再也不恨小"刺猬"了,对它的爱却是年年剧增。也许是因为它身上寄托了我们美好的愿望吧。

　　老一辈传下来的习俗,代代传承,儿孙满堂围着老人回老家过年。过春节摆放"刺猬"有讲究：除夕晚上，婆婆要把"刺猬头"向外摆放在门两侧的门枕石上，我当时纳闷问婆婆咋回事，婆婆小声告诉我少说话，多干活，吓得我也不敢再问了，只好静静地看。春节早上，婆婆再把"刺猬头"向屋内方向摆放。后来婆婆告诉我，除夕晚上头向外是外出去挣钱，春节早上头向室内是把挣的一年的钱驮回家了，就是没告诉我为什么不能多说话。制作"刺猬"的腿也有讲究，要把腿做得壮壮的，粗粗的，才有力气把钱驮回家；吃"刺猬"更有讲究，"刺猬"只让男孩子吃，女孩子不可以吃，理由是男子挣了钱往家里带，女孩子出嫁把钱带婆家去了。婆婆和妈妈说得一样一样的，这也是老祖宗传下来的吧。小时候，看着"刺猬"，我还特不服气，凭啥不让女孩子吃？哼，女孩子也可以挣钱。虽心里不服气，但，也不敢冒犯。长大后，感觉老妈说得有道理，出嫁到婆家，挣的钱还真就在婆家了，至于女孩吃了长胡子，真是美丽的谎言，为了防馋猫儿，老妈也是煞费苦心了。

如今每到春节，我都会蒸四个漂漂亮亮的小"刺猬"，因为我有儿子了，儿子和老公每人吃两个"刺猬"，我要让儿子和老公吃了长得帅帅的，壮壮的。只是吃"刺猬"时，老公总是喜欢把枣给我吃，虽然知道我不缺枣吃，这也许就是爱吧。春节摆放"刺猬"我也不放在门口，大冬天的，多冷呀，我把他们放在楼上干干净净的餐桌上，暖暖和和的，还有明亮的灯光陪伴，多惬意呀。

小小的"刺猬"，浓浓的情。美好的愿望，代代传承。

原载《聊城晚报》2022年2月8日

李艳霞

散文二篇

槐花香里细读书

有时我会想,我的文字大抵会从乡野里长出来,从唐诗宋词里长出来,从花枝草叶上长出来。我会写写和我相关的日常,可能也会说到宅家、口罩、粮食诸如此类和疫情相关的内容,但绝没有扰世的心思。不管到了什么时候,忠于自己的国家和民族都应该是我们做人的底线。也许,有时候,我们会对一些人一些事有一些自己的意见,但前提是我们希望我们的国家能够变得更好。我们所说的古之士子,所说的士子情怀,并不是指那些读了一肚子学问只想着当官的人,那些以家国为己任,为民请命的人,才算得上是真正不移士子气节的人。

最近在读《苏东坡》,这真是一个有趣的灵魂。朝云说他一肚皮的不合时宜,这一肚皮的不合时宜,写出诗来,可真是害惨了他。因诗而被下狱贬谪,他应该是历史上最出名的一个了。

被贬黄州的他也怕过,他曾在诗中写道:"饮中真味老更浓,醉里狂言醒可怕",于是他开始沉迷歌筵,醉情山水,甚至亲自下起厨做起菜来,真符合了林语堂先生说的"以自我为中心,以闲适为格调"了。林语堂先生算得上是苏东坡的隔世知音,先生对自己写的这本《苏东坡传》也是甚为满意的。

曾经有一位文友,把他做的"东坡肉""东坡鱼"传照片给我看,笑言:"不会做菜的人,不是好文人。"这人间烟火原是可爱的,因为一些可爱的人,竟变得更加可爱。这人间的洒然风日,灵秀山水,峥嵘草木……也真是好,他能把你从忧闷和疲倦中抱出来,万物与我化而为一,还可以老庄一下。

我拿起一本更薄的《苏轼词传》,走出户外。昨天一晚上的失眠让我感到非常疲倦,走出来,看看澄澈的天、枝头的绿,心顿时放松了不少。走上红桥,向西看,阳光洒在河面上,整个河面明亮得像晃动的镜子。河水漾着晴波缓缓地流,那么安闲自适。河两岸的芦苇长到半人高了，翁翠地摇着风。我经常会想，这世上最能淘洗灵魂的除了这大河，还有静夜的月光。总向往着这样的境界：苍茫的大河在流，澄明的月色如银，或者还有白色的莲花在开。这样的境界里，不必有我。

转过红桥找到一处偏僻之地，坐下来读书，空气中弥漫着很甜的槐花香气，这样的香让人静气安神。我抬头向四处寻找，看到斜前方河岸边一棵很大的洋槐花树，正在开花，掐指算一下日子，今天是旧历四月初二，四月——槐月，恰是这洋槐花树的花季。忽然飞来一只雀，落了长满绿叶的枝头，这是一只我叫不上名字来的雀，它歪着小脑袋看我，好像在讶异：咦，这俗人于此做甚？

在这样的清幽之地"无丝竹之乱耳，无案牍之劳形"，惬意地翻着书，真如神仙。当读到书中穿插的林语堂先生和鲁迅先生同宴相骂之句，我不禁哑然失笑。

一个无论在怎样恶劣的情况下，都敢说真话的文人，才是真正的有骨气的文人。在某种环境下，并不是所有的文人都敢发声的，像东坡被贬黄州后不也怕了吗，他也只能做到"拣尽寒枝不肯栖，寂寞沙洲冷"，保持沉默，以不失士人的气节为底线。而像陆游诗里写的"无意苦争春，一任群芳妒"里的"群芳"们，不提也罢。"君子和而不同，小人同而不和"，说起来我们的先人是真的有智慧。

群芳落尽，人间四月，槐花正香，我只期待着世事安稳，岁月静好，在一片槐花香里读书，只觉得这眉上心间都是香的了。

乡根埋在春泥里

一层薄雪，流水记年。

——题记

鲅鱼饺子别样味

除夕夜吃鲅鱼水饺，别有一番滋味。

下熟饺子，孩子放鞭炮，婆婆、嫂嫂要"供养"神位和家堂——烧纸、上香、破供。我盛碗，盛给公公的第一碗水饺放在了公公的遗像前。

因某小儿日夜啼哭，此小儿又是公公生前最念想的，婆婆便在公公遗像前念叨："你看今天把你请家来吃年夜饭，知道你待孩子亲，你该看的看，该吃的吃，别摸孩子，别逗孩子，你是那边的人了，已经是不一样了……"婆婆哽咽着念叨，一大家子人跟着掉眼泪。

去年此时，我穿一件大红的中式缎子袄，同三嫂一起给公公敬酒，公公得意地品着儿子带来的好酒，满头银发在灯光下闪耀，显得精神矍铄。

总以为还有许多个去年此时，公公也总说，有个算命的先生告诉过他，只要他闯过七十四岁，就能活到九十二岁。可是算命先生说的话并不灵验，他闯过了七十四岁，却没有活到九十二岁。公公是过完最后一个七十七岁大寿，旧历九月二十三日去世的。

我想此后很多年，我都不会再想吃鲅鱼饺子了，这一年的年夜饭，吃得如鲠在喉。

大锅煮猪头肉

每年初一上午都要煮猪头的，这是给神仙上的供，是用来还婆婆一年许的愿的。在以前，每年拾掇猪头、煮猪头的任务都是公公的。婆婆总是背着公公，偷偷地对我们说："你不让人家忙活，人家生气。可他煮的，我还真不放心，猪毛都弄不干净。"煮熟后婆婆又喜欢说咸了、淡了、生了、熟了……公公总是乐呵呵地笑。

今年我和先生负责煮猪头。

初一上午的阳光是晴好的，在晴好的阳光下，先生在那棵木槿花树旁，做着公公往年这个时候常做的事情。先生说这猪头怎这么多猪毛啊。婆婆说我已经费好大劲摘洗过一遍了呀，看来，这眼睛是真不行了。估计婆婆是想起了往年埋怨公公猪毛摘洗不干净的事情，不觉就红了眼眶，她趁先生不注意，偷偷地背过身去擦眼泪。

木槿树丫杈上没有了那个画眉鸟笼子；"大门通"下没有了那些时不时探头窥窥，然后飞向蓝天，或者落在半截矮墙上的鸽子；院南头拴羊的枣树下，那只老羊，还有经常围着她蹦跳的那三只小羊羔也没有了；在枣树枝上，公公经常背草用的那只大草筐，还在那里空荡荡地挂着。

原来一个人存在过的气息会这样地弥漫，并且经久不散。我想多年后再站在这小院里，我还会如此怀念。我猛地向灶膛里添了一把柴火，浓烟呛出我两眼泪来。

触眸遗照更伤心

正月初二，媳妇都要回娘家。

为了迎接我们，父亲年集上备足了三倍于酒席用的菜蔬。回到娘家，父亲一直向我抱怨春节期间母亲的迟慢。母亲则忙着给我煎除夕夜的水饺，我说不用煎了，过年总是吃饺子、吃饺子的，母亲则在厨房里一边煎，一边朝着堂屋里的我大声说："闺女吃了娘家年三十的水饺，不腰疼……"

今年我发现母亲的动作确实迟缓了，总是拿了锅忘了勺子。我鼻子一酸，扎上围裙去厨房给母亲帮忙。父亲因给弟弟买房子手头紧，但招待我们的酒席、给孩子的红包，都没缩水。这就是我的父亲、母亲，我是他们的亲女儿。我在心中暗暗祈祷，我的父母啊，你们可都要好好的，好好的。

不放心婆婆独自在家，下午我们早早回了婆家，婆婆正在巷子口接着我们。看着孤单单站在巷子口的婆婆，我不觉就想流眼泪。侄女说，婆婆已经接我们六趟了。

不久，三哥、三嫂一家也回来了。三哥在从前公公常坐的圈椅上坐了一会儿，执意要回县城。一个小时后，三哥给三嫂打来电话说："我已到家了，我只是看到咱爹的遗像想哭，你还有父亲，我没有了。"三嫂不觉眼中就噙了泪。

梦里梦外都有泪

正月初三，是公公百天祭日。

这一天，是可以放声哭的，一家人再不需要因为是春节而强压着伤心。

大嫂说曾梦到公公，说别人都在看戏，只有公公背对着人站着。因此在这百天祭日里，她给公公扎了个戏楼。

我也梦到过公公，梦到他穿着蓝竖条白竖条的医院的病服送我们，送到村里"压纸报庙"的小庙前就不送了，泪汪汪地看着我们说："我不能再送你们了，我不能回家了，只能送到这里了。"我感觉背后公公含泪的目光一直把我们送到家，等我们都回了家，他还站在那里，久久不曾离去，那是一段很长很长的距离啊。

男儿有泪不轻弹，只是未到伤心处。

先生和他的哥哥们，在公公坟前向焚化的纸钱里一边酹酒、祭烟，一边说着："爹，在那边该喝的喝、该花的花，想打麻将咱就打、想看戏咱就看戏，节俭了一辈子，在那边别再节俭了……"同时，滴落在纸灰里的，是大颗大颗滚烫的眼泪。

乡根埋在春泥里

初五，吃了饺子，送了神，这年就算过完了。

请婆婆和我们一起去城里住，婆婆执意不肯。婆婆说，你们若不放心，两个孙女都正在放寒假，给我留家吧。这是个家，我一走，这就不像个家了。忽然我就想到那句："有娘在，还有家。"

一冬无雪，前天下了一场薄雪，我站在阳台上远眺，在这晴好的阳光下，雪已融化成了春泥。

我想，有了这一场春雪，婆婆已经在她的两个孙女的帮助下，开始整园清地了吧？

　　婆婆说春来时,她要给那几棵柿子树、石榴树再上些家肥;还要在南墙根种瓜,西墙根种豆;还要养几只小雏鸡,公鸡让我们吃肉,母鸡留着下蛋,笨鸡蛋有营养,攒给孙子们吃。

　　乡根埋在春泥里,年年发芽。我知道夏来时、秋来时,家中的小院又会榴花欲燃、柿灯高挂,那里有娘,还有家。

　　一朝退休,当然回家。

刘爱新

散文二篇

温馨仓神节

在我们这里,农历正月二十五日是传说中仓神的生日,人们在这一天要用特定的仪式来纪念仓神,期盼年年都能五谷丰登。

早上和爱人订好计划,准备当天晚上回老家陪父母吃饭。担心临时有事回去不了,让老人空等着,就考虑确定回老家前再给母亲打电话。没想到母亲上午就把电话打过来了,邀请我们晚上回家。我告诉她早就计划好了,电话里母亲很是高兴,连说:"好,好,我早早地包好水饺等着你们。"

下午下班后,我们两个一前一后回到了老家。院子里母亲已经用草木灰画好了一圈一圈的"粮仓",最中心放着小麦、玉米、绿豆、高粱、谷子等五样粮食,另外还专门画了一个方便搬运粮食的"梯子"。母亲正在厨房里忙着烧水煮水饺。煮好水饺后,母亲先盛了一碗放在"粮仓"里面,点燃三支香,烧了黄表纸,一边磕头一边念叨:"仓神爷,今天是您生日,希望您保佑年年风调雨顺,有个好收成。"可见,粮食是老百姓的命根子,它在老百姓的心目中占有极其重要的地位,所以人们才会专门设计了这样一个纪念日。

吃完饭后,我们几个在一起聊天。我逗母亲说:"我这几天又发表了几篇文章,您都看了吗?"母亲笑了,说:"我不识字,咋看呢?"我说:"那我给您读几篇听听吧。"母亲高兴地答应了。我给母亲读了《回家过年》《童年记忆之杀猪过年》,母亲边听边点头,连说:"是,是,你写的都是真事。"

第二天早饭后,我们因为有事要提前回去,母亲恋恋不舍地说:"你们总是在家待不了多长时间,就不能晚会儿回去吗?"我忙给她解释:"娘,真的有事,不然怎么也得陪您再说会儿话。您放心,我们每星期都会回来看您的。"母亲便不再阻拦,又忙着给我们准备要带走的水饺、玉米面,一会儿又拿出几个沙琪玛和饼干。我对她说："娘，我们不是小孩了，不吃这个。"母亲说："这不是给你们的，是给我孙子振亚的。"我说："振亚也 20 多岁了，成大小伙子了，他也不吃。"母亲说："在我眼里，他始终是孩子。他今天没来，把这些东西带给他。别人给我拿的这些东西我自己吃不下去，有人替我吃我才高兴呢！"就这样，我们"空手而来，满载而归"。

走的时候，母亲坚持要把我们送到大门口。我说："娘，又不是亲戚，还用送啊？"母亲说："我也没事，出去走走。"当我们走出老远时，我回头看了看，母亲还站在大门口，静静地望着，望着……

原载《聊城晚报》2022 年 3 月 3 日

父亲的目光

父亲是当年村里为数不多的初中毕业生。他上初中时，正赶上三年严重困难时期。在那吃不饱、穿不暖、学校招生人数又少的年代，能上到初中在农村就是凤毛麟角了。父亲那时学习还不错，可初中临毕业时，爷爷得了重病，家里无人干活，父亲只好含泪离开学校。

父亲没能完成学业，是他一生的遗憾。他把自己的期望落在了我们姐弟三人身上。我也没让他失望，从小学到初中，基本都是班里前几名。每次看到我拿着奖状高高兴兴地回家，父亲的目光总是欣慰的。

后来上了高中，面对高中繁重的课程，我开始有点手足无措。数学是立体几何，可我一时建立不起空间想象能力；物理是各种看不到、摸不着的重力、摩擦力、牛顿定律；历史是枯燥无味的楔形文字、尼古拉二世、古罗马帝国，就连我自认为拿手的英语也因为词汇量大、语法短语多而感到吃力。在第一次期中考试中，我只考了班里的第 29 名，这可是我上学以来从来没有过的低名次。

刚过了期中考试，天气突变，凛冽的北风刮起来。我没有带过多的御寒衣服，于是我把能穿的衣服都穿上，周末静静地在教室上自习。

没料到父亲会给我送来棉衣。原来他看我周末没回家，担心我冻着，就骑着自行车给我送来了。在宿舍换棉衣时，父亲问起我的考试成绩，我不好意思地说："考得不好，就考个二十几名。"他开玩笑地问："二十几名，该不会是 29 名吧？"我无奈地点点头，父亲没再说什么，不过敏感的我发现他的目光有点失望。

接下来的时间，我及时调整学习状态，逐步改掉自己学习不深入、不细致的毛病。制订了详细的学习计划，又买些学习资料加强练习。每当学习有些倦怠的时候，眼前总会浮现出父亲那略带失望的目光。高中毕业后，我如愿以偿地拿到了大学录取通知书。

得知我被大学录取的消息，父亲的目光是喜悦的，好像还有点激动的泪花在闪烁。他拿着我的录取通知书，看了一遍又一遍。他的儿子终于替他圆了升学梦，他也终于可以在人前骄傲地说，家里有个上大学的孩子了……

"总是向你索取，却不曾说谢谢你。直到长大以后，才懂得你不容易……"一首感人的《父亲》飘过来，也说出了我的心声：老父亲，谢谢您！

原载《聊城晚报》2022 年 7 月 27 日

刘晓东

散文二篇

白 发

和母亲一块乘电梯回家,她突然抬起头盯着我看了很久,然后惊讶地问我:"儿呀,你怎么有白头发了?"我哑然一笑,说:"早就有了。只不过刚理发把它显出来了。"母亲情绪有些低沉,喃喃地说了句:"原来我的儿也这么大了。"

能不大吗,我今年都快50岁了,敢情在母亲眼里我还是个小孩子呢。其实也不能怪母亲这样说,在这不到50年里,只有18岁前一直待在父母身边读书,然后就是离家上大学,参加工作,一转眼过去了接近30年的时间。每次来看望他们,都是来也匆匆去也匆匆,好像我是天下最忙的人。现在就如同跑完马拉松的选手,终于可以稍稍休息一下了。在知天命之年,能够回归到家庭,陪父母一块生活,这也算老天待我不薄。

我低头看看母亲,心里同样难过。她那曾经乌黑发亮的头发,就像被寒霜打过的秋草,蓬松而散乱,已经是黑的还不如白的多了。这是不是我小时候惹下的祸呢?我不敢细想。那时候,母亲经常背着我。我为发现她有白发而惊讶,天真地想,母亲不能有白发,也不会有白发,于是非得闹着要帮她拔下来。拔下一根,过段时间又会发现一根。我乐而不疲,觉得能帮母亲拔白发是件很光荣的事情。每次母亲都是笑眯眯静静地坐在那里,让我胡乱地摆弄着她的头发。我上学后听同学讲,白头发不能拔,拔一根要长三根的。我当时还嘲笑他们不懂科学,可是现在宁愿相信这是真的。因为那样的话,说明母亲还不老,还很年轻。她之所以有满头的白发,是因为我的无知才造成的。

诗仙李白说过:君不见,高堂明镜悲白发,朝如青丝暮成雪。在我的印象中,已经记不起多长时间没有陪父母吃吃饭,溜溜圈了。也记不清这些年干了哪些事情,取得了哪些成绩。就像那一本本的红色证书,早已被放进了箱子,成为了过去。更是忘记了从什么时候开始，不再让母亲背着走，不再帮她拔白发了。我只关注自己的生活，操心自己的工作，而渐渐淡化了父母的存在。和他们之间的关系变得程序化、规范化，就像每周去看望他们几次，什么时候去，买些什么东西。周而复始地执行着这条无形的制度，却忽略了血浓于水的亲情。网上有过一篇很火的文章，大体意思是要学着像对待领导那样对待自己的父母。对领导是那么的尊重，有令必行有禁必止，召之即来挥之即去。对生我养我的父母，什么时候也能做到这点呢？心里不禁疼痛了起来。

人生是一列没有回程票的火车，时刻不停地往前奔跑着。途中有人上车，自然也有人下车。我是多么想长久地陪伴着父母一直走下去，就像我在他们眼里永远是孩子一样。

原载《春城晚报》2022 年 3 月 16 日

四分之一个月饼

还未到中秋节，孩子们便送来了几盒包装精美、价格不菲的月饼，美其名曰让大人们尝尝鲜。

月饼这东西，在我小时候可不是随随便便就能吃到的。只有到了临近中秋节的那个集市，父亲才会买回来一包用牛皮纸裹得严严实实的月饼，悄悄地交到母亲手里，并一再嘱咐要放好，别让老鼠偷吃了。其实父亲嘴里的"老鼠"说的是我们姐弟几个。有一年父亲刚买回来月饼，就被我们偷吃了。母亲很生气，要打我们。一包月饼虽然没有几个，但是需要父亲操劳好几天才能挣够月饼钱。父亲说："不是孩子们吃的，一定是被老鼠偷走了！"所以我们家才有了这样一个笑话。

不能去偷吃，那么只能盼着快点到中秋节这一天了。闻着从橱子飘出的香味，在不断吞咽口水的煎熬中，终于要过节了。早早地吃过晚饭后，一家人坐在院子里的凳子上闲聊着。等月亮慢吞吞爬上半空，庄严的中秋仪式就要开始了。母亲先拿来几个碟子，摆上苹果、梨，还有刚从树上摘下的枣子，然后打开牛皮纸包，把里面的月饼拿出来。我感觉一下子眼睛都亮了。母亲端着碟子，在院里转了一圈后，才开始分月饼。家里人多，一人只够半个月饼。我们姐弟几个没有一个说话的，只是静静地看着母亲拿起菜刀切月饼。我边咽口水，边观察哪块月饼切得比较大，盼望着大的那一块能够分给我。最先给的是爷爷奶奶，最后才轮到我们姐弟几个，这是我们家多少年一直遵循的规矩。一轮月饼分下来，我往往要梦想成真，那块最大的月饼就是我的。我迫不及待地一把抓在手里，然后飞快地咬一小口，真香啊，这绝对是天下最好吃的东西。

有一年中秋节,父亲去外地干活没能赶回来,不大的院子里感觉冷清了许多。一家人照常坐在院子里,等母亲发月饼。轮到我时,母亲给了我一整个月饼,说:"你爸爸没回来,你替他吃了吧!"我在姐姐们嫉妒的眼神中,骄傲地接了过来,如获至宝般地攥在手里,生怕一松手就会飞走了。在随后的几天里,我一点点地啃那个五仁月饼,根本舍不得一次吃完。虽然母亲那样说,可是我知道这个月饼里有父亲的一半,我得给他留下。但是月饼实在是太好吃了,里面那些葵花子、花生真香啊,香得让我忍不住想再去啃一口。等父亲回来后,那个月饼只剩下四分之一的大小了。趁父亲歇息的时候,我悄悄地掏出那一小块月饼递给了他。父亲一怔笑了,笑得满脸都是褶子。他接过来,轻轻地咬了一块,然后把剩下的月饼塞进我嘴里,说:"乖儿子,爸爸吃过了。"在我的记忆里,这是他为数不多的如此温柔和我说话的情景。

如今的月饼花样是五花八门,里面的馅几乎无奇不有,包装更是华丽得不得了。无论它们怎么变化,我还是怀念小时候吃过的那种月饼。流走的是时光,不变的还是那种柔柔的亲情和温馨的回忆。

原载《聊城晚报》2022 年 9 月 9 日

刘旭东

故乡的"大湾"

我住在鲁西平原上一个名叫刘洼的小村子里。村子很小很小，只有200多口人，可村中却有一个很大很大的池塘。池塘坐落在村西南角，看上去，仿佛占了整个村子的四分之一。

池塘，在我们这一带俗称"大湾"。听老人们说，这个大湾成型于100多年前，是村里人盖房搭屋、修寨墙用以取土而渐渐形成的。大湾很圆，很深。大湾通过西侧一条水道与村子四周的寨壕以及从村外挖过来的水沟相连。那时候，大湾长年不断水。尤其是到了秋季，绿水荡漾，波平如镜，岸上杨柳依依，风景很美。中间的地方有四五米深，逐渐浅向岸边。大湾恰如一面圆圆的镜子，映照着世代为农的乡亲们多彩多姿的生活。

在我的记忆里，大湾边上一年到头就没断过人影，特别是在炎热的夏季，这里称得上是乡亲们的避暑胜地，而下湾则是村人们一个很重要的体育文化项目。赤日炎炎酷暑难熬中，或下田干活荷锄归家时，浑身是汗的男子们，急不可待地脱去衣服，有时干脆穿着衣服，面朝清凉凉的湾水，纵身跳入；有的却是站在水边直挺挺地往前一趴，深入水中，痛痛快快扎两个猛子，在水里翻腾滚跃，尽情嬉戏。等得酣畅淋漓之后，上得岸来，站于柳荫下，经南风一吹，身心俱爽，那才叫一个凉快。更有怕热的村人，下地之前，为抵御太阳的炙烤，先穿着衣服跳进湾里，然后湿漉漉带着一身水上来，马上扛起工具下地。那紧贴于肌肤的湿衣裳，尽管很快就被太阳晒干，但到底是多凉快了一会儿。

那时候，一到盛夏，每逢工余饭后，总能听到大湾那边传来"扑通扑通""哗啦哗啦"的响声，夹杂着小孩子们欢呼雀跃的尖叫声，浑然形成一曲沸腾的交响乐，回荡在村子上空。赶上天热，水面上人头攒动，常常泡了半湾人。年轻人自不必说，有些上年纪的人，也怯怯地下到湾内，蹲在浅水里，只露个头，下面在搓洗着什么。好心的饲养员，看牛儿们热得不行，也把它们赶进湾里。牛在水中呼哧呼哧喘着、游着，没多长时间，就自动蹿上来，夹着尾巴，甩动着耳朵，驯服地跟着饲养员回圈里去了。

　　小时候，我最喜欢和同伴们一起在大湾边上玩耍。老师和家长怕我们淹着，不让下水，常见的制约办法是用红色钢笔水或其他染料在我们身上涂个记号。但我们经不起那湾水的诱惑，总是千方百计逃过大人的监管，对付大人的记号。我们一边东张西望，一边怀着恶作剧般的心情，偷偷地但却是放肆地在浅水中玩耍。渐渐地我们学会了狗刨、仰凫和蛙泳，也学会了踩水。踩水被认为是比较难的技术，人在水里采取站立式，手配合着脚在水里划拉，两膀左右用力晃动，令身体前行。论踩水，村里那个叫保福的人技术最高，他不但速度快，而且踩得能露出两乳房。还有人说得很邪乎，证明曾见他露出肚脐眼。这话我倒也信：其实即便不会游泳的人立在水里，也能够看到肚脐眼的，只要选准地方。可惜保福那年因为挨饿下了东北，所以我至今也无缘欣赏他那特技表演。今年他已经 73 岁了，在养蜂。

　　大湾里蛤蟆很多，深水里，水边上，岸边草丛中，到处都是。一下雨，蛙声一片，日夜叫个不停，我们管这叫作"蛤蟆吵湾"。记得我经常跟伙伴们在湾沿上看蛤蟆跳，听蛤蟆叫。站在岸边可以清晰地看见蛤蟆在水中伸展四肢，头翘出水面，一动不动地在那里漂着，样子十分自在。蛤蟆叫，也引得我们这群孩子趴在地上学起来。我们还根据每个人不同的嗓音特点和个子大小分扮不同角色，有的学"三趟筋"，有的学"绿棒打儿"，有的学"哩吗呼"，还有的学"疥蛤蟆"："呱，呱""呱儿呱儿""哼，杭""归儿归儿归儿归儿"……你一声，我一声，和真蛤蟆混在一起叫，一时间热闹得很。

　　热闹够了，我们就想让蛤蟆停叫，于是，从地上爬起来，有人拿一块砖投向湾里。随着扑通一声响，湾上湾下蛤蟆们齐刷刷立即变哑，同时，只见岸上的蛤蟆一只接一只急匆匆跳入水中，便无声无息了。蛤蟆闭气，喜得我们又拍手，又跳高，哈哈大笑。

　　单独玩耍的时候，我爱叠纸船和打水漂。我会挑选厚一点的纸，叠成大大小小的纸船，往水面上轻轻一放，在微风的吹动下，小船儿飘飘悠悠，漂向那边，非常好玩。打水漂，就是捏着一个薄薄的瓦片，弯腰从水面上撇出去。瓦片贴着水面"噜噜噜噜"连跳着，漂出很远，然后沉底。我还爱弄块大砖头，拼力向大湾中心掷去，听那砖落水中的一声响，想那水的深浅，看那涟漪一圈圈荡开去。那水圈越荡越大，一直荡去湾边，荡到看不见了。

　　极少的时候，湾水也会消下去，只剩下湾底一小片水，这正是摸鱼的大好时机。如果有办法，有耐性，可以捉到大大小小的鲤鱼、鲫鱼和鲇鱼，碰准了能逮条一两斤重的。

到了冬天，大湾上结了一层厚厚的冰，随着天气变冷越冻越厚，用什么砸都砸不动。我们几个半大小子就穿了厚厚的棉衣，在上面打滑、抽陀螺，相互追赶着玩。说起打滑，那可比现在城里旱冰场上的滑冰好玩得多了，刺激得多了。这个真正的冰场又大又平又光滑，脚下滑得简直站不住。打滑，不用任何工具，穿的鞋也全是布底的。打滑时，提着气急跑几步，越跑越快，然后把身子一侧，叉开两腿，拉开马步，借助惯性带动身体向前滑去。有的还配合着各种特殊姿势，或蹲下身来，或做展翅欲飞状。那自我感觉良好，滑得越远心里越美。如果有谁一不小心滑倒了，摔了个屁股蹲儿，会逗得大家弯腰笑个不停。我胆子小，放不开，摔了几次就不大敢滑了。有伙伴取笑我，说干脆你坐在冰上，我们推你，保险倒不了。我摇摇头，心想：那也不行，站着滑挨摔是蹾屁股，坐着滑不挨摔是蹭屁股，还不如站着滑呢，屁股上补丁蹭坏了，又该让俺娘费针线了。想来想去，自己索性躲一边抽陀螺、玩"捻捻转儿"去了。

那年有个来"坐队"（现在称包村的），据说是公社武装部长，他骑着个洋车子，长得很精干，有三十来岁吧。他一见我们在冰上玩耍，也来了兴致，看看周围没大人，推着车子就下了大湾。他要在冰上骑车子。谁知好不容易刚一骑上去，还没骑出几步，嘴里就连声"哎哎"开了，接着连人带车毫无保留地扔在冰上，滑出去老远。我们在一旁愣愣地看着，捂着嘴不敢笑。谁知他倒好像没什么，从冰上爬起来，拍拍身上，回头看了看挨摔的那个地方，自语道："还怪滑哩！"弯腰扶起车子，接着又骑，再摔倒再爬起来再骑。要说这个干部也真够顽强的，终于练得能够在冰上骑上一会儿，甚至能围着大湾骑一圈了。最后他得意地看着我们，说："看见了吗？不能怕挨摔。"又拍拍车把，歪歪头，对我们，又好像是对自己说："看来，主要矛盾是在拐弯上。要拐大弯，不能拐得太猛；其次，还要把脚底下蹾匀了劲儿，密切配合。"他总结出来的话，我们当时听不太懂，但觉得挺有意思的。

冬季，大湾上是小孩子和年轻人活动的天地，春、夏、秋三季，这个大湾却给村里的妇女们带来很大方便。每逢雨后，大湾里注满了水，那正是妇女洗衣裳的好时刻。身着各色服装的大姑娘、小媳妇们，端着盆子，抱着各种衣物，来到湾里水边上，找个地方蹲下来，洗呀洗，搓呀搓，棒槌声响遍全村。间或有一两句时高时低一惊一乍的女人们特有的嬉闹声，夹杂着或开朗或羞涩的笑声，给小村平添了诸多欢乐祥和的气氛。

有人说，水井是一个村庄的血脉，可这一湾水，对村里人来说，更有其不可替代的作用。除前述之外，它还被村人们用来脱坯泥房，抗旱积肥，饮牛饮驴，制作豆腐，供人钓鱼，等等，这一切一切都离不开它。

白日里，大湾是喧闹的，到了夜间，大湾安静下来。在月光朗照的夏夜，我最喜欢坐在湾边上，欣赏水中那一轮皎洁的月亮。凉风习习，暗香浮动，水面上波光粼粼，碎金万点，与天上的月亮相映成一片空明的世界，勾起我无限遐思。这时，我定会拿出随身携带的口琴或笛子，面对大湾那片清水，轻轻吹起来，吹起来，吹得如痴如醉，吹得心旷神怡。倘若现在，我当然会毫不犹豫地拿上我心爱的二胡，坐于岸边，去拉那首已经拉了千遍万遍的《二泉映月》。

最近，曾有人请风水先生来看宅基，风水先生顺便道出我们村里这个大湾风水好。既然说是好风水，便有热心人印证，说：一个 200 来口人的村子，这几年接连出了三个博士和一个硕士，其中有一位二期博后，并且全都是毕业于国内外名牌大学，全村平均 50 个人就出一名高才生；还出了几个经济上"估不透"的大老板；省里、北京、国外也都有人混事——靠的什么，就是沾了大湾风水好的光。对这样的解释，谁都尽可一笑了之；但这些善良无欺的父老乡亲，对与自己的生产、生活息息相通的大湾怀了深情，对这一说法倒是毫无疑义的。

近年来，这个大湾经常干涸，不见了早年那四季不断水的景象。湾里栽满了树，四周向内淤填，时有垃圾倾倒，长年有几只土鸡在那里觅食。大湾已变得很小，很浅，看上去不免怅然。不过，每当下了大雨，或河水流来，大湾里还是会存满了水，也还能听得到一阵阵此起彼伏的蛙鸣。这时，我便会愉快地回想起儿时在大湾里嬉戏玩耍的美好时光，充满了对往昔岁月的甜蜜回忆。

原载《聊城文艺》2022 年秋季号

鹿清江

忆父亲

按照习俗，为逝世的人办周年应该是正年减一年。今年的农历十一月二十二是我父亲久眠九周年祭日，该为老人过十周年。为此，我做儿子的早已彻夜难眠：想起父亲为支撑我们这个纯农民的家而付出的艰辛和努力，想起他老人家为培养我们兄妹所流淌的苦涩的汗水，想起他老人家为在人前"显贵"所倾注的滴滴殷红的心血……自然也就想起那撕心裂肺般的葬礼……

父亲已久眠九年啦，父亲已远行九年啦……九年的思念九年的怀念九年的心泪……依然是那张和善的脸，依然是那双粗糙的手，依然是那暖心的话语，依然是那负重的背影，依然是那深深的脚印……

父亲离开我们的第三个晚上，疲惫的我和爱人来到我常去的理发店理发，坐在椅子上不一会儿就鼾声已起泪流双腮了；半夜时分，我突然坐起来，满脸泪水，口中不绝悲天跄地的呼唤……自此以后的日子，我怕谈父亲的话题，甚至我怕听到"父亲"这个词，怕听到怕看到与父亲的病有关的词语……在父亲得病到去世再到去世后的半年间，我的黑亮的头发已远去，白发十分之六七，已不再用力往后梳理，谢顶让理发师很是惊讶。

下元节是给逝去的亲人上坟烧纸的日子，初三那天傍晚，我拿着事先准备好的冥纸冥钱来到墓地，凄冷的小北风，刚生长起来冬小麦的麦地，冥纸冥钱呼呼地燃起来，浮动的火光中，父亲那张和善的脸依旧，那双粗糙的手依旧，那负重的背影依旧，那暖心的话语依旧，那深深的脚印印记在麦田里……

一提及农村的日子，经历过 20 世纪六七十年代再到后来的 80 年代初期的人，总是有着抹不去的阴影，酸酸的，涩涩的，黄连般的苦……

因为家境不好还要照看弟妹们，姐姐早早地退了学；我、妹妹、弟弟都相继上学读书；曾祖父曾祖母年迈，由他们的三个儿子轮流赡养；我爷爷是曾祖父的长子，我父亲是爷爷的次子，父亲的哥哥已在饥寒交迫中离开人世，父亲说理应尽一份孝心好好赡养曾祖父曾祖母。爷爷奶奶也到了该享福的岁数了,可是那年月没有几斤麦子面可供他们享用啊,晚辈总不能眼睁睁地看着老人受苦受罪!父母怎么合计的,我全然不知,可我所见到的是:大冬天一个早晨上学时已不见父亲,我以为他又照例去捡粪拾柴了,上午回家也没见到父亲,纳闷啊!上完夜校回到家,终于见到了父亲,正在从人力地排车上往粮囤里弄地瓜干,满脸汗水——他又是去黄河东岸(坐船过河、来回五六十里地)拉地瓜干去了。这就是我们的救命粮!

那时候我们家曾经做过一段时间的豆腐,工具是生产队里的,自己买回豆子,做出豆腐卖钱,还要向生产队交一部分钱买工分,剩下的可以给老人孩子弄点好吃的、急用的。母亲挑选出上好的黄豆,父亲把它拿到石磨上研磨成细碎的豆糁子,再用水把豆糁子泡上四五个钟头,等豆糁子泡泛涨了,再拿到用人推的水磨子上用三四个小时研磨成细细的豆沫糊。父亲挑来水,等大铁锅里装进水后把豆沫糊倒进锅里熬豆浆。母亲烧开锅,父亲使劲地挥动着水舀子反复地扬起豆浆,锅底下是熊熊的柴火,锅里是乳白色的豆浆,涌起趵突泉水般的黄豆香花,我使劲地吸着浓浓的热热的黄豆香气,父亲会说"待会儿做出来豆腐先给你吃"。我也十四五岁了,上夜校放学回家总乐意帮父母做点事。我一边回想功课一边使劲儿推豆腐磨,眼看着灰暗的豆沫糊断断续续地流下;我一边背诵着公式定理一边手拿水舀子让翻腾起的豆浆缓缓落下;我憋足了劲把百十斤重的砧地用的石磙子很吃力地挂在压豆腐的木棍上。每到我困得腿脚磕磕绊绊手中水舀子掉在地上,我总会听到父亲那句"快睡觉去吧,别累坏了,明天还得上学"……

恢复高考的第三年,我要参加高考,需要买复习提纲,但是拮据的家境让我很难开口向父母要钱,憋了好久才说"要复习提纲",不知怎的,耳背的母亲却说"咱家里有好几口缸,还能使,就不要皮缸(大缸)啦",可父亲闷声闷气地说"要"。

我们一家8口人,爷爷、奶奶干不了农活了,只有父母和退学的姐姐干活。一年下来,一家老小得吃下两三千斤粮食:大都是粗粮——地瓜以及它的片、面最多,很少见到玉米饼子窝窝头上桌,更不要说麦子面馒头了。为了让老人和孩子能吃得饱一点,我的父亲和母亲也和别家一样在收工回来后编苇席,然后拿到集市上卖了换些食物。

编席是项很艰苦很艰苦的劳动,包括选苇子、碾苇篾、碾轧苇篾、编苇席。选苇子要粗细均匀,长短相宜,这样编出的苇席才会卖个好价钱。苇子选好后就要破苇篾子。苇篾破好了要放到水坑里浸泡上一个来时辰,捞上来再凉半个时辰,然后放在大大的足有千多斤重的石磙子下面反反复复地碾来碾去,这活要花很大很大的气力。这样的重活全由父亲承包下来，家里没有谁能推得动它。每当放学回家，我就跟着父亲去碾苇篾子。父亲打扫完场地，把苇篾子整齐匀称地铺在场地上，在手心里使劲吐两口唾沫，弯下腰，绷直腿，石磙就乖乖地滚动了起来，苇篾发出劈劈啪啪的轻微响声。我看着弓腰用力的父亲，心中阵阵酸痛，便抖抖精神，紧紧腰带，学起父亲的样子，使劲推。不知是有我的缘故，还是父亲用力大了，石磙转得快了起来。我每次推石磙，父亲总是心疼地说："歇歇吧，别累得不长喽。"听着父亲的话，我恨不得一下子长大，将这硕大的石磙推得飞转。

编苇席是最后一道工序，最复杂最劳累。一来编席的时间大都在晚上，二来编席的姿势很固定，不蹲着就盘腿坐着，一般人坚持不多久腿就麻木了。我的父亲和母亲通常是在夜里编席的。收拾完家务，扫完院子，就编起来。父亲先打好底，编到能容纳三个人一起干活时，再两个人一人一个方位编苇席。月亮底下，轻风不起，小小院落，蝉鸣声、蚊子的叫声总是给我辛劳了一天又在夜晚编织幸福生活的父亲母亲平添几多烦恼，他们没有多少话语，只有苇篾子在他们手中飞舞，身后展现出一片亮堂堂的苇席。一个人编一张席需要多半天时间，在收工该休息的时候需要更长时间。有时我在院子里看书，偶尔抬起头来，凝视他们埋下的头弯曲的背穿针引线般编席的手，膝上的书本常常留下滚热的泪水的痕迹。父亲、母亲，就是用这样的姿势给我们家换回粮食，换回油盐，给上学的我们换回笔墨书本。

父亲忠厚老实，慈善助人。我的一个堂叔为了生计靠赶驴车送货养活一家老小。那应该是一个天寒地冻的冬天，反正我上学走的聊滑公路上冻裂的口子能陷进半个脚。叔叔的驴车坏在远离家乡的路上，我的父亲是院中他同辈兄弟中的老大（我的伯父早在20世纪50年代末病逝），谁家有事都少不了找他帮忙，现在自然又找到他去帮堂叔弄回驴车子。那次，我父亲是在冰凉的道路上睡过一夜的，回到家，疲惫得倒在炕上就睡着了，好几天也没吃下多少东西，醒来后只是很舒畅地笑了笑……

还有我的一个堂叔多年不在家，父亲从一百多米远处的水井里把三十多斤重的水桶提上来，然后用他那不是很宽的刚放下农具的肩头挑着两只水桶送到叔叔家，倒进能装七八桶水的水缸里，看着泛起的水花，心里和水一样是甜甜的，捋着背揉着肩挑着空水桶又来到水井边。这样一做就是好多年啊！

如今，父亲久眠了，每当想起这些，依然是那和善的脸，粗糙的手，负重的背影，暖心的话语……

原载《三角洲》2022年第4期

马奎秋

故乡的蝉鸣

　　我的故乡是鲁西北平原上的一个小村庄,它位于徒骇河畔,它民风淳厚,历史悠久。为了生计,我虽然长年漂泊在外,却怀念并深爱着我的故乡。因为,在每一个四季的轮回里,我的故乡都闪烁着异样的风采,镌刻着我甜美的回忆,并陶醉着我思乡的情怀。

　　在夏日,尤令我难以忘怀的,是故乡的蝉鸣。夏季是金蝉的世界,苍翠的树木是蝉的舞台,蝉鸣则是夏天的音符,是夏天里最美的歌喉。

　　黄昏时分,薄暮开始降临了。田间劳作的人们哼唱着悠然的小曲,披着夕阳的余晖,走在回家的小路上,此刻,故乡的金蝉便开始了它新生命的起点。蝉在泥土中孕育了几年,终于在初夏的这一刻破土而出,迎来了一个崭新的世界。

　　金蝉是性格有些内向且略含羞涩的小精灵,需要等到黄昏或夜色完全暗下来的时候,它才肯拱破泥土的重压,披着那身黄褐色的铠甲,慢悠悠地来到这个充满了生机和活力的大自然之中。无论是在池塘边,还是在河畔和沟坎,只要是有树木的地方都能够寻找到它攀爬的身影。

　　金蝉的两只眼睛又黑又圆,看起来好像是用墨汁在它头部点的两个小圆点。它在树身上攀爬到一定的高度,便会驻足不前,纹丝不动。其实,它是在蓄积着力量进行蜕变。两三个小时后,一个乳白色的带着又软又嫩薄翅膀的蝉,便会仰着头以空翻的优美姿态挣脱了它那身黄褐色的铠甲,最终完成蜕变。第二天,它便具备了引吭高歌、振翅飞翔的本领。

　　金蝉是故乡的美食,乡亲们将它用盐腌渍一段时间后即可烹食,或煎或炸,那锅中散发出来的幽香常会弥漫在大街小巷,令人馋涎欲滴。

　　乡下夏天的夜晚,燥热难耐。吃过晚饭的人们大都会走出家门,他们一边乘凉一边捉金蝉。你看吧,无论是在沟坎、河畔、村头,还是在田间的小路上,只要是有树的地方,就会看到有晃动的光影,就会听到有乡亲们捉蝉的嬉笑声。

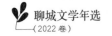
他们一手拎着照明的电器，一手拿着捉蝉的工具或放蝉的容器。那悠然的情，那惬意的趣，犹如一幅夏夜里的画卷，又好像是一首乡野里最甜美的诗！

　　夏天来了，我却没有闲暇的时间去捉蝉。然而，每当我听到金蝉的鸣叫，就好像是听到了那夏天的歌声，又好似是嗅到了那金蝉幽香的美味。时至今日，我总会回味起老家的乡亲们在夜色中捉蝉的情、捉蝉的趣……

　　　　　　　　　　　　　原载《聊城晚报》2022 年 7 月 20 日

庞洪锋

梧桐知秋（外一篇）

20世纪80年代中期，初秋的一天，我搬了家。家是平房，两间半，一小独院。墙外东侧是一条小巷，小巷紧挨着一片居民区。我在院里种了两棵树，一棵香椿，一棵梧桐。种梧桐是父亲的指点。妻种了两株月季。都长得很得意。我不会料理，等发现那香椿摇头晃脑肆无忌惮时，它已高过墙越了房，摘芽时，还得借助于绑了铁丝钩的长长的竹竿。看那梧桐，不哼不哈扎下根，默默把身体往圆里扩。

不知何时，看那梧桐，越发地枝叶葳蕤，身宽体胖，那根，不甘寂寞地把地面拱成了凸状，胖得竟两个成年人抱不过来。它上面呢，岂止几片落叶过邻墙，简直就把西邻石大嫂家的小院都遮了大半，人家从没说啥，真对不起人家！

岁月更迭，夏去秋来，不知不觉间，已在这个院子里住了10年。

10年的春夏秋冬，说长不长，说短也不短，竟然有些怀念那小院，怀念那梧桐。有人说，春太稚嫩，夏太张狂，冬又过于肃杀，唯有秋，才能惊艳匆匆的时光，才能顾悟生命的真谛。惭愧，我曾对秋有些不以为然，因它常让多愁善感的我感时花溅泪，恨别鸟惊心。谢小院，谢梧桐，让我对秋有了新的认识。每当秋风杂秋雨，夜凉添几许，又是一年秋风起，又是一地落叶黄时，我就隐隐想起母亲在我孩童时边给我穿衣边对我说的话，秋凉起，添夹衣，秋风凉，想娘亲。

母亲和父亲来过我这小院。那是我搬来没几天，当时，做饭用的是烧煤炭的小铁炉子。因嫌它煤灰满处飞扬，我就在小铁炉子的三面用木棍铁丝扎了个高高的木架子，又用报纸把木架子糊了个严严实实，"不放鬼子进庄"。父母来了一看，让我把这木架子全部拆了。我记得当时还问父母为什么？后来想想，我真是太书呆子了。父母走后，还专门打电话来催促：那木架子拆了没有？我心里直说，真是小题大做。过几天后的一个傍晚，小巷东侧的居民区里突然冒出了浓浓的黑烟，不大会儿又看见红红的火苗子一蹦一跳。要命的是，着火的那房子离我家最近。几分钟后,忽听到了救火车的鸣笛声。那居民区,后来又着过一次火。我暗自庆幸,也愧疚过。如今,那两个当年指点我栽梧桐,力劝我拆木架子的人,已永远离我而去。秋风凉,儿想娘。在我的心里,父母就在我的身边看着我,提携着我,保佑着我。尽管我是个无神论者,但我相信这是真的。

一天午后,我正站在院子里发呆,默默地仰望着蓝蓝的天空,看着满树青绿的梧桐。微风中,似乎有些凉意。突然,一片落叶轻轻地飘了下来,它落在了我的脚下,我弯腰捡起了它,细细凝视着,它不是青绿,透着浅黄。忽而,又是一片落叶。我回转身,走进屋里,妻正看台历,吆,立秋了。我想起了什么,又回到院里,赏不时落下的黄叶。我羡慕这落叶们,佩服它们对生命的从容。正是桐叶院中落,秋凉月季香。我想起当年父亲让我种梧桐的话:它不招虫子,木料又可以打家具。

10年后拆迁盖楼,请来家具厂人来买梧桐,他一看,二话没说,300元。

就在我写这文字时,戏匣子里传来女主播的悦耳声音:梧桐叶风干成为枯黄色,用来送人十分有意义,在法国人眼中,梧桐叶象征着爱情;在中国人的眼中,梧桐树生命力顽强,少肥缺水它照样长得身强体壮。因此它的叶片象征着一种高尚的品德。还因为其有引凤落凰的美好故事,被中国历代视为吉祥、君子之物。梧桐叶落成为秋至象征性的景物。要不说门巷凉秋至,高悟一叶惊,梧桐叶落秋先到啊!父亲还说过,梧桐与银杏、七叶树一起成为中国佛教的三大圣树的象征。父亲当过基层人武部长,还当过文化局局长。那年,我的小学同学李华来找我,李华曾在村里做民兵连长,他说村里人至今都念叨你父亲当年带领民兵们开荒栽种梧桐树的事。李华说,如今咱那个乡,村村梧桐林,户户受其益。李华还说,那时村里穷得要命,甚至连买梧桐树苗的钱都拿不出来,是你父亲悄悄掏出自己的工资,帮村里买了树苗。

摸爬滚打忙五年

老伙计,当你收到这封信的时候,咱家客厅窗台上的台历,已是2025年了。5年,在漫漫长河里,算一滴小水珠,而在一个人的人生经历中,可不算一段小日子。尤其,对一个岁为60又6的人来说,值得一提。雪泥鸿爪,念兹在兹,看阴晴圆缺,经悲欢离合,体验酸甜苦辣咸,有风味的生活。

老伙计,你说,当不当英雄,咱说的不算,可,不当狗熊,却是自己能做了主的。5年来,你先从早上不睡懒觉做起。当然,这只是你对自己的一种约束,不是概指,有条件睡懒觉的诸位尽可照旧,有懒觉可睡,当属人生难得的一种享受。尽管,你是可以睡到你想睡到的任何一个时辰。你没有,于是,一年又一年,生物钟就成了。说谢谢就见外了。其间,总有懒觉的引诱,你的策略是先让自己睁开眼，困劲儿缓解两层，再打开枕边收音机听，困劲儿缓解三层，然后必须坐起来，困劲儿缓解两层，拿起床头橱上做了标记的书，看一两页，困劲儿就悄没声地遁迹了。

人生舞台上，你的角色好几种，演好每个角色，是责任也是义务，为自己撑起雨伞，替家人筑牢屋檐。脚踏实地，竭尽全力，投入，用心，你，态度端正，懂得付出应当。不错呢，继续吧！

你还是那样胆小，不介江湖，不懂世故，书生气十足，还是那样认死理，撞了南墙也不回头。我知道，你那是敬畏，敬畏规矩，敬畏自然，敬畏生命，你不羡慕那突破底线的胆量，一之谓甚，岂可再乎？看有老之人，张嘴就骂，抬手旧打，难怪有人问，是老人变坏了？还是坏人变老了？你说过，你不当坏老人。老人者，当自尊自爱，莫负了这个尊老敬老的时代，方为正说。

这里，我得提醒你呢，该当战狼时就得做一回战狼，否则，你便有纵恶之嫌。玩笑了。不过你这东郭先生还是该向那猎人学习一下呢。

你还是那样笨拙，那样迟钝，却不眼红别样聪明和有心机。一直持善良和忠诚，这是立身之本。你看到，有的聪明，因何成无源之水？缺善良！那心机，因缺了忠诚，变为无本之木。结果呢？

每天的今日头条，你都瞅瞅瞧瞧，像推荐、热点、娱乐等等，上面有的都看看，区别在于，读得仔细，还是只是浏览。

你特关注征文启事，有感而发，必凑热闹。得不得奖，上帝决定，参不参加，你就能拿主意。不过，那次你参加关于丰子恺的征文，有点崴泥。你想写读《缘缘堂随笔》，从图书馆借了《缘缘堂随笔》，细读，不下三遍吧！费劲拉吧，弄了9998个字，启事要求一万字以内，你看了看自己从"订阅号"上抄下来的启事，截止日期是当年的11月26日，你反复修改老多遍，还请文友提。提前一天也就是11月25日发给评委会。没承想，这已经晚三春了。人家截止日是11月20日，你抄得其实也是11月20日，只是你可能不小心在那个0上面划了一个小帽子儿，0被你警成6了，细瞅，该是0。偏你也没再和订阅号上的日期核实一下，就一直以为是11月26日截止呢，等你再打电话咨询人家，人家挺客气，下回吧！老伙计，马马虎虎害人不浅啊！还有，你参加征文，总拖拖拉拉不立说立行。用掌柜的夸你的话：每回都是临上轿现扎耳朵眼儿。哈哈哈，这算个瑕疵吧。

你以前得意用笔多斥假恶丑，从何时起，你的侧重点成了歌真善美。这个好，可以为社会添加绚烂色彩。人的精力毕竟……是不？

你有一个小目标，让自己每天有点小进步，退休后，你每天或去图书馆，或去书店，无用之功，从不放松。当地大学有个阅览室，每当放假，只有星期三上午开放，你去还书借书后，便来这里阅读书刊。偌大的空间，大多时只有你自己的身影，沉浸在文字的氤氲里，那一刻，你觉得真是惬意极了。

每次阅读，凡碰到不识的字，跟前有字典，你定把这字查出来，或抄在纸片上，见典行事。用你的话说：每天识字添俩仨。看到你有时为了老遇不见生字而暗暗失望的样子，悄悄发笑，都从心所欲不逾矩了，还童心不退哩！让你兴奋的是 2022 年，当地新图书馆建成使用了，新的图书馆长得高而大，藏书更丰富了。让每一个读者手之舞之，足之蹈之。有人说，只是离城里远了些。这有什么呢？远离喧嚣，少了浮躁，不挺好吗？再说，便利免费的公交车，随时载你来回。

这 5 年，你读了 400 多本书，发了 50 多篇文稿。两家图书馆，三个借书证，每次可借 6 本。你若在家读，一般喜欢三四本同时打开，书桌、床头橱、靠窗的窗台各放一两本，或坐或站地来回走着看。10 天左右，即可清零，马上去还，再借。这枣，吞得有点囫囵，既然你有兴趣这样，也感觉瓷实，就顺其自然吧！你每年都重读一遍那四经典，每读完，各来一篇千字文。除背《古文观止》外，你还让自己背下《毛泽东诗词选》，每天早上，或情绪不佳时，就大声来一段伟人的诗词。个中滋味，独乐乐赛众乐乐。

你有自己的榜样，一文一武，都姓杨，一杨是杨靖宇将军，将军对劝他投降的村人说，"如果我们中国人都投降了，咱们中国就完了。"这话，深深融进你的血液里，你意做一个让将军放心的人。还有一杨是杨绛先生，先生与谁也不争，与谁争也不屑。你也这样做，先生耄耋之年依然笔耕不辍，著述颇丰。你也学先生，天天写，坚持着，让你惭愧的是，你写的东西不及先生魅力的百分之一。你会虚心努力，永不松懈的！杨靖宇将军和杨绛先生，在你这个后辈人的思维中相遇了，高山仰止，你一直埋心里，今天，借了五年之约的契机，你敞了心扉。

齐鲁大地，山水清秀，民风敦厚，你，生于斯，长于斯，行走于斯。有他乡朋友，羡慕极了你。你呼吸着新鲜空气，喝着干净的水，吃着放心的食物。你很幸运，也很自豪。自你成了 23% 中的一员。暗暗表示，人人为我，不给社会添麻烦，我为人人，给社会做力所能及的事。你生活的城市是历史文化名城，你说自己要对得起作为这座城市市民的称号，也要对得起作为全国书香之家的荣誉。那烦恼，那坎坷，那挫折，过去没能挡住你向前的迈步，以后也无法阻挡得住。你对那个"一万小时"的说法，一笑置之。你已经超过了，那又怎样呢？再做下去就是了。做着，是快乐的，没有什么比这更让你觉得是一种享受的了。

生活中，本想抬头挺胸，突然，不知何时，身上沾了一块泥巴，有人说，让你受委屈了，有人说，你身上是屎。你的不辩、不争、沉默，虽无奈，不失明智。有一天，泥巴会干燥掉落。你看透了生活真相，依然热爱着她。你激励自己：鹰有

时飞得比鸡还低,但鸡永远飞不到像鹰那样高。你的用心,你的努力,得到了社
会的肯定,不过,可不要翘尾巴吆！你说过,荣誉,泥巴,都会跑到爪哇国里去,
唯时间永恒,公正,且一去不复返。那就放下当放,从珍惜开始。

原载《聊城文艺》2022 年夏季号

孙殿镔

散文三篇

二猴请客

"你好，我算一下账。"和几位同村发小喝罢酒，我微笑着说。

"哦，先生，账已经算啦，那位先生算的。"服务员的手掌优雅地指向二猴。

我扭头一看，二猴仿佛做了错事一般，喃喃地说："嗻，三哥，谁算都一样、谁算都一样……"

瘦高个，倒亚葫芦脸，面色微黄，嘴边胡须稀疏，走路微微驼背，交谈时爱扭头转眼，二猴的确有几分大圣神态，取这个外号的家伙眼光挺毒的。他比我小几岁，也四十二三了，两女一子，平时和妻子在家辛辛苦苦打理大棚，有点空闲就出去打工。今天早上，他打电话，说来城里了，想喊上发小一起玩会儿。我爽快答应，很是高兴。他们都在老家农村，过年后还没和他们玩过呢，这次正好好好款待一下，没想到竟然被二猴抢着结了账。这次进城，二猴是来看医生的，头晕，医生说是长期低头劳作所致。我一边温言安慰，劝告他减少劳作；一边暗自心疼，自觉不自觉地用爱怜的目光看着二猴。

二猴言语不多，心里却很有数，平素勤恳劳作，遇事处理得当，我很是欣赏。

多年前，一天近午，门卫告知，有个貌似附近城中村的人找我，以为是附近的地痞无赖，我拒绝了。等我下班走出校门，二猴却从一边闪出，见到我咧着嘴笑了，洁白的牙齿在黑黄色的脸上闪着光亮。他衣着破旧，额头渗汗，赶着车子，后座上是一袋新下来的西瓜。我连忙道歉，为自己让他在烈日下等待。我怪他为什么不打电话，他说忘带手机了，将那袋西瓜搬到我车上。我要搭把手，二猴一摇头，说："三哥，你别动手啦，袋子脏！"瘦弱的他利落地搬放，还是比我有劲儿啊！我要他一起吃饭，他说要赶着回去干活儿，摆摆手，骑上车扬长而去。

每年夏天，我家几乎都能吃上二猴家的西瓜。每次送瓜，我给东西，他推辞几句就收下；饭却一次没吃过。不是客气，而是他耽误不起时间，大棚里、小作坊里的活儿都密密麻麻地等着他呢。孩子们都上着学，那是他夫妇俩甜蜜而巨大的负担。

二猴比我小几岁，在学校里也比我矮一两级，几位发小大多如此。我们几个家离得近，经常结伴走着去三五里外的初中上学，一来二去就熟络了。后来，我走出农村，做教师、当校长；他们几个都"突围"失败，娶妻生子，在老家落地生根，平时除了忙农活，就是打工忙厂子，辛辛苦苦劳作，清清白白做人，我们之间的友谊非但未受所谓地位、距离、环境的影响，反而历久弥坚。其中，我对二猴格外欣赏，这源于他对孩子教育的重视。是上天眷顾，也是他夫妇俩倾心付出，加上自己努力、手足间互相激励，三个孩子学习都挺不错。记忆中，因为孩子，他曾来找过我几次。

一次，大女儿考上三中，他想挑一个好班主任，让我想想办法。我询问一位熟人，孩子班级已经安排好，正好是一位很不错的班主任，就请熟人打个招呼，请班主任尽量照顾。二猴一旁看着、听着我打电话，一开始双手不安揉搓着，后来眼珠狡黠转动着，咧嘴笑了，又不好意思地抿上嘴，雪白的牙齿一闪而隐。我放下电话，他罕见地用粗糙的双手主动握我的手，连声称谢，我一时感觉有些生分，还有些隐隐的不安——其实，我没给孩子做什么啊，那个泛泛的招呼能起多大的作用呢！最大的作用也许就是对二猴的安慰吧。不过，为了孩子，他竟然从老家骑车三四十里路，专程来找我，想不到他对孩子的教育如此重视。后来，他打电话，为大女儿办理助学金的事。我想到他那双手，赶紧帮着询问，一问符合条件，就告诉他没问题。他很高兴，告诉我大女儿一直表现不错，班主任老师很喜欢她，还是打招呼管用。呵呵，是孩子自己表现得好赢得老师的欣赏吧！我没戳破这个美丽的误会，让他更安心些吧。

三年后，大女儿高考，成绩出来后，二猴请我找人咨询一下，我一位师弟是这方面的专家。约好时间，我开车来到师弟处，二猴已经和孩子各扶着一辆电动车等着呢。我让他们跟我进去，二猴却推辞，说自己什么也不懂，也没换衣服，不上去了。我笑着摇摇头，只带着孩子上去。师弟办公室里人满为患，我们就商量好当晚再聚。出来后，蹲在电动车旁的二猴霍地一下站起来，满怀希望地迎过来。听了情况，他连忙说晚上再陪孩子过来，我说不用管了。傍晚，我开车回老家接孩子。晚上，师弟匆匆赶来，认认真真询问，仔仔细细分析，孩子也聪明，领会得很快，报考的大学和专业相对确定了。师弟匆匆离去，还有其他人等着呢。吃完饭，我又将孩子送回老家，二猴握我的手还是那么粗糙有力。

又过了二三年吧，二女儿在高中表现优异，一次家长会，老师邀请他给孩子写一封信，并作为家长代表发言。他又高兴又为难，来到我办公室，让我帮着他写。这倒不是难事儿，我一挥而就。我读给他听，听到"你是我精神的大棚里最美丽的幼苗"之类的话，他呵呵地笑："三哥，你真会掑词！"读完，他比较满意，

不过提出一点异议:"怎么能说只要孩子努力了将来就是像我一样也可以呢?三哥,我可不想让孩子再像我这样啦!跟你一样念好书多好!风吹不着,雨淋不着,太阳也晒不着,旱涝保收!"我笑着解释,这是给孩子减压,再说现在咱老家的日子也越来越好过,将来务农也好、打工也好,也不像咱小时候那样受罪了。他不情愿地点点头。接下来,他用普通话朗读稿子。我第一次听他说普通话,他说得别扭,我听得也别扭。我先是感到有些滑稽好笑,后看着他努力又笨拙地练习着,竟有些出神,眼前的情景一时虚化起来——我的眼睛湿润了。

妻子怪我这次让二猴拿钱请客,让我把钱给他发过去。哦,好的,我试试吧。

未被推开的门

那扇门千万不要被推开啊!

他不安地瞄了一下门,又看着眼前正侃侃而谈的女生。

上一个也是女生,她现在要是推开门,那就如同推开了地狱之门。正在进行教师资格证面试的这个女生肯定会受影响,万一投诉举报,可不是闹着玩的;就算她不闹,监控室里发现了,他们三位评委也会吃不了兜着走的。

唉,都怪自己,竟忘给上个女生签发出门条了。这次面试要求极严,考生不准带一寸纸条入场,说课的教材和备用的草稿纸统一发放,面试结束都要收回,如此方可签发出门条;否则,没有出门条,考生是无法离开考点的。

自己将她的教材、草稿纸都收回来了,接下来怎么就忘了出门条呢?嗯,都怪她表现得太出色了,多半天遇到一个像她这样的考生,作为一名爱憎分明的评委,自己在多次失望之后眼前一亮,有柳暗花明之感。高兴、欣慰,还有点小小的激动,只顾眼含笑意、默默赞许,忘记那张窄窄的出门条了。没有条,她出不了大门,一着急回来推门讨要,那可就麻烦啦。自己牺牲周末休息时间,报酬拿不到再落个处分,多亏啊!抛开自己的得失不说,真的影响眼前这个女生的面试、影响其他两位评委,自己能不内疚吗?他下意识地将那张惹祸的出门条攥在手心里,又赶紧放开,仿佛那是一块烫手的山芋,更是一枚不知爆炸时间的定时炸弹。

眼前的女生已进入面试中段,门依然未被推开,他稍稍有些心安,偷偷往发紧的喉咙里咽了口唾沫,悬着的心稍稍放下一点儿。

嗯,上个女生表现出来的高素质令人赞赏,特别是她对于师德的重要性有着清晰而深刻的认识,在回答问题时展现出良好的文明素养和公德意识。遇到眼前的情况,她一定能处理好的,也许她正在门外静静等候着吧!

想到这,他更安心了些,专注于眼前女生的表现。

她的面试终于结束了,这次他可没忘签发出门条。接过条,她转身走出去,随手关上门。他攥着那张出门条,几乎是从座位上跳起来,疾步来到门前,打开门,左右观望——

哦,果然,门外右边,上个女生正静静地站在那里,她依然微笑着,依然目光清澈如水,依然是利落的白衬衣、马尾辫。她说她早就返回,只是怕打扰别人面试,就一直在门外静静等着。他连声称赞,进贡一般双手将出门条递过去。她轻轻接过,轻声道谢,转身飘然而去。他的脸不好意思地红了,其实说谢谢的更应该是他。

他站在原地,望着她的背影,心中暗想:"嗯,她一定能成为一名好老师的!今天,她没有推开这扇门;明天,她一定能帮助很多孩子打开更多的门!"

买烧饼

2021 年 6 月 27 日,周日,早,一家四口回老家。

来到东昌路东西板桥之间,在路南一小区门口停下车,我下去买点儿早点。逛逛看看,我停在一辆三轮车前:"嗯,你好,烧饼多少钱呀?"

身材魁梧的大嫂往炉灶里贴好一个烧饼,扭头笑着说:"哦,两块钱一个。"

"嗯,来六个吧!有现成的吗?"

"有啊!"大嫂边数数,边利落地将箩筐里的烧饼捡起来放到方便袋里。

她干着活儿,不耽误和我聊天:"你自己回去吗?"得知我是回老家看老娘,她笑着问。

"哦,一家四口都回去。"随着我的手指,她扭头笑着看了看我停在路边的车。

我将正好的钱递过去,她接过去,我正要拎起方便袋。"哦,等等",她又拿起一个烧饼:"嗯,给你加一个吧!"说着,她又将这个烧饼放到方便袋里。

"哎呀,不用不用……"我连忙说。

"嗐,不就一个烧饼吗?别客气!你买了这么多,加一个也应该。唉,我好久没回老家啦。"她说完,用手抹了抹额头。她离炉灶口那么近,胖胖圆圆的大脸红通通的。

我只好道谢,拎起那七个烧饼,边往回走,边咂摸着她言语里的乡愁。

回到车上,前行不久,我忽然想起什么,大呼:"啊,咱们平时买的烧饼不都是一块五吗?哎呀,上当啦!"

妻子正和一对小儿女分享着烧饼,她笑着摆摆手:"嗯,没有没有,人家这个烧饼个大,嗯,比一块五的都大!再说,你已经给人家钱啦,人家不加那个烧饼也没什么的。"

"哦哦,夫人言之有理。"我不好意思地搔搔头,为自己的孤陋寡闻和狗咬吕洞宾。

原载《聊城文艺》2022 年夏季号

谭登坤

枣树　杨花　钟声

一

枣树苍劲瘦硬，一根根枝条画在北风里。枣树，让冬天的马颊河平原愈加苍凉。它们切割了天空，也刺破了天空，它们让远处压低的空间变得零乱，让霜雪，让蓝色的雾霭有了隔断。冷风吹裂了枣树的皮肤，无论老少，即使刚刚手握，一律苍老着容颜。好像它们一路走来都是冬天，好像它们的心里装满了冬天。这些枣树啊，好像它们一出生就遍历沧桑，就早已在冬天里活过了一百年。

北风起了，枣树在风中发出凛冽的吼声，像是一种示威，是对北风吗，还是一场越来越大的雪？风停了，洁白的雪花，依旧执拗地，然而温柔地，在黑色的枝条上，随形造势。大雪改变了那些黑色的粗糙的枝条，让原本朴质憨厚的枣树，立即高贵起来。黑白分明的装束，更显肃穆。只有枣树明白，这丝毫改变不了它们的身份，和本质。它们依旧粗犷，呆笨；依旧迟钝，固执。在漫长的冬季，在裸露、寒碜的黄土地上，倔强的枣树林，陪伴着马颊河，它们苍凉的声音写在北风里。本来，枣树的存在，该让马颊河的冬天显出一些热闹。不想，却让这片土地，让整整一个冬天愈加荒凉。没有谁了解这些枣树，没有谁去真正关心这些枣树的身世，它们的前世今生，它们历经的岁月。

枣树的迟钝让人气愤。河水化冻了，麦苗返青了，它们无动于衷。桃红柳绿的时候，枣树依旧铁黑着脸色。这些枣树，它们都死了吗？它们都被冻死了吗？它们没有逃过这个冬天吗？

杨柳迎春，麦子起垄了，枣树黑色的枝条上慢慢活泛起来。点点芽苞幽幽洇出，枣树终于松弛了坚硬冷漠的面孔。枣树的脉搏应和着一条古老的河流，一座古老的村子，渐渐复苏。柔软的小南风显出力量，它吹了一天，又吹了一天，春日的暖阳温暖着枣树黑色的枝条，那些油亮亮的叶片缓缓伸出。所有铁黑着的树冠,终于抖开绿色的斗篷。枣树绿了,村庄绿了。枣树是与冬天对垒的最后的士兵。只有枣树的枝头绿了,春天才算真正地落地。它不再走了。

枣树的脚步是慢的,似乎,它总是跟不上时令。殊不知,整个村子里的人,从大人,到孩子,都紧紧盯着枣树。都相信,是枣树,手握着时令。枣芽发,种棉花,这是节令。枣花香,燕来到,这也是节令。枣树将耐心包裹在年轮里,枣树的节奏,是土地的节奏,也正是春天的节奏。枣树的冷静,是土地的冷静,枣树的激情,也正是春天的激情——坚定、从容,不逃避,不轻信;不盲从,也绝不放弃。

一株古老的枣树,两三个人也抱不过来,那么粗壮虬曲着,如一条巨龙。又一棵古老的枣树,已经中空了树干,依旧持重,枝繁叶茂。树身上,遍布疖疙,却照样耸起满树葱茏。那些身形单薄的新生林,远远的,在枣树林的边缘注目,表达着对前辈的敬畏。它们枝干上挂满白粉,顶着满身柔嫩却不失锋芒的棘刺,扩展着枣树林的边界。村子里已经没有人说清楚,是先有了枣树,才有了村子,还是先有了村子,才由后人们一棵一棵栽下了它们。马颊河边的枣树林,与一座座村庄携手,走过漫长的路程。

其他树种躲避的地方,枣树来了。或者说,有枣树的地方,其他树种一律逃遁。是因为,枣树总是选择崖畔,贫瘠盐碱的角落,那些高亢干旱的地方。其他树种艰于生长,枣树显出英雄气概。一片枣树林在村前村后,那些被脚步踩得板结,坚硬的土地上,长得气势磅礴。它们隆起深厚的屏障,将村庄层层包裹,是护佑,也是昭示,有枣树在,就能繁衍生命。

春分。枣树的每一片叶子都不同凡响。它的鹊蛋形状的叶片上,都像涂了明油一般,新鲜,光亮,它们肆意招摇着那一树鲜翠。太阳一出来,每一片叶子便像是烟花一样燃放,满树的叶子上光芒夺目,火花四射,耀人的眼睛。麦子扬花,枣花儿也开了。细琐的,米粒子似的枣花儿,它们依如枣树的性格,宁静谦和,绝不彰显一丝一毫的张扬。这些金黄色的小花,它们一律悄悄地藏在叶底,如果不细心,你就不知道有它们存在。可它们微小的花壳儿里,却盛满一瓯一瓯清澈透明的蜜汁。整座村子,一条河流,无际原野,白天黑夜地散发着枣花儿的芬芳。蜜蜂们最懂得枣花的隐忍,和品质。它们在这个季节里早出晚归,神魂颠倒。繁花枝头,蜜蜂们不息忙碌。它们的小小嘴巴,一刻不停地张合着,酝酿着。它们的两条毛茸茸的后腿,在这个季节里肿胀发胖,每一条腿上都缀结着一颗饱满圆润的蜜露。它们不辞辛劳,仄歪着翅膀,把酝酿好的枣花蜜,无数次地送回到蜂巢里去。春天的蜂巢,就像发酵的面团,一团一团,一圈一圈疯长着。这些蜜蜂,天天在浓郁的花香里沉醉,天天痛饮着枣花奉献的玉液琼浆,天天在枝头绕着圈子,转着弯子,在遥迢的枝头招摇着,它们一个个醉意朦胧,晕头转向。它们的身子太笨，它们的奔波太久。有时候，它们笨拙的身子会绊倒在花叶上，艰难扭动，半天爬不起来。有时候，它们会从树叶里跌落下来，重重地，然而又无声地，摔在地上。蹬一蹬腿，不动了，不知道是累死了，还是醉死了。

秋天的马颊河是沉迷的，秋天的村庄是摇晃的，秋天的枣树林是旋转的。秋天来了，枣子堆满了院子，铺满了屋顶。枣子在秋天干爽的阳光下晒出枣红。这还不够，远远不够。马颊河的枣子太多。院子也盛不下，屋顶也铺不下。它们被推进巨大的枣窖，炕成焦枣。烤熟的焦枣，颜色变焦变紫，瓤肉变细变韧。秋天的空气里，被浓得化不开的焦枣的异香灌满，活动其中的人形，都是颠倒的，夸张的，迷失了白天和黑夜。

枣树缓慢而坚硬地将生命压缩成薄薄的年轮。它枯落，绽放；守护，等待；坚定，忠诚。它陪着一条大河跟两岸的平原，迷失在苍茫的天底下。它让一座一座村庄，和活动在其中的人物，都在不知不觉中模仿着它的模样，活出了它的性格。

二

在马颊河，有两样东西，容易让人产生幻想。冬天的大雪，和春天的杨花。

杨花飞呀。马颊河迷迷蒙蒙的。起风了。杨花飞舞。杨花在飞舞中呼朋引伴，你牵我连。一朵一片，团团簇簇。大人不时眯起眼睛，讨厌地摇一摇脑袋。小孩子倒兴致，不时地跳起来，捉住一朵，又鼓起嘴来吹跑。说杨花，马颊河的人可能还有点儿陌生，说柳絮，他们就感到亲切，柳絮啊。柳絮让马颊河失了季节。是一场大雪吗？你把手伸出去，想接住它们，像接住一朵雪花。这些杨花，它们可不像雪花一样，它们不是飘下来的，它们是飘上去的；它们是飘上去又飘下来，上下翻飞，在半空儿里翩翩起舞的。它们调皮地，从你的手指缝儿里飘过，倏然幻化。它们常常随风而起，直上重霄。这是一场大地洒向天空的大雪。它们飞得累了，飞得远了，最终，它们也会落下来，落在某个角落儿，可在没有落下之前，它们才不甘心哪。它们落下之后，只要稍有鼓舞，它们就又飞起来啦。它们加入一场又一场的轻歌曼舞，融进一曲连绵不断的大合唱中去。孩子们大呼小叫，追逐着，随手抓住一朵，一松手，又飞了。他们跟漫天的柳絮玩一场游戏。他们追赶着，柳絮引逗着；他们停下，柳絮在眼前也就慢悠悠地停下了。孩子们扭头往回跑，那一团柳絮，竟又跟着追回来了。微风起，柳絮飞；大风起来，柳絮就更加昂扬。柳絮跟孩子相互逗弄着，也招惹着行色匆匆荷锄使犁的人。它们不时地粘在人的头发上睫毛上，吸进鼻孔里，也钻进眼睛里，喉咙里，让人恼，让人烦。

看看沿河，一棵一棵合抱粗的柳树上，它们被春风鼓荡着，就像着了魔一样地吞云吐雾,丝丝缕缕的柳絮从树冠上吐出来,没完没了,无穷无尽的。长久地盯着树冠,有说不出的疑惑。明晃晃的阳光,照着这些飘飘洒洒的雪花,让它们纤毫毕现。才惊讶地发现,这些毛茸茸的小家伙,在每一朵蓬松的绒毛里面,都藏着一只黑色的眼睛,那只眼睛那么小那么小,比米粒儿还要小,小得像针尖儿一样,却都眨呀眨的,诡秘地闪烁着。柳絮越聚越多,小小的眼睛们越藏越深。这些软绵绵轻飘飘的柳絮,都是精灵,它们上天入地,穿梭于天上人间,来去那么轻松。柳絮迷乱了人的眼睛,惹出了泪水,柳絮打乱了人的脚步和心绪,让人磕磕绊绊的,像喝醉了一样。看着风中摇摇晃晃的柳树,觉得它们如仙如幻,都失了往常的模样,是一片飘飘欲仙的树。

但柳絮终究要落下来。它不动声色地堆积,堆积得极有耐心,又有点儿处心积虑。今天的柳絮悄悄地落在昨天的柳絮上,明天的柳絮又会攀住今天柳絮的发梢。柳絮落在河面上,它跳跃着。这时候,马颊河里的浪花是热的,冒着幽蓝色的热气。浪花儿活泼的,莽撞的,试试量量的,要去拥抱那些柳絮,就像拥抱漫天而降的雪花儿。每一次拥抱,却都像被烫着似的,又迅速地放弃。柳絮有这样的本事,它悬空,却决不沉没。浪花有多高,它就有多高;它跟浪花一起涌动着,起伏着。柳絮在河面上虚张声势,似乎要堆起一座雪白的山来。有一万只眼睛的蜻蜓也不免上当。它们想降落在这座雪白的山峰上,却发现脚下根本空无一物;蜻蜓在泡沫般的柳絮里陷落下去;是它的灵巧敏捷拯救了它,它的透明的大翅膀救了它,让它在一瞬间的狼狈中迅速平衡了身体。蜻蜓顶着一朵毛茸茸的柳絮,凌空而起,它一直飞进漫天飞舞的柳絮里去。燕子和浪花一样充满好奇,它们一直怀疑,这些堆积的柳絮,它们怎么就那么一直雪白着,生长着;在水面上,一丝一丝生长着。它们就不融化吗?

燕子来了。燕子早就来了。燕子每天用它洁白的胸脯,敏捷地沾一点儿清凉的河水,朝着浪花一惊一乍地呼喊,嬉闹,燕子也太矫情了。在柳絮没来之前,它们跟那些依依的杨柳一起在水中弄影,照出它们优雅俊美的样子。现在,柳絮来了。燕子的影子,在水中变得影影绰绰的。燕翅在柳絮中穿梭,有时候也被柳絮沾惹,吓得它们仄歪了翅膀,跟醉了似的。

柳絮来了。它们错乱了季节,非要下一场三月雪。白花花的,铺了一地。也只有这些柳絮,显示着马颊河的虚幻的富足。看着这些柳絮,心里会无端地气愤,这也太铺张了,太靡费了。柳絮打乱了人的思绪,让人疑惑,似梦似醒,似真似幻。恍惚中,柳絮是新嫁娘的二十四床铺盖,表里全新,情意绵绵,从炕头直摞到屋顶上去。被面上绣鸳鸯,绣并蒂莲。雪白的棉花淹没了马颊河。棉絮撕扯着,铺了一层又一层,铺了一丈厚。人滚在里面,就像滚在雪白的云彩里。人被香喷喷暖烘烘的棉絮淹没了。马颊河什么时候这么富丽堂皇过,什么时候

这么高贵豪气过。新娘子在梦里笑醒了。老婆老汉们在这样的梦境里热泪长流。

三

钟声穿越时光，在每一个早晨响起，在每一个孩子的心头响起。小学校的钟声被早晨的露水洗过，被枣树林和满野的麦苗滤过，变得清澈，幽远。钟声悠扬，送走一茬又一茬庄稼，迎来一拨又一拨新苗。回响在小小村庄的上空，跟炊烟一起缠绕着，跟朝霞一起飞扬着。钟声跟应声而来的孩子们携手，去寻访满野的露珠，去编织一年又一年的好梦。

小学校孤零零地坐落在村外。这里的学校遵循着古老的法则。上学的孩子，跟一早下地的男人一样，顶着晨星出门儿。村子里的人们，早已习惯了，晨起而作。小学校的钟声，倒像是整个村子的某种号令。人们踩着钟声出门。等到艳阳高挂，树梢儿和房顶都在阳光里明亮起来，小学校的钟声又响了。大人孩子，在拉长的树影和人影里，红彤彤地回家。女主人早已喂饱了鸡鸭，做好了早饭，在灶台上，摆好了碗筷儿。也会有那么一两家，房顶上还在缭绕着炊烟。

幽微晨光里，一地的露水，顶在路边的草叶子上，麦叶子上；挂在头顶的枣叶子上。这些露珠在早晨布置一个烂漫世界，在孩子们上学和放学的路上，布下满满诱惑。大人们见怪不怪，孩子们却日日惊讶。孩子们知道，这些闪烁幽微光芒的宝贝都是假的，但是他们依然感到惊讶，依然欣喜。他们有时候会静静地蹲下来，凝视着这些露珠儿。他们幻想着这些透明的珠子可以一串一串地撸下来，可以装满书包和背筐，可以收藏和贮存。有一只小小手指，小心地去抚摸它。这颗露珠儿，一下子被戳破，小小手指被露珠儿咬住，冰凉，小孩子烫得甩动手指。在朝霞里，露珠变幻莫测。孩子们激动地发现，在一颗颗硕大的露珠儿里，都会有一张张稚嫩的，夸张变形的脸。他们惊得大呼小叫。这些露珠儿，也常常会惹得孩子们野性大发。他们会故意地踢一脚，会从野地里拔下一棵青麻，用细长的麻杆子野蛮地扫去。野草野花上，禾苗上，被青麻秆儿扫到的地方，露珠儿哗然坠落，碎了一地，惹来一场肆虐的欢笑。青麻秆儿扫过麦苗儿，原本被露珠儿压弯的麦叶儿，跃然翘起，晃动着，绽放出逼人的新碧。穿行枣树林的时候，他们张开嘴巴，从一枝低矮的枣枝上，接住一颗摇摇欲坠的硕大的露滴，冰凉的露珠儿会让他们发出一声惊叫。这些着魔的孩子，他们在雨露丰沛的清晨，尽情释放着激情和才华。他们会制造出很多口诀，会在幻想中发下许多誓愿。有一种传言是这样的，谁能从枣叶子上吸吮的露珠儿最多，谁的嗓音就最嘹亮。有一段时间，他们迷恋于这种游戏，以至于弄湿了头发和红彤彤的脸，也弄湿了裤脚和鞋子；露珠儿有时候会洒进他们的眼睛里，让他们流出晶亮的眼泪。他们日日上演玩露珠的游戏，因此耽搁了学业，或忘记了吃饭，被大人们责骂,被老师罚站,他们却依然日日不辍,偷偷坚持。在整个儿春天里,孩子们被这些天上地下的露珠儿引逗着,笑闹着,滋润着,也成长着。

钟声响了。这些餐风饮露的孩子跑进教室。他们坐在泥坯垒成的课桌前,亮起喉咙。他们的声音在原野上飘荡,他们的嗓音似乎真的就更加嘹亮,他们也吃惊地发现,记忆力似乎真的比之前更好了。早饭之前的学堂里,他们只做一件事,朗读。这一场早读,像一场特有的仪式,迎接新的一天的到来。一大群孩子,他们的嗓音高高低低,又浑然一体,构成一曲大合唱。说是合唱,一点儿也不假。这些个孩子读起书来,完全像唱一首歌。是因为露水的缘故吗?孩子们的嗓音清澈得很,圆润得很。有的读着读着,突然发一声尖锐的高音,在原野里颤抖着,传出很远。他们又集体发出同一的音调,抑扬顿挫,是一首整齐的合唱。听着这些童稚却激越的读书声,在田野里劳作的人,会发出会心的微笑。他们抡动锄头的手臂会更加有力,他们不停地挥动着锄头,不自觉地应和着孩子们读书的节拍。满野的禾苗,满耳的书声,让早晨的阳光也像一曲嘹亮又动听的歌曲,满地满坡,到处泛滥。在晨阳里,人家屋顶上,一柱一柱的白烟,高高低低,在朝霞里却都姹紫嫣红起来。太阳窜上了树梢儿,太阳溜进了教室,太阳爬到这一群泥孩子的脸蛋儿上了。

直到钟声再次响起。直到余音袅袅的钟声越过校园,穿过枣行,在碧绿的田野上飘荡。锄禾的人荷起了锄头,孩子们才恋恋不舍地收起了书包,直到这时,他们才感觉到,肚子开始发出咕噜咕噜的叫声。他们跟随被露水打湿了裤脚的大人们一起回家。孩子们知道,母亲正在掀开热气腾腾的锅盖。锅台上,一碗滚烫的玉米面儿地瓜粥,一盘子盐淹白萝卜条,早已经在等着他们了。

原载《时代文学》2022 年第 2 期,《散文》(海外版)2022 年第 5 期转载

王 力

"穷财神"理财小记

　　唐朝初年，茌平有一位名相马周，励精图治，造福于民，美名千古。当代这里也出了一个名人——全国财税系统劳动模范，县财政局老局长周生达。他殚精竭虑，尽心理财，连续 18 年实现了全县财政收支平衡，在贫困县财政史上留下了浓墨重彩的一笔，成为全国财政战线上的一面光辉旗帜，为党的财政事业做出了卓越贡献，也给后人积累并留下了宝贵的理财智慧和经验。

　　周生达 1930 年出生，十二三岁时担任了村里的儿童团长，是一个机智勇敢灵活的"红小鬼"。17 岁参加了县独立大队，在向前方大部队押送军粮途中，摔伤一条腿落下残疾，后转入区上担任助理员，长期从事财贸金融工作。他身材高大，心宽体胖，性情豪爽，嗓门大，底气足，乍一看像是一个"粗人"，其实不然。仔细瞅瞅，他粗中有细，眼神里满满的都是智慧，闪烁着几分精明过人的目光，一看就是一把当家理财的好手。因为走起路来腿有些跛，他还有个外号"周瘸子"。不过大家打心眼里都敬重他，绝少有人这样称呼他。

　　"财神爷"是人们理想中招财进宝纳祥送福的象征，也是对财政局局长的美誉。有钱日子好过，经济落后地方的"穷财神"却不好当。当年茌平是全省闻名的穷县，70% ～ 80% 财政支出依靠国家补贴过日子。周生达自 1973 年担任县财政局长，在位 18 年。为了履行好党和人民交给自己的神圣使命，他积极探索，始终秉承收支平衡，略有节余的原则，发展经济，开源节流，全县财政收入连年大幅度增长，1986 年突破千万元，比上任之初增长 244.6%。同时他精打细算，量出为出，量财办事，把财政支出增长严格控制在适度范围之内，坚决不搞"寅吃卯粮"，走出了一条符合当地实际，均衡稳健的科学发展之路，可谓"穷财神"理出了新篇章。周生达是一个实干家，他这些朴素的理财思想至今依然熠熠生辉，具有强大的生机和活力。

　　"问渠哪得清如许，为有源头活水来。"经济决定财政。生产发展了，经济繁荣了，财源才能茂盛，财政收入才有取之不尽、用之不竭的"源头"，否则便是无源之水、无本之木，周生达深谙此道。他首先把劲儿"铆"在培植财源上，把促进生产发展放在财政工作的首位，时刻牵挂着企业经营生产状况，积极筹集资金，大力发展国有经济。运用技术改造货款、周转金等财政杠杆和措施，支持支柱产业技术改造和进步，促进产品升级换代，确保县属企业在激烈的市场竞争中都站住了脚跟，也救活了一批濒临倒闭，但有发展远景和潜力的企业。他常要求身边的工作人员"别老猫在办公室里接电话、看文件，多到企业去跑跑看看"。为企业少"锦上添花"，多"雪中送炭"。从工作、政策和资金上，帮助企业牵线搭桥，排忧解难。到 20 世纪 80 年代初，实现了全县工业企业户户有盈利、无亏损。上级领导形象地鼓励他们："茌平企业云彩不大，块块有雨！"县域经济的发展为财政收入提供了稳定可靠的来源，日子一年比一年"滋润"起来。

敢于坚持原则讲真话，不唯上只唯实，是一个共产党人应有的优良品格。为了确保财政资金的效益，周生达牢牢坚持综合效益账算不透、企业管理混乱、投资多见效慢的"三不投"原则。凡属此列，即使领导开了口子，也严格把好资金"出口关"，避免盲目上马造成损失。1984 年一位地委领导同志批示投资 140 万元，对纸厂的白板纸机改造项目中试生产。周生达十分慎重，带着有关科室人员进行了多方考察论证，结论是此项目存在较大风险。周生达心里暗自思忖：140 万在咱贫困县可是一笔巨款呀！即使得罪领导，不让我干这个局长，也绝不能让这笔钱"打水漂"。他直接找到地县领导反映情况，陈述利弊，建议改为小试。领导同志认可和采纳了他缩小规模的建议，结果小试也未成功，为国家财政减少直接资金损失 120 万元。

周生达是农民的儿子，对脚下这片黄土地爱得深沉，让父老乡亲脱贫致富始终是他最大的牵挂和梦想。他怀揣一颗滚烫的赤子之心，拖着伤残的腿，走遍了村村寨寨，沟沟坎坎，就连老人和孩子们也都熟悉他爽朗的笑声和亲切的笑脸。茌平是著名的枣乡，明清时期枣树已成林连片，有"阡陌蛙声疑无路，枣树花香又一村"的诗句为证。枣儿状如圆铃，深紫红色，个大皮薄肉厚，甘甜香脆，营养丰富居百果之冠，叶、花、果、皮、根亦可入药，被古人列为滋补健身的上等贡品。经上好榆木"三熏六洗"而成的乌枣，更是色泽乌紫明亮，纹质细密如花，甘甜醇美柔韧，史载"远销南省，岁以数万袋计，获利甚巨"。可惜在"以粮为纲""割资本主义尾巴"的特殊年代里，全县枣林砍伐殆尽。改革的春风里，周生达怀着强烈的责任心和使命感，携手农林部门一起制定发展规划和资金奖补政策，培育优良种苗，推广先进栽培技术，1985 年全县枣粮间作面积 6 千多公顷，成龄枣树 80 余万株，常年产量 750 万公斤，丰产年份超过 1000 万公斤。金秋极目远眺，广袤的原野上，枣林枝头红云缭绕，枣儿飘香。品种丰富、质量上

乘的干枣、乌枣、酥枣、冬枣等远销大江南北。周生达还安排专项资金，扶持建立起了葡萄种植和葡萄酒酿造、手工空心挂面、民间剪纸等特色村、专业户，扩大生产规模，为父老乡亲带来了茂盛的财源和实实在在的收获。

在人们眼里，财政局局长掌管着政府的"钱袋子"，很"人物"，挺"风光"，出手阔绰，其实这完全是一种误解。"不当家不知柴米贵。"鲁西是缺乏骨干企业的农业地区，财源不足，财政状况十分困难。县级财政尤为窘迫，捉襟见肘，财政局局长更有苦衷，"苦乐甘甜寸心知"。"一条马路一盏灯，一个喇叭全县听"，就是当时落后面貌的真实写照。全县几十万人民都充满了对美好生活的向往，要吃饭，要发展，大到国计民生，小到柴米油盐，样样离不开一个"钱"字。"巧妇难为无米之炊"，财政局局长就是一个时刻处于旋涡中心的角色。如何兼顾处理好方方面面的矛盾和需求，需要总揽全局的胸怀和气度，高超的眼界和意识，精湛的理财艺术和能力。

在控制财政支出上，周生达是出了名的"抠门"。一分一厘都像穿在他的"肋骨"上，把得严，"抠"得紧，锱铢必较，铁面无私，"六亲不认"。他的办公室里经常"高朋满座"——都是来要钱的部门领导，大都是共事多年的老伙计，哪个也不是好惹的"主儿"，要不了钱就不停地理论，磨蹭着不走。周生达嗓门大，着急得面红耳赤，唾沫星子飞溅："同志，光知道你需要钱，哪里不需要钱？僧多粥少，我只管你一个能行吗？"来客如还磨蹭，他的嗓门更大了"要钱没有，要命不给。"来客心里偷偷骂几句"这个该死的周瘸子"，只好拂袖悻悻而去。不过事过之后相逢哈哈一笑，所有的怨气烟消云散。因为大家心里都明白，"穷财神"不好当，周生达也是为了全县这盘大棋局啊！对他又平添了一份敬重和理解。

行政事业单位增人是增支的重要因素之一，也是最大的工作难点，和周生达打嘴仗最多的要数人事局局长。人事部门要求进人去找县长，进人就要增编增资，县长让他先找财政局商量。周生达眼睛一瞪"增啥人？一杯茶，一支烟，一张报纸看半天，我看现在的人就用不清！"几句话就说的人事局局长脸上挂不住，有些想"上火"。周生达一副宠辱不惊的样子，继续念叨他的"节约经"："同志，老百姓是咱的衣食父母，多少老百姓才能供养一个吃公家饭的啊？他们容易吗？"两位局长"理论"到县长那里，县长经过全面权衡，最后采纳了老周的意见。县里做出规定，"三年之内，党政机关事业单位原则上不许增编进人，确实急需的，从人员富余的单位调剂；从基层借调的，一律清退回原单位；凡不经财政部门审核而增加的人员，一律不拨经费。"这个制度给了财政部门"尚方宝剑"，但在当时不良社会风气的影响下，实际执行起来难度很大。硬顶，得罪部分领导和同志们；放行，行政经费超支，财政收支平衡难以保证。周生达一度思想斗争很激烈,最终横下一条心:自己是一名老党员老同志,一定要坚持原则,秉公办事。前怕狼后怕虎,就辜负了党和人民的重托,也愧对头上这顶"乌纱帽"。经过他周密细致的工作,问题都得到圆满解决。多年来,全县行政事业单位人员一直控制在编制以内,行政经费支出增长过快的势头得到强有力的控制。

1984年县里召开人代会,为了节约会议开支,周生达亲自到会上坐镇一笔一笔地审核。印刷费原预算13万元,结果"抠"下来4000元,其他开支又省下来千余元。大会选举划票,秘书处打算每位代表发一支钢笔或圆珠笔。周生达眉头一皱,"铅笔也一样划票嘛!买铅笔截开用吧"。结果每位代表就用这半截铅笔投上了神圣的一票。会后代表们笑称周生达是"抠局长""铁算盘""铁公鸡",还有人称他是"铅笔头局长"。周生达毫不介意地"呵呵"一笑:"贪污和浪费是极大的犯罪,节约就是硬道理!"建立节约和生态友好型社会,实现可持续发展,周生达早就身体力行,践行着这些闪光的治国理念,茌平有位"铅笔头局长"的故事也由此传为美谈。

"喊破嗓子不如做出样子",管不好自己就没有资格管别人。周生达在从1952年税务局副职到财政局一把手的30多年里,无论身份地位怎么变,为人民谋福祉的初心没有变,艰苦奋斗勤俭持家的光荣传统没有变。县里考虑他年龄大了,走路腿脚不方便,特意把县政府一辆苏式嘎斯69吉普车拨给了县财政局,这是1954年苏联"二战"后大量采用炮弹皮加工制造的一款车型。那可真是一辆"老爷车",除了喇叭不响,浑身上下都响,出门路上还经常抛锚。即便是这样,因为担心耗油成本高,周生达也轻易舍不得坐,"供奉"在车库里,只有到地区里开会才舍得用。平时外出如果路近,就拄拐杖走着去,远一点依然骑着自己那辆破自行车。

周生达在财政局局长位置上干了近20个春秋,一直用着土改时期的破旧办公家具,油漆斑驳脱落,阜榫松动晃悠,谁见了也绝对想不到这是财政局局长的办公室,整个局机关办公条件也十分陈旧和简陋。后来经济发展了,日子好过些了,财政局完全有条件适当改善一下办公条件,但周生达始终不动心,不松口。有一年县长拿出10万元交给周生达解决一点小来小去的开支,他拿出4万元给其他确有急需的部门搞了一些零星购置,年底把剩余的6万元又交给了县长。县长十分感动,"老周同志干财政局局长,我放心!"

严格控制支出,但绝不是当"守财奴"。周生达对重点事业该花的钱,花多少也不心疼。他胸中时刻装着一张张宏伟的发展蓝图,憧憬着美好的未来,自觉为人民谋福祉。长期以来农村中小学教学设施陈旧落后,"再穷不能穷教育,再苦不能苦孩子"。县财政和教育部门做出了中长期改造规划,从1980年起,每年从机动财力中挤出来专项资金,对农村中小学危旧房屋维修或搬迁重建。通过多年不懈的努力,彻底改变了"黑屋子,土台子,脏孩子"的旧模样,如今农村最宽敞明亮舒适的一定是中小学教学楼。教学条件改善也稳定了农村教师队伍,教学质量明显提升,升学率居鲁西之首。地处偏远的杜郎口乡村中学的教学模式,在全国教育界引起强烈的示范效应。

茌平西部盐碱地多,祖祖辈辈喝着咸涩的苦水;乡村道路坑坑洼洼,下雨泥泞不堪,晴天尘土飞扬。县财政连续补助农村路、水、电"三通"资金数百万元,乡村全都铺设了晴雨畅通无阻的柏油路,父老乡亲们喝上了甘甜的自来水。周生达还一直牵挂着县里没有一个像样的剧院,新建财政一下子拿不出来这么多钱。他就建议县政府每年挤出 10 万元存起来。通过十多年的努力,一座漂亮气派的影剧院终于落成……1987 年在北京庄严的人民大会堂里,周生达被授予全国财税系统劳动模范称号,受到党和国家领导人的亲切接见。他万分激动和荣幸,但心里还有太多太多的牵挂。为了党和人民的事业,他就像一匹志在千里的伏骥老枥,永远不知疲倦地奔波忙碌着……

沧海桑田,山河巨变。2019 年周生达因病辞世,享年九十高龄。他不带走一片云彩,却留下身后的清风和美名。如他所愿,今朝茌平城乡面貌日新月异,财政经济增长势头强劲,撷取"全国经济百强县"等多项桂冠;他亲手培植扶持过的企业亦如鹤鸣九皋,一飞冲天:由发电厂成长起来的山东信发铝电集团位居中国铝业百强之首,由制药厂起家的"华鲁制药"荣膺"中国驰名商标",国家命名茌平为"中国圆铃枣之乡",枣儿成了国家地理标志产品……加快发展的时代强音,敢为人先的创业激情,科学发展的强劲热潮,在天地之间充盈回荡。这块古老而神奇的热土如凤凰涅槃,浴火重生。

斯人已逝,风范长存,千秋传颂。让我们永远记住这个闪光的名字——周生达!

原载《时代文学》2022 年增刊
获山东省总工会、山东省作家协会"劳动最光荣"征文三等奖

王　燕

最是家乡水城美

走过了千山与万水
踏过了坦途与荒径
心中涌起暖流的
永远是家乡的清风与美景

水：最美胭脂湖

水，是聊城的魂；胭脂湖，是古城的标志。

胭脂湖官名东昌湖，我却喜欢称它为胭脂湖。好像一称为胭脂湖，湖水便立刻变身清雅秀美的胭脂姑娘一般，双眸秋水荡漾，脉脉含情，自《聊斋》中翩然而出。的确，胭脂湖是情意绵绵的湖，这从它的碧波浩渺、一望无垠便可看出。一立在它的身畔，无限的情思便立刻绵绵不绝，对它的痴恋便化作眼前微漾的碧水，目光再也难以收回。

春天的胭脂湖最为迷人。经历了一冬的沉寂和蛰伏，春天的胭脂湖有一种新生的美。天空如水洗的蓝宝石，如澄澈的海，天空之下，是浩浩渺渺的柔嫩的湖水，是大块的翡翠，绿得叫人心醉神迷。轻轻的风拂过岸边鹅黄的垂柳，拂过绿水，湖水便织起了绮丽的花纹，在阳光的映射下，闪着熠熠的彩。这不是波纹，是一行行无韵的诗，是一首首无声的歌。在诗中沉醉，在歌声里入迷，就这样，我痴倒在春天的胭脂湖。

夏天泛舟湖上，应是最为惬意。舟行水上，如入画中，而你，便做了画中人。最妙的，你可以俯身亲抚湖水，肌肤相亲之时，一种滑腻、清凉随着你的每一根神经汇集心底，你会为这人间的灵秀动容不已。此时，无人敢高声喧语，唯恐一丝声响，便惊动了这一池湖水的安宁与静谧，"哗——哗——"，只有船桨划过水流的声音在这寂静的天地间回响。

船过芦苇丛，芦苇郁郁葱葱，苇尖油亮，直指天空，苇叶丰美，在阳光下闪着碧玉般的光芒。几只翠鸟立于苇尖，或隐于苇叶，清脆脆鸣唱，脆亮的歌声使天空更加明媚蔚蓝了。

蒲草肥美鲜活，在夏风中轻轻摇曳着最柔韧的舞蹈，蒲棒盈盈浅笑着，口吐清香，这清香，简直要惊飞了盘旋其上的群鸟。

前行，不远处便是浩浩荡荡的荷花区。荷叶田田，尽情铺展开碧绿的裙裾，裙裾之上，是亭亭玉立的荷花，浅粉、深红、玉白，各呈其彩；含苞、怒放、微凋，各有姿态。荷的美，唯有亲历其中，不能体味其至美。

也许，你会途经鱼鹰，它正在木架上栖息，在阳光下晾晒丝绸般的羽毛，素淡的身体，却有着翠绿的眼睛。它一定是沾染了胭脂湖的碧色，沾染了胭脂湖的灵动，才有了敏捷的身姿，高超的本领。

船过二十一孔桥，如入了最缠绵的怀抱。那桥，那高悬云端的彩虹，那横卧碧波的巨龙，为行人横跨长湖提供了便利，也为胭脂湖增添了几多的巍峨和韵致。

在碧波荡漾的尽头，有九曲回肠的栈道。弃舟登上栈道，如入了温暖的港湾。

栈道上，回望碧波无垠的胭脂湖，怎不生绵绵情思，无限爱意！更何况，这是家乡的湖，一生永难走出的湖！

岛：秀美湖中岛

有湖，便有岛。岛，是湖的眼睛。

胭脂湖岛屿众多，比如湖心岛、名人岛、湿地岛、百花岛等等，各有特色，各有风采。

湖心岛位于湖的北部，四面环水，岛上亭台园林，精巧典雅，环境清幽。登临湖心岛，但观四周烟波浩渺，碧水泱泱，身畔奇花异草，鸟语花香，更兼清风拂面，荷香沁脾，不觉如入蓬莱仙境，凡间琐事，纷扰红尘，一时尽去，悠然如仙人矣。

岛的西北角有亭，名曰望月亭。亭上覆金黄琉璃瓦，六角攒尖顶，古朴雅致。此亭又名胭脂亭，此岛又名胭脂岛，皆因《聊斋志异》中《胭脂》故事之缘故。朗朗秋夜，登临亭中，看人间华灯璀璨，湖光溢彩；观夜幕黛蓝，月圆如玉盘。皎皎银光，一泻千里，望月怀远，怎不生幽思万种，诗意荡胸！

名人岛地处湖的核心，为仿明清式中国传统园林建筑群。名人岛由南岛、东北岛、西北岛三部分组成，因毗邻孔繁森同志纪念馆而得名。东北、西北两岛中有水榭连接，三面环湖，岛上以李奇茂艺术馆为主体，名人资料陈列馆、画室、茶坊、书院、观光码头无不具备。入此岛，如入江南园林，亭台楼阁，廊桥水榭，无不精巧别致，古色古香。名人岛人文底蕴深厚，更有湖光相映生辉，"琼岛瑶台，城湖一览"，渐成古城一幅古典与现代交织的唯美画卷。

说起胭脂湖的岛，不得不提起湿地岛。久居喧嚣闹市的我们，大抵都渴望一处幽静闲适的所在，可以让疲惫的身心靠岸，让心灵得以栖息，我想，湿地岛，就是那个所在。湿地岛，本是一处集休闲垂钓、湿地风光、渔家体验、鱼味餐饮、观光娱乐等多功能为一体的休闲渔业公园，我却想把它称为一处心灵的停泊地。自繁华闹市中心登舟，泛舟湖上，观千顷碧波，嗅淡淡莲香，在柔波的尽头，古城区东南角方向，湿地的中央，便见长长如游龙般的木质栈道。回环曲折，这木质栈道便会引你登上一座碧绿的岛，这便是湿地岛。一踏上岛，便觉清凉拂面，绿意满怀。藤萝满架，曲径通幽。火红的凌霄花开得正盛，掩映其中的小葫芦笑意盈盈。足步所至，皆花团锦簇，绿树成荫，竹秀荷香，锦鲤摆尾，小池随行，如入仙境。更有临水木屋，遍植庄稼蔬菜，鸡鸭满园，鸬鹚横梁，几疑误入桃源胜地。此岛景美食更美，原生态的食材，朴拙的食味，一场农家盛宴，让人不饮自醉，乐而忘归。

驻足凭栏，拥三千清波来风，擎万盏红莲香浓，愿与君同醉，醉在声声莲曲，醉在胭脂湖的岛中。

楼：巍峨光岳楼

光岳楼，是聊城的根，是聊城的象征。

"东昌府有三宝，铁塔、古楼、玉皇皋"，这则家喻户晓的民谣中所说的古楼，即光岳楼，它像一颗璀璨的遗世明珠，镶嵌在广袤的鲁西大地。六百年的漫漫光阴，它始终屹立在古城中央，见证了聊城的风云变幻，历史沧桑。

光岳楼飞檐凌空，巍峨壮丽，历史悠久。它始建于公元 1374 年，是一座由宋元向明清过渡的代表建筑，也是中国现存明代楼阁中最大的一座，是国家重点文物保护单位，历来享有"虽黄鹤、岳阳亦当拜望"的声誉，是中国十大名楼之一。光岳楼本为护城御敌所建，历经战乱，遍布沧桑，所幸今逢盛世，和平繁荣，几经修复，光岳楼正焕发出迷人的盛颜。

家，曾在古楼身畔，夏日夜晚，每每常牵了幼儿的小手，在古楼旁玩耍乘凉。听清风习习，吹拂油亮的叶梢；观明月朗照，皎洁了一地的月光。光岳楼下，消暑纳凉的居民众多，白发老者轻摇蒲扇，曼声攀谈；年幼稚儿蹒跚学步，笑语欢声。巍巍古楼，以博大的胸怀，庇护着家园，庇护着四方子民。

六百年的光阴，也曾岁月静好。就日瞻云，无数的文人墨客凭栏把酒，泼墨挥毫。清康熙四次登楼，题写"神光锺瑛"匾额；乾隆九过东昌，六次登楼，题匾

赋诗;舒同、启功、郭沫若等名家先后题写匾额、楹联……他们登楼眺远,遥望一湖胭脂碧水,用笔墨诗词一抒襟怀,荡涤千古风尘。

六百年的风云,又曾经历多少的苦难煎熬。马蹄声咽,多少的战事在城门下腾起烟尘,多少的保卫战在把凯歌奏响。战火纷飞中,光岳楼,你是东昌儿女的旗帜与信念,誓死保卫家园,英雄的将士们哪怕倾尽最后一滴鲜血,也要换来楼阁之上的太平高悬。

斗转星移,光阴滑向今天。悠悠历史印迹,邂逅现代浪漫,如今的光岳楼更是美轮美奂。3D动画全息投影流光溢彩,古城披上了新时代的霓裳。白日,它古朴端庄,恰如深沉老者;夜晚,它光影璀璨,变身时尚青年。它穿越历史而来,在历史的光影里踽踽而行,又在今天的良月下傲然挺拔,气度超凡。

光岳楼,就这样静静地矗立在古城聊城的中央,惊艳了时光,惊艳了世人的目光。

阁:一脉书香海源阁

要寻书香何处去,光岳楼南海源阁。

海源阁紧邻光岳楼,位于楼南万寿观街路北杨氏宅院内,是清代四大藏书楼之一,也是中国历史上最著名的私人藏书楼之一。始建于清道光二十年(1840),由聊城著名进士杨以增所建,历经四代人悉心守护。阁内藏书浩瀚,珍本万卷,被誉为"琅环之府、群玉之山",又有"南瞿北杨"之美称,书香悠远,萦绕鲁西。

海源阁藏书楼建筑古色古香,沉稳大气,岁月染痕,器宇不凡。藏书楼为单檐硬山脊南向楼房,面阔三间,上下两层。下为杨氏家祠,上为宋元珍本及手抄本等秘籍收藏处。前有长条状小院,东侧是两座长廊式高台读书亭。遥想百年光阴深处,读书亭上,定是书声琅琅,书墨之香夹杂着草木之香氤氲在此阁此院,又越过光阴的波澜,驻足在明媚的今天,遗香在水城人的心间。

古东昌历经战乱,海源阁也迭遭破坏,所藏图书不幸大部分散失,现小部分幸存下来的藏书及珍本收入北京图书馆和山东省图书馆,这是杨氏心血的延续,是对弘扬民族文化的贡献。

我们现在看到的海源阁是重建之楼,坐其原址,沿袭旧制,青砖灰瓦,红漆梁柱,庄重典雅,书韵悠悠。晴朗秋日,曾到二楼听专家讲座,看那明亮阳光透过繁复的葱绿叶片,穿过木质的花棂门窗,斑斑驳驳,落在木桌,停留在书本之上,心中有无法诉说的静谧与安宁。在知识的浩瀚之海穿梭,在书香浮动的楼阁之中沉思或冥想,实在是红尘之上我所能感受到的最大的心灵之乐。

其实从旧日老家的二楼小亭,正好能望见海源阁的楼顶。夏日,常常抱了幼子远眺海源阁,指了它的飞檐向他喃喃低语,渴望他也能浸润了浓郁的书香,胸有万丈笔墨,传承千年优秀文化,做一个儒雅博学的谦谦君子。

即便远去千山万水,愿他永不忘家乡的书香之地——海源阁。

馆:时光里的印迹——山陕会馆

到聊城,不到山陕会馆,是一次不完整的旅行。

在聊城市区南部,蜿蜒运河西岸,有一座古朴精美的建筑群,这便是山陕会馆。它始建于清乾隆八年(1743),由山西、陕西商人为"祀神明而联桑梓"集资兴建,历时长达 66 年,耗钱 6 万余两,又经 8 次扩建和维修,才有今日规模。耗时之久,花费之巨,其建筑之华美便不难想象。

一入山门,你便会惊艳不已,目光立时被四柱三间牌坊式门楼所吸引。只见重檐凌天,高大雄伟,门前狮子威风凛凛,不怒自威,门柱楹联字体雄浑,自有万千气象。门楣上方嵌条石一块,"山陕会馆"四字赫然其上。南北两小门门楣上方也各有匾额,分别楷书刻"履中""蹈和",从中可以看出当时山陕商人的处事态度和精神追求。

步入大门,看见院内古木参天入云,郁郁苍苍,脚步便不由缓慢下来,心也瞬间沉静。过戏楼,我禁不住驻足仔细观望,只见戏楼坐东面西,与大殿对峙。飞檐雕厦巧夺天工,精美画栋上的楹联乡思浓浓。我忍不住登上戏楼,耳边顿时恍惚响起当年悠悠丝竹管弦,想那台上人身着华美戏服,轻舒广袖,袅袅娜娜,咿咿呀呀,低吟浅唱历史深处一出出可悲可叹可歌可泣的光阴故事。恍然间,竟生出人生如戏,戏如人生之感。

下戏楼,踏着古朴的青石方砖,走过苍劲的古槐,便直奔大殿。大殿是会馆的中心建筑,由献殿和复殿前后组成,又各分为正殿和南北配殿。正殿也称关帝大殿,殿内供奉着三国名将"汉寿亭侯"关羽的塑像。由此可见那时的山陕商人做生意推崇诚信忠义,他们深谙这才是为商为人的根本。人世间也唯有"朴诚勤俭",诸事方可成功。大殿的石雕、木雕精美异常,国内罕见,每根石廊柱上的石雕、石刻楹联文字各不相同,柱底石由各种石刻动物组成,栩栩如生,朴拙可爱,实为难以复制的艺术珍品。

来至会馆最后面的春秋阁,春秋阁最为高大,上下两层,面阔三间。前廊额枋上的木刻透雕人物花草精巧美妙,让人入目难忘。

会馆南过墙的石碑上刻有清晰的修建会馆的账目及集资人、建筑工匠的姓名,如此公开透明,开诚布公足可以看出当时山陕商人做事之认真、精细、公正、诚实,观此,会不会令我们现在那些浮躁、欺瞒、利欲熏心的某些今人汗颜呢?

回首,看在历史风云中幸存下来的山陕会馆,亭台楼阁古色古香,美轮美

奂；如意斗拱层层叠叠，色彩典雅；还有随处可见的原汁原味的清末彩绘，栩栩如生的木刻透雕，无不彰显这会馆昔日辉煌的过往。

遥想当年，运河两岸繁荣喧嚣，商贾云集，漕运便利，船只南来北往，络绎不绝，这个"敦亲睦之谊，叙桑梓之乐"的山陕会馆如历经两百多年的老人，见证了古聊城的高光时刻。

山陕会馆，它是清代聊城商业繁荣的缩影和见证，镌刻着昔日的荣光和繁华的光阴印迹。它也见证了风雨如晦、备受屈辱的历史，见证了改革开放聊城快速发展的历程。如今，在时代的洪流中，在更加开放繁荣的今天，它依然神采不减，如历经风沙愈加温润深沉的珍珠，熠熠闪耀在运河之畔。

它不仅是精美的建筑，更是博大的文化。

它是聊城的名片，更是水城的底气。

人：人杰铸就家乡魂

地灵，造就了人杰；人杰，铸就了地魂。

用"物华天宝，人杰地灵"来形容聊城毫不为过。物华自不必说，人杰尤为可贵，它铸就了厚重深沉的聊城魂。

聊城魂，是由千千万万的聊城人所铸就的。敦厚朴实、勤劳善良、诚实守信、勇敢坚强是聊城人的特质，在日复一日、年复一年的光阴流转中，聊城人民用自己的智慧和双手建造了这座美丽的城池，并用鲜血和生命守护着它，用汗水和泪水浇灌着它，使之更加巍峨壮丽。

其中，有可歌可泣的仁人志士、英雄楷模，他们的事迹足可以惊天地、泣鬼神，让我们心生敬意；有才华横溢、著作等身的学者文人，他们用聪明才智、卓越思想为家乡文化奠定了坚固的根基……

聊城名人，文有学界泰斗、国学大师季羡林。他精通多国语言，"梵学、佛学、吐火罗文研究并举，中国文学、比较文学、文艺理论研究齐飞"，著作丰盛，是我国著名语言学家、文学家、国学家等。季老曾任北大副校长、聊城大学名誉校长等职，为家乡的文化教育事业做出了卓越的贡献。他在名篇《月是故乡明》中，用清新自然的笔调抒发了浓浓的思乡之情，至今，他笔下记忆中的皎洁的故乡月光依然照耀在行走异乡的游子心田，让他们思之念之，爱之恋之。

武有民族英雄、抗日烈士张自忠、范筑先。张自忠将军是聊城临清人，抗日名将，他曾先后参与多次会战，英勇无比，1940年在襄阳与日军战斗中，壮烈牺牲。他以铮铮铁骨捍卫了中华民族的气节和尊严，以一生的金戈铁马魂撒沙场践行了对国家的忠义誓言！

范筑先将军虽是馆陶人，却在聊城任上积极组织群众抗击日军侵略，誓死保卫聊城，后城池沦陷自尽殉国。他们都心怀国家大义，身先士卒、冲锋陷阵，用鲜血和生命救国家于危亡。他们的爱国精神将浸润进浩渺的东昌湖，彰扬于巍峨的光岳楼，流入我们后人的血脉，代代传唱。

　　楷模有改革先锋、党的好干部孔繁森。他把满腹热情洒进故乡泥土，把一腔热血奉献给西藏高原。"是七尺男儿生能舍己，作千秋鬼雄死不还乡"，他用宝贵的生命践行了这一宏愿。他从基层工作做起，勤勤恳恳，任劳任怨，造福桑梓；他主动请缨，奔赴援藏扶贫的漫漫征程。在孔繁森同志纪念馆，当看到他殉职前几天写给女儿的家信以及买给女儿及其室友的围巾礼物，当看到他二次赴藏临行前跪在白发老母前声声道别的模拟场景，我禁不住泪流满面。他用忠心、诚心、爱心护佑着他所走过的每一步大地山川和生活在这片大地山川之上的人们。他能为生身老母梳理头发，也会把贫苦藏胞老妈妈冰凉的脚揣在怀中；他关心自己儿女的成长，更会悉心照料藏民孤苦孩子的衣食住行。桑梓故里，他让荒漠与黄沙变为密林浓阴，让啾啾鸟语代替风的叹息；万里边塞，他踏千山越万水，让贫瘠与蛮荒变成富庶与文明的圣地，让微笑代替孩童的哭泣。一尘不染、两袖清风，孔繁森活成了雪域之上一朵圣洁的莲，一朵汉藏人民心中永不凋谢的花。他是时代的楷模，是家乡聊城的骄傲。

　　············

　　正是这些人杰，影响着无数普通平凡的聊城人，在各自平凡普通的岗位上兢兢业业、勤勤恳恳，用挥洒的汗水、聚沙成塔的力量建设着美丽的聊城，使这座古老的城池更加光彩熠熠，生机勃勃。

　　聊城，就是这样一座古老的城，一座美丽的城，一座英雄的城，一座古老与青春并存的城。

　　是即便天涯海角，依然令游子思之念之、爱之恋之的家乡之城。

　　月是故乡明，月是水城明。

原载《聊城文艺》总第 62 期

魏成飞

楝树花开

"院里莺歌歇，墙头蝶舞弧。天香薰衣葆，宫紫晕流苏。"这几句诗出自温庭筠的《钟山晚步》，说的是楝树花开时的情景。楝树属落叶乔木，果实奇苦，生青熟黄，亦称苦楝。我家乡称它为涟涟豆子树。楝树果实累累，连接成串，日光下，青青的果儿掩映在枝杈繁茂的树叶里，如一个个小铃铛，水汪汪，亮晶晶，茎干儿长长的，三五成簇，或单个独生，葡萄与它相比少了光泽，枣儿不及它匀称，确然不负"涟涟"二字对它的形容。

楝树花开得晚，花呈紫色，花开时极盛极艳，高大的树冠上散发出浓浓的浪漫，使人不由自主地望而生恋。"楝""恋"谐音，花开花落，结出的楝果慢慢成长，雨后，或清晨，日光一照，一颗颗晶莹剔透，好像惹人羡慕的绿宝石，反射出夺目的光芒，明艳不可方物，很长一段时间都有着无比的光鲜。待到成熟却又苦又涩，想象与现实的结局似有缘无分的感情一般。以此推断，或许爱情中苦苦相恋的词意与此有几分渊源。

清朝人陈淏子著的《花镜》中说："楝树高一二丈，叶密如槐尖，夏开红花紫色，一蓓数朵，芳香满庭。"可见楝树花很早便为人关注和喜爱。《花镜》中又说："江南自春至夏，有二十四番花信风，梅花为首，楝树为终。"何止江南，楝树分布极广，大江南北，西北高原，云贵川，乃至台湾、整个东南亚地区，以及印度都广为栽植。

《花镜》书成于康熙二十七年（1688），是较早的园艺学专著，阐述了花卉栽培及园林动物养殖的知识。书中称楝树的果实又名金玲子，鸟雀专喜食之，故有凤凰非楝树不食之语。又说"实熟鸟不食者，俗名苦楝子也。木有雌雄，雄者根赤无子"。从介绍木有雌雄来看，此书所录楝树可谓详细。但既说能食，又说不能食,是作者前后矛盾,还是几百年流传下来,后人记述有误?由凤凰非楝树不食,此果确然苦涩分析,或许能食的说法源于传说,不能食是现实客观存在。传说加上客观存在使楝树自然而然地蒙上了一种神秘的色彩。自《庄子》《山海经》《淮南子》,到《齐民要术》《本草纲目》,不同典籍记载楝树与其果实能吃、可用、入药、祭奠的故事不可计数,有关楝树的民谣和民谚更是数不胜数。《西游记》记载,唐僧师徒取经归来又过通天河时,因为忘了帮驮他们的神龟问寿命,被神龟甩进河里,上岸后晒经书,便是晒在石头和楝树上。

好东西历代为人喜爱,因此传承下来,除了书籍描述外,还有很多文人墨客留下不少有关楝树的诗词歌赋。"小雨清风落楝花,细红如雪点平沙。"和"桑条索漠楝花繁;风敛余香暗度垣。"字里行间表达了既是诗人,也是政治家的王安石对楝树的喜爱之情。在他眼中,楝树花开时,繁花似锦,幽香暗度,随着细雨或清风缓缓地落地,让人细细品读起来油然而生出情趣与高雅的意境。同是楝花,作者心情不同,描述时的意境也不一样。黄庭坚的"苦楝狂风寒彻骨,黄梅小雨润如酥。"用词固然细腻,亦瞧得出诗人心头喜悦,乍暖还寒形容初春也不可谓不恰当,但"寒彻骨"几个字却不禁让人有种冷飕飕的感觉。这心绪即便"润如酥"为后衬也化解不去。周密《浪淘沙》中的"柳色淡如秋,蝶舞莺羞,十分春事九分休。"本意自然是形容楝花开得晚,不过由于用了"秋""休"两字,使人读起来不免有几分落寞与伤感。

淡紫色的楝花,细细碎碎,花期长时可持续开放一个多月,无论远观近望,微风拂过,芳香四溢,加上葱茏高大,有史以来,无不让欣赏它的人心旷神怡。凤凰把楝果做食物使它神奇和珍贵,神兽獬豸喜欢吃它的叶子,让它兼有了忠义正直(《东汉风俗通》记载:獬豸食其叶)。如此种种,楝树无形中平添了灵性和神通。但依楝树分布广泛和各种书籍记载它适合各种环境,无论土地肥沃,还是瘠薄,土壤是酸性、中性,还是碱性,盐渍地,或水边均能生长来看,它似乎更喜欢平凡。就像千百年传承文明的人民大众,不管生活贫穷丰繁,身份变得高贵与卑微,始终保持善良秉性,不断向外展示博爱的传统。楝树清纯的性情使它每年春末夏初之际,紫色的花会准时开满树梢,且不管孤植、丛植,或配置于建筑物旁,水边、山坡、墙角等处,都是良好的城市及田野绿化树种,起到林荫,改善环境的作用。尽管很多时候楝树花并不招人眼,少有人知道它的花期长短,但并不影响它白中透紫的花瓣在衰败中逐渐变白,四下弯曲分散,然后授粉,慢慢长出楝豆,由青转黄,入药,或作他用,完成一年的生长历程。

"一信楝化风,一年春事空。"楝树特性和秉性决定了它不似"荷花还揭

揭"，也不似"樱笋又匆匆"，这区别并非大家按生物分类，门纲目科属种不同与各自用途不同，是楝树千百年不择环境，默默向世人展示风景，因此留下"空叹时光换，谁知造化工"的咏颂。

原载《聊城晚报》2022年3月18日

辛庚嘉

池塘水绿风微暖

——村前小池侧记

　　绿树阴浓夏日长,楼台倒影入池塘。多少年以前,我也曾梦想着村前池塘有如这般的变化。那时年少懵懂,碧水清波,有着五彩斑斓的向往。

　　大河涨水小河满,小小的池塘伴我度过了珍贵的童年。我所在的是黄河冲积下一个极为普通的小乡村,记忆中,村前的池塘是一直都在的,在我很小的时候,每年秋末,村子里都要选派劳动力去其他乡镇挖河,当时家里还有一个馒头坊,出征前总能见到大家备着路途中的馒头、咸菜。那时没有那么多的机械,冬季农闲,北方又多干旱,人力挖河算是每年的必修课目。我们村周边的那几条小河兴许也是那段时间开挖的吧,一方面引渠灌溉,另一方面贯通水系,黄河、大运河、金线河等便有了更多的关联,而村里的池塘,水也更多了,便捷了家庭的洗衣做饭,也见证着孩童的欢愉与淘气。

　　我依然记得某年夏末,月食,我在房顶认真温习着科学里的知识,只见村里的老奶奶们已集结在池塘周边,她们环行一周,鼓盆而歌。母亲说她们是在驱逐天狗,拯救被吞下的月亮。念的什么已完全记不得了,印象中月食之后,池塘中月亮的倒影更亮了。

　　很长的一段时间里,是夏天游泳冬天滑冰,朝阳漂瓦黄昏垂钓。虽然更多的时候也是不允许的,面对老师的询问也会心虚地承认并被罚站。如今回望,却又是那么短暂。改变,发生在中学的一个暑假,家庭养殖业盛行,这是一件需要日夜操劳、特别辛苦的工作,即使鸡鸭等卖出后,对于养殖的架子和网子等,都要彻底清理,院落里是没有那么多的空间的,便多丢到小河或池塘里清洗。另一方面,生活的提升,在现实中的体现更多的是生活垃圾的增多,在那个没有多少环保理念的时间空间里,池塘便包容着一切。水载万物,池塘见证着千家万户物质生活的提升,在一定时间内承载了人们对于幸福生活的追求,也在忍受着水体的恶化、环境的困扰。面对杂草丛生、藻类平铺的水面,再未见过浪里

白条和激起的水花。

　　风起涟漪，又重归平静。出于安全和村容的整治，入村的小溪改为了埋地管道，随着规模化农业和乡村振兴发展战略的实施，池塘也开启了漫长的休养生息。从响应号召整治村容村貌，到全民主动参与的打造宜居怡养的特色乡村，依稀可见的，是一届又一届党支部筚路蓝缕、精心谋划，是井然有序的村落和赏心悦目的花草。奋斗不只是品尽辛酸苦辣终觉甜，奋斗更是沁心于时代，更努力地追求全民幸福。岁月的光辉依然畅想着明天的美好，乡村振兴的征途，我们奋勇向前，偶尔，于池塘驻足，亦有鱼台品茗、霓虹照水，几经春夏，一湾活水，也渴盼翻空白鸟、照水红蕖。

　　闲倚东风看鱼乐，动摇花片却惊猜。而今心静如水，阳光正好，微风起合，一如澄澈。那诗意中的唯美，画卷里的池塘也在慢慢向我们走来！

原载《聊城日报》2022年9月16日

袁宝霞

散文三篇

过个节俭年

周末，远在外地的儿子打来电话说："妈，今年的年夜饭我在网上已订好，你啥也不用准备了，过春节咱也要与时俱进，辛苦一年了，过年的时候就歇歇吧！"我放下电话，不禁又想起去年吃年夜饭时的一件小事。

记得去年除夕那天，也是儿子预先订好的饭店，我们一家人高高兴兴来到饭店。饭店里张灯结彩，还没进门就感受到了节日的气氛。到预订的房间落座后，儿子特意点了我们爱吃的菜，有红烧鱼、京酱肉丝、拔丝地瓜等。我对儿子说，少点菜，吃不了会浪费的。儿子却说："生活需要仪式感，一家人难得赶上过节时才有空坐下来吃顿饭，爸妈喜欢吃啥饭，尽管点就好。"望着这桌可口的饭菜，特别是儿子的这份孝心，我也高兴得放不下筷子了。可就在这时，我发现拔丝地瓜上沾上了一根头发。儿子看我停下筷子，也看到这根头发了。这时正好服务员来送菜，儿子沉着脸说："你看这盘里怎么会有头发呢，给重新做一份吧！"服务员赔着笑脸弯着腰，连连说对不起。可看着这一盘还没怎么动过的地瓜，我却心有不忍，便对服务员说："因为一根头发就倒掉太浪费了，算了不换了。"服务员连忙道歉，并说最后算账让老板打折。

看着儿子不解的眼神，我解释说："这可是妈妈小时候用来充饥的食物。那个年代流行的顺口溜就是'红薯汤，红薯馍。离了红薯不能活'。看到红薯就有种特别的感情。你以后会经常在外边吃饭也一定要注意节约，不要浪费。""遵命！'历览前贤国与家，成由勤俭破由奢'，勤俭节约是我们的美德。"儿子文绉绉地说。这时老公也插了一句，"静以修身，俭以养德。"吃完饭，儿子到服务台要了几个方便袋，边收拾剩菜边笑着说："爸妈的教诲立竿见影，咱也响应号召，实行光盘行动。"

"国以俭得之，以奢失之。"节俭是社会责任，是个人涵养，是文明的传承、美德的延续，更是亘古不变的永恒时尚。现在虽然生活水平大大提高了，但勤俭节约的传统不能丢。春节到了，买年货按需就好，吃年夜饭不可贪多浪费，鞭炮污染环境，也免了吧！让我们都过个节俭年。

原载《聊城日报》2022 年 1 月 18 日

远去的说书声

小时候，我最喜欢的就是夏天了，不但可以捞鱼摸虾、听蛙鸣、捉金蝉，而且可以听说书。

每年麦收后，农事相对来说不太忙。但天气炎热，酷暑难耐。当年，农村没有空调、电扇可以消暑，所以，人们晚上就去街头或者场院纳凉。这时，说书的民间艺人就会来给大家说书听。每家每户拿一茶缸麦子作为报酬，大队派人收齐后交给说书人。

常来说书的是邻村一位叫"狗"、一位叫"全"的师兄弟。他们四五十岁，都是中等身材。说书的地点一般选在街头比较宽阔的地方，摆一张桌子、两把椅子。说书人一个拉二胡，一个边敲鼓边打着快板说唱。开始时，他们先有节奏地敲鼓、拉弦，人们听到鼓声，纷纷走到街头。每次，我也会拿着马扎跟着母亲去听。大家手里拿着蒲扇，边乘凉边听，惬意极了。

说书的师傅看人来得差不多了，便正式开始。说书的内容都是古书，如《杨家将》《呼家将》《岳飞传》《水浒传》等。全师傅真是个全才，不但鼓和快板打得好，而且书也说得特别流畅动听。他有一副好嗓子，声音浑厚响亮。他边说边唱，那腔调有时像缕缕春风吹进人们的心田，有时又如夏天的一声惊雷让人感到惊心动魄。几百人的听书场，大家听得津津有味。除了师傅的说书声外，没有一点儿动静。大家生怕漏掉了一句故事情节，都被他的说书声吸引了。

有一天晚上，听《杨家将》中《四郎探母》这段故事。讲的是杨四郎延辉在宋辽交战中被辽掳去，与铁镜公主结婚。15 年后，四郎听说六郎挂帅，老母亲佘太君也押粮草随军同来，动了思亲之情。但战事紧张，无法见母。后来，在公主的帮助下，四郎盗取令箭，冒死去见家人。这段故事，师傅讲得非常精彩。开始时，轻声细语娓娓道来；讲到关键处，大鼓一敲，猛一跺脚，表情凝重，声音提高了几分，引得大家屏息倾听；讲到悲伤处，师傅的声音里带着哭腔，听者也潸然泪下。

我听得愈发入迷，甚至听上瘾了，说书师傅看不见，又不认字，却能出口成章，让我佩服得五体投地。说书的不走，我是不会回家睡觉的。而说书的师傅总爱卖关子,讲到精彩处,听众意犹未尽时,总会说出那句"且听下回分解"。于是,我又盼望着第二天白天过得快一点,晚上又可以去听书了。

听了这些故事,我知道了宋代精忠报国的岳飞、铁血丹心的杨继业、巾帼英豪的穆桂英等英雄人物,懂得了什么是真善美,幼小的心灵里生出了英雄的爱国主义情结。

时光荏苒,转眼间,几十年过去了,故乡夏夜的说书声渐渐湮没在时光深处。但那些打鼓说书的精彩情节和那些英雄人物的故事还深深烙在我的脑海里。在记忆里,在生命中,故乡的说书声氤氲着浓浓的乡情,时时萦绕在我耳畔,久久挥之不去。

原载《聊城晚报》2022 年 6 月 22 日

难忘儿时去赶会

我的家乡在鲁西北平原的一个小镇上,20 世纪 70 年代到 80 年代初,农村文化生活还不太丰富。为了丰富农村的精神文化生活,促进经济发展,我们那里每年冬天都要搭会,也叫"物资交流大会"。

摆摊设点卖"物资"的,有国营、集体的百货公司、供销社、生产厂家,也有小商小贩和自产自销的农户。所售"物资",大至家具家电,小到油盐酱醋,也有农家的鸡鱼肉蛋、杂粮果蔬,服装鞋帽、布匹,糖酥棍、爆米花等零食。另外,还有牲畜专区,真是热闹非凡。

赶会的人,以我们周边乡镇的村民为主,方圆十里八村的村民趁着赶会聚拢在一起,走亲戚、会朋友、购商品、看大戏,这个时候是乡下最热闹的日子。其间必定会请有名的剧团来唱戏助兴。我们街上有个特别大的戏园子,高高的戏台坐南朝北,戏台后边的几间房子是化妆间。座位都是一根根排列整齐的树干。

每到冬天"物资交流大会"期间,村里就会请剧团来唱戏。京剧、河北梆子等几乎每年换一个剧种。唱戏时间一星期左右,白天、晚上都会有不同的剧目上演。姥姥和母亲是十足的戏迷,特别是姥姥看起戏来连饭也顾不上吃。

记得当年我和几个小伙伴常常是下了学,就往戏园子里赶,学校就在戏园子附近,出了校门就会听到锣鼓喧天,我们就站在后边看戏。只见戏台上灯火通明,演员们穿着颜色鲜艳的戏服站在台上,唱得字正腔圆;台下戏迷黑压压一片,看得聚精会神,还不时响起热烈的掌声。等看完戏我再和姥姥、母亲一起回家。姥姥会给我补充戏曲的故事。小小的我也知道了《铡美案》《穆桂英挂帅》《花木兰》等情节,懂得了什么是真善美。也是在那个时候,也许是受姥姥的影响吧,我也迷上了戏曲,懂得了不少剧种,每个剧种还能唱上几段呢。

那时最吸引小孩子眼球的是戏园子里那些商贩卖的零食，比如炒花生、葵花子、爆米花，还有一串串的糖葫芦等。散戏后，包子铺里热气腾腾的包子就出笼了，缕缕热气摇曳在夜晚的灯光下，望着褶皱均匀、白白胖胖的包子真是让人馋涎欲滴。这时母亲就会给姥姥买几个包子吃，当然姥姥一定会省下两让我解解馋。吃着香喷喷、热乎乎的包子，嘴角的油是不忍抹去的，用舌头舔一舔，感觉香气扑鼻，似有一股暖流温暖了整个冬天。

最高兴的是赶会期间遇到星期天了，姐姐领着我来到会上。路两旁商品琳琅满目，买东西的和卖东西的吆喝声、讨价还价声不绝于耳。我最喜欢逛的还是卖服装鞋帽的地方，这里会有外地来的客商，各种款式新颖的服装吸引着女孩子的眼球。

记得当年流行一种毛线编织的红帽子，图案精美，女孩子戴在头上走到哪里都像一团跳跃的火苗。姐姐也给我买了一顶，而她自己却没舍得买。此外，我还喜欢看套圈、射箭、扎气球等游戏。徜徉在这样的会场，感觉此处就像是一幅多彩的画卷铺展在冬日的大地上，扮靓了单调的冬季。

如今，赶会已成为乡村记忆的一个浓重符号，唱戏已成为一种文化传承。这些年，家乡发生了翻天覆地的变化，但我总感觉无论发生怎样的变化，淳朴的乡风依然，美好的童年记忆永驻心头。

原载《金陵晚报》2022 年 12 月 13 日

袁二辉

天上多了一颗星星

他给我生命,他陪我长大,他教我识字,他亲手为我搭建起一个童话世界,他是我世界里的光,我就是这个世界里独一无二的公主。

小时候,爹不大在家,总是忙着村里的大小事务,大喇叭里总是回荡着他那铿锵有力的声音:"大家注意了,下面我说个事⋯⋯"但爹一回到家,就会一把抱起我,举过他的头顶,让我骑到他的脖子上,不舍得放我下来。

上学后,极喜欢大风车被北风一吹哗啦啦的声音,似乎整片天地都活起来了。我每天放学就一件事——缠着爹给做一个大风车,可是爹那个时候仿佛特别忙,不是别人找他,就是他找别人去。别人家的孩子一个人拿着一个,在我眼前晃悠。

终于熬到了周六,下午不上学,吃过午饭,爹坐在八仙桌旁边的宽椅子不知在看什么书,从记事起,爹一有空闲就爱看点什么,有时是报纸,有时是厚厚的书。爹看了一本,再借一本,到别人家第一句话就是:还有我没看过的书不?想到自己也喜欢看书真的跟爹脱不了干系。我轻轻地拽着爹的衣角,小声地嘟囔着:人家都有大风车,俺也想要一个。爹也许看书太入迷了,没有理会我。以为自己声音小,爹才没听到,再次张开嘴巴的我像自带小喇叭似的:"爹",我站在一个木墩上猛地在爹耳朵边大喊一声,爹猛地一回头,吓了他一跳。看见是我,立刻微笑起来:"咋啦,二妞?"

"我要一个大风车",我气鼓鼓地说起来,"小晴有,小雯有,小静有⋯⋯"不等我说完,爹已从椅子上站起来,一下子抱起我,"今天下午我啥也不干,也得给俺二妞做个大风车。"

我高兴得要从爹身上下来,如果知道爹有一天会离开我们,我宁愿让爹永远抱着我。"好,去西墙拿大扫帚去。"爹每天早上起来第一件事就是打扫院子,虽然天寒地冻,但爹常说:生命在于运动。想想自己现在每天坚持跑步四十分钟，是不是也跟爹脱不了干系呢？我一溜儿小跑着拿回大扫帚，爹已从里间屋里拿出一大张牛皮纸，爹告诉我：做大风车得用硬点的纸，写字用的本子纸不行，太软，风一吹就烂了。这张牛皮纸不太展，爹把它先压在炕的最下层，因为家里点着炉子，炕热乎乎的，相信用不了多久，它也会变暖变展的。爹让我把大扫帚放在地上，从最顶端找出一根最粗的棍剥下来，又把前面的细尖头去掉，还吩咐我再找棵玉米秸，我屁颠屁颠地拿来了。爹咔嚓把最上面的取下来，用剪子从中间截了两个二指长，爹神秘地说："它的作用可大了"，看着我一脸问号，爹又笑了起来，"等会你就知道了。"

爹从炕的最底层拿出牛皮纸，此时的它已接近平整，只不过上面有清晰可见的道道印子。爹裁出一张方纸，把4个角对折，就成了"×"的形状，我对爹崇拜极了，眼睛紧紧地盯着他的手，剪子在他手里如服帖的俘虏，想让它剪到哪儿就到哪儿，爹用剪子将纸的4个角从外向里沿着对折的线剪开，剪到从角到纸中心的一半为止，然后将第1、3、5、7个角依次折回纸的中心，小心翼翼地用细尖头将纸中心和纸的第1、3、5、7个角穿过去。纸的中心和第1、3、5、7个角之间要用一个空心的东西支撑住，此时把两个二指长分别放在纸中心和纸角上面和下面，我恍然大悟：原来它俩是固定风车的，让它纹丝不动。再把下面的二指长插在粗棍上就完成了。爹把它递到我手里，我在前面跑，爹在后面追，我哪里跑得过爹，还没跑到小朋友家告诉他们这个喜讯，爹已经把我抱回屋里。果然爹做的风车比其他小朋友的都结实，玩了好久也没坏。

那时候，最喜欢吃爹做的白菜炖豆腐了，冬天寒风刺骨，一个人就着馒头连吃带喝地吃一碗太惬意了。每到上午十点半左右，"梆梆梆"的声音就在村口响起来，立刻就有几个天真顽皮的小孩子围着唱："梆梆梆，卖豆腐，一直卖到锅后头……"一遍又一遍地喊唱，那场景一次次地上演着，当然里面绝对少不了我。走到我家附近，我会飞跑着进家门，央求娘用黄豆换一大块豆腐，满足我的食欲，每次都会如愿以偿。等爹中午回到家，我会寸步不离地跟着爹，看爹在大锅旁准备着。他把我们家种的白菜切掉头之后取5到6片，撕成小片放入盆内。白菜炖豆腐最关键的就是炸豆腐，爹做这个堪称一绝。爹把那块厚厚的老豆腐平刀切成近1厘米的厚片，这时候娘已把锅内的油烧热，爹瞅准时机把片片豆腐放入油锅内，几秒的功夫豆腐的香味溢出来了，炸至两面金黄表皮轻微干硬出锅。我的眼睛直勾勾地盯着它，爹一定会从最底下那片揪出一小口，用自己的嘴巴吹几下，放入我口中，那种感觉是无法用幸福和甜蜜的语言表达出来的。最后全家人围着小饭桌，一人面前一个碗，吃着，喝着，说着，笑着，那是多么温馨的时刻啊！

爹退休后就爱上了养花。开始的时候，他便在房前屋后种一些家常花卉，比如月季、鸡冠花、夹竹桃、一对红之类的。爹告诉我：无论生活中遇到多少烦心事，看到那些蓬勃向上、生生不息的花草，人浑身充满了使不完的劲，什么烦恼都烟消云散了。所以我家的阳台上仙人掌茂盛高大；一簇簇金枝玉叶生机勃勃；绿萝永葆青春……

　　如今爹走了，永远地离我们而去，却永远走不出女儿的思念。爹会从罗中立的《父亲》中走来，也会在朱自清的《背影》里定格。

　　从此，天上多了一颗星星，我抬起头就能看到。

原载《鲁中晨报》2022 年 12 月 24 日

张书军

公二哥（外一篇）

中国是礼仪之邦，君君臣臣，父父子子，称谓绝不会乱来。我的家乡地处鲁西一个边远县份，旧属卫国，与孔老夫子的鲁国为近邻。据旧县志记载：孔子周游列国，曾到过这里，下榻古县城东关的客栈。那里至今尚存一口东鲁井，据说孔子下榻时，吃的就是这口井中之水。孔夫子教化之地，多谦谦君子。世人交际之称谓，可略见一斑。旧时一般称先生、女士。新中国成立后，大多称同志。村野匹夫，多以辈次称呼，三叔二大爷，兄弟姐妹，长幼有序。时代变迁，改革开放，称谓有了微妙的变化，似乎是与时俱进，"搞活了"，"同志"二字近乎成了贬义词，人们唯恐避之不及，同事之间互称兄弟姐妹，领导改称"老板"了。看似亲切，仔细琢磨，透出一股浓浓的商业意味和江湖气息。

我有一位邻村同学，长我两岁，从小学到大学，罕见的一直同班。工作后，又被分配到同一单位。我们一直直呼其名。不知从哪天开始，我开始称他为"二哥"了。

他忠厚实在，处事谦和，做人做事从不掖着藏着，与任何人都能坐得下，谈得来。小他几岁的人，都称他二哥。时间一久，大他几岁，甚至十几岁的人，也都称呼他二哥。二哥成了他的官称、公称了。他成了熟人、同事们的"公二哥"。

二哥嗜酒，但量不大。说起酒量，他与几个朋友调侃，都称自己不胜酒力。一位说：我沾酒即醉。一位说：我见酒就晕。另一位说：我看见猪尿泡就醉。众人不解，他解释说，旧时藏酒，用的是尖底小口大肚的纺锤形坛子，用新鲜猪尿泡封口，的确与酒有点关系。二哥只能另辟蹊径，他说：我一看见二大娘骂街就醉。大家一头雾水，双眼瞪着二哥，寻求答案。二哥说：俺二大娘骂街时有个经典动作，一只手叉腰，一只手指天，很像高款酒壶，引发大家大笑。

喝酒人都知道，人们喝高了，反应各不相同。有的大哭，有的大笑，有的大吵大闹。我认为，这都属于半醉状态。人们喝酒时由清醒到沉醉大体可分为三个阶段：第一个阶段为文静阶段。酒友们正襟危坐，规规矩矩，文文静静，似乎都是正人君子。第二阶段为疯狂阶段。酒壮怂人胆，仿佛人人都成了绿林好汉，老子天下第一。真正醉了，就进入第三个阶段，我把它称作濒死阶段。或被人扶上车，扶上床，大多是趴在桌上，钻进桌下，死狗般地睡去。还有人把喝酒者的三个阶段叫作少女阶段、少妇阶段、泼妇阶段或者文人阶段、武士阶段和疯子阶段，都不太全面，都讲的是一、二阶段。实际上，任何酒徒如果真要喝醉，都必须经历常人期、亢奋期和抑制期。

二哥喝酒三段论表现得非常明显。在乡镇工作时，二哥去所包村庄处理土地承包中的遗留问题。俗话说要钱痛，割肉痛。从既得利益者手上要回他多得的那些东西，比割他的肉还痛。费了半天口舌，总理不清头绪。支部书记告诉一伙有意见的村民，先回去，研究研究再说。中午用餐，村支书拿出二锅头让二哥咂两口。二哥也不客气，三杯下肚，头就有点晕了。又赶了几口，二哥嘴张了几下，话没说出口，趴在桌上就睡着了。

吃过午饭，村民又集中到村支书家，认为吃了亏的和被认为沾了光的村民各自陈述自己的理由，大吵大闹，二哥就像入定的老僧，稳如泰山，用鼾声为他们伴奏。半个时辰，闹事的村民自觉无趣，只好悻悻然离去。

二哥的爷爷与村支书是姑表兄弟。俗语云：姑表亲，辈辈亲，打断骨头连着筋。天然的亲情，加上共同的喜好，一来二去，二人很自然地成为酒友，见面就得整几口。三天不整，就像少了点什么。"两块掰不开的烂姜"，支书的爱人这样形容二人的关系。这不，天上下着小雨，二人又"整"上了。

二哥与支书酒量相差甚远。支书经常调侃二哥："你那酒量，根本进不得酒场。我用块伤湿止痛膏贴住半个嘴，也能顶你仨！"二哥默认。二哥酒量虽不大，但喜欢"爬壶"。三杯下肚，不让自饮。喝着喝着，二哥亢奋了。支书说："算了吧，雨天路滑，小心栽跟头。"又喝了两杯，支书自行决定，撤了酒杯，端来馒头。二哥显然不太满意，"那咱比吃饭！"他拿了个大碗，倒进两盘剩菜，泡上三个馒头，狼吞虎咽地装进了肚子里。起身出门，支书劝他歇歇，停停雨再走。他跨上自行车，冲出大门，直奔乡政府而去。

二哥所包村庄和乡政府所在地之间隔着一个自然村，走到该村村中不远，二哥感觉胃里翻江倒海，吞下去的酒饭开始"造反"，他无法忍受，翻身下车，躲到街边狂吐，不偏不倚，正好对着一户人家的大门。户主大声责备："你怎么对着我的大门吐呀？"二哥吐出了胃中的异物，轻松了一些，回道："谁叫你的大门对着我的嘴哩。"户主急了："你这人怎么不讲理呀，俺家的大门盖了几十年了！"二哥不慌不忙回答："您二哥的嘴巴也不是才长的。"

二哥大名鼎鼎，那人一听此人自称二哥，就明白了大半，知道他是本乡的副乡长，公二哥，索性叫来本村的支部书记，二人一起护送二哥回乡。行至距乡院半里处，二哥说什么也不让送了。支书知道，距乡院半里，是二哥的"三八线"，他怕自己一个堂堂副乡长，喝酒让人护送，被人耻笑。

二哥歪歪斜斜地走回家，一家人正在吃晚饭。他进门，无人吭声。二哥残余的酒劲一下冲上脑门，破口大骂："一伙没良心的，我挣钱养活你们，我进家，你们一句话也不说。"夺过二嫂的饭碗，一下摔在地上，温热的面条溅了一地，孩子们哭成一团。他忘了他七十多岁的老母亲这几天正在他家居住。老太太气得浑身打战，指着他大骂起来。二哥知道自己闯了祸，赶紧赔不是。老太太不依不饶，二哥没招了，忙说："老太太您别生气，我给您磕个头吧。"顺势一跪，扑倒在地，再也爬不起来了。一家人乱成一锅粥。

那时，我还和二哥在一个乡镇工作。按工作关系，我是他的顶头上司。我正和党委秘书等人在我宿舍闲聊，二嫂哭哭啼啼找上门来。"您二哥闹翻天了，你快去看看吧！"我和党委秘书等人急忙赶到二哥家，将他扶到我的宿舍。没了老太太的约束，二哥更加肆无忌惮，破口大骂二嫂，怎么也劝不下。我心里明白，二哥的酒劲，正处于醉酒的第二个阶段—亢奋期，劝是没用的，最好的办法是请君入瓮，以其人之道，还治其人之身。我给党委秘书使个眼色，耳语了几句。党委秘书出门，很快弄来些熟食和两瓶白酒，摆上，我说："二哥，消消气。"一见酒菜，二哥瞬间放低调门。我们陪二哥推杯换盏，不大会儿，二哥两眼像自行车赶了挡（轴承紧锁）——不转了，嘴里也像塞进个楔子，舌头直了，一下趴在桌上，叫不应了。二哥走进了醉酒的第三阶段，酒精的抑制作用毋庸置疑地占领了他的司令部——大脑。

我们把二哥抬上床，告诉二嫂我要和二哥彻夜长谈，二哥今夜不回去了。

看着床上死猪一样的二哥，我想：酒这东西真是个"好"玩意儿，夏天劝人喝点，凉快，冬天劝人喝点，暖和，真是万能之物啊。它能让懦夫变成硬汉，把钢铁壮汉变成佝偻小儿，能把好人变成魔鬼，把谦谦君子变成市井无赖。一通酒，把人打回人类进化初期，人到底是人是兽？酒啊酒……

第二天上午小半晌，二哥才从远古洪荒醒来，我们沏了壶茶，叙旧。二哥突然问我："老弟，你看我到底是什么人？"我曾认真地思索过，胸有成竹地说出了我心中的结论："二哥，恕我直言，你不喝酒是好人，喝了酒不是人。"二哥愣了一下，望了望我，若有所思，眼神里有惊讶，有迷茫，有不解，也有认可。

唉，都是酒精惹的祸，仔细想想，也不尽然！

哥俩好

兄弟俩同年同月同日生，不是双胞胎，也不是多胞胎，兄弟俩不是亲兄弟。

这并不奇怪,偌大一个世界,每天大约有 36.5 万人诞生,其中 57% 诞生于亚洲。20 世纪八九十年代,中国每年出生新生儿 2000 多万,人口出生率下降后的 2021 年,年出生人口仍有 1062 万,平均每天近 3 万人。一年出生的人相当于一个英国或法国等欧洲大国的人口。哥俩是中国每天出生近 3 万人中的普通一对。哥姓章,寅时出生在前庄,弟姓玉,卯时生于后庄。

前庄与后庄离县城较近,村落都不大。地方志专家解释说:旧时,县城周围治安状况比较好,防匪防盗压力小,所以县城周围的村庄密而小。相反,远离县城的村庄,一般多大村。

前庄与后庄地边搭地边,距离不足一华里。改革开放后,人们富裕了,我们这个地方的人,有了钱,舍不得吃,舍不得喝,舍不得买奢侈品,旧时代置庄子买地,新时代不用购地了,有几个钱,大都用在建房盖屋上。村内的土屋旧房成了空巢,人们争着抢着要宅基,在村外盖新房。不知是事先有约还是不谋而合,前村的宅基向村后规划,后村的建房用地,向村前发展。不几年,两村便房檐搭房檐,不了解情况的人,还以为这是一个村呢。其实,说一个村也不为过,两村庄稼连庄稼,亲戚连亲戚,鸡飞狗跳都分不清你我。

兄弟俩从小就在一块,一起上小学,读初中,升高中,还一起拜了一位拳师学习拳脚。高中毕业后二人同时回到自家田里,子承父业,修理地表。锄地锄到地头,站下就能递火敬烟,一聊就是半天。临近中午,二人躲进小酒馆,一醉方休。

师傅教二人习武,目的是弘扬国粹,强身健体,防身护身。教导他们,千万不可造次。二人闻鸡起舞,寒暑不辍,师傅的功夫也学到了八成。一次兄长独自去赶春会,中午自己对口吹了一瓶二锅头,歪歪斜斜地回家。路过邻村,与人发生口角,动起手来,被人打得鼻青脸肿。他直接去了老弟家。老弟大为光火,问兄长:"你学的拳脚呢?"兄长这才如梦初醒:"噫,忘用了。"年轻气盛的老弟拉起兄长去了邻村,祖宗八辈地当街大骂,村上年轻人集体出动,棍棒拳脚抢番砸向二人。二人头破血流,仓皇而逃。这事偏偏让师傅知道了,命令二人跪在地上,每人屁股上扎扎实实挨了两脚。

老弟也摊上事了,他不知何时得罪了村上几个不三不四的混混。一天他刚走出家门,被人用花衬衫蒙住头,狠狠揍了一顿。他爬起来,一伙人早消失得无影无踪。二人明察暗访,没找到揍人之人。老弟自我安慰:"还好,没白挨揍,赚了个花衬衫。"拿回家,老婆问:"我的衣裳怎么在你手上?"原来他老婆把洗过的衬衫晾在院子里,收衣服时衬衫不见了。老弟无言以对,只好哼哼哈哈搪塞过去。

不几天,坊间便传出一则笑话:玉老二被人揍了,不知谁揍的。一语双关,揍字在本地有两种意思:一是打人,二是指父亲的生殖做爱行为,有明显污辱意

味，可能是揍人之人故意传播的。

二人时不时地弄出点声响，他俩之间也不太消停。前些日子，兄长馋了，找小弟想整几口。他风风火火地跑到老弟家，叫了两声，无人应答。盛夏，阳光直射，很刺眼，屋内黑暗，看不清人。他听到厨房有人烧火做饭，一步跨了进去，大声问："您爹呢？"做饭人站起来，说："您爹没在家，我是您娘！"兄长错把弟妹当成了老弟的闺女。他一听火冒三丈，当胸给了弟妹一拳，扬长而去。

玉老弟回到家，老婆又哭又闹。玉老二气冲牛斗，骂骂咧咧地去找章兄，见面一个饿虎扑食，将兄长扑倒地在，拳脚相加，雨点般砸向兄长。章兄嘴角流血，眼冒金星，还没弄清怎么回事，玉老二向他吐了两口唾沫，拨马而回。

这事闹得有点过了头。以前他俩曾闹过别扭，不至于动手、出重手，过了三天，二人又嬉皮笑脸地凑到一起。这回恐怕嬉皮笑脸不顶用了，谁也不示弱，没有第三者调解，怕是过不去了。

我正在家里看闲书，他俩几乎同时登门。我佯装没看见，他俩自己找了凳子坐下，我抬起头，问道："怎么，都后悔了？"他俩仍绷着脸，不说话。我说："走，到小酒馆坐坐。你俩一个管酒，一个管菜，我给你们评评理。"

我曾在基层学校挂职，是他俩的老师，上高中时，他俩同时在我任班主任的班级读书。

他俩开始在村西联办小学读书，20 世纪 70 年代实施就近入学，"联小"变成"联中"，后来又"带帽"办起了高中班，他俩上学，一直未出村。他俩上高中时，我从某师专毕业，分配到他们所在的学校任高中语文教师。虽为师生关系，但我们年龄差不了几岁。恢复高考制度后，我劝他俩好好学习，准备考学。章兄长嘿嘿一笑："还指望我考大学吗？"言外之意就是"没门"。玉老二说得更直接："老师，别人都担心考不上大学，我不担心，反正考不上。"二人我行我素，上课打瞌睡，上自习时偷偷溜出，去小卖部买上一支烟，躲进旮旯，一人一口轮着抽。我没少批评他们，不知为什么，越批评，他们对我的感情越深。

小酒馆坐定，酒喝到半场，我发话了："你俩的事我早弄清楚了。半斤八两，一个苇子，一个席上。俩人加起来满五百，一个二百五，一个二半吊。像你们这样的货，还能评出个里表来？"他俩同时笑了，脸也松弛下来。我趁热打铁，咱仨碰一杯，我端起酒杯，一饮而尽，他俩也象征性地互相碰了一下。我起身告辞："我还有别的事，先走一步，你俩慢慢喝。"我知道，我走后他俩会更放松，会猜拳行令，喝得天昏地暗。果然，二人举杯互碰，一会儿工夫，小酒馆里传来"三桃园，哥俩好……"的行令声。

原载《聊城文艺》2022 年夏季号